KB163227

레 미제라블 5

Les Misérables

세계문학전집 305

레 미제라블 5

Les Misérables

빅토르 위고

정기수 옮김

민음사

차례

5부 장 발장 *7*

5부
장 발장

1
시가전

1. 생 탕투안의 바리케이드와 탕플 교외의 바리케이드

사회의 병을 관찰하는 사람이 말할 수 있는 가장 기념할 만한 두 개의 바리케이드는 이 책의 사건이 벌어지는 시기에 속하는 것이 아니다. 그 두 바리케이드는 둘 다, 서로 다른 두 모습 아래 하나의 무시무시한 상황을 상징하는 것으로서, 유사이래 가장 큰 시가전인 1848년 6월의 치명적인 반란 사건 때 땅에서 나왔다.

때로는, 주의주장에 반해서까지, 자유와 평등, 박애에 반해서까지, 보통선거에 반해서까지, 만인에 의한 만인의 정부에 반해서까지, 그 큰 절망자인 천민은, 그들의 불안, 실망, 빈곤, 흥분, 비탄, 독기(毒氣), 무지, 암흑의 밑바닥으로부터 항의하고, 하층민이 민중에 도전하는 수가 있다.

가난뱅이들이 공화정을 공격하고, 군중이 민주정치에 반항한다.

그것은 비통한 날들이다. 왜냐하면 그 광기에조차도 항상 어느 정도의 권리가 있고, 그 싸움에는 자살 행위가 있으니까. 그리고 가난뱅이들, 천민, 군중, 하층민이라는 그 모욕적인 말들은, 오호라! 고통받는 자들의 잘못보다는 오히려 지배하는 자들의 잘못임을, 혜택받지 못한 사람들의 잘못보다는 오히려 특별한 혜택을 받은 사람들의 잘못임을 인정한다.

나로 말하자면, 그러한 말들을 고통과 존경 없이는 결코 말할 수 없다. 왜냐하면, 철학이 그러한 말들에 해당하는 사실들을 살펴볼 때, 거기에 흔히 극빈 옆에 많은 위대함을 발견하기 때문이다. 아테네는 군중이었고, 가난뱅이들은 네덜란드를 만들었고, 하층민은 여러 번 로마를 구했으며, 천민은 예수 그리스도의 뒤를 따랐다.

때때로 하층사회의 화려한 것들을 주시하지 않은 사상가는 없다.

성 히에로니무스가 생각하고 있었던 것은 아마 그러한 천민이었을 것이고, "도시의 찌꺼기는 이 세상의 법이니라."라는 신비한 말을 할 때, 그가 생각하고 있었던 것은 사도들과 순교자들이 나온 그 모든 불쌍한 사람들과, 그 모든 유랑자들과, 그 모든 비참한 사람들이었을 것이다.

괴로워하고 피를 흘리는 그 군중의 격분, 그들의 생명인 주의주장들에 잘못 가해진 그들의 폭력, 권리에 대한 그들의 폭행, 이런 것들이 민중의 쿠데타고, 그것은 마땅히 진압되어야 한다. 성실한 사람은 거기에 몸을 바치고, 그 군중에 대한 사랑 자체 때문에 그는 그들과 싸운다. 그러나 그는 그들에게 대항하면서도 얼마나 그들을 용서할 수 있다고 느끼는가! 그는 그들에게 저항하면서도 얼마나 그들을 존경하는가! 이것이야말로 자기가 해야 할 것을 하면서, 사람을 난처하게 하고 도가 더 지나치지 않게 하는 그 어떤 것을 느끼는 그러한 드문 순간들의 하나인 것이다. 사람은 고집하고, 그렇게 해야 하지만, 만족한 양심은 서글프고, 의무의 완수에는 비통한 심정이 따른다.

서둘러서 말하거니와, 1848년 6월의 폭동은 특수한 사실이고, 역사철학 속에 분류해 넣기가 거의 불가능하다. 사람들이 자기의 권리를 요구하는 노동의 성스러운 불안을 느낀 그 특이한 폭동이 문제인 때는 아까 내가 말한 모든 말들은 제외되어야 한다. 그 폭동은 억제했어야 했고, 그것은 의무였다. 왜냐하면 그것은 공화국을 공격하고 있었으니까. 하지만 요컨대, 1848년 6월은 무엇이었는가? 민중 자신에 대한 민중의 반항이었다.

주제가 전혀 잊히지 않는 곳에서는 탈선은 전혀 없다. 그러므로 내가 방금 말했고 이 반란의 특징을 이룬 그 두 개의 완전히 이색적인 바리케이드에 잠시 독자의 주의를 고정하는 것을 허용해 주기 바란다.

그 하나는 생 탕투안 문밖의 입구를 가로막고 있었고, 또 하나는 탕플 문밖 어귀를 방어하고 있었다. 6월의 빛나는 창공 아래 우뚝 솟은 내란의 그 두 개의 무시무시한 걸작들을, 그 앞에 선 사람들은 결코 잊을 수 없을 것이다.

생 탕투안의 바리케이드는 거대했다. 그것은 삼 층 높이에 폭이 700척이었다. 그것은 문밖의 거대한 입구를, 다시 말해서 세 개의 거리를 한 모퉁이에서 또 한 모퉁이까지 막고 있었다. 움푹 패고, 갈라지고, 톱날 모양이고, 토막토막 끊기고, 수많은 파열구들이 총안으로 되어 있고, 그 자체가 능보(稜堡)인 돌더미들로 받쳐지고, 여기저기가 삐죽삐죽 나와 있고, 문밖 집들의 두 개의 커다란 돌출부에 힘차게 등을 기대고 있는 이 바리케이드는, 7월 14일을 겪어 본 그 무서운 장소의 안쪽에 거대한 제방처럼 우뚝 솟아 있었다. 이 중심이 되는 바리케이드의 뒤에 길 깊숙이 열아홉 개의 바리케이드가 첩첩이 겹쳐 있었다. 이 바리케이드를 보기만 해도, 문밖에서 빈사 상태의 엄청난 고통이, 궁핍이 비극적 결말이 되려고 하는 그 극도의 순간에 다다른 것을 사람들은 느꼈다. 그 바리케이드는 무엇으로 만들어져 있었는가? 어떤 사람들은 일부러 부순 칠 층 집 세 채라고 말했다. 또 어떤 사람들은 모든 분노의 기적이라고 말했다. 그것은 증오의 모든 건축물들이 갖는 비통한 모습을, 즉 파괴의 모습을 띠고 있었다. 누가 그것을 세웠느냐? 고 사람들은 말할 수 있었다. 또한 누가 그것을 파괴했느냐? 고 말할 수도 있었다. 그것은 흥분의 즉흥적인 산물이었다. 자! 그 문을! 그 철책을! 그 차양을! 그 창틀을! 그 부서진 풍로를! 그 금 간 냄비를! 모든 것을 줘라! 모든 것을 던져라! 밀어라, 굴려라, 곡괭이로 파라, 파괴하라, 뒤집어엎어라, 허물어라 모든 것을! 그것은 포석, 돌 부스러기, 서까래, 철봉, 걸레 조각,

유리의 파편, 짚이 빠져나간 의자, 양배추 고갱이, 자물쇠, 누더기, 그리고 저주의 합작이었다. 그것은 위대하고 또 그것은 왜소했다. 그것은 소란에 의해서 즉석에서 흉내 내어진 심연이었다. 큰 덩어리 옆의 좁쌀만 한 것, 뜯어 낸 벽면과 깨어진 접시, 모든 파편들의 불안스러운 화합. 시시포스는 거기에 그의 바위를 던졌었고 욥은 그의 유리병 조각을 던졌었다. 요컨대 무시무시했다. 그것은 거지들의 아크로폴리스*였다. 뒤집힌 짐마차들이 그 비탈을 울퉁불퉁하게 만들었고, 엄청 큰 짐수레 하나가 차축을 위로 쳐들고 측면으로 누워 있어, 그 혼란한 정면에 난 칼자국 같았다. 합승 마차 한 대가 바리케이드 맨 꼭대기에 팔심으로 유쾌하게 끌어올려져서, 마치 그 야만의 건축가들이 공포에 장난을 덧붙이려고 했던 것처럼, 말을 풀어 버린 그 마차의 채를 뭔지 알 수 없는 공중의 말들에게 제공하고 있는 것 같았다. 폭동의 퇴적물인 그 거대한 더미는 보는 사람에게 모든 혁명들의 펠리온 산** 위에 쌓인 오사 산 같은 모습을 나타내고 있었다. 1789년 위에 쌓인 1793년, 8월 10일(1792년) 위에 쌓인 열월(熱月)*** 9일(1794년 7월 28일), 1월 21일(1793년) 위에 쌓인 무월(霧月)**** 18일(1799년

---

* 고대 그리스 도시의 성채.
** 올림포스 산과 오사 산 남쪽의 텟사리아의 산(1651m). 그리스신화에 의하면, 거인들이 올림포스 산에 기어올라 제우스를 공격하기 위해 오사 산 위에 펠리온 산을 쌓아 올렸다.
*** 프랑스혁명력의 제11월로서 7월 20일부터 8월 18일.
**** 혁명력 제2월.

11월 9일), 초월(草月)* 위에 쌓인 포도월(葡萄月)**, 1830년 위에 쌓인 1848년. 그 장소는 그럴 만한 가치가 있었고, 그 바리케이드는 바스티유 감옥이 사라졌던 바로 그 장소에 나타날 만했다. 만약 대양이 방파제를 만든다면, 이렇게 쌓아 올렸을 것이다. 그 파도의 맹위는 이 보기 흉한 퇴적물 위에 그 자국을 새겨 놓고 있었다. 무슨 파도냐고? 군중이다. 석화된 소란이 보이는 것 같았다. 그 바리케이드 위에, 난폭한 진보의 어둡고 거대한 꿀벌들이 마치 거기에 제 벌집이 있는 듯 윙윙거리는 것이 들리는 것 같았다. 그것은 가시덤불이었는가? 그것은 주신제(酒神祭)였는가? 그것은 요새(要塞)였는가? 현기증이 한바탕 날개를 쳐서 그것을 구축한 것 같았다. 그 각면보에는 시궁창이 있었고 그 혼잡의 더미에는 뭔가 올림포스 산 같은 것이 있었다. 사람들은 거기에, 절망으로 가득 찬 혼잡 속에, 지붕의 서까래, 색종이가 붙은 고미다락 방의 조각, 포탄을 기다리며 그 잔해들 속에 세워 놓은 창유리가 다 박힌 창틀, 뽑힌 굴뚝, 옷장, 탁자, 벤치, 요란하게 거꾸러진 것, 그리고 동시에 격분과 허무가 들어 있는, 거지조차도 거절할 수많은 가난한 물건들을 보았다. 그것은 민중의 넝마, 나무, 철물, 구리, 돌의 넝마 같았는데, 생 탕투안 문밖은 그것을 거창한 비로 왕창 쓸어 제 문으로 밀어붙이고, 제 궁핍으로 바리케이드를 만들어 놓은 것 같았다. 통나무 같은 큰 덩어리, 끊어진

---

* 공화력 제9월 1795년 5월 20일의 사건
** 공화력 제1월

쇠사슬, 교수대 같은 모양의 까치발틀, 잔해들에서 나오는 수레바퀴, 이런 것들이 그 무정부주의의 건물에다가 민중이 겪어 온 오랜 고통의 어두운 모습을 혼합하고 있었다. 생 탕투안의 바리케이드는 모든 것을 무기로 삼고 있었다. 내란이 사회의 머리 위에 던질 수 있는 모든 것이 거기에서 나오고 있었다. 그것은 전투가 아니라 절정이었다. 그 각면보를 방위하고 있던 기병총들은, 그중에는 몇 자루의 구식 총도 있었는데, 사기그릇의 파편, 잔뼈, 옷의 단추, 심지어 구리 때문에 위험한 탄환이 되는 머리맡 탁자 다리의 작은 바퀴까지도 쏘아 보냈다. 그 바리케이드는 맹렬했다. 그것은 말로 표현할 수 없는 소음을 구름 속에 던졌고, 어떤 때에는 군대에 도전하면서 군중과 격동으로 덮였고, 수많은 번쩍거리는 머리들이 꼭대기를 뒤덮었고, 그 안은 북적거림이 가득 차 있었고, 그 꼭대기에는 총과 검, 몽둥이, 도끼, 창, 총검들이 삐쭉삐쭉 솟아 있었고, 커다란 붉은 깃발 하나가 바람에 펄럭거리고 있었으며, 호령 소리, 돌격의 노래, 북소리, 여자들의 울부짖는 소리, 아사자들의 침울한 웃음소리를 사람들은 거기에서 들었다. 바리케이드는 엄청나게 크고 살아 있었으며, 전기를 뿜는 짐승의 등에서처럼, 거기에서 번갯불 같은 반짝거림이 나오고 있었다. 신의 목소리를 닮은 그 민중의 목소리가 으르렁거리고 있는 그 꼭대기를 혁명의 정신이 그의 구름으로 휘덮고 있었으며, 이상한 장엄함이 그 거대한 잔해 덩어리에서 발산되고 있었다. 그것은 쓰레기의 산더미였고 시나이 산이었다.

앞서 말한 것처럼, 이 바리케이드는 '혁명'의 이름으로, 요컨대, '혁명'을 공격하고 있었다. 그것은, 이 바리케이드는, 우연이고, 무질서고, 심한 불안이고, 오해고, 미지의 것인 이 바리케이드는 입헌의회, 국민의 주권, 보통선거, 국가, 공화국에 맞서고 있었다. 그것은 「라 마르세예즈」(프랑스 국가)에 도전하는 「카르마놀」(프랑스의 혁명가)이었다.

무모한, 그러나 영웅적인 도전이었다. 왜냐하면 이 유서 깊은 문밖이 영웅이니까.

문밖과 그의 각면보는 서로서로 돕고 있었다. 문밖은 각면보에 어깨를 기대고 있었고, 각면보는 문밖에 등을 기대고 있었다. 그 광대한 바리케이드는 아프리카 장군들의 전략이 와서 깨진 낭떠러지처럼 가로놓여 있었다. 그의 동굴, 혹, 사마귀, 융기(隆起) 들이 말하자면 상을 찌푸리고 연기 아래에서 비웃고 있었다. 산탄은 거기서 형체도 없이 사라졌고, 유탄들은 거기에 파묻히고, 거기에 삼켜지고, 거기에 잠겨 버렸고, 구탄(球彈)은 구멍들을 뚫는 데밖에 거기서 성공하지 못했다. 혼돈에 대포질을 한들 무슨 소용이 있겠는가? 전쟁의 가장 잔인한 광경들에 익숙한 연대들도, 멧돼지처럼 털이 곤두서고 산처럼 거대한 그 야수 같은 각면보를 불안한 눈으로 바라다보고 있었다.

거기서 1킬로미터쯤 떨어진 곳, 저수탑 옆의 가로수 길로 나가는 탕플 거리의 모퉁이에서, 달르마뉴 상점의 점두로 형성된 끝 밖으로 대담하게 머리를 내밀면, 멀리, 수로 저편에, 벨빌의 비탈길을 올라가는 거리에, 그 오르막의 정점에, 집 삼층 높이에 달하는 이상한 장벽 하나를 볼 수 있었는데, 그것은 오른쪽 집들과 왼쪽 집들 사이의 일종의 연결선 같은 것으로, 마치 거리를 갑자기 막아 버리기 위해서 그의 가장 높은 벽을 포개 놓은 것처럼 보였다. 그 벽은 포석들로 구축되어 있었다. 벽은 곧고, 정연하고, 차갑고, 수직이고, 직각자로 높낮이를 고르게 하고, 먹줄로 줄을 긋고, 연추(鉛錘)로 줄지어 세워져 있었다. 시멘트는 아마 거기에 없었겠으나, 어떤 로마식 벽들처럼 건축상의 견고함에 지장은 없었다. 그 높이로 보아 그 깊이도 짐작이 갔었다. 담 꼭대기와 기초는 수학적인 평행을 이루고 있었다. 그 잿빛 표면에는 군데군데, 거의 눈에 띄지 않는 총안들이 검게 줄처럼 나 있는 것을 알아볼 수 있었다. 그 총안들은 서로 똑같은 간격으로 떨어져 있었다. 눈에 보이는 한 거리엔 인기척이 없었다. 모든 창들과 모든 문들이 닫혀 있었다. 안쪽에 서 있는 이 장벽 때문에 거리는 막다른 골목이 되어 있었다. 벽은 요지부동이고 고요했다. 거기에는 아무도 보이지 않고, 아무 소리도 들리지 않았다. 고함도 없고, 소음도 없고, 숨소리도 없었다. 무덤이었다.

6월의 눈부신 태양이 그 무서운 물건 위에 햇빛을 퍼붓고 있었다.

그것이 탕플 문밖의 바리케이드였다. 그 터에 도착하여 그것을 보게 되자마자, 아무리 대담한 사람들이라도 그 신비한 출현 앞에서 생각에 잠기게 되지 않을 수 없었다. 그것은 정돈되고, 잘 끼워 맞춰지고, 기와 모양으로 배열되고, 직선을 이루고, 균형이 잡히고, 그리고 음산했다. 거기에는 과학과 암흑이 있었다. 그 바리케이드의 두목이 기하학자가 아니면 유령인가 싶어졌다. 사람들은 그것을 바라보고 낮은 소리로 말을 했다.

때때로, 어떤 사람이, 병사인지, 장교인지, 혹은 민중의 대표인지가 그 호젓한 차도를 감히 건너가면, 날카롭고 약한 호각 소리가 들리고, 행인은 부상하거나 죽어서 넘어졌고, 그렇지 않고 그것을 면했을 경우에는 어떤 닫힌 덧문이나 돌담 사이나 회벽 속에 하나의 탄환이 박히는 것이 보였다. 때로는 산탄도 있었다. 왜냐하면 바리케이드의 사람들은, 한쪽 끝을 베오라기와 진흙으로 틀어막은 무쇠로 된 가스관 두 토막으로 두 개의 작은 대포를 만들어 갖고 있었으니까. 화약을 무익하게 사용하는 일은 없었다. 탄환은 거의 다 명중했다. 몇 구의 시체들이 여기저기에 있었고, 피의 웅덩이들이 포도에 있었다. 나는 한 마리의 흰 나비가 거리에서 왔다 갔다 하던 것이 생각난다. 여름은 아직 물러가지 않은 것이다.

근처에서 대문들 아래는 부상자들로 막혀 있었다.

사람들은 전혀 보이지 않는 누군가에 의해서 겨누어지고 있는 것을 거기서 느꼈고, 거리의 어디에서고 저격을 당할 것이라는 걸 깨닫고 있었다.

탕플 문밖 입구에서 수로의 아치교를 이루고 있는 나귀의 등 같은 장소 뒤에 공격 종렬로 모여 있는 병사들은, 그 음산한 각면보를, 그 요지부동한 곳을, 그 태연자약한 곳을, 그 죽음이 나오는 곳을 엄숙하게 생각에 잠겨 지켜보고 있었다. 어떤 병사들은 군모가 드러나지 않도록 주의하면서, 그 다리의 커브 위까지 기어 올라갔다.

용감한 몽테나르 대령이 몸을 떨면서 그 바리케이드를 감탄하며 바라보고 있었다. "참 잘 지었네요!" 이렇게 그는 어떤 대의원에게 말했다. "포석 하나도 서로 어긋나는 것이 없군요. 이건 도자기 같습니다그려." 그때 총탄 하나가 그의 가슴 위의 훈장을 부쉈고, 그는 쓰러졌다.

　　"겁쟁이들아!" 하고 누가 말했다. "이놈들아, 나타나 봐라! 너희들 꼴 좀 보자! 감히 못 해! 숨어만 있구나!" 탕플 문밖의 바리케이드는 여든 명이 수비하고, 만 명에게 공격을 받으면서, 사흘을 버티었다. 나흘째, 공격군은 자차와 콩스탕틴에서처럼 했다. 그들은 집들을 뚫고, 지붕들을 타고 왔으며, 바리케이드는 점령되었다. 그 여든 명의 겁쟁이들 중 한 사람도 도망칠 생각을 하지 않았다. 모두 거기에서 피살되었다. 수령 바르텔미만은 예외였는데, 그에 관해서는 이제 곧 말하겠다.

　　생 탕투안의 바리케이드는 천둥의 소란이었고, 탕플의 바리케이드는 침묵이었다. 그 두 개의 각면보들 사이에는 무시무시한 것과 음침한 것이라는 차이가 있었다. 하나는 아가리 같았고, 또 하나는 탈 같았다.

　　6월의 거창하고 신비로운 반란이 분노와 수수께끼로 이루어졌다고 인정하면서, 사람들은 전자의 바리케이드에서는 드라공을 느꼈고, 후자의 바리케이드 뒤에서는 스핑크스를 느꼈다.

　　그 두 요새는 하나는 쿠르네, 또 하나는 바르텔미라고 하는 두 사람에 의해서 구축되었다. 쿠르네는 생 탕투안의 바리케이드를, 바르텔미는 탕플의 바리케이드를 만들었다. 양자가 제각기 그 건조자의 모습을 지니고 있었다.

쿠르네는 키가 큰 사람이었다. 그는 넓은 어깨, 붉은 얼굴, 억센 주먹, 대담한 마음, 공정한 넋, 진지하고 무서운 눈을 가지고 있었다. 용감하고, 정력적이고, 골 잘 내고, 성품이 격렬했는데, 남자치고는 가장 친절하고, 전투원치고는 가장 무서운 사람이었다. 전쟁, 격투, 백병전은 그가 호흡하기에 적합한 공기였고, 그를 기분좋게 해 주었다. 그는 해군 장교였었는데, 그의 몸짓과 목소리로, 사람들은 그가 대양에서 나오고 폭풍우에서 온다는 것을 짐작했다. 그는 전투에서 태풍을 계속하고 있었다. 신성(神性)을 제외하고 당통 속에 무엇인가 헤라클레스 같은 것이 있었듯이, 천재를 제외하고 쿠르네 속에는 무엇인가 당통 같은 것이 있었다.

바르텔미는 수척하고, 허약하고, 창백하고, 과묵했으며, 일종의 비참한 건달이었는데, 순경에게 따귀를 얻어맞고, 그를 엿보고 기다렸다가 그를 죽였고, 열일곱 살에 투옥되었다. 그는 감옥에서 나와서 그 바리케이드를 만들었다.

후일, 두 사람 다 추방되어, 런던에서, 무슨 팔자소관인지, 바르텔미는 쿠르네를 죽였다. 피비린내 나는 결투였다. 얼마 후에, 치정 관계가 섞인 그 수수께끼 같은 사건 중 하나에 휩쓸려서, 프랑스 법정은 정상참작을 인정했지만 영국 법정은 사형밖에 인정하지 않은 불행 속에서, 바르텔미는 교수형에 처해졌다. 지성의 소유자였고, 확실히 강인했고, 아마 위대했는지도 모를 이 불행한 인간은 물질적인 결핍 때문에, 정신적인 암흑 때문에, 프랑스에서 감옥으로 시작하여 영국에서 교수대의 이슬로 사라졌는데, 어두운 사회 구성은 그렇게 만들어져 있는 것이다. 바르텔미는 어떤 경우에도 한 가지 깃발밖에는 세우지 않았는데, 그것은 검은 깃발이었다.

2. 심연 속에서는 이야기나 할 수밖에

폭동의 지하 교육에 십육 년이 지나갔으므로, 1848년 6월은 1832년 6월보다 폭동에 관해서 지식이 더 많았다. 그래서 샹브르리 거리의 바리케이드는, 내가 방금 묘사한 두 개의 거대한 바리케이드에 비교하면 미완성품에 불과하고 불완전품에 불과했지만, 당시로서는 대단히 무서운 것이었다.

폭도들은, 마리우스는 더 이상 아무것도 보지 않고 있었으니까, 앙졸라의 감시 아래 밤을 이용했었다. 바리케이드는 단지 수리되었을 뿐 아니라 증축되었다. 그것을 위로 2자나 더 높이 쌓아 올렸었다. 포석들 사이에 박아 놓은 쇠막대기들은 세워 놓은 창들과 비슷했다. 도처에서 가져다가 덧붙여 놓은 온갖 파편들이 외부의 착잡함을 더 어수선하게 만들고 있었다. 그 각면보는 내부는 벽으로, 그리고 외부는 가시덤불로 교묘하게 개조되었었다.

성벽처럼 위로 올라갈 수 있는 포석의 계단을 다시 만들었었다.

사람들은 바리케이드 안을 청소하고, 아래층 홀을 치우고, 부엌을 야전병원으로 만들고, 부상자들의 상처를 치료하고,

땅바닥과 탁자들 위에 흩어져 있는 화약을 줍고, 탄환을 녹이고, 약포를 만들고, 붕대에서 잡물을 제거하고, 땅에 떨어진 무기를 분배하고, 각면보의 내부를 쓸고, 파편들을 주워 모으고, 시체들을 치웠었다.

시체들은 여전히 그들이 장악하고 있는 몽데투르의 골목길에 쌓아 놓았다. 그 포도는 그 후 오랫동안 붉게 물들어 있었다. 전사자들 중에는 교외의 국민병 넷이 있었다. 앙졸라는 그들의 군복을 따로 두게 했다.

앙졸라는 두 시간의 수면을 권했다. 앙졸라의 권고는 명령이었다. 그렇지만 단지 서너 명만이 그 권고를 따랐다. 푀이는 그 두 시간을 사용하여 술집 맞은편의 벽에 다음과 같은 글자를 새겼다.

민중 만세!

그 네 글자는 못으로 석벽에 새겨졌는데, 1848년에 아직도 그 벽 위에 읽어 볼 수 있었다.

술집의 세 여자들은 밤의 쉬는 틈을 타서 드디어 사라져 버렸는데, 그것이 폭도들에게는 더 마음 편했다.

그녀들은 이웃집으로 용케 피신했었다.

대부분의 부상자들은 아직도 싸울 수 있었고 또 그러기를 원하고 있었다. 야전병원이 된 부엌 안의 매트와 짚다발의 들 것 위에는 중상자가 다섯 명 있었는데, 그중 둘은 시민병이었다. 시민병은 우선적으로 치료를 받았다.

아래층 홀에는 이제 검은 상포(喪布)에 덮인 마뵈프와 기둥에 묶인 자베르밖에 없었다.

"여기는 시체실이다."라고 앙졸라가 말했다.

촛불 하나로 가까스로 비춰진 그 홀 안에, 썩 안쪽에, 시체가 놓인 탁자가 가로장처럼 놓여 있고 그 앞에 기둥이 서 있었기 때문에, 서 있는 자베르와 누워 있는 마뵈프는 커다란 십자가처럼 희미하게 보였다.

합승 마차의 채는 일제사격으로 인해 동강이 났지만, 거기에 기를 매달기에는 아직도 충분할 정도로 서 있었다.

자기가 한 말은 꼭 실행하는 그런 수령으로서의 장점을 지니고 있는 앙졸라는 피살된 노인의 구멍 뚫린 피투성이 옷을 그 깃대에 매달았다.

어떠한 식사도 이제 가능하지 않았다. 빵도 없고 고기도 없었다. 바리케이드의 쉰 명의 남자들은 거기에 온 지 열여섯 시간 전부터 카바레의 보잘것없는 식료품을 이내 탕진해 버렸다. 저항하는 바리케이드는 모두 일정한 순간에는 불가피하게 메뒤즈호의 뗏목이 된다. 굶주림을 참을 수밖에 없었다. 생 메리의 바리케이드에서 빵을 요구하는 폭도들에 둘러싸인 잔이 "먹을 것을!" 하고 외치는 그 모든 전투원들에게 "왜요? 지금은 3시예요. 4시에 우리는 죽어요." 라고 대답한 6월 6일의 그 비장한 날의 첫 시간에 그들은 와 있었다.

더 이상 먹을 수 없었기 때문에, 앙졸라는 물 마시는 것을 금했다. 그는 포도주를 금하고 브랜디를 할당 배급했다.

지하실에서 열댓 개의 밀봉한 술병을 찾아냈었다. 앙졸라와 콩브페르가 그것을 검사했다. 지하실에서 올라오면서 콩브페르가 말했다. "처음에 식료품 장사로 시작한 위슐루 영감의 옛 자본이야." 보쉬에는 "아마 진짜 포도주일 거야. 그랑테르가 잠든 것이 다행이지. 그가 깨어 있으면, 이 병들이 남아나기 어려울 텐데." 하고 말했다. 불평의 소리가 있었지만, 앙졸라는 그 열다섯 병에 대해서 거부권을 행사하고, 아무도 그것에 손을 대지 못하도록, 그리고 성스러운 것으로 여겨지도록, 그것을 마뵈프 영감이 누워 있는 테이블 아래에 갖다 놓게 하였다.

오전 2시경에 인원을 세어 보았다. 그들은 아직도 서른일곱 명이었다.

날이 밝기 시작했다. 포석들의 오목하게 된 데다 다시 세워 놓았던 횃불을 막 꺼 버린 참이었다. 거리를 향해 자리 잡은 작은 안마당 같은 바리케이드의 내부는 어둠에 잠겨 있어서, 미명의 막연한 공포를 통해, 파괴된 선박의 갑판을 닮아 보였다. 왔다 갔다 하는 전투원들은 검은 형체들처럼 거기서 움직이고 있었다. 그 무시무시한 어둠의 집 위에, 말 없는 여러 층의 집들이 희끄무레하게 윤곽이 드러나 있었다. 맨 꼭대기에는 굴뚝들이 어슴푸레 보였다. 하늘은 어쩌면 희고 어쩌면 푸른 것 같은 그런 애매하고 매력적인 빛깔이었다. 새들이 거기서 행복한 울음소리를 내며 날고 있었다. 바리케이드의 배경을 이루고 있는 높은 집은, 동쪽을 향해 있기 때문에, 지붕 위에 장밋빛 반영을 비치고 있었다. 그 4층 천장에서는, 아침 바람이 죽은 남자의 머리 위로 불어와 회색 머리카락을 흔들고 있었다.

"햇불을 꺼 줘서 기쁘다."하고 쿠르페락이 푀이에게 말했다. "바람에 놀란 그 햇불이 난 싫었어. 햇불이 무서워하는 것 같았어. 햇불의 불빛은 비겁한 자들의 지혜를 닮았어. 그것은 떨기 때문에 잘 비추질 못하거든."

새벽은 새들처럼 인간들을 깨워 준다. 모두 이야기를 하고 있었다.

고양이 한 마리가 처마 위를 돌아다니는 것을 보고, 졸리가 거기에서 철학을 끌어냈다.

"고양이란 무엇이냐?" 하고 그는 소리를 질렀다. "그것은 완화제다. 하느님이 생쥐를 만들어 놓고 말했다. '이런, 내가 바보짓을 했네.' 그리고 고양이를 만들어 냈지. 고양이는 곧 생쥐의 오식(誤植)이야. 생쥐 플러스 고양이는 창조의 개정된 교정쇄다."

콩브페르는 학생과 노동자 들에 둘러싸여, 장 플루베르, 바오렐, 마뵈프, 그리고 심지어 카뷕 같은 죽은 사람들에 관해, 그리고 앙졸라의 심각한 슬픔에 관해 얘기하고 있었다. 그는 말했다.

"하르모디오스와 아리스토지톤, 브루투스, 케레아스*, 스테파누스, 크롬웰, 샤를로트 코르데**, 상드, 이 모든 사람들은

---

* 로마의 호민관 케레아스(Chéréas)는 칼리굴라(Caligula)를 죽이고(BC 41) 처형되었다.

** 코르데(Corday, 1768~1793). 프랑스의 젊은 여성, 혁명의 열렬한 신봉자, 마라(Jean Paul Marat)를 그의 목욕통에서 죽이고 단두대에서 목이 잘렸다.

죽이고 난 후에, 번민의 순간이 있었어. 우리 마음이 매우 떨린다. 인생은 참으로 신비한 것이어서, 공공을 위한 살인에서조차도, 심지어, 이런 것이 있다면 말이지만, 해방을 위한 살인에서조차도, 한 인간을 살해했다는 뉘우침은 인류에 봉사했다는 기쁨을 능가한다."

그리고 대화는 굽이굽이 돌고 돌아, 잠시 후에는 플루베르의 시에서 변하여, 콩브페르는 (비르기리우스의) 「농경시」의 번역자들을 비교하고, 로와 쿠르낭을 비교하고, 쿠르낭과 드릴을 비교하면서, 말필라트르가 번역한 몇 개의 구절을 지적했는데, 특히 케사르의 죽음에 관한 경이를 말했고, 이 케사르란 말에서 이야기는 다시 브루투스로 돌아왔다.

"케사르는 쓰러져 마땅했다."라고 콩브페르는 말했다. "키케로는 케사르에게 준엄했지만, 그의 말은 옳았다. 그 준엄함은 조금도 혹평이 아니야. 조일루스가 호메로스를 욕하고, 메비우스가 비르기리우스를 욕하고, 비제가 몰리에르를 욕하고, 교황이 셰익스피어를 욕하고, 프레옹이 볼테르를 욕할 때, 그것은 예부터 흔히 있는 질투와 증오심에서 생기는 일이야. 천재들은 욕을 먹고, 위인들은 항상 다소 짖어 대는 소리를 듣는 거야. 그러나 조일루스와 키케로는 이야기가 다르지. 키케로는, 브루투스가 검에 의한 심판자인 것과 마찬가지로, 사상에 의한 심판자야. 나로 말하자면, 후자의 심판, 즉 칼을 비난한다. 하지만 옛 시대는 그것을 용인했어. 루비콘 강을 건넌 케사르는 민중에게서 오는 고위직을 자기 자신에게서 오는 것처럼 수여하고, 원로원 입구에서 일어나지 않고, 유트로프스가 말했듯이, '왕과 같은, 그리고 거의 폭군과 같은' 일들을 행했다. 그는 위인이었다. 그건 유감이었다. 또는 다행이었다. 그 교훈은 더 높다. 그가 받은 스물세 개의 상처는 예수 그리스도의 이마에 뱉은 침보다 나를 덜 감동시킨다. 케사르는 원로원 의원들에게 척살되었고, 그리스도는 하인들에게 따귀를 맞았다. 더 많은 모욕에 사람은 신을 느낀다."

포석 더미 위에서 이야기하는 사람들을 내려다보고 있던 보쉬에가 기병총을 손에 들고 소리쳤다.

"오, 시다테네옴, 오, 미리누스, 오, 프로발린트, 오, 에안티드의 미의 여신들이여! 오! 그 누가 나로 하여금 로륨이나 에다프테온의 그리스인처럼 호메로스의 시를 읊게 해 줄 것인가!"

3. 광명과 음영

앙졸라는 정찰을 하러 나갔었다. 집들을 따라서 몽데투르의 골목길을 꼬불꼬불 빠져나갔었다.

말해 두지만, 폭도들은 희망에 가득 차 있었다. 그들은 밤의 습격을 물리쳤던 방법을 믿고 새벽의 습격을 미리 무시하고 있었다. 그들은 습격을 기다리며 비웃고 있었다. 그들은 그들의 명분보다도 더 그들의 성공을 의심치 않고 있었다. 게다가 틀림없이 원병도 곧 그들에게 올 것이다. 그것을 그들은 기대하고 있었다. 쉽사리 승리를 예단하는 것이 싸우는 프랑스인의 힘 중 하나인데, 그들은 곧 펼쳐질 하루를 세 개의 확실한 국면으로 나누고 있었다. 즉 아침 6시에는 '미리 공작해 놓은' 1개 연대가 귀순해 올 것이고, 정오에는 파리 전체가 봉기할 것이고, 해가 질 무렵에는 혁명이 일어날 것이다.

전날 밤부터 끊임없이 울리고 있는 생 메리의 경종 소리가 들려왔는데, 그것은 또 하나의 바리케이드인 큰 바리케이드, 잔의 바리케이드가 여전히 저항하고 있다는 증거였다.

그 모든 희망들이 벌집 전쟁의 윙윙거리는 소리를 닮은 일종의 즐겁고도 무서운 속삭임 속에 이 무리에서 저 무리로 주고받아지고 있었다.

앙졸라가 다시 나타났다. 그는 바깥 어둠 속으로 나갔던 독수리의 암행에서 돌아온 것이다. 그는 잠시 팔짱을 끼고, 한 손을 입에 놓고, 그 모든 기쁨에 귀를 기울이고 있었다. 그런 뒤에, 더욱더 밝아 오는 새벽의 흰빛 속에 발랄한 장밋빛 얼굴을 하고 그는 말했다.

"파리의 모든 군대가 나왔소. 이 군대의 삼 분의 일이 여러분이 있는 이 바리케이드를 덮칠 것이오. 게다가 국민병도 있소. 나는 보병 제5 연대의 모자와 국민병 제6 연대의 깃발을 알아보았소. 한 시간 후에 우리는 공격을 받을 거요. 민중으로 말하자면, 어제는 끓어올랐지만, 오늘 아침에는 꼼짝도 않고 있소. 아무것도 기다릴 것이 없고, 아무것도 희망할 것이 없소. 문밖에도 연대가 없소. 여러분은 버림 받았소."

이 말은 사람들의 웅성대는 소리 위에 떨어져서, 벌 떼 위에 떨어지는 폭풍우의 첫 방울 같은 결과를 빚어냈다. 모두들 꿀먹은 벙어리가 되었다. 죽음이 날아다니는 소리가 들리는 듯한 무어라 말할 수 없는 침묵의 한순간이 있었다.

그 순간은 짧았다.

군중의 가장 어두운 안쪽에서, 하나의 목소리가 앙졸라에게 외쳤다.

"좋소. 바리케이드를 20척의 높이로 올리고, 모두 여기에 이대로 있읍시다. 시민들이여, 시체들의 항쟁을 합시다. 민중이 공화주의자들을 저버릴지언정, 공화주의자들은 민중을 저버리진 않는다는 것을 보여 줍시다."

그 말은 모두의 생각에서, 개인적인 불안의 괴로운 구름에서 벗어나게 해 주었다. 그것은 열광적인 환호를 받았다.

그렇게 말한 사람의 이름은 결코 알 수 없었다. 그것은 어떤 무명의 노동복 차림의 사나이, 미지의 사나이, 잊힌 사나이, 지나가는 영웅. 이런 익명의 위인은, 항상 인류의 위기와 사회의 생성에 섞여서, 일정한 순간에, 최후로 결정적인 말을 하여, 번개 같은 빛 속에서, 일순간, 민중과 신을 대표한 후, 암흑 속에 사라진다.

이런 준엄한 결심은 1832년 6월 6일의 공기 속에 하도 강하게 있었으므로. 거의 같은 시간에, 생 메리의 바리케이드 안에서는 폭도들이 다음과 같은 함성을 질렀는데 그것은 역사상에도 남아 있고 공판 서류에도 기록되어 있다. "우리에게 원군이 오든지 아니 오든지 무슨 상관이냐! 최후의 한 사람까지 여기서 죽자."

보다시피, 두 바리케이드는 사실상 고립되어 있었지만, 서로 통하고 있었다.

4. 다섯이 줄고, 하나가 늘고

'시체들의 항쟁'을 외친 어떤 사람이 공통된 마음의 표현을 말한 후, 모두의 입에서 이상하리만큼 만족스럽고 무서운 외침이 쏟아져 나왔는데, 그 뜻은 비장하고 그 어조는 의기양양했다.

"죽음 만세! 모두 여기에 이대로 남자."

"왜 모두야?" 하고 앙졸라가 말했다.

"모두야! 모두."

앙졸라가 말을 이었다.

"위치가 좋고, 바리케이드는 견고하다. 서른 명이면 충분하다. 왜 마흔 명이나 희생하자는 건가?"

그들은 대꾸했다.

"한 사람도 떠나기를 원치 않기 때문이오."

"시민들이여," 앙졸라가 외쳤다. 그의 목소리는 거의 분노에 가까우리만큼 떨리고 있었다. "공화국은 무익한 소비를 할 만큼 인원이 많지 않소. 영광은 낭비요. 어떤 사람들에게 떠나는 것이 의무라면, 그 의무도 다른 의무와 마찬가지로 지켜져야 하오."

원칙의 인간인 앙졸라는 동지들에 대해 절대자에서 나오는 그런 종류의 전능을 가지고 있었다. 그렇지만 그 절대적 권력에도 불구하고 사람들은 중얼거렸다.

손톱 끝까지 두목인 앙졸라는 사람들이 중얼거리는 것을 보고 주장했다. 그는 큰소리로 말을 이었다.

"더 이상 서른 명밖에 안 되는 것이 두려운 사람들이나 그런 말을 하시오."

불평의 소리가 한층 더해졌다.

"더구나," 군중 속에서 하나의 목소리가 지적했다. "떠난다는 것, 그건 말하기는 쉽소. 바리케이드가 포위되어 있소."

"시장 쪽은 그렇지 않소." 앙졸라는 말했다. "몽데투르 거리는 자유로워 프레쇠르 거리로 해서 이노상 시장에 갈 수 있소."

"그러다 거기서 붙잡히겠죠." 하고 집단에서 다른 목소리가 말을 이었다. "보병이나 교외병의 어떤 전초와 마주칠 거요. 그들은 노동복 차림에 모자를 쓴 사람이 지나가는 걸 보겠지요. '어디서 오느냐? 바리케이드에서 오는 것 아니야?' 그러고 그대의 손을 본다. '네게서 화약 냄새가 나는구나.' 총살."

앙졸라는 대답하지 않고, 콩브페르의 어깨에 손을 대고, 둘이서 아래층 홀로 들어갔다.

잠시 후에 그들은 다시 나왔다. 앙졸라는 보관시켜 두었던 군복 네 벌을 두 손에 잔뜩 들고 있었다. 뒤따르는 콩브페르는 혁대와 군모를 들고 있었다.

"이 군복을 입고 대열에 섞여 있다가 빠져나가는 거요. 여기에 아직도 네 사람 몫의 옷이 있소." 앙졸라가 말했다.

그리고 포석이 제거된 땅바닥에 네 벌의 군복을 던졌다.

강인한 청중 속에서는 아무런 동요도 없었다. 콩브페르가 발언했다.

"자," 하고 그는 말했다. "연민의 정을 좀 가져야 하오. 여기서 뭐가 문제인지 아시오? 아내들이 문제요. 자아, 아내들이 있소, 없소? 아이들이 있소, 없소? 발로 요람을 밀고 자기 주위에 많은 어린애들을 가지고 있는 어머니들이 있소, 없소? 여러분 중에 어머니의 젖가슴을 한 번도 안 본 사람은 손을 드시오. 아! 당신들은 죽기를 원하오. 당신들에게 이렇게 말하는 나도 역시 그러기를 원하지만, 나는 내 몸에 팔을 감는 여자들의 환상을 느끼고 싶지 않소. 죽으시오, 좋소. 그러나 남을 죽게 하지는 마시오. 여기서 곧 이루어지려는 것 같은 자살들은 숭고하지만, 자살은 편협하고, 확대되는 것을 원치 않소. 그것이 근친들에게 파급되자마자, 자살은 살인이라고 불리는 거요. 금발의 어린아이들을 생각하고, 백발의 노인들을 생각하시오. 내 말을 들으시오. 아까 앙졸라가 내게 말한 건데, 시뉴 거리의 모퉁이 6층에 불이 켜진 십자형 창과 초라한 창문에 촛불이 있는 것을 보았는데, 밤새도록 잠을 안 자고 기다리고 있는 듯한 노파의 머리 그림자가 흔들거리고 있었다는 거요. 그것이 어쩌면 여러분 중 한 사람의 어머니일지도 몰라요. 그러니, 떠나시오, 그런 사람은. 그리고 빨리 어머니에게 가서 말하시오. '어머니 제가 왔습니다.'라고. 그런 사람은 안심하시오. 그래도 우리는 여기서 할 일을 다 할 테니까. 자기의 노동으로 근친을 부양한다면, 더 이상 자신을 희생할 권리가 없소. 그것은 가정을 저버리는 것이오, 그것은. 딸을 가진 사람들도 그렇고, 누이를 가진 사람들도 그렇소! 이런 걸 생각해 보셨소? 당신들은 전사를 하고, 이제 죽었다 칩시다. 좋아. 그러면 내일은? 빵이 없는 처녀들, 그것은 무서운 일이오. 남자는 구걸을 하고, 여자는 몸을 팔지. 아! 그렇게도 귀엽고 그렇게도 상냥스러운 어여쁜 아가씨들, 꽃 모자를 쓰고, 노래하고, 지저귀고, 순결함으로 집 안을 가득 채우고, 살아 있는 향기 같고, 지상의 숫처녀들의 순결함으로 하늘에 있는 천사들의 존재를 증명하는 아가씨들, 그 잔, 그 리즈, 그 미미, 여러분의 축복이고 자랑인 사랑스럽고 얌전한 여자들이, 아, 하느님 맙소사, 굶주리게 되는 거요! 뭐라고 말하면 좋을까? 인간의 육체 시장이 있는데, 그녀들이 거기에 들어가는 것을 막는 것은 그녀들의 주위에서 떨고 있는 여러분의 어둠의 손으로는 안 되오. 거리를 생각해 보시오. 통행인들로 덮인 포도를 생각해 보시오. 상점 앞에서 어깨와 가슴을 드러내 놓고 진창 속에서 오락가락하는 여자들을 생각해 보시오. 그런 여자들도 역시 순결했소. 당신들의 누이들을 생각해 보시오, 누이들이 있는 사람들은. 빈궁, 매음, 경찰관, 생 라자르의 유치장, 그러한 데로 그 섬세하고 아름다운 처녀들은, 그 5월의 라일락 꽃보다도 더 싱싱한, 정절과 귀여움과 아름다움의 연약한 보배들은 떨어져 가는 거요. 아! 여러분은 전사했소. 아! 여러분은 더 이상 존재하지 않소! 좋아요. 여러분은 민중을 왕권에서 벗어나게 하고자 하면서, 여러분은 여러분의 딸을 경찰에 넘겨 주는 거요. 동지들, 조심하시오, 동정심을 가지시오. 여자들, 불행한 여자들, 사람들은 그녀들을 많이 생각하는 버릇이 없소. 사람들은 여자들이 남자들 같은 교육을 받지 않는다고 믿고 있고, 그녀들이 읽는 것을 방해하고, 그녀들이 생각하는 것을 방해하고, 그녀들이 정치에 관심을 갖는 것을 방해하고 있소. 여러분은 그녀들이 오늘 저녁 시체 공시장에 가서 여러분의 시체를 확인하는 것을 방해할 것인가? 자아, 가족이 있는 분들은 얌전하게 우리의 말을 듣고, 우리들과 악수하고 떠나가고, 우리들로 하여금 우리들만이 여기서 일을 하도록 해 줘야겠소. 떠나기 위해서는 용기가 필요하다는 것을 나는 잘 알고 있소. 그건 어려운 일이지만, 어려우면 어려울수록 더 칭찬을 받을 만한 것이오. 사람들은 이렇게 말하지요. '나는 총을 가지고 있고, 바리케이드에 있으니, 별수 있나. 나는 여기에 이대로 있겠다. 할 수 없지, 말하면 뭐해.'라고. 여러분, 다음 날이 있소. 여러분은 그 다음 날에 있지 않겠지만, 여러분의 가족은 있을 것이오. 그리고 얼마나 많은 고통이 있겠소! 자아, 건강하고 귀여운 어린애가, 그의 볼이 사과 같고, 종알거리고, 새롱거리고, 쨋쨋거리고, 웃고, 입을 맞추면 싱싱함이 느껴지는 그런 아이가 버려질 때 그 아이가 어떻게 되는지 아시오? 나는 그런 어린이를 하나 봤는데, 아주 작은 애였소. 키가 이만이나 할까. 그 애 아버지가 죽었어요. 가난한 사람들이 자비심에서 그 애를 맞아들였으나, 그들은 자신들을 위한 빵도 없었소. 어린아이는 항상 배가 고팠소. 겨울이었소. 그 아이는 울지 않았소. 그 아이가 난로 옆으로 가는 걸 봤는데, 거기에는 불을 피워 본 적이 없었고, 아시겠소? 그 굴뚝은 황토로 틈을 막아 놓고 있었어요. 어린아이는 그 작은 손가락으로 그 흙을 조금씩 뜯어 먹고 있었소. 그는 숨이 가쁘고, 얼굴은 창백하고, 다리는 힘이 없고, 배는 불룩했소. 그는 아무 말도 하지 않았소. 누가 그에게 말을 해도, 그는 대답하지 않았소. 그는 죽었어요. 그를 네케르 양육원에 데려와 거기서 죽었는데, 나는 거기서 그를 보았소. 나는 그 양육원에서 인턴이었소. 그건 그렇고, 여러분 중에 아버지들이 있거든, 그 다정스럽고 실팍진 손에 어린아이의 조그만 손을 쥐고 일요일에 즐겁게 산책을 하는 그런 아버지들이 있거든, 이 아버지들이 저마다 아까 그 아이가 자기 아이라고 상상해 보시오. 그 가엾은 어린애를 나는 잊지 않고 있는데, 그가 해부대 위에 알몸으로 있을 때, 그의 갈빗대가 묘지의 풀 아래 흙더미처럼 피부 아래에서 불쑥 튀어나와 있던 것이 내 눈에 선하오. 그의 위 속에선 흙탕물 같은 것이 발견되었소. 그의 이에는 재가 묻어 있었소. 자, 우리의 양심을 더듬어 우리 마음에 물어봅시다. 통계는 고아들의 사망률이 55퍼센트에 달한다고 기록하고 있소. 되풀이하거니와, 문제는 아내들이고, 어머니들이고, 처녀들이고, 어린아이들이오. 우리가 지금 여러분 이야기를 하고 있습니까? 우리는 여러분이 어떻다는 것은 잘 알고 있소. 여러분이 모두 용감하다는 것은 잘 알고 있고말고! 여러분이 대의를 위해서 생명을 희생하는 기쁨과 영광을 마음속에 지니고 있다는 것을 우리는 잘 알고 있소. 여러분이 유익하게, 그리고 장엄하게 죽기 위해서 선택된 사람이라고 느끼고 있는 것을 우리는 잘 알고 있고, 여러분 한 사람 한 사람이 자기 몫의 승리에 집착하고 있다는 것도 우리는 잘 알고 있소. 참 좋은 일이오. 그러나 여러분은 이 세상에 혼자가 아니오. 생각해야 하는 다른 사람들이 있소. 이기주의자가 돼서는 안 되오."

모두들 침울한 표정으로 고개를 숙였다.

가장 숭고한 순간에 있는 사람 마음의 이상한 모순! 그렇게 말하던 콩브페르는 고아가 아니었다. 그는 남들의 어머니를 생각하면서 자기의 어머니는 잊고 있었다. 그는 자신을 죽이려 하고 있었다. 그는 '에고이스트'였다.

마리우스는 아무것도 먹지 않고, 흥분되고, 모든 희망들에서 연방 나오고, 고통 속에, 가장 침울한 파선 속에 빠지고, 격렬한 감정들로 가득 차고, 종말이 오는 것을 느끼고 있었는데, 그는 언제나 기꺼이 받아들인 마지막 시간 전에 일어나는 그 환각적인 마비 속에 더욱더 빠져 들어갔었다.

생리학자는 그에 관해, 과학적으로 알려지고 분류된 그 흥분성 열중 상태의 점증하는 징후를 연구할 수도 있었을 것인데, 이 상태의 괴로움에 대한 관계는 육체적 환락의 쾌감에 대한 관계와도 같다. 절망에도 역시 황홀경이 있다. 마리우스는 그러한 상태에 있었다. 그는 모든 것을 외부에서 보듯이 보고 있었다. 앞서 말한 것처럼, 그의 앞에서 일어나는 것들이 그에게는 먼 것들처럼 보였다. 그는 전체는 분명히 알아보았지만, 세세한 것들은 전혀 알아보지 못하고 있었다. 오가는 사람들이 불길 속을 다니는 것처럼 보였다. 사람들의 목소리는 심연의 밑바닥에서 들려오는 것 같았다.

그렇지만 이런 일은 그를 감동시켰다. 그 광경에는 그에게까지 뚫고 들어간 신랄한 말이 있었고, 그것이 그를 각성시켰다. 그는 더 이상 죽는다는 일념밖에 없었고, 그 밖에 다른 생각은 하고 싶지 않았지만, 그의 음침한 몽유(夢遊) 상태 속에서, 자기를 희생함으로써 누군가를 구하는 것은 금지되어 있지 않다고 생각했다.

그는 목소리를 높였다.

"앙졸라와 콩브페르의 말이 옳아요." 하고 그는 말했다. "무익한 희생은 말아야죠. 나는 이분들의 의견에 찬성하는데, 서둘러야만 합니다. 콩브페르가 여러분에게 결정적인 말을 했어요. 여러분 중에는 가족이나 어머니, 누이, 아내가 있는 사람들이 있소. 그런 분들은 열 밖으로 나오시오."

아무도 움직이지 않았다.

"결혼한 사람들과 가족을 부양하고 있는 사람들은 열 밖으로 나오시오!" 하고 마리우스는 되풀이했다.

그의 권위는 컸다. 앙졸라는 바리케이드의 수령이었지만 마리우스는 바리케이드의 구원자였다.

"나는 그러기를 명령하오!" 하고 앙졸라가 외쳤다.

"나는 그러기를 간청하오." 하고 마리우스는 말했다.

그러자, 콩브페르의 말에 감동하고, 앙졸라의 명령에 흔들리고, 마리우스의 애걸에 감격하여, 그 영웅적인 사나이들은 서로 이름을 지적하기 시작했다. "사실 그래. 너는 가장이야. 가거라." 하고 한 젊은이가 한 장년 남자에게 말했다. 그 남자는 대답했다. "그건 오히려 너다. 너는 네가 먹여살리는 두 누이가 있잖아." 그래서 이상스러운 싸움이 벌어졌다. 그것은 무덤의 문에서 서로 밀려나지 않으려는 다툼이었다.

"서두릅시다." 하고 쿠르페락이 말했다. "십오 분 후면 벌써 때는 늦소."

"시민 여러분," 앙졸라가 뒤를 이었다. "여기는 공화국이오. 보통선거가 시행되고 있소. 가야 할 사람을 여러분 자신이

지명하시오."

사람들은 복종했다. 몇 분 후, 다섯 사람이 만장일치로 지적되어 열 밖으로 나왔다.

"다섯 사람이군!" 마리우스가 외쳤다.

군복은 네 벌밖에 없었다.

"그럼 한 사람은 남아 있어야겠군." 이렇게 다섯 사람들이 말을 이었다.

그러고는 서로 앞을 다투어 남아 있으려 했고, 다른 사람들에게서 남아 있어서는 안 될 이유를 찾아내려고 했다. 용맹스러운 싸움이 다시 시작되었다.

"너는 너를 사랑하는 아내가 있지."

"너는 늙은 어머니가 계시지."

"너는 아버지도 없고 어머니도 없는데, 네 세 어린 동생은 어떻게 살라는 거야?"

"너는 다섯 아이의 아버지야."

"너는 살 권리가 있어. 너는 열일곱 살이야. 이건 너무 일러."

그 위대한 혁명의 바리케이드는 영웅적 행위들의 집합소였다. 사실답지 않은 것이 거기서는 단순한 것이었다. 그 사나이들은 누구나 다 놀라지 않고 있었다.

"빨리 하시오." 하고 쿠르페락이 거듭 말했다.

무리 중에서 누가 마리우스에게 외쳤다.

"지명하시오, 당신이, 남아 있어야 할 사람을."

"그래요." 하고 그 다섯 사람들이 말했다. "선택하시오. 우리는 당신에게 복종하겠소."

마리우스는 더 이상 감동할 수 있으리라고는 생각하지 않고 있었다. 그렇지만 죽을 사람을 하나 고른다는 그런 생각에, 그는 온몸의 피가 심장으로 역류했다. 만약에 그가 더 창백해질 수 있었다면, 그는 창백해졌을 것이다.

그는 자기에게 미소를 짓고 있는 다섯 사람 쪽으로 걸어나갔는데, 저마다, 테르모필에 관한 이야기 속에서 사람들이 보는 그 큰 불길로 가득 찬 눈으로 그에게 소리쳤다.

"나를! 나를! 나를!"

그래서 마리우스는 얼이 빠져서 그들을 세어 보았다. 그들은 여전히 다섯이었다. 이어서 그의 눈길은 네 벌의 군복에 떨어졌다.

그 순간, 다섯 번째의 군복이, 하늘에서 떨어지듯, 네 벌의 군복 위에 떨어졌다.

다섯 번째 사나이는 살아났다.

마리우스는 눈을 들고 포슐르방 씨를 알아보았다.

장 발장이 막 바리케이드 안으로 들어선 참이었다.

정보를 들었는지, 또는 본능으로였는지, 또는 우연으로였는지, 그는 몽데투르의 골목길을 통해 왔다. 국민병 복장 덕분에 그는 쉽사리 통과했다.

폭도들이 몽데투르 거리에 배치해 놓은 보초는 단 한 사람의 국민병 때문에 경보를 울릴 필요가 전혀 없었다. 이건 십중팔구 지원병이겠지. 그렇지 않으면 최악의 경우 포로겠지, 하고 생각하면서, 보초는 그를 거리에 들어오게 내버려 두었던 것이다. 보초가 자기의 임무와 감시소를 떠나기에는 때가 너무나 중대했다.

장 발장이 각면보에 들어섰을 때, 아무도 그를 주목하지 않았었다. 모두의 눈들이 뽑혀 나온 다섯 남자와 네 벌의 군복에 쏠려 있었으니까. 장 발장은 보고 들었었다. 그리고 말없이 옷을 벗어 그것을 다른 군복들 더미 위에 던졌었다.

감동은 말로 표현할 수 없었다.

"저게 누구야?" 보쉬에가 물었다.

"남을 살려 주는 사람이지." 콩브페르가 대답했다.

마리우스가 엄숙한 목소리로 덧붙였다.

"내가 아는 분이오."

그 한마디로 모든 사람들이 만족했다.

앙졸라가 장 발장 쪽으로 몸을 돌렸다.

"동지, 잘 오셨습니다."

그리고 덧붙였다.

"아시겠지만 우리는 곧 죽습니다."

장 발장은 대답하지 않고, 자기가 구원한 폭도가 옷을 입는 것을 도왔다.

5. 바리케이드 위에서 보는 지평선

그 치명적인 시간에 그리고 그 냉혹한 장소에서, 모두의 상황에는, 결과로서 그리고 절정으로서, 앙졸라의 최후의 침울함이 있었다.

앙졸라는 마음속에 완전한 혁명 정신을 가지고 있었다. 그렇지만, 절대자는 절대적일 수 있는 것인데, 그는 그만큼 불완전했다. 그는 생 쥐스트를 너무 닮았으나, 아나카르시스 클로츠는 충분히 닮지 않았다. 그렇지만 그의 정신은 'ABC의 벗들' 결사에서, 마침내 콩브페르의 사상에서 어떤 영향을 받았었다. 얼마 전부터 그는 독단의 좁은 형식에서 조금씩 나와 진보의 확대로 나갔으며, 위대한 프랑스의 공화제를 광대한 인류의 공화제로 변화시키는 것을 결정적이고 썩 훌륭한 발전으로서 받아들이기에 이르렀었다. 즉각적인 방법들로 말하자면, 정황이 격렬하기 때문에, 그는 그것들도 격렬하기를 원하고 있었다. 그런 점에서 그는 변하지 않았고, 93년이라는 말로 요약되는 그 무시무시하고 어마어마한 유파에 머물러 있었다.

앙졸라는 카빈총의 총열에 한쪽 팔꿈치를 괴고 포석 계단 위에 서 있었다. 그는 생각에 잠겨 있었다. 그는 지나가는 영기(靈氣)에 떨듯 몸을 떨고 있었다. 죽음이 있는 곳들은 신탁을 받는 자리 같은 느낌을 주는 것이다. 내적 시선으로 가득한 그의 눈동자에서는 꺼진 불 같은 것이 나오고 있었다. 갑자기 그는 고개를 쳐들었다. 그의 금발이 별들로 만들어진 사두(四頭) 이륜 전차 위의 천사의 금발처럼 뒤로 젖혀졌는데, 그것은 마치 타오르는 후광에 놀란 사자의 갈기 같았고, 앙졸라는 소리쳤다.

"시민들이여, 당신들은 미래를 상상해 보십니까? 도시들의 거리에는 빛이 넘쳐흐르고, 문 앞에는 푸른 나뭇가지들이 우거지고, 여러 나라 국민들이 형제 자매가 되고, 인간들은 올바르고, 노인들은 어린아이를 귀여워하고, 과거는 현재를 사랑하고, 사상가들은 완전한 자유를 누리고, 신자들은 완전한 평등을 갖고, 하늘이 종교가 되고, 신이 직접 신부가 되고, 인간의 양심이 제단이 되고, 더 이상 증오가 없고, 공장과 학교에 우애가 있고, 신상필벌이 명명백백해지고, 모든 사람들에게 일이 주어지고, 모든 사람들이 권리를 향유하고, 모든 사람들에게 평화가 있고, 더 이상 피를 흘리지 않고, 더 이상 전쟁이 없고, 어머니들이 행복하고! 물질을 지배하는 것, 그것이 첫째 걸음이고, 이상을 실현하는 것, 그것이 둘째 걸음이오. 진보가 이미 행한 것에 관해 깊이 생각해 보시오. 옛날 최초의 인류는 눈앞을 저나가는 괴물들을 공포심을 갖고 보았소. 물위에 입김을 내뿜으며 지나가는 칠두사(七頭蛇)며, 불을 내뿜는 용, 독수리의 날개와 호랑이의 발톱을 갖고 나는 그리폰 등을 말이오. 이 무서운 짐승들은 인간 위에 있었소. 그렇지만 인간은 덫을, 지혜의 덫을 놓아 마침내 그 괴물들을 잡았소.

우리는 칠두사를 정복했는데, 그것은 기선이라 불리고, 우리는 용을 정복했는데, 그것은 기관차라 불리고, 우리는 그리폰을 막 정복하려 하고 있고, 이미 그것을 잡고 있는데, 그것은 경기구라 불리오. 그런데 이 프로메테우스적인 일이 끝나는 날, 그리고 인간이 고대의 세 가지 괴수(怪獸)인 칠두사와 용, 그리폰을 결정적으로 그의 뜻대로 다루게 되었을 때, 인간은 물과 불, 공기의 지배자가 될 것이고, 그 밖의 생명 있는 만물에 대해서 옛적의 신들이 옛날 인간에 대해서 차지하고 있었던 자리를 차지하게 될 것이오. 용기를 내시오. 그리고 전진

합시다! 시민*들이여, 우리는 어디로 갑니까? 정부 구실을 하는 과학으로, 유일한 공공의 힘이 된 사물들의 힘으로, 그 자체 속에 상벌을 갖고 있고 명백함에 의해 공포되는 자연법칙으로, 태양의 떠오름에 해당하는 진리의 떠오름으로 가고 있는 거요. 우리는 여러 나라 국민들의 단결로 가고 있고, 인간의 단결로 가고 있소. 더 이상 허구도 없고, 더 이상 가식도 없소. 진실에 의해 지배되는 현실, 이것이 목표요. 문명은 그의 회의를 유럽의 정상에서, 그리고 나중에는 대륙들의 중앙에서, 지성의 대의회에서 열 것이오. 이와 비슷한 것이 이미 있었소. 암픽티온 회의 대의원들은 일 년에 두 번 회의를 열었는데, 한 번은 신들의 장소인 델포이에서, 또 한 번은 영웅들의 장소인 테르모필에서였소. 유럽도 그의 대의원들을 갖게 될 것이고, 지구도 그의 대의원들을 갖게 될 것이오. 프랑스는 이 숭고한 미래를 태내에 갖고 있소. 이것이야말로 19세기의 잉태요. 그리스가 초안을 잡아 놓은 것은 프랑스에 의해 완성될 만한 가치가 있는 것이오. 내 말을 들어라, 너 푀이야, 용감한 노동자, 민중의 사나이, 여러 국민들의 사나이여. 나는 너를 존경한다. 그렇다. 너는 미래의 시대를 명백히 보고 있다. 그렇다, 너는 옳다. 너는 아버지도 어머니도 없었다, 푀이야. 너는 인류를 어머니로 삼고 있고, 권리를 아버지로 삼고 있다. 너는 여기서 죽으려 하고 있다. 다시 말해서 승리하려 하고 있다. 시민들이여, 오늘 무슨 일이 일어나든, 우리의 승리에 의

---

* 원어는 Citoyen. 프랑스 혁명 때 Monsieur 대신 쓰인 호칭.

해서와 마찬가지로 우리의 패배에 의해서도, 우리가 하려는 것은 혁명이오. 화재가 도시 전체를 밝혀 주듯이, 혁명은 전 인류를 밝혀 주오. 그런데 우리는 어떤 혁명을 할 것인가? 내가 아까 말했는데, '진실'의 혁명이오. 정치적 견지에서 보면, 원칙은 하나뿐, 인간이 자기 자신에 대해서 갖는 주권이오. 나에 대한 나의 주권이 '자유'라고 불리는 것이오. 이 주권의 둘 또는 여러 개가 어울리는 곳에서 '국가'가 시작되오. 그러나 이 어울림 속에는 아무런 권리의 포기도 없소. 각 주권은 공동의 권리를 형성하기 위해 그 주권 자체 중 약간을 양보하는 것이오. 그 양은 모든 사람에게 똑같소. 개인이 모든 사람에게 하는 그 양보의 동일성을 '평등'이라고 부르는 거요. 공동의 권리란 각자의 권리 위에 빛나는 만인의 보호 이외의 다른 것이 아니오. 각자에 대한 만인의 보호를 '박애'라고 부르오. 집합되는 그 모든 주권들의 교차점을 '사회'라고 부르오. 그 교차점은 합류점이므로, 그 점은 매듭이오. 거기서 사회적 유대라고 불리는 것이 유래하는 거요. 어떤 사람들은 사회 계약이라는 말을 하는데, 그것은 같은 것이오. 계약이라는 말은 어원적으로 유대의 관념으로 이루어진 것이니까. 평등에 관해 우리들 서로를 이해합시다. 왜냐하면, 자유가 정점이라면, 평등은 기초이니까. 평등이란, 시민들이여, 그것은 같은 높이의 모든 식물이 아니오. 큰 풀잎들과 작은 떡갈나무들의 사회가 아니오. 서로 거세하는 질투의 이웃 사이가 아니오. 그것은 민사적으로는, 모든 능력들이 동등한 기회를 갖는 것이고, 정치적으로는, 모든 투표들이 동등한 무게를 갖는 것이고, 종교적으로는, 모든 양심들이 동등한 권리를 갖는 것이오. '평등'은 하나의 수단을 갖고 있소. 즉 무상 의무교육이오. 초보적 권리, 그것은 바로 거기서부터 시작해야 하오. 초등학교를 모든 사람들에게 강요하고, 중등학교를 모든 사람들에게 제공하는 것, 그것이 법칙이오. 동일한 학교에서 동등한 사회가 나와요. 그렇소, 교육이오! 빛이오! 빛! 모든 것은 빛에서 오고, 모든 것은 빛으로 돌아가오. 시민들이어, 19세기는 위대하지만, 20세기는 행복할 것이오. 그때에는, 낡은 역사 같은 것은 더 이상 아무것도 없을 것이고, 오늘처럼 두려워하지 않아도 될 것이오. 정복, 침략, 찬탈, 무력에 의한 국가들의 경쟁, 국왕들의 결혼에 달려 있는 문명의 중단, 세습적 전제군주권들에서의 가문, 회의에 의한 민족들의 분할, 왕조의 붕괴에 의한 국가의 분열, 어둠 속의 두 마리 염소들처럼, 무한의 다리 위에서 부딪히는 두 종교의 싸움을 말이오. 사람들은 더 이상 두려워하지 않아도 될 것이오. 굶주림, 착취, 빈궁으로 인한 매춘, 실업으로 인한 극빈, 그리고 교수대, 그리고 전쟁, 그리고 싸움, 그리고 사건들의 숲 속에서 우연히 일어난 강도질들 같은 것은 말이오. 사람들은 거의 이렇게 말할 수 있을 거요. 더 이상 사건들은 없을 것이라고, 사람들은 행복할 것이오. 지구가 자신의 법칙을 수행하듯이 인류는 자신의 법칙을 수행할 것이고, 영혼과 천체 사이의 조화가 회복될 것이오. 천체가 빛의 주위를 돌듯이 영혼은 진리의 주위를 돌 것이오. 벗들이여, 우리가 살고 있고 내가 말하고 있는 지금 이 시간은 어두운 시간이오. 하지만 이것이야말로 미래의 무서운 구매물이오. 혁명은 하나의 통행세요. 오! 인류는 해방될 것이고, 고무될 것이고, 위안을 받을 것이오! 우리는 이 바리케이드 위에서 그것을 인류에게 단언하오. 사랑의 외침을 희생 위에서가 아니면 어디서 지를 것인가? 오, 형제들이여, 여기는 생각하는 사람들과 고통 받는 사람들의 합류소입니다. 이 바리케이드는 포석들로도, 대들보들로도, 파쇠들로도 만들어져 있지 않습니다. 그것은 두 무더기로, 사상들의 무더기와 고통들의 무더기로 만들어져 있습니다. 극빈은 여기서 이상을 만나요. 낮은 여기에서 밤을 포옹하고 밤에게 말합니다. 나는 너와 더불어 죽으려 하고, 너는 나와 더불어 거듭나려 한다, 라고. 모든 비탄을 꼭 껴안는 데서 신념이 솟아나요. 고통들은 여기에 그 단말마를 가져오고, 사상들은 그 불멸성을 가져와요. 이 단말마와 이 불멸성은 서로 섞여 우리의 죽음을 구성할 것이오. 형제들이여, 여기서 죽는 자는 미래의 광휘 속에서 죽고, 우리는 온통 서광이 스며든 무덤 속으로 들어갑니다."

앙졸라는 입을 다물었다기보다 오히려 말을 멈추었다. 그의 입술은 마치 자기 자신에게 계속 말하고 있는 것처럼 소리 없이 움직이고 있었으므로, 그들은 주의 깊게, 그리고 또 다시 그의 말을 들으려고 애쓰기 위해, 그를 바라보았다. 박수갈채는 없었으나, 사람들은 오랫동안 수군거렸다. 말은 숨결이므로, 지성의 떨림은 나뭇잎들의 떨림을 닮는다.

6. 얼빠진 듯한 마리우스, 간결한 자베르

마리우스의 생각 속에 일어나고 있던 것을 말하자.

그의 마음의 상태를 회상해 주기 바란다. 아까 말했거니와, 모든 것이 이제 그에게는 환영에 불과했다. 그의 감정은 혼란스러웠다. 이 점을 강조하거니와, 마리우스는 죽어 가는 사람들 위에 펼쳐진 커다란 날개들의 그늘 아래에 있었다. 그는 자기가 무덤 속에 들어와 있다고 느꼈고, 이미 두꺼운 벽의 저쪽에 있는 것 같았으며, 살아 있는 사람들의 얼굴을 더 이상 죽은 사람의 눈으로밖에 보지 않고 있었다.

포슐르방 씨가 어떻게 여기에 있었을까? 그가 왜 여기에 있었을까? 무엇을 하러 왔을까? 마리우스는 이 모든 의문들을 조금도 갖지 않았다. 그런데, 우리들의 절망은 우리들 자신처럼 타인까지도 싸 버리는 그런 특별한 것을 갖고 있다. 모든 사람들이 죽으러 온 것이 당연한 것 같았다.

다만 그는 비통한 마음으로 코제트를 생각했다.

그런데 포슐르방 씨는 그에게 말하지 않았고, 그를 보지 않았으며, 마리우스가 "나는 그분을 안다."고 목소리를 높였을 때 듣는 것 같지도 않았다.

마리우스로 말하자면, 포슐르방 씨의 그러한 태도는 그를 편하게 해 주었고, 그러한 인상에 대해서 이러한 말을 써도 좋을는지 모르겠으나, 말하자면, 그의 마음에 들었다. 그에게는 수상한 동시에 위압적인 그 수수께끼 같은 사람에게 말을 거는 것은 언제나 절대로 불가능한 일인 것 같았다. 그뿐만 아니라 그를 본 지가 매우 오래되었기 때문에, 마리우스의 소심하고 내성적인 성격 탓으로 그 불가능성은 더욱 더해 갔다.

지명된 다섯 사람들은 몽데투르의 골목으로 바리케이드에서 나갔는데, 그들은 완전히 국민병 같았다. 그중 한 사람은 울면서 떠나갔다. 떠나기 전에 그들은 남은 사람들과 포옹했다.

삶으로 돌려보내진 다섯 사람들이 출발했을 때, 앙졸라는 사형수를 생각했다. 그는 아랫 방으로 들어갔다. 자베르는 기둥에 묶여 생각에 잠겨 있었다.

"뭐 필요한 건 없나?" 하고 앙졸라가 그에게 물었다.

자베르는 대답했다.

"언제 나를 죽일 거요?"

"기다려라. 지금 우리는 모두 탄약이 필요하다."

"그러면, 마실 걸 주시오." 하고 자베르는 말했다.

앙졸라는 손수 그에게 물 한 컵을 가져다주었는데, 그가 묶여 있었기 때문에 그것을 먹여 주었다.

"그뿐인가?" 하고 앙졸라는 말을 이었다.

"나는 이 기둥에서 불편하오."라고 자베르는 대답했다. "당신네들이 나를 여기서 밤을 지내게 둔 것은 인정있는 일이 아니오. 당신들 좋을 대로 나를 묶되, 나를 탁자 위에 누일 수야 있겠지요, 저 사람처럼 말이오."

그러면서 고갯짓으로 마뵈프 씨의 시체를 가리켰다.

독자들은 기억하겠지만, 탄환들을 녹이고 약포들을 만들던 크고 긴 탁자 하나가 홀 안쪽에 있었다. 약포들은 다 만들었고 화약은 다 써 버렸기 때문에, 그 탁자는 비어 있었다.

앙졸라의 명령으로, 네 명의 폭도들이 자베르를 기둥에서 풀었다. 그를 풀어 주는 동안 다섯 번째의 폭도가 그의 가슴에 총검을 대고 있었다. 두 손은 등 뒤로 묶인 채 두고, 발에는 가늘고 튼튼한 가죽 끈을 매어 놓았는데, 그렇게 함으로써 그는 교수대에 올라가는 사람들처럼 1자 3치의 걸음걸이를 할 수 있었다. 폭도들은 그를 홀 안쪽의 탁자까지 걸어가게 하여 거기에 누이고 몸의 한가운데를 바짝 비끄러맸다.

더 확실하게 하기 위해, 목에 감은 밧줄을 사용하여, 그를 어떠한 탈주도 불가능하게 만드는 포박 방식에, 감옥들에서 마르탱갈*이라고 불리는 그런 종류의 포승을 덧붙였는데, 이 포승은 목에서 출발하여 배 위에서 두 갈래로 갈라지고, 두 다리 사이를 지난 뒤 두 손에 와서 합쳐지는 것이다.

사람들이 자베르를 졸라 매고 있는 동안, 어떤 남자가 문 앞에서 비상한 주의를 기울여 그를 주시하고 있었다. 이 남자의 그림자를 보고 자베르는 고개를 돌렸다. 그는 눈을 들어 장 발장을 알아보았다. 그는 떨지도 않고, 의연하게 눈을 내리깔고, "이건 아주 뻔해." 하고 말하는 것으로 만족했다.

7. 정세가 악화되다

날이 빨리 밝아 가고 있었다. 그러나 창문 하나 열리지 않

---

* 말의 재갈 띠와 배 아래띠를 잡아 매는 끈.

고, 대문 하나 방긋이 열리지 않았다. 먼동은 텄지만 잠은 깨지 않았다. 바리케이드가 마주 보이는 샹브르리 거리의 맨 끝은, 앞서 말한 바와 같이, 군대가 철수되어, 자유로운 것 같았고, 음산한 고요 속에 통행인들에게 열려 있었다. 생 드니 거리는 테베의 스핑크스 가로수 길처럼 잠잠했다. 태양의 반사광으로 훤해지는 네거리에 살아 있는 것은 하나도 없었다. 그 적적한 거리들의 밝음처럼 음산한 것은 아무것도 없다.

보이는 것은 아무것도 없었지만, 소리는 들렸다. 조금 떨어진 곳에서 이상한 움직임이 일어나고 있었다. 위기가 오고 있는 것이 분명했다. 전날 저녁처럼 보초들이 퇴각했으나, 이번에는 전원이었다.

바리케이드는 처음 공격 때보다 더 강했다. 다섯 명이 떠난 이후, 그것을 한층 더 높였다.

시장 지역을 정찰했던 보초의 의견을 듣고, 앙졸라는 배후 습격을 두려워하여, 중대한 결심을 했다. 그는 그때까지 트여 있던 몽데투르 골목의 작은 길을 막게 했다. 이를 위해 몇 채의 집들에 걸친 길이의 길에서 더 포석을 들어냈다. 그렇게 바리케이드는 세 거리 쪽에서, 즉 앞쪽은 샹브르리 거리, 왼쪽은 시뉴 거리와 프티트 트뤼앙드리 거리, 오른쪽은 몽데투르 거리에서 막혀, 정말로 거의 난공불락이었다. 사람들은 거기에 불가피하게 갇혀 있었던 것이 사실이다. 이 바리케이드는 세 정면이 있었으나, 더 이상 출구는 없었다. "요새이지만, 쥐덫이군." 하고 쿠르페락이 웃으면서 말했다.

공격해 올 것임에 틀림없었던 쪽이 이제 하도 고요했기 때문에 앙졸라는 각자에게 다시 전투 위치를 취하게 했다.

전원에게 소량의 브랜디가 배급됐다.

습격에 대해 준비하고 있는 바리케이드보다 더 신기한 것은 없다. 저마다 무대에서처럼 제자리를 고른다. 사람들은 몸을 기대고, 팔꿈치를 괴고, 어깨를 기댄다. 포석들로 자기를 위해 특별석을 만드는 사람들도 있다. 불편한 벽 구석이 있으면, 거기서 떠난다. 방어가 될 수 있는 돌각보루(突角堡壘)가 있으면, 거기에 몸을 가린다. 왼손잡이들은 편리하다. 그들은 다른 사람들에게는 불편한 장소를 차지한다. 많은 사람들이 앉아서 싸우려고 적당히 조처한다. 편히 적을 죽이고 기분좋게 죽기를 원하기 때문이다. 1848년 6월의 비통한 전투에서는, 무섭게 저격을 잘하는 폭도 하나가 지붕의 테라스 위에서 싸우면서, 거기에 볼테르식 안락의자를 하나 갖다 놓게 했었는데, 산탄 한 방이 거기로 그를 찾아왔다.

지휘자가 전투 준비의 명령을 내리자마자, 모든 무질서한 움직임들은 그친다. 더 이상 상호간의 알력은 없어지고, 더 이상 파당도 없어지고, 더 이상 분파도 없어지고, 더 이상 외떨어져 있는 무리도 없어진다. 머릿속에 있는 모든 것은 한 점에 집중하고 공격자의 기다림으로 변한다. 바리케이드는 위험이 나타나기 전까지는 혼돈 상태지만, 위험이 닥치자 규율이 선다. 위험은 질서를 낳는다.

앙졸라가 이연발 기병총을 손에 들고 자신을 위해 확보해 두었던 일종의 총안 앞에 자리잡자마자, 모두들 침묵했다. 날카롭고 작은 달가닥거리는 소리가 포석의 벽을 따라 울렸다.

그것은 장전하는 소총들의 소리였다.

그런데 그들의 태도는 어느 때보다도 더 용맹하고 자신만만했다. 희생이 지나치면 견고해진다. 그들은 더 이상 희망은 없었으나, 절망은 있었다. 절망은 최후의 무기, 때로는 승리를 주는 것. 베르길리우스가 그렇게 말했다. 최고의 수단은 극도의 결심에서 나온다. 죽음의 배에 올라타는 것, 그것은 때로는 파선을 모면하는 방법이다. 그리고 관의 뚜껑이 구원의 널빤지가 된다.

전날 저녁처럼, 모든 사람들의 주의는 이제 날이 밝아 잘 보이는 거리의 끝 쪽으로 돌려져 있었다기보다는 거의 그쪽에 붙어 있었다고 말할 수 있으리라.

기다리는 시간은 길지 않았다. 웅성거리는 소리가 다시 생 뢰 거리 쪽에서 역력히 들려오기 시작했으나, 그것은 첫 번째 공격의 움직임 같지는 않았다. 쇠사슬의 찰랑거리는 소리, 대집단의 불안스러운 요동 소리, 포도 위에서 뛰는 청동의 절거덕거리는 소리, 일종의 장중한 소음, 이런 것들이 불길한 고철이 다가오고 있음을 알려 주었다. 갖가지 이득과 사상들의 풍부한 유통을 위해 뚫리고 건설되었지, 흉악한 전쟁의 차바퀴들이 굴러다니기 위해 만들어진 것이 아닌 그 평화로운 낡은 거리들 속에 전율이 감돌았다.

거리의 맨 끝에서 모든 전투원들의 응시하는 눈들이 사나워졌다.

일 문의 대포가 나타났다.

포병들이 포차를 밀고 있었고, 대포는 발사 틀 안에 들어 있었고, 포차의 전반부는 떼내져 있었으며, 두 포수가 포가(砲架)를 떠받치고 있었다. 네 사람은 바퀴 옆에 있었고, 다른 사람들은 탄약 운반차와 함께 뒤따르고 있었다. 점화된 화승(火繩)에 연기가 나는 것이 보였다.

"쏴라!" 하고 앙졸라가 외쳤다.

바리케이드 전체가 불을 뿜었고, 총성은 무시무시했고, 엄청 많은 연기가 대포와 병사 들을 뒤덮어 보이지 않게 됐는데, 몇 초 후에 구름이 사라지고, 대포와 병사 들이 다시 나타났으며, 포수들은 천천히, 정확하게, 그리고 서두르지 않고, 대포를 바리케이드 전면으로 끌어가기를 끝냈다. 한 사람도 총을 맞은 사람은 없었다. 그런 뒤 포수장은 포구를 올리기 위해 포신 뒤끝으로 가서, 조준경을 돌리는 천문학자처럼 장중하게 조준하기 시작했다.

"장하다, 포수들아!" 보쉬에가 외쳤다.

그리고 바리케이드 전체가 손뼉을 쳤다.

잠시 후 대포는, 거리의 한복판에, 도랑 위에 걸터앉듯이 버젓이 놓이고 발사 태세를 갖추었다. 그 무시무시한 아가리가 바리케이드를 향해 열렸다.

"그래, 좋다!" 하고 쿠르페락이 말했다. "난폭한 놈들이로군. 손가락으로 튕긴 뒤에 주먹질이라. 군대가 그 큰 발을 우리들 쪽으로 뻗치고 있어. 바리케이드가 몹시 흔들릴 거야. 일제사격이 만지는 것이라면, 대포는 움켜잡는 거야."

"저건 신형 청동 8파운드 포야." 라고 콩브페르가 덧붙였다.
"저 대포들은 동과 주석이 백 대 십의 비율을 조금만 넘어도 파열하기 쉬워. 주석이 과도하면 너무 물러져. 그럴 때엔 화구(火口)에 구멍과 빈 곳이 생기게 돼. 그 위험을 예방하고 무리하게 장전을 하기 위해서는 아마 14세기의 방법으로 돌아가서 테를 씌우고 포신 뒤끝에서 포이(砲耳)까지 용접이 없는 일련의 강철 반지를 대포의 밖에 많이 끼워서 강하게 만들어야 할 거야. 그러기 전에는 할 수 있는 대로 결점을 메우는 거야. 갈퀴못을 이용하면 대포의 화구에 생긴 구멍과 빈 곳이 어디에 있는지 알 수 있어. 그러나 더 좋은 방법이 있는데 그건 그리보발이 발명한 동성기(動星器)야."

"16세기에는," 보쉬에가 말했다. "포신 속에 조선(條線)을 넣었지."

"그래." 하고 콩브페르가 대답했다. "그렇게 하면 탄도력(彈道力)은 증가하지만 사격의 정확성은 감소한다. 그뿐 아니라 단거리 포격에서는 탄도가 원하는 대로 곧아지지 않고, 포물선이 커져서 더 이상 포탄이 충분히 곧게 날아가지 못하고 중간에 있는 모든 물건들을 맞힐 수 없어. 그런데 실전에서는 그럴 필요가 있고, 적이 가까이 있고 사격의 필요성이 긴박할 때에는 그 중요성이 더 커진다. 16세기의 선조포(線條砲)의 탄도가 만곡하는 그러한 결점은 장약(裝藥)이 약한 데 이유가 있고, 약한 장약은, 이런 종류의 무기에서는, 예컨대 포가의 보전과 같은 발포의 필요성에 의해 강요된다. 요컨대 그 독재자인 대포도 하고 싶은 걸 다 할 수는 없다. 힘은 커다란 허약이다. 대포의 탄환은 한 시간에 6000리밖에 못 가지만, 광선은 일 초에 70만 리를 간다. 이런 것이 나폴레옹에 대한 예수 그리스도의 우월성이다."

"무기를 다시 장전하라."라고 앙졸라가 말했다.

바리케이드의 돌담이 포탄 아래서 어떻게 될 것인가? 포격에 구멍이 날 것인가? 문제는 거기에 있었다. 폭도들이 총에 탄환을 재고 있는 동안 포병들은 포탄을 재고 있었다.

각면보 안에서 걱정이 심각했다.

발포가 되고, 포성이 터졌다.

"나 여깄다!" 하고 어떤 쾌활한 목소리가 외쳤다.

포탄이 바리케이드에 떨어지는 동시에 가브로슈가 그 안에 뛰어들었다.

그는 시뉴 거리 쪽에서 와서, 프티트 트뤼앙드리의 미로에 직면한 보조적인 바리케이드를 날렵하게 뛰어넘었었다.

가브로슈는 바리케이드 안에서 포탄보다도 더 강한 인상을 주었다.

포탄은 부서진 물건들의 혼잡한 부스러기들 속에 사라져 버렸다. 그것은 고작해서 합승 마차의 바퀴 하나를 부쉈고, 앙소의 낡은 짐수레를 망가뜨렸다. 그것을 보고 바리케이드에서는 웃기 시작했다.

"계속해라." 하고 보쉬에가 포병들에게 외쳤다.

8. 포병들이 위세를 부리다

사람들은 가브로슈를 둘러쌌다.

그러나 그는 아무 이야기도 할 겨를이 없었다. 마리우스가 몸을 떨면서 그를 따로 데리고 갔다.

"여긴 뭐하러 왔나?"

"아따! 그럼 아저씨는요?" 하고 어린아이는 말했다.

그러면서 그는 여간 뻔뻔스럽지 않은 태도로 마리우스를 뚫어지게 보았다. 그의 두 눈은 그 속에 있는 당당한 빛으로 커져 갔다.

마리우스는 준엄한 말투로 계속했다.

"누가 너더러 돌아오라고 했나? 어쨌든 내 편지를 그 주소에 전했느냐?"

가브로슈는 그 편지에 대해서 어떤 꺼림칙함이 전혀 없지는 않았다. 그는 바리케이드에 서둘러 돌아오려고 그것을 전했다기보다 오히려 처치해 버렸다. 그는 그 얼굴을 분명히 알아볼 수조차도 없었던 그 모르는 사람에게 그것을 맡긴 것이 조금 경솔했다는 것을 자인하지 않을 수 없었다. 그 남자가 맨머리였던 것은 사실이지만, 그것만으로는 충분하지 않았다. 요컨대 그 문제에 관해서는 마음속으로 좀 자책하고 있었기 때문에, 마리우스에게 야단맞을까 봐 두려워하고 있었다. 그는 곤경에서 벗어나기 위해, 가장 간단한 방법을 취했다. 그는 몹시 서투르게 거짓말을 했다.

"시민, 편지는 문지기에게 건넸어요. 부인은 자고 있었어요. 그녀는 잠을 깨면 편지를 갖게 될 거예요."

마리우스는 그 편지를 보내면서 두 가지 목적이 있었는데, 코제트에게 고별하는 것과 가브로슈를 구하는 것이었다. 그는 자기가 바라던 것의 반만으로 만족하지 않을 수 없었다.

그가 편지를 보낸 것, 그리고 포슐르방 씨가 바리케이드 안에 있다는 것, 이 두 가지의 접근이 그의 머리에 떠올랐다. 그는 가브로슈에게 포슐르방 씨를 가리켰다.

"저 사람을 아니?"

"몰라요." 라고 가브로슈는 말했다.

가브로슈는, 사실, 아까 내가 말한 것처럼, 밤에밖에 장 발장을 보지 않았었다.

마리우스의 머릿속에 희미하게 떠올랐던 불순하고 병적인 억측들은 사라져 갔다. 그는 포슐르방 씨의 사상을 알고 있었는가? 포슐르방 씨는 아마 공화주의자였을 거야. 그렇다면 이 전투 속에 그가 있는 건 아주 당연한 일이었다.

그러는 동안 가브로슈는 벌써 바리케이드의 다른 쪽 끝에 가서 "내 총!" 하고 외치고 있었다.

쿠르페락이 그에게 총을 돌려주게 했다.

가브로슈는 '동무들'에게(그는 그들을 그렇게 불렀다.) 바리케이드가 포위되어 있다는 것을 알렸다. 그는 오는 데 무척 힘들었다는 것이었다. 전열(戰列)대대가 걸어총을 하고 프티트 트뤼앙드리 골목에서 시뉴 거리 쪽을 지켜보고 있었고, 그 반대쪽에서는 시민병이 프레쇠르 거리를 점령하고 있었다. 전면에는 군대의 주력이 있었다.

이런 정보를 전하고, 가브로슈는 덧붙다.

"내가 허가할 테니 놈들을 때려 부숴요."

그러는 동안, 앙졸라는 그의 총안에서 귀를 기울이고 정세를 살피고 있었다. 공격자들은 아마 포격에 별로 만족하지 못했는지 포격을 되풀이하지 않았다.

전열 보병 1개 중대가 거리 끝에 와서 대포 뒤에 자리를 잡았다. 병사들은 차도의 포석들을 벗겨내 가지고, 그 포석들로 거기에 나지막한 작은 장벽을 구축했는데, 그것은 1자 6치를 거의 넘지 않은 것으로, 바리케이드에 적대하는 흉벽 같은 것이었다. 그 흉벽의 왼쪽 모퉁이에, 생 드니 거리에 모여 있는 문밖 국민병 대대의 종대(縱隊) 선두가 보였다.

정찰하고 있던 앙졸라는 탄약차들에서 산탄 상자들을 끌어내릴 때 나는 특별한 소리를 분명히 알아듣고, 포수장이 조준을 바꾸어 포구를 약간 왼쪽으로 기울이는 것을 보았다. 이어서 포수들이 대포에 포탄을 재기 시작했다. 포수장은 불 붙이는 장대를 직접 집어 들고 화구 가까이 댔다.

"머리를 숙여라, 벽에 붙어라!" 하고 앙졸라는 외쳤다. "그리고 모두 바리케이드를 따라서 무릎을 꿇어라!"

가브로슈가 왔을 때 폭도들은 그들의 전투 위치를 떠나서 카바레 앞에 흩어져 있다가 뒤죽박죽 바리케이드로 달려갔으나, 앙졸라의 명령이 실행되기도 전에, 대포는 무시무시한 소리와 함께 발포되었다. 사실 그것은 산탄이었다.

포탄은 각면보의 잘린 곳으로 날아와 벽 위에서 튀었고, 그 무시무시한 튄 포탄으로 둘이 사망하고 셋이 부상했다.

만약 그것이 계속된다면 바리케이드는 더 이상 견뎌 내지 못했을 것이다. 산탄은 날아 들어오고 있었다.

다들 대경실색하여 왁자지껄 떠들어 댔다.

"하여튼 두 번째 포탄을 막읍시다." 하고 앙졸라가 말했다.

그리고 그는 그의 기병총을 숙여 포수장을 겨누었는데 그 때 포수장은 대포의 포신 뒤끝에서 몸을 구부리고 조준을 고치고 마지막으로 고정하고 있었다.

그 포수장은 미남 포병 중사인데, 아주 젊고, 금발이고, 매우 상냥한 용모에, 공포의 극치를 이룸으로써 급기야는 전쟁을 없애 버리게 되도록 예정돼 있는 그 무시무시한 무기에 어울리는 총명한 모습을 하고 있었다.

콩브페르는 앙졸라의 곁에 서서 그 젊은이를 관찰하고 있었다.

"정말 유감이다!" 콩브페르가 말했다. "이런 살육은 망측하다! 자, 왕들이 없어질 때엔 전쟁도 없어질 거야. 앙졸라, 너는 저 중사를 겨누고 있는데, 너는 그를 잘 보지 않고 있어. 생각해 봐라, 그는 호감이 가는 청년이야. 그는 대담하고, 생각하는 사람인 것 같아, 매우 유식해, 저 포병대 청년들은. 그는 아버지가 있고, 어머니가 있고, 가족이 있고, 아마 연애를 하고 있는지도 몰라. 그는 기껏해야 스물다섯 살이다. 그는 네 형제일 수도 있어."

"그래." 하고 앙졸라는 말했다.

"암," 콩브페르는 말을 이었다. "내 형제이기도 해. 그러니 그를 죽이지 말자."

"내게 맡겨. 해야 할 일은 해야 하니까."

그리고 한 방울의 눈물이 앙졸라의 대리석 같은 볼 위에 천천히 흘렀다.

그와 동시에 그는 카빈총의 방아쇠를 당겼다. 섬광이 번쩍였다. 포수장은 제자리에서 두 번 빙그르르 돌더니, 두 팔을 앞으로 뻗치고, 공기를 마시려고 하는 것처럼 고개를 쳐들고, 이어 대포 위에 옆으로 쓰러져 거기에 까딱도 않고 있었다. 그의 등 중심에서 피가 꼿꼿이 솟아오르는 것이 보였다. 탄환이 그의 가슴을 관통했다. 그는 죽어 있었다.

그를 실어 가고 다른 사람으로 교체해야 했다. 그래서 결국 몇 분을 번 셈이었다.

9. 그 밀렵자의 옛 재능과 1796년의 유죄 판결에 영향을 미친 그 백발백중의 총격의 용도

바리케이드 안에서는 의견이 분분했다. 포격이 다시 시작되려 하고 있었다. 그 산탄으로는 십오 분도 견뎌 내기 어려웠다. 기어코 포격을 무디게 할 필요가 있었다.

앙졸라가 이런 명령을 내렸다.

"저기에 매트를 하나 갖다 놓아야 해."

"없어." 콩브페르가 말했다. "부상자들이 그 위에 있어."

장 발장은 혼자 떨어져, 카바레 모퉁이의 푯돌 위에, 총을 가랑이에 끼고 따로 앉아서, 일어나고 있는 일에 관해서 이때까지 아무런 관심도 갖지 않고 있었다. 그는 자기 주위에서 전투원들이 "저기에 총 하나가 아무것도 하지 않고 있네." 하는 소리도 듣지 않고 있는 것 같았다.

앙졸라의 명령이 내리자, 그는 일어섰다.

다 기억하다시피, 샹브르리 거리에 사람들이 모여들었을 때, 한 노파가 총알이 날아올 것을 예상하고 매트를 자기 집 창문 앞에 갖다 놓았었다. 그 창문은 고미다락 방의 창이었는데, 바리케이드에서 조금 밖으로 떨어져 있는 칠 층 집 지붕 위에 있었다. 매트는 가로놓여 있었는데, 아래는 바지랑대 두 개로 받쳐지고, 위쪽은 양쪽을 밧줄로 매달아 놓았는데, 그 밧줄은 멀리서 보면, 두 개의 끄나풀 같았고, 고미다락 방의 창틀에 박힌 못에 매여 있었다. 그 두 개의 밧줄은 공중에 머리카락처럼 똑똑히 보였다.

"누가 내게 이연발 카빈총을 빌려 줄 수 없소?" 하고 장 발장은 말했다.

지금 막 자기 총에 재장전한 앙졸라가 그것을 장 발장에게 내밀었다.

장 발장은 고미다락 방을 겨누고 쏘았다.

매트의 밧줄 하나가 끊어졌다.

매트는 이제 줄 하나에만 매달려 있었다.

장 발장은 두 번째 총알을 쏘았다. 두 번째 밧줄이 고미다락 방의 유리창을 때렸다. 매트는 두 바지랑대 사이로 미끄러져서 거리에 떨어졌다.

바리케이드에서는 박수갈채가 터졌다.

모든 목소리가 외쳤다.

"저기에 매트가 있다."

"그렇다." 하고 콩브페르가 말했다. "하지만 누가 저것을 가져오나?"

매트는 사실 바리케이드의 밖에, 농성군과 포위군 사이에 떨어졌었다. 그런데, 포병 중사의 죽음에 군대가 격분했는지라, 병사들은 조금 전부터 그들이 쌓아 올린 포석들의 엄폐선 뒤에 납작 엎드려서, 포수들이 재정비하는 것을 기다리는 동안 침묵해야만 했던 대포를 대신하기 위해, 바리케이드에 대해서 사격을 개시했다. 폭도들은 탄약을 아끼기 위해, 그 일제사격에는 응하지 않고 있었다. 일제사격은 바리케이드에서 부서졌지만, 총알들이 난무하는 거리는 무시무시했다.

　장 발장은 바리케이드의 끊어진 곳으로 나가, 거리로 들어가고, 빗발치는 총알들을 뚫고 매트에 다가가, 그것을 주워서 등에 업고, 바리케이드로 돌아왔다. 그 자신이 매트를 그 끊어진 곳에 놓았다. 그는 포수들이 자기를 겨누지 않도록 그것을 거기 벽에 기대어 붙여 놓았다.

　그렇게 하고 나서 사람들은 산탄 사격을 기다렸다.

　그것은 지체 없이 터졌다.

　대포가 폭음을 울리며 다량의 산탄을 토해 냈다. 그러나 그것은 튀지 않았다. 산탄은 매트 위에서 유실되었다. 예상한 효과를 얻었다. 바리케이드는 안전했다.

　"동지," 하고 앙졸라가 장 발장에게 말했다. "공화국은 당신에게 감사합니다."

　보쉬에가 감탄하며 농담했다. 그는 외쳤다.

　"매트가 이토록 대단한 힘을 가졌다니 어처구니없구나. 치는 것에 대한 굽히는 것의 승리지. 하지만 어쨌든 대포를 무력화하는 매트에 영광이 있을진저!"

10. 여명(黎明)

그때, 코제트는 잠을 깼다.

그녀의 방은 좁고, 깨끗하고, 아늑하며, 집의 뒷마당 쪽으로 기다란 동창(東窓) 하나가 있었다.

코제트는 파리에서 무슨 일이 일어나고 있는지 아무것도 모르고 있었다. 그녀는 전날 전혀 거기에 없었고, 투생이 "법석이 일어나고 있는 것 같아요."라고 말했을 때 그녀는 벌써 자기 방에 돌아갔다.

코제트는 몇 시간밖에 자지 않았지만 잘 잤다. 그녀는 달콤한 꿈을 꾸었는데, 아마 그녀의 작은 침대가 매우 흰 데도 조금 원인이 있으리라. 마리우스 같은 어떤 사람이 빛 속에서 그녀에게 나타났었다. 그녀는 눈에 햇빛이 비쳐서 잠을 깼는데, 그것이 처음에 그녀에게 꿈의 계속 같은 인상을 주었다.

그 꿈에서 깨어났을 때 그녀의 첫 생각은 낙관적이었다. 코제트는 아주 안심이 되었다. 몇 시간 전에 장 발장이 그러했듯이, 그녀는 절대로 불행을 원치 않는 그런 마음의 반동을 느끼고 있었다. 그녀는 왜 그런지도 모르면서 힘을 다해서 희망을 갖기 시작했다. 이어서 비통한 심정이 들었다. 마리우스를 못 본 지 사흘이나 되었다. 그러나 생각했다. 그는 자기 편지를 받았음에 틀림없고, 자기가 어디 있는지 알고 있고, 그렇게도 재치 빠른 사람이니, 자기에게까지 오는 방도를 찾아낼 것이라고. 그리고 그것은 틀림없이 오늘일 것이고, 아마도 바로 오늘 아침일 것이라고. 날이 훤히 밝았으나, 햇살이 매우 수평적이었으므로 그녀는 아직 매우 이르다고 생각했다. 그렇지만 일어나야 한다고 생각했다. 마리우스를 맞아들이기 위해.

그녀는 마리우스 없이는 살 수 없고, 따라서 그 사람만 있으면 충분하고, 마리우스는 올 것이라고 생각했다. 이에 대해 아무런 이의도 받아들여질 수 없었다. 이러한 것은 모두 확실했다. 사흘이나 고민한 것은 벌써 꽤 엄청난 일이었다. 마리우스가 사흘이나 없었다니, 이건 참 하느님도 지독하시다. 이제는, 위에서의 그런 잔인한 장난도 다 지난 시련이었고, 마리우스는 곧 올 것이고, 좋은 소식을 가져올 것이다. 젊음이란 그렇게 되어 있는 것이다. 젊음은 곧 제 눈을 닦아 준다. 젊음은 고뇌를 쓸데없는 것으로 생각하고 그것을 받아들이지 않는다. 젊음은 그 자체인 미지의 것 앞에서의 미래의 미소다. 젊음에게는 행복한 것은 당연한 것이다. 젊음의 숨결은 희망으로 만들어져 있는 것 같다.

그런데, 코제트는 마리우스가 하룻밤에 안 걸릴 예정이던 그 부재에 관해 그녀에게 뭐라고 말했었는지, 그리고 그가 그 부재에 관해 그녀에게 뭐라고 설명했었는지, 도무지 생각해 낼 수가 없었다. 땅에 떨어뜨린 동전이 얼마나 능란하게 굴러가서 숨는가, 그리고 얼마나 교묘하게 찾아낼 수 없게 되는가를 누구나 다 눈여겨보았다. 우리에게 그와 똑같은 장난을 하는 생각들이 있다. 그것들은 우리들의 뇌 한쪽 구석에 숨는다. 그러면 끝난다. 그것들은 사라진다. 기억을 그 위에 되돌아가게 하는 것은 불가능하다. 코제트는 생각해 내려고 좀 애를 썼지만 허사인 것이 다소 섭섭했다. 마리우스가 한 말을 잊어버렸다는 것은 썩 나쁘고 썩 죄스러운 일이라고 그녀는 생각했다.

그녀는 침대에서 나와 영혼과 육체의 두 가지 목욕 재계를, 즉 기도와 화장을 했다.

부득이한 경우 독자를 신방으로 안내할 수는 있지만, 처녀의 규방으로 안내할 수는 없다. 운문으로도 감히 그렇게 하기 어려운 일이거늘, 산문은 그렇게 해서는 안 된다.

그것은 아직 오므리고 있는 꽃의 내부고, 어둠 속의 흰빛이고, 태양이 들여다보지 않은 한 남자가 들여다보아서는 안 되는 닫힌 백합의 은밀한 독방이다. 봉오리로 있는 여자는 신성하다. 드러나는 그 순결한 침대, 저 자신을 두려워하는 그 사랑스러운 반나체, 실내화 속으로 피신하는 그 하얀 발, 거울이 사람의 눈인 것처럼 그 거울 앞에서 가려지는 그 유방, 덜거덕거리는 가구나 지나가는 마차의 소리에도 얼른 추어올려 어깨를 감추는 그 슈미즈, 그 맺어진 줄, 그 고리에 걸린 혹단추, 그 당겨진 끈, 그 떨림, 추위와 수줍음에서 오는 그 자잘한 전율, 모든 움직임들 앞에서의 그 우아한 질겁, 아무것도 두려워할 것이 없는 데서도 날개가 돋친 것 같은 그 불안, 새벽의 구름들만큼 매력적인 의상의 연속적인 양상들, 이 모든 것을 이야기하는 것은 조금도 마땅치 않은데, 그것을 지적하는 것만도 벌써 지나치다.

사람의 눈은 별의 떠오름 앞에서보다도 처녀의 일어남 앞에서 훨씬 더 경건해야 한다. 그것에 접하게 될 수 있으면 존경심을 더하게 되지 않으면 안 된다. 복숭아의 솜털, 자두의 꽃가루, 눈의 방사형 결정, 가루 털에 덮인 나비의 날개는 처녀 자신이 순결하다는 것조차도 모르는 그런 순결과 비교하면 조잡한 것들이다. 처녀는 꿈의 한 줄기 빛에 불과하고 아직 하나의 조상(彫像)이 아니다. 그녀의 규방은 이상의 어두운 부분 속에 숨겨져 있다. 조심성 없게 시선을 던지는 것은 그 희미한 어슴푸레한 빛을 학대하는 것이다. 여기에서 바라보는 것, 그것은 모독하는 것이다.

나는 그러므로 코제트가 잠에서 깨어났을 때의 그 모든 감미로운 작은 법석은 아무것도 보여 주지 않을 것이다.

동방의 이야기에 의하면, 장미꽃은 하느님이 하얗게 만들어 놓았지만, 그것이 방긋이 피어날 때 아담이 그것을 보았기 때문에, 부끄러워서 붉어졌다고 한다. 우리는 처녀들과 꽃들 앞에서 어리둥절하며, 그것들이 존경할 만한 것이라고 생각한다.

코제트는 재빨리 옷을 입고, 머리를 빗고, 머리 손질을 했는데, 그 당시는 여자들이 다리꼭지와 심을 사용하여 그녀들의 컬과 좌우로 갈라붙인 머리를 부풀게 하지 않았고 머릿속에 빳빳한 천을 넣지 않았기 때문에, 머리 손질하는 것은 아주 간단했다. 그런 뒤에 그녀는 창문을 열고 자기 주위를 어디고 다 둘러보고, 조금의 거리나 집 모퉁이나 포도의 한구석이라도 발견하여 거기에 마리우스가 나타나는 것을 볼 수 있기를 바랐다. 그러나 바깥은 아무것도 보이지 않았다. 뒷마당은 꽤 높은 담벽으로 둘러싸여 있어서, 멀리 내다볼 수 있는 틈은 몇 개의 정원들밖에 없었다. 코제트는 그 정원들이 보기 흉하다고 단언했다. 난생 처음으로 그녀는 꽃들이 추하다고 생각했다. 네거리의 개천 끝이 조금이라도 보였다면 그녀는 훨씬 더 만족했을 것이다. 그녀는 마치 마리우스가 거기에서도 올 수 있다고 생각하는 것처럼, 하늘을 쳐다볼 결심을 했다.

갑자기 그녀는 눈물이 쏟아졌다. 변덕스러워서가 아니라, 낙담으로 희망이 끊겼기 때문이다. 그것이 그녀의 처지였다. 그녀는 뭔지 알 수 없는 공포감을 막연히 느꼈다. 사실 여러 가지 것들이 공중에 지나갔다. 그녀는 아무것에도 자신이 없었고, 눈에 보이지 않게 되는 것, 그것은 없어지는 것이라고 생각했다. 그리고 마리우스가 능히 하늘에서 자기에게 돌아올 수 있으리라는 생각은 그녀에게도 역시 매력적인 것이 아니라, 비통한 것으로 보였다.

이어서, 그러한 불안은 으레 그런 것이어서, 마음의 평온이 그녀에게 돌아오고, 그리고 희망이, 그리고 무의식적인, 그러나 신을 신뢰하는 일종의 미소가 돌아왔다.

집 안에서는 아직 모두들 자고 있었다. 시골의 고요함이 퍼지고 있었다. 겉창 하나 열려 있지 않았다. 문지기의 방은 닫혀 있었다. 투생은 일어나지 않았고, 코제트는 당연히 아버지도 자고 있다고 생각했다. 그녀는 무척 괴로워했고 아직도 무척 괴로워하고 있음에 틀림없었다. 왜냐하면 그녀는 아버지가 심술궂게 굴었다고 생각하고 있었으니까. 그러나 그녀는 마리우스에게 기대를 걸고 있었다. 그런 빛이 사라진다는 것은 절대로 있을 수 없었다. 그녀는 기도했다. 때때로 얼마만큼 떨어진 곳에서 은은한 진동 같은 것이 들려왔고, 그녀는 말했다. "이렇게 일찍 대문을 열었다 닫았다 하는 건 이상하다."라고. 그것은 바리케이드를 포격하는 대포 소리였다.

코제트의 창문에서 대여섯 자 아래에, 벽에 붙어 있는 새까만 낡은 박공 속에 제비 집이 하나 있었다. 그 제비 집의 돌출부가 그 박공 밖으로 좀 불거져 나와 있었기 때문에 위에서 그 작은 낙원 속을 볼 수 있었다. 어미가 거기에 있었는데, 날개를 부채처럼 새끼들 위에 펴고 있었고, 아비는 파닥파닥 날아갔다가 이어 돌아오면서, 부리 속에 먹을거리와 입맞춤을 가지고 왔다. 떠오르는 햇빛이 그 행복한 것을 금빛으로 물들이고 있었고, '번식하라.'는 대법칙이 거기에서 당당하게 미소 짓고 있었으며, 그 아늑한 신비가 아침의 영광 속에 꽃피고 있었다. 코제트는 머리털에 햇빛을 받고, 마음은 공상 속에 잠기고, 안에서는 사랑으로 빛나고, 밖에서는 서광으로 빛나면서, 기계적인 것처럼 몸을 구부리고, 자기가 동시에 마리우스를 생각하고 있다고는 감히 인정하지도 않고, 그 새들을, 그 가정을, 그 수컷과 그 암컷을, 그 어미와 그 새끼들을, 보금자리가 숫처녀에게 주는 깊은 동요를 느끼면서 바라보고 있었다.

11. 아무것도 놓치지 않고 아무도 죽이지 않는 사격

공격군의 포화는 계속되고 있었다. 소총과 산탄이 번갈아 뒤를 이었지만, 사실 큰 피해는 없었다. 다만 코랭트 주점의 정면 윗부분만이 타격을 받았다. 2층의 창과 지붕의 고미다락 방은 산탄으로 수많은 구멍이 뚫려, 서서히 일그러져 가고 있었다. 거기에 배치되었던 전투원들은 몸을 피해야만 했다.

그런데, 그것은 바리케이드 공격의 전술이어서, 오랫동안 무턱대고 발포하는 것은, 폭도들이 응사하는 잘못을 저지른다면 그들의 탄약을 탕진시키기 위해서인 것이다. 공격군은 그들의 총화가 뜸해진 것을 보고, 그들이 더 이상 탄환도 화약도 없다는 것을 알아차렸을 때 공격한다. 앙졸라는 그런 함정에 빠지지 않았다. 바리케이드는 전혀 응전하지 않고 있었다.

전투부대의 포격이 있을 때마다, 가브로슈는 혀로 볼따구니를 볼록하게 만들어, 거만하게 경멸의 표시를 했다.

"좋다." 하고 그는 말했다. "헝겊을 찢어라. 우리는 붕대가 필요하다."

쿠르페락은 별로 효과가 없는 산탄에 말을 걸고 대포에 말했다.

"넌 산만해졌구나, 아가."

전투에서 사람들은 무도회에서처럼 호기심을 갖는다. 각면보가 그렇게 조용하므로 공격자들은 십중팔구 불안을 느끼고 무슨 뜻밖의 사건이 있지 않나 하는 걱정을 하기 시작했을 것이고, 그 포석 더미 너머를 똑똑히 보고 포격을 받고도 응사하지 않는 그 끄덕도 하지 않는 장벽 뒤에서 무슨 일이 일어나고 있는지 알 필요가 있다고 십중팔구 느꼈을 것이다. 폭도들은 별안간 옆집 지붕 위에서 햇빛에 반짝이는 투구 하나를 보았다. 소방병 하나가 높은 굴뚝에 등을 기대고 정찰을 하고 있는 모양이었다. 그의 눈은 바리케이드 속을 수직으로 내려다보고 있었다.

"저기 정찰병이 나타났으니 곤란한데."라고 앙졸라가 말했다.

장 발장은 앙졸라의 카빈총을 돌려 주었으나, 자기 소총을 갖고 있었다.

말 한마디 없이, 그는 소방병을 겨누었고, 일순간 후, 투구가 한 방의 총알을 맞았고, 요란한 소리를 내면서 거리에 떨어졌다. 놀란 병사는 급히 사라져 버렸다.

두 번째의 정찰자가 그 자리에 나타났다. 이자는 장교였다. 장 발장은 다시 자기 총에 장전한 뒤, 새로 나타난 자를 겨누었고, 그 장교의 투구를 보내어 병사의 투구를 다시 만나게 했다. 장교는 버티지 않고, 재빨리 물러가 버렸다. 이번에는 경고가 통했다. 아무도 지붕 위에 다시 나타나지 않았고, 공격군은 바리케이드 정찰하기를 포기했다.

"왜 그 사람을 죽이지 않았소?" 하고 보쉬에가 장 발장에게 물었다.

장 발장은 대답하지 않았다.

12. 질서 편에 있는 무질서

보쉬에가 콩브페르의 귀에 대고 속삭였다.

"저 사람은 내가 묻는 말에 대답을 안 하네."

"저이는 사격으로 선행을 하는 사람이야." 하고 콩브페르는 말했다.

이미 오래전인 그 당시의 일을 기억하고 있던 사람들은 교외의 국민병이 폭동에 대해 용감했다는 것을 알고 있다. 이 국민병은 특히 1832년 6월의 전투에서 맹렬하고 과감했다. 팡탱인지 베르튀 또는 퀴네트의 어느 선량한 카바레 주인은, 반란 때문에 그의 '영업소'가 휴업을 하고 있었는데, 자기 무도장에 사람이 없는 것을 보고 분격해서, 교외의 술집에 의해 구현된 질서를 구하기 위해 전사했다. 부르주아적이면서도 용맹한 그 시대에는, 제 기사들을 가진 사상들 앞에서, 이권들은 제 기사들을 가지고 있었다. 동기의 범속함은 행동의 용맹함에서 아무것도 앗아가지 않았다. 축적된 화폐의 감소는 은행가들로 하여금 「라 마르세예즈」를 노래하게 했다. 사람들은 은행을 위해 서정적으로 피를 흘렸고, 조국의 그 거대한 축도(縮圖)인 상점을 스파르타적인 열광으로 지켰다.

요컨대, 말해 두거니와, 그 모든 것에는 매우 진지한 것밖에 아무것도 없었다. 사회의 요소들이 균형 상태에 들어가는 날까지, 그것들은 투쟁 상태에 들어가고 있었던 것이다.

그 시대의 또 하나의 표징은 정부 지지주의(쓸 만한 집단의 부정확한 명칭)에 섞여 있는 무정부주의였다. 사람들은 규율 없이 질서의 편에 있었다. 국민병의 어떤 대령의 명령하에, 뜻밖에, 제멋대로 소집의 북이 울렸고, 어떤 대위는 영감을 받고 포화 속에 뛰어들었고, 어떤 국민병은 '제멋대로', 그리고 자기 자신을 위해 싸우고 있었다. 위기의 순간에, 그 '전투의 나날'에 사람들은 지휘자의 권고보다는 자기 본능의 권고에 따랐다. 질서의 군대 속에 진정한 유격병들이 있었는데, 어떤 자들은 파니코처럼 검의 유격병들이었고, 또 어떤 자들은 앙리

퐁프레드처럼 붓의 유격병들이었다.

불행하게도 이 시대에 한 원리들의 집단에 의해서보다도 오히려 한 이해관계들의 집합에 의해서 구현돼 있던 문명은 위험에 빠져 있었거나 빠져 있는 것 같았고, 걱정의 소리를 지르고 있었다. 사람들은 저마다 스스로 중심이 되어, 문명을 그 선두에 서서 방어하고, 구원하고, 보호하고 있었다. 그리고 아무나 다 사회를 구제하는 것을 스스로의 임무로 생각하고 있었다.

열성이 지나쳐서 간혹 몰살까지 하기에 이르렀다. 국민군의 어떤 소대는 그의 사사로운 권위로 군법회의를 설치하고, 어떤 포로가 된 폭도를 오 분간 재판하고 처형했다. 장 플루베르가 살해된 것도 바로 그런 종류의 즉석 재판에 의해서였다. 이는 잔인한 린치이지만, 어떤 당파도 다른 당파들을 비난할 권리가 없다. 왜냐하면 이 린치는 유럽에서 군주정치에 의해서처럼 아메리카에서 공화국에 의해서도 적용되고 있으니까. 이 린치의 법은 오해들로 복잡해지고 있었다. 반란의 어느 날, 폴 에메 가르니에라는 젊은 시인이 루아얄 광장까지 추격을 당하고 총검으로 배를 찔렸는데, 6번지의 대문 아래에 피신함으로써 겨우 죽음을 모면했다. "생시몽 파가 저기에 또 하나 있다."라고 누가 외쳤고, 그를 죽이려 했다. 그런데, 그는 생시몽 공작의 회상록 한 권을 겨드랑이에 끼고 있었다. 국민병 하나가 그 책에 '생시몽'이라는 말을 읽고, "죽여라!" 하고 외쳤던 것이다.

1832년 6월 6일, 교외에서 온 국민군의 한 중대는 앞서 거명한 판니코 대위의 지휘하에 있었는데, 제멋대로 변덕을 부리다가 샹브르리 거리에서 무수히 죽음을 당했다. 이 사실은 아무리 이상스럽더라도 1832년의 폭동에 뒤이어서 열린 법정의 신문으로 확인되었다. 판니코 대위는 성급하고 대담한 시민이고, 질서의 용병대 대장 같은 사람이고, 방금 내가 그 특색을 말한 사람들 같은, 광신적이고 완고한 정부 지지주의자였는데, 때가 되기도 전에 총을 쏘고 싶어 견딜 수 없었고 자기 혼자서, 다시 말해서 자기 중대와 함께 바리케이드를 점령하려는 야망을 억제할 수 없었다. 붉은 깃발에 이어 헌 옷이 연달아 나타난 것을 그는 검은 깃발로 착각하고 흥분하여, 장군들과 지휘관들을 큰 소리로 비난하고 있었는데, 이들은 회의를 열고, 결정적인 돌격의 순간이 왔다고 판단하지 않고, 그중 한 사람의 유명한 말마따나 "폭동이 난처한 지경에 빠지게" 내버려 두고 있었던 것이다. 그로 말하자면, 바리케이드가 다 익었다고 생각했고, 익은 것은 떨어져야 하므로, 그는 시험해 보았다.

그는 자기처럼 과감한 병사들을 지휘하고 있었는데, 그들을 '열광적인 자들'이라고 어떤 목격자는 말했다. 그의 중대는 시인 장 플루베르를 총살한 바로 그중대였는데, 거리의 모퉁이에 배치된 대대의 제1 중대였다. 전혀 기대하지 않았던 순간에, 대위는 그의 부하 병사들을 바리케이드에 진격시켰다. 이 기동은 전술보다도 자발적으로 집행되었는데, 판니코 중대에게 비싼 대가를 치르게 했다. 중대가 거리의 삼 분의 이에 도달하기도 전에 바리케이드로부터 일제사격을 받았다. 선두에서 달리던 가장 대담한 네 명의 병사들이 각면보의 바로 아래에서 들이댄 총 끝에서 분쇄됐는데, 이 국민군의 용감한 무리는 매우 용감한 사람들이었지만, 군인의 완강함이 전혀 없었기 때문에, 얼마간 주저하다가 포도에 열다섯 구의 시체를 남기고 퇴각해야만 했다. 그 주저하는 순간이 폭도들에게 다시 탄환을 재는 여유를 주었고, 중대는 피난처인 거리의 모퉁이로 되돌아갈 수도 있기 전에 두 번째 일제사격을 받고, 아주 많은 사망자들을 냈다. 한때 중대는 피아 쌍방의 산탄 사이에 끼어 대포의 연속 포격을 받았는데, 포병은 명령이 없어서 포격을 중단하지 않았던 것이다. 대담하고 무모한 판니코도 그 산탄으로 죽은 사람 중 하나였다. 그는 대포에 의해, 즉 질서에 의해 피살된 것이다.

신중하기보다는 더 격렬한 이 공격은 앙졸라를 골나게 했다.

"바보 자식들!" 하고 그는 말했다. "공연히 제 병사들을 죽게 하고, 우리들에게 우리 탄약을 소모하게 하는군."

앙졸라는 반란의 진정한 장수답게 말을 하고 있었다. 반란군과 진압군은 전혀 동등한 무기로 싸우지 않는다. 반란군은, 이내 고갈될 수 있는 것으로, 쏘는 탄약에 제한이 있고, 소비되는 전투원에도 제한이 있다. 탄약통 하나가 비고 전투원 하나가 죽어도 대체할 도리가 없다. 진압군은 군대가 있으니 전투원은 문제가 없고, 뱅센의 병기창이 있으니 탄약도 문제가 없다. 진압군에는 바리케이드의 인원수만큼의 연대들이 있고, 바리케이드의 탄약통 수만큼 병기창들이 있다. 그러므로 이것이야말로 일당백의 싸움이어서, 혁명이 돌연 나타나서, 대천사의 불의 검을 저울에 던지지 않는 한, 이 싸움에서 바리케이드들은 언제나 깨지게 마련이다. 혁명이 온다. 그러면, 모든 것이 일어서고, 길거리들이 부글부글 끓기 시작하고, 민중의 각면보들이 여기저기에 생기고, 파리가 최고도로 진동하고, '신성한 그 무엇'이 나타나고, 8월 10일이 공중에 감돌고, 7월 29일이 공중에 감돌고, 굉장한 빛이 나타나고, 무력의 크게 벌린 아가리는 물러나고, 그 사자인 군대는 자기 앞에 그 예언자 프랑스가 조용히 서 있는 것을 본다.

13. 지나가는 미광(微光)

한 바리케이드를 지키는 혼란한 감정과 정열 속에는 모든 것이 있다. 용기가 있고, 청춘이 있고, 명예로운 찰나가 있고, 열광이 있고, 이상이 있고, 확신이 있고, 경기자의 악착스러움이 있고, 그리고 특히 희망의 단절들이 있다.

그 단절들의 하나, 희망의 그 막연한 전율의 하나가 가장 예기치 않은 순간에 돌연 샹브르리의 바리케이드를 지나갔다.

"들어 보시오." 여전히 망보고 있던 앙졸라가 느닷없이 외쳤다. "파리가 깨는 것 같소."

6월 6일 아침 나절에, 한두 시간 동안, 반란의 어떤 재발이 있었던 것이 확실하다. 생 메리의 끈덕진 경종은 어떤 생각들을 고무했다. 푸아리에 거리며 그라빌리에 거리에 바리케이드들이 대충 모습을 갖추었다. 생 마르탱 개선문 앞에서는, 카빈총을 가진 청년 하나가 혼자서 1개 중대의 기병을 공격했다. 노천에서, 가로수 길 복판에서, 그는 땅에 한쪽 무릎을 짚고, 총을 어깨에 대고, 방아쇠를 당겨, 중대장을 쏴 죽이고 나서, 뒤를 돌아다보면서 이렇게 말했다. "우리에게 더 고통을 주지 않을 놈이 또 하나 여기에 있다." 그는 군도에 목이 잘렸다. 생 드니 거리에서는 내린 블라인드 뒤에서 한 여자가 시민병에게 총을 쏘았다. 한 방 쏠 때마다, 블라인드의 얇은 조각들이 움직이는 것이 보였다. 호주머니들에 약포들을 가득 넣고 있는 열네 살 난 소년 하나가 코손리 거리에서 체포되었다. 여러 초소들이 공격을 받았다. 베르탱 푸아레 거리의 입구에서는, 선두에 카베냑 드 바라뉴 장군이 서서 진군하고 있는 1개 연대의 흉갑기병들이 전혀 예기치 못한 매우 치열한 소총사격을 받았다. 플랑슈 미브레 거리에서는, 지붕들 위에서 군대를 향해 낡은 접시 깨진 것들과 살림살이 도구들이 던져졌다. 그것은 나쁜 징조여서, 슐트 원수에게 그 사실이 보고되었을 때, 나폴레옹의 옛 참모였던 그는 생각에 잠기게 되어, 사라고사 공격 시에 쉐셰가 한 말을 떠올렸다. "노파들이 우리 머리에 그녀들의 요강을 비우는 때 우리는 진다."

사람들이 국부적인 반란이라고 생각하고 있던 순간에 돌연 나타나는 그 전반적인 징후, 다시 우세해진 그 분노의 열광, 파리의 문밖이라고 부르는 그 깊은 연료 더미들 위를 여기저기 날아다니는 그 불똥들, 그 모든 전체는 군대의 지휘관들을 불안하게 했다. 그들은 화재를 그 초기에 끄려고 서둘렀다. 그들은 모베와 샹브르리, 생 메리의 바리케이드들의 공격을, 더이상 그것들밖에 상대하지 않기 위해, 그리고 단번에 끝장을 낼 수 있기 위해, 그 탁탁 튀는 불똥들을 꺼 버릴 때까지 늦추었다. 군대는 동요하는 거리들에 진격하여, 어떤 때는 조심스럽게 천천히, 또 어떤 때는 일거에 습격하면서, 좌로, 우로, 큰 것들은 소탕하고, 작은 것들은 뒤져 냈다. 군대는 총을 쏘았던 집들의 문을 때려 부쉈다. 동시에 기병도 활동을 시작하여, 큰 거리들의 군중을 분산시켰다. 그 탄압에는 군대와 민중의 충돌에 특유한 웅성거림과 소란스러운 소리가 없지 않았다. 대포 소리와 총소리의 사이사이에, 앙졸라가 들은 것이 바로 그 소리였다. 그뿐 아니라, 거리 끝에서 들것 위에 얹혀 지나가는 부상자들을 보고, 그는 쿠르페락에게 말했다. "저 부상자들은 우리 쪽 사람이 아냐."

희망은 얼마 가지 않았다. 미광은 이내 사라졌다. 반 시간도 못 되어서 공중에 있던 것은 꺼져 버렸는데, 그것은 천둥소리 없는 번개 같았으며, 폭도들은 민중의 무관심이 버림받은 고집쟁이들 위에 던지는 그 납의 제의(祭衣) 같은 것이 다시 자기들 위에 떨어지는 것을 느꼈다.

희미하게 그려졌었던 것 같던 일반적인 움직임은 좌절했고, 육군 대신의 주의와 장군들의 전략은 이제 아직 서 있는 서너 개의 바리케이드들에 집중될 수 있었다.

태양은 지평선에 떠오르고 있었다.

폭도 하나가 앙졸라에게 말을 걸었다.

"여기서 배가 고파요. 정말 우리는 이렇게 먹지도 못하고 죽어 갈 건가요?"

그의 총안 앞에서 여전히 팔꿈치를 짚고 있던 앙졸라는 길

끝에서 눈을 떼지 않고, 그렇다고 머리를 끄떡거렸다.

14. 앙졸라의 정부 이름을 어디서 읽을 것인가

쿠르페락은 앙졸라 곁의 포석에 앉아서 대포에 욕지거리를 계속하고 있었다. 산탄이라고 불리는 포탄의 어두운 구름이 무시무시한 소리를 내면서 지나갈 때마다, 그는 빈정거리면서 그것을 맞아들였다.

"너는 목이 쉬었구나, 불쌍하게도 난폭한 늙다리야. 너는 나를 괴롭히지만, 네 법석도 사그라지는구나. 이건 천둥이 아니야, 이건, 이건 기침 소리야."

그래서 사람들은 그의 주위에서 웃고 있었다.

쿠르페락과 보쉬에의 용감하고 쾌활한 기분은 위험과 더불어 더욱더 증가해 갔는데, 그들은 스카롱 부인처럼, 농담으로 먹을 것을 대신해 주었고, 포도주가 없었기 때문에, 모두에게 쾌활함을 따라 주고 있었다.

"나는 앙졸라를 찬미한다."라고 보쉬에는 말했다. "나는 그의 태연자약한 용기에 감탄한다. 그는 혼자 사니까, 그 때문에 그는 아마 좀 슬프게 됐는지 몰라. 앙졸라는 자기가 잘나서 홀아비를 면하지 못한다고 늘 불평이야. 우리는 모두 우리를 바보로 만드는, 다시 말해서 용감하게 만드는 정부들을 많든 적든 가지고 있어. 사람이 호랑이처럼 사랑할 때 사자처럼 싸우는 건 아주 하찮은 거야. 그것은 우리들의 바람둥이 아가씨들이 우리들에게 하는 행위에 대해 복수하는 한 가지 방법이야. 롤랑은 앙젤리크를 약오르게 하기 위해 자신을 죽이게 했어. 우리들의 모든 무용은 우리 여자들로부터 오는 거야. 여자 없는 남자, 그것은 격철 없는 피스톨이야. 남자를 발사시키는 건 여자거든. 그런데, 앙졸라는 여자가 없어. 그는 사랑을 하지 않는데, 용케 용감하단 말이야. 사람이 얼음처럼 차갑고 불처럼 과감할 수 있다는 것은 전에 없던 일이야.”

앙졸라는 듣고 있는 것 같지 않았으나, 누가 그의 곁에 있었다면 그가 나직한 목소리로 “파트리아*”라고 중얼거리는 것을 들었을 것이다.

보쉬에는 여전히 웃고 있었는데 그때 쿠르페락이 외쳤다.

“새것이다!”

그리고 손님이 온 것을 알리는 접대원의 목소리로 덧붙였다.

“제 이름은 팔근포(八斤砲)입니다.”

아닌 게 아니라 새 인물이 지금 막 등장했다. 그것은 제2의 포문(砲門)이었다.

포병들은 신속하게 행동을 개시하여 이 제2의 대포를 제1의 대포 옆에 갖다 놓았다.

그것으로 대충 결말이 난 셈이었다.

잠시 후에, 후다닥 조작된 두 문의 대포들이 각면보를 향해 동시에 발포했고, 전열 보병과 교외 국민병의 사격이 포병을 지원하고 있었다.

---

* 라틴어 Patria는 조국이라는 뜻.

약간의 거리를 두고 다른 포성이 들려왔다. 두 문의 대포가 샹브르리 거리의 각면보에 포화를 퍼붓는 것과 동시에, 다른 두 포문은 생 드니 거리와 오브리 르 부셰 거리에 하나씩 자리를 잡고, 생 메리의 바리케이드에 포탄을 퍼붓고 있었다. 넉 문의 대포가 무시무시한 메아리를 일으키고 있었다.

전쟁의 음산한 개들이 짖는 소리가 서로 호응하고 있었다.

샹브르리 거리의 바리케이드를 공격하고 있는 두 문의 대포 중 하나는 산탄을 쏘고 있었고, 또 하나는 포환을 쏘고 있었다.

포환을 쏘는 대포는 좀 높게 조준되어서, 바리케이드의 맨 꼭대기 끝에 포탄이 떨어지도록 겨누어졌기 때문에 거기를 파괴하고, 산탄이 터지는 듯한 포석들의 파편을 폭도들 위에 퍼부었다.

이러한 포격 방식의 목적은 각면보의 꼭대기에서 전투원들을 물러가게 하여 내부에서 움츠리고 있지 않을 수 없게 하자는 것, 다시 말해서 그것은 공격을 알리는 것이었다.

전투원들이 일단 포환에 의해 바리케이드 위에서 쫓기고 산탄에 의해 카바레의 창문들에서 쫓기면, 공격 부대는 저격을 받지 않고, 어쩌면 들키지도 않고 감히 거리에 들어갈 수 있고, 그 전날 밤처럼 돌연히 각면보에 기어 올라갈 수 있을 것이며, 누가 알랴? 불시에 점령할 수도 있을 것이다.

"저 불쾌한 대포들을 기어코 거세해야겠다." 앙졸라는 이렇게 말하고, "포수들을 쏴라!" 하고 소리쳤다.

모두들 준비하고 있었다. 그렇게도 오래전부터 침묵하고

있던 바리케이드는 미친 듯이 불을 뿜었는데, 일고여덟 차례의 일제사격이 일종의 분노와 환희 속에서 잇따랐고, 거리에는 연기가 자욱해서 앞이 안 보였으며, 몇 분 후에 화염으로 온통 줄이 그어진 그 안개를 통해, 희미하게나마 포수의 삼 분의 이가 대포 바퀴 아래에 쓰러져 있는 것을 식별할 수 있었다. 살아남아 있는 자들은 극도로 침착하게 계속 대포들을 조작하고 있었으나, 발포는 느려졌다.

"잘돼 간다." 보쉬에가 앙졸라에게 말했다. "성공이야."

앙졸라가 머리를 설레설레 흔들고 대답했다.

"아직도 이 성공이 십오 분은 가야겠는데, 바리케이드에는 이제 열 개의 약포밖에 없어."

가브로슈가 그 말을 들은 것 같았다.

15. 밖에 나간 가브로슈

쿠르페락은 갑자기, 바리케이드 아래, 바깥, 거리에, 총알들 아래에, 누군가가 있는 것을 보았다.

가브로슈가 카바레에서 술병 바구니를 집어 들고, 바리케이드의 끊어진 곳으로 나가, 각면보의 비탈에서 피살된 국민병들의 약포들로 가득 찬 탄약 주머니들을 꺼내서 태연스럽게 자기의 바구니에 비워 넣고 있었다.

"너 거기서 뭐해?" 쿠르페락이 말했다.

가브로슈는 얼굴을 쳐들었다.

"내 바구니를 채우고 있어요."

"넌 그 산탄이 안 보이니?"

가브로슈는 대답했다.

"그래요, 비가 와요. 그래서요?"

쿠르페락은 소리쳤다.

"돌아와!"

"곧 가요." 하고 가브로슈는 말했다.

그리고 깡충 뛰어서 거리로 들어갔다.

다 기억하겠지만, 판니코 중대는 퇴각하면서, 여기저기에 시체들을 두고 갔었다.

이십여 구의 시체들이 포도 위 거리 전체에 여기저기 누워 있었다. 그건 가브로슈에게는 이십여 개의 탄약통. 바리케이드에는 약포들의 조달.

거리에는 연기가 안개처럼 자욱했다. 누구든지 두 낭떠러지 사이의 산골짝에 떨어진 구름을 본 사람은 검은 두 줄의 높은 집들에 의해 압축되고 짙어진 그 연기를 상상할 수 있다. 연기는 서서히 올라가고 끊임없이 다시 생겨나고 있었다. 그 때문에 점점 어두워지고 대낮인데도 침침해졌다. 거리는 아주 짧았지만, 그 한쪽 끝에서 다른 쪽 끝에, 전투원들이 겨우 보일까 말까 했다.

이러한 어둠은 바리케이드의 공격을 지휘해야 했던 지휘관들이 십중팔구 필요로 했고 그들에 의해 계산된 것이었을지 모르나, 가브로슈에게는 유익했다.

그 연기의 베일 아래 가려진 곳에서, 그리고 몸집이 작은 덕분에, 그는 들키지 않고 거리에서 꽤 멀리 나아갈 수 있었다. 그는 큰 위험 없이, 최초의 탄약통 일고여덟 개를 훔쳤다.

그는 납작 엎드려, 네 팔다리로 빨리 기어가고, 바구니를 입에 물고, 몸을 비틀고, 미끄러지듯 가고, 물결쳐 가고, 하나의 시체에서 다른 시체로 구불구불 가고, 원숭이가 호두알을 까듯이 탄약통이나 탄띠를 털었다.

바리케이드에서는, 그가 아직 꽤 가까이 있는데도, 그에게 주의가 쏠릴까 봐 두려워서, 사람들은 그에게 돌아오라고 감히 소리를 지르지 못했다.

한 시체에서, 그것은 하사였는데, 그는 화약통 하나를 발견했다.

"갈증을 위해.*" 하고 그는 그것을 호주머니에 넣으면서 말했다.

많이 전진한 덕택으로, 그는 초연(硝煙)이 투명해지는 지점에 다다랐다.

그래서 그들의 포석 방벽 뒤에 정렬해 매복하고 있는 저격 전열병들과, 길 모퉁이에 모여 있는 교외의 저격 국민병들이 뭔지 연기 속에서 움직이고 있는 것을 갑자기 서로 가리켰다.

가브로슈가 한 푯돌 옆에 누워 있는 한 상사의 약포들을 털고 있을 때, 총알 하나가 날아와서 시체에 맞았다.

"제기랄!" 하고 가브로슈는 말했다. "내 시체들을 이렇게 죽이네."

---

* '화약통'의 원어가 poire à poudre 즉 '화약용 배'이기 때문에 그렇게 재담한 것.

두 번째 탄환이 그의 옆 포석에 맞아서 불똥이 튀겼다. 세 번째 탄환이 그의 바구니를 넘어뜨렸다.

가브로슈는 그쪽을 바라보고, 그것이 교외병한테서 오는 것임을 알았다.

그는 몸을 똑바로 일으키고 서서, 머리털은 바람에 나부끼고, 두 손은 허리에 짚고, 총을 쏘는 국민병들을 노려보면서 노래했다.

> 낭테르 사람들은 못생겼네,
> 그것은 볼테르의 잘못,
> 팔레조 사람들은 어리석네,
> 그것은 루소의 잘못.

그런 뒤 그는 제 바구니를 주워 거기서 떨어졌던 약포들을 하나도 잃지 않고 거기에 다시 집어넣고, 사격이 오는 쪽으로 나아가, 또 하나의 탄약 주머니를 약탈하러 갔다. 거기서 네 번째 탄환이 또 그를 못 맞혔다. 가브로슈는 노래했다.

> 나는 공증인이 아니야,
> 그것은 볼테르의 잘못,
> 나는 작은 참새야,
> 그것은 루소의 잘못.

다섯 번째 탄환이 또 빗나가서, 그의 입에서 셋째 절이 나왔다.

　　명랑하다, 내 성격은,
　　그것은 볼테르의 잘못,
　　초라하다, 내 옷은,
　　그것은 루소의 잘못.

　이런 일이 그렇게 얼마 동안 계속되었다.
　그 광경은 무시무시하고도 유쾌했다. 가브로슈는 사격을 받으면서도 그것을 짓궂게 놀려 대고 있었다. 그는 몹시 재미있어 하는 것 같았다. 그것은 사냥꾼들을 부리로 쪼고 있는 참새였다. 총알이 날아올 때마다 그는 한 절로 대답했다. 저쪽에선 끊임없이 그를 겨누었지만, 매번 빗나갔다. 국민병들과 군인들은 그를 겨누면서 웃고 있었다. 그는 누웠다가, 다시 몸을 일으키고, 문 한쪽 구석에 숨었다가, 뛰어나오고, 사라졌다가, 다시 나타나고, 도망쳤다가, 돌아오고, 산탄에 조롱으로 응수하고, 그러는 동안에도 약포들을 약탈하고, 탄약 주머니들을 비워 자기의 바구니를 가득 채웠다. 폭도들은 걱정이 되어 가쁘게 숨을 쉬면서 그를 지켜보고 있었다. 바리케이드는 떨고 있었고, 그는 노래하고 있었다. 이건 어린아이가 아니었다. 이건 어른도 아니었다. 이건 이상한 요정(妖精) 같은 건달이었다. 혼전의 불사신(不死身) 난쟁이 같았다. 총알들이 그를 쫓아가고 있었는데, 그는 그것들보다 더 날쌨다. 그는 죽음과 뭔지 알 수 없는 무서운 숨바꼭질을 하고 있었다. 그 유령의 들창코 얼굴이 다가올 때마다 이 건달은 그것을 손가락으로 튕겨 냈다.

　그렇지만 탄환 한 발이 다른 것들보다 더 잘 겨누어졌는지 또는 더 음흉했는지, 급기야는 이 도깨비불 같은 어린아이를 맞히고야 말았다. 가브로슈가 휘청거리는 것이 보이다가, 그는 쓰러졌다. 바리케이드가 온통 소리를 질렀다. 그러나 이 난쟁이 속에는 안테우스*가 있었다. 이 부랑아가 포도에 닿는 것, 그것은 그 거인이 땅에 닿는 것과 같다. 가브로슈는 다시 일어서기 위해서밖에 쓰러지지 않았다. 그는 상반신을 일으키고 앉았는데, 길고 가는 핏줄기 하나가 그의 얼굴에 줄을 긋고 있었다. 그는 두 팔을 허공에 쳐들고, 탄환이 온 쪽을 바라보고, 노래하기 시작했다.

　　나는 땅바닥에 쓰러졌네,
　　그것은 볼테르의 잘못,
　　코를 도랑에 처박았으니,
　　그 잘못은…….

　그는 끝을 맺지 못했다. 같은 저격자의 두 번째 총알이 그의 말을 딱 중단시켰다. 이번에 그는 얼굴을 포도에 대고 쓰러져, 다시는 움직이지 않았다. 위대한 어린 넋이 이제 막 날아가 버린 것이다.

---

* 안테우스(Antée). 땅에 쓰러지면 더 힘이 세어진다는 무적의 거인. 헤라클레스에게 패했다.

16. 어떻게 형이 아버지가 되는가

바로 그때 뤽상부르 공원에서(비극을 보는 눈은 어디고 다 보아야 하니까.) 두 어린아이가 손을 맞잡고 있었다. 하나는 일곱 살쯤 되었을 것이고, 또 하나는 다섯 살쯤 되었을 것이다. 그들은 비에 젖었기 때문에, 양지바른 쪽 좁은 길을 걷고 있었다. 큰 애가 작은 애를 이끌고 있었다. 그들은 누더기를 걸치고 있었고 창백했다. 그들은 연한 황갈색 들새들 같았다. 더 어린 아이가 "배가 몹시 고파."라고 말했다.

형은 벌써 보호자다웠는데, 제 동생의 손을 왼손으로 잡고 오른손에는 막대기를 들고 있었다.

공원에는 그들뿐이었다. 공원에는 사람이 없었고, 철문은 폭동 때문에 경찰 조치에 의해 닫혀 있었다. 거기에 야영하고 있던 군대는 전투의 필요상 거기서 나가고 없었다.

그 애들이 어떻게 거기에 있었는가? 그들은 아마 문이 조금 열린 어떤 위병소에서 도망쳐 나왔었는지도 모른다. 그들은 아마 근처에, 앙페르 문밖에, 또는 천문대 광장에, 또는 '배내옷에 싸인 갓난아기를 그들은 발견했다.'*라는 글이 있는 박공 아래 내려다 보이는 이웃 네거리에, 어릿광대들의 바라크가 있었는데 거기에서 도망쳐 왔었는지도 모른다. 그들은 아마 전날 저녁에, 폐문 시간에, 공원 감시원들의 눈을 속이고, 사람들이 신문을 읽는 그 파수막들 중 어느 한 곳에서 밤을 지

---

* 예수 그리스도를 가리킨다.

냈었는지도 모른다. 사실 그들은 떠돌이였고, 자유로워 보였다. 떠돌이고 자유로워 보인다는 것, 그것은 미아라는 뜻이다. 그 가엾은 어린아이들은 과연 미아들이었다.

이 두 어린아이들은 가브로슈가 걱정해 주었던 바로 그 애들이었는데, 그들을 독자는 기억하고 있다. 테나르디에의 자식들인데, 마뇽 아줌마에게 빌려 주어 질노르망 씨의 자식들로 인정받다가, 이제는 그 모든 뿌리 없는 가지들에서 떨어진 잎사귀가 되어, 땅 위를 바람 부는 대로 굴러다니고 있었다.

마뇽 아줌마의 집에 있을 때는 깨끗했고 질노르망 씨에 대하여 그녀에게 선전용 전단 구실을 해 주던 그들의 의복은 누더기가 되었었다.

이 녀석들은 그 후 경찰이 파리의 포도에서 확인하고, 연행하고, 잃어버렸다가 다시 찾아내는 '버린 아이들'의 통계에 들어가 있었다.

이 불쌍한 애들이 이 공원에 있기 위해서는 그런 날의 혼란이 필요했다. 만약에 그들이 감시인들에게 들켰더라면, 감시인들은 그 누더기들을 쫓아냈을 것이다. 가난한 어린아이들은 공원들에 들어가지 못한다. 그렇지만 그들은 어린아이들로서 꽃들에 대한 권리가 있다는 것을 사람들은 생각해야 할 것이다.

이 애들은 철문들이 닫혀 있는 덕택으로 거기에 있었다. 그들은 법을 위반하고 있었다. 그들은 공원에 슬그머니 들어와, 거기에 나가지 않고 있었다. 철문들이 닫혀 있다고 해서 감시인들에게 휴가를 주는 것은 아니고, 감시는 계속되는 것으로 여겨지지만, 감시가 누그러지고 휴식을 취하고 있다. 그리고 감시인들은, 그들 역시 공적인 걱정으로 흥분되어, 공원 내부보다도 외부에 더 마음을 빼앗겨, 더 이상 공원을 둘러보지 않고 있었고, 그 두 위반자들을 보지 않았었다.

전날에 비가 왔었고, 아침에도 조금 왔다. 그러나 6월에 소나기는 문제가 되지 않는다. 심한 비바람이 쳐도, 한 시간만 지나면, 이 황금빛 아름다운 날이 눈물을 뿌렸다는 것을 사람들은 깨닫지도 못한다. 여름에 땅은 어린아이의 볼만큼 빨리 말라 버린다.

이 하지 때에 한낮의 햇빛은 말하자면 찌르는 듯하다. 그것은 모든 것을 빼앗는다. 그것은 일종의 흡수 작용과 함께 땅에 가해지고 서로 겹친다. 태양이 목이 마르는 것 같다. 소나기는 한 잔의 물이고, 한 판의 비는 이내 마셔져 버린다. 아침에는 모든 것에서 물이 철철 흐르는데, 오후에는 모든 것에서 먼지가 인다.

비에 씻기고 햇살로 닦인 푸른 초목처럼 감탄할 만한 것은 아무것도 없다. 그것은 따스한 싱싱함이다. 정원들과 초원들은 그들의 뿌리들에 물이 있고 그들의 꽃들에 햇볕이 있어, 향로들이 되어 그들의 모든 향기들을 동시에 내뿜는다. 모든 것이 웃고, 노래하고, 몸을 내맡긴다. 사람들은 기분 좋게 취한 느낌이 든다. 봄은 임시의 낙원이고, 태양은 사람을 참게 하는 걸 돕는다.

세상에는 더 많이 요구하지 않는 인간들이 있다. 쾌활한 낙천가들은 푸른 하늘을 가지고 있으므로, "이것으로 충분하다!"고 말한다. 경이로운 것에 열중한 몽상가들은 자연의 심취에서 선악에 대한 무관심을 얻어 낸다. 인간에게서 흔연히 눈을 돌린 우주의 관조자들은, 인간이 나무들 아래에서 몽상에 잠길 수 있는 때에, 이 사람들의 굶주림, 저 사람들의 목마름, 겨울에 가난뱅이의 헐벗음, 어린아이의 척추 임파성 만곡, 초라한 침대, 고미다락 방, 지하 감옥, 추위에 떠는 처녀들의 누더기, 이런 것들에 사람들이 관심을 갖는 것을 이해하지 못한다. 평화스럽고도 무시무시한, 무자비하게도 만족한 사람들. 이상한 일이지만, 그들은 무한이면 충분하다. 인간의 이 크나큰 욕구, 유한, 포옹을 인정하는 것, 그들은 이것을 모른다. 유한, 진보를 인정하는 것, 이 숭고한 작업, 그들은 이것을 생각하지 않는다. 불확정한 것, 무한과 유한의 인간적이고 신적인 결합에서 태어나는 것을 그들은 모른다. 광대무변한 것을 마주 대하고만 있으면, 그들은 미소를 짓는다. 결코 기쁨은 없고, 언제나 황홀. 빠져드는 것, 이것이 그들의 삶이다. 인류의 역사는 그들에게 하나의 단편적인 면일 뿐이다. '모든 것'이 거기에 있지 않다. 참다운 '모든 것'은 밖에 있다. 이런 세부, 인간을 걱정해서 무슨 소용인가? 인간은 괴로워한다. 그럴 수 있다. 그러나 알데바란 별*이 떠오르는 걸 좀 보라! 어머니는 젖이 떨어졌고, 갓난아기는 죽어 간다지만, 나는 그런 건 아무것도 모른다. 그러나 전나무의 엷은 백목질 조각이 현미경에서 나타내는 그 놀라운 장미꽃 무늬를 관찰해 보라. 더없이

---

* 황소자리 속에 있는 별.

아름다운 말린산 흰 레이스를 그것과 비교해 보라! 이 사상가들은 사랑하기를 잊고 있다. 황도대(黃道帶)는 그들이 우는 아이를 보지 않게 할 정도로 그들에 대해 좋은 성과를 올렸다. 신은 그들에게 영혼을 가린다. 그들은 왜소하고도 위대한 정신의 소유자들이다. 호라티우스가 그중 하나였고, 괴테가 그중 하나였고, 라퐁텐도 아마 그러했으리라. 무한의 굉장한 이기주의자들, 고통의 태연한 구경꾼들, 날씨가 좋으면 그들에게 네로는 보이지 않는다. 햇볕은 그들에게 화형대를 감추고, 단두대에서 목을 자르는 것을 보면서도 그들은 거기에서 햇빛의 효과를 찾을 것이다. 고함 소리도, 흐느끼는 소리도, 빈사자의 그르렁거리는 소리도, 경종 소리도 그들에게는 들리지 않고, 5월이 있기 때문에 그들은 모든 것이 좋고, 주홍빛과 황금빛 구름이 그들의 머리 위에 있는 한, 자기들은 만족한다고 선언하고, 별들의 반짝임과 새들의 노래가 없어질 때까지는 행복하기로 그들은 결심하고 있다.

그들은 행복해하면서도 침울한 사람들이다. 그들은 자기들이 불쌍한 사람들이라는 걸 조금도 생각하지 않는다. 확실히 그들은 그러한 사람들이다. 울지 않는 자는 눈이 보이지 않는다. 눈썹 밑에 눈이 없고 이마 한복판에 별을 하나 가지고 있는 밤이자 낮인 인간을 사람들이 불쌍히 여기고 찬미하듯, 그들을 찬미하고 불쌍히 여겨야 한다.

이러한 사상가들의 무관심은, 어떤 사람들의 생각으로는, 그것이야말로 탁월한 철학이다. 그렇다고 하자. 그러나 그 탁월함 속에는 결점이 있다. 사람은 불멸이면서 절름발이일 수 있다. 불카누스*가 그 증거다. 사람은 인간 이상일 수도 있고, 인간 이하일 수도 있다. 엄청난 불완전한 것이 자연 속에 있다. 태양이 소경이 아닌지 누가 아는가?

그렇다면, 글쎄! 누구를 믿어야 하나? 태양이 허위라고 누가 감히 말할 수 있을까? 그러니 어떤 천재들도, 어떤 신인(神人)들도, 저명한 인간들도 잘못 생각할 수 있을까? 저 위에, 꼭대기에, 정점에, 절정에 있는 것, 지상에 그렇게도 많은 빛을 보내는 것의 눈이 조금밖에 안 보이는지, 잘 안 보이는지, 아주 안 보이는지? 그건 절망적이 아닌가? 아니다. 하지만 태양 위에는 대체 무엇이 있는가? 신이 있다.

1832년 6월 6일 오전 11시경, 쓸쓸하고 사람이 없는 뤽상부르 공원은 매혹적이었다. 오점형(伍點形)으로 심은 나무들과 화단의 꽃들은 햇빛 속에서 서로 향기와 눈부신 아름다움을 보내고 있었다. 나뭇가지들은 정오의 햇빛에 미친 듯이 서로 포옹하려고 애쓰는 것 같았다. 큰 단풍나무들 속에서는 휘파람새들이 시끄럽게 떠들어 대고, 참새들이 의기양양하게 우쭐거리고, 딱따구리들은 마로니에 나무들을 기어 올라가 껍질의 구멍들 속을 부리로 톡톡 찍고 있었다. 화단들은 백합들의 정통 왕권을 받아들이고 있었다. 향기들 중에서 가장 장엄한 것, 그것은 흰빛에서 나오는 향기다. 카네이션의 콕 찌르는 냄새도 맡을 수 있었다. 마리 드 메디치의 늙은 까마귀들이 큰 나무들 속에서 사랑을 하고 있었다. 태양이 튤립 꽃들을 금빛

---

* 불카누스(Vulcanus). 불의 신(그리스신화).

으로 물들이고, 붉게 물들이고, 불을 켜고 있었는데, 그 꽃들은 꽃들로 만들어진 온갖 다양한 불꽃들과 다를 것이 없었다. 그 튤립 꽃들의 주위에는 벌들이 맴돌고 있었는데, 이 벌들은 그 불꽃의 꽃들의 불똥이었다. 모든 것이 우아하고 즐거웠다. 머지 않아 내릴 비마저도. 또 내릴 그 비는, 은방울꽃과 인동덩굴이 그 덕을 보게 될 그 비는 아무것도 걱정할 게 없었다. 제비들은 나직이 날아다니는 매혹적인 위협을 주고 있었다. 거기에 있는 자는 행복을 들이마시고 있었고, 생명은 좋은 냄새가 나고 있었고, 그 모든 자연은 순진함, 구원, 원조, 자애로움, 애무, 서광을 발산하고 있었다. 하늘에서 떨어지는 사상들은 사람이 입을 맞추어 주는 어린아이의 작은 손처럼 부드러웠다.

나무 아래의 벌거벗은 흰 조상들은 햇빛으로 구멍이 뚫린 어둠의 드레스를 걸치고 있는데, 이 여신들은 모두 햇볕의 누더기를 입고 있었고, 그녀들에게서는 사방으로 햇살이 늘어져 있었다. 큰 연못 주위의 땅은 거의 탈 정도로 바싹 말라 있었다. 바람이 꽤 불어서 여기저기에서 작은 먼지의 소동을 일으키고 있었다. 지난해 가을에서 남아 있는 몇 잎의 고엽들이 즐겁게 서로 쫓고 쫓기면서 장난치고 있는 것 같았다.

풍부한 빛 속에는 뭔지 알 수 없는 아늑한 것이 있었다. 생명, 수액, 더위, 발산물 들이 넘쳐흐르고 있었다. 삼라만상 아래에 거대한 샘이 느껴지고 있었다. 사랑이 스며들어 있는 그 모든 숨결 속에, 그 반사와 반영의 왕복 속에, 그 햇살의 놀라운 소비 속에, 그 유동하는 황금빛의 무한한 흐름 속에, 무궁무진한 것의 풍부함이 느껴지고 있었다. 그리고 그 찬란함 뒤에 불꽃의 휘장 뒤에서처럼, 그 별들의 백만장자인 신이 어렴풋이 보이고 있었다.

모래 덕분에 한 점의 진흙도 없었고, 비 덕분에 조금의 재도 없었다. 작은 숲들은 이제 막 씻겼다. 온갖 부드러운 것, 온갖 매끈한 것, 온갖 윤이 나는 것, 온갖 황금빛 것들은 꽃 모양을 하고 땅에서 나와 흠잡을 데가 없었다. 그 장려함은 깨끗했다. 행복스러운 자연의 큰 침묵이 공원에 가득 차 있었다. 그 천국의 침묵 속에는 둥지들의 비둘기 우는 소리, 벌 떼의 윙윙거리는 소리, 바람의 살랑거리는 소리 같은 무수한 음악들도 함께 있었다. 계절의 모든 조화가 우아한 전체 속에서 완성되고 있었다. 봄의 오고 감이 정해진 질서 속에서 이루어지고 있었다. 라일락 꽃은 끝나 가고, 재스민 꽃은 피기 시작하고 있었다. 어떤 꽃들은 늦었고, 어떤 벌레들은 일렀다. 6월의 전위인 붉은 나비들이 5월의 후위인 흰 나비들과 다정하게 어울리고 있었다. 플라타너스들은 새 껍질을 입고 있었다. 산들바람이 거대하고 장엄한 마로니에들 속에서 잔잔한 파동을 일으키고 있었다. 눈부시게 아름다웠다. 인근 병사의 노병 하나가 철책을 통해 들여다보고 말했다. "봄이 무장을 하고 정장을 했군."

모든 자연이 아침 식사를 하고 있었다. 천지 만물이 식탁에 앉아 있었다. 지금은 그런 시간이었다. 커다란 푸른 식탁보가 하늘에 깔려 있고 커다란 초록빛 식탁보가 땅에 깔려 있었다. 태양이 휘황찬란하게 빛나고 있었다. 신이 온 세상의 식사를 차려 주고 있었다. 존재물마다 제 먹이나 모이를 갖고 있었다. 산비둘기는 대마 씨를 찾아내고, 되새는 조를 찾아내고, 방울새는 별꽃을 찾아내고, 울새는 벌레들을 찾아내고, 벌은 꽃들을 찾아내고, 파리는 적충(滴虫)들을 찾아내고, 방울새는 파리들을 찾아내고 있었다. 그것들은 서로 잡아먹고 있었는데, 이것은 선악이 혼재하는 신비다. 그러나 밥통이 비어 있는 짐승은 하나도 없었다.

버림받은 두 어린아이들은 큰 연못 옆에 도달했었으나, 그 모든 빛으로 좀 어리둥절하여 숨으려고 애쓰고 있었는데, 그것은 심지어 비인간적인 것이라도 현란한 것 앞에서 가난한 자와 약한 자가 갖는 본능이다. 그래서 그들은 백조들의 집 뒤에 있었다.

여기저기에서, 때때로, 바람이 불 때, 아우성 소리, 떠드는 소리, 헐떡거리는 것 같은 일제사격의 소란스러운 소리, 포격의 둔한 소리가, 어렴풋이 들려오고 있었다. 시장 쪽의 지붕들 위에 연기가 있었다. 소집하는 것 같은 종소리가 멀리서 울리고 있었다.

그 애들에겐 그 소리들이 들리는 것 같지 않았다. 동생은 때때로 나직한 목소리로 되풀이했다. "배고파."라고.

두 어린아이들과 거의 같은 순간에, 다른 한 쌍이 큰 연못에 다가오고 있었다. 쉰 살의 영감이 여섯 살 아이의 손을 잡고 이끌고 있었다. 아마 아버지와 아들이리라. 여섯 살 아이는 커다란 빵 과자 하나를 쥐고 있었다.

그 당시, 마담 거리와 앙페르 거리의 센 강 연안의 어떤 집들은 뤽상부르 공원의 열쇠를 가지고 있어서, 철문들이 닫혔을 때 세입자들이 그것을 이용하고 있었는데, 이 편의는 그 후

폐지되었다. 이 아버지와 아들은 아마 그러한 집들 중 하나에서 나왔으리라.

두 가련한 아이들은 '그 양반'이 오는 것을 보고 좀 더 많이 숨었다.

이 사람은 중산층 시민이었다. 어느 날 바로 이 큰 연못가에서 자기 아들에게 "지나친 짓을 하지 말도록" 타이르는 것을 마리우스가 사랑에 들떠 있던 중 들었었는데, 바로 그 사람인지도 모른다. 그는 친절하면서도 거만한 것 같았으며, 그의 입은 닫히지 않고 늘 미소를 띠고 있었다. 그 기계적인 미소는 턱이 너무 크고 피부가 너무 얇아서 생기는 것으로, 마음보다는 오히려 이를 보여 줬다. 어린애는 아직 다 먹지 않은 빵 과자로 배가 부른 모양이었다. 폭동 때문에 어린애는 국민병복을 입고 있었고, 아버지는 조심성 있게 평복을 입고 있었다.

두 부자는 두 마리의 백조가 떠 있는 연못가에서 걸음을 멈추었었다. 이 중산층 시민은 백조들에게 유난히 경탄하고 있는 것 같았다. 그가 백조들처럼 걷고 있다는 그런 뜻에서, 그는 그들을 닮았다.

이때만은 백조들이 헤엄을 치고 있었는데, 그것이 그들의 주된 재간이고, 그들은 훌륭했다.

만약 그 두 가련한 아이들이 듣고 이해할 수 있는 나이였다면, 그들은 한 근엄한 남자가 하는 말을 귀담아들을 수 있었으리라. 아버지가 아들에게 말했다.

"현명한 사람은 적은 것으로 만족하고 산단다. 나를 보거라, 내 아들아. 나는 화려한 것을 좋아하지 않는다. 나는 결코 금과 보석이 더덕더덕 달린 옷을 입어 본 적이 없다. 나는 그런 허식은 마음이 잘못된 사람들이나 하는 짓으로 본다."

이때 더욱더 커져 가는 종소리와 소음과 함께 시장 쪽에서 강한 아우성이 터져 오고 있었다.

"저게 뭐야?" 하고 어린아이가 물었다.

"아버지는 대답했다.

"사투르누스 제(祭)란다."

갑자기 그는 백조들의 초록빛 작은 집 뒤에 꼼짝 않고 있는, 누더기를 걸친 두 애들을 보았다.

"저런 게 시작이거든." 하고 그는 말했다.

그리고 잠시 말이 없다가 이렇게 덧붙였다.

"무정부 상태가 이 공원에 들어오고 있구나."

그러는 동안, 아들은 과자를 깨물었다가 도로 뱉어 버리고, 갑자기 울기 시작했다.

"왜 우느냐?" 하고 아버지가 물었다.

"난 이제 배가 고프지 않아." 하고 어린애는 말했다.

아버지의 미소가 더 뚜렷해졌다.

"과자를 먹기 위해 배가 고플 필요는 없다."

"난 이 과자가 싫어졌어. 이건 굳었어."

"이제 안 먹겠니?"

"안 먹어."

아버지는 그에게 백조들을 가리켰다.

"저 물새들에게 그걸 던져 주려무나."

어린애는 주저했다. 이제 자기 과자를 안 먹는다고 해서 그것을 줄 이유는 못 된다.

아버지는 말을 계속했다.

"인정을 가져라. 동물들을 불쌍하게 여겨야 한다."

그러면서 아들에게서 과자를 빼앗아 그것을 연못가에 던졌다.

과자는 연못가 꽤 가까이 떨어졌다.

백조들은 멀리, 연못 한복판에서 어떤 먹이를 먹느라 바빴다. 그 녀석들은 이 중산층 시민도, 빵 과자도 보지 않았었다.

이 시민은 과자가 헛되이 될 우려가 있다고 느끼고, 그리고 그 무익한 파선(破船)에 마음이 아파, 열심히 물결을 출렁거리게 하여 마침내 백조들의 주의를 끌었다.

그 녀석들은 무엇인가 떠 있는 것을 보고, 저희들이 마치 배들인 것처럼 뱃머리를 돌려, 빵 과자를 향해서 천천히, 흰 짐승들답게 태평스럽고 의젓하게 왔다.

"시뉴들(cygnes, 백조들)은 시뉴들(signes, 신호들)을 알아듣거든." 하고 중산층 시민은 자기에게 재치가 있는 것을 기뻐하며 말했다.

이때에 도시 먼 곳의 소음이 또 갑자기 커졌다. 이번에는 불길했다. 다른 것들보다 더 분명하게 말을 하는 바람들이 있다. 이 순간에 불어오는 바람은 북이 둥둥 울리는 소리와 함성, 보병 분대의 사격 소리, 그리고 경종과 대포의 음산한 응답 소리 등을 분명하게 실어 왔다. 그것과 우연한 일치로 검은 구름이 갑자기 태양을 가렸다.

백조들은 아직 빵 과자에 도달하지 않았었다.

"돌아가자." 하고 아버지가 말했다. "튈르리 궁을 공격하는구나."

그는 아들의 손을 다시 잡았다. 그러고는 말을 계속했다.

"튈르리 궁에서 뤽상부르 공원까지는 왕족과 귀족 사이의 거리만큼밖에 떨어져 있지 않아. 곧 총알들이 비 오듯 쏟아질 거다."

그는 구름을 보았다.

"그리고 또 정말 비가 올 것 같기도 하다. 하늘마저 끼어 드는데, 분가*는 끝장났어. 빨리 돌아가자."

"백조들이 빵 과자 먹는 걸 보고 싶어." 하고 어린애가 말했다.

아버지는 대답했다.

"그건 경솔한 짓일 거다."

그러면서 그는 자기의 어린 중산층 시민을 데리고 갔다.

아들은 백조들을 잊지 못하고 오점형 꽃밭 모퉁이에서 연못이 안 보일 때까지 연못 쪽으로 머리를 돌렸다.

그러는 동안, 백조들과 동시에, 그 두 떠돌이 아이들이 빵 과자에 다가왔다. 빵 과자는 물위에 떠 있었다. 동생은 과자를 바라보고 있었고, 형은 떠나가는 시민을 바라보고 있었다.

아버지와 아들은 마담 거리 쪽 나무들이 우거진 큰 계단으로 통하는 작은 길들의 미로로 들어갔다.

그들이 보이지 않게 되자마자 형은 동그스름한 연못가에

---

* branches cadette, 부르봉 왕가(王家)의 분가(分家)를 말한다.

얼른 납작 엎드리고, 거기에 왼손으로 매달려, 거의 물에 떨어질 만큼 몸을 구부리고, 오른손으로 막대기를 과자 쪽으로 뻗쳤다. 백조들은 적을 보고 서둘렀고, 서두르면서 가슴팍을 내밀었기 때문에, 그 어린 낚시꾼에게는 유익했는데, 백조들 앞의 물이 역류하여, 그 동심원을 그리는 약한 파동의 물결 하나가 빵 과자를 사뿐히 어린아이의 막대기 쪽으로 밀어 주었다. 백조들이 막 도달하려고 할 때, 막대기가 과자에 닿았다. 어린애는 한 번 탁 쳐서 빵 과자를 끌어당기고, 백조들에 겁을 주고, 과자를 잡고, 몸을 일으켰다. 과자는 젖어 있었으나, 그들은 배가 고프고 목이 말랐다. 형은 빵 과자를 큰 것과 작은 것 두 조각으로 나누어, 작은 것은 제가 갖고, 큰 것은 동생에게 주면서 말했다.

"목구멍에 풀칠이나 하거라."

17. 죽은 아버지가 죽어 가는 아들을 기다리다

마리우스는 바리케이드 밖으로 뛰쳐나갔었다. 콩브페르가 그의 뒤를 따랐었다. 그러나 때는 이미 늦었다. 가브로슈는 죽었다. 콩브페르는 약포 바구니를 가지고 돌아왔고, 마리우스는 어린애를 가지고 돌아왔다.

오호 슬프도다! 하고 그는 생각했다. 아버지가 자기 아버지를 위해 했었던 것, 그는 그것을 아들에게 돌려주고 있었다. 다만 테나르디에는 자기의 살아 있는 아버지를 가지고 돌아왔었는데, 그는 죽은 아이를 가지고 돌아오고 있었던 것이다.

마리우스가 가브로슈를 팔에 끼고 각면보에 돌아왔을 때, 그는 그 아이처럼 얼굴이 피투성이가 되어 있었다.

가브로슈를 안으려고 몸을 낮춘 순간, 탄환 하나가 그의 이마를 스쳤었는데, 그는 그것을 알아차리지 못했었다.

쿠르페락이 자기 넥타이를 풀어 그것으로 마리우스의 이마를 싸맸다.

사람들은 가브로슈를 마뵈프와 같은 탁자 위에 내려놓고, 두 시체 위에 검은 숄을 펼쳤다. 그것은 노인과 소년을 덮기에 충분했다.

콩브페르는 가지고 돌아왔었던 바구니의 약포들을 분배했다.

한 사람에게 열다섯 발씩 돌아갔다.

장 발장은 여전히 표석 위 같은 자리에 꼼짝도 않고 있었다. 콩브페르가 그에게 열다섯 발의 약포를 내놓았을 때, 그는 고개를 저었다.

"희한한 기인이야." 하고 콩브페르가 앙졸라에게 낮은 목소리로 말했다. "이 바리케이드 안에서 용케 싸우지 않고 있거든."

"그렇다고 바리케이드를 지키지 않는 것은 아니야." 하고 앙졸라는 대답했다.

"용맹한 자 중에는 괴짜들이 있지." 하고 콩브페르가 말을 이었다.

그리고 쿠르페락이 그 말을 듣고 덧붙였다.

"저 사람은 마뵈프 영감하고는 종류가 달라."

이건 특기해야 할 일인데, 바리케이드에 총탄이 쏟아져도 그 내부에는 거의 혼란이 없었다. 이러한 종류의 전쟁의 회오리바람을 한 번도 겪어 보지 않은 사람들은 그런 격변에 섞여 있는 이상하게도 고요한 순간이 어떠한 것인지 전혀 알지 못한다. 사람들은 왔다 갔다 하고, 이야기를 하고, 농담을 하고, 빈둥거린다. 내가 알고 있는 어떤 사람은 한 전투원이 산탄 속에서 "우리는 보이들의 아침 식사 자리에 있듯이 여기에 있는 거야."라고 그에게 말한 것을 들었다. 되풀이하거니와, 샹브르리 거리의 각면보는 그 안에서는 무척 고요한 것 같았다. 모든 돌발 사건과 모든 판국들은 종말에 이르렀거나 이르려 하고 있었다. 상황이 위급한 것에서 절박한 것이 되었고, 절박한 것에서 십중팔구 절망적인 것이 되어 가고 있었다. 정황이 암담해짐에 따라서, 장렬한 눈빛이 바리케이드를 더욱더 붉게 물들이고 있었다. 앙졸라는 젊은 스파르타 인이 빼 든 칼을 음산한 귀신 에피도타스에게 바치는 것 같은 태도로, 장중하게 바리케이드를 굽어보고 있었다.

콩브페르는 배에 앞치마를 두르고, 부상병들에게 붕대를 감아 주고 있었다. 보쉬에와 푀이는 가브로슈가 죽은 하사에게서 딴 화약통으로 약포를 만들고 있었는데, 보쉬에가 푀이에게 말했다. "우리는 곧 다른 유성으로 가는 합승 마차를 타려고 하고 있다." 쿠르페락은 앙졸라 곁에 자기 것으로 잡아 놓은 몇 개의 포석들 위에 한 벌의 장비 전체를, 즉 검이 들어 있는 그의 지팡이, 그의 소총, 두 자루의 기마용 권총, 그리고 한 자루의 단도 등을 마치 처녀가 작은 재봉 상자 하나를 정돈하듯이 얌전하게 진열하고 정돈하고 있었다. 장 발장은 말없이 정면의 벽을 바라보고 있었다. 어떤 노동자는 위슐루 아줌마의 커다란 밀짚모자를 머리 위에 끈으로 비끄러매면서, '일사병이 무섭다'고 말하고 있었다. 엑스의 쿠구르드의 젊은이들은 마지막으로 한 번 사투리를 서둘러 말해 두겠다는 듯이, 저희들끼리 즐겁게 이야기를 지껄이고 있었다. 졸리는 위슐루 과부의 거울을 벗기다가 자기 혓바닥을 검사하고 있었다. 몇몇 전투원들은 서랍 속에서 거의 곰팡이가 슨 빵조각을 찾아내 그것을 게걸스럽게 먹고 있었다. 마리우스는 아버지가 자기에게 뭐라고 말할까 걱정스러워하고 있었다.

18. 먹이가 된 독수리

바리케이드에 특유한 심리적 사실 하나를 강조하자. 이 놀라운 시가전의 특색을 하나도 빼놓아서는 안 되기 때문이다.

아까 내가 말한 그 이상한 내부의 조용함이 어떻든 간에, 바리케이드는 그 안에 있는 사람들에게는 역시 환상으로 남아 있다.

내란에는 처참한 것이 있고, 미지의 모든 애매한 것들이 그 사나운 불길들에 섞여 있고, 혁명들은 스핑크스이며, 바리케이드를 겪은 사람은 누구나 꿈을 겪었다고 생각한다.

사람들이 그런 장소들에서 느끼는 것, 나는 그것을 마리우스에 관해 지적하였고, 그 결과도 볼 것인데, 그것은 삶 이상의 것이자 삶 이하의 것이다. 바리케이드에서 나가면, 자기가 거기서 무엇을 보았는지 알지 못한다. 사람들은 무시무시했지만 그런 줄을 모른다. 사람들은 인간의 얼굴을 하고 있는 싸우는 관념들에 둘러싸였고, 머리를 미래의 빛 속에 두었다. 시체들이 누워 있었고 유령들이 서 있었다. 시간들은 거대했고 영원히 계속되는 시간들 같았다. 사람들은 죽음 속에서 살았다. 그림자들이 지나갔다. 그것이 무엇이었는가? 피 묻은 손들이 보였다. 그것은 귀를 먹먹하게 하는 무서운 소리였고, 또한 무시무시한 정적이기도 했다. 아우성치는 열린 입들이 있었고, 말없이 열려 있는 입들도 있었다. 사람들은 연기 속에 있었다. 아마 어둠 속에 있었는지도 모른다. 사람들은 알 수 없는 깊이에서 스며 나오는 음산한 것에 손을 댄 것 같다. 사람들은 손톱들에 끼어 있는 뭔지 붉은 것을 본다. 사람들은 더 이상 생각이 나지 않는다.

샹브르리 거리로 돌아가자.

갑자기, 두 차례의 일제사격들 사이에, 멀리서 시간을 알리는 종소리가 들려왔다.

"정오다."라고 콩브페르가 말했다.

열두 번의 종소리가 다 울리기도 전에 앙졸라가 벌떡 일어나, 바리케이드 꼭대기에서 그 우뢰 같은 고함을 질렀다.

"집 안으로 포석들을 올려라. 그것들을 창가와 고미다락 방에 붙여 놓아라. 사람들의 절반은 총을 쏘고, 또 절반은 포석들을 올려라. 일 분도 낭비하지 마라."

어깨에 도끼를 멘 한 분대의 소방 공병들이 거리 끝에 전투 태세로 막 나타났었다.

이것은 한 종대의 선두였을 뿐인데, 무슨 종대인가? 틀림없이 공격 종대였다. 바리케이드를 파괴할 임무를 띤 소방 공병들은 바리케이드를 기어 올라갈 임무를 띤 병사들보다 항상 앞서야 한다.

사람들은 분명히 클레르몽 토네르 씨*가 1822년에, '목줄을 조르는 것'이라고 부르던 위기의 순간에 근접하고 있었다.

앙졸라의 명령은 신속하고 정확하게 집행되었다. 이런 일은 선박과 바리케이드에 특유한 것으로, 이 두 장소는 탈주가 불가능한 유일한 전쟁터다. 일 분도 채 안 돼서, 앙졸라가 코랭트의 문 앞에 쌓게 했던 포석들의 삼 분의 이가 2층과 고미다락 방으로 올려졌고, 그다음 일 분이 채 흐르기도 전에, 그 포석들이 교묘하게 쌓여서, 2층의 창문과 고미다락 방들의 천창들을 절반의 높이까지 막았다. 주요 건축자인 푀이에 의해 세심하게 터 놓은 몇 개의 틈새로 총신을 내놓을 수 있었다. 그러한 창문들의 그 무장은 산탄의 발사가 멎었기 때문에 그만큼 더 쉽게 이루어졌다. 두 문의 대포가 이제 바리케이드의 중심부를 향해 거기에 구멍을 내고, 가능하면 돌격을 위한 돌파구를 내기 위해 포환을 퍼붓고 있었다.

최후의 방어를 위해 포석들이 제자리에 놓였을 때, 앙졸라

---

* 토네르(Clermont Tonnerre, 1779~1865). 왕정복고 시대 빌레르 내각의 장관, 해군 제독. 청년 빅토르 위고는 이 사람을 서너 번 만났다.

는 마뵈프가 있는 테이블 밑에 놓았던 술병들을 2층으로 날라 오게 했다.

"누가 대체 그걸 마실 거야?" 하고 그에게 보쉬에가 물었다.

"놈들이지." 하고 앙졸라가 대답했다.

그런 뒤에 사람들은 아래층의 창문을 막고, 밤에 카바레의 문을 안으로부터 잠그게 되어 있는 쇠 빗장을 언제든지 지를 수 있게 해 놓았다.

요새는 완전했다. 바리케이드는 성벽이고, 카바레는 성탑이었다.

남아 있는 포석들로 끊긴 곳을 막았다.

바리케이드의 방어자들은 항상 군수품을 절약하지 않으면 안 되고, 공격자들은 그것을 알고 있기 때문에, 공격자들은 적을 초조하게 만드는 일종의 여유 작전으로 계획을 꾸며, 때가 되기 전에 총화 속에 뛰어들지만, 그것은 외관뿐이고 사실은 편안히 쉬고 있는 것이다. 습격의 준비는 항상 어떤 방법적인 느린 속도로 이루어진다. 그런 뒤에는 전광석화로 진행된다.

그 느린 속도가 앙졸라로 하여금 모든 것을 재검토하고, 모든 것을 완벽하게 할 수 있게 했다. 이런 사람들은 곧 죽을 것이므로, 그들의 죽음은 훌륭한 것이어야 한다고 그는 느끼고 있었다.

그는 마리우스에게 말했다. "우리는 두 두목이다. 나는 안에서 마지막 명령을 내리겠다. 너는 밖에 있으면서 관찰해라."

마리우스는 바리케이드 꼭대기에서 관찰하는 자리를 잡았다.

독자는 기억하겠지만, 야전병원이 되어 있는 부엌의 문에 앙졸라는 못을 박게 했다.

"부상자들에게 누를 끼쳐서는 안 돼."라고 그는 말했다.

그는 아래층 홀에서 짧지만 지극히 조용한 목소리로 마지막 훈령을 내렸다. 푀이가 듣고 있다가 모두를 대표하여 대답했다.

"2층에, 계단을 끊을 도끼들을 준비해 두어라. 그게 있는가?"

"그렇다."라고 푀이가 말했다.

"몇 개냐?"

"도끼 둘하고 소 잡는 도끼가 하나 있다."

"좋아. 우리는 끄덕없는 전투원이 스물여섯 명이다. 소총은 몇 자루 있나?"

"서른넷."

"여덟 자루가 남는군. 다른 것들처럼 그 여덟 자루의 총에도 장전하고, 손 아래 두거라. 검과 권총을 허리띠에 차고 있거라. 스무 명은 바리케이드에 있고. 여섯 명은 고미다락 방과 2층 창문에 매복해 있다가 포석들의 총안을 통해 습격자들에게 발사하라. 여기에 단 하나의 노동자도 무익하게 있어서는 안 돼. 이제 곧 공격의 북이 울리면, 아래층의 스무 명은 바리케이드로 뛰어나가라. 먼저 가는 사람이 가장 좋은 자리를 잡겠지."

그렇게 배치를 한 다음, 그는 자베르 쪽으로 몸을 돌리고 그에게 말했다.

"난 너를 잊지 않고 있다."

그리고 테이블에 권총 한 자루를 놓고 덧붙였다.

"여기서 마지막으로 나가는 사람은 이 밀정의 대갈통을 깨 부숴라."

"여기서요?" 하고 하나의 목소리가 물었다.

"아니, 이놈의 시체를 우리들의 시체에 섞지 말자. 몽데투르 골목길 쪽의 작은 바리케이드는 뛰어넘을 수 있어. 넉 자 높이밖에 안되니까. 이 사람은 꼭 묶여 있어. 거기로 데리고 가서, 거기서 해치워 버릴 것이다."

어떤 사람이 그때 앙졸라보다도 더 태연했다. 그것은 자베르였다.

이때 장 발장이 나타났다.

그는 폭도들의 무리 속에 섞여 있었다. 그는 거기에서 나와 앙졸라에게 말했다.

"당신이 지휘자요?"

"그렇소."

"당신은 아까 내게 감사하다고 하셨죠?"

"공화국의 이름으로요. 이 바리케이드는 두 분의 구제자가 있소. 마리우스 퐁메르시와 당신이오."

"내가 보답을 하나 받을 만하다고 생각하시오?"

"물론이오."

"그럼 하나 주십시오."

"뭐요?"

"나 자신이 저 사람의 머리를 쏘는 일이오."

자베르는 고개를 들고, 장 발장을 보고, 거의 눈에 띄지 않으리만큼 몸을 움직이고, 그리고 말했다.

"옳거니."

앙졸라로 말하자면, 그는 자기의 카빈총에 다시 탄환을 재기 시작했었다. 그는 자기 주위를 둘러보았다.

"이의 없소?"

그리고 그는 장 발장 쪽으로 돌아섰다.

"이 탐정을 끌고 가시오."

장 발장은 그 테이블 끝에 앉음으로써 사실상 자베르를 차지했다. 그는 피스톨을 잡았고, 딸가닥하는 희미한 소리 하나가 그가 그 피스톨에 막 장전했음을 알렸다.

거의 같은 순간에 나팔 소리가 들렸다.

"정신 차려!" 하고 마리우스가 바리케이드 위에서 외쳤다.

자베르는 그에게 특유한 소리 없는 웃음을 웃고, 폭도들을 뚫어지게 바라보면서 그들에게 말했다.

"당신들도 나보다 별로 더 오래가진 못한다."

"모두 밖으로!" 하고 앙졸라가 외쳤다.

폭도들은 시끌벅적 뛰어갔고, 나가면서 등 뒤에, 이런 말은 실례가 되겠지만, 자베르의 다음과 같은 말을 받았다.

"이따가 보자!"

19. 장 발장이 복수하다

장 발장은 자베르와 단 둘이 되었을 때, 포로의 몸뚱이 가운

데를 묶고 테이블 아래에 매어 있던 동아줄을 풀었다. 그런 뒤에 그에게 일어서라는 신호를 했다.

자베르는 복종했는데, 사슬에 묶인 권위의 최고권이 응축된 그 뭐라고 말할 수 없는 미소를 짓고 있었다.

장 발장은 짐바리 짐승을 질빵으로 끌고 가듯, 자베르를 가슴걸이를 잡아 자기 뒤에 끌고, 카바레에서 나갔다, 천천히. 왜냐하면 자베르는 다리가 묶여서 아주 잔걸음으로밖에 걸어갈 수 없었으니까.

장 발장은 손에 피스톨을 쥐고 있었다. 그들은 그렇게 바리케이드 내부의 사다리꼴 길을 건넜다. 폭도들은 절박한 공격에 정신이 쏠려서 등을 돌리고 있었다.

마리우스만은 홀로, 바리케이드의 왼쪽 끝에 비스듬히 자리를 잡고 있었기 때문에 그들이 지나가는 것을 보았다. 그 수형자와 사형집행인의 무리는 그가 마음속에 갖고 있는 음울한 빛으로 비추어졌다.

장 발장은 묶인 자베르로 하여금 몽데투르 골목의 작은 방어 진지를 다소 힘들게 올라가게 했으나, 단 한순간도 그를 놓아 버리지는 않았다.

그들이 이 방벽을 넘었을 때, 골목에는 이 두 사람밖에 아무도 없었다. 아무도 그들을 보고 있지 않았다. 집들로 가려서 폭도들에게는 그들이 보이지 않았다. 바리케이드에서 끌어낸 시체들이 지척에 무시무시한 산더미를 이루고 있었다.

그 시체 더미 속에서 하나의 새파란 얼굴과 풀어진 머리, 구멍 뚫린 손, 절반 벌거벗은 여자의 앞가슴을 알아볼 수 있었다. 그것은 에포닌이었다.

자베르는 그 시체를 곁눈으로 주시하고, 심히 침착하게, 나직한 목소리로 말했다.

"저건 내가 아는 계집애 같은데."

그러고는 장 발장 쪽으로 몸을 돌렸다.

장 발장은 피스톨을 겨드랑이에 끼고, 자베르를 응시했는데, 그 시선은 말할 필요도 없이 "자베르, 나다."라고 말하기 위한 것이었다.

자베르는 대답했다.

"복수해라."

장 발장은 조끼 호주머니에서 나이프를 꺼내어 그것을 폈다.

"단도구나!" 하고 자베르는 외쳤다. "옳거니. 네게는 그게 더 잘 어울린다."

장 발장은 자베르의 목에 감긴 가슴걸이를 자르고, 이어서 손목에 묶인 밧줄을 자르고, 이어서 몸을 굽혀 발에 묶인 노끈을 자르고, 그리고 다시 몸을 일으켜 세우면서 그에게 말했다.

"당신은 자유요."

자베르는 쉽사리 놀라는 사람이 아니었다. 그렇지만 아무리 자제를 했어도, 그는 어떤 충격에서 벗어날 수 없었다. 그는 입을 떡 벌리고 가만히 서 있었다.

장 발장은 말을 이었다.

"나는 여기서 나갈 것 같지 않소. 그렇지만 만약 요행히 여기서 나간다면, 나는 옴므 아르메 거리 7번지에서 포슐르방이라는 이름으로 살 거요."

자베르는 호랑이처럼 상을 찌푸려 입 한쪽 구석을 약간 벌리고, 입속에서 우물거렸다.

"조심해라."

"가시오." 하고 장 발장은 말했다.

자베르가 말을 이었다.

"포슐르방이랬지, 옴므 아르메 거리의?"

"7번지요."

자베르는 낮은 목소리로 되풀이했다. "7번지라."

그는 다시 프록코트의 단추를 끼고, 두 어깨 사이에 군인답게 다시 꿋꿋하게 힘을 주고, 뒤로 돌아, 팔짱을 끼면서 한쪽 손으로 턱을 괴고, 시장 방향으로 걸어가기 시작했다. 장 발장의 눈길이 그를 따라갔다. 몇 걸음 가더니, 자베르는 돌아서서 장 발장에게 소리쳤다.

"당신은 나를 난처하게 하는군요. 차라리 나를 죽여 주시오."

자베르는 자기가 장 발장에게 더 이상 반말을 하지 않고 있다는 것을 그 자신도 알아차리지 못했다.

"가시오." 하고 장 발장은 말했다.

자베르는 느린 걸음으로 멀어져 갔다.

잠시 후, 그는 프레쇠르 거리의 모퉁이로 구부러졌다.

자베르가 사라졌을 때, 장 발장은 허공에 대고 피스톨을 쏘았다.

그런 뒤 바리케이드로 돌아와서 말했다.

"해치웠소."

그러는 동안 이런 일이 일어났었다.

마리우스는 내부보다도 외부에 더 정신이 팔려서, 아래층 홀의 칙칙한 원형 쇠시리에 묶여 있었던 탐정을 주의 깊게 보지 않았었다.

죽으러 가기 위해 바리케이드를 뛰어넘으면서 그가 그를 대낮에 보았을 때, 그는 그를 알아보았다. 어떤 기억이 갑자기 그의 머리에 떠올랐다. 그는 퐁투아즈 거리의 사복 형사가 생각났고, 그가 자기에게 두 자루의 권총을 건네주었었는데 그것들을 바로 이 바리케이드 안에서 자기, 마리우스가 사용했었던 생각이 났다. 그리고 단지 얼굴만 생각난 것이 아니라, 이름도 생각났다.

그렇지만 그 기억은 그의 모든 생각들과 마찬가지로 희미하고 모호했다. 이것은 그가 자신에게 한 확언이 아니라, 자신에게 던진 의문이었다.

"나에게 자기는 자베르라는 사람이라고 말한 것이 바로 저 사복형사가 아닌가?"

어쩌면 이 사람을 위해 아직 개입할 시간이 있었을까? 하지만 먼저 그것이 확실히 그 자베르인지 알아야만 했다.

마리우스는 바리케이드의 다른 쪽 끝에 와서 막 자리에 앉은 앙졸라를 불렀다.

"앙졸라!"

"뭐야?"

"그 남자의 이름이 뭐야?"

"누구 말이야?"

"경찰관 말이야. 그의 이름을 아나?"

"물론, 그가, 우리에게 이름을 말했으니까."

"이름이 뭐야?"

"자베르."

마리우스는 벌떡 몸을 일으켰다.

그때 피스톨 쏘는 소리가 들렸다.

장 발장이 다시 나타나 외쳤다. "해치웠소."

마리우스의 마음이 오싹하고 침울했다.

20. 죽은 자들은 옳고 살아 있는 자들은 잘못이 없다

바리케이드의 최후가 바야흐로 시작되려 하고 있었다.

모든 것이 이 최후 순간의 비통한 장엄함에 협력하고 있었다. 공중의 오만 가지 신비스러운 소리들, 보이지 않는 거리들에서 이동하고 있는 무장 부대들의 바람, 단속적인 기병의 질주, 전진하는 대포들의 무거운 진동, 파리의 착잡한 거리에서 교차하는 전투부대의 총화와 포화, 지붕들 위에 황금빛이 되어 올라오는 전투의 연기, 멀리서 들려오는 약간 무시무시한 뭔지 알 수 없는 아우성 소리, 도처에 위협적인 섬광, 이제는 흐느낌 조로 변한 생 메리의 경종, 계절의 다사로움, 햇빛과 구름으로 충만한 하늘의 휘황찬란함, 낮의 아름다움과 집들의 무시무시한 괴괴함.

왜냐하면, 전날부터 샹브르리 거리의 양편에 늘어선 집들은 두 개의 성벽이 되어 버렸으니까. 매정한 성벽들. 문들이 닫히고, 창들이 닫히고, 덧창도 닫히고.

현재와는 판이한 그 당시에는, 너무 오래 지속되었었던 상황을, 수여된 헌장을, 또는 지배계급을 민중이 끝내고자 하는 시간이 왔었을 때는, 보편적인 분노가 대기에 퍼져 있었을 때는, 도시가 그의 포석들이 들어 올려지기를 동의하고 있었을 때는, 반란이 그의 슬로건을 중산계급의 귀에 속삭이면서 그들을 미소 짓게 하고 있었을 때는, 그럴 때는 주민은 말하자면 반란에 감동되어, 전투원의 보조자가 되고, 집은 저에게 기대고 있는 즉석에서 만들어진 요새와 우호관계를 맺고 있었다. 상황이 무르익지 않고 있었을 때는, 반란이 확실하게 동의를 얻지 못하고 있었을 때는, 군중이 그 운동을 좋아하지 않고 있었을 때는, 전투원들은 버림받고 있었고, 도시는 폭동의 주위에서 사막으로 변하고 있었고, 사람들의 마음은 식고 있었고, 은신처들은 막혀 있었고, 거리는 바리케이드를 점령하려는 군대를 돕기 위한 사람들의 행렬이 되고 있었다.

아무리 교묘하게 속여서도 민중을 제가 원하는 것보다 더 빨리 가게 하지는 못한다. 민중을 강요하려고 하는 자는 불행할진저! 민중은 시키는 대로 하지 않는다. 그런 때엔 민중은 반란을 되어 가는 대로 내버려 둔다. 폭도들은 페스트 환자들이 된다. 집은 절벽이고, 문은 거절이고, 집의 정면은 벽이다. 그 벽은 보고 듣기는 하지만, 원하지는 않는다. 그것이 절반 열려서 당신들을 구할 수 있을까? 아니다. 그 벽, 그것은 재판관이다. 당신들을 바라보고 당신들에게 형을 선고한다. 그 닫힌 집들은 얼마나 음산한 것인가! 그것들은 죽은 듯이 보이지만, 그것들은 살아 있다. 생명은 거기에 정지돼 있는 것 같지만, 거기에 지속되고 있다. 아무도 거기서 스물네 시간 전부터 나오지 않았지만, 아무도 거기에 없지는 않다. 그 바위의 내부에서 사람들은 가고, 오고, 자고, 일어난다. 사람들은 거기서 가족끼리 모여 있다. 사람들은 거기서 마시고 있고 거기서 먹고 있다. 사람들은 거기서 두려워하고 있다. 무서운 일이다! 이 두려움이 폭도들에 대한 그 가공할 냉대의 변명이 된다. 이 두려움에는 심한 불안이 섞여 있는데, 그 정상은 이해할 만하다. 심지어 어떤 때에는, 그리고 이것은 실제로 있었던 일인데, 두려움은 열정이 되고, 공포는 격노로 변할 수 있다. 조심성이 격렬함으로 변할 수 있듯이. 그래서 '온건한 열광자'라는 그렇게도 오묘한 이 말이 생겨난다. 최고의 공포가 불길로 타오르고 거기에서 불길한 연기처럼 분노가 나온다. "그 사람들은 무엇을 원하는가? 그들은 결코 만족하지 않는다. 그들은 조용한 사람들까지도 위험한 일에 끌어넣는다. 마치 그래도 그들의 혁명이 충분하지 못하다는 듯이! 그들은 여기에 무엇을 하려고 왔는가? 제발 잘해 보라지. 그들로선 딱한 일이다. 저희들 탓이지. 그들은 될 대로밖에는 되지 않는다. 그건 우리가 알 바 아니다. 우리의 가엾은 거리가 탄환 투성이다. 이건 많은 무뢰한들이다. 무엇보다도 문을 열지 마라." 그리하여 사람 집은 무덤 같은 꼴이 된다. 폭도는 그 문 앞에서 죽어 간다. 그는 산탄과 빼어 든 사브르가 닥쳐 오는 것을 본다. 만약 그가 소리를 지르면, 누군가 그 소리를 듣지만, 아무도 오지 않으리라는 걸 그는 알고 있다. 거기에는 그를 보호해 줄 수도 있을 벽들이 있고, 거기에는 그를 구해 줄 수도 있을 사람들이 있는데, 그 벽들은 살아 있는 귀를 가지고 있고, 그 사람들은 돌 같은 마음을 가지고 있다.

누구를 나무랄 것인가?

아무도 없다. 그리고 모두를.

우리가 살고 있는 이 불완전한 시대를.

공상적인 이상은 언제나 제 책임으로 반란으로 변하고, 철학적인 항의를 무장된 항의로 만들고, 미네르바*를 팔라스**로 만든다. 참지 못하고 폭동이 되는 이상은 무엇이 저를 기다리는지 안다. 거의 언제나 이상은 너무 일찍 온다. 그래서 이상은 체념하고, 승리 대신에 재변을 태연하게 받아들인다. 이상은 저를 인정하지 않는 자들을 불평하지 않고, 심지어 그들을 변호하면서까지 그들에게 봉사하고, 관대하게도 버림받음에 동의한다. 이상은 장애에 대해서는 굴하지 않고 배은망덕에 대해서는 온화하다.

그런데 그것이 배은망덕인가?

그렇다, 인류의 견지에서는.

아니다, 개인의 견지에서는.

진보는 인간의 방식이다. 인류의 일반적인 생활을 '진보'라 부른다. 인류의 집단적인 걸음걸이를 '진보'라고 부른다. 진보

---

* 미네르바(Minerva). 지혜의 여신.
** 팔라스(Pallas). 전쟁의 여신.

는 전진한다. 그것은 천국적이고 신적인 것을 향해 지상적이고 인간적인 대여행을 한다. 그것은 지체하는 무리를 집합시키는 휴식처들이 있고, 갑자기 그의 지평을 드러내는 어떤 찬란한 가나안의 땅 앞에서, 명상하는 정류장들이 있고, 잠자는 밤들이 있다. 그런데 인간의 영혼 위에 어둠을 보는 것은, 그리고 잠들어 있는 진보를 깨우지 못하고, 그것을 암흑 속에서 더듬어 보는 것은 사상가의 비통한 걱정들의 하나다.

"신은 아마 죽었을 것이다."라고 제라르 드 네르발은 어느 날 이 글을 쓰고 있는 사람에게 말했는데, 그것은 진보와 신을 혼동하고, 운동의 중단을 '신'의 죽음으로 착각한 것이다.

절망하는 자는 잘못이다. 진보는 필연코 잠을 깬다. 그리고 결국, 진보는 잠들어 있어도 전진했다고 말할 수 있으리라. 왜냐하면 그것은 성장했으니까. 진보가 다시 일어나 있는 것을 볼 때, 그것이 더 높아진 것을 본다. 항상 조용하다는 것, 그것은 강과 마찬가지로 진보하고는 관계가 없다. 거기에 전혀 둑을 쌓지 마라. 거기에 바위를 던지지 마라. 장애물은 물을 거품이 일게 하고 인류를 부글거리게 한다. 거기에서 소란이 온다. 그러나 그 소란 뒤에, 전진이 이루어졌다는 것을 알아본다. 질서는 일반적인 평화 이외의 다른 것이 아닌데, 그것이 확립될 때까지는, 조화와 통일이 존속할 때까지는, 진보는 그 과정으로서 혁명을 가질 것이다.

'진보'란 대체 무엇인가? 나는 아까 그것을 말했다. 그것은 국민들의 영원한 생명.

그런데 때로는 개인들의 일시적 생명이 인류의 영원한 생명에 저항하는 일이 생긴다.

솔직하게 이를 인정하자. 개인은 그의 별개의 이해관계가 있고, 그 이해관계를 위해 성실하게 분명히 알리고 그것을 옹호할 수 있다. 현재는 용서할 수 있으리만큼 그의 이기심을 가지고 있다. 일시적인 생명도 그의 권리가 있어, 줄곧 미래를 위해 희생할 의무는 없다. 현재 지상을 통과하는 차례가 되어 있는 세대는 훗날 저희들 차례가 될 세대들, 결국 저와 동등한 다음 세대들을 위해 자기의 생명을 단축하지 않으면 안 되는 것은 아니다. '모두'라고 불리는 그 어떤 사람은 말한다. "나는 존재한다. 나는 젊고 사랑하고 있다. 나는 늙었고 쉬고 싶다. 나는 가장이고, 일하고, 번창하고, 좋은 사업을 하고, 세 줄 집들이 있고, 나라에 예금이 있고, 행복하고, 처와 아이들이 있고, 그 모든 것을 사랑하고, 살기를 바란다. 나를 괴롭히지 마시오." 이로부터 어떤 시기에는 인류의 고결한 전위적인 사람들에 대한 심각한 냉담이 생겨난다.

그런데 이상은 전쟁을 함으로써 그의 빛나는 범위에서 나온다는 것을 시인하자. 그것은, 내일의 진리인 이상은 어제의 허위에서 그의 방법, 전쟁을 빌려 온다. 그것은, 미래인 이상은 과거처럼 행동한다. 그것은, 순수한 관념인 이상은 폭력이 된다. 그것은 그의 용맹 속에 폭행을 포함하는데, 이 폭행에 대해 그것은 책임을 지는 것이 마땅하다. 원칙에 반한 일시적이고 방편적인 폭행, 이에 대해 그것은 필연적으로 벌을 받아야 한다. 이상이 하는 반란도 낡은 군법을 손에 들고 싸운다. 그것은 밀정들을 총살하고, 반역자들을 처형하고, 살아 있는 인간들을 죽여 미지의 암흑 속에 던진다. 그것은 죽음을 사용하는데, 그것은 중대한 일이다. 이상은 더 이상 명성을, 그의 매혹적이고 청렴한 힘을 믿지 않는 것 같다. 이상은 칼로 친다. 그런데 어떠한 칼도 단순하지 않다. 모든 검은 양날이 있어, 한쪽 날로 상처를 입히는 자는 다른 쪽 날에 상처를 입는다.

이러한 제한을 가하고서, 그것도 아주 엄중하게 가하면서, 미래의 영광스러운 투사들을, 이상의 고해신부들을, 그들의 성공 여부를 불문하고, 우리는 찬양하지 않을 수가 없다. 그들이 실패하는 때조차도, 그들은 존경할 만하고, 아마 그들의 실패 속에 그들은 더 많은 존엄을 갖는지도 모른다. 승리가 진보에 알맞게 이루어지는 때에는, 국민들의 갈채를 받을 만하지만, 영웅적인 패배는 그들의 감동을 받을 만하다. 전자는 장엄하고, 후자는 숭고하다. 성공보다도 순교를 더 좋아하는 나에겐 존 브라운*이 워싱턴보다 더 위대하고, 피자카네**가 가리발디***보다 더 위대하다.

누군가는 꼭 패자들 편에 서야 한다.

이 미래의 위대한 시험자들이 실패할 때, 사람들은 그들에 대해 옳지 못하다.

사람들은 혁명가들이 공포를 퍼뜨린다고 비난한다. 모든

---

* 브라운(John Brown, 1800~1859). 미국에서 노예 제도 폐지 운동을 하다가 교수형에 처해졌다.
** 피자카네(Carlo Pisacane, 1818~1859). 나폴리 왕국 원정에서 죽은 이탈리아의 애국자.
*** 가리발디(Giuseppe Garibaldi, 1807~1882). 이탈리아의 혁명가.

바리케이드는 폭행 같다. 사람들은 그들의 이론을 규탄하고, 그들의 목적을 의심하고, 그들의 속셈을 두려워하고, 그들의 양심을 고발한다. 사람들은 그들이 지배적인 사회 현실에 대해 산더미 같은 불행과 고통, 부정, 비탄, 절망 들을 높이 쌓아 올리고, 밑바닥에서 암흑 덩어리들을 끌어내 거기에 총안을 만들고 거기서 싸운다고 비난한다. 사람들은 그들에게 외친다. "너희들은 지옥에서 포석을 제거한다!"라고. 그들은 "그렇기 때문에 우리들의 바리케이드는 선량한 의도로 만들어져 있다."라고 대답할 수 있을 것이다.

최선은 물론 평화적인 해결이다. 요컨대, 이 점은 시인하자, 사람들이 포석을 볼 때, 사람들은 곰을 생각하고, 사회가 걱정하는 것은 선의에 관해서다. 그러나 사회가 저 자신을 구하는 것은 사회에 달려 있다. 우리가 호소하는 것은 사회 자신의 선의에 대해서다. 아무런 난폭한 구제책도 필요하지 않다. 협의에 의해 폐단을 조사하고, 그것을 확인하고, 그런 뒤에 그것을 시정할 것. 우리가 사회에 권하는 것은 그러한 것이다.

그야 어쨌든 간에, 세계 방방곡곡에서, 프랑스를 응시하고서, 이상의 엄격한 논리를 가지고 대사업을 위해 싸우는 그런 사람들은, 비록 쓰러져도, 특히 쓰러졌기 때문에 존엄하다. 그들은 진보를 위해 그들의 목숨을 순수한 선물로 바친다. 그들은 하늘의 뜻을 성취하고, 종교적 행위를 한다. 정해진 시간에, 자기의 대사를 말하기 위해 무대에 나오는 배우만큼 허심탄회하게, 신성한 시나리오에 순종하면서 그들은 무덤 속으로 들어간다. 그리고 1789년 7월 14일 억제할 수 없게 시작된 인류의 장엄한 운동을 그 세계적인 최고의 찬란한 결과로 이끌기 위해, 그들은 그 희망 없는 싸움을, 그리고 그 태연한 죽음을 감수한다. 그 병사들은 성직자들이다. 프랑스 혁명은 신의 거동이다.

그런데 다른 장(章)에서 이미 지적한 구별들에 이 구별도 덧붙이는 것이 좋겠는데, 혁명들이라고 불리는 인정된 반란들이 있고, 폭동들이라고 불리는 거부된 혁명들이 있다. 터지는 반란, 그것은 민중 앞에서 시험을 치르는 하나의 관념이다. 만약 민중이 그의 검은 공을 떨어뜨리면, 그 관념은 낙제생이고, 반란은 무모한 획책이다.

경고가 있을 때마다, 그리고 이상이 바랄 때마다, 전쟁에 들어가는 것은 국민들의 행위가 아니다. 국민들은 부단히 영웅들과 순교자들의 기질을 갖고 있지는 않다.

국민들은 현실적이다. 반란은 선험적으로 그들에게 혐오감을 일으킨다. 첫째로, 반란은 흔히 결과적으로 큰 불행을 가져오기 때문이고, 둘째로, 반란은 항상 출발점이 추상적이기 때문이다.

왜냐하면, 그리고 이것은 장한 일인데, 몸을 바치는 사람들이 몸을 바치는 것은 항상 이상을 위해서고, 오직 이상을 위해서이기 때문이다. 반란은 열광이다. 열광은 분노할 수 있다. 그렇기 때문에 무기를 들게 된다. 그러나 한 정부나 제도를 겨누는 모든 반란은 더 높은 것을 노린다. 그래서, 예컨대, 이 점을 강조하거니와, 1832년 반란의 수령들이, 특히 샹브르리 거리의 젊은 열광자들이 싸웠던 것은 정확히 루이 필립이 아니었다. 솔직히 말해서, 대부분은 왕정과 혁명의 중간 존재인 그 왕의 자격을 인정하고 있었고, 아무도 그를 증오하지 않았다. 그러나 그들은 샤를 10세 속에 있는 부르봉 종가를 공격했었던 것처럼 루이 필립 속에서 신수권의 부르봉 분가를 공격하고 있었다. 그리고 그들이 프랑스에서 왕권을 타도함으로써 타도하고자 하는 것, 그것은 앞서 설명했듯이, 전 세계에서 인간에 대한 인간의 침해이고 권리에 대한 특권의 침해였다. 왕이 없는 파리는 그 여파로서 전제군주가 없는 세계를 갖는다. 그들은 그렇게 추론하고 있었다. 그들의 목표는 확실히 원대했고, 아마 막연했을 것이고, 노력 앞에서 뒷걸음질하고 있었다. 그러나 위대했다.

그건 그렇다. 그리고 사람들은 그러한 비전을 위해 몸을 바치는데, 그 비전이 희생자들에게는 거의 언제나 환상이지만, 이 환상에는 결국 모든 인간적인 확신이 섞여 있다. 반도는 반란을 미화하고 황금빛으로 물들인다. 사람들은 자기가 하려는 일에 도취하면서 그 비극적인 일들에 투신한다. 누가 알겠는가? 그들은 아마 성공할지도 모른다. 그들은 소수다. 상대방은 한 군대 전체다. 하지만 그들은 권리, 자연법칙, 포기할 수 없는 자기 자신에 대한 각자의 주권, 정의, 진리를 지킨다. 그리고 필요할 경우에는 그 삼백 명의 스파르타 인들처럼 죽을 것이다. 그들은 돈 키호테는 생각하지 않지만, 레오니다스를 생각한다. 그리고 그들은 앞으로 나간다. 그리고 일단 시작하면, 더 이상 후퇴하지 않고, 머리를 푹 숙이고 돌진한다. 비상한 승리, 완성된 혁명, 다시 해방된 진보, 인류의 향상, 보편적인 해방의 희망을 안고. 그리고 최악의 경우에는 테르모필이 있을 뿐.

진보를 위한 그러한 무장 투쟁은 흔히 실패하는데, 그 이유는 아까 말했다. 군중은 의협가들의 유혹에 따르지 않는다. 이 육중한 집단은, 대중은 그들의 무게 자체 때문에 깨어지기 쉽고, 모험을 두려워한다. 그리고 이상 속에는 모험이 있다.

게다가, 이 점을 잊지 말자, 이해관계가 거기에 있다는 것을. 이상적인 것과 감정적인 것하고는 별로 친근하지 않은 이해관계가. 때때로 위장은 심장을 마비시킨다.

프랑스의 위대함과 아름다움은 프랑스가 다른 나라 국민들보다도 배가 덜 뚱뚱하다는 것이다. 프랑스는 허리에 더 쉽게 끈을 맨다. 프랑스는 맨 먼저 잠이 깨고, 맨 나중에 잠이 든다. 프랑스는 전진한다. 프랑스는 탐구자다.

그것은 프랑스가 예술적이기 때문이다.

이상적인 것은 논리의 정점 이외의 다른 것이 아니다. 아름다운 것이 참다운 것의 절정 이외의 다른 것이 아닌 것과 마찬가지로. 예술적인 국민들은 또한 합리적인 국민들이기도 하다. 아름다움을 사랑하는 것, 그것은 빛을 원하는 것이다. 그러기 때문에 유럽의 횃불, 즉 문명의 횃불은 먼저 그리스가 들었고, 그리스는 그것을 이탈리아에 넘겨주었고, 이탈리아는 그것을 프랑스에 넘겨주었다. 세상을 밝히는 숭고한 국민들이여! "그들은 생명의 등불을 사람에게 전달한다."

이건 놀라운 일인데, 한 국민의 시는 그 국민의 진보의 요소다. 문명의 양은 상상력의 양으로 측량된다. 다만 개화시키는 국민은 씩씩한 국민으로 남아 있어야 한다. 코린트는 그랬다. 시바리스는 그렇지 못했다. 나약해지는 자는 퇴화한다. 딜레탕트여서도 안 되고, 명인이어서도 안 되고, 예술가여야 한다. 문명에 관해서는 지나치게 섬세함을 추구해서는 안 되고, 승화를 행해야 한다. 그러한 조건하에서, 사람들은 인류에게 이상의 지도자를 준다.

현대의 이상은 예술 속에 그 전형이 있고, 과학 속에 그 방법이 있다. 사람들은 과학에 의해서 시인들의 그 장엄한 환상, 즉 사회적인 아름다움을 실현할 것이다. 사람들은 에덴 동산을 A+B에 의해서 다시 만들 것이다. 문명이 도달한 현 상황에서는, 정확한 것은 눈부시게 아름다운 것의 필요한 요소고, 예술적인 감정은 다만 과학적 수단에 의해 도움을 받을 뿐만 아니라, 그것에 의해 완성된다. 꿈은 계산해야 한다. 정복자인 예술은 보행자인 과학의 뒷받침을 갖지 않으면 안 된다. 타는 짐승의 견실함이 중요하다. 현대 정신, 그것은 탈것으로 인도의 정수를 가지고 있는 그리스의 정수다. 코끼리를 타고 있는 알렉산더.

교리 속에 굳어졌거나 이득에 의해 타락한 인종들은 문명의 도입에 부적당하다. 우상 앞에서 또는 금전 앞에서 무릎을 꿇는 것은 걷는 근육과 가는 의지를 위축시킨다. 성직이나 상업에 몰두하는 것은 한 국민의 명성을 감소시키고, 그의 수준을 낮춤으로써 그의 지평을 낮추고, 보편적인 목표에 대한 인간적이고도 신적인 이해력을, 포교적인 국민들을 만드는 이해력을 그 국민에게서 빼앗는다. 바빌론은 이상이 없다. 카르타고는 이상이 없다. 아테네와 로마는 수세기의 그 모든 짙은 암흑기를 거치면서도 문명의 영광을 가지고 있고 지키고 있다.

프랑스는 그리스와 이탈리아와 똑같은 특질을 가진 국민이다. 아름다움으로는 아테네적이고 위대함으로는 로마적이다. 그리고 또 프랑스는 착하다. 자신을 바친다. 다른 국민들보다 더 자주 헌신과 희생의 마음을 갖는다. 다만 그 마음이 생겼다 없어졌다 한다. 그래서 프랑스가 걸어가려고만 할 때 뛰어가는 자들, 또는 멈춰 서려고 할 때 걸어가는 자들에게는 그것이야말로 큰 위험이다. 프랑스는 다시 물질주의에 빠지고, 어떤 때에는, 그 숭고한 두뇌를 방해하는 관념들은 프랑스의 위대함을 상기시키는 것은 더 이상 아무것도 없고 미주리 주나 사우스캐롤라이나 주만 한 규모가 된다. 거기서 무엇을 하는가? 거인은 난쟁이 구실을 하고, 광대한 프랑스는 자질구레한 것들을 재미있어 한다. 그뿐이다.

그 점에서는 아무것도 할 말이 없다. 국민들도 해와 달처럼 일식 월식의 권리가 있다. 그리고 모든 것은 좋다. 빛이 되돌아오기만 하면, 그리고 일식이 밤이 되지만 않는다면. 새벽과 부활은 동의어다. 빛의 재출현은 자아의 지속과 동일하다.

이러한 사실들을 냉정하게 확인하자. 바리케이드에서의 죽음, 또는 망명에서의 무덤, 그것은 헌신을 위해서는 받아들일 만한 마지막 수단이다. 헌신의 참다운 이름은 무사무욕이다. 버림받은 자들은 버림받게 둬라, 추방된 자들은 추방되게 둬라. 그리고 위대한 국민들이 후퇴하는 때에는 너무 멀리 후퇴하지 않기를 그들에게 간곡히 부탁하는 것으로 만족하자. 이성으로 다시 돌아온다는 핑계로 너무 깊이 내려가서는 안 된다.

물질은 실재하고, 순간은 실재하고, 이익은 실재하고, 배도 실재한다. 그러나 배가 유일한 예지여서는 안 된다. 일시적인 생명은 그의 권리가 있다. 나는 그것을 인정한다. 그러나 영원한 생명도 그의 권리가 있다. 슬프도다! 올라갔어도 역시 떨어진다. 그런 것은 역사에서 보기 싫을 만큼 자주 본다. 한 국민이 저명하다. 이 국민이 이상을 맛보고, 이어서 진흙을 깨물고, 그것을 맛이 있다고 생각한다. 그러고 이 국민에게 어째서 소크라테스를 버리고 팔스타프를 취하는가 물으면, 그는 대답한다. "그건 내가 정치가들을 좋아하기 때문이다."라고.

접전으로 돌아가기 전에 한마디 더.

내가 지금 이야기하는 것과 같은 전투는 이상을 향한 경련 이외의 다른 것이 아니다. 속박된 진보는 병적이고, 그것은 그러한 비극적인 지랄병을 갖는다. 이 진보의 병, 내란. 나는 그것을 내가 지나가는 길에 만나야만 했다. 사회적인 벌을 받은 사람을 축으로 하고 '진보'를 참다운 제목으로 하는 그 비극에서, 그것은 동시에 막중과 막간에 필연적으로 나오는 국면들의 하나인 것이다.

'진보!'

내가 자주 던지는 이 외침은 내 모든 생각이다. 그리고 내가 이야기하고 있는 이 비극의 상황에서, 거기에 들어 있는 관념이 아직도 많은 시련을 겪어야 하겠지만, 내가 그 베일을 들어올리지는 않더라도, 적어도 아마 그 빛을 선명하게 비쳐 보일 수는 있을 것이다.

독자가 지금 눈 아래에 펴 놓고 있는 책은, 처음에서 끝까지, 전체적으로나 국부적으로나, 중단이나 예외 또는 결점들이 무엇이든 간에, 악에서 선으로, 불의에서 정의로, 거짓에서 진실로, 밤에서 낮으로, 욕망에서 양심으로, 부패에서 생명으로, 동물적인 것에서 의무로, 지옥에서 천국으로, 허무에서 신으로의 행진이다. 출발점은 물질, 도착점은 영혼. 시초에는 칠두사, 종국에는 천사.

21. 용사들

돌연 돌격의 북이 울렸다.

공격은 태풍이었다. 간밤에, 어둠 속에서, 습격군이 보아 뱀처럼 소리 없이 바리케이드에 접근했었다. 현재, 대낮에, 이 너부죽하게 벌어진 거리에서, 기습은 확실히 불가능했다. 그런데 강대한 병력은 정체를 드러냈었고, 대포는 윙윙거리기 시작했었으며, 군대는 바리케이드에 달려들었다. 맹렬함은 이제 능숙함이 되어 있었다. 강력한 전열 보병의 1개 종대가 똑같은 간격으로 도보의 국민병과 시민병으로 끊기고, 보이지는 않지만 소리가 들리는 대단한 예비 부대에 지원되어, 달음박질로 거리에 진출하여, 북을 치고, 나팔을 불고, 총칼들을 맞대고, 공병들을 앞세우고, 총안들 아래에 태연하게, 벽 위에 청동의 대들보가 떨어지는 것 같은 무게로, 바리케이드를 향해 똑바로 닥쳐 왔다.

벽은 잘 견디었다.

폭도들은 맹렬하게 발사했다. 공격병들이 기어오르는 바리케이드는 번쩍거리는 번갯불들의 갈기 같았다. 공격이 어찌나 맹렬했던지, 바리케이드는 한때 습격병들로 넘쳐흘렀다. 하지만 바리케이드는 사자가 개들을 흔들어 떨어뜨리듯이 병사들을 털어 버렸고, 바닷가의 절벽이 거품으로 뒤덮이듯 습격병들로 덮였지만, 잠시 후에 다시 나타났다, 가파르고, 시커멓고, 무시무시한 모습을 하고.

보병 종대는 퇴각하지 않을 수 없어서, 엄폐물도 없이, 그러나 무시무시하게, 거리에 밀집해 있으면서 각면보에 맹렬한 일제 사격으로 응수했다. 꽃불을 본 사람은 누구나 부케*라고 불리는 그 번갯불들의 교차로 만들어진 꽃불 다발을 기억한다. 이 부케를 상상해 보라. 수직이 아니라 수평이고, 터져 나오는 총화 끝마다 소총탄이나 엽총탄 또는 비스카앵 총탄이 실려 있고, 그 천둥의 다발들 속에서 죽음을 따내는 그런 부케를. 바리케이드는 그 아래에 있었다.

양측에서 결심은 동일했다. 용맹은 거기에서 거의 야만적이었고 자기 자신의 희생으로 시작되는 일종의 영웅적인 잔인성으로 복잡해지고 있었다. 그것은 국민병이 알제리아 보병으로서 싸우던 시기였다. 군대는 끝장을 내려 하고 있었다. 반란은 싸우려 하고 있었다. 젊음과 건강이 한창인 때에 단말마의 감

---

* 보통 꽃다발을 부케라 하는데, 여기서는 마지막을 장식하는 한 발의 불꽃을 가리킨다.

수는 용맹을 열광으로 만든다. 누구나 이 접전에서 최후의 시간이 늘어나게 하고 있었다. 거리는 시체들로 뒤덮였다.

바리케이드에서 한쪽 끝에는 앙졸라가 있었고 반대쪽 끝에는 마리우스가 있었다. 앙졸라는 전체 바리케이드를 머릿속에 가지고 있으면서, 스스로를 보전하고 몸을 숨기고 있었다. 세 명의 병사가 그를 보지조차도 못하고 그의 총안 아래에서 연달아 쓰러졌다. 마리우스는 몸을 드러내 놓고 싸우고 있었다. 그는 조준점이 되고 있었다. 그는 상반신보다 더 많이 각면보 꼭대기에서 나와 있었다. 갑자기 정력적으로 일하기 시작하는 구두쇠보다도 더 맹렬한 낭비자는 없고, 행동에서 몽상가보다도 더 무서운 사람은 없다. 마리우스는 무시무시했고 생각에 잠겨 있었다. 그는 꿈속에 있듯이 전쟁 속에 있었다. 그는 사격을 하는 유령 같았다.

포위당한 사람들의 탄약이 다 떨어져 가고 있었지만, 그들의 빈정거림은 그렇지 않았다. 그들이 있는 그 무덤의 회오리바람 속에서 그들은 웃고 있었다.

쿠르페락은 맨머리였다.

"모자는 어떻게 한 거야 대체?" 하고 보쉬에가 그에게 물었다.

쿠르페락은 대답했다.

"놈들은 마침내 포격으로 그걸 내게서 뺏어 가 버렸어."

또는 그들은 큰 소리를 쳤다.

"이럴 수가." 하고 푀이가 신랄하게 외쳤다. "그 사람들은 (그리고 그는 이름들을, 알려진 이름들, 저명한 사람들의 이름까지도 들먹이고, 옛 군대의 어떤 사람들을 거명하고 있었다.) 우리를 따라오겠다고 약속했고 우리를 돕겠다고 맹세했었는데, 그리고 명예를 걸고 언약했었는데, 그리고 그들은 우리 장군들인데, 그런데 그들은 우리를 버리는 거야!"

그러자 콩브페르는 점잖은 미소를 지으면서 이렇게 대답하는 것으로 만족했다.

"세상에는 별들을 관측하듯이, 아주 멀리서 명예의 규칙들을 관측하는 사람들이 있는 거야."

바리케이드 내부에는 째진 약포들이 어찌나 많이 흩어져 있던지, 눈이 왔던 것 같았다.

공격자들에겐 다수가 있었고, 반도들에겐 진지가 있었다. 이들은 높은 벽 위에 있었고, 시체와 부상자 들 속에서 비틀거리며 급경사에서 쩔쩔매고 있는 병사들에게 총끝을 들이대고 맹렬히 쏘아 대고 있었다. 그렇게 잘 건축되었고 버팀벽으로 훌륭하게 버티어진 이 바리케이드는 정말로 한 줌의 사람들로 한 군단을 꼼짝 못하게 하는 그런 장면의 하나였다. 그렇지만 여전히 지원을 받고 있고 비 오듯 쏟아지는 총탄들 아래에서도 그 수가 불어나고 있는 공격 종대는 항거할 수 없게 다가와서, 이제는 조금씩, 한 걸음 한 걸음, 그러나 확실하게, 나사가 압착기를 죄듯 군대는 바리케이드를 죄고 있었다.

공격이 연달아 일어났다. 공포는 갈수록 커져 갔다.

그때 그 포석들의 산더미 위에서, 그 샹브르리 거리에서, 트로이의 성벽에 어울리는 싸움이 터졌다. 그 수척하고, 누더기를 걸치고, 기진맥진한 사람들, 스물네 시간 전부터 먹지 않았고, 자지 않았던 사람들, 더 이상 몇 발의 총탄밖에 없었고, 탄약이 없는 호주머니를 더듬고 있는 사람들, 거의 모두가 부상하고, 녹빛의 거무스름한 헝겊을 머리와 팔에 감고 있고, 옷에 구멍이 뚫려 거기서 피가 흐르고 있고, 무기라고는 나쁜 소총과 낡고 이가 빠진 사브르뿐인 그 사람들은 티탄들이 되었다. 바리케이드는 열 번이나 육박당했고, 습격당했고, 기어오름을 당했지만, 결코 점령되지는 않았다.

이 전투에 관한 개념을 가지기 위해서는, 많은 무시무시한 용기(勇氣)들에 붙인 불을 상상하고, 그것이 타오르는 것을 본다고 상상해야 할 것이다. 그것은 전투가 아니었다. 그것은 큰 화덕의 속이었다. 입들은 거기서 불길을 호흡하고, 얼굴들은 거기서 괴상하고, 인간의 형상은 거기서 있을 수 없어 보이고, 전사들은 거기서 불타오르고 있었으며, 그 접전의 불도마뱀들이 그 시뻘건 연기 속을 왔다 갔다 하는 것을 보는 것은 무시무시했다. 그 웅장한 살육의 연속적인 장면들, 나는 그것들을 묘사하는 것을 포기한다. 서사시만이 한 전투로 1만 2000줄을 채울 권리가 있다.

열일곱의 나락(奈落)들에서 가장 무서운 나락, 베다(véda)에서 '칼의 숲'이라고 불리는 그 바라문 교의 지옥 같았다.

그들은 서로 몸과 몸을 부딪쳐 싸우고, 피스톨로, 사브르로, 주먹으로 싸우고, 멀리서, 가까이서, 위에서, 아래에서, 도처에서, 지붕들에서, 카바레의 창문들에서, 어떤 사람들은 슬그머니 지하실들로 들어가 그 환기창들에서 싸웠다. 그들은 한 명당 육십 명꼴이었다. 코랭트 주점의 정면은 절반이 파괴되어 보기 흉했다. 산탄으로 문신이 그려졌던 창문은 유리도 창틀도 없어졌고, 포석들로 혼란스럽게 틀어막혀 보기 흉한 구멍에 불과했다. 보쉬에는 죽었다. 푀이도 죽었다. 쿠르페락도 죽었다. 졸리도 죽었다. 콩브페르는 부상병 하나를 일으키려는 순간 가슴을 세 번 총검에 찔려 하늘을 바라볼 겨를도 없이 숨을 거두었다.

마리우스는 여전히 싸우고 있었지만, 만신창이가 되었으며, 특히 머리의 부상이 심해서, 얼굴이 피 속에 사라져, 마치 붉은 손수건을 뒤집어쓴 것 같았다.

오직 앙졸라만이 총탄을 맞지 않고 있었다. 무기가 없어졌을 때, 그는 좌우로 손을 뻗쳤고 반도 하나가 어떤 칼날 하나를 그의 주먹에 놓았다. 그는 이제 네 번째의 칼 한 토막밖에 없었는데, 이것은 말레냐노*에서 프랑수아 1세가 가졌던 것보다 한 자루가 더 많은 것이다.

호메로스는 말했다. "디오메드는 행복한 아리스바에 살던 튜트라니스의 아들 아크실스를 참살하고, 메시튜스의 아들 유리얼레스는 드레소스를, 그리고 오펠티오스, 에세포스를, 그리고 물의 요정 아바르바레아가 나무랄 데 없는 부콜리온의 씨를 받은 페다슈스를 몰살하고, 율리시즈는 페르코즈의 피듀테스를 쓰러뜨리고, 안틸로큐스는 아블레로스를, 폴리페테스는 아스튜알로스를, 폴리다마스는 실레네의 오토스를,

---

* 밀라노 근처의 이탈리아 도시. 여기서 프랑수아 1세는 스위스군에 대해 승리를 거두었다(1515년).

그리고 튜체르는 아레타온을 쓰러뜨리다. 메간티오스는 유리필로스의 창에 찔려 죽는다. 영웅들 중의 왕인 아가멤논은 우렁찬 사트노이스 강이 흐르는 가파른 도시에 태어난 엘라토스를 격파한다." 우리나라의 옛 무훈시 「제스트」*에서, 에스플랑디앙**은 그가 뿌리 뽑는 탑들로 기사에게 돌을 던지면서 자신을 지키는 거인 스방티보르 후작을 양쪽에 불을 붙인 도구로 공격한다. 우리나라의 옛 벽화에 보면, 두 공작들 브르타뉴 공과 부르봉 공은 무장을 하고, 가문(家紋)을 내걸고, 전쟁의 표지를 달고, 말을 타고, 전투용 도끼를 손에 들고, 쇠 마스크를 쓰고, 쇠 장화를 신고, 쇠 장갑을 끼고, 한쪽 말에는 흰 담비 모피의 마의(馬衣)를 입히고, 다른 쪽 말에는 하늘색 나사옷을 입히고 서로 접근하고 있으며, 브르타뉴 공은 그의 왕관 양쪽 귀 사이에 사자를 달고 있고, 부르봉 공은 투구의 차양에 거창한 백합꽃을 달고 있다. 그러나 훌륭하기 위해서는 이봉처럼 공작의 투구를 쓸 필요가 없고, 에스플라디앙처럼 타오르는 불길을 쥘 필요가 없고, 폴리다마스의 아버지 필레스처럼 인간들의 왕 유페테스의 선물인 좋은 투구를 에피레에서 가지고 돌아올 필요가 없고, 어떤 확신이나 충성을 위하여 목숨을 바치는 것으로 충분하다. 어제는 보스나 리무쟁의 농부였고, 지금은 단검을 허리에 차고, 뤽상부르 공원에서 안저지들 주위를 배회하는 그 천진한 어린 병사, 하나의 해부용 시신

---

* 프랑스 중세의 무훈가 「Chansons de geste」를 가리킨다.
** 스페인의 기사도 소설의 주인공.

위에 또는 한 권의 책 위에 몸을 구부리고 있는, 가위로 수염을 깎고 있는 금발의 청년인 그 창백한 젊은 학생, 이 두 사람을 다 붙잡아 그들에게 의무의 입김을 불어넣고, 부슈라 네거리나 플랑슈 미브레 막다른 골목에서 그들을 서로 대결케 하라. 그리고 한 사람은 군기(軍旗)를 위해 싸우고, 또 한 사람은 이상을 위해 싸우고, 그들이 둘 다 조국을 위해 싸운다고 상상케 하라. 그러면 이 싸움은 거대할 것이다. 그리고 인류가 싸우는 웅장한 대광야에서 싸우고 있는 대병사와 대의과 대학생이 만드는 그림자는 호랑이가 득실거리는 리시의 왕 메가리온이 신들과 동등한 거대한 아작스를 껴안고 맞붙어 싸우면서 던지는 그림자와 동등할 것이다.

22. 필사적으로

바리케이드의 양쪽 끝에 있는 앙졸라와 마리우스밖에 더이상 살아 있는 두목이 없었을 때, 쿠르페락과 졸리, 보쉬에, 푀이, 콩브페르가 그렇게도 오래 지켰었던 중앙이 꺾였다. 대포는 쳐들어갈 수 있는 돌파구를 만들어 내지는 못했으나, 각 면보의 중앙을 초승달 모양으로 꽤 넓게 오려 냈었다. 거기에, 높은 벽의 꼭대기는 포환 아래 사라지고 허물어졌었으며, 어떤 때는 내부에, 또 어떤 때는 외부에 떨어져 부서진 조각들이 쌓여서, 마침내 바리케이드의 양쪽에, 한쪽은 내부에, 또 한쪽은 외부에, 두 개의 비탈 같은 것을 만들어 놓았었다. 바깥 비탈은 접근하는 측에 경사면을 제공하고 있었다.

최후의 공격이 거기에서 시도되었고, 그 공격은 성공했다. 총검들을 비죽비죽 치켜세우고 구보로 투입된 밀집 부대는 불가항력적으로 쳐들어왔고, 공격종대의 전투 밀집 선두가 가파른 비탈 위 연기 속에서 나타났다. 이번이야말로 끝장이었다. 중앙을 지키던 반도들의 무리는 뒤죽박죽 후퇴했다.

그때 생명에 대한 한심한 사랑이 어떤 사람들의 마음속에서 눈을 떴다. 숲을 이룬 소총들로 겨누어지고 있던 여러 사람들은 더 이상 죽기를 원치 않았다. 자기 보존의 본능이 아우성치고 짐승이 인간 속에 다시 나타나는 순간이었다. 그들은 각면보의 안쪽을 이루고 있는 칠 층의 높은 집으로 쫓겨갔었다. 그 집이 구원이 될 수 있었다. 그 집은 바리케이드가 쳐져 있었고 위에서 아래까지 벽이 둘러쳐져 있는 것 같았다. 각면보 안에 들어가는 데는 문 하나가 열렸다 닫히는 시간밖에 걸리지 않았고, 그러기 위해서는 번개 한 번 치는 시간이면 충분했는데, 갑자기 절반 열렸다가 곧 도로 닫히는 그 집의 문, 그 절망한 사람들에게는 그것이 생명이었다. 이 집 뒤에는 거리들이 있었고, 도주가 가능하고, 공간이 있었다. 그들은 그 문을 개머리판으로 치고, 발로 차고, 부르고, 외치고, 애원하고, 두 손을 모아 빌기 시작했다. 아무도 열지 않았다. 4층 천창에서 죽은 사람의 머리가 그들을 바라보고 있었다.

그러나 앙졸라와 마리우스, 그리고 그들 주위에 집결돼 있던 일고여덟 명이 달려들어 그들을 보호하고 있었다. 앙졸라가 병사들에게 외쳤다. "전진하지 마라!" 그런데 한 장교가 복종하지 않았기 때문에, 앙졸라는 그 장교를 죽여 버렸다. 그는 이제 각면보의 작은 안마당에서 코랭트 주점을 등지고, 한 손에 검을 쥐고, 또 한 손에 카빈총을 들고, 습격자들을 막고 서서 카바레의 문을 열어 놓고 있었다. 그는 절망한 사람들에게 외쳤다. "열린 문은 이것 하나뿐이다." 그리고 자기 몸으로 그들을 감싸고, 자기 혼자서 한 부대에 대적하고, 자기 뒤로 그들을 통과시켰다. 모두들 거기에 뛰어들었다. 앙졸라는 이제 카빈총을 지팡이처럼 사용하고, 막대기 검술사들이 이른바 덮인 장미라고 부르는 수법으로, 그의 주위와 앞에서 찔러 오는 총검들을 내리치고, 맨 나중에야 들어갔다. 그리고 병사들은 침입하려 하고, 반도들은 닫으려 하는 무서운 순간이 벌어졌다. 문이 어찌나 세차게 닫혔던지, 문이 문틀에 다시 끼워 맞추어지면서, 거기에 매달렸던 한 병사의 다섯 손가락이 잘려 거기에 달라붙어 있었다.

마리우스는 여전히 밖에 있었다. 총알 한 방이 막 그의 쇄골을 깼다. 그는 기절해 쓰러지는 것을 느꼈다. 이때, 이미 눈을 감고 있었는데, 그는 자기를 붙잡는 힘센 손의 충격을 느꼈고, 실신 상태에 빠지기 전에, 코제트의 마지막 추억에 섞여 겨우 다음과 같은 생각이 들었다. "나는 포로가 된다. 나는 총살될 것이다."

앙졸라는 카바레에 피난해 온 사람들 중에 마리우스가 없는 것을 보고 같은 생각을 했다. 그러나 그들은 저마다 자기 자신의 죽음을 생각하는 시간밖에 없는 그러한 순간에 있었다. 앙졸라는 문빗장을 흔들리지 않게 지르고, 자물쇠와 맹꽁

이자물쇠를 채워 이중으로 문을 잠갔는데, 그동안 밖에서, 병사들은 개머리판으로, 공병들은 도끼로 맹렬하게 문을 두드리고 있었다. 공격군이 그 문 위에 집결했었다. 이제 카바레의 공략이 시작되고 있었다.

말하거니와, 병사들은 격분하고 있었다.

포병 상사의 죽음은 그들을 화나게 했었다. 게다가, 더 불행한 일은, 공격에 앞선 몇 시간 동안에, 폭도들이 포로들의 팔다리를 자르고, 카바레 안에 머리가 없는 병사 하나의 시체가 있다는 소문이 그들 사이에 떠돌았었다. 그런 종류의 불길한 소문은 내란들에 보통 따르게 마련인데, 훗날 트랑스노냉 거리의 큰 불행을 야기한 것도 그런 종류의 헛소문이었다.

문에 바리케이드가 쳐졌을 때, 앙졸라는 다른 사람들에게 말했다.

"우리 목숨을 비싸게 팔자."

그러고는 마뵈프와 가브로슈가 누워 있는 테이블에 다가갔다. 검은 시트 아래에 꼿꼿하고 굳어진, 하나는 크고 또 하나는 작은 두 형체가 보였고, 두 얼굴이 수의의 싸늘한 주름 아래에 어렴풋이 드러나 있었다. 수의 아래에서 손 하나가 나와 땅 쪽으로 늘어져 있었다. 그것은 노인의 손이었다.

앙졸라는 몸을 구부리고 전날 그 이마에 입을 맞추었던 것처럼 그 존경할 만한 손에 입을 맞추었다.

그것은 그가 생전에 한 단 두 번의 키스였다.

요약하자. 바리케이드는 테베의 성문처럼 싸웠고, 카바레는 사라고사의 집처럼 싸웠다. 이런 저항은 까다롭다. 방어 구역이 없다. 가능한 휴전 교섭 사절도 없다. 사람들이 죽인다면 죽기를 원한다. 쉬셰가 "항복하라."라고 말할 때, 팔라폭스는 대답한다. "대포의 싸움 다음에는 칼싸움이다."라고. 위슐루 카바레의 공략에는 없는 것이 없었다. 포석들이 창과 지붕에서 포위군에게 빗발치듯 쏟아져 병사들을 무섭게 박살내어 분통이 터지게 하고, 지하실과 고미다락 방 들에서는 총알들이 날아오고, 공격은 맹렬하고, 방어는 열광적이었으며, 마침내 문이 깨졌을 때는, 전멸의 열광적인 광란 상태였다. 습격자들은 카바레 안에 들이닥치면서, 부서져 땅바닥에 던져진 널빤지들에 발이 걸리고, 거기에 단 하나의 전투원도 볼 수 없었다. 나선 계단은 도끼질에 끊겨 아래층 홀 한복판에 나자빠져 있고, 몇 명의 부상자들은 이미 숨이 끊어져 있고, 피살되지 않고 있는 것은 모두 2층에 있었는데, 거기에, 계단의 입구였던 천장의 구멍으로 무시무시한 총화가 터졌다. 그것은 마지막 탄환들이었다. 그것들이 쏘아졌을 때, 그 무서운 죽어 가는 사람들이 더 이상 화약도 탄환도 없었을 때, 앞서 내가 말한, 앙졸라가 따로 놓아 두게 했던 병들을 저마다 두 개씩 손에 들고, 그 엄청 깨지기 쉬운 곤봉들을 들고 공격에 저항했다. 그것은 초산(硝酸) 병들이었다. 나는 그 살육의 처참한 광경을 있는 그대로 말하고 있는 것이다. 포위된 자는, 오호라, 모든 것을 무기로 삼는다. 수상 연소물*은 아르키메데스를 욕되게

* 물 위에서도 타는 일종의 화합물. 중세 그리스 사람들이 적함을 불사르는 데 사용하였음.

하지 않았다. 끓는 송진은 바야르를 욕되게 하지 않았다. 모든 전쟁은 굉장한 공포고, 거기서 고를 것은 아무것도 없다. 포위군의 일제사격은 불편하고 아래에서 위로 한 것이었지만, 살인적인 것이었다. 천장의 구멍 가장자리는 이내 죽은 사람 머리들로 둘러싸이고 거기에서 김이 나는 기다란 붉은 줄이 철철 흐르고 있었다. 떠들썩함은 말로 이루 다 표현할 수 없었다. 집 안에 갇힌 뜨거운 김은 그 전투 위에 거의 밤을 만들어 놓고 있었다. 그 정도에까지 이른 공포를 무슨 말로 표현해야 좋을지 모르겠다. 이제 지옥같이 된 그 전투에 더 이상 사람들은 없었다. 그것은 더 이상 거인들과 거상(巨像)들의 싸움이 아니었다. 그것은 호메로스보다도 밀튼과 단테의 이야기를 닮았다. 악마들이 공격하고, 유령들이 저항하고 있었다.

그것은 굉장한 용맹이었다.

23. 굶주린 오레스트와 술 취한 필라드

마침내, 짧은 사다리를 만들고, 계단의 뼈대를 사용하고, 벽에 기어오르고, 천장에 매달리고, 천장 뚜껑 문가에서 저항하는 마지막 남은 사람들을 쳐부수면서, 정규병과 국민병, 시민병 등 약 스무 명의 포위군이 어수선하게, 대부분이 그렇게 위험스럽게 올라오던 중에 얼굴에 상처를 입어 보기 흉한 꼴이 되고, 피 때문에 눈이 멀고, 격분하고, 사나워져서, 2층 홀에 침입했다. 거기에는 단 한 사람만이 살아 있었는데, 앙졸라였다. 탄약도 없고, 칼도 없이, 들어오는 사람들의 머리를 때려 개머리판이 부서진 카빈총의 총신밖에 손에 쥐고 있는 것이 없었다. 그는 습격자들과 그의 사이에 당구대를 놓았었다. 그는 홀 한쪽 구석에 물러서 있었다. 그는 거기서 눈을 부릅뜨고, 고개를 높이 쳐들고, 그 총 토막을 손에 쥐고 있었는데, 그가 아직도 꽤 불안감을 주었기 때문에 그의 주위에 공간이 생겨났다. 어떤 자가 소리를 질렀다.

"저게 두목이다. 포수를 죽인 건 저놈이다. 그놈이 거기에 와 있으니 잘됐다. 거기에 그대로 있거라. 저놈을 당장 총살하자."

"나를 총살하라." 하고 앙졸라는 말했다.

그리고 카빈총 토막을 내던지고, 팔짱을 끼고, 자기 가슴을 내놓았다.

죽음 앞에 자신의 몸을 던지는 대담성은 항상 사람들을 감동시킨다. 앙졸라가 팔짱을 끼고, 최후를 받아들이자마자, 귀를 찢을 듯한 싸움의 소란이 홀 안에서 그치고, 그 혼란이 홀연히 묘지 같은 엄숙함 속에 가라앉았다. 무기를 버리고 움직이지 않는 앙졸라의 위협적인 위엄은 그 소동을 짓누르고, 혼자만이 상처 하나 입지 않고, 당당하고, 피투성이가 되고, 매혹적이고, 불사신처럼 냉담한 이 청년은 그의 조용한 눈의 위력으로 그 끔찍한 무리들이 존경심을 갖고 그를 죽이지 않을 수 없게 한 것 같았다. 그의 아름다움은 그 순간 그의 당당함 때문에 한층 더해져 빛나고 있었고, 상처를 입지 않았듯이 피로도 할 수 없는 것처럼, 그 공포의 스물네 시간을 겪은 후인데도 그의 혈색은 분홍 장미꽃 빛깔이었다. 어떤 증인이 훗날 군법회의에서 "아폴론이라는 이름의 폭도가 하나 있다는 말을 나는 들었다"고 말한 것은 그를 두고 한 말일 것이다. 앙졸라에게 총을 겨누고 있던 국민병 하나가 총부리를 아래로 숙이면서 "내가 한 송이의 꽃을 사살하려는 것 같다."라고 말했다.

열두 병사가 앙졸라의 반대쪽 구석에 줄을 짓고 서서 소리 없이 총을 쏠 준비를 했다.

이윽고 한 상사가 외쳤다.

"겨눠."

한 장교가 막았다.

"기다려."

그리고 앙졸라에게 말을 걸었다.

"눈을 가려 주기를 원하는가?"

"아니오."

"포병 상사를 죽인 게 바로 당신인가?"

"그렇소."

조금 전부터 그랑테르는 잠을 깼었다.

독자는 기억하겠지만, 그랑테르는 전날부터 2층 홀에서, 의자에 앉아, 탁자에 엎드려 자고 있었다.

그는 '만취'라는 말을 힘을 다해 실현하고 있었던 것이다. 압생트, 스타우트, 알코올이라는 아주 고약한 미약은 그를 혼수상태에 빠뜨렸었다. 그가 엎드려 있는 탁자는 작아서 바리케이드에 쓰일 수 없었으므로 그걸 그에게 맡겨 두었다. 그는 테이블에 가슴을 기대고, 두 팔을 괴고, 거기에 머리를 얹고, 술잔과 조키, 술병 들에 둘러싸여 줄곧 같은 자세를 취하고 있었다. 그는 동면한 곰과 피를 포식한 거머리 같은 압도적인 수면으로 자고 있었다. 일제사격도, 포탄도, 그가 있는 방에 창을 뚫고 들어오는 산탄도, 습격의 굉장한 소음도 거기에는 아무 소용이 없었다. 다만 그는 때때로 대포에 대해 코 고는 소리로 대답했다. 그는 거기에서 그에게 총알 하나가 날아와 눈을 뜨는 수고를 덜어 주기를 기다리고 있는 것 같았다. 여러 구의 시체가 그의 주위에 누워 있었다. 그리고 언뜻 보기에, 그 죽음의 깊은 잠을 자고 있는 사람들과 그를 구별해 주는 것은 아무것도 없었다.

소리는 한 주정꾼을 깨우지 못하고, 고요함이 그를 깨운다. 그러한 신기함이 관찰된 일은 한두 번이 아니다. 모든 것이 주위에서 무너지는 소리는 그랑테르의 피로를 더해 주었고 붕괴는 그를 흔들어 재워 주었다. 앙졸라 앞에서 그 법석이 정지된 것은 그 무거운 수면에 하나의 충격이었다. 그것은 질주하던 수레가 뚝 멈춰 서는 것과 같은 효과다. 거기에서 졸고 있던 사람들은 잠을 깬다. 그랑테르는 벌떡 일어나, 두 팔을 뻗고, 눈을 비비고, 바라보고, 하품을 하고, 그리고 알아차렸다.

취기가 깨는 것은 장막이 찢어지는 것과 비슷하다. 사람은 취기가 감추고 있던 모든 것을 통째로 그리고 단 한 번 흘끗 봄으로써 본다. 모든 것이 불현듯이 기억에 나타나고, 스물네 시간 전부터 무슨 일이 있었는지 아무것도 모르는 주정뱅이는 눈꺼풀이 떨어지자 사실을 알게 된다. 관념들이 갑자기 명철하게 그에게 돌아오고, 두뇌를 눈멀게 하던 일종의 안개인

취기는 사라지고, 현실의 명료하고 명확한 고정관념으로 바뀐다.

한쪽 구석에, 그리고 당구대 뒤에 가려진 것처럼 처박혀 있었기 때문에, 앙졸라에게 눈이 쏠려 있던 병사들은 그랑테르를 보지조차 못했는데, 상사가 "겨눠!" 하는 명령을 되풀이하려고 준비하고 있었을 때, 돌연 병사들은 그들 옆에서 외치는 힘찬 목소리를 들었다.

"공화국 만세! 나도 한편이다."

그랑테르는 일어났었다.

그가 기회를 놓치고 거기에 끼지 못했던 모든 전투의 무한한 빛이 그 변모한 주정뱅이의 빛나는 눈에 나타났다.

그는 되풀이했다. "공화국 만세!" 단호한 걸음으로 홀을 가로질러 총들 앞으로 가서 앙졸라 옆에 섰다.

"한 방으로 우리 둘을 해치워라." 하고 그는 말했다.

그리고 앙졸라 쪽으로 조용히 몸을 돌리면서 그에게 말했다.

"허락해 주겠나?"

앙졸라는 미소를 지으면서 그의 손을 쥐었다.

그 미소가 채 끝나기도 전에 총성이 터졌다.

앙졸라는 여덟 발을 관통 당해, 마치 탄환이 그를 거기에 못박아 놓은 것처럼 벽에 등을 기대고 서 있었다. 다만 그는 고개를 기울였다.

그랑테르는 총탄을 맞고 그의 발 아래에 쓰러졌다.

잠시 후 병사들은 집 위에 피신해 있던 마지막 폭도들을 소탕했다. 그들은 고미다락 방의 나무 문살 사이로 난사했다. 사람들은 지붕들에서 싸우고 있었다. 사람들은 시체들을 창들로 던졌는데, 어떤 것들은 살아 있었다. 부서진 합승 마차를 일으켜 보려고 하던 두 명의 경기병이 고미다락 방에서 쏜 두 발의 카빈총으로 피살되었다. 노동복 차림의 한 남자가 배를 총검에 찔려 거기서 내던져져 땅바닥에서 숨을 헐떡이고 있었다. 한 병사와 한 반도가 서로 붙들고 지붕의 기왓장 비탈 위에서 함께 미끄러졌는데, 서로 놓으려고 하지 않았기 때문에, 맹렬한 포옹으로 껴안은 채 떨어졌다. 비슷한 싸움이 지하실에서도 벌어졌다. 아우성, 사격, 잔인하게 짓밟는 소리. 그런 뒤에 침묵. 바리케이드는 점령되어 있었다.

병사들은 근처의 집들을 뒤지고 도망자들을 추격하기 시작했다.

24. 포로

마리우스는 사실상 포로가 되었다. 장 발장의 포로였다.

그가 쓰러지는 순간 뒤에서 그를 껴안았던 손, 의식을 잃으면서 붙잡히는 것을 느꼈던 그 손은 장 발장의 손이었다.

장 발장은 전투에서 위험에 몸을 내맡기는 것밖에는 거기에 다른 협력을 하지 않았었다. 그가 없었다면, 단말마의 그 최후 단계에서 아무도 부상자들을 생각하지 않았을 것이다. 구세주처럼 살육이 있는 곳이면 어디서고 나타난 이 사람 덕분에, 쓰러지는 사람들은 일으켜지고, 아래층 홀에 옮겨지고,

그리고 치료받았다. 그 사이에 그는 바리케이드를 고치고 있었다. 그러나 사격이나 공격 또는 심지어 자신의 방어와 비슷할 수 있는 것은 아무것도 그의 손에서 나오지 않았다. 그는 말도 하지 않고 구조하고 있었다. 게다가 어떤 찰과상도 거의 입지 않았다. 총알들은 그를 필요로 하지 않았다. 만약에 자살이 그가 이 무덤에 오면서 열망했던 것의 일부였다면, 그 쪽에서 그는 조금도 성공하지 못했었다. 그러나 그가 비종교적인 행위인 자살을 생각했을지 어떨지 의심스럽다.

장 발장은 전투의 짙은 구름 속에서 마리우스를 보는 것 같지 않았지만, 사실은 그에게서 눈을 떼지 않고 있었다. 한 방의 총알이 마리우스를 넘어뜨렸을 때, 장 발장은 호랑이처럼 날쌔게 폴딱 뛰어, 먹이에 달려들듯 그에게 달려들어 그를 가져갔다.

공격의 회오리바람이 그 순간에 앙졸라와 카바레의 문 쪽으로 어찌나 맹렬하게 집중되었던지 장 발장이 기절한 마리우스를 품에 안고, 바리케이드의 포석이 제거된 빈터를 건너 코랭트 주점의 모퉁이 뒤로 사라지는 것을 아무도 보지 못했다.

거리에서 일종의 곶을 이루고 있는 그 모퉁이를 사람들은 기억하고 있다. 그것이 총탄과 산탄으로부터, 그리고 또 사람들의 눈으로부터도 몇 평방척의 지면을 지켜 주고 있었다. 그렇게 때로는 화재에서도 전혀 타지 않는 방이 있고, 가장 사나운 바다에서도, 하나의 곶 이쪽이나 암초의 막다른 골목 안쪽에, 고요한 작은 구석이 있다. 에포닌이 죽어 간 것도 바리케이드 내부의 그러한 종류의 사다리꼴의 은밀한 구석에서였다.

거기서 장 발장은 걸음을 멈추고, 마리우스를 땅바닥에 내려놓고, 벽에 등을 기대고, 주위를 살폈다.

상황은 몹시 나빴다.

당분간은, 아마 이삼 분간은, 그 높은 벽면이 피신처였다. 하지만 어떻게 그 학살의 장소에서 나갈 수 있겠는가? 그는 팔 년 전에 폴롱소 거리에서 빠졌었던 고민을, 그리고 어떤 방법으로 탈출할 수 있게 되었었던가를 회상하고 있었다. 그것이 그때는 어려웠는데, 오늘은 그것이 불가능했다. 그의 앞에는 그 칠 층의 냉혹하고 귀머거리 같은 집이 있는데 이 집에는 그 창에 몸을 구부리고 있는 죽은 사람밖에는 사는 사람이 없는 것 같았다. 그의 오른쪽에는 프티 트뤼앙드리 거리를 막고 있는 꽤 낮은 바리케이드가 있었다. 이 장애물을 넘어가는 것은 쉬운 것 같았으나, 그 장벽 꼭대기 위에 총검들의 끝이 늘어서 있는 것이 보이고 있었다. 그것은 바리케이드 저편에 배치되어 망을 보고 있는 보병의 분대였다. 이 바리케이드를 넘는 것, 그것은 분명히 일부러 분대의 총격을 받으러 가는 것이고, 그 포석의 높은 벽 위를 감히 넘는 모든 머리는 육십 발의 총탄의 과녁이 될 것이다. 그의 왼편은 전쟁터였다. 벽의 모퉁이 뒤에는 죽음이 있었다.

어떻게 할까?

한 마리의 새만이 거기서 벗어날 수 있었을 것이다.

그런데 당장에 결정을 하고, 방편을 찾고, 결심을 해야 했다. 사람들은 그에게서 몇 걸음 떨어진 곳에서 싸우고 있었다. 다행히 모두가 한 지점에만, 카바레의 문에만 악착같이 달라

붙어 있었다. 하지만 만약에 한 병사가, 단 한 사람이라도, 집을 돌아본다거나, 측면에서 집을 공격할 생각을 했다면, 만사 휴의(萬事休矣)였다.

장 발장은 맞은편 집을 바라보고, 옆에 있는 바리케이드를 바라보고, 이어 땅을 바라보았다. 최후의 궁지에 빠진 사람답게 맹렬함으로, 필사적으로, 눈으로 거기에 구멍을 내려고 한 것처럼.

애써 바라본 덕분에, 그러한 고민 속에 뭔지 알 수 없는 어렴풋이 포착할 수 있는 것이 그의 발 아래에서 모습을 나타내고 뚜렷해졌는데, 그것은 마치 눈의 힘으로 원한 것을 나타나게 하는 것 같았다. 그에게서 몇 걸음 떨어진 곳에, 외부에서 그렇게도 엄격하게 감시와 주시를 받고 있는 그 작은 바리케이드 아래, 포석들이 무너진 밑에, 땅바닥과 같은 높이에 평평하게 놓인 쇠 격자 하나가 일부분 거기에 가려져 있는 것을 그는 보았다. 그 쇠 격자는 가로지른 강한 살들로 만들어진 것인데, 사방 2자쯤 되었다. 그것을 지탱하고 있던 포석들의 테두리가 뜯겨 나갔고, 그것은 뽑혀 있는 것 같았다. 격자 살들 사이로 굴뚝의 관이나 저수 탱크의 원통 같은 뭔지 캄캄한 구멍 하나가 희미하게 보였다. 장 발장은 펄쩍 뛰어갔다. 옛날의 탈주 지식이 한 줄기의 빛처럼 그의 머리에 떠올랐다. 포석들을 치우고, 격자를 들어 올리고, 시체처럼 힘없이 늘어진 마리우스를 어깨에 둘러메고, 허리 위의 그 짐과 함께, 팔꿈치와 무릎을 사용하여, 다행히 별로 깊지 않은 그 우물 같은 곳 속으로 내려가, 머리 위에 무거운 쇠 뚜껑 문을 다시 떨어뜨리고 그 위에 흔들리는 포석들을 다시 허물어지게 하고, 지하 3미 터의 포석 깔린 바닥에 발을 딛는 것, 그것을 마치 실신 상태에서 행하듯, 거인의 힘과 독수리 같은 날쌘 동작으로 그는 해치웠다. 그것은 겨우 몇 분밖에 걸리지 않았다.

장발장은 여전히 기절해 있는 마리우스와 함께 일종의 긴 지하 복도 속에 있었다.

거기에는 깊은 평화, 절대적인 정적, 어둠.

옛날 거리에서 수도원으로 떨어지면서 느꼈었던 인상이 다시 그에게 떠올랐다. 다만 그가 오늘 갖고 가는 것은 코제트가 아니고 마리우스였다.

습격으로 점령된 카바레의 그 무시무시한 법석은 이제 희미한 중얼거림처럼 그의 위에서 겨우 들릴까 말까 했다.

2
거대한 해수(海獸)의 내장

1. 바다 때문에 메마른 땅

파리는 매년 2500만 프랑을 물에 던진다. 이것은 비유가 아니다. 어떻게, 그리고 어떤 식으로? 밤낮으로. 무슨 목적으로? 아무 목적도 없다. 무슨 생각으로? 그걸 생각지도 않고. 왜 그렇게 하는가? 아무 이유도 없다. 무슨 기관으로? 그의 내장으로. 그의 내장이란 무엇인가? 그의 하수도다.

2500만이라는 액수, 이것은 그 방면의 전문 과학에 의해 견적된 계산의 최저액이다.

오늘날 과학은 오랫동안 모색한 후에, 비료 중에서 가장 생산력을 증가시키고 가장 효과적인 것은 사람에게서 나오는 비료라는 것을 알고 있다. 우리로선 수치스럽지만 말하거니와, 중국인들은 우리보다도 먼저 그것을 알고 있었다. 이것은 에케르베르히가 한 말인데, 중국 농부는 도시에 가서, 우리가 오물이라고 부르는 것을 두 통에 가득 담아, 그것을 대나무 양쪽 끝에 매달고 돌아오지 않는 사람이 하나도 없다. 인분 덕분에, 중국의 땅은 아직도 아브라함의 시대만큼 젊다. 중국의 밀은 뿌린 씨를 백이십 배까지 되돌려 준다. 어떠한 구아노*도 비옥함에 있어 수도의 쓰레기에 견줄 만한 것은 없다. 대도시는 배설물을 만들어 내는 데 가장 강력하다. 벌판에 거름을 주는 데 도시를 사용하는 것, 그것은 확실한 성공이 될 것이다. 우리의 황금이 거름이라면, 반대로, 우리의 거름은 황금이다.

사람들은 그 거름의 황금으로 무엇을 만드는가? 사람들은 그것을 바다에 쓸어 넣어 버린다.

사람들은 큰 비용을 들여 선단(船團)을 남극에 파견하여 바다제비와 펭귄 들의 똥을 걷어오고, 손 아래에 가지고 있는 막대한 부유의 재료는 바다에 보낸다. 세계가 잃고 있는 사람과 동물의 모든 거름을 바다에 던지지 않고 땅에 돌려준다면, 그것은 세계를 먹여 살리기에 충분하리라.

푯돌들 구석의 그 산더미 같은 쓰레기들, 밤거리를 흔들거리며 지나가는 그 진창의 덤프차들, 그 끔찍스러운 쓰레기통들, 포장도로가 그대들에게 감추고 있는 그 지하의 악취를 풍기는 시궁창의 흐름들, 그것이 무엇인지 그대들은 아는가? 그것은 꽃피는 목장이요, 그것은 푸른 풀이요, 그것은 백리향과

---

* 동물에서 나오는 부스러기와 찌꺼기로 만든 비료(거름).

사향초와 샐비어요, 그것은 사냥감이요, 그것은 가축이요, 그것은 저녁 때 큰 황소들의 만족한 울음소리요, 그것은 향기로운 건초요, 그것은 황금빛 보리알이요, 그것은 그대들 식탁 위의 빵이요, 그것은 그대들 혈맥 속에 흐르는 따끈한 피요, 그것은 건강이요, 그것은 기쁨이요, 그것은 생명이다. 지상의 변형이요, 천상의 변모인 그 신비로운 천지창조는 그것을 그렇게 원한다.

그것을 커다란 도가니에 되돌려 줘라. 그러면 그대들의 풍요함이 거기서 나오리라. 벌판들의 영양 섭취는 인간들의 양식을 만든다.

당신들이 이러한 부(富)를 잃는 것은 자유고, 게다가 나를 가소롭게 여기는 것도 자유다. 그것이야말로 당신들의 무식의 극치일 것이다.

통계에 의하면, 프랑스는 이 한 나라만으로 매년 5억 프랑을 그 하천들의 하구로 대서양에 쏟아붓는 것으로 계산되었다. 이 점을 유의하시라. 이 5억으로 예산 지출의 사 분의 일을 충당하리라는 것을. 인간의 수완이란 참 대단해서 인간은 이 5억을 도랑에 없애 버리기를 더 좋아한다. 그것은 국민의 자양인데, 그것이 여기서는 한 방울 한 방울씩, 저기서는 대량으로, 우리 하수도에서 강들로의 하찮은 구토에 의해, 그리고 우리 강들에서 대양으로의 거창한 구토에 의해서 휩쓸려 가 버린다. 우리의 하수도들이 한 번 딸꾹질할 때마다 우리에게 1000프랑의 비용을 치르게 한다. 거기에서 두 가지 결과가 생긴다. 메마른 땅과 역한 냄새를 풍기는 물. 굶주림이 밭고랑에서 나오고 질병이 강에서 나온다.

예를 들어, 이 시간에, 템스 강이 런던에 해독을 끼치고 있다는 것은 누구나 다 아는 바이다.

파리에 관한 것으로 말하면, 최근 대부분의 하수구들을 하류 마지막 다리 아래로 옮겨야만 했다.

밸브와 배수문(排水門)으로 빨아들였다가 내뱉는 이중관 장치는 사람의 폐같이 단순하고 기본적인 배수 방법인데, 영국의 여러 시읍면들에서는 이미 한창 작동하고 있는 것으로, 그것을 설치하면 전원의 맑은 물을 우리 도시들로 끌어오고 도시들의 기름진 물을 우리 전원들로 되돌려 보내는 데에 충분할 것이고, 세상에도 간단한 이 용이한 교환은 밖에 내던진 5억의 돈을 우리나라에 붙잡아 둘 것이다. 그런데 사람들은 다른 것을 생각하고 있다.

현재의 방법은 선을 행하기를 바라면서 악을 행하고 있다. 의도는 좋으나, 결과는 한심하다. 도시를 정화한다고 믿지만, 국민을 허약하게 만든다. 하수도는 오해다. 빼앗는 것을 되돌려 주는 이중 기능을 가진 배수가 도처에, 단지 씻어 내리기만 하고 메마르게 하는 하수도를 대체했을 때, 그때에는 이것이 새로운 사회경제의 여건과 결합되어, 토지의 수확은 열 배가 될 것이고, 빈곤 문제는 현저하게 완화될 것이다. 거기에 기식 생활의 폐지를 덧붙이면, 빈곤의 문제는 해결될 것이다.

그러기 전까지는 공공의 부가 냇물로 흘러가고, 손실이 일어난다. 손실은 적절한 말이다. 유럽은 그렇게 피폐로 무너지고 있다.

프랑스에 관해서는, 아까 그 숫자를 말했다. 그런데 파리는 프랑스 전 인구의 이십오 분의 일을 차지하고, 파리 시의 구아노는 모든 구아노들 중에서 가장 기름지기 때문에, 프랑스가 매년 버리는 5억 중 파리의 손실 부분을 2500만으로 평가하는 것은 사실보다 부족하다. 이 2500만을 구제와 향락에 쓴다면, 파리의 화려함은 두 배가 될 것이다. 이 도시는 그것을 시궁창에 소비하고 있다. 그래서 우리는 파리의 큰 낭비, 그 굉장한 축제, 그 보종관*의 광기, 그 대향연, 두 손 가득 뿌리는 그 황금의 흐름, 그 호사, 그 사치, 그 화려함, 이것이 파리의 하수도라고 말할 수 있다.

이런 식으로 나쁜 정치경제학의 무지 속에서, 사람들은 만인의 복지를 물에 빠뜨려 물결쳐 가는 대로 두고 있고, 바다 속에 사라지게 두고 있다. 공공의 재산을 위해 생 클루의 그물이 있어야 할 것이다.

경제적으로, 이 사실은 이렇게 요약될 수 있다. 밑 빠진 바구니 파리.

파리, 이 모범 도시, 국민마다 모방하려고 애쓰는 잘 만들어진 수도들의 이 원형, 이 이상의 수도, 창의와 자극, 시도의 이 장엄한 조국, 지성들의 이 중심지, 이 장소, 한 나라 같은 이 도시, 이 미래를 위한 끊임없는 활동 장소, 이 바빌론과 코린트

---

* 파리의 개선문 근처에 지은 집. 보종(Nicolas Beaujon, 1708~1786)은 유명한 재정가이고 자선가였다.

의 놀라운 복합 도시는, 내가 아까 지적한 관점에서 중국의 농부로 하여금 어깨를 으쓱하게 할 것이다.

파리를 모방하라. 그러면 당신들은 쇠망하리라.

그런데, 특히 그 아득한 옛날의 어리석은 낭비에서, 파리 자체가 모방한다.

이 놀라운 어리석음은 새로운 것이 아니다. 그것은 전혀 젊음에서 오는 우매함이 아니다. 옛 사람들도 현대인들처럼 행동했다. "로마의 하수도들은" 하고 리비히*는 말했다. "로마 농민의 모든 복지를 빨아들였다." 로마의 전원이 로마의 하수도에 의해 쇠망했을 때, 로마는 이탈리아를 메마르게 했고, 로마가 이탈리아를 그의 하수도에 넣어 놓았을 때, 로마는 시칠리아를 하수도에 쏟아 넣었고, 다음에 사르디니아를, 다음에 아프리카를 쏟아 넣었다. 로마의 하수도는 세계를 삼켜 버렸다. 그 하수도는 그렇게 도시와 세계를 삼켰다. '도시와 세계'를. 영원한 도시, 한없는 하수도.

다른 것들과 마찬가지로, 이런 것들을 위해서도 로마는 모범을 보여 준다.

이러한 모범을 파리는 따르고 있다. 지성의 도시들에 특유한 그 모든 어리석음과 함께.

내가 아까 설명한 그러한 작업의 필요상, 파리는 그 아래에 또 하나의 파리를 갖고 있다. 하나의 하수도들의 파리. 이 파리에도 그의 거리, 네거리, 광장, 막다른 골목, 도로 들, 그리고

---

* 리비히(Justus Von Liebig, 1803~1873). 독일의 화학자.

통행이 있는데, 이것은 사람의 형체가 없는 흙탕물이다.

아무것에도, 심지어 위대한 국민에게마저도 아부해서는 안 되니까 말인데, 모든 것이 있는 곳에서는 고귀함 옆에 천한 것도 있다. 그리고 파리 속에 빛의 도시 아테네가 있고, 힘의 도시 티르*가 있고, 용기의 도시 스파르타가 있고, 기적의 도시 니니비**가 있는가 하면, 거기에는 또한 진창의 도시 루테시아***도 있다.

게다가 파리의 힘의 특징도 역시 거기에 있고, 파리의 거창한 하수도는, 대건축물들 중에서, 마키아벨리와 베이컨, 미라보 같은 몇몇 인물들에 의해 인류 속에 실현된 그 이상한 이상을 실현하고 있다. 즉 천한 웅대함을.

파리의 지하는, 만약에 사람의 눈이 그 표면을 투시할 수 있다면, 하나의 거대한 녹석(綠石, 석산호의 일종) 같은 양상을 나타낼 것이다. 고대의 대도시가 서 있는 사방 60리의 땅덩어리에는 한 마리의 해면동물에게보다도 더 많은 수로와 통로 들이 있다. 따로 하나의 지하실이 된 카타콤은 물론이고, 뒤얽힌 가스관들의 그물은 물론이고, 상수도의 급수지에 이르는 광대한 급수 배관 조직을 제외하고도, 하수도들은 그것들만으로도 센 강 양쪽 밑에 놀라운 캄캄한 그물을 만들고 있는데, 이 미궁의 길을 인도하는 줄은 그 비탈이다.

거기에, 축축한 안개 속에, 파리의 출산물 같은 쥐가 나타

---

* 페니키아의 옛 항구, BC 12세기에 도시 국가가 되었다.
** 티그리스 강변에 위치한 앗시리아 제국의 수도.
*** 센 강의 시테 섬에 있었던 골(갈리아)의 도시, 오늘날 파리의 옛 이름.

난다.

2. 하수도의 옛 역사

뚜껑을 벗겨 놓은 파리를 상상해 보라. 그러면 조감적(鳥瞰的)으로 본 하수도들의 지하망이 강에 접목된 일종의 커다란 나뭇가지처럼 양쪽 강가에 나타날 것이다. 오른쪽 강가에서는 순환 하수도가 그 가지의 줄기가 되고, 부차적인 하수관들은 잔 가지들이 되고 막다른 골목들은 잔 근육들이 될 것이다.

이 형상은 개략적이고 절반 정확할 뿐으로, 이런 종류의 지하의 잔 가지들의 보통 각도는 직각이지만, 직각은 식물에서는 매우 드물다.

사람들이 그 이상한 실측(実測) 도면과 더 비슷한 것을 상상해 보려면, 혼잡하게 뒤얽힌 어떤 동방의 기이한 자모가, 그리고 이 자모의 문자들이 어떤 때는 그들의 모들끼리, 또 어떤 때는 그들의 끝들끼리, 겉으로 보기에 뒤죽박죽, 그리고 아무렇게나 그렇게 된 것처럼 서로 들러붙어 있는 그런 자모가 컴컴한 바탕 위에 평평하게 놓여 있는 것을 본다고 생각하면 좋을 것이다.

불결한 곳들과 하수도들은 중세와 후기 로마제국에서, 그리고 저 옛 동방에서 큰 역할을 했다. 흑사병이 거기에서 생겼고, 전제군주들이 거기에서 죽었다. 대중은 '죽음의 신'의 흉측한 요람인 그 부패의 밑바닥을 거의 종교적인 공포심으로 바라보았다. 베나레스의 기생충 굴은 바빌론의 사자 굴 못지않게 현기증이 날 정도다. 랍비의 책들이 말하는 바에 의하면, 테글라트 팔라자르*는 니니비의 불결한 곳을 걸고 맹세했다. 레이데의 요하네**가 가짜 달을 나오게 한 것은 몬스테르의 하수도에서였고, 그와 쌍둥이처럼 닮은 동방인인 코라산의 숨은 예언자 모카나가 가짜 태양을 나오게 한 것은 케크셰브의 시궁창 우물에서였다.

인간의 역사는 시궁창들의 역사에 나타나 있다. 죄인의 시체 공시장들은 로마를 이야기하고 있었다. 파리의 하수도는 굉장히 낡은 것이었다. 그것은 묘지였고, 그것은 피난처였다. 범죄, 지식인, 사회적 항의, 신앙의 자유, 사상, 절도 등 인간의 법률이 기소하거나 기소한 모든 것이 그 구멍 속에 숨었다. 14세기의 망치 폭도들***, 15세기의 외투 도둑들, 16세기의 위그노들, 17세기의 모랭의 신비교 신도들, 18세기의 불 고문 산적들이. 백 년 전에는, 거기서 오밤중에 단도의 습격이 나왔고, 위험에 빠진 소매치기가 거기에 숨어 들어갔다. 숲에는 동굴이 있었고, 파리에는 하수도가 있었다. 골어(語)로 '피카르리아'라고 불리는 거지들은 쿠르 데 미라클의 하수도를 분회(分會)로 받아들였고, 저녁엔 빈정대는 사나운 모습으로 침실처럼 모뷔에의 수문 밑으로 돌아갔다.

---

* 앗시리아에 같은 이름을 가진 왕이 BC 12~13세기에 있었다.
** 레이데의 요하네(Jean de Leyde, 1509~1536). 네덜란드의 종교 개혁가. 몬스테르 교단의 수장.
*** 1382년에 세리(稅吏)들을 군용 망치로 쳐 죽인 파리의 폭도들.

비드 구세의 막다른 골목*이나 쿠프 고르즈 거리**를 나날의 일터로 삼고 있는 사람들이 슈맹 베르의 작은 다리나 위르푸아의 양지바른 곳을 밤의 거처로 삼는 것은 아주 당연한 일이었다. 거기서 수많은 추억거리들이 생겼다. 온갖 유령들이 그 쓸쓸한 긴 회랑 지대들에 출몰하고, 도처에 썩은 냄새와 독기가 감돌고, 여기저기에 안에서 비용과 밖에서 라블레가 이야기하는 채광 환기창이 있다.

하수도는 옛날의 파리에서 모든 피로들과 모든 시도들의 집합소다. 정치경제학은 거기에서 쓰레기를 보고, 사회철학은 거기에서 찌꺼기를 본다.

하수도, 그것은 도시의 양심이다. 모든 것이 거기에 집중되고, 거기서 얼굴을 맞댄다. 이 창백한 장소에는 암흑이 있지만, 더 이상 비밀은 없다. 사물은 저마다 제 참다운 모습을 가지고 있거나, 어쨌든 제 최종적인 모습을 가지고 있다. 쓰레기 더미에는 제가 거짓말쟁이가 아니라는 그런 것이 있다. 솔직함이 거기에 숨어 있다. 바질***의 탈이 거기에 있지만, 그 탈의 마분지가, 그리고 끈들이, 그리고 안과 바깥이 보이며, 그 탈은 정직한 진흙으로 강하게 표현되어 있다. 스카팽****의 가짜 코가 그 옆에 있다. 문명의 모든 더러움은 일단 쓸모가 없어지면, 엄청난 사회적 변화가 귀착하는 그 진실의 구덩이에 떨

---

* 호주머니를 터는 막다른 골목이라는 뜻.
** 목을 자르는 거리라는 뜻.
*** 보마르셰의 희곡 「세빌리아의 이발사」에 나오는 위선자.
**** 몰리에르의 희곡 「스카팽의 사기」의 주인공.

어지고, 거기에 삼켜지지만, 그것들은 거기서 드러난다. 그 혼잡은 고백이다. 거기에는 더 이상 가장된 외관이 없고, 아무런 회반죽 바르기도 있을 수 없으며, 쓰레기는 제 덮개를 벗고, 완전히 발가숭이가 되고, 환상과 신기루는 무너지고, 있는 것 밖에는 더 이상 아무것도 없고, 다 끝난 것의 험상궂은 얼굴을 하고 있다. 현실과 소멸. 거기에서는, 병의 밑바닥은 음주벽을 고백하고, 바구니의 손잡이는 하인의 신분을 이야기한다. 거기에서는 문학적 의견을 가졌던 사과의 심이 다시 단순한 사과의 심이 되고, 커다란 동전의 초상이 녹청으로 덮이고, 카이프*의 가래가 팔스타프**가 토한 것과 만나고, 도박장에서 나오는 루이 금화가 자살의 노끈 끝에 매달린 못과 부딪히고, 새파란 태아가 지난번 카니발의 마지막 날 오페라에서 춤을 춘 금박의 옷에 싸여서 굴러떨어지고, 사람들을 심판한 법관의 모자가 매춘부의 치마였던 부패물 옆에서 뒹군다. 그것은 우호 관계 이상이고, 그것은 벗하기다. 화장하던 모든 것이 얼굴을 더럽힌다. 마지막 베일이 벗겨진다. 하수도는 파렴치한이다. 그것은 모든 것을 말한다.

불결한 것의 그 솔직성이 마음에 들고, 영혼의 피로를 풀어 준다. 국시(國是), 선서, 정치적 지혜, 인간의 정의, 직업적 성실성, 지위의 위엄, 청렴한 법복, 이런 것들이 판을 치는 광경을 지상에서 받아들이는 데 시간을 보냈을 때, 하수도에 들어

---

* 카이프(Caïphe). 그리스도를 처형한 유대인 주교.
** 팔스타프(John Falstaff, 1379~1459). 영국의 외교관. 셰익스피어는 「헨리 4세」에서 그를 방탕자로 그렸다.

가서 거기에 어울리는 진흙탕을 보면 마음이 가라앉는다.

그것은 동시에 교훈을 준다. 아까 막 말했지만, 역사는 하수도를 통과한다. 생 바르텔미(1572년 8월) 같은 일들은 거기서 포석들 사이에서 한 방울 한 방울 여과된다. 공공의 대학살들, 정치적 종교적 대살육들은 문명의 이 지하 시설을 통과하고 거기에 시체들을 밀어 넣는다. 몽상가의 눈에는, 모든 역사적인 학살자들이 거기에서, 끔찍한 미광(微光) 속에서, 무릎을 꿇고, 그들의 수의 한 자락을 앞치마로 두르고, 자기들의 한 일을 침통하게 훔치고 있다. 루이 11세는 거기에 트리스탕과 함께 있고, 프랑수아 1세는 거기에 뒤프라와 함께 있고, 샤를 9세는 거기에 그의 어머니와 함께 있고, 리슐리외는 거기에 루이 13세와 함께 있고, 루부아도 거기에 있고, 르텔리에도 거기에 있고, 에베르와 마야르도 거기에 있으면서, 돌을 긁으면서 그들 행위의 흔적을 없애려고 애쓰고 있다. 그 둥근 덮개들 밑에서 그 유령들이 비질하는 소리가 들린다. 거기에서 사회적 재변들의 지독한 악취를 호흡한다. 구석구석에 불그스름한 번쩍거림이 보인다. 거기에 피 묻은 손들이 씻긴 무시무시한 물이 흐른다.

사회 관찰자는 그 어둠 속에 들어가야만 한다. 그 어둠은 그의 실험실의 일부가 된다. 철학은 사상의 현미경이다. 모든 것이 철학을 멀리하려 하지만, 아무것도 그것을 피할 수 없다. 평계를 대도 소용이 없다. 평계를 댐으로써 자기의 어떤 면을 보여 주나? 수치스러운 면을. 철학은 성실한 눈으로 악을 뒤쫓고, 악이 무(無) 속으로 도망치는 것을 허락하지 않는다. 사라지는 사물들의 소멸 속에서도, 꺼져 가는 사물들의 축소 속에서도 철학은 모든 것을 알아본다. 철학은 누더기를 가지고 다시 주홍빛을 만들고, 걸레 조각을 가지고 다시 여자를 만들어 낸다. 철학은 시궁창을 가지고 다시 도시를 만들고, 진흙을 가지고 다시 풍습을 만들어 낸다. 깨진 조각으로 철학은 항아리라고, 또는 단지라고 결론을 내린다. 철학은 양피지 위의 손톱 자국에서, 유덴가스의 유대인과 게토의 유대인의 차이를 알아본다. 철학은 지금 남아 있는 것 속에서 옛날 있었던 것을 다시 찾아낸다. 즉 선, 악, 가짜, 진짜, 궁전의 핏자국, 동굴의 잉크 얼룩, 창가(娼家)의 비계 촛농 방울, 겪은 시련들, 반긴 유혹들, 토해 낸 대주연들, 인물들이 자신을 낮춤으로써 만든 옷주름, 상스러운 마음 때문에 생긴 그 마음들 속의 매음의 자국, 로마의 짐꾼들의 저고리에 있는 메살리나의 팔꿈치질 자국 등.

3. 브뤼조

파리의 하수도는 중세에는 전설적인 존재였다. 16세기에 앙리 2세가 조사를 시도했으나 실패했다. 메르시에가 증명하고 있지만, 백 년쯤 전까지 하수도는 제멋대로 방치될 대로 방치되어 있었다.

그렇게 이 옛날의 파리는 논쟁과 우유부단, 암중모색에 내맡겨져 있었다. 그것은 오랫동안 꽤 멍청했다. 후에, 1789년은 어떻게 정신이 도시들에 오는가를 보여 주었다. 그러나 옛날에는 수도에 별로 두뇌가 없었다. 수도는 정신적으로도 물질적으로도 제 일을 처리할 줄 몰랐고, 폐단 못지않게 쓰레기도 제거할 줄 몰랐다. 모든 것이 장애였고, 모든 것이 문제가 되고 있었다. 예를 들어, 하수도는 어떠한 과정도 따르지 않았다. 사람들은 도시 내에서 서로 이해하지 못하는 이상으로 쓰레기 처리장에서는 가야 할 방향을 알지 못했다. 위에서는 이해할 수 없는 것이었고, 아래에서는 해결할 수 없는 것이었다. 언어들의 혼란 아래에 지하실들의 혼란이 있었다. 미궁(迷宮)이 바벨탑에 겹쳐 있었다.

이따금, 파리의 하수도는 그 인정받지 못하던 나일 강이 돌연 분노했듯이 범람하려 들었다. 수치스러운 일이지만, 하수도의 범람은 종종 있었다. 때때로, 문명의 이 위장이 소화불량이 되어, 시궁창이 도시의 목구멍까지 역류하여, 파리는 제 흙탕물의 뒷맛을 맛보았다. 하수도가 양심의 가책과 그렇게 닮은 것은 좋은 일이었다. 그것은 경고였다. 그런데 아주 나쁘게 받아들여졌다. 도시는 그의 흙탕물이 그렇게도 뻔뻔스러운 데에 분노하여 오물이 다시 오는 것을 용납하지 않았다. 오물을 더 잘 추방하라.

1802년의 범람은 팔십 세의 파리 사람들이 현재 기억하고 있는 것 중 하나다. 진흙탕이 루이 14세 동상이 있는 빅투아르 광장에서 사방으로 퍼졌다. 그것은 샹젤리제의 두 하수도 구멍을 통해 생 토노레 거리로 들어갔고, 생 플로랑탱 하수도를 통해 생 플로랑탱 거리로, 손느리의 하수도를 통해 피에르 아 푸아송 거리로, 슈맹 베르의 하수도를 통해 포팽쿠르 거리

로, 라프 거리의 하수도를 통해 로케트 거리로 들어갔다. 그
것은 샹젤리제 거리의 보도 경석(境石)을 35센티미터 높이까
지 덮었다. 그리고 남쪽에서는, 센 강의 수문에서 거슬러 올라
와, 마자린 거리와 에쇼데 거리, 마레 거리에 스며들어, 거기
서 109미터 지점, 정확히 라신이 살았던 집에서 몇 걸음 떨어
진 곳에서 멈추었는데, 이 진흙탕은 17세기에 왕보다도 시인
을 더 존경했던 것이다. 진흙탕은 생 피에르 거리에서 최대 깊
이에 달했는데 거기에서는 도랑의 타일 위로 3자까지 올라갔
고, 가장 광범하게 퍼진 곳은 생 사뱅 거리였는데 거기에서는
길이가 238미터에 달했다.

19세기 초에, 파리의 하수도는 아직도 신비한 장소였다. 진
창은 결코 평판이 좋을 수는 없다. 하지만 당시 그 나쁜 평판
은 공포에까지 이르렀다. 파리는 자기 아래에 무시무시한 지
하실 하나가 있다는 것을 어렴풋이 알고 있었다. 15척 길이의
지네들이 우글거리고 있었고 베헤모트*의 목욕탕으로 사용될
수도 있었을 테베의 그 괴물 이야기를 하듯이 사람들은 그 지
하실 얘기를 하고 있었다. 하수도 청소부들의 커다란 장화는
어떤 알려진 지점 너머로는 결코 감히 위험을 무릅쓰고 나가
지 않았다. 이때는 생트 푸아가 크레키 후작과 그 위에서 우호
관계를 맺고 있던 그 쓰레기 짐수레들이 하수도에 쓰레기를
마구 버리던 시절과 아직 매우 가까웠다. 하수도의 준설은 소
나기에 맡겨 놓고 있었는데, 소나기는 쓸어 내기보다는 더 막

---

* 성서에서 욥이 말한 악마의 상징으로 여겨진 거대한 신비의 동물.

아 놓고 있었다. 로마는 그의 시궁창에 아직도 어떤 시적인 것을 남겨 두고 그것을 '제모니'*라고 부르고 있었다. 파리는 그의 시궁창을 모욕하여 '트루 퓌네'(구린내 나는 구멍)라고 부르고 있었다. 과학과 미신은 공포에 대해 의견을 같이하고 있었다. '구린내 나는 구멍'은 전설에 못지않게 위생에도 불쾌감을 일으켰다. '무뚝뚝한 수도사**'가 무프타르 하수도의 구린내 나는 둥근 천장 아래 나타나 있었다. 마르무제의 시체들은 바리유리의 하수도에 던져졌다. 파공은 1685년의 무서운 악성 열병을 마레의 하수도에 생긴 커다란 틈새 탓이라고 했는데 이 틈새는 1833년까지 생 루이 거리에 유람 마차 간판의 거의 정면에 크게 열려 있었다. 모르텔리 거리의 하수도 구멍은 거기서 나오는 흑사병으로 유명했다. 한 줄의 이처럼 보이는 뾰족뾰족한 쇠 격자가 붙어 있는 이 구멍은 인간들에게 지옥의 열기를 내뿜는 용의 아가리처럼 그 불행한 거리에 있었다. 민중의 상상력은 파리의 음침한 개수대에 뭔지 모를 무한한 끔찍스러운 혼합물로 흥미를 돋우고 있었다. 하수도는 밑바닥이 없었다. 하수도, 그것은 바라트럼***이었다. 그 문둥병에 걸린 것 같은 지역들을 탐사할 생각은 경찰에게조차 오지 않았다. 그 미지의 것을 시도하는 것, 그 어둠 속에 측연(測鉛)을 던지는 것, 그 심연 속으로 탐색하러 가는 것, 누가 감히 그런

* 죄인의 시체 공시장.
** 수도사 옷을 입고 있는 작은 요정, 귀신. 그는 만나는 사람들을 학대했다고 한다.
*** 아테네에서 사형수를 집어넣었다는 깊은 구덩이.

일을 했었겠는가? 그것은 어마어마한 일이었다. 그렇지만 어떤 사람이 나왔다. 시궁창은 그의 크리스토퍼 콜럼버스가 있었다.

1805년, 어느 날, 드문 일이지만 황제가 파리에 나타났을 때, 어떤 드크레스 또는 크레테라는 이름의 내무장관*이 황제의 아침 접견에 왔다. 카루젤 광장에서 대공화국과 대제국의 그 모든 특별한 병사들의 사브르 끄는 소리가 들리고 있었다. 나폴레옹의 문에서는 용사들이 혼잡을 이루고 있었다. 라인, 에스코, 아디즈, 그리고 나일 전선의 병사들, 주베르, 드제, 마르소, 오슈, 클레베르의 전우들, 플뢰뤼스의 기구병들, 마양스의 척탄병들, 제노아의 가교병(架橋兵)들, 피라미드들이 보았었던 경기병들, 쥐노의 포탄으로 흙탕물을 뒤집어 썼었던 포병들, 주이데르제에 정박하고 있는 함대를 습격하여 점령했었던 흉갑병들. 어떤 사람들은 로디 교에서 보나파르트를 따라갔었고, 다른 사람들은 만토바의 참호에서 뮈라를 수행했었고, 또 다른 사람들은 란보다 앞서서 몬테벨로의 협곡 길을 란보다 앞서갔다. 당시의 군대 전부가 한 분대 또는 한 소대로 대표되어, 거기서, 튈르리 궁전의 안마당에서, 휴식 중인 나폴레옹을 호위하고 있었다. 그리고 이때는 대육군이 과거에는 마렝고의 승리를 거두었고 앞으로는 아우스터리츠의 승리를 거두게 될 찬란한 시대였다. 내무장관은 나폴레옹에게 말

---

* 드크레스(Decrès)는 제정하의 해군 장관 겸 식민 장관. 크레테(Crétet)는 1807년 8월 9일에 내무장관에 임명됨. 1805년 당시의 내무장관은 샹파니(Champagny)라는 사람이었다.

했다. "폐하, 소신은 어제 폐하의 제국에서 가장 대담한 사람을 만났습니다." "그 사람이 누군가?" 하고 황제는 퉁명스럽게 말했다, "그리고 그는 무슨 일을 했나?" "그는 한 가지 일을 하고 싶어 합니다, 폐하." "무슨 일을?" "파리의 하수도들을 검사하는 일입니다."

이 사람은 실존하고 있었고 브뤼조라는 이름이었다.

4. 알려지지 않은 세세한 일들

검사는 행해졌다. 그것은 무시무시한 작전이었다. 페스트와 질식에 대한 야간 전투였다. 그것은 동시에 탐험 여행이었다. 유식하고 당시 매우 젊었던 노동자인, 그 답사의 생존자 중 한 사람은, 브뤼조가 경찰청장에게 제출한 그의 보고서 속에서 공문서의 문체로서 부적합하다는 이유로 생략해야 한다고 생각한 사실들을 아직 몇 해 전까지도 이야기하고 있었다. 그 당시 소독 방법은 매우 초보적이었다. 브뤼조가 지하망(網)의 처음 몇 관절을 넘자마자, 스무 명 중 여덟 명의 노동자가 더 멀리 가기를 거부했다. 작업은 복잡했다. 검사는 준설을 야기했다. 그러므로 준설을 해야 했고, 동시에 측량을 해야 했다. 물의 유입구에 유의하고, 철문과 수문들을 세어 보고, 지관(支管)들의 명세를 꾸미고, 분기점들에서의 흐름을 지적하고, 다양한 물탱크 각각의 구획을 알아보고, 주요 하수도에 연결된 작은 하수도들을 조사하고, 각 통로의 홍예 머릿돌 아래의 높이를 재고, 홍예 천장의 밑부분에서도 역홍예와 같은 수준에서도 그 넓이를 재고, 마지막으로 각 수구(水口)와 수평으로, 즉 하수도의 역홍예와 수평으로, 즉 거리의 지면과 수평으로 평준화의 좌표를 정해야 했다. 사람들은 간신히 전진하고 있었다. 하강용 사다리가 진흙 속에 3자나 잠기는 일이 드물지 않았다. 칸델라들은 가스 속에서 깜박거렸다. 때때로 기절한 하수도 청소부를 실어 갔다. 어떤 곳들은 절벽이었다. 땅바닥은 무너졌고, 타일 바닥은 주저앉았고, 하수도는 못쓰게 된 우물로 변했다. 견고한 것은 더 이상 찾아볼 수 없었다. 한 사람이 갑자기 사라졌다. 그를 끌어내는 데 무척 힘이 들었다. 푸르크루아*의 충고에 의해, 충분히 소독을 한 장소에는, 군데군데 송진에 적신 삼 부스러기를 가득 채운 커다란 새장에 불을 피웠다. 벽은 여기저기 보기 흉한 균상물(菌狀物)들로 뒤덮여 있었는데, 마치 종기들 같았다. 숨도 쉴 수 없는 그 환경에서는 돌까지도 병들어 있는 것 같았다.

브륀조는 그의 탐사에서, 상류에서 하류로 행진했다. 그랑 튀를뢰르의 두 수도관이 갈리는 곳에서, 그는 돌출한 하나의 돌 위에서 1550이라는 연호를 판독했다. 이 돌은 필리베르 들로름이 앙리 2세의 분부를 받고 파리의 오물 처리장을 조사했을 때 발길을 멈췄던 한계를 가리키고 있었다. 이 돌은 하수도에서 16세기의 표시였다. 브륀조는 1600년과 1650년 사이에 궁륭형으로 만들어진 퐁소의 하수관과 비에유 뒤 탕플 거리의

* 푸르크루아(Antoine-François Fourcroy, 1755~1809). 유명한 화학자.

하수관에서 17세기의 노동력을 다시 찾아냈고, 1740년에 강 양쪽 기슭에 제방을 쌓고 궁륭형으로 만들어진 하수도 본관의 서쪽 구역에서 18세기의 노동력을 다시 찾아냈다. 이 두 개의 궁륭형 하수관들, 특히 덜 오래된 것, 즉 1740년 것은 순환 하수도의 벽돌 공사보다 더 많이 금이 가고 더 많이 무너져 있었는데, 이 벽돌 공사는 1412년부터 시작된 것으로, 이때는 메닐 몽탕의 맑은 물이 흐르는 개울이 파리의 큰 하수도의 자리에 올라간 시대였는데, 이는 한 농부가 국왕의 시종장이 되는 것과 유사한 승진이었다. 그로 장이 르벨*로 변모한 격이었다.

여기저기에, 특히 재판소 밑에, 바로 하수도 속에 만들어진 옛 지하 감방들의 흔적을 알아보는 것 같았다. 끔찍한 '지하 감옥'. 죄인의 목을 말뚝에 비끄러매는 쇠고리 하나가 그 감방들 중 하나에 매달려 있었다. 그 감방들에는 모두 벽을 둘러쳐 버렸다. 몇 개의 발견물들은 기이했다. 그중에서도 특히 한 오랑우탄의 해골은 1800년에 식물원에서 사라진 것인데, 이 행방불명은 18세기 말에 베르나르댕 거리에 악마가 나타났다는 그 유명한 그리고 의심할 여지가 없는 일과도 십중팔구 관련이 있었을 것이다. 그 불쌍한 악마는 마침내 하수도에 빠져 죽어 버렸었다.

아르슈 마리옹에 이르는 긴 홍예 통로 아래에는 완전히 보존된 넝마주이의 채롱 하나가 있어, 전문가들의 감탄을 샀다.

---

* 그로 장(Gros-Jean)은 시골뜨기라는 뜻. 르벨(Lebel)이 프랑스 장교 니콜라 르벨(Nicolas Lebel, 1838~1891)을 가리키는지 확실치 않다.

하수도 청소부들이 용감하게 다루기에 이르렀었던 진흙에는 도처에 금은 패물, 보석, 화폐 같은 귀중품들이 많이 있었다. 어떤 거인이 그 시궁창을 여과했다면 그는 그의 여과기 속에 수세기의 부를 가졌을 것이다. 탕플 거리와 생타부아 거리의 두 지관들의 분기점에서 사람들은 진기한 유그노의 동메달을 하나 주웠는데, 한쪽에는 추기경의 모자를 쓴 돼지 한 마리가 있고, 또 한쪽에는 교황의 삼중관을 쓴 늑대 한 마리가 있었다.

가장 놀라운 경우는 대하수도의 입구에서였다. 이 입구는 옛날에는 쇠 격자문으로 닫혀 있었는데 지금은 그 돌쩌귀들 밖에 남아 있지 않았다. 그 돌쩌귀 하나에는 보기 흉한 더러운 누더기 같은 것이 걸려 있었는데, 아마 떠내려가다가 거기에 걸려, 어둠 속에서 펄럭이다가 끝내 찢어지고 만 것 같았다. 브륀조는 칸델라를 가까이 대고 그 누더기를 조사했다. 그것은 매우 가는 바티스트 삼베였고, 다른 쪽보다 덜 찢어진 쪽 구석에 문장(紋章)이 든 관(冠) 하나를 식별했는데 그 위에 'LAVBESP'라는 일곱 글자가 수놓여 있었다. 관은 후작의 관이고 일곱 글자는 'Laubespine'이라는 뜻이었다. 사람들은 눈앞에 있는 것이 마라의 수의 중 한 조각이라는 것을 알아보았다. 마라는 청년 시절에 애인들이 있었다. 그것은 그가 수의사자격으로 아르투아 백작 댁의 사람으로 있을 때였다. 역사적으로 확인된, 귀부인과의 그러한 연애들에서, 그에게 이 침대 시트가 남아 있었던 것이다. 유실물 아니면 기념품이었다. 그가 죽었을 때, 그의 집에 있는 천 중에서 좀 고급스러운 것이라고는 그것밖에 없었기 때문에 그것을 그의 수의로 썼다.

늙은 여자들은 그 비극적인 '민중의 벗'을 성적 쾌락이 들어 있었던 그 배내옷에 싸서 무덤으로 보냈었던 것이었다.

브륀조는 개의치 않았다. 사람들은 그 누더기를 있던 곳에 그냥 내버려 두었다. 그걸 치워 버리지 않았다. 그것은 경멸이 었을까, 아니면 존경이었을까? 마라는 그 두 가지를 다 받을 만했다. 그리고 또 숙명이 거기에 충분히 새겨져 있었기 때문에 사람들은 거기에 손대기를 주저했다. 게다가 묘지에 있는 것들은 그것들이 선택하는 자리에 그냥 내버려 두어야 한다. 요컨대, 그 유물은 얄궂었다. 한 후작 부인이 거기에서 잠을 잤었다. 마라가 거기에서 썩었었다. 그녀는 팡테옹을 지나 결국 하수도의 쥐들에 돌아갔었다. 그 규방의 넝마는 와토*가 옛날 그 주름까지도 모두 즐겨 그렸을 것인데, 그것은 마침내 단테 가 응시할 만한 것이 되었었다.

파리의 지하 오물 처리장을 전부 조사하는데 1805년부터 1812년까지 7년이 걸렸다. 천천히 걸어가면서도 브륀조는 상 당한 일들을 계획하고, 지휘하고, 끝마쳤다. 1808년에 그는 퐁 소 하수도의 역홍예를 낮추었고, 그리고 사방에 새로운 선들 을 만들어 내고, 하수도를 1809년에는 생 드니 거리 밑에서 이 노상의 분수까지, 1810년에는 프루아망토 거리 밑과 살페트 리에르 밑으로, 1811년에는 뇌 브 데 프티 페르 거리 밑과 르 마이 거리 밑, 에샤르프 거리 밑, 루아얄 광장 밑으로, 1812년 에는 라 페 거리 밑과 앙탱 차도 밑으로 뻗어 가게 했다. 동시

---

* 와토(Jean-Antoine Watteau, 1684~1721). 프랑스의 화가.

에 그는 모든 하수도망을 소독하고 정화했다. 두 번째 해부터, 브륀조는 자기의 사위 나르고를 자기에게 합류시켰다.

이렇게 19세기 초에 구사회는 그의 이중의 밑바닥을 청소하고 그의 하수도를 화장했다. 어쨌든 그만큼 깨끗해진 것이다.

꾸불꾸불하고, 터지고, 포석이 제거되고, 금이 가고, 웅덩이들로 끊기고, 이상한 굴곡부들로 흔들리고, 무턱대고 올라갔다 내려갔다 하고, 구린내가 나고, 야생적이고, 거칠고, 어둠에 잠겨 있고, 타일에 상처 자국들이 있고, 벽에 흉터들이 있고, 끔찍스럽고, 이런 것이 파리의 옛날 하수도였다. 사방으로 갈라진 하수도관, 구덩이들의 교차, 지관, 오리발 모양, 대호(對壕) 속 같은 방사형 배수관, 맹장, 막다른 골목, 초석(硝石)으로 덮인 홍예 천장, 더러운 웅덩이, 벽 위의 수포진(水疱疹) 같은 유출물, 천장에서 떨어지는 물방울, 암흑 들. 그것은 바빌론의 소화기관, 동굴, 구덩이, 거리들로 관통된 깊은 구렁, 전에는 화려함이었던 쓰레기 속에, 과거라는 그 거대한 맹목의 두더지가 어둠 속에 돌아다니는 것이 보이는 것 같은 거창한 두더지 구멍, 이러한 낡은 배출구인 지하 동굴의 무서움에 견줄 만한 것은 아무것도 없었다.

이런 것이, 거듭 말하거니와, 이것이 '옛날'의 하수도였다.

5. 현재의 진보

오늘날 하수도는 깨끗하고, 싸늘하고, 꼿꼿하고, 정연하다.

그것은 영국에서 'respectable'이라는 말이 의미하는 것의 이상을 거의 실현하고 있다. 그것은 적절하고 회색빛을 띠고 있고, 일직선으로 그어져 있고, 잔뜩 멋을 부리고 있다고도 거의 말할 수 있을 것이다. 그것은 참의원 의원이 된 납품업자 같다. 사람 눈에 거의 똑똑히 보인다. 진창은 거기서 제대로 움직인다. 첫눈에, 사람들은 그것을 옛날 그렇게도 흔해 빠졌던 지하 복도의 하나라고 쉽사리 생각할 것인데, 그러한 지하 복도들은 '국민이 그들의 왕을 사랑하던' 그 옛적의 좋은 시절에는, 군주와 왕족 들이 도망치는 데 대단히 유용했다. 현재의 하수도는 아름다운 하수도다. 순수한 양식이 거기에 존재한다. 시에서 추방되어, 건축 속으로 피신한 것 같은 직선적인 알렉산드리아 파의 고전미가 그 어두컴컴하고 희끄무레한 기다란 궁륭의 모든 돌들에 섞여 있는 것 같다. 배수구마다 아케이드다. 리볼리 거리는 시궁창 속에서까지도 파를 이루고 있다. 그런데 기하학적인 선이 어디엔가 제자리에 있다면, 그것은 확실히 대도시의 배설호(壕) 속이다. 거기에서는 모든 것이 가장 짧은 길이여야 한다. 하수도는 오늘날 어떤 공적인 모습을 띠었다. 경찰은 때때로 하수도에 관한 보고를 하는데, 그 보고 자체도 하수도에 더 이상 결례를 하지 않는다. 행정 용어에서 그것을 나타내는 말은 고상해지고 품위가 있다. Boyau(창자)라고 부르던 것을 galerie(복도)라고 부르고, trou(구멍)라고 부르던 것을 regard(맨홀)이라고 부른다. 비용은 이제 자기의 옛 비상용 숙소를 알아보지 못할 것이다. 이 그물처럼 얽힌 지하실들에는 여전히 어느 때보다도 더 많이 우글거리는 아득한 예로부터의 설치류 주민이 있다. 때때로, 늙은 콧수염을 가진 쥐 한 마리가 하수도 창문에 위태롭게 머리를 내놓고 파리지앵들을 살핀다. 하지만 이 해충 자체는 제 지하 궁전에 만족하여 순해진다. 시궁창에는 더 이상 원시적인 사나움은 아무것도 없다. 빗물은 옛날엔 하수도를 더럽혔지만, 현재는 하수도를 씻어 준다. 그렇지만 그것을 너무 믿지는 마라. 독기가 아직도 거기에 살고 있다. 그것은 완전하다기보다 오히려 위선적이다. 경찰청과 위생국이 아무리 애를 써도 소용없다. 모든 청결 방법들에도 불구하고, 하수도는 참회 후의 타르튀프처럼 수상쩍은 희미한 냄새를 발산한다.

이 점은 인정하자. 결국, 청소는 하수도가 문명에 표하는 존경이므로, 그리고 그런 관점에서, 타르튀프의 양심은 아우게이아스*의 외양간에 대한 진보이므로, 파리의 하수도가 개선된 것은 확실하다.

그것은 진보 이상이다. 그것은 변모다. 옛날의 하수도와 현재의 하수도 사이에는 하나의 혁명이 있다. 누가 이 혁명을 행했는가?

모두가 잊고 있으나, 내가 그 이름을 말한 사람, 브륀조다.

---

* 아우게이아스(Augias). 엘리스의 왕, 그의 외양간에는 삼천 마리의 소가 있었는데 삼십 년간 청소하지 않은 것을 헤라클레스가 말끔히 청소했다.

6. 미래의 진보

파리 하수도의 굴착은 작은 일이 아니었다. 지난 10세기 동안에 파리 시를 완성시키지 못한 것과 마찬가지로, 그동안에 파리의 하수도도 완성시키지 못했다. 사실, 하수도는 파리 성장의 모든 여파를 받는다. 그것은 땅속에서, 수천의 촉각을 가지고 있는 어두운 산호층 같은 것이어서 지상에서 도시가 커가는 것과 동시에 지하에서 커 간다. 도시가 거리를 하나 뚫을 때마다 하수도는 팔을 하나 뻗친다. 옛날의 군주국은 2만 3300미터의 하수도밖에 건설하지 않았었다. 그것이야말로 1806년 1월 1일 파리의 현상이었다. 이 시기에 관해서는 곧 다시 말하겠지만, 그때부터 공사가 유익하고 강력하게 재개되고 계속되었다. 나폴레옹은, 이 숫자들은 신기하지만, 4804미터, 루이 18세는 5709미터, 샤를 10세는 1만 836미터, 루이 필립은 8만 9020미터, 1848년의 공화정부는 2만 3381미터, 현 정부는 7만 500미터를 건설, 모두해서, 현재 22만 6610미터, 즉 600리의 하수도가 건설되었다. 파리의 거대한 내장. 눈에 띄지 않는 분선이 줄곧 공사 중이다. 알려지지 않은 거창한 건설.

보다시피 파리 지하의 미궁은 오늘날 19세기 초에 있었던 것의 10배도 더 된다. 이 시궁창을 오늘날처럼 비교적 완전할 만큼 끌어오는 데에 필요했던 모든 인내와 노력은 상상하기 어렵다. 옛 왕정시대의 파리 시장과 18세기 말 십 년간의 혁명 정부 시청은 겨우 1806년 이전에 존재하던 50리의 하수도를 뚫을 수 있었다. 모든 종류의 장애들이 이 작업을 방해했는데,

어떤 것들은 토질에 특유한 것이었고, 또 어떤 것들은 파리 노동 대중의 편견에 고유한 것이었다. 파리는 곡괭이와 괭이, 착암기, 인간 관리에 유난히 맞지 않는 지층 위에 건설되어 있다. 파리라는 이름의 그 놀라운 역사적 형성이 겹쳐지고 있는 그 지질학적인 형성보다도 파고 뚫고 들어가기가 더 어려운 것은 아무것도 없다. 그 충적토층 속에서, 어떤 형태로든지 공사가 시작되고 위험을 무릅쓰고 감행되자마자, 지하의 저항들이 많이 나타났다. 그것은 묽은 점토고, 흐르는 샘, 단단한 바위, 특수과학에서 겨자라고 불리는 무르고 깊은 진흙이다. 매우 엷은 진흙 줄기와 아담 이전의 바다에 있었던 현대의 굴껍질들이 박힌 편암질층이 섞여 있는 석회암층 속에 곡괭이는 힘들게 들어간다. 때로는 물줄기가 갑자기 나타나 시작된 홍예 천장을 무너뜨리고 일꾼들을 물에 빠뜨린다. 또는 드러나는 이회암(泥灰岩)이 분출하여 폭포수처럼 사정 없이 달려들어 가장 굵은 받침 대들보를 유리처럼 부숴 버린다. 아주 최근에, 비예트에서, 배의 운행을 중단하지도 않고 운하의 물을 뿜어내지도 않고서, 생 마르탱 운하 밑에 하수도 주관을 통과시켜야 했을 때, 운하의 밑바닥에 균열이 생겨서 땅 밑의 공사장에서 갑자기 물이 흘러나와, 흡수 펌프를 아무리 사용해도 소용이 없었다. 잠수부 하나를 시켜 큰 못의 어귀에 있는 균열을 찾아내야 했는데, 그것을 전혀 용이하게 막지는 못했다. 다른 데서는, 센 강 근처에서, 그리고 강에서 꽤 멀리 떨어진 곳에서도, 예를 들어 벨빌과 그랑드 뤼, 뤼니에르 통로에서는, 발이 빠져 들어가고 사람이 눈에 띄게 사라질 수 있는 밑바닥

없는 모래판을 만난다. 거기에 더하여 가스에 의한 질식, 흙의 추락에 의한 매몰, 돌발적인 붕괴가 있다. 거기에 더하여 장티푸스가 있어서 일꾼들이 그것에 서서히 감염된다. 현대에는, 10미터 깊이의 구덩이 속에서 수행된 일거리인 우르크의 하수도 간선을 받기 위한 턱과 함께 클리슈의 복도를 판 후에, 붕괴 속에서, 흔히 썩은 냄새가 나는 발굴 작업과 기둥 받치기의 도움으로, 로피탈 가로수 길에서 센 강까지 비에브르의 궁륭을 만든 후에, 파리를 몽마르트르의 급류에서 구하기 위해 그리고 마르티르 성문 옆에 괴여 있는 9헥타르의 그 강물의 늪에 흘러나가게 하기 위해, 그리고 또 말하거니와, 사 개월 간, 밤낮을 가리지 않고, 11미터의 깊이에서, 블랑슈 성문에서 오베르빌리에의 도로에 이르는 한 줄기의 하수도를 건설한 후에, 이런 일은 아직 본 일이 없었는데, 구덩이도 없이, 지하 6미터에서 바르 뒤 베크 거리의 하수도를 지하에서 완성한 후에, 감독 모노는 죽었다. 트라베르시에르 생 탕투안 거리에서 루르신 거리에 이르기까지 도시의 모든 지점들에 3000미터의 하수도의 궁륭을 만든 후에, 아르발레트의 지관에 의해, 상시에 무프타르 네거리를 빗물의 범람에서 면해 준 후에, 유동적인 모래 속 돌토대와 콩크리트 위에 생 조르주의 하수도를 건설한 후에, 노틀담 드 나자레 지관의 역홍예를 낮추는 무시무시한 공사를 지휘한 후에, 기사 뒬로는 죽었다. 그렇지만 싸움터의 학살보다 더 유익한 그 용감한 행위들을 위해서는 보고서가 없다.

  파리의 하수도들은 1832년에는 오늘날 있는 것과는 거리가 멸었다. 브륀조가 추진했었지만, 그 후 있었던 광대한 재건을 결정케 하기 위해서는 코렐라가 필요했다. 말하기에도 놀라운 일이지만, 예를 들어, 1821년에, 통칭 '대운하'라는 순환 하수도의 일부가, 베니스에서처럼, 구르드 거리에서 아직도 공공연하게 썩고 있었다. 파리 시가 그 덮개에 필요한 26만 80프랑 6상팀의 돈을 확보한 것은 겨우 1823년이다. 콩바와 퀴네트, 생 망데의 세 흡수 우물은 그들의 배수구와 장치, 유수조(溜水槽), 정수 지관 들과 함께 1836년에야 시작된다. 파리의 장내(腸內) 쓰레기 처리장은 새롭게 다시 만들어졌고, 앞서 말한 것처럼, 사반 세기 이래 십 배 이상이 되었다.

삼십 년 전, 1832년 6월 5일과 6일의 반란이 있었던 시기에, 그것은 아직 여러 곳에서 거의 옛날의 하수도였다. 매우 많은 거리들이 오늘날에는 볼록꼴인데, 그때에는 터진 차도들이었다. 거리나 네거리의 사면(斜面)들의 끝이 닿는 경사진 지점에는 크고 네모진 굵은 살의 쇠 격자들을 흔히 볼 수 있었는데, 그 쇠가 군중의 발에 닦여 반짝이고 있어, 수레들에게는 위험하고 미끄러지기 쉬웠고 말을 넘어뜨리기도 했다. 토목의 공용어는 그 경사진 지점들과 그 쇠 격자들에 카시스*라는 표현이 풍부한 이름을 주었다. 1832년에, 수많은 거리에서는, 에투알 거리, 생 루이 거리, 르 탕플 거리, 비에유 뒤 탕플 거리, 노틀담 드 나자레 거리, 폴리 메리쿠르 거리, 플뢰르 강둑, 프티 뮈스크 거리, 노르망디 거리, 퐁 토 비슈 거리, 마레 거리,

---

* cassis. 거미줄(라틴어).

생 마르탱 교외, 노틀담 데 빅투아르 거리, 몽마르트르 교외, 그랑즈 바틀리에르 거리, 샹젤리제, 자코브 거리, 투르농 거리 등에서는 늙은 고딕식 시궁창이 아직도 파렴치하게 그의 아가리들을 보여 주고 있었다. 그것은 굉장히 뻔뻔스러운 모습을 한, 때로는 표석들로 둘러싸인, 비막이 덮개 돌의 거대한 열공(裂孔)들이었다.

1806년, 파리의 하수도는 아직 1663년 5월에 확인된 숫자와 거의 같은 수에 머물러 있었는데, 5328투아즈(1만 384미터)였다. 브륀조 후에, 1832년 1월 1일 현재, 그것은 4만 3000미터였다. 1806년에서 1831년까지, 매년 평균 750미터씩 구축되었고, 그때부터 매년 8000 내지 1만 미터까지의 하수도가 콘크리트를 이겨 넣은 위에다 수경석회(水硬石灰)의 회벽칠을 해서 건설되었다. 미터당 200프랑이라고 치고, 현재의 파리의 하수도 600리는 4800만 프랑에 상당한다.

내가 처음에 지적한 경제적인 진보 이외에, 공중위생의 중대한 문제가 파리의 하수도라는 그 막중한 문제와 관련되고 있다.

파리는 두 널따란 층, 물의 층과 공기의 층 사이에 있다. 물의 층은 지하의 꽤 큰 깊이에 숨겨져 있지만, 이미 두 번의 굴착으로 탐색되었는데, 석회와 쥐라기층(紀層)의 석회암 사이에 위치한 사암층에 의해 공급되고 있다. 이 사암층은 반경 250리의 원판으로 표시될 수 있다. 수많은 냇물과 개천물이 거기에 스며 나오고 있다. 그르넬의 우물물 한 컵을 마신다면 거기에는 센 강, 마른 강, 욘 강, 우아즈 강, 엔 강, 셰르 강, 비엔 강, 그리고 루아르 강의 물이 들어 있다. 이 물의 층은 건강에 좋은데, 그것은 먼저 하늘에서 오고, 다음에 땅에서 온다. 공기의 층은 건강에 해로운데, 그것은 하수도에서 온다. 시궁창의 모든 장기(瘴氣)가 도시의 호흡에 섞여 있다. 그래서 그 나쁜 냄새가 난다. 이것은 과학적으로 확인된 것인데, 퇴비 위에서 딴 공기가 파리 위에서 딴 공기보다 더 맑다. 일정한 때가 지나면, 진보의 도움으로, 기계장치들이 완성되고, 광명이 이루어져, 사람들은 공기층을 정화하는 데 물의 층을 사용할 것이다. 다시 말해서 하수도를 씻는 데 물의 층을 이용할 것이다. 하수도 씻기라는 말로 우리가 의미하는 것이 진흙탕을 토지에 반환하는 것임을 사람들은 안다. 퇴비를 땅에 돌려주고 비료를 밭에 돌려주는 것. 이런 간단한 일로 인해 모든 사회 공동체에게는 빈곤의 감소와 건강의 증가가 있을 것이다. 현재에, 파리의 질병들의 방사(放射)는, 루브르를 이 전염성 수레바퀴의 바퀴통으로 간주할 때, 루브르의 사방 500리에 미친다.

10세기 이래, 시궁창이 파리의 질병이었다고 말할 수 있을 것이다. 하수도는 도시가 혈액 속에 가지고 있는 결점이다. 민중의 직감은 그것을 결코 잘못 생각하지 않았다. 하수도 청소부의 직업은, 공포심을 주었기 때문에 그렇게도 오랫동안 사형집행인에게 내맡겨졌던 각뜨기 전문 백정의 직업과 거의 같을 만큼 옛날에는 위험했고, 또 그와 거의 같을 만큼 민중에게는 혐오스러운 것이었다. 벽돌공으로 하여금 그 악취를 풍기는 구덩이 속에 사라지도록 결심케 하기 위해서는 높은 임금을 치러야 했다. 우물 파는 인부의 사닥다리는 그 속에 잠기기를 주저했다. 사람들은 "하수도에 내려가는 것은 무덤 속에 들어가는 것이다."라고 속담처럼 말했다. 내가 말했듯이, 온갖 끔찍한 전설들이 이 거대한 하수도를 두려움으로 뒤덮고 있었다. 인간의 혁명과 지구의 혁명의 흔적이 있는 몹시 무서워하는 더러운 곳, 그리고 노아의 대홍수 때의 조가비에서부터 마라의 누더기에 이르기까지 모든 대변동들의 유적들을 발견하는 곳.

3
진창, 그러나 넋

1. 시궁창과 그의 뜻밖의 선물

장 발장이 있었던 것이 파리의 하수도 속이다.

게다가 파리는 바다와 유사하다. 대양에서처럼, 잠수부는 거기에서 사라질 수 있다.

변천은 엄청났다. 도시의 바로 한복판에서, 장 발장은 도시에서 나갔고, 눈 깜박할 사이에, 뚜껑 하나를 들어 올렸다가 그것을 다시 닫는 시간에, 그는 대낮에서 완전한 어둠으로, 정오에서 자정으로, 소란에서 정적으로, 천둥의 회오리바람에서 무덤의 정체로, 그리고 폴롱소 거리의 급변보다도 훨씬 더 놀라운 급변에 의해, 가장 극심한 위험에서 가장 절대적인 안전으로 이동했다.

별안간 지하실 속으로 떨어짐, 파리의 지하 감옥 속으로 사라짐, 죽음이 도처에 있는 그 거리를 떠나서 생명이 있는 그 무덤 같은 것으로 가는 것, 그것은 신기한 일순간이었다. 그는 한동안 얼떨떨해 있었다. 귀를 기울이고, 어리둥절해하고 있었다. 구원의 함정이 갑자기 그의 아래에 열렸었다. 하늘의 선의가 말하자면 그를 배반하여 붙잡았다. 천의의 경배할 만한 매복!

다만 부상자는 조금도 움직이지 않고 있었고, 장 발장은 그 구덩이 속으로 가져가고 있는 것이 살아 있는 것인지 죽은 것인지를 알지 못하고 있었다.

그의 첫 느낌은 실명이었다. 갑자기 그는 더 이상 아무것도 보이지 않았다. 그는 또한 귀머거리가 된 것 같았다. 그는 더 이상 아무것도 들리지 않았다. 그의 위쪽 몇 자 밖에서 터지고 있는 광적인 살육의 폭풍은, 아까 말했지만, 그를 그 소리와 갈라놓고 있는 땅의 두께 때문에 흐릿하고 희미하게, 그리고 깊은 곳에서 오는 소음처럼밖에 그에게는 들려오지 않았다. 그는 발밑이 단단한 것을 느꼈다. 그게 전부였다. 하지만 그것으로 충분했다. 그는 한쪽 팔을 뻗치고, 이어서 또 한쪽 팔을 뻗치고, 그리고 양쪽의 벽을 만지고, 그리고 복도가 좁은 것을 확인했다. 그는 미끄러지고, 그리고 타일이 젖어 있는 것을 확인했다. 그는 조심스럽게 한 발을 내딛고, 구멍을, 유수조(溜水槽)를, 어떤 깊은 구렁을 두려워했다. 그는 타일 바닥이 길게 뻗쳐 있는 것을 확인했다. 확 풍겨 오는 악취가 그가 있는 곳이 어디인지를 그에게 알려 주었다.

잠시 후에, 그는 더 이상 소경이 아니었다. 약간의 빛이 그가 슬그머니 통과해 왔었던 채광 환기창에서 떨어지고 있었고, 그의 눈은 그 지하실에 익숙해졌었다. 그는 뭔가를 분간하기 시작했다. 그가 땅속에 숨었다고밖에는 다른 어떤 말도 이 상황을 더 잘 표현할 수 없는 그 복도는 그의 뒤가 막혀 있었다. 그것은 전문용어로 지관이라고 부르는 그런 막다른 골목의 하나였다. 그의 앞에 또 하나의 벽이, 어둠의 벽이 있었다. 채광 환기창의 빛은 장 발장이 있는 지점에서 열두어 걸음쯤에서 없어지고, 하수도의 축축한 벽을 몇 미터쯤 겨우 희끄무레하게 비치고 있었다. 저쪽에는 어둠이 짙었다. 거기에 들어가는 것은 무서워 보였고, 거기에 들어가면 거기서 삼켜져 버릴 것 같았다. 그렇지만 그 안개의 벽 속으로 뚫고 들어갈 수는 있었고, 그렇게 해야만 했다. 서둘기까지 해야만 했다. 장 발장은 포석들 아래서 그의 눈에 띈 쇠 격자는 병사들의 눈에도 띌 수 있었고, 모든 것이 그 우연에 달려 있다고 생각했다. 그들 역시 그 구멍으로 내려와 거기를 뒤질지도 몰랐다. 일각도 지체할 시간은 없었다. 그는 마리우스를 땅바닥에 내려놓았다가 안아 일으켰다. 이것 역시 사실 그대로의 말이다. 그는 마리우스를 다시 어깨에 메고 걷기 시작했다. 그는 단호히 그 어둠 속으로 들어갔다.

사실은 장 발장이 생각하고 있었던 것만큼 그들이 구제된 것은 아니었다. 아마 다른 종류의 위험이, 그리고 이에 못지않은 큰 위험이 그들을 기다리고 있었을지도 모른다. 전투의 급격한 회오리바람 후에, 장기와 함정의 동굴들. 혼돈 후에, 시궁창. 장 발장은 한 지옥권에서 다른 지옥권으로 떨어졌었다.

50보쯤 걸었을 때, 그는 걸음을 멈추어야만 했다. 문제가

하나 생겼다. 그가 비스듬히 만나는 또 하나의 도관에 복도가
닿아 있었다. 거기에 두 갈래 길이 나타나 있었다. 어느 길로
가야 할까? 왼쪽으로 돌아야 할까, 아니면 오른쪽으로 돌아야
할까? 그 어두운 미궁 속에서 어떻게 방향을 정할 것인가? 그
미궁에는, 내가 지적한 바와 같이, 하나의 줄이 있는데, 그것
은 미궁의 비탈길이다. 이 비탈길을 따라가는 것, 그것은 강으
로 가는 것이다.

　장 발장은 그것을 깨달았다.

　그는 자기가 십중팔구 시장의 하수도에 있는 것이라고 생각
했다. 그러니까 왼쪽을 택해서 비탈길을 따라가면 십오 분도
못 가서 퐁토 샹즈와 퐁 뇌프 사이 센 강의 어떤 하구에 도달
할 것이다. 즉 파리에서도 가장 사람들이 많은 지점에 대낮에
나타나게 될 것이다. 아마도 그는 네거리의 어떤 양지바른 곳
에 다다를 것이다. 행인들은 그들의 발 아래 땅에서 나오는 두
피투성이 사나이들을 보고 놀라 자빠질 것이다. 순경들이 들
이닥치고, 이웃 경비대가 무장을 할 것이다. 나가기도 전에 체
포될 것이다. 차라리 그 미궁 속에 들어박히고, 그 암흑에 몸을
맡기고, 출구에 관해서는 하늘의 뜻에 맡기는 것이 더 나았다.

　그는 비탈길을 다시 올라가서 오른쪽으로 갔다.

　복도의 모퉁이를 돌았을 때, 채광 환기창의 먼 빛이 사라지
고 암흑의 막이 그에게 다시 내려, 그는 다시 장님이 되었다. 그
래도 그는 전진했다. 되도록 빨리. 마리우스의 두 팔은 그의 목
에 감겼고, 두 발은 그의 뒤에 늘어져 있었다. 그는 한 손으로
그의 두 팔을 붙잡고 다른 손으로 벽을 더듬었다. 마리우스의

볼이 그의 볼에 닿아 거기에 달라붙어, 피가 묻었다. 그는 마리우스에게서 미지근한 것이 자기에게 흘러와 옷 밑으로 스며드는 것을 느꼈다. 그러는 동안 부상자의 입이 닿은 그의 귀에 축축한 온기가 느껴지는 것은 호흡이 있다는 것을, 따라서 생명이 있다는 것을 나타내고 있었다. 장 발장이 지금 천천히 걸어가고 있는 복도는 처음 것보다 덜 좁았다. 장 발장은 거기를 꽤 힘들게 걸어가고 있었다. 전날의 비가 아직 다 흘러가지 않아서, 역흥예의 중앙에 작은 급류를 만들고 있었기 때문에, 그는 물속에 발을 담그지 않기 위해, 벽에 몸을 딱 붙여야만 했다. 그는 그렇게 어둠 속에서 가고 있었다. 그는 보이지 않는 세계에서 그리고 지하의 어둠 속에서 길을 잃고 더듬적거리는 밤의 생물들과 흡사했다.

그렇지만, 조금씩, 먼 채광 환기창이 그 칠흑 같은 안개 속에 약간의 흔들리는 빛을 보내는지, 그의 눈이 암흑에 익숙해졌는지, 어떤 희미한 시력이 그에게 돌아오고, 어떤 때는 그가 만지고 있는 벽을, 또 어떤 때는 그가 그 아래를 지나가고 있는 궁륭을 다시 어렴풋이 알아차리기 시작했다. 영혼이 불행 속에서 확대되어 마침내 거기에서 신을 발견하게 되듯이, 눈동자가 어둠 속에서 확대되어 마침내 거기에서 빛을 보게 되는 것이다.

전진하는 것은 어려웠다.

하수도들의 노선은 그 위에 겹쳐 있는 거리들의 노선을, 말하자면, 반사한다. 당시의 파리에는 이천이백 개의 거리가 있었다. 그 밑의 하수도라고 부르는 그 캄캄한 가지들의 숲을 상상해 보시라. 이 시대에 존재한 하수도들의 조직은, 끝과 끝을 맞대어 보면, 110리가 되었을 것이다. 앞서 말했듯이, 현재의 하수도망은, 최근 삼십 년간의 특별한 활동 덕분에, 600리 이하는 아니다.

장 발장은 처음에 잘못 생각했다. 그는 생 드니 거리 밑에 있는 것으로 생각했지만, 유감스럽게도 그렇지 않았다. 생 드니 거리 밑에는, 루이 13세 때부터 있었고 통칭 '대하수도'라고 하는 하수도 본관으로 곧장 가는 하나의 낡은 돌 하수도가 있다. 이 하수도는 옛날의 '기적의 광장'의 높이에서 오른편에 단 하나의 굽이가 있고, 단 하나의 지관인 생 마르탱 하수도가 있는데, 그 네 지류들이 십자형으로 교차하고 있다. 그러나 코랭트 주점 옆에 입구가 있는 프티트 트뤼앙드리의 도관은 생 드니 거리의 지하로는 결코 통하지 않았다. 그것은 몽마르트르의 하수도에 끝이 닿았는데 장 발장이 들어간 것이 바로 거기였다. 거기에서는 길을 잃을 가능성이 높았다. 몽마르트르 하수도는 낡은 하수도망 중에서도 가장 복잡한 곳의 하나다. 다행히 장 발장은 많은 꼭대기 돛대들을 얽어 놓은 것 같은 모양을 한 시장의 하수도를 통과했다. 그러나 그의 앞에는 수많은 복잡한 교차점들과 수많은 거리의 모퉁이들이 (왜냐하면 그것은 거리들이니까) 어둠 속에서 의문부호처럼 나타나고 있었다. 첫째로, 그의 왼편에는, 지혜의 판* 같은 플라트리에르 대하수도가 우체국과 밀 시장의 건물 밑에서, T와 Z 형의 얽힌 가지들을 내뻗고 뒤섞고, 센 강까지 가서 Y 형으로 끝나 있다.

---

* Casse-tête, 나무 조각을 조립하여 만드는 퍼즐.

둘째로, 그의 오른쪽에는, 그의 세 이 같은 세 개의 막다른 골목을 가지고 있는 카드랑 거리의 굽은 복도가 있다. 셋째로, 그의 왼편에, 마이의 지관이 거의 입구에서부터 두 갈래로 갈라져, 지그재그로 뻗어 가서, 모든 방향으로 교차하고 갈라진 루브르의 큰 배수구에 다다르고 있다. 마지막으로, 오른쪽으로, 죄뇌르 거리의 막다른 골목의 복도가 순환 하수도에 도달하기 전에, 작게 파인 자리가 여기저기에 있는데, 이 순환 하수도만이 안심할 만큼 충분히 먼 거리로 그를 이끌어 갈 수 있었다.

만약에 장 발장이 내가 여기에 지적한 것을 다소라도 알고 있었더라면, 다만 벽을 만저 보기만 했어도, 자기가 생 드니 거리의 지하 복도에 있지 않다는 것을 곧 알아차렸을 것이다. 낡은 건축용 석재 대신에, 역흥예와 통상적인 토대가 화강암과 두툼한 석회 회반죽으로 만들어져 1투아즈(1,949m)당 800프랑이나 치이는, 하수도에 이르기까지 위엄있고 장엄한 옛 건축 양식 대신에, 당대의 값싼 경제적 방법, 즉 콘크리트 위에 수경석회로 굳힌 사암의 1미터당 200프랑의 공사를, 소위 '소재료'로 된 보통 벽돌 공사를 그는 손 아래 느꼈을 것이다. 그러나 그는 그 모든 것에 관해 아무것도 알지 못하고 있었다.

그는 그의 앞을 가고 있었다. 걱정하면서, 그러나 침착하게, 아무것도 보지 않고, 아무것도 모르고, 우연 속에 잠겨서, 다시 말해서 하늘의 뜻 속에 삼켜져서.

사실을 말하자면, 그는 점점 어떤 공포에 사로잡혀 가고 있었다. 그를 둘러싸고 있는 어둠이 그의 정신 속에 들어오고 있었다. 그는 수수께끼 속에서 걷고 있었다. 그 시궁창의 수로는 무시무시하다. 그것은 지독하게 얽혀 있다. 그 암흑의 파리 속에 잡혀 있는 것은 음산한 일이다. 장 발장은 보이지 않는 자기의 길을 찾아내야, 거의 발견해 내야만 했다. 그 미지의 것 속에서, 그가 위험을 무릅쓰고 내딛는 한 발 한 발은 마지막 한 발일 수도 있었다. 어떻게 그는 거기서 나갈 것인가? 그는 출구를 찾아낼 것인가? 때맞게 찾아낼 것인가? 돌의 벌집들 같은 그 거대한 지하의 해면동물을 뚫고 나가게 될 것인가? 거기서 암흑의 어떤 뜻밖의 매듭에 부닥칠 것인가? 빠져나올 수 없는 것과 넘어갈 수 없는 것에 도달할 것인가? 마리우스는 거기서 출혈로 죽고, 자기는 굶어 죽을 것인가? 마침내 그들은 둘다 거기서 없어지고 말 것이고, 그 어둠의 한구석에서 두 개의 해골이 되고 말 것인가? 그는 그것을 모르고 있었다. 그는 그모든 것을 자문했으나, 자답할 수 없었다. 파리의 장(腸)은 하나의 절벽이다. 예언자처럼, 그는 괴물의 배 속에 있었다.

그는 갑자기 놀랐다. 가장 뜻밖의 순간에, 그리고 똑바로 걸어가기를 그치지 않았는데, 그는 자기가 이제 올라가고 있지 않다는 것을 깨달았다. 물의 흐름이 그의 발끝으로 오지 않고 그의 발뒤꿈치를 치고 있었다. 하수도는 이제 내려가고 있었다. 왜 그럴까? 그는 갑자기 센 강에 도달하려 하고 있었는가? 이 위험은 컸지만, 되돌아가면 겪게 될 위험은 한층 더 컸다. 그는 계속 전진했다.

그가 가고 있는 것은 전혀 센 강 쪽이 아니었다. 센 강 우안(右岸)에서 파리의 땅이 이루고 있는 당나귀 등 꼴의 등성이는 한쪽 비탈의 물을 센 강에 비우고, 또 한쪽 비탈의 물은 '대하수도'에 비운다. 강물의 분수령이 되는 그 당나귀 등의 꼭대기는 매우 변덕스러운 선을 그리고 있다. 분수(分水) 장소인 최고봉은, 생타부아 하수도에서는 미셸 르 콩트 거리의 저쪽에 있고, 루브르 하수도에서는 가로수 길 옆에 있고, 몽마르트르 하수도에서는 시장 옆에 있다. 장 발장이 도착한 것은 바로 그 최고봉이었다. 그는 순환 하수도 쪽으로 가고 있었는데, 옳은 길에 있었다. 그러나 그는 그런 것을 아무것도 모르고 있었다.

하나의 지관을 만날 때마다 그는 그 모퉁이들을 더듬어 보았고, 그 통로가 그가 있는 복도보다 덜 넓은 경우에는 그리로 들어가지 않고 가던 길을 계속 갔는데, 더 좁은 길은 모두 막다른 골목에 이를 것이고, 목적지, 즉 출구에서 멀어질 수밖에 없을 것이라고 옳게 판단했다. 그는 이렇게, 내가 아까 열거한 네 개의 미로들이 암흑 속에서 그에게 놓여져 있었던 네 개의 덫을 피했다.

어떤 때 그는 폭동으로 화석처럼 굳어졌고 바리케이드들로 교통이 두절되었던 파리 아래에서 나오고 있고, 살아 있는 정상적인 파리 아래로 돌아오고 있는 것을 확인했다. 갑자기 그의 머리 위에서 천둥 같은 소리가 멀리서, 그러나 계속해서 들렸다. 수레들이 굴러가는 소리였다.

그는 한 삼십 분 전부터, 어쨌든 그가 마음속으로 하는 계산으로는 그렇게 걷고 있었는데, 아직 쉴 생각은 하지 않았다. 다만 마리우스를 받치고 있는 손을 바꾸었을 뿐이었다. 어둠이 전보다 더 깊어졌지만, 그렇게 짙은 것이 그에게는 안심이 되었다.

돌연 그는 자기 앞에 자기의 그림자를 보았다. 그림자는 발밑의 역홍예와 머리 위의 궁륭을 희미하게 붉게 물들이고 있는 거의 분명치 않은 약한 붉은빛에 윤곽이 뚜렷이 드러나 있었는데, 그것이 복도의 축축한 양쪽 벽 위에서 좌우로 미끄러지듯 움직이고 있었다. 깜짝 놀란 그는 뒤를 돌아보았다.

그의 뒤에, 그가 방금 지나온 복도에서, 그에게는 무척 멀었던 것 같은 거리에서, 짙은 어둠을 뚫고, 그를 보고 있는 것 같은 일종의 무서운 별이 불같이 번쩍이고 있었다.

그것은 하수도 속에서 뜨는 경찰의 음산한 별이었다.

그 별 뒤에서 검고, 꼿꼿하고, 희미하고, 무시무시한 여덟 개 내지 열 개의 형체들이 어수선하게 움직이고 있었다.

2. 설명

6월 6일 낮에, 하수도 수색 명령이 내렸다. 패배자들이 하수도를 피신처로 삼지나 않았을까 염려하여, 뷔조 장군이 공개적으로 파리를 소탕하고 있는 동안에 지스케 경찰청장은 은밀히 파리를 뒤져야 했다. 위는 군대에 의해 아래는 경찰에 의해 구현된 공권력의 이중 전략을 필요로 한 이중의 결합 작전이었다. 경찰관들과 하수도 청소부들로 구성된 세 분대가 파리의 지하도를 탐사했는데, 제1대는 센 강 우안(右岸)을, 제2대는 좌안(左岸)을, 제3대는 시테 섬을 탐사했다.

경찰관들은 카빈총, 곤봉, 검, 단도로 무장하고 있었다.

그때 장 발장 쪽으로 향해져 있던 것, 그것은 우안 순찰대의 칸델라였다.

이 순찰대는 카드랑 거리 밑에 있는 굽은 복도와 세 곳의 막다른 골목들을 막 돌아본 참이었다. 그들이 그 막다른 골목 안쪽에서 큰 초롱을 휘두르고 있는 동안에, 장 발장은 도중에 복도 입구와 마주쳤었는데, 그 입구가 주복도보다 좁은 것을 확인하고 거기로 전혀 들어가지 않았었다. 그는 가던 대로 계속 갔다. 경찰관들은 카드랑의 복도에서 다시 나오면서, 순환 하수도 방면에서 발소리가 들린다고 생각했었다. 그것은 사실 장 발장의 발소리였다. 순찰대 대장 경사가 칸델라를 쳐들었었고, 대원들은 그 소리가 들려온 쪽, 안개 속을 바라다보기 시작했었다.

이건 장 발장에게는 말로 표현할 수 없는 순간이었다.

다행히 그는 칸델라가 잘 보였지만, 칸델라 쪽에서는 그가 잘 안 보였다. 칸델라는 빛이었고 그는 그림자였다. 그는 아주 먼 곳에 있었고, 주위의 암흑에 섞여 있었다. 그는 벽을 따라 몸을 웅크리고 멈춰 섰다.

그런데 그는 거기 자기 뒤에서 움직이고 있는 것이 무엇인지 알 수 없었다. 수면 부족, 영양 결핍, 감동은 그를, 그마저도 환각 상태에 빠뜨렸었다. 그는 번쩍거리는 빛을 보았고, 그 번쩍거리는 빛 주위에 도깨비들을 보았다. 그게 무엇일까? 그는 알 수 없었다.

장 발장은 걸음을 멈추었고, 소리는 그쳤었다.

순찰대원들은 귀를 기울였으나 아무 소리도 못 들었고, 바라보았으나 아무것도 못 보았다. 그들은 의논을 했다.

이 시대에 몽마르트르 하수도의 그 지점에는 '통용로'라고 하는 일종의 네거리가 있었는데, 폭우가 내릴 때면 빗물의 급류가 흘러 들어와 안에서 작은 호수를 만들기 때문에 후에 그걸 없애 버렸다. 순찰대는 그 네거리에 집결할 수 있었다.

장 발장은 그 도깨비들이 둥글게 모여 있는 것을 보았다. 그 개 대가리들은 서로 접근하고 수군거렸다.

그 셰퍼드들이 가진 회의의 결과는, 자기들이 잘못 생각했었다, 소리는 없었다, 거기에는 아무도 없었다, 순환 하수도에 들어가는 것은 쓸데없다, 그것은 시간의 낭비일 것이다, 하지만 서둘러 생 메리 쪽으로 가야 한다, 뭔가 할 일이 있고 추격할 어떤 '민주주의파 청년들'이 있다면 그것은 그 구역이라는 것이었다.

때때로 당파들은 그들의 낡은 욕설들을 새로 갈아서 쓴다. 1832년에 '민주주의파 청년들'이라는 말은 케케묵은 '자코뱅 당원'(급진 민주주의자)이라는 말과, 그때는 거의 쓰이지 않았으나 후에 썩 잘 쓰이게 된 '데마고그'(선동 정치가)라는 말 사이에 중간 구실을 하고 있었다.

경사는 센 강의 비탈로 왼쪽으로 비스듬히 가라는 명령을 내렸다. 만약 그들이 두 분대로 나눠서 두 방향으로 갈 생각을 했다면, 장 발장은 붙잡혔을 것이다. 그것은 그 방향 때문이었다. 십중팔구 경찰청의 훈령이 전투의 경우와 다수의 폭도들을 예상하고, 순찰대에 세분되는 것을 금했을 것이다. 순찰대는 장 발장을 뒤에 놓아 두고 다시 걸어가기 시작했다. 이 모든 움직임에서 장 발장은 칸델라가 갑자기 돌아서고 불빛이 사라지는 것 말고는 아무것도 보지 못했다.

경사는 경찰관으로서의 책임을 면하기 위해, 떠나기 전에, 포기한 쪽에, 장 발장이 있는 방향으로 카빈총을 발사했다. 이 총성은 그 거대한 하수도관에서 배 속의 꾸르륵거리는 소리처럼 지하 동굴 속에서 메아리쳐 울려 갔다. 회벽토 부스러기 하나가 개울에 떨어져 몇 걸음 앞에서 물을 찰랑거리게 했기 때문에, 장 발장은 머리 위의 궁륭에 탄환이 맞았다는 것을 알았다.

규칙적이고 느린 발소리들이 얼마 동안 역홍예 위에서 울리고, 점점 멀어져 감에 따라 더욱더 약해지고, 검은 형체들의 무리가 깊숙이 들어가고, 희미한 빛이 흔들리고 나부끼며, 궁륭에 불그스름한 활모양을 그리고, 약해지고, 사라지고, 정적이 다시 짙어지고, 어둠이 다시 완전해지고, 암흑 속에서 그는 다시 눈이 멀고 귀가 먹었다. 그리고 장 발장은 아직도 감히 움직이지 못하고, 오랫동안 벽에 등을 기대고 서서, 귀를 기울이고, 눈을 부릅뜨고, 그 순찰대의 유령들이 사라지는 것을 바라보고 있었다.

3. 미행 당하는 사나이

가장 심각한 공공의 정세들에서까지도 경찰이 흔들림 없이 도로 관리와 감시의 의무를 수행하고 있었다는 공적을 그 당시의 경찰에게 인정해 주어야 한다. 폭동은 경찰의 눈에는 악한들을 방임하기 위한, 그리고 정부가 위태롭다는 이유로 사회를 등한시하기 위한 구실은 전혀 되지 않는다. 일상적인 직무는 비상사태의 직무 중에도 정확하게 이루어졌고, 그로 인해 혼란에 빠지지 않았다. 예측할 수 없는 정치적 사건이 시작된 와중에도, 혁명이 이루어질 수도 있다는 압박 아래에서도, 반란과 바리케이드에 정신이 팔리지 않고, 한 경찰관이 한 도둑을 '미행'하고 있었다.

바로 그와 같은 어떤 일이, 6월 6일 오후에 센 강 가에서, 센 강변 우안의 둑 위에서, 앵발리드 다리의 조금 저쪽에서 일어나고 있었다.

거기에는 지금은 더 이상 둑이 없다. 장소의 모습이 변했다.

그 둑 위에서, 일정한 거리를 두고 떨어져 있는 두 사나이가, 서로가 서로를 피하면서, 서로 감시하고 있는 것 같았다. 앞에 가는 자는 멀어지려고 애쓰고 있었고, 뒤에서 오는 자는 다가가려고 애쓰고 있었다.

그것은 멀리서 소리 없이 두는 한 판의 장기 같았다. 양쪽이 다 서두르는 것 같지 않고, 둘 다 천천히 걸어가고 있었다. 너무 서두름으로써 상대방의 발걸음을 재촉할까 봐 서로 염려하고 있는 것 같았다.

하나의 식욕이 일부러 그렇게 하는 체하지 않고 먹이를 따라가고 있는 것 같았다. 먹이는 교활해서 경계하고 있었다.

쫓기는 흰 담비와 쫓아가는 개 사이에 의도적인 균형이 지켜지고 있었다. 도망치려고 애쓰는 자는 몸집이 작고 얼굴이 야위었고, 잡으려고 애쓰는 자는 키가 큰 녀석인데, 사나운 외모였고, 상대하기 무서운 사람임에 틀림없었다.

전자는 자기가 더 약하다는 것을 느끼고, 후자를 피하고 있었다. 그러나 지극히 맹렬하게 피하고 있었다. 그를 관찰할 수 있었던 사람이면 그의 눈 속에서 도망자의 지독한 반감과 두려움 속에 있는 모든 위협을 보았을 것이다.

둑은 호젓했다. 오가는 사람이 전혀 없었다. 여기저기에 매어 놓은 짐배들에 뱃사공마저도 하역 인부마저도 없었다.

맞은편 강둑에서밖에는 그 두 사람을 쉽사리 볼 수 없었는데, 그런 거리에서 그들을 살펴봤을 사람에게 앞에 가는 남자는 더벅머리에 누더기를 걸치고 있고, 음험하고, 남루한 작업복 밑에서 불안스럽게 떨고 있는 것같이 보였을 것이고, 또 한 사람은 권위 있는 관리 같은 사람으로, 턱까지 단추를 끼우고 의젓하게 프록코트를 입고 있는 것같이 보였을 것이다.

만약 독자가 더 가까운 곳에서 그들을 보았다면, 그는 아마 그 두 사람을 알아봤을 것이다.

후자의 목적은 무엇이었는가?

십중팔구 전자에게 더 따뜻한 옷을 입혀 줄 수 있게 되는 것.

나라 옷을 입고 있는 사람이 누더기를 입고 있는 사람을 뒤쫓는 것은 그 사람에게도 역시 나라 옷을 입히기 위해서이다. 다만 그 빛깔이 문제다. 푸른 옷을 입는 것은 영광이고, 붉은 옷을 입는 것은 불쾌하다.

천한 신분의 주홍빛*이 하나 있다.

전자가 피하고자 하는 것은 십중팔구 그런 종류의 어떤 불

---

* 주홍빛(le pourpre)은 왕, 황제, 추기경의 신분을 상징한다.

쾌감과 어떤 주홍빛일 것이다.

후자가 전자를 앞에 걸어가게 놓아두고 아직 체포하지 않은 것은, 필시, 그가 어떤 그럴싸한 집합 장소에 그리고 정당하게 나포할 만한 어떤 무리에 도달하는 것을 보려는 희망에서였을 것이다. 이러한 미묘한 행동을 '미행'이라고 부른다.

이런 추측은 그 단추를 낀 사나이가 둑에서 빈 채로 강가를 지나가는 삯마차 한 대를 보고 마부에게 신호를 한 것으로 보아 완전히 틀림없는 것 같다. 마부는 알아듣고, 자기가 누구에게 볼 일이 있는가를 분명히 분간하고, 말고삐를 돌려, 강둑 위에서 평보로 그 두 사람을 따라가기 시작했다. 이것은 앞에 가고 있는 해진 옷을 입은 수상한 인물에게는 감지되지 않았다.

삯마차는 샹젤리제의 가로수를 따라서 굴러가고 있었다. 손에 채찍을 들고 있는 마부의 상반신이 난간 위에 지나가는 것이 보이고 있었다.

경찰관들에 대한 경찰의 비밀 훈령 하나에는 이런 조항이 들어 있다. '필요한 경우, 언제나 승합마차를 이용할 수 있게 할 것.'

서로 제각기 빈틈없는 전략을 써서 행동하면서도, 그 두 사람은 강둑까지 내려가는 강변의 비탈길에 다가가고 있었는데, 이 비탈길은 당시 파시에서 도착하는 삯마차의 마부들이 말들에게 물을 먹이려고 강에 올 수 있게 해 주고 있었다. 이 비탈길은 그 후 조화를 위해 철거되었다. 말은 목이 말라 죽을 지경이지만, 사람들의 눈은 즐거워졌다.

작업복의 사나이는 나무들이 우거진 곳인 샹젤리제로 도망쳐 보려고 그 비탈길로 올라가려고 하는 모양이었으나, 거기는 그 대신 경찰들의 왕래가 매우 잦아 뒤쫓는 자가 쉽게 협력을 얻을 수 있는 곳이다.

강둑의 이 지점은 1824년에 브라크 대령이 모레에서 파리로 가져온 집, 속칭 프랑수아 1세의 집에서 아주 조금밖에 안 떨어져 있다. 경비대가 거기에 아주 가까이 있다.

지켜보는 사람에게는 매우 놀랍게도 추적당하고 있는 사나이는 물 먹이 터의 비탈길로 전혀 가지 않았다. 그는 강가를 따라서 여전히 둑 위를 걸어가고 있었다.

그의 처지는 명백히 위험해졌다.

센 강에 투신하지 않는 한, 그는 어떻게 할 것인가?

이제부터는 강둑으로 다시 올라갈 방법은 전혀 없었다. 더 이상 비탈길도 없고 계단도 없었다. 그리고 거기는 센 강이 이에나 다리 쪽으로 구부러지는 곳 바로 근처인데, 여기서 둑은 더욱더 좁아지고, 가느다란 혀 모양이 되어, 물 아래로 사라지고 있었다. 거기서 그는 오른쪽에 절벽, 왼쪽과 정면에 냇물, 그리고 바짝 뒤쫓아오는 경찰 사이에 반드시 봉쇄될 것이다.

사실 그 둑의 끝은, 무엇이 허물어져서 생긴 것인지는 몰라도, 예닐곱 자나 되는 파낸 흙 더미가 쌓여 있어서, 사람들 눈에 가려져 있었다. 그런데 이 사나이는 돌기만 하면 되는 그 흙부스러기 더미 뒤에 효과적으로 숨기를 바라고 있었던가? 그런 궁여지책은 유치했을 것이다. 그는 확실히 그런 걸 생각하고 있지는 않았다. 도둑놈들이 아무리 순진해도 그 정도까지 가지는 않는다.

흙부스러기 더미는 물가에 일종의 언덕을 이루고 있었는

데, 강둑의 벽까지 곶처럼 뻗어 있었다.

쫓기는 사나이는 그 작은 언덕에 이르러 그것을 돌았다. 그래서 그는 다른 사람에게 보이지 않게 되었다.

이 사람은 보지도 않았고, 보이지도 않았다. 그는 그 틈을 타서 아예 숨기기를 버리고, 매우 빨리 걷기 시작했다. 잠시 후에 그는 흙부스러기의 무더기에 이르러 그것을 돌았다. 거기서 그는 깜짝 놀라 걸음을 멈췄다. 그가 쫓고 있던 사나이는 더 이상 거기에 없었다.

작업복의 사나이는 완전히 꺼져 버렸다.

둑은 흙부스러기의 무더기로부터 30보쯤의 길이밖에 안 되었고, 다음에 강둑의 벽에 와서 출렁대는 물 아래 잠겨 있었다.

도주자는 자기를 뒤쫓아오는 사람의 눈에 띄지 않고서는 센 강에 몸을 던지지도 강둑을 기어 오르지도 못했을 것이다. 그는 어떻게 되었을까?

단추를 낀 프록코트를 입고 있는 사나이는 둑 끝까지 걸어가 거기서 잠시 생각에 잠겨 있었다. 주먹을 부르르 떨고, 눈을 두리번거리면서. 갑자기 그는 이마를 쳤다. 그는 땅이 끝나고 물이 시작되는 지점에 두툼한 자물쇠 하나와 세 개의 육중한 돌쩌귀가 달린 아치 모양의 넓고 낮은 쇠 격자문을 봤다. 이 쇠 격자문은 강둑 아래 뚫린 일종의 문인데, 둑과 강을 향해 열려 있었다. 거무스름한 개울이 그 아래를 지나가고 있었다. 그 개울물이 센 강에 흘러 들고 있었다.

그 묵직한 녹슨 쇠창살 너머에, 어둠침침한 일종의 궁륭형 복도를 분명히 알아볼 수 있었다.

사나이는 팔짱을 끼고 비난하듯 쇠 격자문을 바라보았다.

그렇게 보는 것만으로는 충분치 않았으므로 그는 그것을 밀어 보았다. 그는 그것을 흔들었으나, 그것은 끄떡도 하지 않았다. 아무 소리도 들리지 않았지만, 십중팔구 그것은 방금 열렸었을 것이다. 그렇게도 녹이 슨 쇠 격자문이 참 이상한 일이다. 하지만 그것이 다시 닫혔던 것은 확실했다. 그것은 아까 그 문을 열었다가 닫은 자가 갈고리가 아니라 열쇠를 가지고 있었음을 알려 주는 것이었다.

이 자명한 사실이 철문을 애써 흔들던 사나이의 머리에 곧 떠올라 이런 격분한 감탄적 종결어가 그의 입에서 튀어나왔다.

"대단한 놈이다! 정부의 열쇠를 가지고 있다니!"

그러고는 곧바로 침착해져서, 그는 그의 머릿속에 있는 모든 생각들을 비꼬다시피 강조한 이런 폭발적인 단음절들로 표현했다.

"자! 자! 자! 자!"

그렇게 말을 하고, 그 사람이 다시 나오는 것을 보기를 바라는지, 또는 다른 사람들이 들어가는 것을 보기를 바라는지, 무엇을 바라는지는 모르지만, 격분을 참고 있는 사냥개같이, 그는 흙부스러기 더미 뒤에서 망을 보았다.

한편, 그의 모든 걸음걸이와 발을 맞추고 있던 삯마차는 그의 위쪽 난간 옆에서 정거했다. 마부는 오래 머물 것으로 예견하고, 밑이 축축한 귀리 부대에 말들의 주둥이를 끼워 박았는데, 이것은 파리 사람들에겐 아주 잘 알려져 있는 것으로, 덧붙여 말해 두지만, 그들에게 정부는 때때로 그것을 준다. 이에나

다리를 드문드문 지나가는 사람들은 멀어지기 전에 고개를 돌려, 움직이지 않는 풍경의 그 두 부분을, 비탈진 곳 위의 사나이와 강둑 위의 삯마차를 잠깐 바라보았다.

4. 그도 역시 그의 십자가를 메다

장 발장은 다시 걷기 시작하여 더 이상 걸음을 멈추지 않았다.

그렇게 걷는 것은 더욱더 힘들어졌다. 그 궁륭의 높이가 일정하지 않다. 평균 높이가 5자 6치쯤 되는데, 사람의 키에 맞추어 계산되었다. 장 발장은 마리우스가 궁륭에 부딪히지 않도록 몸을 구부리지 않으면 안 되었다. 그는 줄곧 몸을 굽혔다가 몸을 바로 세우고, 끊임없이 벽을 더듬어야만 했다. 돌들의 축축함과 역홍예의 끈적끈적함은 손에도 발에도 제대로 의지할 데가 못 되었다. 그는 더러운 도시의 똥거름 속에서 비트적거리고 있었다. 채광 환기창의 간헐적인 반사광은 매우 오랜 사이를 두고서밖에 나타나지 않았는데, 하도 어슴프레해서 햇빛도 달빛 같았다. 그밖의 모든 것은 안개요, 장기, 불투명, 암흑이었다. 장 발장은 배가 고프고 목이 말랐다. 특히 목이 말랐는데, 거기는 바다처럼 마실 수 없는 물이 가득한 곳이다. 그의 힘은, 다 알다시피, 놀라운 것이었고, 그의 순결하고 검소한 생활 덕분에, 나이를 먹어도 아주 조금밖에 줄어들지 않았지만, 그런데도 불구하고 약해지기 시작하고 있었다. 그에게 피로가 오고, 그래서 힘이 빠져 짐의 무게가 더 커져 갔다. 어쩌면 죽었을지도 모를 마리우스는 목숨이 없는 육체처럼 무겁게 느껴졌다. 장 발장은 그의 가슴이 답답하지 않도록, 그리고 되도록 숨을 잘 쉴 수 있도록 그를 떠받치고 있었다. 그는 다리 사이로 쥐들이 재빨리 지나가는 것을 느꼈다. 그들 중 한 녀석은 그를 물 정도로 놀랐다. 때때로 하수도 입구의 홈통 뚜껑에서 서늘한 바람이 들어와서 그의 기운을 돋워 주었다.

그가 순환 하수도에 도착한 것은 아마 오후 3시나 되었을 것이다.

그는 처음에 그렇게 갑자기 넓어진 데 놀랐다. 그는 뻗친 팔이 양쪽 벽에 전혀 닿지 않는 복도에, 그리고 머리가 닿지 않는 궁륭 아래에 갑자기 와 있었다. 사실 그 '대하수도'는 폭이 7자에 높이가 8자였다.

몽마르트르 하수도가 '대하수도'와 합쳐지는 지점에는, 다른 두 개의 지하 복도, 즉 프로방스 거리의 복도와 도살장의 복도가 와서 네거리를 만들고 있다. 이 네 갈래 길 앞에서 덜 영리한 자라면 결정을 내리지 못했을 것이다. 장 발장은 가장 넓은 길을, 즉 순환 하수도를 택했다. 그러나 여기에 다시 문제가 생겼다. 내려갈 것인가, 아니면 올라갈 것인가? 상황이 긴박했고, 어떤 위험을 무릅쓰더라도 이제는 센 강으로 나가야 되겠다고 그는 생각했다. 바꾸어 말하면, 내려갈 것. 그는 왼편으로 돌았다.

그가 그렇게 한 것은 다행이었다. 왜냐하면 순환 하수도가, 하나는 베르시 쪽으로, 또 하나는 파시 쪽으로, 그렇게 두 개의 출구가 있다고 생각한다면, 그리고 그것이, 그 이름이 가리키듯, 센 강 우안의 파리 지하 순환 하수도라고 생각한다면, 그것은 잘못일 것이다. '대하수도'는 옛날의 메닐몽탕 개천과 다른 것이 아니라는 걸 잊지 말아야 하는데, 그것을 거슬러 올라가면, 그것은 하나의 막다른 골목에 도달한다. 다시 말해서 메닐몽탕 언덕 기슭에 있는, 그의 원천인 그의 출발점에 도달한다. 그것은 포팽쿠르 구역으로부터 오는 파리의 물을 모아서, 옛날의 루비에 섬의 위쪽에서 아믈로 하수도로 센 강에 흘러 들어오는 지관과는 전혀 직접적인 관계가 없다. 하수도 간선을 완성시키고 있는 그 지관은, 메닐몽탕 거리 밑에서조차도, 상하류로 물을 분리시키는 지점임을 나타내는 산괴(山塊)에 의해 '대하수도'와 떨어져 있다. 만약 장 발장이 복도를 올라갔다면, 무진 애를 쓴 뒤에, 극도로 피로하고, 기진맥진하여, 암흑 속에서 하나의 벽에 도달했을 것이다. 그는 끝장이 났을 것이다.

부득이한 경우에는, 오던 길로 조금 되돌아오고, 부슈라 네거리 지하에서 주저하지 않는다는 조건 아래, 뢰유 뒤 칼베르으로, 복도로 들어가고, 생 루이 복도로 가고, 그런 다음에 왼쪽으로, 생 질 도관으로 들어가고, 그런 다음 오른쪽으로 돌아 생 세바스티앵의 복도를 피하면, 그는 아믈로 하수도에 도달할 수 있었을 것이고, 바스티유 아래 있는 F 자 형의 복도에서 전혀 길을 잃지 않으면 병기창 근처의 센 강 쪽 출구에 도달할 수 있었을 것이다. 하지만 그러기 위해서는, 거대한 녹석(綠石) 같은 하수도를 철저하게, 그리고 그의 모든 분선(分線)들과 그의 모든 통로들에서 알았어야 했을 것이다. 그런데, 이 점을 강조해 두어야겠는데, 장 발장은 자기가 가고 있는 그 무시무시한 오물 처리장에 대해서는 아무것도 모르고 있었다. 그리고 만약 누가 그에게 그가 무엇 속에 있느냐고 물었다면, 그는 어둠 속에 있다고 대답했을 것이다.

그의 직감은 그에게 크게 도움이 되었다. 내려가는 것, 그것은 사실 구원이 가능한 길이었다.

그는 라피트 거리와 생 조르주 거리 밑에서 독수리의 발톱 모양으로 갈라지는 두 복도와 앙탱의 차도에서 쌍갈래 진 긴 복도를 오른편에 두고 갔다.

필시 마들렌의 지관인 듯한 지류의 조금 저쪽에서 그는 걸음을 멈추었다. 그는 대단히 피곤했다. 아마도 앙즈 거리의 들창이겠지만, 꽤 넓은 채광 환기창으로 제법 강한 빛이 들어오고 있었다. 장 발장은 부상한 형제를 대하듯이 다정스러운 동작으로 마리우스를 하수도의 턱 위에 내려놓았다. 마리우스의 피 묻은 얼굴은 채광 환기창의 희멀건 빛 아래서 마치 무덤 밑바닥에 있는 것처럼 보였다. 그의 눈은 감겨 있고, 머리털은 붉은 물감 속에서 마른 화필처럼 관자놀이에 붙어 있고, 두 손은 죽은 듯이 늘어져 있고, 사지는 싸늘하고, 입아귀에는 피가 엉겨 있었다. 핏덩이가 넥타이 매듭에 붙어 있고, 셔츠 자락이 상처 속에 들어가 있고, 생살이 널따랗게 벌어진 벤 자리를 의복의 천이 문지르고 있었다. 장 발장이 손가락 끝으로 옷을 헤치고, 그의 가슴에 손을 얹었다. 심장은 아직 뛰고 있었다. 장 발장은 자기 셔츠를 찢어서, 최선을 다해 상처를 묶어 출혈을 막았다. 그런 뒤에 그 어둠침침한 곳에서, 여전히 의식이 없고 거의 숨도 안 쉬는 마리우스 위에 몸을 구부리고, 말로 표현할 수 없는 증오심을 가지고 그를 바라보았다.

마리우스의 옷을 헤치면서, 그는 그의 호주머니들에서 두 가지 물건을 발견했다. 그 전날부터 거기에 두고 잊었던 빵 한 조각과 마리우스의 지갑이었다. 그는 빵을 먹고 지갑을 열었다. 그는 첫 페이지에, 마리우스가 써 놓은 몇 줄의 글을 발견했다. 독자는 그걸 기억한다.

나는 마리우스 퐁메르시라는 사람이오. 나의 시체를 마레의 피유 뒤 칼베르 거리 6번지에 거주하는 나의 할아버지 질노르망 씨에게 보내 주시오.

장 발장은 채광 환기창의 빛에 비춰 그 몇 줄을 읽고, 잠시 무슨 생각에 몰두한 것처럼 있다가, 나직한 목소리로 되풀이했다. "피유 뒤 칼베르 거리 6번지, 질노르망 씨라." 그는 지갑을 마리우스의 호주머니에 도로 넣었다. 먹고 나니, 그는 다시 기운이 났다. 그는 마리우스를 다시 등에 업고, 그의 머리를 조심스럽게 자기 오른쪽 어깨에 기대게 하고, 다시 하수도를 걸어 내려가기 시작했다.

메닐몽탕 계곡의 계선(谿線)을 따라가고 있는 '대하수도'의 길이는 근 20리에 달한다. 그 물줄기의 중요한 부분에는 포석이 깔려 있었다.

내가 독자를 위해 장 발장의 지하의 행진을 밝히고 있는 그 파리의 거리들 이름의 횃불, 장 발장은 그것을 가지고 있지 않았다. 그가 도시의 어떤 지대를 지나가고 있는지, 어떤 길을 걸어왔었는지 그에게 말해 주는 것은 아무것도 없었다. 다만 그가 때때로 만나는 미광(微光)의 웅덩이들이 줄곧 희미해져 가는 것을 보고 그는 햇빛이 포도에서 물러가고 있고 해가 지는데 오랜 시간이 걸리지 않으리라는 것을 알 수 있었다. 그리고 머리 위의 마차들의 굴러가는 소리가 연속적이던 것이 단속적으로 되고, 이어서 거의 그쳐 버렸기 때문에, 그는 자기가 더 이상 파리의 중심 밑에 있지 않고, 변두리의 가로수 길이나 강둑 끝에 가까운 어떤 적적한 지역에 다가가고 있다고 결론지었다. 집과 거리 들이 더 적은 곳에서는 하수도의 채광 환기창들도 더 적다. 어둠이 장 발장의 주위에서 짙어 가고 있었다. 그래도 그는 어둠 속을 더듬으면서 전진하기를 계속했다.

　그 어둠이 갑자기 혹심해졌다.

5. 모래도 여자처럼 배신한다

　그는 자기가 물속으로 들어가고 있고, 발밑은 더 이상 포석이 아니고 진흙이라는 걸 느꼈다.

　브르타뉴나 스코틀랜드의 어떤 해변들에서는, 어떤 사람이, 여행자나 어부가 썰물 때 바닷가의 먼 모래밭을 걷고 있다가, 몇 분 전부터 어쩐지 걸어가는데 힘이 드는 것을 갑자기 깨닫는 수가 때때로 있다. 해변은 그의 발밑에서 송진 같고, 발바닥이 거기에 붙는다. 그것은 더 이상 모래가 아니고 끈끈이다. 모래사장은 완전히 건조하지만, 걸음을 걸을 때마다, 발을 올리자마자 그가 남기는 발자국에 물이 잔뜩 괸다. 그런데 눈은 아무런 변화도 알아차리지 못했다. 넓디넓은 모래밭은 편편하고 고요하고, 모래는 다 똑같은 모습이고, 단단한 땅과 더 이상 그렇지 않은 땅을 구별해 주는 것은 아무것도 없다. 작고 즐거운 바다 진디 떼가 지나가는 사람의 발 위에서 시끄럽게 뛰기를 계속한다. 사람은 제 길을 따라가고, 앞으로 가고, 육지를 향해 가고, 해변에 접근하려고 애쓴다. 그는 불안하지 않다. 무엇이 불안하겠는가? 다만 그가 한 걸음씩 걸을 때마다 마치 발의 무게가 증가해 가는 것처럼 무엇인가를 느낀다. 갑자기 그는 빠진다. 두세 치 빠진다. 아무리 생각해도 그는 좋은 길에 있지 않다. 그는 방향을 결정하기 위해 걸음을 멈춘다. 갑자기 그는 자기의 발을 본다. 그의 발은 사라졌다. 모래가 발을 덮고 있다. 그는 모래에서 발을 빼고, 되돌아가고자 하고, 뒤로 돌아간다. 그는 더 깊이 빠진다. 모래가 그의 복사뼈에 온다. 그는 거기서 빠져나오고 왼쪽으로 내딛는데, 모래가 그의 종아리 중간까지 온다. 그는 오른쪽으로 내딛는데, 모래가 오금까지 온다. 그때야 그는 자기가 유사(流砂) 속에 빠졌다는 것을, 그리고 물고기가 거기서 헤엄칠 수 없는 것보다도 더 사람이 걸어갈 수 없는 무시무시한 환경이 자기 아래에 있다는 것을 확인하고 형용할 수 없는 공포에 사로잡힌다. 그는 짐이 있으면 짐을 내던지고, 조난선처럼 가벼워진다. 그러나 이미 때는 늦었다. 모래가 무릎 위까지 와 있다.

그는 사람을 부르고, 모자나 손수건을 흔드는데, 모래는 더욱더 그에게 밀려온다. 만약 모래밭에 사람이 없으면, 만약 육지가 너무 멀면, 만약 모래톱이 너무 질이 나쁘면, 만약 근처에 용감한 사람이 없으면, 끝장이다. 그는 그냥 빠져 들어갈 수밖에 없게 된다. 그는 무시무시한 매장을 당할 수밖에 없게 된다. 오래 걸리고, 틀림없고, 무자비하고, 시간을 늦출 수도 서두를 수도 없고, 몇 시간이고 지속되고, 한없이 계속되고, 살아 있고, 자유롭고, 아주 건강한 사람에게 느닷없이 닥쳐오고, 사람의 발을 끌어당기고, 노력을 하면 할수록, 소리를 지르면 지를수록, 사람을 조금 더 아래로 끌어가고, 저항을 하면 할수록 그것을 벌하려는 듯이 더 꽉 조르고, 사람에게 수평선을, 나무들을, 푸른 벌판들을, 평야에 있는 마을들의 연기를, 바다에 떠 있는 배들의 돛을, 날며 지저귀는 새들을, 태양을, 하늘을 볼 시간을 충분히 주면서 그를 서서히 땅속으로 돌아가게 하는, 그러한 무시무시한 매장을. 매몰, 그것은 밀물이 되어 살아 있는 사람을 향해 땅 밑바닥에서 올라오는 무덤이다. 매 순간이 가혹한 매장이다. 가련한 사나이는 앉고, 눕고, 기어 보려고 하지만, 그가 하는 모든 동작은 그를 매장한다. 그는 다시 몸을 일으켜 세우지만, 빠진다. 그는 삼켜지는 것을 느끼고, 애원하고, 구름에 호소하고, 팔을 꼬고, 절망한다. 이제 배까지 모래 속에 빠져 든다. 모래가 가슴까지 올라온다. 그는 이제 반신상에 불과하다. 그는 두 손을 올리고, 미친 듯이 비명을 지르고, 손톱으로 모래밭을 긁어 뜯고, 그 재 같은 것에 매달리려 하고, 그 반신상의 무른 받침에서 벗어나려고 양쪽 팔꿈치로 짚고, 미친 듯이 흐느낀다. 모래가 올라온다. 모래는 어깨까지 온다. 모래는 목까지 온다. 지금은 얼굴만이 보인다. 입은 외치고, 모래는 입을 가득 채운다. 소리도 못 지른다. 눈은 아직도 보는데 모래가 눈을 덮는다. 암흑이다. 이어서 이마가 줄어들고, 약간의 머리털이 모래 위에서 흔들린다, 손 하나가 나와서 모래밭 표면을 뚫고, 움직이고 흔들리고, 그러다가 사라진다. 한 사나이의 불행한 소멸이다.

때로는 말 탄 사람이 말과 함께 매몰된다. 때로는 짐수레꾼이 짐수레와 함께 매몰된다. 모든 것이 모래밭 밑으로 침몰한다. 그것은 물속 아닌 다른 곳에서의 파선이다. 그것은 땅이 사람을 익사시키는 것이다. 땅이 대양에 젖어 함정이 된다. 땅이 평원처럼 나타나 바다처럼 열린다. 깊은 구렁은 그렇게 사람을 배반하는 수가 있다.

이런 비통한 사건은 이러이러한 해변에서는 언제나 가능한데, 삼십 년 전 파리의 하수도에서도 역시 가능했다.

1833년에 시작된 대공사 이전에, 파리의 지하도에선 돌발적인 매몰이 흔히 있었다.

물이 유난히 부스러지기 쉬운 어떤 하층 지면에 스며들고 있었다. 역홍예는, 그것이 오래된 하수도들에서처럼 포석이 깔려 있든, 새 지하도들에서처럼 콘크리트 위에 굳혀 놓은 수경석회든 간에, 더 이상 받쳐 주는 것이 없으므로 휘고 있었다. 이런 종류의 바닥에 생긴 주름, 그것은 곧 균열이고, 균열은 곧 붕괴다. 역홍예는 상당한 길이에 걸쳐서 무너져 가고 있었다. 진창 구렁의 간극인 이 균열을 전문용어로 '함몰 구덩이'라고 불렀다. 함몰이란 무엇인가? 그것은 땅 밑에서 갑자기 만나는 해변의 유사(流砂)다. 그것은 하수도 속의 생 미셸산의 모래톱이다. 물에 적셔진 땅은 용해돼 있는 것 같고, 그 모든 분자들은 무른 매질(媒質) 속에서 정지되어 있다. 그것은 흙도 아니고 물도 아니다. 그 깊이가 때로는 매우 크다. 이런 것과 만나는 것보다도 더 무서운 것은 아무것도 없다. 만약 물이 많으면, 죽음이 빠르고, 삼켜져 버린다. 만약 흙이 많으면, 죽음은 느리고, 매몰된다.

이러한 죽음을 상상해 보는가? 매몰이 바다의 모래톱에서 무시무시하다면, 시궁창에서는 그게 어떻겠는가? 대기와 넘치는 빛, 훤한 대낮, 그 밝은 수평선, 그 광대한 소음, 생명의 비를 내려 주는 그 자유로운 구름, 멀리 보이는 그 작은 배들, 온갖 형태를 한 그 희망, 올 수도 있을 통행인들, 최후의 순간까지 있을 수 있는 구조, 이 모든 것 대신에, 귀가 들리지 않고, 눈이 보이지 않는 어두운 궁륭, 이미 만들어져 있는 무덤 속, 덮개 아래 진흙 속에서의 죽음, 쓰레기로 인해 서서히 다가오는 숨막힘, 질식이 진흙탕 속에서 그의 발톱을 열고 사람의 목을 조르는 돌 상자, 헐떡임에 섞여드는 악취, 모래톱 대신에 진흙, 태풍 대신에 황화수소, 대양 대신에 오물! 그리고 사람을 부르고, 그리고 이를 갈고, 그리고 몸을 비틀고, 그리고 몸부림치고, 그리고 죽어 간다, 그런 줄은 아무것도 모르고 있고, 자기 머리 위에 있는 그 거대한 도시 속에서.

그렇게 죽는 것은 말로 표현할 수 없는 처참함! 죽음은 때때로 어떤 무서운 위엄에 의해 그의 잔인성을 보상한다. 화형에서, 파선에서, 사람은 위대할 수 있다. 물거품 속에서처럼 불길 속에서 숭고한 태도는 가능하다. 사람은 그 속에서 파멸하면서 그 속에서 변모한다. 그러나 여기서는 천만에. 죽음은 더럽다. 숨을 거두는 것은 굴욕적이다. 떠 있는 최후의 모습들은 추악하다. 진창은 수치와 동의어다. 그것은 시시하고, 추하고, 천하다. 클레어런스처럼 달콤한 포도주 통에 빠져 죽는 것은 좋다. 그러나 에스쿠블로처럼 도로 청소부의 구덩이에서 죽는 것은 끔찍하다. 그 속에서 몸부림치는 것은 보기 흉하다. 사람은 죽어 가는 동시에 진창 속을 걸어간다. 그것이 지옥이기에 충분할 만큼 암흑이 있고, 그것이 진수렁밖에 아니기에 충분할 만큼 진창이 있다. 그리고 죽어 가는 사람은 자기가 도깨비가 되려는지 아니면 두꺼비가 되려는지도 모른다.

어디고 다른 데서는 무덤이 음산하지만, 여기에서는 보기 흉하다.

함몰 구덩이의 깊이는 일정하지 않고, 그 길이와 밀도는 하층토의 질이 더 좋고 더 나쁘고에 따라서 다르다. 함몰 구덩이는 때로 서너 자가 되고, 때로 8자나 10자가 된다. 어떤 때는 바닥을 볼 수 없었다. 진흙이 여기서는 거의 단단하고, 저기서는 거의 액체다. 뤼니에르의 함몰에서는 사람 하나가 가라앉는데 하루가 걸렸을 것이나, 반면 펠리포의 진수렁에서는 오분 동안에 삼켜져 버렸을 것이다. 진흙 밀도의 다소에 따라서 그 지탱하는 힘에 다소의 차이가 난다. 어른이 빠져 죽는 곳에서 어린애는 살아나온다. 살아나는 첫째 조건, 그것은 짐을 다 버리는 것이다. 자기의 연장 보따리나 등에 지는 채롱 또는 반죽통을 던지는 것, 그것이 자기 발밑의 땅이 약해지는 것을 느끼는 하수도 청소부가 누구나 다 맨 먼저 시작하는 일이다.

함몰 구덩이는 여러 가지 원인이 있었다. 부서지기 쉬운 땅, 사람의 손이 미치지 않는 깊은 곳에서의 어떤 낙반, 여름의 격렬한 소나기, 겨울의 끊일 줄 모르는 소나기, 오랜 가랑비 등.
간혹 이회암질(泥灰岩質)이나 모래질의 지면 근처에 세워진
집들의 무게로 지하 복도의 궁륭이 눌려서 휘거나, 또는 역홍
예가 그 짓누르는 압력 아래 터지고 깨지는 수도 있다. 1세기
전에 팡테옹의 지반이 내려앉아서, 생트 주느비에브 산의 하
수도관 일부분을 막아 버렸다. 집들의 압력 아래 하수도가 무
너질 때, 그 사고는, 어떤 경우들에서는, 그 위의 거리에서 포
석들 사이가 톱니처럼 벌어지는 것으로 나타나고 있었다. 이
갈라진 틈이 균열이 간 궁륭의 전체 길이에 걸쳐서 꾸불꾸불
한 선으로 길게 펼쳐지고 있었고, 그럴 때면 그 상해가 눈에
띄기 때문에, 보수가 신속할 수 있었다. 또한 내부의 침해가
외부에 아무런 흉터로도 나타나지 않는 수도 흔히 있었다. 그
런데 그러한 경우에 불행한 것은 하수도 청소부들이었다. 밑
이 빠진 하수도에 함부로 들어갔다가 거기서 그들은 빠져 죽
을 수도 있었다. 옛날 기록에 그렇게 함몰 속에 매몰된 몇몇
인부들이 언급되어 있다. 기록은 여러 사람들의 이름을 들고
있다. 그중에서도 특히 카렘 프르낭 거리의 양지바른 곳 아래
의 붕괴 속에 매몰된 블레즈 푸트랭이란 하수도 청소부의 이
름이 있다. 이 블레즈 푸트랭은 니콜라 푸트랭의 형제였는데,
이 사람은 1785년에 이노상* 시체 구덩이라고 불리는 묘지의
최후의 무덤 구덩이 파는 인부였으며, 이 무렵에 그 묘지는 폐

---

* Innocents. Massacre des Innocents, 즉 유아 학살은 헤롯 왕이 예수의 탄생
을 두려워하여 두 살 이하의 모든 유아들을 학살한 일을 이른다.

지되었다.

또한 그중에는 내가 아까 말한 그 젊은 멋쟁이 자작 에스쿠블로도 있었는데, 이 사람은 비단 양말을 신고, 바이올린을 머리 높이 쳐들고 습격을 한 레리다 포위전의 용사 중 하나였다. 에스쿠블로는 어느 날 밤 그의 사촌인 수르디 공작 부인 집에서 갑자기 들켜, 공작을 피하려고 피난한 보트레이 하수도의 웅덩이 속에 빠져 죽었다. 수르디 부인은 이 죽음의 이야기를 들었을 때, 약병을 가져오게 하여 많은 각성제를 들이마신 나머지 우는 것을 잊어버렸다. 이러한 경우에, 오래 가는 사랑은 없다. 시궁창이 사랑을 꺼 버린다. 헤로는 레앙드르의 시체 씻기를 거부한다. 티스베는 피람 앞에서 코를 막고, "푸!" 하고 말한다.

6. 함몰 구덩이

장 발장은 하나의 함몰 구덩이 앞에 와 있었다.

그런 종류의 붕괴는 당시 샹젤리제의 하층토에서 자주 있었는데, 이 하층토는 수중 공사에서 다루기가 힘들고, 극도의 유동성 때문에 지하 건축물의 보존이 어려웠다. 이 유동성은 생 조르주 구역 모래의 불안정성을 능가하고, 마르티르 구역의 가스에 오염된 점토층을 능가하는데, 생 조르주 구역의 모래는 콘크리트 기초 공사에 의해서밖에 극복되지 못했고, 마르티르 구역의 점토층은 하도 유동적이어서 통로가 무쇠 관을 사용해서밖에 마르티르의 복도 밑에 뚫릴 수 없었다. 1836년에, 우리가 지금 장 발장이 들어간 것을 보는 그 낡은 석조 하수도를 개축하기 위해, 생 토노레 문밖 밑에서 그것을 파괴했을 때, 샹젤리제에서 센 강까지의 하층토 유사가 몹시 방해가 되어서, 공사가 육 개월 가까이 걸려 강 연안의 주민들, 특히 저택과 마차를 가진 강 연안 주민들의 원성을 샀다. 공사는 어렵기만 하지 않았다. 그것은 위험했다. 넉 달 반이나 비가 왔고 세 번이나 센 강이 범람한 것은 사실이다.

장 발장이 만난 함몰 구덩이는 그 전날의 소나기가 원인이었다. 밑에 깔려 있는 모래로 잘 지탱되지 못한 포석 바닥이 휘어서 빗물의 막힘을 빚어냈다. 물이 스며들었고, 붕괴가 뒤따랐다. 역홍예가 무너져, 진흙 속에 주저앉았었다. 얼마의 길이에 걸쳐서? 그것은 말할 수 없다. 어둠은 거기서 다른 어느 곳보다 짙었다. 그것은 암야의 동굴 속의 진창 구멍이었다.

장 발장은 발밑에서 포석 바닥이 무너지는 것을 느꼈다. 그는 그 진흙탕 속으로 들어갔다. 표면은 물이고, 바닥은 진흙이었다. 꼭 지나가야만 했다. 되돌아가는 것은 불가능했다. 마리우스는 숨져 가고 있었고, 장 발장은 기진맥진해 있었다. 하지만 어디로 갈 것인가? 장 발장은 전진했다. 그런데 물구덩이는 첫 걸음엔 별로 깊지 않은 것 같았다. 그러나 전진함에 따라 발이 빠져 들어갔다. 곧 진흙이 종아리 중간까지 왔고, 물은 무릎보다도 높아졌다. 그는 두 팔로 마리우스를 되도록 물위에 높이 올리면서 걸어갔다. 진흙은 이제 오금까지 왔고, 물은 허리띠까지 왔다. 그는 이미 물러갈 수는 없었다. 그는 더욱더 빠져 들어갔다. 그 진흙이 한 사람의 무게를 지탱하기에는 충분히 단단했지만, 분명히 두 사람을 지탱할 수는 없었다. 마리우스와 장 발장은 따로따로라면, 요행히 난관을 벗어날 수 있었을 것이다. 장 발장은 아마 시체일지도 모를 그 죽어 가는 사람을 받치고 전진을 계속했다.

물이 그의 겨드랑이까지 왔다. 그는 가라앉는 것을 느꼈다. 그가 있는 깊은 진창에서 그는 간신히 움직일 수 있었다. 받쳐 주는 진흙의 밀도도 역시 장애였다. 그는 여전히 마리우스를 들어 올리고, 비상한 힘을 써서 전진했다. 그러나 그는 계속 빠져 들어가고 있었다. 물 밖으로 나와 있는 것은 그의 머리와 마리우스를 받치고 있는 두 팔뿐이었다. 옛날의 홍수 그림들에는 자기 아이를 그렇게 하고 있는 어머니가 있다.

그는 더욱 빠져 들었고, 물을 피해 숨을 쉴 수 있기 위해 얼굴을 뒤로 젖혔는데, 그 암흑 속에서 그를 본 사람은 어둠 위에 떠 있는 가면을 보는 것 같았을 것이다. 그는 자기 위에 마리우스의 축 늘어진 머리와 창백한 얼굴을 어렴풋이 보고 있었다. 그는 절망적인 노력을 하고, 발을 앞으로 내디뎠다. 그의 발이 뭔지 알 수 없는 단단한 것에 부딪쳤다. 하나의 발판. 때마침 잘됐다.

그는 몸을 일으키고 몸을 비틀고 미친 듯이 그 거점에 뿌리를 박았다. 그것이 그에겐 생명으로 올라가는 계단의 첫 단같이 느껴졌다.

최후의 순간에 진흙 속에서 만난 그 거점은 역홍예의 다른 비탈의 시작이었는데, 이 역홍예는 휘었지만 깨지지는 않았고 판대기처럼 그리고 단 하나의 덩어리로 된 것처럼 물밑에서 구부러져 있었다. 잘 건축된 포장 공사는 궁륭형을 이루고 있어도 그렇게 견고할 수 있다. 역홍예의 그 부분은 일부가 물속에 잠겨 있었지만, 튼튼하고, 진짜의 비탈길이어서, 일단 그 비탈길 위에 있으면 살아난 것이다. 장 발장은 그 경사면에 올라가 물구덩이의 다른 쪽에 도달했다.

그는 물에서 나오다가 돌 하나에 부딪쳐 넘어져서 무릎을 꿇었다. 그는 그것을 당연하다고 생각하고, 잠시 거기에 그대로 있었다. 마음속으로 신에게 뭔지 알 수 없는 말을 하면서.

그는 다시 몸을 일으켜 세웠다. 떨면서, 얼어 가지고, 고약한 냄새를 풍기고, 그가 끌고 가는 그 빈사자 아래 몸을 구부리고, 흙탕 물을 뚝뚝 떨어뜨리면서, 마음은 이상한 빛으로 가득 차서.

7. 이따금 상륙한다고 생각할 때 좌초한다

그는 다시 한 번 걷기 시작했다.

그런데, 함몰 구덩이에 목숨을 두고 오지는 않았지만, 그는 거기에 힘을 두고 온 것 같았다. 그 극도의 노력에 그는 기진맥진했었다. 피로가 이제 하도 심해서, 그는 서너 걸음 걸을 때마다 숨을 돌리지 않을 수 없었고, 벽에 기대곤 했다. 한 번은 마리우스의 위치를 바꾸기 위해 하수도의 턱에 앉아야만 했는데, 거기에서 떠나지 못할 것 같았다. 그러나 그의 힘은 다 빠졌지만, 그의 정력은 전혀 그렇지 않았다. 그는 다시 일어섰다.

그는 죽을 힘을 다해 걸었다. 거의 빠른 걸음으로, 고개도 들지 않고, 거의 숨도 쉬지 않고, 그렇게 100보쯤 걸었는데, 갑자기 벽에 부딪쳤다. 그는 하수도의 한 모퉁이에 도달했었는데, 머리를 숙이고 커브에 도착했을 때 벽을 만났었다. 그는 눈을 들었고, 지하도 끝에, 저기 그의 앞에, 멀리, 아주 멀리, 빛이 한 줄기 보였다. 이번에는 무서운 빛이 아니었다. 그것은 좋은 흰 빛이었다. 그것은 햇빛이었다.

장 발장은 출구를 보고 있었다.

업화(業火) 속에서 돌연 지옥의 출구를 보는 영벌 받은 영혼이라면 장 발장이 느낀 것을 느낄 것이다. 그 영혼은 불에 탄 날개의 나머지를 가지고 빛나는 문을 향해 미친 듯이 날아갈 것이다. 장 발장은 더 이상 피로를 느끼지 않았고, 더 이상 마리우스의 무게를 느끼지 않았으며, 그의 강철 같은 오금을 되찾고, 걷는다기보다는 뛰었다. 그가 다가감에 따라서 출구가 더욱더 뚜렷이 나타났다. 그것은 아치 모양의 홍예인데, 점점 축소되어 가는 궁릉보다 덜 높고, 궁릉이 낮아지는 동시에 좁아져 가는 복도보다도 덜 넓었다. 터널은 깔때기 속처럼 끝나고 있었다. 그렇게 이상하게 좁아진 것은 형무소들의 쪽문을 모방한 것으로, 감옥에서는 합리적이지만, 하수도에서는 불합리한 것으로, 후에 고쳐졌다.

장 발장은 출구에 도달했다.

거기서 그는 걸음을 멈추었다.

그것은 확실히 출구였으나, 나갈 수가 없었다.

홍예문은 튼튼한 쇠 격자문으로 닫혀 있었는데, 이 쇠 격자문은, 십중팔구, 산화한 돌쩌귀 위에서 좀처럼 돌지 않고 있는 것 같았고, 돌 문틀에 두툼한 자물쇠로 고정되어 있었는데, 이 자물쇠는 붉게 녹이 슬어 커다란 벽돌처럼 보였다. 열쇠구멍이 보였고, 튼튼한 자물쇠의 빗장이 쇠 자물쇠 판에 깊이 박혀 있는 것이 보였다. 자물쇠는 명백히 이중으로 잠겨 있었다. 그것은 옛날 파리에서 흔히 사용되던 그 감옥 자물쇠의 하나였다.

쇠 격자문 너머에는, 대기와 강, 햇빛, 매우 좁은, 그러나 가기에는 충분한 둑, 먼 강변들, 사람들이 그렇게도 쉽사리 몸을 감추는 그 구렁 파리, 널따란 지평, 자유. 오른편에, 하류에는 이에나 다리가, 왼편에, 상류에는 앵발리드 다리가 뚜렷이 보이고 있었다. 밤을 기다려 도망하기에 좋은 장소였을 것이다. 그것은 파리의 가장 한적한 지점 중 하나였다. 그로 카유 맞은편의 둑. 유람선들이 쇠 격자문의 문살 너머로 드나들고 있었다.

저녁 8시 30분쯤 되었으리라. 해가 지고 있었다.

장 발장은 마리우스를 역홍예의 건조한 부분 위 벽에 기대어 내려놓고 나서, 쇠 격자문으로 걸어가, 두 주먹으로 문살을 꽉 잡았다. 미친 듯이 흔들었지만, 끄떡도 하지 않았다. 쇠 격자문은 움직이지 않았다. 장 발장은 문살을 하나씩 하나씩 잡고, 가장 덜 견고한 것을 뽑아서 그것을 지렛대 삼아 문을 올리거나 자물쇠를 부술 수 있기를 바랐다. 어느 문살도 움직이지 않았다. 호랑이의 이빨들도 그 치조(齒槽)들에서 그보다 더 견고하지는 않을 것이다. 지렛대가 없다. 지레로 밀 수가 없다. 장애는 극복할 수 없었다. 문을 열 아무런 방법도 없었다.

그럼 그만두어야 하는가? 어떻게 할까? 어떻게 될까? 되돌아갈 것. 이미 지나온 무시무시한 도정을 다시 시작할 것. 그는 그럴 힘이 없었다. 더구나 기적적으로밖에 빠져나오지 못했던 그 물구덩이를 어떻게 다시 건너갈 수 있겠는가? 그 물구덩이 다음에는 그 경찰 순찰대가 있지 않았는가? 확실히, 두 번이나 그들에게서 벗어나지는 못하리라. 그리고 또, 어디로 갈 것인가? 어느 방향을 취할 것인가? 비탈을 따라가자니, 그것은 목적지로 가는 것이 전혀 아니었다. 다른 출구에 도착한들, 거기도 뚜껑이나 쇠 격자문으로 막혀 있을 것이다. 모든 출구가 그렇게 닫혀 있을 것은 의심할 여지가 없었다. 그가 들어왔던 쇠 격자문은 우연히도 떼어져 있었지만, 분명히 하수도의 다른 모든 구멍들은 닫혀 있었을 것이다. 하나의 감옥 속으로 탈주하는 데밖에 성공하지 못했을 것이다.

일은 끝났다. 장 발장이 했었던 모든 일은 수포로 돌아갔다. 신이 받아들이지 않고 있었다.

그들은 둘 다 죽음의 암담하고 거대한 거미줄에 사로잡혀 있었고, 장 발장은 암흑 속에서 떨고 있는 그 검은 줄들 위에서 무시무시한 거미가 뛰고 있는 것을 느꼈다.

그는 쇠 격자문에서 등을 돌리고, 여전히 움직이지 않고 있는 마리우스 옆에, 포석 바닥 위에 털썩 주저앉았는데, 앉았다기보다는 오히려 쓰러져서, 머리를 두 무릎 사이에 푹 박았다. 출구가 없었다. 그것은 고뇌의 마지막 순간이었다.

이 심각한 낙심 속에서 그는 누구를 생각하고 있었는가? 자기 자신도 아니고, 마리우스도 아니었다. 그는 코제트를 생각하고 있었다.

8. 찢긴 옷자락

그렇게 한창 어리둥절하고 있던 판에, 손 하나가 그의 어깨 위에 놓이고, 한 목소리가 그에게 낮은 목소리로 말했다.

"둘이서 나눠 갖자."

그 어둠 속에 누가 있었을까? 절망처럼 꿈을 닮은 것은 아무것도 없다. 장 발장은 꿈을 꾸고 있는 것이라고 생각했다. 그는 전혀 발소리를 듣지 않았었다. 이럴 수 있었을까? 그는 눈을 들었다.

한 사나이가 그의 앞에 있었다.

이 사나이는 작업복을 입고 있었고, 맨발이었다. 그는 자기 신발을 왼손에 들고 있었다. 걷는 소리가 들리지 않고 장 발장에게까지 도달할 수 있도록 그는 분명히 그것을 벗었던 것이다.

장 발장은 한시도 주저하지 않았다. 아무리 뜻밖의 만남이었다 할지라도, 이 사나이는 그에게 알려져 있었다. 이 사나이는 테나르디에였다.

말하자면 펄쩍 잠에서 깨어난 셈이지만, 장 발장은 위급한 일에 익숙했고, 얼른 막아 내야 하는 예기치 않은 타격에도 단련이 되어 있었는지라, 그는 즉각 다시 제정신을 차렸다. 게다가 상황이 더 나빠질 수는 없고, 어떤 정도의 고뇌도 더 이상 커질 수 없었으며, 테나르디에 자신도 이 암흑을 더 어둡게 할 수는 없었다.

잠깐 기다리는 순간이 있었다.

테나르디에는 오른손을 자기 이마 높이에 올려, 그것으로 차양을 삼고, 그런 뒤 눈을 깜박거리면서 눈살을 찌푸렸는데, 그것은 입을 약간 내밀고, 상대방이 누군가를 알아보려고 하는 사람의 예민한 주의를 나타내는 특징적인 몸짓이다. 그는 거기에 전혀 성공하지 못했다. 장 발장은 아까 말했듯이, 햇빛에 등을 돌리고 있었고, 게다가 한낮에도 알아볼 수 없을 만큼 모습이 흉해지고, 진흙투성이가 되고, 피가 묻어 있었다. 반대로, 사실 희끄무레한 지하실의 빛이기는 했으나, 그 희끄무레한 빛 속에서도 확실한 쇠 격자문의 빛으로 마주 비쳐지고 있는 테나르디에는 장 발장의 눈에 그가 누구라는 것이 곧 명백해졌다. 이 조건들의 불균등은 이 이상한 대결에서 장 발장에게 어떤 이점을 확보해 주기에 충분했다. 이 만남은 베일을 쓴 장 발장과 가면을 벗은 테나르디에 사이에 일어나고 있었다.

장 발장은 테나르디에가 자기를 알아보지 못하고 있다는 것을 곧 알아차렸다.

그들은 그 어슴푸레한 빛 속에서, 서로 상대방을 재기라도 하듯이, 한동안 서로 관찰했다. 테나르디에가 먼저 침묵을 깼다.

"너는 어떻게 나갈 거야?"

장 발장은 대답하지 않았다.

테나르디에는 계속했다.

"문을 곁쇠질 해서 열 수는 없다. 그렇지만 너는 여기서 나가야겠지."

"그건 사실이야." 하고 장 발장은 말했다.

"그럼, 둘이서 나눠 갖자."

"그게 무슨 말이야?"

"넌 저 사람을 죽였다. 좋아. 나는 열쇠가 있다."

테나르디에는 손가락으로 마리우스를 가리켰다. 그는 계속했다.

"나는 너를 모르지만, 난 널 도와주고 싶다. 너는 친구가 될거야."

장 발장은 이해하기 시작했다. 테나르디에는 그를 살인자로 여기고 있었다.

테나르디에는 말을 이었다.

"내 말 들어, 친구. 너는 저 사람이 호주머니에 뭘 가지고 있는지 보지도 않고 죽이지도 않았다. 내게 내 몫으로 반을 달라. 내가 문을 열어 줄게."

그리고, 구멍투성이인 그의 작업복 밑에서 큼직한 열쇠 하나를 반쯤 꺼내면서 덧붙였다.

"자유를 주는 열쇠가 어떻게 생겼는지 보고 싶냐? 옛다."

장 발장은 "아연실색했다."* 이것은 늙은 코르네유의 말인데, 그는 자기가 보고 있는 것이 현실인지 의심할 정도였다. 그것은 무시무시하게 나타나는 하늘의 뜻이고, 테나르디에의 형상을 하고 땅에서 나오는 수호천사였다.

테나르디에는 작업복 밑에 가려진 큰 호주머니에 주먹을 쑤셔 넣고, 밧줄을 꺼내 장 발장에게 내밀었다.

---

* Corneille의 Cinna, V, I. Je demeure stupide.

"자," 하고 그는 말했다. "덤으로 이 밧줄도 주마."

"뭐하게, 밧줄은?"

"넌 또 돌도 필요하겠지만, 그건 밖에서 찾아내거라! 밖엔 돌부스러기가 얼마든지 있으니까."

"뭐하게, 돌은?"

"이런 바보 같으니. 넌 그 녀석을 강에 던질 테니, 돌과 밧줄이 필요해. 그런게 없으면 그게 물에 뜰 테니까."

장 발장은 그 밧줄을 받았다. 그렇게 기계적으로 받지 않는 사람은 아무도 없다.

테나르디에는 갑자기 무슨 생각이 난 것처럼 손가락들을 부딪쳐 소리를 냈다.

"아 참, 친구. 저기 물구덩이에서 어떻게 빠져나왔나? 나는 감히 하지 못했는데, 푸! 넌 좋은 냄새가 안 난다."

좀 쉬었다가 그는 덧붙였다.

"내가 여러 가지 물어보는데, 네가 대답하지 않는 건 옳은 일이야. 이건 십오륙 분 걸리는 불쾌한 예심(豫審)의 실습이니까. 그리고 또, 전혀 말을 하지 않으면, 너무 큰 소리로 말할 염려도 없지. 어쨌든 간에, 네 얼굴이 내게 안 보인다고 해서, 그리고 내가 네 이름을 모른다고 해서, 네가 어떤 사람인지, 그리고 네가 무슨 짓을 하려는지 내가 모른다고 생각하는 건 잘못이야. 뻔해. 너는 저 양반 것을 조금 훔쳤다. 이제 너는 그를 어디다 치워 버리고 싶어. 너는 강이 필요해. 위대한 바보짓거리의 은폐자인 강 말이야. 내가 너를 곤경에서 끌어내 주겠다. 궁지에 있는 착한 놈을 돕는 건 내 취향이니까."

장 발장이 입을 다물고 있는 것을 인정하면서도, 그는 분명히 그에게 말을 시키려고 애쓰고 있었다. 그는 그를 옆모습으로라도 보려고 애쓰면서 그의 어깨를 밀고, 여전히 여태까지의 중간음에서 벗어나지 않는 목소리로 외쳤다.

"그 웅덩이 말인데, 넌 대단한 놈이다. 왜 그 사람을 거기에 던져 버리지 않았나?"

장 발장은 침묵을 지켰다.

테나르디에는 그에게 넥타이 구실을 하고 있는 넝마 조각을 결후(結喉)까지 다시 올려 매면서 말을 이었는데, 그것은 성실한 사람이 할 수 있는 태도를 완전히 갖추는 몸짓이었다.

"결국, 네가 아마 현명하게 굴었는지도 몰라. 노동자들이 내일 구멍을 막으러 와서 틀림없이 거기에 파리 사람이 버려져 있는 것을 발견할 것이고, 그러면 연줄 연줄, 조금씩 조금씩, 네 자취를 바싹 쫓아서, 네게까지 올 수 있을 거야. 어떤 사람이 하수도를 통과했다. 그가 누구냐? 그가 어디로 나갔는가? 그가 나가는 걸 누가 봤는가? 경찰은 아주 머리가 좋거든. 하수도는 배반하고, 사람을 고발한다. 그런 발견은 드문 일이고, 그런 일은 사람들의 주의를 끄는데, 자기들의 일을 위해 하수도를 사용하는 사람들은 별로 없다. 그런 반면 강은 모든 사람들 것이다. 강은 진짜 무덤이야. 한 달 후면 생 클루의 그물에서 사람을 건져 낸다. 하지만 그게 무슨 소용이야? 그건 송장인걸, 뭐! 누가 그 사람을 죽였는가? 파리다. 그리고 경찰은 조사조차도 하지 않거든. 너는 잘한 거야."

테나르디에가 지껄이면 지껄일수록, 장 발장은 더 말이 없어졌다. 테나르디에는 다시 그의 어깨를 흔들었다.

"이제 일을 매듭짓자. 나눠 갖자고. 너는 내 열쇠를 봤으니, 네 돈을 내게 보여 줘."

테나르디에는 흉포하고, 야수적이고, 수상쩍고, 약간 위협적이었지만, 그래도 우호적이었다.

이상한 일이 하나 있었다. 테나르디에의 태도는 단순하지 않았다. 그는 마음이 아주 편한 것 같지 않았다. 그는 아무렇지도 않은 체하면서도 낮은 목소리로 말하고 있었고, 때때로 손가락을 입에 갖다 대고, 쉬! 하고 중얼거렸다. 왜 그러는지 짐작하기는 어려웠다. 거기에는 그들 두 사람밖에 아무도 없었다. 다른 악당들이 아마 어떤 구석에, 그다지 멀지 않은 곳에 숨어 있을지도 모르는데, 테나르디에는 그들과 나눌 생각이 없는 것이라고 장 발장은 생각했다.

테나르디에는 말을 이었다.

"끝내자. 이 파리 사람 호주머니에 얼마 있었나?"

장 발장은 자기 몸을 뒤졌다.

독자도 기억하겠지만, 언제나 돈을 몸에 지니고 있는 것이 그의 습관이었다. 온갖 수단을 다 쓰는 암담한 생활을 하도록 운명 지어져 있던 그는 그렇게 하는 것을 철칙으로 삼고 있었다. 그렇지만 이번에는 한 푼도 없었다. 그 전날 저녁, 국민병 제복을 입으면서, 침울한 생각에 빠져 있다가, 지갑을 가져오는 것을 잊었었다. 그는 조끼 주머니에 약간의 잔돈밖에 없었다. 그 액수가 30프랑쯤 되었다. 그는 진창에 흠뻑 적셔진 호주머니를 뒤집어서, 역홍예의 턱 위에, 루이 금화 한 닢과 5프랑짜리 은전 두 닢, 5, 6수의 큰 동전들을 늘어놓았다.

테나르디에는 뭔지 의미 있는 듯이 목을 꼬면서, 아랫입술을 내밀었다.

"많지도 않은 것 때문에 그를 죽였군."

그는 아주 허물없이 장 발장과 마리우스의 호주머니를 만져 보기 시작했다. 장 발장은 특히 햇빛에 등을 돌리는데 정신이 팔려서 그가 하는 대로 내버려 두었다. 테나르디에는 마리우스를 만지작거리면서, 요술쟁이 같은 민첩한 솜씨로 장 발장 모르게, 그의 옷자락 한 조각을 찢어서 자기 작업복 아래에 넣었는데, 그 조각이 훗날 살해된 사람과 살해자가 누구인가를 알아보는 데 도움이 되리라고 아마 그는 생각했을 것이다. 그는 그 30프랑밖에는 더 이상 아무것도 찾아내지 못했다.

"사실이군." 하고 그는 말했다. "둘이 합해서 다 이것밖엔 없군."

그리고 "둘이서 나눠 갖자."던 말은 잊고 그는 다 가졌다.

그는 그 큰 동전들 앞에서 좀 망설였다. 곰곰 생각한 뒤에, 그것도 역시 집어넣으면서 중얼거렸다.

"상관없다! 이건 너무 싸구려로 사람들을 찔러 죽이는 거야."

그렇게 하고 나서, 그는 작업복 밑에서 다시 열쇠를 꺼냈다.

"이제는, 친구, 너는 나가야 해, 여기는 장터 같아서, 나가면서 돈을 치른다. 너는 돈을 치렀으니, 나가라."

그러면서 그는 웃기 시작했다.

그가 모르는 사람에게 그 열쇠의 도움을 주고 자기 이외의 다른 사람을 그 문으로 나가게 한 것은 한 살인자를 구하겠다는 순수하고 사심 없는 의도에서였을까? 그 점에 관해서는 의심할 여지가 있다.

테나르디에는 장 발장이 마리우스를 다시 어깨에 메는 것을 도와주고, 그런 뒤에 맨발로 쇠 격자문 쪽으로 가면서, 장 발장에게 따라오라고 신호하고, 밖을 내다보고, 손가락을 입에 대고, 잠시 망설이듯 서 있다가, 밖을 살피고 나서, 열쇠를 자물쇠에 꽂았다. 자물쇠 빗장이 풀리고 문이 돌았다. 삐걱거리는 소리도, 덜거덕거리는 소리도 나지 않았다. 이런 일은 아주 부드럽게 이루어졌다. 분명히 이 쇠 격자문과 돌쩌귀에는 정성 들여 기름이 쳐져 있었고, 생각했던 것보다 더 자주 열렸던 것 같다. 그 부드러움이 끔찍했다. 거기에 밤손님들의 은밀한 왕래와 소리 없는 출입, 범죄의 잠행이 느껴졌다. 하수도는 분명히 어떤 알 수 없는 무리와 공모하고 있었다. 이 과묵한 쇠 격자문은 은닉자였다.

테나르디에는 문을 조금 열어, 장 발장을 겨우 지나가게 하고, 다시 철문을 닫고, 자물쇠에 열쇠를 두 번 돌려서 잠그고, 숨소리밖에 내지 않고 다시 어둠 속에 잠겨 버렸다. 그는 호랑이의 비로드 발로 걷는 것 같았다. 눈 깜짝할 사이에 그 끔찍한 구세주는 보이지 않는 곳 속으로 돌아가 버렸다.

장 발장은 밖에 있었다.

9. 잘 아는 그 사람에게 죽은 것같이 보이는 마리우스

장 발장은 마리우스를 둑에 내려놓았다.

그들은 밖에 있었다!

장기와 어둠, 공포가 그의 뒤에 있었다. 건강에 좋고, 맑고, 생기 있고, 즐겁고, 자유롭게 숨쉴 수 있는 공기가 그를 흠뻑 적셔 주고 있었다. 그의 주위 사방은 고요, 그러나 창공에 가라앉은 태양의 매혹적인 고요. 황혼이 졌다. 밤이 오고 있었다. 위대한 해방자, 고뇌에서 벗어나기 위해 어둠의 망토를 필요로 하는 모든 사람들의 벗. 하늘은 사방에서 광막한 고요처럼 나타나고 있었다. 강물은 키스 소리를 내며 그의 발에 오고 있었다. 샹젤리제의 느릅나무들 속에서 서로 저녁 인사를 하는 새끼 새들의 공중의 대화가 들리고 있었다. 푸르스름한 중천에 희미하게 얼룩을 이루고 있고 오직 몽상하는 눈에만 보이는 몇 개의 별들이 무한한 공간 속에서 미미한 작은 빛으로 반짝이고 있었다. 저녁은 장 발장의 머리 위에 절대자의 모든 아늑함을 펼치고 있었다.

그렇다고도 안 그렇다고도 말할 수 없는 애매하고 미묘한 시간이었다. 이미 충분히 어두워져서 좀 떨어진 곳에서는 사람들이 그 어둠 속에 사라져 버릴 수 있었고, 아직도 충분한 햇빛이 있어서 가까이 다가서면 상대방을 알아볼 수 있었다.

장 발장은 몇 초 동안 그 모든 장엄하고 상냥한 평온에 의해 어쩔 수 없이 정복되었다. 그러한 망각의 순간들이 있다. 고통이 불쌍한 사람을 괴롭히기를 포기한다. 모든 것이 생각 속에서 사라진다. 평화가 몽상가를 밤처럼 덮어 준다. 그리고 빛나는 어스름 아래, 그리고 빛나는 하늘을 본따서, 마음이 별처럼 빛난다. 장 발장은 자기 위에 있는 그 광대한 엷은 어둠을 응시하지 않을 수 없었다. 생각에 잠겨, 그는 영원한 하늘의 장중한 고요 속에서 황홀과 기도의 목욕을 하고 있었다. 그런 뒤에, 얼른, 의무감이 그에게 돌아온 것처럼, 마리우스 쪽으로 몸을 구부리고, 손바닥으로 물을 떠서, 그의 얼굴에 몇 방울을 가만히 뿌렸다. 마리우스의 눈은 열리지 않았다. 그렇지만 반쯤 열린 그의 입은 숨을 쉬고 있었다.

장 발장이 또 다시 냇물에 막 손을 넣으려 하는 참에, 갑자기 그는 자기 뒤에 보이지는 않아도 누가 있을 때 같은 그런 뭔지 알 수 없는 거북함을 느꼈다.

나는 이미 다른 데서 그러한 인상을 지적했거니와, 이런 걸 누구나 다 알고 있다.

그는 돌아보았다.

방금 느꼈던 것처럼 어떤 사람이 정말 그의 뒤에 있었다.

키 큰 한 남자가, 긴 프록코트에 몸을 감싸고, 팔짱을 끼고, 오른손 주먹에 납 손잡이가 달린 곤봉을 쥐고 있는 한 남자가 마리우스 위에 웅크리고 있는 장 발장 뒤에 몇 걸음 떨어져 서 있었다.

그것은 어둠 때문에 유령 같았다. 보통 사람이면 어스름한 빛 때문에, 그리고 신중한 사람이면 곤봉 때문에 그것이 무서웠을 것이다.

장 발장은 자베르를 알아보았다.

테나르디에의 추적자가 자베르 외에 다른 사람이 아니라는 것을 독자는 아마 간파했을 것이다. 자베르는 뜻하지 않게 바리케이드에서 나온 후, 경찰청에 가서, 친히 청장에게 구두로 보고하고, 그런 뒤 즉시 그의 업무를 다시 시작했었는데, 그의 업무에는, 독자는 그의 몸에서 압수된 쪽지를 기억하고 있겠지만, 얼마 전부터 경찰의 주의를 끌고 있던, 샹젤리제의 센 강 우안 둑의 어떤 감시가 포함되어 있었다. 거기서 그는 테나르디에를 보고 그를 따라갔었다. 그 밖의 일은 독자가 알고 있다.

그렇게도 친절하게 장 발장 앞에 쇠 격자문을 열어 준 것이 테나르디에의 묘책이었다는 것 역시 독자는 이해한다. 테나르디에는 자베르가 여전히 거기에 있는 것을 느끼고 있었다. 감시받는 사람은 어김없는 직감이 있다. 그 사냥개에게 뼈 한 조각을 던져 줘야만 했다. 한 살해자, 이게 웬 떡이냐! 그것은 화형감, 그걸 결코 거부해서는 안 된다. 테나르디에는 자기 대신 장 발장을 밖에 내놓음으로써 경찰에게 먹이를 주고, 자기의 추적을 완화시키고, 더 큰 사건으로 자기를 잊게 하고, 이건 언제나 탐정을 기쁘게 하는 일인데, 자베르에게 그가 기다린 데 대해 보답을 하고, 30프랑을 벌고, 자기로 말하자면 그러한 사건 전환의 도움으로 탈출할 그런 계책이었다.

장 발장은 하나의 암초에서 또 하나의 암초로 갔었던 것이다.

연달아 테나르디에에게서 자베르로 떨어지는 이 두 개의 만남, 그것은 가혹했다.

앞서 말했듯이, 장 발장은 더 이상 전과 같은 모습이 아니었기 때문에, 자베르는 그를 알아보지 못했다. 그는 팔짱 낀 팔을 풀지 않고, 감지되지 않는 동작으로 주먹 속에 곤봉을 꼭 쥐어 보고, 짧고 침착한 목소리로 말했다.

"누구요?"

"나요."

"나라니 누구요?"

"장 발장."

자베르는 곤봉을 입에 물고, 무릎을 구부려 몸을 기울이고, 장 발장의 양 어깨에 두 개의 바이스로 움켜잡듯이 그의 힘센 손을 올려놓고, 그를 살펴보고, 그를 알아보았다. 그들의 얼굴이 거의 닿을 것 같았다. 자베르의 눈초리는 무시무시했다.

장 발장은 스라소니의 발톱을 승낙하는 사자처럼 자베르의 압박 아래 꼼짝 않고 있었다.

"자베르 형사." 하고 그는 말했다. "당신은 나를 붙잡고 있소. 더구나, 오늘 아침부터 나는 당신의 포로라고 생각하고 있었소. 내가 당신에게서 도망치려고 당신에게 내 주소를 준 건 전혀 아니오. 나를 체포하시오. 다만, 내게 한 가지만 허락해 주시오."

자베르는 듣고 있지 않는 것 같았다. 그는 장 발장을 응시하고 있었다. 그의 찌푸린 턱이 그의 입술을 코 쪽으로 내밀고 있었는데, 그것은 사나운 몽상을 나타내는 것이었다. 이윽고, 그는 장 발장을 놓아 버리고, 쭉 허리를 펴고, 곤봉을 다시 꼭 쥐고, 꿈결에서처럼, 이런 질문을 했다기보다 오히려 중얼거렸다.

"당신은 거기서 뭘 하고 있는 거요? 그리고 그 사람은 누구요?"

그는 장 발장에게 여전히 해라 하지 않았다.

장 발장은 대답했는데, 그의 목소리의 울림에 자베르는 깨어난 것 같았다.

"내가 당신에게 말하고자 한 건 바로 이 사람에 관해서요. 나는 당신 좋도록 하시오. 그러나 우선 내가 이 사람을 그의 집에 돌려주는 것을 도와주시오. 나는 그것밖에 당신에게 부탁하지 않소."

자베르의 얼굴이 다른 사람으로부터 양보가 기대되고 있다고 생각할 때 늘 그렇듯이 아주 긴장하였다. 그러나 그는 안 된다고 하지는 않았다.

그는 또 다시 몸을 구부리고, 호주머니에서 손수건을 꺼내어 물에 적셔, 마리우스의 피로 물든 이마를 닦았다.

"이 사람은 바리케이드에 있었소." 하고 그는 작은 소리로 그리고 자기 자신에게 말하듯이 말했다. "그는 마리우스라고 불리던 사람이오."

일류의 탐정, 곧 죽으리라고 생각하면서도 모든 것을 관찰하고, 모든 것에 귀를 기울이고, 모든 것을 이해하고, 모든 것을 받아 넣었던 사람. 심지어 죽음의 고뇌 속에서조차 동정을 살피고, 묘지의 첫 계단에 발꿈치를 올려놓고도 기록을 하고 있었던 사람.

그는 마리우스의 손을 잡고 맥을 짚었다.

"부상자요." 하고 장 발장은 말했다.

"죽은 사람이오." 하고 자베르는 말했다.

장 발장은 대답했다.

"아니오, 아직 죽지는 않았소."

"당신은 그래, 이 사람을 바리케이드에서 여기까지 가져온 거요?" 하고 자베르는 말했다.

하수도를 통한 그 걱정되는 구조에 대해 그가 전혀 강조하지도 않고, 그의 질문에 장 발장이 묵묵부답인 것을 지적조차도 하지 않은 것을 보면, 그가 무슨 깊은 생각을 하고 있었음에 틀림없었다.

장 발장 쪽에서는 단지 한 가지 생각밖에 없는 것 같았다. 그는 말을 이었다.

"이 사람은 마레에서, 피유 뒤 칼베르 거리의 조부 댁에서 사는데…… 그분 이름이 뭐더라."

장 발장은 마리우스의 옷을 뒤져서 지갑을 꺼내고 마리우스가 연필로 적어 놓은 종이를 펼쳐 그것을 자베르에게 내밀었다.

아직 공중에는 글씨를 읽을 수 있을 만큼 충분한 빛이 있었다. 그뿐 아니라 자베르의 눈에는 밤새들의 야광 같은 것이 있었다. 그는 마리우스가 써 놓은 몇 줄을 읽고 중얼거렸다.

"피유 뒤 칼베르 거리 6번지 질노르망."

그런 뒤 그는 소리쳤다. "마차꾼!"

만일의 경우를 위해 대기하고 있던 삯마차를 독자는 기억한다.

자베르는 마리우스의 지갑을 간직했다.

잠시 후에, 마차는 물 먹이 터의 비탈길로 내려와 둑에 있었고, 마리우스는 안쪽 좌석에 놓여 있었고, 자베르는 장 발장 옆에 앉아 있었다.

문이 다시 닫히고, 삯마차는 빨리 떠나, 강가의 길을 바스티유 방면으로 올라갔다.

그들은 강가의 길을 떠나 거리로 들어갔다. 마부석의 검은 그림자, 마차꾼은 수척한 말들에게 채찍질을 하고 있었다. 삯마차 안은 싸늘한 침묵. 마리우스는 움직이지 않고, 몸통은 안쪽 구석에 등을 기대고, 머리는 가슴 위에 떨어뜨리고, 팔은 늘어져 있고, 발은 굳어 있어, 더 이상 관밖에 기다리지 않는 것 같았다. 장 발장은 그림자로 만들어진 것 같았고, 자베르는 돌로 만들어진 것 같았다. 그리고 그 마차 안에는 어둠이 가득 차 있어서, 마차가 가로등 앞을 지나갈 때마다 단속적인 번갯불로 그렇게 되는 것처럼 내부가 희끄무레하게 어슴푸레해져 보였고, 세 비극적인 정물(靜物)들, 시체, 유령, 조상(彫像)이 우연히 한데 모여 음산하게 대면하고 있는 것 같았다.

10. 목숨을 아끼지 않는 아이의 귀가

포도에서 마차가 흔들릴 때마다, 마리우스의 머리털에서 한 방울씩 피가 떨어졌다.

삯마차가 피유 뒤 칼베르 거리 6번지에 도착했을 때는 완전한 밤이었다.

자베르가 맨 먼저 마차에서 내려 대문 위에 붙어 있는 번지를 한눈에 확인하고, 마주 보고 있는 염소와 목신(牧神)으로 된 구식 장식이 있는 무거운 무쇠 손잡이를 들어 올려 세차게 한 번 두드렸다. 문짝이 방긋이 열렸고, 자베르가 문을 밀었다. 문지기가 반쯤 몸을 내놓았다. 하품을 하면서, 멍하니 눈을 뜨고, 손에 촛불을 들고.

집 안에서는 모든 것이 자고 있었다. 마레에서는 사람들이 일찍 잔다. 특히 폭동의 날은 그렇다. 그 오래된 구역의 착한 주민들은 혁명에 질겁을 하고 잠 속으로 피난한다. 마치 어린아이들이 도깨비가 오는 소리를 들었을 때, 머리에 이불을 뒤집어쓰듯이.

그러는 동안, 장 발장은 마리우스를 겨드랑이 아래서 떠받치고, 마차꾼은 오금 아래서 떠받쳐, 둘이서 그를 삯마차에서 끌어냈다.

마리우스를 그렇게 들고 가면서도 장 발장은 넓게 찢어진 옷 밑으로 손을 넣어, 가슴을 만져 보고, 심장이 아직 뛰고 있는 것을 확인하였다. 마치 마차의 흔들림으로 다소 생명이 되살아난 것처럼, 심장은 조금 덜 약하게 뛰기도 했다.

자베르는 한 반도의 문지기 앞에서 관료다운 말투로 문지기에게 말을 걸었다.

"질노르망이란 사람 집이 여기요?"

"여깁니다. 무슨 일이지요?"

"그의 아들을 가져왔소."

"아들을요?" 하고 문지기는 얼빠진 듯이 말했다.

"그가 죽었소."

누더기를 입고 꾀죄죄한 장 발장이 자베르 뒤에 와 있었는데, 문지기가 무서운 듯이 그를 바라보았다. 장 발장은 그에게 그렇지 않다는 고개짓을 했다.

문지기는 자베르의 말도, 장 발장의 몸짓도 이해하지 못하는 것 같았다.

자베르는 계속 말했다.

"그가 바리케이드에 갔었는데, 자, 보시오."

"바리케이드에요?" 하고 문지기는 외쳤다.

"그는 피살됐소. 가서 아버지를 깨워요."

문지기는 움직이지 않았다.

"가라니깐!" 하고 자베르는 말을 이었다.

그리고 그는 덧붙였다.

"내일은 여기서 장례식이 있겠지."

자베르에게는, 공로(公路)상의 일상적인 사건들이 명확하게 분류되어 있었는데, 그것은 경계와 감시의 기초고, 일어날 수 있는 일은 저마다 제 구획이 있었다. 실현성 있는 사건들은 말하자면 서랍 속에 있었는데 거기서 그것들이 경우에 따라서 변화하는 수량으로 나오고 있었다. 거리에는 소동, 폭동, 유흥, 장례식이 있었다.

문지기는 바스크를 깨우는 것으로 만족했다. 바스크는 니콜레트를 깨웠고, 니콜레트는 질노르망 아주머니를 깨웠다. 할아버지는 언제 알려도 늦지 않으리라고 생각하고 자게 두었다.

마리우스는 이 집의 다른 부분들에서는 아무도 모르게 2층으로 올려져, 질노르망 씨의 부속실 내의 낡은 소파에 내려놓였다. 그리고 바스크가 의사를 부르러 가고, 니콜레트가 옷장을 여는 동안에, 장 발장은 자베르가 자기 어깨에 손을 대고 있는 것을 느꼈다. 그는 알아차리고 다시 내려갔다, 자기 뒤에 따라오는 자베르의 발소리를 들으면서.

문지기는 공포에 사로잡힌 반수(半睡) 상태에서 그들이 도착하는 것을 보았던 것처럼 그들이 떠나는 것을 바라보았다.

그들은 다시 삯마차에 올랐고, 마차꾼도 제 좌석에 앉았다.

"자베르 형사." 하고 장 발장이 말했다. "또 한 가지 허락해 주시오."

"뭐요!" 하고 자베르는 거칠게 물었다.

"잠깐 내 집에 돌아가게 해 주시오. 그런 다음엔 나를 당신 하고 싶은 대로 하시오."

자베르는 프록코트 깃 속에 턱을 넣고 잠시 말이 없다가, 앞 창유리를 내렸다.

"마차꾼," 하고 그는 말했다. "옴므 아르메 거리 7번지로."

11. 절대자 속에서의 동요

그들은 가는 도중 내내 입을 열지 않았다.

장 발장은 무엇을 원하고 있었는가? 그가 시작했었던 것을 끝마칠 것. 코제트에게 알리고, 그녀에게 마리우스가 어디에 있는지 말하고, 아마 어떤 다른 유익한 정보들도 주고, 할 수 있다면, 어떤 최후의 조치들도 취할 것. 그의 일은, 그 자신에 관해서는, 다 끝나 있었다. 그는 자베르에게 잡혔고 저항하지 않았다. 그 밖의 다른 사람이라면, 그런 처지에서, 테나르디에가 준 그 밧줄과 그가 들어갈 첫 번째 지하 감옥의 철창을 아마 막연하게 생각했었을 것이다. 하지만 주교를 만난 이래, 장 발장 속에는 일체의 범죄적 기도 앞에서, 설령 그것이 자기 자신에 대해서일지라도, 이 점을 강조하거니와, 깊고 종교적인 주저가 있었다.

자살은, 이 미지(未知)에 대한 신비로운 폭력 행위는 어느 정도 영혼의 죽음을 포함할 수 있는 것으로, 장 발장에게는 불가능했다.

옴므 아르메 거리 입구에서 삯마차가 섰다. 이 거리는 너무 좁아서 마차들이 들어갈 수가 없었으므로. 자베르와 장 발장은 내렸다.

마차꾼은 자기 마차의 유트레히트 벨벳이 살해된 사람의 피와 살인자의 진흙으로 온통 더럽혀졌다는 것을 '형사님'에게 공손하게 아뢰었다. 그는 그렇게 알고 있었던 것이다. 그는 자기에게 손해배상을 해 주지 않으면 안 된다고 덧붙였다. 동시에 호주머니에서 수첩을 꺼내어 그 위에 "뭐라고 증명을 한마디" 써 주십사고 형사님께 여쭈었다.

자베르는 마차꾼이 내미는 수첩을 물리치고 말했다.

"기다린 것과 마차 요금을 합해서 얼마 주면 되겠나?"

"일곱 시간 십오 분입니다."라고 마차꾼은 대답했다. "그리고 제 벨벳은 아주 신품이었습니다. 80프랑 주십시오, 형사님."

자베르는 호주머니에서 나폴레옹 금화 네 닢을 꺼내 주고 마차를 돌려보냈다.

장 발장은 자베르가 자기를 지척에 있는 블랑 망토 지서나 아르시브 지서로 도보로 데리고 갈 요량일 것이라고 생각했다.

그들은 옴므 아르메 거리로 들어갔다. 거리는 여느 때와 같이 한적했다. 자베르는 장 발장을 뒤따라갔다. 그들은 7번지에 도착했다. 장 발장이 문을 두드렸다. 문이 열렸다.

"좋아요. 올라가시오." 하고 자베르는 말했다.

그는 묘한 표정으로, 그리고 애써 그렇게 말하듯이 덧붙였다.

"나는 당신을 여기서 기다리겠소."

장 발장은 자베르를 바라보았다. 그런 식으로 하는 것은 자베르의 습관에는 별로 없는 일이었다. 그렇지만, 자베르가 지금 그에게 일종의 점잖은 신뢰를 주고 있다 할지라도, 그것은 제 발톱의 길이만큼의 자유를 생쥐에게 주는 고양이의 신뢰고, 장 발장은 자신을 내맡기고 끝장내려고 결심하고 있었으므로, 그것은 그를 크게 놀라게 할 수는 없었다. 그는 문을 밀고, 집 안으로 들어가, 누워 있다가 침대에서 문 여는 줄을 잡아당긴 문지기에게 "나요." 하고 소리 지르고 계단을 올라갔다.

2층에 이르러 그는 쉬었다. 모든 고통스러운 길들에 잠시 머무는 곳들이 있다. 층계참의 창은 들어 올리게 되어 있는 창인데 열려 있었다. 많은 고옥들에서처럼, 계단은 햇빛을 받고 거리에 면해 있었다. 바로 맞은편에 있는 가로등이 계단을 좀 비쳐 주어 조명비가 절약되었다.

장 발장은 숨을 쉬기 위해서인지, 또는 그저 기계적으로인지, 그 창문에 머리를 내놓았다. 그는 거리 위로 몸을 구부렸다. 거리는 짧은데, 가로등이 그곳을 끝에서 끝까지 비춰 주고 있었다. 장 발장은 멍하니 넋을 잃었다. 거기에는 더 이상 아무도 없었다.

자베르는 가 버렸다.

12. 조부(祖父)

도착하면서 내려놓았었던 소파에서 여전히 꼼짝도 않고 누워 있던 마리우스를 바스크와 문지기가 응접실 안으로 옮겨 놓았었다. 데리러 갔었던 의사가 달려왔었다. 질노르망 아주머니는 일어났었다.

질노르망 아주머니는 공포에 사로잡혀 우왕좌왕하며, 합장을 하고, "세상에 이럴 수가!"라고 말할 뿐 다른 일을 하지 못했다. 그녀는 때때로 덧붙였다. "온통 피범벅이 되겠네." 처음의 공포가 지나갔을 때, 그 상황이 주는 어떤 철학이 그녀의 정신에까지 나타나 이런 절규로 표현되었다. "결국 이렇게 되게 마련이야!" 그녀는 이런 종류의 경우에 습관인 "그러게 내가 뭐랬어!"라고 말하는 데까지는 가지 않았다.

의사의 지시로 간이침대 하나가 소파 옆에 놓였다. 의사는 마리우스를 진찰하고, 맥이 아직 계속되고 있고, 부상자의 가슴에 아무런 깊은 상처가 없고, 입아귀의 피는 콧구멍에서 오는 것임을 확인한 후, 그를 침대 위에 평평하게, 베개 없이, 머리를 몸과 같은 평면에, 아니, 오히려 좀 더 낮게, 쉽게 숨을 쉴 수 있도록 상반신을 벗기고 뉘어 놓게 했다. 질노르망 양은 마리우스의 옷을 벗기는 것을 보고 물러갔다. 그녀는 자기 방에서 묵주신공을 바치기 시작하였다.

흉부는 아무런 내부의 상해도 입지 않고 있었다. 탄환 한 알이 지갑 때문에 힘이 약해져서 옆으로 빗나가 옆구리를 돌면서 심한 파열상을 입혔으나, 깊지는 않았고, 따라서 위험은 없었다. 오래 지하를 걸었기 때문에 부러진 쇄골이 아주 빠져서 거기에 심각한 장애가 있었다. 양팔은 사브르로 베어져 있었다. 얼굴 모양을 흉하게 한 칼자국은 하나도 없었다. 그렇지만 머리는 핏줄기들로 덮여 있었다. 이 머리의 상처들이 어찌 될 것인가? 이 상처들은 두피에서 멈추고 있었는가? 두개골에 타격을 입히고 있었는가? 그건 아직 말할 수 없었다. 중대한 증세, 그것은 그 상처들이 기절을 일으켰었는데, 그러한 기절에서 반드시 깨어나지는 않는다. 그뿐 아니라 부상자는 출혈 때문에 탈진해 있었다. 다만 허리띠 아래 신체의 하부는 바리케이드에 의해 보호되었었다.

바스크와 니콜레트는 헝겊을 찢어 붕대를 준비하고 있었다. 니콜레트는 그것을 꿰매고, 바스크는 그것을 감고 있었다. 붕대가 없었으므로 의사는 일시적으로 솜을 가지고 상처의 피를 그치게 했다. 침대 옆에는 외과 수술 기구가 놓여 있는 탁자 위에 세 자루의 촛불이 켜져 있었다. 의사는 냉수로 마리우스의 얼굴과 머리를 닦았다. 통에 가득한 물은 일순간에 붉어졌다. 문지기는 손에 촛불을 들고 비춰 주고 있었다.

의사는 슬픈 생각을 하고 있는 것 같았다. 때때로 그는 마치 마음속으로 스스로 제기하는 어떤 질문에 대답이라도 하는 것처럼, 부정적으로 머리를 흔들고 있었다. 의사가 하는 그 자신과의 이상한 대화는 병자에 대해 나쁜 징조였다.

의사가 마리우스의 얼굴을 닦고 아직도 감긴 눈등에 가볍게 손끝을 댔을 때, 응접실 안쪽에서 문이 열리고, 창백한 긴 얼굴 하나가 나타났다.

할아버지였다.

폭동은 이틀 전부터 질노르망 씨를 심히 불안케 하고, 분노케 하고, 걱정케 했었다. 그는 간밤에 자지 못했었고, 하루 종일 열이 있었다. 저녁에, 집 안에 모두 빗장을 지르라고 이르고, 매우 일찍 자리에 들어, 피로 때문에 옅은 잠이 들었었다.

노인들은 잠귀가 밝다. 질노르망 씨의 방은 응접실과 접해 있었으므로, 사람들이 아무리 조심을 했어도, 소음이 그를 깨웠다. 문틈에서 보이는 불빛에 놀라, 그는 침대에서 나와 더듬더듬 왔었다.

그는 문턱에 서서, 반쯤 열린 문의 손잡이에 한 손을 대고, 머리를 조금 앞으로 기울이고, 그리고 건들거리고, 수의처럼 곧고 주름 없는 흰 잠옷을 몸에 꼭 끼게 입고, 놀라고 있었다. 그는 무덤 속을 들여다보는 유령 같았다.

그는 침대를 보고, 시트 위에 그 피 묻은 청년을 보았다. 밀랍처럼 희고, 눈을 감고, 입을 열고, 입술이 새파랗고, 허리까지 벌거벗고, 전신이 새빨간 상처투성이고, 움직이지 않고, 강렬한 불빛을 받고 있는 그 청년을.

조부는 머리에서 발끝까지 뼈가 앙상한 팔다리를 더할 수 없이 떨었고, 고령 때문에 각막이 노란 그의 눈은 일종의 유리 같은 어른거림으로 덮였고, 그의 얼굴은 온통 일순간 해골 바가지 같은 흙빛의 각들이 되었고, 그의 두 팔은 거기에 용수철이 끊어진 것처럼 축 늘어졌고, 대경실색한 탓에 와들와들 떨리는 그의 두 늙은 손은 손가락들이 벌어져 있었고, 그의 두 무릎은 앞으로 각을 이루어, 잠옷이 열린 틈으로 그의 흰 털투성이의 빈약한 다리를 드러내 보이고 있었는데, 그는 중얼거렸다.

"마리우스!"

"어르신." 하고 바스크가 말했다. "사람들이 방금 도련님을 가지고 돌아왔습니다. 도련님이 바리케이드에 가셨는데, 그런데……."

"죽었구나!" 하고 노인은 무시무시한 목소리로 외쳤다. "아! 못된 놈 같으니!"

그리고는 무덤 속의 변모인 양 이 백 세 노인은 젊은이처럼 다시 몸을 똑바로 세웠다.

"선생," 하고 그는 말했다. "당신이 의사죠. 우선 내게 한 가지 말해 주시오. 얘는 죽었지요, 안 그래요?"

의사는 극도의 걱정에 빠져 침묵을 지켰다.

질노르망 씨는 두 손을 비틀면서 무시무시하게 웃음을 터뜨렸다.

"죽었어! 죽었어! 바리케이드에서 죽음을 당한 거야. 나를 증오하면서. 얘가 그렇게 한 것은 내게 대한 반항이야. 아! 흡혈귀 같으니! 내게 이렇게 돌아오다니! 내 평생의 불행, 너는 죽었구나!"

그는 창으로 가서, 마치 숨이 막히는 것처럼 그것을 활짝 열고, 그리고 어둠 앞에 서서, 거리의 밤에 대고 말하기 시작했다.

"찔리고, 칼을 맞고, 참살당하고, 무찔리고, 갈기갈기 찢겼구나! 이걸 알았나, 부랑배 같으니! 너는 잘 알고 있었을 텐데, 내가 저를 기다리고 있었다는 걸! 내가 제 방을 정돈해 두었다는 걸! 내가 제 어린 시절의 사진을 내 머리맡에 놓아 두었다는 걸! 너는 잘 알고 있었다, 네가 돌아오기만 하면 된다는 걸. 그리고 여러 해 전부터 내가 네 이름을 부르고 또 부르고 하고 있었다는 걸. 그리고 내가 저녁에 뭘 해야 좋을지를 모르고, 무릎에 손을 놓고 노변에 앉아 있었다는 걸. 그리고 내가 저 때문에 얼이 빠졌다는 걸! 너는 잘 알고 있었다. 네가 돌아와서, "나야."라고 말하기만 하면 됐다는 걸. 그리고 너는 이 집의 주인이 되리라는 걸. 그리고 나는 네가 하자는 대로 다 하리라는 걸. 그리고 너는 이 늙어 빠진 어리석은 할아비를 너하고 싶은 대로 다 하리라는 걸! 너는 그걸 잘 알고 있었는데, 그런데 너는 말했다, "천만에, 그는 왕당파야, 나는 안 갈 거야."라고. 그리고 너는 바리케이드에 갔고, 악의로 죽음을 당했다! 베리 공에 대해 내가 말한 것에 대해 복수를 하기 위해서! 이건 불명예스러운 일이다! 그럼 누워서 고이 잠들어라! 그는 죽었다. 내가 이제 잠에서 깨어난다!"

의사는 양쪽을 걱정하기 시작했는데, 잠깐 마리우스 곁을 떠나 질노르망 씨에게 가서 그의 팔을 잡았다. 조부는 몸을 돌이켜, 확장되고 핏발이 선 것 같은 눈으로 그를 바라보고, 그에게 침착하게 말했다.

"선생, 고맙소. 나는 편안해요. 나는 남자요. 나는 루이 16세의 죽음을 보았고, 사건들에 대처할 줄 알아요. 한 가지 개탄스러운 일이 있는데, 그건 당신네 신문들이 모든 나쁜 짓을 하고 있다고 생각하는 것이오. 엉터리 작가들, 구변 좋은 사람들, 변호사들, 연설가들, 연단, 논쟁, 진보, 광명, 인권, 언론출판의 자유, 당신네들은 이런 것들 탓으로 당신네 아이들이 이 모양이 되어 당신네들 집에 돌아올 것이오. 아! 마리우스! 가증스럽구나! 피살되다니! 나보다 먼저 죽다니! 바리케이드라고! 아! 못된 놈 같으니! 의사 선생, 당신은 이 구역에 사시죠. 안 그래요? 오! 가증스럽구나! 피살되다니. 난 당신을 잘 알고 있어요. 당신의 이륜마차가 지나가는 걸 나는 창문에서 보거든요. 당신에게 말하겠는데요. 당신이 내가 지금 화가 났다고 생각하시면 잘못입니다. 죽은 사람에게는 화를 내지 않아요. 그건 어리석은 일이겠죠. 이건 내가 기른 아이입니다. 이 애가 아직 아주 어렸을 때, 나는 이미 늙었지요. 이 애는 작은 괭이와 작은 의자를 가지고 튈르리 정원에서 잘 놀았는데, 정원지기들에게 야단맞지 않도록, 나는 그가 괭이로 땅에 판 구멍들을 그때마다 단장으로 메웠지요. 어느 날 그는 "루이 18세를 타도하라."라고 외치고 나가 버렸어요. 그것은 내 탓이 아니오. 그는 진짜 장밋빛 뺨에 금발이었어요. 이 애의 어미는 죽었어요. 어린아이들이 모두 금발이라는 걸 알고 계시오? 그건 무슨 까닭일까요? 이 애는 저 루아르 강의 불한당들 중 한 놈의 아들이오. 하지만 어린아이들은 그들 아버지의 범죄에는 관계가 없지요. 난 얘가 요만한 크기였을 때의 일을 기억하고 있어요. 얘는 아직 '드'라는 발음을 하지 못했어요. 얘는 한 마리의 새인가 싶을 만큼 그렇게 부드럽고 그렇게 애매하게 말을 하고 있었지요. 한 번은 헤라클레스 파르네즈 입상* 앞에서 사람들이 그를 둘러싸고 찬탄했던 일이 나는 생각나는데, 그렇게도 아름다웠어요, 이 아이는! 꼭 그림들에 있는 것 같은 얼굴이었으니까요. 나는 그에게 큰 소리도 지르고, 겁도 주었으나, 그것이 장난이라는 걸 그는 잘 알고 있었지요. 아침에 그가 내 방에 들어왔을 때, 나는 투덜거렸지만, 그래도 그는 나에게 태양같이 보였어요. 그런 아이들에겐 저항할 수가 없어요. 그들은 우리를 잡고, 우리를 붙잡아 두고, 더 이상 우리를 놓아 주지 않아요. 정말로 이 아이처럼 사랑스러운 건 없었어요. 이제, 이 아이를 죽이는 당신네들의 라파예트 파와 뱅자맹 콩스탕 파, 티르퀴이르 드 코르셸 파들에 대해서 당신네들은 뭐라고 말할 건가요? 이렇게 그냥 내버려둘 수는 없어."

그는 여전히 창백하고 꼼짝도 않는 마리우스에게 다가갔고, 그에게 의사도 돌아와 있었는데, 노인은 또 자기의 두 팔을 비틀기 시작했다. 노인의 흰 입술은 기계적인 것처럼 움직이고, 헐떡임 속의 숨결같이, 간신히 들리는 거의 불분명한

---

* 나폴리 박물관 소장의 글리콘의 작품. 글리콘은 나폴레옹의 제1 제정 초 로마에 정주한 그리스의 입상 제조인.

말들을 내놓고 있었다. "아! 박정한 놈! 아! 정치 결사 회원! 아! 몹쓸 놈! 아! 혁명당원!" 한 시체에 대해 한 죽어 가는 사람이 나직이 말하는 비난들.

내심의 분출은 언제나 밖으로 나타나게 마련이므로, 말들이 조금씩 다시 연달아 나왔으나, 조부에게는 더 이상 그 말들을 할 힘이 없는 것 같았다. 그의 목소리는 심연의 저쪽 가에서 오는가 싶을 정도로 희미하고 약했다.

"그런 건 난 아무려나 상관없다. 나도 곧 죽을 테니까. 그런데 파리에 이 불쌍한 놈을 행복하게 해 줘서 기뻐했을 말괄량이가 하나도 없다니! 재밌게 놀고 삶을 즐기는 대신, 싸우러가서, 짐승처럼 산탄을 받은 무뢰한! 그것도 누구를 위해 뭣 때문에? 공화제를 위해서라! 쇼미에르에 가서 춤이라도 추지 않고. 그것은 젊은이들의 의무인데! 나이 스무 살이면 그럴 만한 필요는 있지. 공화제, 참말로 어리석음의 극치야! 가엾은 어머니들이여, 예쁜 아들들을 만드시라. 아아, 이 아이는 죽었다. 그래서 두 장례식이 이 집 대문 아래서 있겠구나. 네가 그렇게 처신한 것은 라마르크 장군의 아름다운 눈을 위해서였다! 그는 너에게 무엇을 해 주었느냐, 그 라마르크 장군은? 그는 저돌적인 군인! 수다쟁이! 죽은 자를 위해서 피살되다니! 이래도 미치지 않을 수가 있겠느냐! 이걸 아시라! 나이 스무 살에! 그리고 자기 뒤에 아무것도 남겨두지 않았는지 보기 위해 머리를 돌리지도 않고! 이제 가엾은 늙은 이들이 홀로 죽지 않을 수 없다. 네 방 구석에서 뒈져라, 올빼미야! 암, 결국 참 잘됐다. 이건 내가 바라던 바다. 이것으로 난 즉사하겠다.

나는 너무 늙었다. 나는 백 살이다. 나는 10만 살이다. 나는 죽을 권리를 가진 지 오래다. 이 타격으로 끝장났다. 이제 다 끝났다. 얼마나 행복하냐! 이 애에게 암모니아와 그 모든 약 더미를 들이마시게 한들 무슨 소용이 있겠는가? 당신은 헛수고 하는 거요. 바보 같은 의사 양반! 정말, 이 애는 죽었소. 정녕 죽었소. 나는 그걸 잘 알고 있어요, 나는, 역시 죽은 나는. 그는 일을 중도에서 그만두지 않았소. 그렇다. 이 시대는 가증스럽다. 가증스럽다. 가증스럽다. 그렇게 나는 생각한다, 당신네들을, 당신네들의 사상들을, 당신네들의 제도들을, 당신네들의 대가들을, 당신네들의 권위자들을, 당신네들의 박사들을, 당신네들의 불량배 작가들을, 당신네들의 거지 같은 철학자들을, 그리고 육십 년 이래 튈르리 궁전의 욕심쟁이들의 무리를 질겁하게 하는 그 모든 혁명들을. 그리고 너는 이렇게 피살되면서까지 매정했으니, 나는 네 죽음을 슬퍼하지도 않을 거다. 알았느냐, 살인자야!"

이때, 마리우스는 서서히 눈을 떴고, 아직 혼수상태의 놀라움으로 흐려진 그의 눈길이 질노르망 씨 위에서 멈췄다.

"마리우스!" 하고 노인은 부르짖었다. "마리우스! 내 귀여운 마리우스! 내 아기! 내 사랑하는 아들! 네가 눈을 뜨는구나. 나를 보는구나. 살아 있구나, 고맙다!"

그리고 그는 실신하여 쓰러졌다.

4
탈선한 자베르

자베르는 느린 걸음으로 옴므 아르메 거리를 떠났다.

생전 처음으로 머리를 숙이고, 그리고 또 생전 처음으로 두 손을 뒷짐 지고 그는 걷고 있었다.

그날까지 자베르는, 나폴레옹의 두 가지 태도 중에서, 결심을 나타내는 태도, 즉 가슴 위에서 팔짱을 끼는 태도밖에 취하지 않았고, 또 하나의 태도인, 주저를 표시하는 태도, 즉 두 손을 뒷짐 지는 태도는 그에게 알려져 있지 않았다. 이제, 하나의 변화가 일어났었다. 느리고 침울한 그의 전신에 걱정스러운 빛이 나타나 있었다.

그는 고요한 거리들로 들어갔다.

그러는 동안 그는 한 방향을 따라가고 있었다.

그는 센 강 쪽으로 가장 지름길을 걸어서 오름 강둑에 이르고, 그 강둑을 따라서 그레브를 지나고, 샤틀레 광장의 초소에서 조금 떨어진 곳에서, 노트르담 다리의 모퉁이에서 걸음을 멈추었다. 센 강은 거기에서, 한편으로는 노트르담 다리와 퐁토 샹즈 다리 사이에서, 또 한편으로는 메지스리 강둑과 플뢰르 강둑 사이에서, 여울이 가로질러 가는 일종의 네모난 호수를 만들고 있다.

센 강의 그 지점은 뱃사공들이 두려워하는 곳이다. 오늘날엔 허물어 버렸으나, 당시에는 다리의 물방아 말뚝들이 있어서 그 때문에 그 급류가 좁아지고 급격해져서 더할 나위 없이 위험했다. 두 다리들이 하도 인접해 있어서 위험이 더해지고, 물이 다리의 아치들 밑에서 쏜살같이 무섭게 흘러간다. 물은 크고 무서운 물결의 소용돌이를 일으키고, 거기에 모이고 쌓이며, 물결이 굵은 물의 밧줄로 다리 기둥들을 뽑아 버리려는 듯이 세차게 닥쳐 온다. 거기에 떨어지는 사람들은 다시 나타나지 않으며, 가장 헤엄을 잘 치는 사람들도 거기선 빠져 죽는다.

자베르는 다리 난간에 두 팔꿈치를 기대고, 턱을 두 손으로 받쳤다. 그리고 짙은 구레나룻 속에 기계적으로 손톱을 오그라뜨리고 있는 동안, 그는 생각했다.

하나의 새로운 것이, 하나의 혁명이, 하나의 대이변이 그 자신의 마음속에서 막 일어났고, 반성해야 할 만한 것이 있었다.

자베르는 지독하게 고민하고 있었다.

몇 시간 전부터 자베르는 단순하기를 그쳤었다. 그의 마음은 흔들리고 있었다. 그의 몰이해, 무분별 속에서도 그렇게 명쾌했던 그 두뇌는 투명함을 잃어버렸었고, 그 수정 같은 맑음 속에 한 조각의 구름이 있었다. 자베르는 그의 의식 속에서 의무가 둘로 갈라지는 것을 느끼고, 그것을 인정하지 않을 수 없었다. 센 강에서 그렇게도 뜻밖에 장 발장을 만났었을 때, 그의 마음속에는 먹이를 다시 잡은 늑대 같은 것과 주인을 다시 만난 개 같은 것이 있었다.

그는 그의 앞에 둘 다 마찬가지로 곧은 두 개의 길을 보고 있었으나, 둘이 보였기 때문에, 생전 하나의 직선밖에 결코 몰랐었던 그는 공포심에 떨었다. 그리고 이것은 가슴을 에는 듯한 고뇌였는데, 그 두 개의 길이 상반된 것이었다. 그 두 개의 직선 중 하나는 다른 것을 용납하지 않고 있었다. 그 둘 중 어느 것이 진실한 것이었을까.

그의 처지는 형언하기 어려웠다.

한 범죄자에게 생명을 빚지고, 그 부채를 받아들여 그것을 갚고, 자기 자신의 뜻에 반하여, 한 전과자와 대등하게 있고, 하나의 도움에 대해 그에게 다른 도움으로 보답하는 것, "가라."는 말을 듣고, 이번에는 그에게 "자유로운 몸이 돼라."고 말하는 것, 개인적인 동기를 위해 의무를, 이 일반적인 책임을 포기하고, 그 개인적인 동기 속에 역시 일반적이기도 한, 그리고 아마 더 우월할지도 모를 무엇인가를 느끼는 것, 자기의 양심에 충실하기 위해 사회를 배반하는 것, 이 모든 부조리한 것들이 실현되고 그런 것들이 와서 그 자신 위에 쌓이는 것, 그는 그것에 깜짝 놀라고 있었다.

한 가지가 그를 놀라게 했었는데, 그것은 장 발장이 그를 용서했었던 것이고, 한 가지가 그를 아연실색게 했었는데, 그것은 자베르 그 자신이 장 발장을 용서했었던 것이었다.

그는 어떤 처지에 와 있었던가? 그는 자신을 찾고 있었으나 더 이상 자신을 찾아낼 수 없었다.

이제 어떻게 해야 하는가? 장 발장을 넘겨 주는 것, 그것은 악이었다. 장 발장을 놓아두는 것, 그것은 악이었다. 첫 번째 경우에는 관리가 징역수보다 더 낮게 떨어지는 것이었다. 두 번째 경우에는 징역수가 법률보다 더 높이 올라가 그 위에 발을 올려놓는 것이었다. 두 가지 경우 모두 자베르 그에게는 불명예였다. 할 수 있는 모든 결심에는 죄가 있었다. 사람의 운명에는 불가능한 것 위에 깎아지른 듯이 솟아 있는 어떤 극단적인 것들이 있는데, 그것들 저쪽에서 인생은 더 이상 낭떠러지에 지나지 않는다. 자베르는 그러한 극단적인 경지에 있었다.

그의 불안의 하나, 그것은 생각하지 않을 수 없는 것이었다. 그 모든 상반되는 감정들의 격렬함 자체가 그로 하여금 그렇게 하지 않을 수 없게 하고 있었다. 사색은 그에게는 이례적인 것이고, 유달리 고통스러운 것이었다.

사색에는 항상 어떤 정도의 정신적인 반항이 있다. 그런데 그는 자기 속에 그런 것이 있어서 짜증을 내고 있었다.

사색은 그의 직무의 좁은 범위 밖의 어떠한 주제에 관해서도, 그에게는 모든 경우에 무용지물이고 고달픈 일이었을 것이다. 그러나 갓 지나간 하루를 생각하는 것은 고문이었다. 그렇지만 그런 충격 뒤에 자기의 의식 속을 들여다보고, 자기 자신에게 자기 자신을 꼭 설명해야만 했다.

그가 아까 했었던 일에 그는 몸서리치고 있었다. 그는, 자베르 그는 모든 경찰 법규에 반하여, 모든 사회 및 사법 제도에 반하여, 법전 전체에 반하여 하나의 석방을 결정한 것은 잘한 일이라고 생각했었다. 그것은 그에게 적합했었다. 그는 공적인 일 대신에 그 자신의 일을 했었다. 하지만 그것은 언어도단이 아니었던가? 자기가 범했었던 그 말할 수 없는 행위를 마주 대할 때마다 그는 머리끝부터 발끝까지 떨곤 했다. 어떻게 결심해야 할까? 단 하나의 수단만이 남아 있었다. 급히 옴므 아르메 거리로 돌아가 장 발장을 투옥시키는 것. 해야 할 일이 그것이었음은 분명했다. 그는 할 수 없었다.

무엇인가가 그에게 그쪽에서 길을 막고 있었다.

무엇인가가? 무엇이? 이 세상에 법정, 집행 선고, 경찰, 관헌 외에 또 다른 것이 있는가? 자베르는 당황하고 있었다.

성스러운 징역수! 사법이 손댈 수 없는 죄수! 그리고 그것은 자베르의 사건에 의해 그렇다!

자베르와 장 발장, 벌을 주도록 정해져 있는 인간, 벌을 받도록 정해져 있는 인간, 양쪽 다 법의 대상이 되고 있는 이 두 사람이 둘 다 법 위에 있게 되는 그런 상태에 와 있었다는 것, 그것은 무서운 일이 아니었는가?

도대체 어찌된 일인가! 이런 엄청난 일들이 일어나고 있었는데, 아무도 벌을 받지 않는다! 장 발장은 사회질서 전체보다도 강력하여, 자유의 몸이 될 것이고, 자베르 그는 계속 정부의 빵을 먹을 것이다!

그의 몽상은 점점 무서워졌다.

이런 몽상 속에서 그는 피유 뒤 칼베르 거리로 실려 돌아온 폭도에 관하여 어떤 자책을 느낄 수도 있었을 것이다. 하지만 그는 그런 걸 생각하지 않고 있었다. 더 작은 과실은 더 큰 과실 속에 사라지고 있었다. 더구나 그 폭도는 분명히 죽은 사람이었고, 법적으로, 죽음은 추적을 소멸시킨다.

장 발장이야말로 그의 정신을 누르는 무거운 짐이었다.

장 발장은 그를 당황하게 하고 있었다. 그의 전 생애의 거점이었던 모든 자명한 이치들은 그 사람 앞에서 무너져 가고 있었다. 자베르 그에 대한 장 발장의 관용은 그를 압도하고 있었다. 다른 사실들을 그는 떠올리고 그것들을 옛날에는 거짓이고 망상이라고 했었는데, 그것들이 이제 현실로서 그에게 되돌아오고 있었다. 마들렌 씨가 장 발장 뒤에 다시 나타나고, 그 두 얼굴이 겹쳐 더 이상 하나밖에 되지 않았는데, 그것은 숭배할 만한 것이었다. 뭔지 무시무시한 것이, 죄수에 대한 찬탄의 감정이 그의 마음속에 스며드는 것을 자베르는 느끼고 있었다. 징역수에 대한 존경, 그런 일이 있을 수 있을까? 그는 그런 생각에 몸을 떨고 있었고, 거기서 벗어날 수가 없었다. 그는 아무리 몸부림을 쳐도, 마음속으로 그 죄인의 숭고함을 인정하지 않을 수 없었다. 그것은 가증스러웠다.

자선을 베푸는 범죄자, 동정심 많고, 온화하고, 돕기를 좋아하고, 관대하고, 악을 선으로 갚고, 증오를 용서로 갚고, 복수보다 연민의 정을 선호하고, 적을 파멸시키기보다 자신을 파멸시키기를 더 좋아하고, 저를 때린 자를 구조하고, 덕 위에서 무릎을 꿇고, 인간보다 천사에 더 가까운 징역수! 자베르는 이런 괴물이 존재한다는 것을 자인하지 않을 수 없었다.

이런 일이 그렇게 지속될 수는 없었다.

물론, 그리고 이 점을 강조하거니와, 그는 이 괴물에게, 이

가증스러운 천사에게, 이 끔찍한 영웅에게, 자기를 어리둥절하게 한 것과 거의 같이 분격게 했었던 사람에게 저항 없이 굴복하지는 않았었다. 그가 그 마차 안에서 장 발장과 마주 보고 있었을 때, 수없이, 이 법의 호랑이는 그의 속에서 으르렁거렸었다. 수없이 그는 장 발장에게 달려들고 싶어졌었다. 그를 잡아 뜯어먹고 싶은 생각이, 다시 말해서 그를 체포하고 싶은 생각이. 사실 그보다도 더 간단한 일이 뭐가 있겠는가? 맨 처음 초소 앞을 지나갈 때, "이건 거주 지정령 위반 전과자요." 하고 소리치고, 헌병들을 불러, "이 사람을 인계 받으시오."라고 말하고, 그런 뒤 자기는 가고, 그 죄수를 거기에 두고, 그 밖의 일은 모르쇠하고, 더 이상 아무것에도 관계하지 않을 것. 이 사람은 영원히 법률의 죄수가 되고, 법률은 그를 법률이 하고 싶은 대로 할 것이다. 이보다 더 옳은 일이 뭐가 있겠는가? 자베르는 이 모든 것을 생각했었다. 그는 더 멀리 가고, 행동하고, 그를 체포하고 싶었었는데, 그럴 때면 지금처럼, 그는 할 수 없었다. 그리고 장 발장의 목을 향해 경련적으로 손을 올렸을 때마다, 그의 손은 엄청난 무게로 눌리듯 다시 아래로 늘어졌었고, 그는 자기 생각의 밑바닥에서 자기에게 외치는 하나의 목소리를, 야릇한 목소리를 들었다. "좋다. 네 구원자를 넘겨 줘라. 그런 뒤에 퐁스 필라트*의 대야를 가져오게 해 네 발톱을 씻어라."

---

* 필라트(Ponce Pilate, 라틴명은 Pontius Pilatuss, 26~36). 로마의 유대인 태수(太守). 예수의 죽음을 요구하는 유대인들에게 호의적이 아니었으나, 황제에 의해 면직당할까 봐 두려워서 예수를 그들에게 넘겨주고 손을 씻으면서, "나는 이 의인(義人)의 피에 관계 없다."고 언명했다.

이어서 그의 생각은 다시 그 자신에게로 떨어졌고, 위대해진 장 발장 옆에, 그는 실추한 자신을, 자기 자베르를 보았다.

한 징역수가 그의 은인이었다!

하지만 또 왜 그는 그 사람에게 자기를 살게 두는 걸 허락했었는가? 그는 그 바리케이드 안에서 살해될 권리를 가지고 있었다. 그는 그 권리를 행사해야 했었을 것이다. 장 발장에게 반대하여 자기를 도와 달라고 다른 폭도들을 불러서 억지로라도 총살당하는 것, 그것이 더 나았다.

그의 최고의 불안, 그것은 확실성의 소멸이었다. 그는 자기가 뿌리째 뽑힌 것을 느끼고 있었다. 법전은 그의 손에서 더이상 나무 토막에 불과했다. 그는 알 수 없는 종류의 조심성을 갖지 않으면 안 되었다. 그때까지 그의 유일한 척도였던 합법적인 긍정과는 전혀 다른 감정적인 새 사실이 그의 마음속에 드러나고 있었다. 옛날의 적정성을 지키는 것, 그것은 더 이상 충분하지 않았다. 일련의 뜻밖의 사실들이 나타나 그의 마음을 사로잡고 있었다. 하나의 새로운 세계 전체가 그의 영혼에 나타나고 있었다. 받고 갚는 은혜, 헌신, 자비, 관용, 연민의 정에 의해 엄격함에 가해지는 폭력, 사람들에 대한 특별한 배려, 결정적인 유죄 판결의 부재, 영벌의 부재, 법률의 눈 속의 눈물의 가능성, 인간에 의한 정의와 반대 방향으로 가는 뭔지 알수 없는 신에 의한 정의. 그는 암흑 속에 미지의 도덕적 태양이 무섭게 떠오르는 것을 보고 있었다. 그는 그것이 무서웠고 그것에 눈이 부셨다. 독수리의 눈을 강요당한 올빼미.

그는 이렇게 생각하고 있었다. 그래, 이건 사실이야. 예외들이 있는 거야. 관헌도 당황할 수 있다. 규칙도 어떤 사실 앞에서 어쩔 수 없을 수가 있다. 만사가 법전의 명문에 맞아들어가지는 않는다. 의외의 일이 사람을 복종시킨다. 징역수의 덕이 관리의 덕에 덫을 놓을 수 있다. 괴물 같은 것이 신성할 수 있다. 운명에는 그런 복병들이 있다, 라고 그리고 그는 그 자신이 그러한 기습을 피할 수 없었다고 절망적으로 생각하고 있었다.

그는 친절이라는 것이 존재한다는 것을 인정하지 않을 수 없었다. 이 징역수는 친절하였다. 그리고 그 자신도, 이상한 일이지만, 아까 친절했었다. 그러므로 그는 비정상적으로 되고 있었던 것이다.

그는 자기가 약하다고 생각하고 있었다. 그는 자기에게 심히 혐오감을 느끼고 있었다.

자베르에게 있어 이상이란 인간적이고, 위대하고, 숭고한 것이 아니었다. 그것은 나무랄 데 없는 것이었다.

그런데 그는 아까 오류를 범했다.

어떻게 그가 그렇게 되었을까? 어떻게 그런 일이 일어났을까? 그는 그것을 자기 자신에게도 말할 수 없었으리라. 그는 두 손 안에 머리를 움켜잡고 있었으나, 아무리 해 보아도, 그것을 이해할 수 없었다.

그는 장 발장을 다시 법에 넘기겠다는 의도를 확실히 늘 가지고 있었는데, 장 발장은 그 법의 포로고, 자베르는 그 법의 노예였다. 그가 장 발장을 잡고 있는 동안, 그가 그를 가게 둘 생각을 가졌다는 것을 그는 단 한순간도 인정하지 않았다.

그의 손이 열려서 그를 놓아주었던 것은 말하자면 자기도 모르는 사이에 그리된 일이었다.

온갖 수수께끼 같은 신기한 일들이 그의 눈앞에 방긋이 열리고 있었다. 그는 자문하고 자답하고 있었는데, 그의 대답은 그를 불안하게 했다. 그는 자문했다. 이 징역수, 이 절망자, 나는 그를 박해할 정도로 뒤쫓았는데, 그리고 그는 나를 자기 발밑에 두었고, 그리고 내게 복수할 수 있었고, 그리고 자기의 원한을 위해서도 자기의 안전을 위해서도 그렇게 했어야 했는데, 나를 살려 둠으로써, 나를 용서함으로써, 그는 무엇을 했는가? 그의 의무를. 아니다. 뭔가 그보다도 더한 것을. 그리고 나는, 이번에는 내가 그를 용서함으로써, 나는 무엇을 했는가? 나의 의무를. 아니다. 뭔가 그보다도 더한 것을. 그러면 뭔가 의무보다 더한 것이 있는가? 여기서 그는 놀라고 있었다. 그의 저울이 부서지고 있었다. 두 접시 중 하나는 심연에 떨어지고, 또 하나는 하늘로 가고 있었다. 그리고 자베르는 아래에 있는 것 못지않게 위에 있는 것에도 공포를 느꼈다. 그는 조금도 볼테르 파라든가, 철학자라든가, 무신앙자라고 불리는 사람이 아니고, 반대로 본능적으로, 기성의 교회를 존경하고 있었으나, 그것을 사회 전체의 한 존엄한 조각으로밖에 알지 않고 있었다. 질서는 그의 교리였고 그것이면 그에게는 충분했다. 성년이 되고 관리가 된 이래, 그는 경찰 속에 그의 종교의 거의 전부를 놓고 있었고, 나는 이런 말들을 조금도 비꼬는 것이 아니라 가장 진지한 뜻으로 말하는데, 그는, 내가 전에 말한 것처럼, 사람이 신부인 것처럼 탐정이었다. 그는 지스케 씨라는 하나의 상관을 가지고 있었다. 그는 이날까지 신이라는 이 또 하나의 상관을 거의 생각하지 않았었다.

신이라는 이 새로운 우두머리, 그는 그것을 뜻밖에 느끼고 있었고, 그로 인해 마음이 흔들리고 있었다.

그는 이 의외의 존재로 갈피를 못 잡고 있었다. 그는 이 상관을 어떻게 해야 할지 모르고 있었는데, 부하는 항상 허리를 굽혀야 하고, 거역도, 비난도, 토론도 해서는 안 되고, 자기를 너무 놀라게 하는 상관에 대해서는, 하급자는 사직밖에 다른 도리가 없다는 것을 그는 모르지 않고 있었다.

그러나 신에게 사직하려면 어떻게 해야 하는가?

그야 어쨌든, 그리고 그가 되돌아오곤 한 것은 언제나 이 점이다. 그에게는 하나의 사실이 모든 것을 지배하고 있었는데, 그것은 그가 아까 가공스러운 범법을 저질렀다는 것이었다. 그는 아까 거주 지정령을 어긴 재범자에게 눈을 감았다. 그는 아까 징역수 하나를 석방했다. 그는 법률에 속하는 한 사나이를 법률에서 훔쳤다. 그는 그런 짓을 했다. 그는 더 이상 자기 자신을 알 수 없었다. 그는 그가 자기 자신인지 확실치 않았다. 그는 그 외 행위의 이유 자체도 모르고 있었으며, 그는 현기증밖에 느끼지 않고 있었다. 그는 이때까지 침울한 정직성에서 생겨나는 그 맹목적인 신념으로 살았었다. 그러나 이제 이 신념이 그를 떠나고 있었고, 이 정직성이 그에게서 없어져 가고 있었다. 그가 믿었었던 것이 모두 사라지고 있었다. 그가 원하지 않는 진실들이 막무가내로 그의 머리에서 줄곧 떠나지 않고 있었다. 그는 이제부터 다른 사람이 되지 않으면 안

되었다. 그는 갑자기 백내장 수술을 받은 한 양심의 기묘한 고통을 겪고 있었다. 그는 보기 싫은 것을 보고 있었다. 그는 자기가 내쫓겨 있고, 무용지물이 되고, 과거의 삶에서 절단되고, 파면되고, 파기되어 있는 것을 느끼고 있었다. 관헌은 그의 마음 속에서 죽었었다. 그는 더 이상 존재 이유가 없었다.

무시무시한 입장! 흔들리고 있다.

화강암이다, 그런데 의심한다! 법의 거푸집 속에서 통째로 주조된 징벌의 조상이다, 그런데 그의 청동의 유방 아래에 거의 심장과 흡사한 뭔지 부조리하고 거역하는 것이 돌연 눈에 띈다! 그 선 그것이 악이라고 이날까지 생각했지만, 그 선에 대하여 선으로 갚게 된다! 집 지키는 개다, 그런데 핥는다! 얼음이다, 그런데 녹는다! 집게다, 그런데 손이 된다! 갑자기 손가락들이 펴지는 것 같이 느껴진다! 놓아준다. 무시무시한 일이다!

더 이상 제 갈 길을 모르는 발사체 인간, 그런데 후퇴한다!

이런 것을 인정하지 않을 수 없다는 것, 무류성(無謬性)은 무류가 아니다. 교리에도 오류가 있을 수 있다. 법전이 말했을 때 모든 것이 말해진 것은 아니다. 사회는 완전하지 않다. 관헌도 흔들림을 받을 수 있다. 요지부동의 것 속에서도 삐거덕 소리는 날 수 있다. 재판관들도 인간이다. 법률도 잘못할 수 있다. 법정도 잘못 생각할 수 있다! 창공의 푸른 유리에도 갈라진 틈이 보인다!

자베르 속에서 일어나고 있던 것, 그것은 직선적인 의식의 탈선이고, 영혼의 일탈이며, 저항할 수 없게 직선으로 질주하다가 신에 의해 산산조각이 난 정직성의 분쇄였다. 확실히 그것은 이상한 일이었다. 질서의 운전사가, 관헌의 기관사가 꼿꼿한 길에 눈먼 철마를 타고 가다가, 빛의 일격 하에 말에서 떨어질 수 있다는 것은! 변경될 수 없는 것, 곧은 것, 정확한 것, 기하학적인 것, 수동적인 것, 완전한 것이 구부러질 수 있다는 것은! 기관차에도 다마스커스의 길*이 있다는 것은!

항상 인간의 내부에 있으면서, 참된 양심이 되어, 허위에 반항하는 신, 불똥에 꺼지지 않게 하는 금지, 햇살에 태양을 잊지 않게 하는 명령, 진정한 절대가 허구의 절대와 직면할 때 영혼에게 전자를 인정케 하는 명령, 필승의 인간성, 불멸의 인간의 마음, 우리 내부의 불가사의들 중에서도 가장 아름다운 이런 찬란한 현상을 자베르는 이해하고 있었을까? 자베르는 그것을 통찰하고 있었을까? 자베르는 그것을 알아차리고 있었을까? 분명히 아니다. 그러나 그 이해할 수 없는 명백한 것의 압력 아래, 그는 그의 두뇌가 방긋이 열리는 것을 느끼고 있었다.

그는 그 기적에 의한 변모자라기보다는 더 그 희생자였다. 그는 격분하면서도 그것을 받아들이고 있었다. 그가 그 모든 것에서, 존재하는 것이 엄청 어렵다는 것밖에 보지 않고 있었다. 그는 이제부터는 그의 호흡이 영원히 답답할 것 같았다.

머리 위에 미지의 것을 갖는 것, 그는 그것에 익숙해 있지

---

* 성 바울이 다마스커스(시리아의 도시)로 가는 도중 어떤 환상을 보고 기독교로 돌아왔다는 전설에서, 돌연 내심의 빛에 의해 심기일전하는 것을 다마스커스의 길이라고 한다.

않았다.

이때까지 그가 그의 위에 가지고 있던 모든 것은 그의 눈에는 선명하고 단순하고 투명한 외면이었다. 거기에는 아무것도 알려지지 않은 것도, 애매한 것도 없었다. 아무것도 규정되지 않은 것은, 정리되지 않은 것은, 연결되지 않은 것은, 명확하지 않은 것은, 정확하지 않은 것은, 범위가 정해져 있지 않은 것은, 제한되지 않은 것은, 닫혀 있지 않은 것은 없었다. 모든 것이 예견되어 있었다. 권한은 평평한 것이었다. 그 속에는 아무런 타락도 없었고, 그 앞에는 아무런 미망(迷妄)도 없었다. 자베르는 미지의 것을 결코 아래에서밖에 보지 않았다. 반칙적인 것, 뜻밖의 일, 혼란의 과도한 타개, 점점 위험에 빠져 들어갈 수 있는 가능성, 이러한 것들이야말로 하층 사람, 반도(叛徒), 악인, 가난뱅이 들의 현실이었다. 이제 자베르는 뒤로 나둥그러지고 있었고, 그 엄청난 환영(幻影)에 갑자기 놀라고 있었다.

뭐라고! 그는 송두리째 무너져 있었다! 당황해 있었다, 완전히! 무엇을 믿을 것인가? 확신하고 있던 것이 허물어지고 있었다!

뭐라고! 사회 보호의 결함이 한 관대한 죄인에 의해 발견될 수 있었을까! 뭐라고! 한 정직한 법률의 봉사자가 한 사나이를 석방하는 범죄와 그를 체포하는 범죄라는 두 범죄 사이에 갑자기 끼어 있을 수 있었을까! 국가가 관리에게 준 훈령에도 모든 것이 확실치 않았다! 의무에도 진퇴유곡이 있을 수 있었다! 뭐라고! 그것은 모두 현실이었다! 형벌 아래 몸을 굽히고 있던 옛 악한이 다시 우뚝 머리를 쳐들고 마침내 정당하게 될 수 있다는 것이 사실인가? 그런 일을 믿을 수 있었는가? 그러면 법률도 변모한 범죄 앞에서 우물우물 변명하면서 물러서지 않으면 안 되는 경우들이 있었는가?

그렇다! 그런 일이 있었다! 그리고 자베르는 그것을 보고 있었다! 그리고 자베르는 그것에 접촉하고 있었다! 그리고 그는 그것을 부인할 수 없었을 뿐만 아니라, 그것에 참여하고도 있었다. 그것이야말로 현실이었다. 현실의 사실들이 그런 꼴 불견에 이를 수 있다는 것은 가증스러운 일이었다.

만일 사실들이 제 의무를 다한다면, 그것들은 법의 증거들이 되는 데 한정될 것이다. 사실들, 그것들을 보내는 것은 신이니까. 그러면 이제 무정부 상태가 저 위에서 내려오려 하고 있었는가?

이렇게, 그리고 불어나는 번민 속에서, 그리고 경악의 시각적인 착각 속에서, 그의 인상을 제한하고 교정할 수 있었을 모든 것이 사라지고 있었고, 사회도, 인류도, 우주도, 이제는 그의 눈에 단순하고 끔찍한 윤곽 속에 요약되고 있었는데, 이렇게 형벌 제도, 판결된 것, 법률에 기인한 힘, 최고 재판소들의 판결들, 사법관들, 정부, 예방과 억압, 관청의 지혜, 법률의 무류성, 권한의 원칙, 정치와 시민 안전의 근거가 되는 모든 학설들, 주권, 정의, 법전에서 나오는 이론, 사회의 절대성, 공공의 진리, 이 모두가 잔해, 무더기, 혼돈. 그 자신 자베르는, 질서의 감시자, 경찰 업무에서의 함구 불변성, 사회를 지키는 개 같은 가호자였는데, 패배하고 쓰러져 있었다. 그런데 그 모든 폐허 위에, 머리에 푸른 모자를 쓰고 이마에 후광을 받고 있는 한 사나이가 서 있었다. 그렇게 그는 전복되어 있었다. 그렇게 그는 영혼 속에 무시무시한 광경을 가지고 있었다.

이런 일이 용인될 수 있었다고. 천만에.

격렬한 상태였다, 그가 그런 지경에 있었다면. 거기서 나오는 것은 두 가지 방법밖에 없었다. 하나는 결연히 장 발장에게 가서, 그 징역수를 지하 감옥에 되돌려 주는 것, 또 하나는……

자베르는 다리의 난간을 떠나, 이번에는 머리를 높이 쳐들고, 샤틀레 광장의 한쪽 구석에 있는 가로등이 가리키는 초소 쪽으로 확고한 발걸음으로 갔다.

거기에 도착하여, 그는 유리창으로 순경 하나를 보고, 그리고 들어갔다. 그들이 초소의 문을 어떻게 미는가만으로도, 경찰들은 그들끼리 서로 알아본다. 자베르는 자기 이름을 말하고, 명함을 순경에게 보이고, 그리고 촛불이 타고 있는 초소의 테이블에 앉았다. 테이블 위에는 펜과 납 잉크병, 그리고 조서와 야간 순찰의 기록을 위해 비치해 놓은 종이가 있었다.

언제나 짚 의자 하나가 붙어 있는 이 테이블은 관습적인 것이다. 그것은 모든 지서들에 존재한다. 그것은 언제나 변함없이 톱밥이 가득한 회양목 받침 접시 하나와 붉은 봉랍이 가득한 마분지 조상(彫像) 하나로 장식되어 있는데, 이것이 관청 양식의 아랫단계다. 국가의 문학은 거기서 시작된다.

자베르는 펜과 종이 한 장을 집어 쓰기 시작했다. 그가 쓴 것은 다음과 같았다.

훌륭한 직무 수행을 위한 몇 가지 의견

첫째, 경찰청장님의 일독을 앙망하나이다.

둘째, 예심에서 오는 구류된 사람들은 그들의 몸을 뒤지는 동안 신을 벗고 맨발로 포석 위에 있다. 여럿이 감옥에 돌아가면서 기침을 한다. 이는 의무실의 비용을 초래한다.

셋째, 제사 공장에는 때때로 경찰의 교대 근무가 있어 좋으나, 중대한 경우에는, 적어도 두 경찰이 서로 안 보이게 되는 일이 없도록 해야 할 것이다. 만약에 어떤 이유로, 경찰 하나가 직무에 소홀하게 되면, 다른 하나가 그를 감시하고 보충하니까.

넷째, 마들로네트 감옥에서는 그 값을 치르는데도 죄수가 의자를 사용하는 것을 금지하는 특수한 규칙이 있는데 왜 그런지 알 수 없다.

다섯째, 마들로네트 감옥에서는 구내 식당에 창살이 두 개밖에 없는데, 이는 식당 경영자들이 재소자들에게 손을 대는 것을 가능하게 한다.

여섯째, 다른 재소자들을 면회소로 부르는 재소자들은 그의 이름을 또박또박 외치는 값으로 그 죄수로부터 2수를 지불받는다. 이것은 도둑질이다.

일곱째, 한 오라기의 실이라도 풀리면, 방직 공장에서 죄수에게서 10수를 공제하는데, 이는 기업가의 폐습이다. 직물은 그 때문에 덜 좋아지지 않기 때문이다.

여덟째, 포르스 감옥의 방문자들이 생트 마리 레지프시엔 면회소에 가기 위해 어린아이들의 마당을 통과해야 하는 것은 유감스러운 일이다.

아홉째, 사법관들이 형사 피고인들에게 하는 신문을 매일 헌병들이 경찰청 안마당에서 이야기하는 걸 사람들이 듣는 건 확실하다. 신성하여야 할 헌병이 예심 공판정에서 들은 것을 다시하는 것, 그것이야말로 중대한 난맥이다.

열째, 앙리 부인은 정직한 여자고, 그녀의 구내 식당은 매우청결하지만, 비밀 감방의 쪽문을 한 여자가 장악하고 있는 것은나쁘다. 그것은 위대한 문명의 부속 감옥에 어울리지 않는다.

자베르는 구두점 하나 빼놓지 않고, 펜 아래서 종이를 긁고하게 소리를 지르게 하면서, 가장 침착하고 가장 정확한 필적으로 위와 같은 글을 썼다. 마지막 줄 아래에 그는 서명했다.

자베르
일급 형사

샤틀레 광장의 지서에서
1832년 6월 7일 오전 1시경

자베르는 종이 위의 갓 쓰인 잉크를 말리고, 종이를 편지처럼 접어서 봉하고, 뒷면에 '행정을 위한 메모'라 쓰고, 그것을테이블에 놓아두고, 파출소에서 나갔다. 쇠창살이 붙어 있는유리문이 그의 뒤에서 닫혔다.

그는 샤틀레 광장을 다시 비스듬히 가로질러, 강가로 되돌아오고, 기계처럼 정확하게 십오 분 전에 떠났었던 것과 같은 지점에 돌아와서, 거기에 팔꿈치를 짚고, 난간의 똑같은 포석 위에 똑같은 자세를 취하고 있었다. 그는 거기에 꼼짝 않고 있었던 것 같다.

칠흑 같은 어둠이었다. 그것은 자정 뒤에 오는 무덤의 순간이었다. 구름의 천장이 별들을 가리고 있었다. 하늘은 하나의 을씨년스러운 두께에 불과했다. 시테 섬의 집들에는 더 이상 단 하나의 불빛도 없었다. 아무도 지나가지 않았다. 거리도 강둑도 보이는 것이라고는 모두 텅 비어 있었다. 노트르담과 파리 재판소의 탑들은 밤의 밑그림 같았다. 가로등 하나가 강기슭을 붉게 물들이고 있었다. 다리들의 윤곽이 안개 속에 앞뒤로 겹쳐서 일그러져 있었다.

독자는 기억하겠지만, 자베르가 팔꿈치를 짚었던 장소는 바로 센 강의 급류 위에, 무한 나선처럼 풀렸다 다시 감기는 그 무시무시한 나선의 소용돌이 위에 수직으로 위치하고 있었다.

자베르는 굽어보았다. 모든 것이 새카맣다. 아무것도 분간할 수 없었다. 거품 소리는 들렸으나, 강은 보이지 않았다. 때때로, 그 현기증 나는 깊은 물속에 한 줄기 빛이 나타나 희미하게 구불구불 움직이곤 했다. 물에는 어둠 속에서, 어디서인지 빛을 가져와 그것을 뱀으로 바꾸는 그런 힘이 있기 때문이다. 빛이 사라지고, 모든 것이 다시 몽롱해졌다. 무한한 공간이 거기에 열려 있는 것 같았다. 아래에 있는 것, 그것은 물이 아니었다. 그것은 심연이었다. 강둑의 벽은 가파르고, 어렴풋하고, 안개에 녹아서 곧 보이지 않게 되어, 무한한 것의 낭떠러지 같은 인상을 주고 있었다.

아무것도 보이지 않았으나, 물의 적대적인 차가움과 젖은 돌들의 김빠진 냄새가 느껴지고 있었다. 사나운 바람이 그 심연에서 올라오고 있었다. 보인다기보다는 오히려 짐작되는 강물의 불어남, 물결의 비극적인 속삭임, 교호(橋弧)들의 음침하고 거대함, 그 어두운 허공 속으로의 상상할 수 있는 추락, 그 모든 어둠은 공포로 가득 차 있었다.

자베르는 몇 분간 꼼짝 않고 있으면서 그 암흑의 구멍을 바라보고 있었다. 그는 주의와 흡사한 부동의 자세로 눈에 보이지 않는 것을 주시하고 있었다. 물이 살랑거리고 있었다. 갑자기 그는 모자를 벗어 그것을 강둑 가에 놓았다. 잠시 후에, 멀리서 어떤 늦어진 통행인이 보았다면 유령이라고 생각할 수도 있었을 검고 높은 형체 하나가 난간 위에 서 있는 게 보이더니, 센 강 쪽으로 몸을 구부렸다가, 이어 다시 몸을 일으켜, 어둠 속에 곧장 떨어졌다. 희미한 물결의 찰랑거리는 소리가 났다. 그리고 오직 어둠만이 물 아래에 사라진 그 검은 형체의 경련의 비밀을 알고 있었다.

5
손자와 할아버지

1. 아연판이 붙어 있는 나무가 다시 보이는 곳

아까 내가 이야기한 사건들이 있은 지 얼마 후에 불라트뤼 엘이라는 자는 격렬한 흥분을 느꼈다.

불라트뤼엘이라는 자는 이 책의 어두운 부분에서 독자가 이미 흘끗 본 몽페르메유의 도로 수리공이다.

독자는 아마 기억하고 있겠지만, 불라트뤼엘은 여러 가지 수상한 일을 하고 있었다. 그는 돌을 쪼고 있었고, 대로상에서 여행자들에게 손해를 입히고 있었다. 토역꾼이자 도둑인 그는 꿈을 하나 가지고 있었다. 그는 몽페르메유의 숲 속에 보물이 묻혀 있다고 믿고 있었다. 그는 언젠가는 한 그루의 나무 아래 흙 속에서 돈을 찾아내기를 바라고 있었다. 그 동안 통행인들의 호주머니 속에서 쉽게 돈을 찾고 있었다.

그렇지만 당분간 그는 신중했다. 그는 조금 전에 하마터면 큰일 날 뻔했다. 독자도 알고 있다시피, 그는 종드레트의 고미다락에서 다른 악한들과 함께 검거되었었다. 악덕의 유용성. 그의 주정이 그를 구해 냈다. 그가 거기에 도둑으로서 있었는지 또는 도둑맞은 사람으로서 있었는지는 결코 밝혀낼 수 없었다. 그 잠복의 날 저녁에, 그가 술에 취한 상태였음이 확실히 증명된 데 근거한 공소 기각의 결정으로 그는 석방되었다. 그는 숲의 비밀을 다시 잡았다. 그는 관청의 감독 아래, 국가를 위해, 가니와 라니 사이의 그의 도로로 포장 공사를 하러 돌아왔었는데, 기가 죽고, 아주 생각에 잠긴 듯하고, 하마터면 망신을 할 뻔했었던 도둑질에 대해서는 열이 좀 식어 있었으나, 그를 조금 전에 구해 준 술 쪽으로는 더 많은 감동만을 느끼면서 돌아서고 있었다.

도로 보수 인부 오막살이의 잔디 지붕 아래로 돌아가서 얼마 안 있다가 그가 느낀 격렬한 흥분이란 다음과 같은 것이었다.

어느 날 아침, 불라트뤼엘은 해돋이 조금 전에, 여느 때와 같이 그의 작업장에, 그리고 아마 그의 잠복 장소이기도 한 곳에 가면서, 나뭇가지들 사이로 한 사나이를 보았는데, 그의 등밖에 보지 않았지만, 그 거리와 박명을 통해 그가 본 바로는, 그의 생김새가 전혀 모르는 사람이 아닌 것 같았다. 불라트뤼엘은 술꾼이긴 했으나 정확하고 명석한 기억력을 가지고 있었는데, 그것은 법률 분야와 좀 맞서고 있는 사람이면 누구에게나 없어서는 안 될 방어적 무기다.

"뭔지 저 사람 같은 걸 봤는데 대체 어디서였더라?" 하고 그는 자문했다.

그러나 그것이 그의 머릿속에 희미하게 흔적이 있는 어떤 사람하고 닮았다는 것 말고는 아무것도 자신에게 대답할 수 없었다.

불라트뤼엘은 그러나 그가 되찾는 데 전혀 성공하지 못하는 그의 신원을 제외하고는 여러 가지로 비교와 짐작을 해 보았다. 그 사람은 이 고장 사람이 아니었다. 그는 여기에 도착하고 있었다. 걸어서, 분명히. 어떤 여객 마차도 이런 시간에 몽페르메유를 지나가지 않는다. 그는 밤새도록 걸었었다. 그는 어디서 오고 있었을까? 멀리서 온 건 아니다. 배낭도 꾸러미도 없었으니까. 아마 파리에서 왔을 것이다. 왜 이 숲 속에 있었을까? 왜 이런 시간에 여기에 있었을까? 여기에 뭘 하러 오고 있었을까?

불라트뤼엘은 보물을 생각했다. 마냥 기억을 더듬다 보니, 그는 이미 여러 해 전에 어떤 사나이에 관해 비슷한 경계를 했던 일이 어렴풋이 생각났는데, 이 사람이 정녕 그 사나이일 수 있는 것 같은 인상을 주었다.

곰곰 생각하면서도 그는 바로 자기 생각의 무게 아래 머리를 숙였었는데, 그것은 자연스러운 일이지만 꾀바른 일은 아니었다. 그가 다시 머리를 들었을 때, 더 이상 아무것도 없었다. 사나이는 숲과 박명 속에 사라져 버렸었다.

"빌어먹을," 하고 불라트뤼엘은 말했다. "녀석을 찾아낼 거다. 그 녀석이 어디 놈인지 찾아낼 거야. 이 꼭두새벽에 산책하는 자는 무슨 곡절이 있는 건데, 내가 그걸 알아낼 거야. 내 숲 속에서 내가 참견하지 않고서는 아무도 비밀을 가질 수 없지."

그는 아주 날카로운 그의 곡괭이를 들었다.

"이것이면," 하고 그는 중얼거렸다. "땅도 사람도 뒤질 수 있다."

그러고 실과 실을 잇듯이, 그 사람이 틀림없이 걸어갔으리라고 생각되는 길을 최선을 다해 따라가면서 그는 덤불숲 속을 걷기 시작했다.

큰 걸음으로 100보쯤 갔을 때, 그는 막 떠오르기 시작하는 해의 도움을 받았다. 여기저기 모래 위에 찍힌 구두 자국, 짓밟힌 풀, 짓눌린 히스, 가시덤불 속에 휘어져 있다가, 잠을 깨면서 기지개를 켜는 미인의 팔처럼 우아하게 서서히 몸을 일으키는 어린 가지들이 그에게 일종의 발자취를 가리켜 주었다. 그는 그 발자취를 따라가다가 그것을 잃었다. 시간이 흘러가고 있었다. 그는 숲 속에 더 깊이 들어가 일종의 언덕에 도달했다. 멀리서 기유리*의 노래 곡조를 휘파람 불면서 오솔길을 지나가는 아침 사냥꾼을 보고 그는 나무 위로 기어 올라갈까 하는 생각이 났다. 늙긴 했으나 그는 날쌨다. 거기에는 티티르와 불라트뤼엘에게 알맞은, 키가 큰 너도밤나무 한 그루가 있었다. 불라트뤼엘은 될 수 있는 대로 가장 높이 그 너도밤나무에 올라갔다.

그것은 좋은 생각이었다. 숲이 완전히 엉클어지고 칙칙한

---

* 기유리(Guillery, Marhurin · Philippe · Guillaume), 가톨릭 동맹에 참가한 후 강도질로 유명해진 삼형제에게 붙여진 별명. 그들은 처형되었다. 그들의 모험은 노래의 주제가 되었다.

쪽의 외딴 곳을 탐색하다가, 블라트뤼엘은 갑자기 그 사나이를 보았다.

그를 보자마자 남자는 그의 눈에서 사라져 버렸다.

사나이는 꽤 멀리 떨어져 있고 큰 나무들로 가려져 있는 빈터로 들어갔다, 아니 오히려 슬그머니 들어갔는데, 블라트뤼엘은 그 빈터를 썩 잘 알고 있었는데, 그는 거기에, 커다란 맷돌용 규석 더미 옆에, 나무껍질에 직접 못으로 박은 아연판으로 감아 놓은 한 그루의 밤나무를 주목했었다. 그 빈터는 옛날 블라뤼의 빈터라고 불리던 곳이다. 규석 더미는 무슨 용도로 쓰이는지 알 수 없으나, 삼십 년 전에는 거기에 보였는데, 아마 아직도 거기에 있으리라. 판자 울타리의 장수(長壽)가 아니라면, 돌더미의 장수에 필적하는 것은 아무것도 없다. 그것은 거기에 일시적으로 있다. 오래 있을 이유가 뭐 있겠는가!

블라트뤼엘은 기쁜 마음으로 잽싸게 나무에서 내려왔다기보다는 오히려 거기서 떨어졌다. 굴이 발견되었으니, 짐승을 잡는 것이 문제였다. 그 꿈꾸던 문제의 보물은 십중팔구 거기에 있었을 것이다.

그 빈터에 도착하는 것은 간단한 일이 아니었다. 짓궂게도 엄청 구불구불한, 그러나 사람들이 많이 다니는 오솔길로는 족히 십오 분이 걸렸다. 직선으로, 우거진 숲으로 가면, 이 숲은 유난히 칙칙하고, 매우 가시가 많고, 위협적이어서, 반 시간 남짓 걸렸다. 블라트뤼엘의 잘못은 그 점을 전혀 몰랐다는 것이다. 그는 직선을 믿었다. 그것은 상당한 눈의 착각이지만, 많은 사람들을 길을 잃게 한다. 이 덤불은 아무리 가시가 많더라도, 그에게는 좋은 길같이 보였다.

"늑대들의 리볼리 거리로 가자." 하고 그는 말했다.

불라트뤼엘은 비스듬히 가는데 익숙했는데, 이번에 똑바로 가는 잘못을 범했다.

그는 엉클어진 덤불 속에 결연히 뛰어들었다.

그는 호랑가시나무, 쐐기풀, 산사나무, 들장미, 엉겅퀴, 매우 조숙한 나무딸기 들을 헤쳐 가야 했다. 그는 생채기투성이가 되었다.

움푹 팬 땅바닥에서는 물을 만나 그것을 건너야 했다.

이윽고 사십 분 뒤에 그는 블라뤼의 빈터에 도착했다. 땀을 흘리고, 옷이 젖고, 헐떡거리고, 할퀴어지고, 사나운 꼴을 하고서.

빈터에는 아무도 없었다.

불라트뤼엘은 돌 더미로 달려갔다. 그것은 제자리에 있었다. 아무도 그것을 가져가지 않았었다.

그 사람으로 말하자면, 숲 속에서 사라져 버렸다. 그는 달아나 버렸다. 어디로? 어느 쪽으로? 어느 숲 속으로? 짐작할 수 없었다.

그리고 절통한 것은, 돌더미 뒤에, 아연판이 있는 나무 앞에, 금방 움직여진 흙이 있고, 잊었는지 버렸는지 곡괭이 하나와 구멍 하나가 있었다.

그 구멍은 비어 있었다.

"도둑놈!" 하고 불라트뤼엘은 지평선상에 두 주먹을 뻗어 보이면서 소리쳤다.

2. 마리우스, 내란에서 나오면서 집안싸움을 준비하다

마리우스는 오랫동안 죽었는지 살았는지 모를 상태에 빠져 있었다. 여러 주일 동안 헛소리를 하고 열이 났으며, 상처 그 자체보다는 머리 상처의 충격으로 인한 위중한 뇌의 증상이 있었다.

그는 여러 날 밤 꼬빡 열에 들떠 애달프게도 많은 헛소리를 하는 가운데, 그리고 심히 끈덕진 단말마를 겪으면서, 코제트의 이름을 연거푸 불렀다. 어떤 큰 상해는 심각한 위험이었고, 큰 상처의 화농은 언제나 다시 내부로 흡수될 수 있었고, 그 결과 어떤 대기의 영향 아래 환자를 죽일 수 있었다. 날씨가 변할 때마다, 조금만 비바람이 불어도, 의사는 걱정스러워했다. "무엇보다도 부상자는 아무런 마음의 충격도 받지 않아야 한다."라고 그는 거듭 말하곤 했다. 반창고로 거즈나 붕대를 붙이는 방법이 그 당시에는 없었으므로 치료는 복잡하고 어려웠다. 니콜레트는 홑이불 하나를 붕대로 소모했는데 그것을 "천장처럼 큰 홑이불"이라고 말했다. 염화 세척제와 초산을 괴저(壞疽)의 끝까지 오게 하는 것은 쉬운 일이 아니었다. 환자가 위험한 상황이 되면, 질노르망 씨는 손자의 머리맡에서 얼이 빠져서, 마리우스와 같았다. 즉 죽은 것도 산 것도 아니었다.

매일, 어떤 때는 하루에 두 번, 문지기가 말하는 인상착의에 의하면, 옷을 썩 잘 차려입은 백발의 한 신사가 부상자의 소식을 알려고 와서, 치료를 위해 커다란 붕대 꾸러미 하나를 놓고 가곤 했다.

마침내, 9월 7일, 죽어 가는 그를 그의 할아버지 집에 가져왔었던 그 비통한 밤부터 꼭 사 개월 만에, 의사는 그의 생명을 보증할 수 있다고 확언했다. 회복기가 시작되었다. 그렇지만 마리우스는 쇄골 골절의 후유증으로 두 달도 더 긴 의자에 누워 있지 않으면 안 되었다. 언제나 그처럼 아물려고 하지 않고 치료를 오래 끌게 하는 마지막 상처가 남아 있어서 환자를 몹시 따분하게 만든다.

그런데 그 긴 병과 그 긴 회복 기간 덕분에 그는 고소를 면했다. 프랑스에서는 어떠한 분노도, 공적인 분노마저도, 육 개월만 지나면 사라져 버린다. 폭동은 사회의 현 상태에서, 모두의 책임이므로 거기에는 어느 정도 눈을 감아 줄 필요가 뒤따른다.

게다가 또 언어도단인 지스케의 법령은 의사들에게 부상자들을 고발하도록 명령하고 있었는데, 그것은 여론을 분개시켰고, 단지 여론뿐 아니라 맨 먼저 국왕을 분개시켰으므로, 부상자들은 그 분개 때문에 감추어지고 보호받았다. 그리고 현행의 전투에서 포로가 된 사람들을 제외하고, 군법회의는 감히 아무도 괴롭히지 못했다. 그러므로 마리우스를 가만두었다.

질노르망 씨는 처음엔 모든 고통을 겪었고, 다음엔 모든 법열을 느꼈다. 그를 매일 밤 부상자 곁에서 밤을 새우지 못하게 하는 것은 매우 힘들었다. 그는 마리우스의 침대 옆에 자기의 큰 안락의자를 가져오게 하였다. 거즈와 붕대를 만드는 데집에 있는 제일 좋은 리넨 천을 쓰도록 그는 딸에게 요구했다. 질노르망 양은 사려 깊은 장녀의 몸인지라, 시키는 대로 하고 있는 것처럼 조부에게 믿게 하면서도, 제일 좋은 리넨 천은 용케 아껴 두었다. 거즈를 만들기 위해서는 바티스트 삼베는 굵은 삼베만 못하고, 새 삼베는 헌 삼배만 못하다고 그에게 설명하는 것을 질노르망 씨는 허용하지 않았다. 치료할 때 질노르망 양은 얌전하게 자리를 비켰으나 질노르망 씨는 항상 그 자리에 있었다. 가위로 썩은 살을 베어낼 때, 그는 "아얏! 아얏!" 하고 말했다. 그가 그의 다정스러운 떨리는 늙은 손으로 부상자에게 탕약 주발을 내미는 것을 보는 것처럼 애처로운 것은 아무것도 없었다. 그는 의사에게 질문을 퍼부었다. 그는 자기가 늘 같은 질문을 되풀이하고 있는 것을 깨닫지 못했다.

마리우스가 이제는 위험을 벗어났다고 의사가 그에게 알린 날, 노인은 정신착란 상태에 빠졌다. 그는 문지기에게 3루이의 보너스를 주었다. 저녁에 자기 방으로 돌아가면서, 그는 엄지손가락과 집게손가락으로 캐스터네츠를 치고 가보트 춤을 추면서 다음과 같은 노래를 불렀다.

잔이 태어났네 푸제르에서,
애인의 진정한 보금자리.
나는 열렬히 사랑하네, 그녀의 속치마를,
장난꾸러기여.

사랑의 신아, 너는 그녀 속에서 사는구나.
왜냐하면 네가 화살통을 두는 것은
그녀의 눈동자 속이니까.

교활한 놈이여!

나는 그녀를 노래하네, 그리고 사랑하네,
다이아나 자신보다 더,
잔과 그녀의 단단한 젖퉁이를,
시골놈이여.*

그런 뒤 그는 의자 위에서 무릎을 꿇었는데, 방긋이 열린 문
틈으로 그를 지켜보고 있던 바스크는 틀림없이 그가 기도하
고 있다고 생각했다.

그때까지 그는 거의 신을 믿지 않았었다.

더욱더 뚜렷해져 가는 병세 호전의 새로운 단계마다 조부
는 엉뚱한 짓을 했다. 그는 기쁨이 넘치는 수많은 기계적인 행
동들을 하고, 왜 그러는지도 모르고 계단을 오르락내리락했
다. 한 예쁜 이웃 여자는, 어느 날 아침 큼직한 화환 하나를 받
고 깜짝 놀랐다. 그것을 보낸 것은 질노르망 씨였다. 그녀는
남편과 질투의 싸움을 했다. 질노르망 씨는 니콜레트를 자기
무릎에 앉혀 보려고도 했다. 그는 마리우스를 남작님이라고
불렀다. 그는 "공화국 만세!" 하고 외치곤 했다.

그는 줄곧 의사에게 물었다. "이젠 위험은 없겠죠, 네?" 그
는 마리우스를 할머니의 눈으로 바라보고 있었다. 그는 그가

---

* 이 노래(시)에서 각 절의 넷째 줄 말은 셋째 줄 말과 운을 맞추기 위한 것으
로 특별한 뜻이 있는 것 같지 않다. 즉 첫째 절에서는 jupon과 Fripon, 둘째 절
에서는 carguois와 Narquois, 셋째 절에서는 tétons과 Bretons.

먹고 있을 때 그를 지긋이 바라보고 있었다. 그는 자기 자신을 모르고 있었고, 자기 자신을 생각하지 않고 있었고, 마리우스가 가장이었고, 그의 기쁨 속에서 양위(讓位)가 있었고, 그는 그의 손자의 손자였다.

그가 느끼고 있던 그러한 기쁨 속에서 그는 어린아이들 중에서도 가장 존경할 만한 어린아이였다. 회복기의 환자를 피로하게 하거나 귀찮게 할까 봐 두려워서, 그는 그에게 미소를 짓기 위해 그의 뒤에 있었다. 그는 만족하고, 유쾌하고, 매우 기쁘고, 매력적이고, 젊었다. 그의 흰머리는 그의 얼굴에 있는 즐거운 빛에 부드러운 위엄을 덧붙여 주고 있었다. 우아함이 주름살들에 섞일 때, 그 우아함은 경배할 만하다. 기뻐하는 노인에게는 뭔지 알 수 없는 서광이 있다.

마리우스로 말하자면, 자기에게 붕대를 감고 간호를 하게 두면서도 코제트라는 고정관념을 가지고 있었다.

신열과 인사불성의 상태가 가신 이후, 그는 더 이상 그 이름을 부르지 않았고, 사람들은 그가 더 이상 그 이름을 생각하지 않는다고 믿을 수 있었을 것이다. 그러나 그가 잠자코 있었던 것은 바로 그의 넋이 거기에 있었기 때문이다.

그는 코제트가 어떻게 되었는지 모르고 있었고, 샹브르리 거리의 일은 모두 그의 기억 속에서 한 조각의 구름 같았다. 거의 알아볼 수 없는 그림자들이 그의 머릿속에 떠 있었는데, 에포닌, 가브로슈, 마뵈프, 테나르디에 집 사람들, 그의 모든 친구들이 바리케이드의 연기에 처참하게 섞여 있었다. 그 피비린내 나는 사건 속에 이상하게도 포슐르방 씨가 지나간 것이 그에게 폭풍우 속의 한 수수께끼 같은 인상을 주고 있었다. 그는 자기 자신의 생명에 대해서는 아무것도 몰랐고, 어떻게 누구에 의해서 자기가 구해졌었는지 알지 못했고, 아무도 그의 주위에서 그것을 알지 못하고 있었다. 사람들이 그에게 말할 수 있었던 모든 것, 그것은 그가 밤중에 삯마차로 피유 뒤 칼베르 거리에 옮겨져 왔었다는 것이었다. 과거도, 현재도, 미래도, 모든 것이 그의 속에서 더 이상 막연한 관념의 안개에 지나지 않았으나, 그 안개 속에 하나의 움직이지 않는 점이, 하나의 뚜렷하고 명확한 윤곽이, 뭔지 화강암으로 만들어져 있는 것이, 하나의 결심이, 하나의 의지가 있었다. 즉 코제트를 다시 만나는 것. 그에게 생명의 관념은 코제트의 관념과 별개의 것이 아니었다. 그는 마음속으로 그 둘 중 다른 쪽 없이 한쪽만을 받아들이지는 않으리라고 결정했었고, 누구든지 자기를 억지로 살게 하려고 하는 자에게는, 할아버지에게든, 운명에게든, 지옥에게든, 그의 사라진 에덴 동산을 다시 돌려줄 것을 요구하리라고 요지부동으로 결심하고 있었다.

그 장애들, 그는 그것들을 인정하지 않고 있지는 않았다.

여기서 한 가지 사실을 강조해 두거니와, 할아버지의 모든 정성도, 모든 애정도 그의 마음을 전혀 휘어잡지 못하고 별로 움직이지 못했다. 첫째로, 그는 모든 일의 기밀을 알지 못하고 있었고, 다음으로, 아마 아직도 열이 있는 병중의 몽상 속에서, 그러한 다정스러운 것들을 자기를 굴복시키는 것을 목적으로 하는 이상한 새로운 것처럼 의심하고 있었다. 그는 그런 것에 냉담했다. 할아버지는 그의 가련한 늙은 미소를 쓸데

없이 소비하고 있었다. 마리우스는 이렇게 생각하고 있었다. 마리우스 자기가 말하지 않고 남이 하라는 대로 하는 한 좋지만, 코제트가 문제일 때에는, 자기는 다른 얼굴을 만날 것이고, 조부의 진정한 태도가 드러날 것이다, 라고. 그때엔 어려울 것이다. 가정 문제들의 재연(再燃), 입장들의 대결, 동시에 모든 조롱과 반대, 포슐르방인지 쿠플르방, 재산, 가난, 궁핍, 목걸이 보석, 미래. 격렬한 '저항.' 결말, 거절. 마리우스는 미리 굳어지고 있었다.

그리고 또, 그가 되살아남에 따라, 그의 옛 불만들이 다시 나타나고, 그의 기억의 옛날 궤양들이 다시 열리고, 그는 다시 과거를 생각하고, 퐁메르시 대령이 질노르망 씨와 마리우스 자기 사이에 다시 돌아오고 있었는데, 그는 자기 아버지에게 그렇게도 부당하고 그렇게도 야박했던 사람에게서 하등의 참된 호의도 바랄 것이 없다고 생각하고 있었다. 그리고 건강과 함께, 조부에 대한 일종의 모진 생각이 그에게 되돌아오고 있었다. 노인은 그것을 조용히 괴로워하고 있었다.

질노르망 씨는 물론 아무런 내색도 하지 않고 있었으나, 마리우스가 집에 옮겨 온 이후, 그리고 의식을 되찾은 이후, 단한 번도 자기를 아버지라고 부르지 않은 것을 주목하고 있었다. 그는 전혀 어르신이라고는 말하지 않았는데, 그건 사실이다. 그러나 그는 용케 이것이라고도 저것이라고도 하지 않고, 어떤 식으로 에둘러서 말하고 있었다.

분명히 위기가 다가오고 있었다.

이런 경우에는 거의 언제나 일어나듯이, 마리우스는 시험

삼아, 도전하기 전에 가벼운 논전을 벌였다. 이런 것은 상대방의 속셈을 떠본다라고 말한다. 어느 날 아침 질노르망 씨가 손 안에 들어온 한 신문에 관하여, 가볍게 제헌국회 이야기를 하고, 당통과 생 쥐스트, 로베스피에르에 대해서 왕당파다운 종결적 감탄을 던졌다. "93년의 사람들은 거물들이었습니다." 라고 마리우스는 준엄하게 말했다. 노인은 입을 다물고 그날 내내 말 한마디 하지 않았다.

마리우스는 왕년의 완고한 할아버지를 늘 머릿속에 두고 있었기 때문에, 그 침묵을 깊은 분노의 결정이라 보고, 그로부터 격렬한 싸움을 예상하고, 그의 머릿속 뒷구석에서 전투 준비를 증가시켰다.

거절당할 경우에 그는 붕대를 뜯고, 쇄골을 빼고, 자기에게 상처에서 남아 있는 것을 벌거벗겨 생살이 드러나게 하고, 음식도 거부하기로 결정했다. 그의 상처는 곧 그의 무기였다. 코제트를 갖느냐, 아니면 죽느냐.

그는 환자들의 교활한 인내심을 가지고 유리한 때를 기다렸다.

그때는 왔다.

3. 마리우스가 공격하다

어느 날 질노르망 씨는, 그의 딸이 서랍장의 대리석 위의 병과 컵을 정돈하고 있을 때, 마리우스 쪽으로 몸을 구부리고,

더없이 다정한 말투로 그에게 말했다.

"알겠니, 마리우스야, 내가 너라면 나는 이제 생선보다 오히려 고기를 먹겠다. 넙치 튀김이 회복기 초에는 썩 좋지만, 환자를 일어서게 하려면 좋은 커틀렛이 필요해."

마리우스는 이제 거의 다 기운이 돌아왔는데, 더욱 그 힘을 집중하여, 상반신을 일으키고, 불끈 쥔 두 주먹을 자기 침대의 시트 위에 짚고, 조부의 얼굴을 똑바로 바라보며 무서운 태도로 말을 했다.

"그러면 저도 한 가지 말씀드리겠습니다."

"뭐냐?"

"제가 결혼하고 싶다는 겁니다."

"알고 있다."라고 조부는 말했다. 그리고 껄껄 웃었다.

"뭐요, 알고 계시다고요?"

"그렇다, 알고 있다. 가져라, 네 소녀를."

마리우스는 깜짝 놀라고 경탄하여 사지를 떨었다.

질노르망 씨는 계속했다.

"그렇다, 가져라, 네 예쁘고 아름다운 소녀를. 그 애는 매일 네 소식을 알려고 늙은 양반 한 분을 보내온다. 네가 부상당한 이래, 그 애는 울면서 거즈를 만드는 데 시간을 보내고 있다. 나는 잘 알고 있다. 그 애는 옴므 아르메 거리 7번지에 살고 있다. 아, 우리 문제는 그거다! 아! 너는 그 애를 원한다. 그러면, 그 애를 가져라. 너는 꼼짝없이 붙잡혀 있다. 너는 조그만 음모를 꾸미고, 이렇게 생각했다. '나는 그에게, 저 할아버지에게, 저 섭정 시대와 집정 내각 시대의 미라에게, 저 옛

날의 미남에게, 저 제롱트가 된 도랑트에게* 솔직하게 알려 주
런다. 그도 역시 경박한 짓을 했고, 난봉을 피웠고, 바람둥이
계집애들과 놀아났고, 여러 명 코제트가 있었다. 그는 거드름
을 피웠고, 날쌔게 굴었고, 청춘의 빵을 먹었다. 그는 꼭 그런
걸 회상 해야 할 것이다. 어디 두고 보자. 전쟁이다.'라고. 아!
너는 경박한 사람의 뿔을 잡는구나. 좋아. 내가 네게 커틀렛이
어떠냐고 하니까, 너는 대답한다, 그건 그렇고, 저는 결혼하
고 싶어요, 라고. 이건 우리 이야기의 전환점이다! 아! 너는 조
그만 분쟁을 기대했다! 내가 늙은 겁쟁이라는 걸 너는 알지
못하고 있었지. 너는 그걸 뭐라고 말하겠니? 너 약 오르지. 네
할아버지가 너보다도 한결 더 바보라고 생각하는 것, 너는 그
걸 기대하지 않고 있었다. 네가 내게 하려던 연설을 너는 놓치
고 있다, 변호사님. 이것 짓궂지. 그런데, 딱한 일이구나, 화가
난다면. 나는 네가 원하는 대로 한다. 그래도 할 말 있냐, 바보
야! 이봐. 나는 알아봤다. 나 역시 엉큼하거든. 그 애는 매력적
이고 현명하더라. 창기병은 사실이 아니고, 그 애는 거즈를 수
두룩하게 만들었다. 그 애는 보화다. 너를 열렬히 사랑하고 있
다. 만일 네가 죽었더라면, 우리는 셋이었을 것이다. 그 애의
관이 내 관과 함께 나갔을 것이다. 나는 네가 차도가 있자마자
정말 그 애를 네 머리맡에 데려다 놓고 싶은 생각이 꿀떡 같았
지만, 부상 당한 미남들의 침대 옆에 그들에게 마음이 있는 처

---

* 둘 다 몰리에르의 희곡에 나오는 인물들로 제롱트는 속기 쉬운 어리석은 노
인이고, 도랑트는 바보 같은 비위 맞추기 잘하는 사람.

녀들을 대뜸 맞아들이는 건 소설들에서밖에 없는 일이다. 그런 건 있을 수 없다. 네 이모는 뭐라고 말했겠느냐? 너는 홀딱 벗고 있을 때가 더 많았다. 한시도 네 곁을 떠나지 않은 니콜레트에게 물어보렴. 여자가 거기에 있을 수 있었는지 말이야. 그리고 또 의사는 뭐라고 말했겠느냐? 예쁜 처녀가 열을 낫게 해주지는 않는다. 여하튼 좋다. 이런 이야긴 더 이상 하지 말자. 잘 알았다. 다 됐다. 결정 났다. 그 애를 맞아라. 이런 게 내 잔인성이다. 알겠니? 나는 네가 나를 좋아하지 않는 걸 보고 이렇게 말했다. '이 녀석이 나를 좋아하기 위해서는 내가 도대체 뭘 할 수 있을까?' 나는 말했다. '옳아, 귀여운 코제트가 내 손 아래 있다. 이 애를 그 애에게 주자. 그러면 그는 틀림없이 나를 좀 좋아하거나, 그렇지 않으면 그 이유를 말할 것이다.' 아! 너는 이 늙은이가 노발대발하고, 큰 소리를 치고, 안 된다고 소리 지르고, 그 서광 같은 아이에게 지팡이를 쳐들 것이라고 생각하고 있었다. 천만에. 코제트도 좋고, 사랑도 좋다. 나는 더 이상 바랄 게 없다. 도련님, 부디 결혼하시오. 행복하시오, 내 사랑하는 아가야."

그렇게 말하고 노인은 오열을 터뜨렸다.

그리고 그는 마리우스의 머리를 잡아, 그의 늙은 가슴에 두 팔로 꼬옥 껴안았고, 둘이 다 울기 시작했다. 이것이야말로 최고의 행복의 한 형태다.

"아버지!" 하고 마리우스가 외쳤다.

"아! 그럼 너는 나를 사랑하는구나!" 하고 노인은 말했다.

말로 표현할 수 없는 한순간이 있었다. 그들은 숨이 막혀 이야기를 할 수 없었다.

이윽고 노인은 입속으로 중얼거렸다.

"이런 이런! 얘가 입이 열렸구나. 얘가 내게 '아버지'라고 말했어."

마리우스는 조부의 팔에서 머리를 들고 조용히 말했다.

"한데, 아버지, 저는 이제 건강하니까 그 애를 만날 수 있을 것 같습니다."

"그것도 알고 있다. 내일 그 애를 만나거라."

"아버지!"

"뭐냐?"

"어째서 오늘은 안 돼요?"

"그럼 오늘. 그래, 오늘로 하자. 너는 내게 세 번 '아버지'라고 말했다. 이건 정녕 그럴 만한 가치가 있다. 내가 맡아서 해주마. 네게 그 애를 데려다 줄 것이다! 알았다, 라고 내가 네게 말한다. 이건 이미 시에서 그렇게 되어 있었다. 그건 앙드레 셰니에의 「젊은 병자」라는 비가의 대단원이다. 93년의 악당······ 아니, 거물들이 목을 자른 앙드레 셰니에의 비가 말이다."

질노르망 씨는 마리우스가 살짝 눈살을 찌푸리는 것을 본 것 같았으나, 이건 말해 둬야겠는데, 사실 그는 황홀경에 빠져서, 1793년보다는 훨씬 더 코제트를 생각하고 있었기 때문에, 더 이상 그의 말을 듣지 않고 있었다. 할아버지는 부적절하게 앙드레 셰니에를 끌어들인 것을 몹시 걱정하고, 황급히 말을 이었다.

"목을 잘랐다는 건 적절한 말이 아니다. 사실은 말이다, 혁명의 위대한 천재들은, 악인들이 아니라, 이건 이론의 여지가 없는데, 그들은 영웅들이었어, 틀림없이! 앙드레 셰니에가 좀 방해가 된다고 생각하고, 단두대에서 그의 목을 잘랐는…… 다시 말해서 그 위인들은 공화력(共和曆) 열월(熱月) 칠일 (1794년 7월 25일) 공공의 안녕을 위해, 앙드레 셰니에에게 가 주십사 하고……."

질노르망 씨는 자기 자신의 말에 목이 막혀 계속하지 못하고, 그것을 끝마칠 수도, 취소할 수도 없어, 딸이 마리우스 뒤에서 베개를 정돈하는 동안, 격정에 복받쳐서, 그의 나이가 허락하는 한 빨리, 침실 밖으로 뛰어나가, 뒤로 다시 문을 밀고, 얼굴은 빨갛고, 숨이 막히고, 입에 거품을 뿜고, 눈이 이마에서 툭 튀어나와 가지고, 옆방에서 구두를 닦고 있는 얌전한 바스크와 마주쳤다. 그는 바스크의 멱살을 잡고 마주대고 고래고래 소리질렀다. "빌어먹을, 그 불한당들이 그를 살해했단 말이야!"

"누구를요, 어르신?"

"앙드레 셰니에 말이야!"

"예, 어르신." 하고 바스크는 놀라서 말했다.

4. 질노르망 양이 마침내 포슐르방 씨가 팔 아래에 무엇인가 끼고 들어오는 것을 더 이상 나쁘게 생각하지 않게 되다

코제트와 마리우스는 다시 만났다.

그 만남이 어떠했는지, 그것을 말하는 것은 그만두자. 묘사해 보려고 해서는 안 되는 것들이 있는데, 태양은 그중 하나다.

코제트가 들어왔을 때 바스크와 니콜레트를 포함하여 집안 사람들은 모두 마리우스의 방에 모여 있었다.

그 여자가 입구에 나타났다. 그녀는 마치 후광에 싸여 있는 것 같았다.

바로 그 순간, 할아버지는 막 코를 풀려고 했는데, 어찌할 바를 모르고, 손수건 속에 코를 넣어 둔 채, 그 위로 코제트를 보고, "참으로 사랑스럽구나!" 하고 외쳤다.

그런 뒤 그는 요란스럽게 코를 풀었다.

코제트는 도취하고, 몹시 기쁘고, 겁이 나 있었으며, 천국에 있었다. 그녀는 사람들이 행복에 의해 놀랄 수 있는 만큼 놀라고 있었다. 그녀는 말을 더듬고, 아주 창백하고, 새빨갰으며, 마리우스의 품에 뛰어들고 싶었지만 차마 그럴 수 없었다. 그 모든 사람들 앞에서 사랑하는 걸 부끄러워하고 있었다. 사람들은 행복한 연인들에게 무자비하다. 그들이 가장 둘이서만 있고 싶을 때에 사람들이 거기에 있다. 그렇지만 그들은 전혀 사람들을 필요로 하지 않는다.

코제트와 함께 그리고 그녀의 뒤에, 백발의 근엄한 남자 하나가 들어왔었는데, 그는 미소를 짓고 있었지만, 희미하고 비통한 미소였다. 그것은 '포슐르방 씨'였다. 그것은 장 발장이었다.

그는 문지기가 말한 것처럼 "썩 잘 차려입고" 있었는데, 완전히 검은 새 옷에 흰 넥타이를 매고 있었다.

문지기는 그 단정한 시민이, 그 공증인이라도 됨 직한 사람이 6월 7일 밤, 남루하고, 꾀죄죄하고, 보기 흉하고, 험상궂고, 피와 진흙으로 가려진 얼굴을 하고, 기절한 마리우스를 팔에 안고서 그의 문에 나타났었던 무시무시한 시체 운반인이라는 것을 도저히 알아볼 수 없었다. 포슐르방 씨가 코제트와 함께 왔을 때, 문지기는 그의 아내에게 살짝 속삭이지 않을 수 없었다. "내가 저 얼굴을 이미 보았다는 생각이 줄곧 드는데 왜 그런지 모르겠어."

포슐르방 씨는 마리우스의 방에서 옆으로 비켜나듯이 문 옆에 따로 서 있었다. 그는 겨드랑이에 종이로 싼 팔절판 책과 꽤 비슷한 꾸러미 하나를 끼고 있었다. 포장지는 푸르스름하고 곰팡이가 슨 것 같았다.

"저 양반은 늘 저렇게 책을 팔에 끼고 계시나?"라고 책을 좋아하지 않는 질노르망 양이 낮은 목소리로 니콜레트에게 물었다.

"그래, 저분은 학자다."라고 그녀의 말을 들은 질노르망 씨는 같은 어조로 대답했다. "그래서? 그게 그분 잘못이냐? 내가 아는 불라르 씨 역시 결코 책 없이는 걷지 않았고, 늘 저렇게 책 한 권을 가슴에 안고 있었다."

그리고 인사를 하고, 큰 목소리로 말했다.

"트랑슐르방 씨……."

질노르망 영감은 일부러 그렇게 한 것이 아니라, 고유명사에 대한 부주의는 그에게 하나의 귀족적인 버릇이었다.

"트랑슐르방 씨, 제 손자 마리우스 퐁메르시 남작님을 위하여 따님께 결혼을 청하는 것을 영광으로 생각합니다."

'트랑슐르방' 씨는 머리를 숙였다.

"결정됐습니다." 하고 조부는 말했다.

그리고 마리우스와 코제트 쪽으로 몸을 돌리고 두 팔을 뻗쳐 축복하며 외쳤다.

"너희들이 서로 열렬히 사랑하는 것을 허락한다."

그들은 그 말을 두 번 되풀이하게 하지 않았다. 할 수 없지! 재잘거림이 시작되었다. 그들은 나직한 목소리로 말하고 있었다. 마리우스는 긴 의자 위에 팔꿈치를 짚고 있었고, 코제트는 그 옆에 서 있었다. 코제트는 속삭였다. "아이 좋아! 또 만났네요. 이게 너야! 이게 당신이오! 그렇게 싸우러 가셨어요! 하지만 왜? 끔찍한 일이에요. 넉 달 동안 난 죽을 것 같았어요. 오! 그 전쟁에 가셨다니 참 짓궂어요! 내가 당신께 무슨 일을 했다고? 용서하겠어요. 하지만 다시는 그런 일 하시면 안 돼요. 아까 우리들에게 오라고 전갈이 왔을 때, 나는 이제 죽었구나 싶었어요. 하지만 기뻤어요. 나는 얼마나 슬펐다고! 난 옷 입을 겨를도 없었어요. 내가 흉하게 보일 거예요. 마구 구겨진 내 장식 깃을 보고 당신 친척들이 뭐라고 하실까요? 당신도 좀 말을 해요. 나 혼자에게만 말하게 두지 말고. 우리는 여전히 옴므 아르메 거리에 있어요. 당신 어깨, 끔찍했던 모양이죠. 그 속에 주먹을 넣을 수도 있었다는 말을 들었어요. 그리고 또 가위로 살을 잘라 낸 모양이죠. 그건 참 무서운 일이에요. 나는 울었어요. 난 눈이 없어졌어요. 사람이 그처럼 괴로워할 수 있다니 우습지요. 할아버지께선 참 좋으신 분 같아요. 그냥 그대로 계세요. 팔꿈치로 짚고 있지 말고. 조심해요. 다치겠어요. 오! 얼마나 나는 행복한가! 이제 끝났군요, 불행은! 내가 왜 이렇게 바보일까. 당신에게 여러 가지를 말하고 싶었는데 이제 뭔지 도무지 모르겠어요. 나를 여전히 사랑하세요? 우리는 옴므 아르메 거리에 살고 있어요. 정원은 없어요. 나는 늘 거즈를 만들었어요. 자, 아저씨, 보세요. 당신 탓이에요. 손가락에 못이 박혔어요."

마리우스는 말하고 있었다. "천사여!"

'천사'라는 말은 아무리 사용해도 닳아 떨어질 수 없는 언어의 유일한 단어다. 다른 어떠한 말도 애인들이 하는 무자비한 말의 사용에는 견뎌 내지 못할 것이다.

그런 뒤, 주위에 사람들이 있었으므로, 그들은 입을 다물고 더 이상 한마디도 말하지 않고, 다정하게 손을 만지고만 있었다.

질노르망 씨는 방 안에 있는 모든 사람들 쪽으로 몸을 돌리고 외쳤다.

"큰 소리로 말해요, 여러분. 시끄럽게 떠들어요, 무대 옆에서. 자, 조금 와글와글하라니깐! 저 애들이 편히 수다를 떨 수 있도록 말이오."

그리고 마리우스와 코제트에게 다가가, 그는 그들에게 아주 낮은 목소리로 말했다.

"서로 너나들이로 말하거라! 서로 어려워하지 마라."

질노르망 이모는 그녀의 낡은 집 안에 나타난 그 빛의 분출을 어리둥절해서 바라보고 있었다. 그 어리둥절함에는 아무런 공격적인 것도 없었다. 그것은 추호도 두 마리의 산비둘기

에 대한 부엉이의 성난 질투의 눈초리가 아니었다. 그것은 쉰
일곱 살의 가련한 호인의 바보 같은 눈이었다. 그것은 그 승
리, 사랑을 바라보는 실패한 인생이었다.

"맏딸 질노르망 양," 하고 그녀의 아버지가 그녀에게 말했
다. "일이 이렇게 되리라고 내가 너에게 말했지."

그는 잠시 말없이 있다가 덧붙였다.

"다른 사람들의 행복을 보거라."

그런 뒤 그는 코제트 쪽을 돌아보았다.

"참으로 예쁘구나! 참으로 예뻐! 이건 그뢰즈*의 그림이다.
너는 그래 너 혼자만을 위해 이걸 갖겠구나, 개구쟁이야! 아!
이 녀석아, 너는 용케 내게서 벗어났으니. 너는 다행이다. 만
약 내가 열다섯 살만 덜 먹었다면, 우리는 서로 이를 가지려고
칼을 들고 싸울 것이다. 이봐, 아가씨, 난 당신에게 반했어. 이
건 아주 당연해. 이건 당신의 권리야. 아! 이것으로 아름답고
예쁘고 매력적인 조촐한 결혼식이 이루어지겠구나! 우리 교
구는 생 드니 뒤 생사크르망이지만, 너희들이 생 폴에서 결혼
하도록 내가 허가를 받겠다. 이 교회당이 더 좋다. 이건 예수
회가 세운 것이다. 그게 더 예쁘장하다. 비라그 추기경의 분수
와 마주 보고 있다. 예수회 건축의 걸작은 나뮈르에 있고, 생
루라고 불린다. 너희들이 결혼하려면 거기에 가야 할 것이다.
그건 여행할 만한 가치가 있다. 아가씨, 나는 전적으로 당신

---

* 그뢰즈(Jean-Baptiste Greuze, 1725~1805). 프랑스의 화가, 작품으로 「벌
받는 아들」, 「시골 색시」 등이 있다.

편이오. 나는 처녀들이 결혼하기를 바라요. 그건 그렇게 돼 있어요. 내가 늘 머리를 풀고 있는 것을 보고 싶은 성 카테리나라든가 하는 여자도 있어. 처녀로 있는 것은 아름답지만, 그것은 차가워. 성경은 "번식하라."고 말하고 있어. 민중을 구하기 위해서는 잔 다르크가 필요하지만, 민중을 만들기 위해서는 지고뉴 할멈이 필요해. 그러므로, 결혼하라, 미인들이여. 처녀로 남아 있어 보았자 무슨 소용이 있을지 나는 모르겠어. 교회에는 따로 예배당 하나가 있고 사람들이 갑자기 성모회로 방향을 바꾸는 것을 나는 잘 알고 있는데, 그렇지만 말이다. 충실한 미남 남편이 있고, 일 년 후에는 오동통한 금발의 아기가 생겨서 쾌활하게 젖을 빨고, 넓적다리는 살이 올라 뒤룩뒤룩하고, 먼동이 트듯 웃으면서 그 자그마한 장밋빛 손에 유방을 한 움큼 쥐고 만지작거린다면, 그게 밤 기도에 촛불을 들고 '상아탑'(성모 마리아)을 노래하는 것보다 더 낫다!"

할아버지는 아흔 살의 발꿈치로 뺑 돌아, 태엽이 풀리듯 다시 말하기 시작했다.

그렇게, 알시프여, 그대의 꿈에 종지부를 찍고,
머지 않아 결혼한다니, 그것이 정말이구나.

"그런데 말이야!"
"뭐예요, 아버지?"
"네겐 친한 친구가 없었느냐?"
"예, 있었습니다. 쿠르페락이라고요."

"그는 어떻게 됐느냐?"

"죽었어요."

"됐다."

그는 그들 옆에 앉고, 코제트를 앉히고, 그들의 네 손을 자기의 주름진 늙은 손에 쥐었다.

"우아하구나, 이 귀여운 아기는. 이건 걸작이다, 이 코제트는. 이 애는 매우 작은 처녀이자 매우 큰 귀부인이다. 이 애는 남작 부인밖에 안 되지는 않을 것이다. 그것은 신분을 낮추는 것이다. 이 애는 후작 부인으로 태어났다. 그 속눈썹이 좋구나! 내 아이들아, 너희들은 지당하다는 걸 머리에 잘 넣어 두어라. 서로 사랑하거라. 사랑 때문에 바보가 되거라. 사랑, 그것은 인간들의 바보짓거리고 신의 영(靈)이다. 서로 열렬히 사랑하거라. 단지," 하고 그는 갑자기 우울해져서 덧붙였다. "참으로 유감이구나! 내가 그것을 생각하니! 내가 가지고 있는 것의 반 이상은 종신연금이니, 내가 살아 있는 동안은 그래도 아직 괜찮겠지만, 내가 죽은 뒤에는, 지금부터 이십 년쯤 후에는, 아! 내 가엾은 아이들아, 너희들은 무일푼이 될 것이다! 당신의 아름다운 흰 손도, 남작 부인, 생활이 궁하여 일을 해야 할 거요."

이때 장엄하고 침착한 음성이 들려 왔다.

"외프라지 포슐르방 양은 60만의 돈을 가지고 있습니다."

그것은 장 발장의 목소리였다.

그는 아직 한마디도 말하지 않았었고, 그가 거기에 있는 것을 아무도 더 이상 알지조차 못한 것 같았으며, 그는 그 모든 행복한 사람들 뒤에 가만히 서 있었다.

"문제의 외프라지 양이라는 게 뭐야?" 하고 할아버지는 깜짝 놀라 물었다.

"저예요." 하고 코제트가 말을 이었다.

"60만 프랑!" 하고 질노르망 씨가 말했다.

"아마 1만 4000프랑이나 1만 5000프랑은 부족할지 모르겠습니다만." 하고 장 발장은 말했다.

그리고 그는 질노르망 이모가 책이라고 생각했던 꾸러미를 테이블 위에 놓았다.

장 발장은 손수 포장을 풀었다. 그것은 한 다발의 지폐였다. 사람들은 그것을 펴서 세어 보았다. 1000프랑짜리 오백 장과 500프랑짜리 백육십팔 장이 들어 있었다. 모두 58만 4000프랑이었다.

"이건 좋은 책이구먼." 하고 질노르망 씨가 말했다.

"58만 4000프랑!" 하고 이모가 중얼거렸다.

"이것으로 만사형통이다. 안 그래? 맏딸 질노르망 아가씨." 하고 조부는 말을 이었다. "이 마리우스 녀석이 꿈나무 속 새집에서 백만장자의 회색빛 새 한 마리를 끄집어냈구나. 그러니 너도 이제 젊은 사람들의 연애를 믿어라. 남학생들이 60만 프랑의 여학생들을 찾아낸다. 미소년은 로스차일드보다도 더 잘 일을 한단 말이야."

"58만 4000프랑!" 하고 질노르망 양은 나직한 목소리로 되풀이했다. "58만 4000프랑! 60만 프랑이나 진배없어."

마리우스와 코제트로 말하자면, 그동안 서로 바라보고 있었고, 그런 사소한 일엔 별로 주의하지 않았다.

5. 당신 돈을 공증인보다 오히려 숲에 맡기시라

독자는 아마 장황한 설명을 할 필요도 없이 이해했겠지만, 장 발장은 상마티외 사건 후, 처음 며칠의 도주 덕분에, 파리에 와서, 몽트뢰유쉬르메르에서 마들렌 씨의 이름으로 그가 번 금액을 적시에 라피트 은행에서 출금할 수 있었고, 다시 체포되는 걸 염려하여, 그는 사실 그 후 얼마 안 있어 그렇게 됐는데, 그는 몽페르메유 숲 속의 블라뤼의 빈터에 그 돈을 감추어 묻었었다. 금액은 63만 프랑, 전부 은행권 지폐로, 부피가 얼마 되지 않아 상자 하나에 들어가 있었다. 다만 상자를 습기로부터 보호하기 위해, 그는 그것을 밤나무 대팻밥을 가뜩 채운 참나무 손궤 하나에 넣어 두었었다. 같은 손궤 안에 그는 또 하나의 보물, 주교의 촛대들도 넣어 놓았었다. 몽트뢰유쉬르메르에서 도망치면서 그가 그 촛대들을 가지고 갔었던 것을 독자는 기억할 것이다. 어느 날 저녁 처음으로 불라트뤼엘이 본 사람, 그것은 장 발장이었다. 그 후 장 발장은 돈이 필요할 때마다 돈을 찾으러 블라뤼의 빈터에 오곤 했다. 내가 말한 바와 같이 그가 때때로 집을 비운 것은 그 때문이었다. 그는 히스가 우거진 황야의 어딘가에, 오직 그만이 아는 숨겨진 곳에 곡괭이 하나를 가지고 있었다. 그리고 그는 마리우스가 회복기에 들어선 것을 보았을 때, 그 돈이 필요할 때가 다가온 것을 느끼고, 그는 그것을 찾으러 갔었는데, 불라트뤼엘이 숲 속에서 이번에는 저녁이 아니라 아침에 보았던 사람은 또 장 발장이었다. 불라트뤼엘은 곡괭이를 이어받았다.

실제로 남아 있던 금액은 58만 4500프랑이었다. 장 발장은 500프랑을 자기 몫으로 떼어 놓았다. "다음엔 두고 보자."라고 그는 생각했다.

이 금액과 라피트 은행에서 꺼낸 63만 프랑의 차액은 1823년에서 1833년까지 십 년간의 비용에 해당한다. 오 년간 수도원에 머무는 데 5000프랑밖에 들지 않았다.

장 발장은 그 두 자루의 은촛대를 벽난로 위에 놓았는데 그것들이 반짝이는 것을 보고 투생은 퍽 감탄하였다.

그런데 장 발장은 자기가 자베르에게서 해방된 것을 알고 있었다. 사람들이 그의 앞에서 이야기한 것을 듣고, 그는 그 사실을 보도한 《세계 신보》에서 그것을 확인했었는데, 자베르라는 사복 형사가 퐁토샹즈 다리와 퐁 뇌프 다리 사이의 세탁선 밑에서 익사한 것이 발견되었으며, 이 사람은 나무랄 데가 없고 상관들로부터 매우 존경을 받고 있었던 바, 그가 두고 간 문서에 의하면 정신이상 발작으로 자살을 한 것 같다고 했다. 장 발장은 생각했다. '요컨대 그가 나를 잡고도 나를 방면한 것은 틀림없이 그가 이미 미쳤기 때문이야.'

6. 코제트를 행복하게 해 주는 두 노인

결혼을 위해 모든 것이 준비되었다. 의사에게 알아보니 2월에는 해도 좋다고 그는 확답했다. 그때는 12월이었다. 완전한 행복의 즐거운 몇 주일이 흘러갔다.

가장 덜 행복한 사람은 할아버지가 아니었다. 그는 몇십 분간이고 코제트를 유심히 바라보고 있었다.

"경탄할 만큼 예쁜 처녀다!" 하고 그는 외쳤다. "그리고 아주 다정하고 아주 착해 보인다! 탓할 데가 없구나, 내 사랑. 이건 내가 생전에 본 중에서 가장 매혹적인 처녀다. 이제 곧 오랑캐꽃 향기와 함께 부덕도 가질 것이다. 이건 우아함의 극치다! 이런 여자하고선 고결하게 살 수밖에 없다. 마리우스, 내 아들아, 너는 남작이고 부자다. 변호사 일로 살아가지는 마라, 제발."

코제트와 마리우스는 갑자기 무덤에서 낙원으로 갔었다. 그 변화가 너무나 뜻밖이었으므로, 그들은 눈이 부시지는 않았더라도 어리둥절했다.

"이게 어떻게 된 영문인지 알겠나?" 하고 마리우스는 코제트에게 말했다.

"아니," 라고 코제트는 대답했다. "하지만 하느님이 우리를 봐 주시는 것 같아."

장 발장은 모든 것을 하고, 모든 것을 해결하고, 모든 것을 조정하고, 모든 것을 용이하게 했다. 그는 코제트 자신만큼 열심히, 그리고 겉으로는, 기쁜 듯이 코제트의 행복을 향해 서두르고 있었다.

그는 시장이었으므로, 코제트의 호적이라는 그 혼자만이 비밀을 알고 있는 미묘한 문제를 해결할 줄 알았다. 노골적으로 출신을 말하면, 누가 알겠는가? 그게 결혼을 방해할 수도 있었을 것이다. 그는 코제트를 모든 어려움들에서 빼냈다. 그는 죽은 사람들의 한 가문을 그녀에게 만들어 주었는데, 그것은 어떠한 이의도 초래하지 않는 확실한 방법이었다. 코제트는 죽어 없어진 한 가문에서 남아 있는 것이었다. 코제트는 그 자신의 딸이 아니라 다른 포슐르방의 딸이었다. 두 포슐르방 형제는 프티 픽퓌스 수녀원의 정원사였다. 사람이 그 수녀원에 갔다. 더없이 좋은 정보들과 더없이 존경할 만한 증언들이 많이 있었다. 착한 수녀들은 혈족 관계 문제를 조사할 능력도 버릇도 별로 없었고, 조사하는 것도 악의 없이 했으므로, 어린 코제트가 그 두 포슐르방 중 어느 쪽의 딸인지를 결코 정확히 알지 못했었다. 그 여자들은 사람이 원하는 걸 말했고, 그걸 열심히 말했다. 신원증명서가 작성되었다. 코제트는 법률상 외프라지 포슐르방 양이 되었다. 그녀는 아버지도 어머니도 없는 고아로 밝혀졌다. 장 발장은 포슐르방이라는 이름 아래 코제트의 후견인으로 지정되고, 질노르망 씨는 후견인 대리가 되도록 조처했다.

58만 4000프랑으로 말하자면, 알려지지 않기를 바라는 어떤 죽은 사람이 코제트에게 한 유증(遺贈)이었다. 본래의 유증은 59만 4000프랑이었으나, 1만 프랑은 외프라지 양의 교육을 위해 사용되었고 수도원에 지불되었었다. 이 유산은 제삼자의 손에 맡겨졌다가, 코제트가 성년이 되거나 결혼할 때 그녀에게 넘겨주기로 되어 있었다. 이 모든 것은, 독자도 보다시피, 아주 인정할 만한 것이었는데, 특히 100만의 반이 넘는 잔금이니 더욱 그러했다. 여기저기에 정말 몇 가지 이상한 점들이 있었으나, 사람들은 그것을 보지 않았다. 당사자의 하나는 사랑으로 눈이 가려져 있었고, 다른 사람들은 60만 프랑으로 눈이 가려져 있었다.

코제트는 자기가 그렇게도 오랫동안 아버지라고 불렀던 노인의 딸이 아니라는 걸 알았다. 그는 친척일 뿐이고, 다른 포슐르방이 그녀의 진정한 아버지였다. 다른 때라면 언제라도 그것은 그녀의 마음을 심히 아프게 했을 것이다. 그러나 그녀는 말로 표현할 수 없는 때에 있었으므로, 그것은 약간의 그늘, 침울해짐에 지나지 않았고, 그녀는 너무나도 기뻐서, 그 구름은 오래가지 않았다. 그녀에겐 마리우스가 있었다. 이 청년은 오고 있었고, 그 노인은 꺼져 가고 있었다. 인생이란 그런 것이다.

그리고 또 코제트는 오랜 세월 이래 자기 주위에서 수수께끼 같은 것들을 보는 데 익숙해져 있었다. 이상한 유년 시절을 가진 사람은 누구나 언제고 어떤 체념이든 할 준비를 하고 있다.

그렇지만 그녀는 장 발장을 계속 아버지라고 불렀다.

무척 기뻐하고 있는 코제트는 질노르망 할아버지에게 감격하고 있었다. 사실 그는 그녀에게 달콤한 말과 선물을 아낌없이 주고 있었다. 장 발장이 코제트에게 사회에서의 정상적인 지위와 비난할 여지 없는 신분을 만들어 주는 동안, 질노르망 씨는 결혼 선물에 신경쓰고 있었다. 호화찬란한 것처럼 그를 기쁘게 하는 것은 아무것도 없었다. 그는 그 자신의 할머니로부터 전해 오는 뱅슈제 레이스의 드레스를 코제트에게 주었다. 그는 말했다. "이런 패션이 되살아나고 있다. 고물들이 굉장히 인기를 얻고 있고, 내 노년의 젊은 여자들이 내 유년 시절의 늙은 여자들처럼 옷을 입는다."

그는 가운데가 불룩한 코로망델제의 으리으리한 자개장들을 털고 있었는데, 그것은 여러 해 전부터 열린 적이 없었다. 그는 말했다. "이 늙은 마님들을 실토케 하자. 그녀들의 배 속에 무엇이 있는지 보자." 그는 그의 모든 아내들과 모든 정부들, 그리고 모든 여자 조상들의 옷들로 가득 찬 불룩한 서랍들을 요란하게 침범하고 있었다. 베이징산 견직물, 다마스커스산의 무늬 놓은 피륙, 중국산 돋을무늬 비단, 염색한 물결무늬천, 투르산 불꽃무늬 견직 드레스, 빨 수 있는 금실로 수놓은 인도제 손수건, 안팎이 없는 조각조각 맞춘 꽃무늬 비단, 제노아와 알랑송산 자수, 오래된 금은세공 장신구, 섬세한 무늬의 상아 과자합, 패물, 리본 들, 그는 코제트에게 모두 아낌없이 주고 있었다. 코제트는 마리우스에 대한 사랑에 경탄하여 어쩔 줄 모르고, 질노르망 씨에 대한 감사에 얼떨떨하여, 새틴과 비로드를 입고서 끝없는 행복을 꿈꾸고 있었다. 그녀의 결혼 선물이 그녀에게는 천사들에 의해 떠받쳐지고 있는 것 같았다. 그녀의 영혼은 말린산 레이스의 날개를 달고 창공으로 날아오르고 있었다.

애인들의 도취는, 앞서 말했듯이, 할아버지의 황홀감에 의해서밖에는 필적되지 않았다. 피유 뒤 칼베르 거리에는 화려한 음악 같은 것이 있었다.

아침마다, 할아버지가 코제트에게 주는 새로운 골동품 선물. 있을 수 있는 모든 장식품들이 그녀의 주위에 찬란하게 꽃 피고 있었다.

마리우스는, 보통, 행복한 중에도 근엄하게 이야기하고 있었는데, 어느 날, 뭔지 알 수 없는 사건에 관해서 이렇게 말했다.

"혁명가들은 실로 위대하기 때문에, 그들은 카토처럼 그리고 포시온처럼 이미 여러 세기의 명성을 가지고 있고, 그들은 저마다 아주 오래된 존경을 받고 있는 것 같습니다."

"아주 오래된 물결무늬 천을!"* 하고 노인은 외쳤다. "고맙다, 마리우스. 그건 바로 내가 찾고 있던 생각이다."

그리고 다음 날 코제트의 선물에 갈색의 아주 오래된 물결무늬 천으로 만든 훌륭한 드레스 한 벌이 첨가되었다.

할아버지는 그 옷가지들에서 하나의 지혜를 끌어냈다.

"사랑, 그것은 좋다. 하지만 그에 따르는 것이 있어야 한다. 행복에는 쓸데없는 것이 있어야 해. 행복, 그것은 필요한 것일 뿐이야. 그것에 불필요한 것으로 듬뿍 양념을 쳐라. 궁전과 그의 마음. 그의 마음과 루브르 궁전. 그의 마음과 베르사유 궁전의 큰 연못들. 내 연인을 내게 주고, 그녀가 공작 부인이 되도록 힘써라. 수레국화의 화환을 쓴 필리스를 내게 데려와 그녀에게 10만 프랑의 연금을 덧붙여 줘라. 대리석 주랑(柱廊) 아래 끝없이 전원의 풍경을 펼쳐라. 나는 전원의 풍경도 좋고 대리석과 황금의 선경도 역시 좋다. 행복만의 행복은 빵만의 빵과 같다. 먹기는 하지만 저녁 식사가 되지는 않는다. 불필요한 것, 쓸데없는 것, 엉뚱한 것, 지나치게 많은 것, 아무 쓸모도

---

* 마리우스가 말한 "아주 오래된 존경"은 "mémoire antique", "노인의 아주 오래된 물결무늬 천"은 "moire antique", 즉 mémoire를 moire로 알아들은 것처럼 한 말로서 일종의 재담이다.

없는 것, 그런 것을 나는 원한다. 나는 스트라스부르의 대성당에서 사 층 집 같은 높고 큰 시계를 본 생각이 나는데, 그것은 시간을 가리키고 있었으나, 친절하게도 시간을 가리키고는 있었으나, 그것을 위해 만들어져 있는 것 같지는 않고, 정오 또는 자정, 정오, 태양의 시간, 자정, 사랑의 시간, 또는 뭐든지 다른 모든 시간의 종을 친 후, 우리에게 보여 주고 있었다, 달과 별들을, 육지와 바다를, 새들과 물고기들을, 페뷔스와 페베를, 그리고 벽감(壁龕)에서 나오는 많은 것들을, 그리고 열두 사도들을, 그리고 황제 카를 5세를, 그리고 에포닌과 사비누스를, 그리고, 게다가, 나팔을 부는 많은 금빛 아이들을. 이 큰 시계가 무슨 까닭인지는 몰라도 툭하면 공중에 흩뿌리는 즐거운 주명종(奏鳴鍾) 종소리는 말할 것도 없고. 시간밖에 말하지 않는 아무런 장식도 없는 초라한 문자반이 그만한 가치가 있을까? 나는 스트라스부르의 큰 시계와 동감이고, 슈바르츠발트의 뻐꾸기시계보다 그것을 더 좋아한다."

질노르망 씨는 결혼식에 관해 특별히 당치도 않은 소리를 하고 있었고, 18세기의 온갖 낡은 것들이 그의 찬사 속에 있었다.

"너희들은 향연의 방법을 모른다. 이 시대에 너희들은 기쁨의 날을 만들 줄 모른다." 하고 그는 외쳤다. "너희들의 19세기는 무기력하다. 과도라는 게 없다. 부자도 모르고, 귀족도 모른다, 어떤 것에서도 까까머리다. 너희들의 제3계급은 무미, 무색, 무취, 무형이야. 결혼하는 너희 가정주부들의 꿈은, 그녀들의 말마따나, 자단(紫檀)과 캘리코로 새로 산뜻하게 꾸민 예쁜 규방이다. 제자리에! 제자리에! 그리구 군이 그리프주 양과 결혼합니다. 호화사치와 찬란함! 루이 금화 한 닢을 촛불에 붙였다. 이렇다, 이 시대는. 나는 사르마티아의 저쪽으로 도망가고 싶다. 아! 1787년부터 나는 다 틀렸다고 예언했다. 로앙 공작과 레옹 대군, 샤보 공작, 몽바종 공작, 수비즈 후작, 프랑스 상원 의원 투아르 자작이 소형 마차를 타고 롱샹경마장으로 가는 것을 본 날부터 말이다. 그것이 열매를 맺었어. 이 시대에 사람들은 사업을 하고, 주식을 하고, 돈을 벌고, 그리고 인색하다. 사람들은 외모에 마음을 쓰고 윤을 낸다. 잔뜩 멋을 부리고, 씻고, 문지르고, 비누질하고, 면도하고, 머리를 빗고, 구두를 닦고, 매끈하게 하고, 깨끗이 닦고, 솔질하고, 밖을 청소하고, 빈틈없고, 조약돌처럼 닦고, 조심성 있고, 깔끔하게 하고 있는데, 그런데 동시에, 내 사랑하는 임의 정숙함이여! 사람들은 손가락으로 코를 푸는 촌뜨기도 뒷걸음질 치게 하는 두엄과 시궁창을 마음속에 가지고 있다. 나는 이 시대에 '불결한 청결'이라는 표어를 수여한다. 마리우스야, 화를 내지는 마라. 내가 말하는 걸 허락해 다오. 내가 민중을 욕하지는 않으니까, 알겠지. 나는 너의 그 민중이라는 걸 늘 말하고 있으나, 중산계급을 조금 때리는 것은 좋다고 생각한다. 나도 그중 하나지만. 매우 사랑하는 자는 매우 매질을 한다. 그래서 나는 아주 분명히 말하는데, 오늘날 사람들은 결혼을 하지만, 결혼할 줄을 모른다. 아! 이건 사실이야, 나는 옛 풍습의 고귀함을 그리워한다. 그 풍습의 모든 것을 그리워한다. 그 우아함, 그 기사도, 그 예의 바르고 상냥한 태도, 사람마다 가지고 있는 그 즐거운 사치, 위로는 교향악에서 아래로는 북 치기에 이르기까지 혼례식의 일부를 이루는 음악, 무용, 식탁에 앉아 있는 즐거운 얼굴들, 너무 기교를 부린 마드리갈, 가요, 쏘아 올리는 꽃불, 활달한 웃음소리, 커다란 리본 매듭 등등. 나는 신부의 양말 대님도 그리워한다. 신부의 양말 대님은 비너스의 허리띠와 사촌간이야. 트로이 전쟁의 근원은 무엇인가? 암 그렇고말고, 헬레네의 양말 대님이었지. 왜 사람들은 싸우는가, 왜 디오메데스는 메리오네스의 머리 위에서 열 개의 돌기가 있는 그 큰 청동 투구를 부수는가, 왜 아킬레우스와 헤크토르는 창을 크게 휘둘러 서로 몹시 싸우는가? 그것은 헬레네가 그녀의 양말 대님을 파리스가 풀어 가게 두었기 때문이다. 코제트의 양말 대님으로 호메로스는 「일리아드」를 만들 것이다. 그는 그의 시 속에 나 같은 수다스러운 노인을 넣고, 그를 네스토르라고 부를 것이다. 여러분, 옛날에는, 그 싹싹한 옛날에는, 슬기롭게 결혼하고, 훌륭한 계약을 맺고, 그런 다음엔 훌륭한 잔치를 베풀었다. 퀴자스가 나가자마자 가마슈*가 들어왔다. 아, 참말로! 위(胃)라는 것은 당연히 받을 것을 요구하고, 저도 또한 결혼식을 갖고자 하는 유쾌한 짐승이기 때문이다. 사람들은 잘 먹었고, 식탁에서는 김프를 입지 않고 적당히 밖에 목을 가리지 않은 미인이 옆에 있었다. 오! 다들 크게 입을 벌리고 웃었고, 사람들은 얼마나 유쾌했던가, 그 시대에는!

---

* 퀴자스(Jacques Cujas, 1520~1590). 프랑스의 법률가. 『돈 키호테』에 '가마슈(Gamache)의 결혼식' 이야기가 나오는데, 가마슈는 돈 많은 농부로서 그의 결혼식에 푸짐한 식사를 베풀었으므로, 그것은 진수성찬을 가리키는 말이 되었다.

청춘은 한 다발의 화환이었다. 젊은이는 누구나 다 한 가지의 라일락이나 한 뭉치의 장미꽃들로 끝났다. 사람이 군인일지라도 그는 연인이었고, 만약에 어쩌다가 용기병 대장이 되었더라도, 그는 플로리앙*이라고 불리게 되었다. 사람들은 꼭 예쁘기를 바랐다. 사람들은 수놓은 옷을 입고, 주홍빛 옷을 입었다. 시민은 꽃 같았고, 후작은 보석 같았다. 바지 끝을 구두 밑으로 돌려 매는 끈도 없었고, 장화도 없었다. 사람들은 맵시 있고, 화려하고, 윤기 있고, 반짝거리고, 금갈색이고, 파닥파닥 날아다니고, 귀엽고, 애교 있고, 그런데도 역시 허리에는 칼을 차고 있었다. 벌새는 부리와 발톱을 가지고 있다. 그것은 점잖은 남색(藍色)의 시대였다. 그 시대의 한쪽 면은 세련된 것이었고, 또 한쪽 면은 화려한 것이었다. 제기랄! 사람들은 재밌게 놀았다. 오늘날 사람들은 진지하다. 시민은 인색하고, 가정주부는 얌전한 체한다. 너희들의 시대는 불행해. 너무 어깨 가슴을 드러내 놓고 있다고 해서 사람들은 미의 여신들을 쫓아낼 것이다. 아 슬프도다! 사람들은 아름다움도 추함도 다 감춘다. 혁명 이후, 누구나 다 바지를 입고 있다. 춤추는 여자들까지도. 여배우는 근엄해야 한다. 리고동 춤은 태를 부린다. 위엄 있어야 한다. 모피 목도리 속에 턱을 넣고 있지 않으면 사람들은 퍽 섭섭해할 것이다. 결혼하는 스무 살 개구쟁이의 이상, 그것은 루아예 콜라르를 닮는 것이다. 그리고 너희들

---

* 플로리앙(Jean-Pierre Claris de Florian, 1755~1794). 프랑스의 작가. 볼테르의 종손인 그는 특히 샹송을 잘 썼고 「사랑의 즐거움」, 「우화」 등으로 알려졌다.

은 사람들이 그렇게 위엄을 지키다 어떻게 되는지 아느냐? 옹졸하게 된다. 이걸 알아라. 기쁨은 단지 기쁠 뿐만 아니라, 그것은 위대하다는 것을. 그러므로 쾌활하게 사랑을 하란 말이다! 그러므로 너희들이 결혼할 때에는, 열광과 도취와 행복의 소란과 법석을 가지고 결혼하거라. 성당에서 근엄한 것은 좋다. 하지만 미사가 끝나자마자 신부 주위에 꿈의 소용돌이를 일으켜야 할 것이다. 결혼은 장엄하고 환상적이어야 한다. 랭스의 대성당에서 샹틀루의 탑까지 결혼식 행렬을 해야 한다. 나는 비열한 혼례식을 대단히 싫어한다. 제기랄! 천당에 있거라, 적어도 그날은. 신들이 되거라. 아! 공기의 정령이 되고, 놀이의 신과 웃음의 신이 되고, 은 방패 병사*가 될 수 있을 것이다. 여보게들, 신랑은 누구나 다 알도부란디니** 공작이 돼야 한다. 백조와 독수리 들과 함께 창공에 날아오르기 위해 평생의 이 유일한 순간을 이용하라. 이튿날은 개구리들의 평민계급 속에 다시 떨어지는 한이 있더라도 말이다. 혼례에서는 조금도 절약하지 마라. 혼례에서 그 찬란한 빛을 갉아먹지 마라. 너희들이 빛나는 날에 인색하게 굴지 마라. 혼례는 살림살이가 아니다. 오! 만약에 내가 내 멋대로 한다면, 참 멋이 있을 텐데. 나무들 속에서 바이올린 소리가 들릴 것이다. 내 계

---

* 알렉산더 대왕의 친위대원.
** 알도부란디니(Aldobrandini). 피렌체의 명문가로 법률가, 교황, 추기경 들을 배출했는데, 문중의 한 사람인 피에트로 알도부란디니 추기경(1572~1621)은 결혼식 장면을 그린 유명한 로마의 벽화 「알도부란디니 결혼식」을 갖고 있었다.

획은 이렇다. 하늘의 푸른빛과 은빛. 나는 향연에 전원의 신들을 섞어 놓을 것이고, 숲의 요정과 바다의 요정 들도 초대할 것이다. 바다의 여신의 혼례, 장밋빛 구름, 머리 단장을 잘한 벌거숭이의 물의 요정들, 여신에게 사행시를 바치는 아카데미 회원, 바다의 괴물들에게 끌리는 수레.

> 트리톤*은 앞에서 종종걸음을 치고, 소라고둥에서
> 매혹적인 소리를 끌어내 누구든 매혹하네.

이것이 축연의 계획이다. 이것이 계획의 하나다. 이것 말고는 나는 아무것도 모른다, 제기랄!"

할아버지가 서정적인 감정 토로에 빠져서, 자기 자신의 말에 귀를 기울이고 있는 동안에, 코제트와 마리우스는 자유롭게 서로 바라보는 데 취해 있었다.

질노르망 이모는 냉정하고 평온하게 그 모든 것을 주시하고 있었다. 그녀는 오륙 개월 이래 어느 정도의 감동을 느꼈었다. 마리우스가 돌아온 것, 마리우스가 피를 흘리며 실려 온 것, 마리우스가 바리케이드에서 실려 온 것, 마리우스가 죽었다가 살아난 것, 마리우스가 화해한 것, 마리우스가 약혼한 것, 마리우스가 가난한 여자와 결혼하는 것, 마리우스가 갑부 여자와 결혼하는 것. 60만 프랑은 그녀의 마지막 놀라움이었다. 그런 뒤 첫 영성체자 같은 그녀의 무관심이 그녀에게 돌아

---

* 트리톤(Triton). 반인반어의 바다의 신(그리스신화).

왔었다. 그녀는 한결같이 미사에 참례하고, 묵주신공을 드리고, 기도서를 읽고, 그들이 집 한쪽 구석에서 I love you를 속삭이는 동안 다른 쪽 구석에서 아베 마리아를 속삭이며, 마리우스와 코제트를 두 그림자처럼 멍하니 보고 있었다. 그림자, 그것은 그녀였다.

어떤 무기력한 고행 상태가 있는데 그럴 때면 영혼은 마비에 의해 약화되어, 사는 일이라고 부를 수 있는 것에 무관심하고, 지진과 큰 재앙을 제외하고는 아무런 인간적인 감명도, 아무런 즐거운 감명도, 아무런 고통스러운 감명도 느끼지 않는다. 질노르망 영감은 딸에게 말했다. "그런 헌신은 뇌의 감기 같은 거야. 너는 삶에서 아무것도 못 느낀다. 나쁜 냄새를 못 느끼지만, 좋은 냄새도."

그런데, 60만 프랑의 돈은 노처녀의 우유부단함을 확고하게 했다. 그녀의 아버지는 그녀를 별로 대수롭게 여기지 않는 버릇이 있었기 때문에, 마리우스의 결혼에 대한 동의에 관해서도 그녀와 의논하지 않았었다. 그는 자기 방식대로 격정적으로 행동했었고, 노예가 된 독재자로, 오직 마리우스를 만족시키려는 한 가지 생각밖에 없었다. 이모로 말하자면, 이모가 존재하는지, 이모가 무슨 의견을 가질 수 있는지, 그는 그런 건 생각조차도 하지 않았었고, 그녀는 아주 온순했지만, 그것이 그녀는 불쾌했었다. 마음속으로는 조금 분개했으나, 겉으로는 태연하면서, 그녀는 생각했었다. "아버지는 결혼 문제를 나 없이 결정하셨다. 나는 유산 문제를 아버지 없이 결정하리라." 사실, 그녀는 부자였으나, 아버지는 그렇지 않았다. 그래서 그녀는 그 점에 대해 자기의 결정을 보류했었다. 만약 결혼에 돈이 없었다면, 그녀는 십중팔구 돈이 없는대로 내버려 두었을 것이다. 내 조카님에겐 안되었지만! 그가 거지와 결혼하면 그도 거지가 돼야지. 그러나 코제트의 100만의 반을 넘는 돈은 이모의 마음에 들었고, 그 한 쌍의 애인들에 대한 그녀의 마음의 자세를 바꾸었다. 60만 프랑에 대해서는 신중한 고려를 해야 한다. 그러니 그녀가 그 젊은이들에게 자기 재산을 남겨 줄 수밖에 다른 도리가 없었던 것이 분명했다. 왜냐하면 그들은 이제 이 재산이 필요없었으니까.

신혼부부는 할아버지 집에서 살도록 결정되었다. 질노르망 씨는 결단코 집에서 가장 아름다운 자기 방을 그들에게 주고 싶었다. 그는 이렇게 말했다. "그렇게 하면 나는 다시 젊어질 것이다. 이건 오래된 계획이다. 나는 늘 내 방에서 혼례를 치를 생각을 했었다." 그는 그 방에 우아한 옛 골동품들을 수많이 갖추었다. 그는 특별한 천으로 천장을 하고 벽을 발랐는데, 그는 이 천을 통째 가지고 있었고 그것을 유트레히트산이라고 생각하고 있던 것으로, 미나리아재비같이 윤이 나는 바탕에 앵초빛 비로드의 꽃무늬들이 들어 있었다. "라 로슈 기용의 앙빌 공작 부인의 침대에 덮여 있던 것도 이 천이야." 하고 그는 말했다. 그는 벽난로 위에 벌거벗은 배에 토시를 들고 있는 색소니제 인형을 하나 놓았다.

질노르망 씨의 서재는 마리우스가 필요로 하는 변호사 사무실이 되었는데 독자도 기억하다시피, 사무실은 변호사협회 이사회의 요구에 따른 것이었다.

7. 행복에 얽혀 있는 꿈의 인상

애인들은 매일 만났다. 코제트는 포슐르방 씨와 함께 왔다. 질노르망 양은 말했다. "미래의 신부가 이처럼 환심을 사려고 남자 집에 오는 건 일이 거꾸로 된 거야." 그러나 마리우스의 회복기가 그러한 습관을 갖게 했었고, 피유 뒤 칼베르 거리의 안락의자들은 옴므 아르메 거리의 짚 의자들보다도 대담하기에 더 좋았으므로 그 습관을 정착시켰다. 마리우스와 포슐르방 씨는 만났으나, 서로 말을 하지는 않았다. 그렇게 결정되어 있는 것 같았다. 처녀는 누구나 다 샤프롱을 필요로 한다. 코제트는 포슐르방 씨 없이는 오지 못했을 것이다. 마리우스에게 포슐르방 씨는 코제트의 하인 격이었다. 그는 그를 받아들이고 있었다. 모두의 운명의 일반적인 개선이라는 견지에서, 그들은 정치 문제들을 명확히 말하지 않고 막연하게 화제로 삼아, 그렇다 아니다보다는 조금 더 많은 것을 서로 말하게 되고 있었다. 한번은, 교육에 관해, 마리우스는 그것이 무상 의무교육이고, 모든 형식들 아래 증가되고, 공기와 햇빛처럼 모두에게 아낌없이 주어지고, 한마디로, 민중 전체에게 숨쉴 수 있게 되기를 바랐는데, 그들의 생각이 일치하여 거의 이야기가 되었다. 마리우스는 그 기회에 포슐르방 씨가 말을 잘하고 심지어 어느 정도 고상한 말까지도 쓰는 데 주목했다. 그렇지만 그에게는 뭔가 알 수 없는 것이 모자랐다. 포슐르방 씨는 사교계 사람보다 뭔가 부족하고 뭔가 더 많았다.

마리우스는 자기에겐 단지 친절하고 냉정하기만 하는 그

포슐르방 씨에 대하여, 마음속으로 그리고 그의 생각 밑바닥에서, 온갖 말없는 의문을 품고 있었다. 이따금 자기 자신의 추억들에 관해 그에게 의심이 생기는 수도 있었다. 그의 기억에는 하나의 구멍이, 하나의 캄캄한 장소가, 넉 달 동안의 단말마로 파인 하나의 심연이 있었다. 많은 것들이 그 속에 사라져 버렸었다. 그는 그렇게도 진지하고 그렇게도 침착한 그런 사람인 포슐르방 씨를 바리케이드에서 본 것이 정녕 사실일까 하고 자문하게 되었다.

그런데 과거에 나타난 것들과 사라진 것들이 그의 정신에 남겨두었던 것이 혼미(昏迷)만은 아니었다. 심지어 행복하고, 심지어 만족하고 있더라도, 우리들로 하여금 침울하게 뒤를 돌아보지 않을 수 없게 하는 기억의 그 모든 고정관념들에서 그가 해방되었다고 생각해서는 안 될 것이다. 사라진 지평선 쪽을 돌아보지 않는 머리는 사상도 사랑도 지니고 있지 않다. 때때로 마리우스는 자기 얼굴을 두 손으로 감싸고 소란스럽고 희미한 과거가 그의 뇌리에 지니고 있는 어스름을 건너가곤 했다. 그는 마뵈프가 쓰러지는 것을 다시 보고, 가브로슈가 산탄 아래에서 노래 부르는 소리를 듣고, 자기의 입술 아래 에포닌의 차가운 이마를 느끼곤 했다. 앙졸라, 쿠르페락, 장 플루베르, 콩브페르, 보쉬에, 그랑테르 등 그의 모든 친구들이 그의 앞에 우뚝 섰다가 사라지곤 했다. 그 모든 사랑하는 사람들, 고통스럽고, 용감하고, 매력적인 또는 비극적인 사람들, 그것은 꿈이었는가? 그들은 정말로 존재했었는가? 폭동은 모든 것을 그의 연기 속에 끌어 갔었다. 그 큰 열정들은 큰 꿈들을 가지고 있다. 그는 자문하고 있었다. 그는 곰곰 생각해 보고 있었다. 그는 그 모든 사라진 현실들에 현기증을 느끼고 있었다. 그들은 모두 대관절 어디에 있었는가? 모든 것이 죽어 버린 것이 정말 사실이었는가? 암흑 속에 떨어져 모든 것이 휩쓸려 가 버렸었다, 그를 제외하고. 그 모든 것이 그에게는 연극의 막 뒤에서처럼 사라져 버린 것 같았다. 인생에도 그렇게 내리는 막들이 있다. 신은 다음 막으로 간다.

그리고 그 자신, 그는 정말 똑같은 사람이었는가? 그는, 가난뱅이였던 그는 부자가 되어 있었다. 그는, 버림받았던 그는 가정을 가지고 있었다. 그는, 절망했던 그는 코제트와 결혼하고 있었다. 그는 하나의 무덤을 건너온 것 같았는데, 그는 거기에 암담한 마음으로 들어간 것 같았는데, 그는 거기서 밝은 마음으로 나온 것 같았다. 그리고 그 무덤, 다른 사람들은 여전히 거기에 있었다. 어떤 때에는, 과거의 그 모든 인간들이 돌아와 있으면서, 그의 주위를 둘러싸고 그를 우울하게 하고 있었다. 그럴 때면 그는 코제트를 생각하고 다시 명랑해지곤 했었다. 그런 불행을 잊게 하기 위해서는 바로 그 큰 행복이 필요했다.

포슐르방 씨는 거의 그 사라진 사람들 중에 들어 있었다. 마리우스는 바리케이드의 그 포슐르방 씨가 코제트 옆에 그렇게도 근엄하게 앉아 있는 바로 이 포슐르방 본인과 똑같은 사람이라고 생각하기를 주저하고 있었다. 전자는 십중팔구 그의 정신착란 시간들이 갖다주었다 가져갔다 한 그 악몽들의 하나였을 것이다. 그런데 그들 두 사람의 성격이 까다로웠으므로, 마리우스와 포슐르방 씨 사이에는 어떠한 질문도 가능하지 않았다. 그는 그런 생각조차도 나지 않았다. 나는 이미 이 특유의 사실을 지적했다.

두 사람이 공통된 비밀을 가지고 있으면서 일종의 묵계로 그 일에 관해서 서로 한마디도 하지 않는 것, 이런 일은 사람들이 생각하는 것보다 드물지 않다.

단 한 번 마리우스는 떠 보았다. 그는 대화 중에 샹브르리 거리를 올리고, 포슐르방 씨 쪽을 돌아보면서 그에게 말했다.

"그 거리를 잘 아시지요?"

"무슨 거리요?"

"샹브르리 거리 말입니다."

"그 거리의 이름에 관해서 나는 아무것도 아는 바가 없소." 하고 포슐르방 씨는 세상에도 더없이 자연스러운 어조로 대답했다.

대답은 거리의 이름에 관해서이고, 전혀 거리 그 자체에 관해서가 아니었는데, 그것이 마리우스에게는 결정적이기 보다도 더 결정적인 것 같았다.

"확실히 나는 꿈을 꾸었다." 하고 그는 생각했다. "나는 환각을 가졌던 거야. 그건 누군가 그를 닮은 사람이었어. 포슐르방 씨는 거기에 있지 않았어."

8. 찾아낼 수 없는 두 사람

환희가 아무리 컸더라도 마리우스의 생각 속에서 다른 근심을 지울 수는 없었다.

결혼 준비가 되고 있는 동안에, 그리고 정해진 날짜를 기다리면서, 그는 사람을 시켜 어렵고 세심한 회고적인 탐색을 했다.

그는 여러 쪽에서 은혜를 입고 있었는데, 아버지를 위해서도 그렇고, 그 자신을 위해서도 그러했다.

테나르디에가 있었고, 마리우스를 질노르망 씨 댁에 가져왔었던 미지의 인물이 있었다.

마리우스는 그 두 사람을 꼭 찾아내고 싶었고, 결혼하고 행복하고 그들을 잊어버릴 생각은 전혀 없었고, 갚지 않은 그 의무의 빚이 차후 그렇게도 빛날 그의 삶에 그늘이 될까 봐 걱정하고 있었다. 그는 그 모든 대가를 자기 뒤에 미결인 채 둘 수 없었고, 그는 즐겁게 미래로 들어가기 전에 과거를 청산하기를 원하고 있었다.

테나르디에가 악한이었다는 것, 그것은 그가 퐁메르시 대령의 생명을 구했었다는 그 사실에서 아무것도 제거하지 않았다. 테나르디에는 모든 사람에게 악한이었지만, 마리우스에게는 예외였다.

그리고 마리우스는 워털루 싸움터의 진정한 장면을 몰랐으므로, 아버지는 테나르디에에 대하여, 그가 생명의 은인이기는 하나 그에게 감사할 의무는 없다는 그런 묘한 처지에 있다는 그 특수 사정을 알지 못하고 있었다.

마리우스가 고용한 여러 중개업자들 중 아무도 그의 흔적을 찾아낼 수 없었다. 그 점에 관해서는 완전히 소멸해 버린 것 같았다. 테나르디에의 아낙은 예심 중 감옥에서 죽었었다. 그 가련한 무리에서 남은 것은 테나르디에와 그의 딸 아젤마 두 사람뿐이었는데, 어둠 속에 다시 잠겨 버렸었다. 사회적 '미지'의 심연이 그 사람들 위에서 조용히 다시 닫혀 버렸던 것이다. 그 표면에, 무엇인가 거기에 떨어졌고 거기에 측연(測鉛)을 던질 수 있다는 것을 알리는 그런 떨림, 그런 흔들림, 그런 희미한 동심원을 더 이상 볼 수조차 없었다.

테나르디에의 아내는 죽었고, 불라트뤼엘은 혐의를 벗었고, 클라크주는 사라졌고, 주요한 피고인들은 탈옥해 버렸으므로, 고르보 누옥의 잠복 사건 재판은 거의 실패로 돌아갔었다. 사건은 꽤 애매하게 남았었다. 중죄 재판소는 두 종범인, 일명 프랭타니에 또는 비그르나유라는 팡쇼와, 일명 되 밀리야르라는 드미 리야르로 만족해야 했었는데, 이들은 십 년 징역형에 처해졌었다. 탈주한 결석 공범인들에 대해서는 종신 징역형이 선고되었었다. 두목이자 주범인 테나르디에는 마찬가지로 궐석재판에 의해 사형을 선고 받았었다. 이 선고가 테나르디에에 관해서 남은 유일한 것으로, 하나의 관 옆의 촛불처럼, 그 매장된 이름 위에 그의 음산한 빛을 던지고 있었다.

그런데, 이 사형선고는 다시 체포되는 두려움에 의해 테나르디에를 마지막 구렁텅이로 떠밀어 넣음으로써, 이 사람을 덮고 있는 짙은 암흑을 더해 주고 있었다.

또 한 사람에 관해서는, 즉 마리우스의 생명을 구해 주었던 사람에 관해서는, 수색이 처음엔 다소 결과가 있었으나, 그 후 뚝 멈춰 버렸다. 6월 6일 저녁에 마리우스를 피유 뒤 칼베르 거리에 가져왔었던 삯마차를 찾아내는 데는 성공했다. 마부는 말했다. 6월 6일, 어떤 경찰의 명령으로, 그는 샹젤리제 강가의 '대하수도' 출구 위에서, 오후 3시부터 밤까지, '정차했'다. 저녁 9시경에, 강둑 쪽으로 나 있는 하수도의 쇠 격자문이 열렸다. 한 사나이가 거기서 나왔는데, 죽은 것 같은 또 한 사나이를 어깨에 둘러메고 있었다. 그 지점에서 지키고 있던 경찰관이 살아 있는 사람을 체포하고 죽은 사람을 압수했다. 경찰관의 명령으로, 마부인 그는 "그 모든 사람들"을 그의 삯마차에 받았다. 사람들은 맨 먼저 피유 뒤 칼베르 거리로 갔다. 거기에 죽은 사람을 내려놓았다. 그 죽은 사람, 그것은 마리우스 씨였고, 마부인 그는, 그가 "이번에는" 살아 있었는데, 그를 잘 알아보았다. 다음에 사람들은 그의 마차에 다시 올라타고, 그는 말에 채찍질을 하고, 아르시브의 문에서 몇 걸음 떨어진 곳에서 경관은 그에게 멈춰 서라라고 외치고, 거기에서, 그 거리에서 경관은 그에게 돈을 치르고 그에게서 떠났는데, 경찰관은 또 하나의 사나이를 데리고 갔다. 그는 그 이상은 아무것도 모른다. 그날 밤은 매우 캄캄했다, 라고.

마리우스는, 앞서 말한 대로, 아무것도 기억하지 못하고 있었다. 그는 다만 바리케이드에서 벌렁 뒤로 나자빠질 때 뒤에서 힘찬 손 하나로 붙잡힌 것만 생각났을 뿐이다. 그런 뒤 모든 것이 그에게서 사라져 버렸다. 그는 질노르망 씨 집에서 비로소 의식을 되찾았었다.

그는 추측에 몰두하고 있었다.

마부가 말한 사람이 자기 자신임에 틀림없다는 것을 그는 의심할 수 없었다. 그렇지만 샹브르리 거리에서 쓰러졌는데, 앵발리드 다리 근처의 센 강둑에서 경찰관에게 연행되었다는 건 어떻게 된 일일까? 누군가가 그를 시장 구역에서 샹젤리제로 가져왔다. 그런데 어떻게? 하수도로. 놀라운 헌신이다!

누군가가? 누구일까?

마리우스가 찾고 있는 것은 그 사람이었다!

그의 구조자인 그 사람에 관해서는 아무것도 몰랐다. 아무런 종적도 없었다. 털끝만큼의 단서도 없었다.

마리우스는 이쪽에서는 매우 조심성 있게 하지 않을 수 없었지만, 그의 탐색을 경찰청까지 밀고 나갔다. 거기서도 다른 데서와 마찬가지로, 얻은 정보는 아무런 해명도 주지 못했다. 경찰청에서는 삯마차의 마부만큼도 이 사건을 알지 못하고 있었다. 6월 6일, '대하수도'의 쇠 격자문에서 행해진 체포 같은 것은 거기서는 전혀 알려져 있지 않았다. 거기서는 이 사건에 관해서 아무런 경찰관의 보고도 받지 않았는데, 경찰청에서는 그것을 지어낸 이야기로 보았다. 거기서는 그 이야기를 마부가 지어낸 것이라고 했다. 팁을 바라는 마부는 무엇이고 다 할 수 있다. 심지어 거짓까지도. 그렇지만 그 사실은 확실했고, 마리우스는 그것을 의심할 수 없었다. 앞서 말한 것처럼, 자기 자신이 그 사람이라는 걸 의심하지 않는 한 이 사건을 의심할 수는 없었다.

모든 것이 이 기이한 수수께끼에서는 설명할 수 없었다.

그 사나이, 기절한 마리우스를 둘러메고 '대하수도'의 쇠 격자문에서 나오는 것을 마부가 보았다는 그 수수께끼 같은 사나이, 잠복 중인 경찰관이 한 폭도의 인명 구조를 현행범으로 체포했었던 사람, 그는 어떻게 되었을까? 경찰관 자신은 어떻게 되었을까? 어째서 그 경찰관은 침묵을 지켰을까? 그 사람은 탈주하는 데 성공했을까? 그는 경찰관을 매수했을까? 왜 그 사람은 자기에게 모든 것을 빚지고 있는 마리우스에게 아무 소식도 주지 않고 있을까? 이 사심 없는 행위는 그 헌신적인 행위 못지않게 놀라운 것이었다. 왜 그 사람은 다시 나타나지 않고 있을까? 그는 아마 보수를 개의치 않고 있겠지만, 감사를 개의치 않을 사람은 아무도 없다. 그는 죽었을까? 그는 어떤 사람일까? 어떤 얼굴을 하고 있었을까? 아무도 그것을 말할 수 없었다. 그날 밤은 매우 캄캄했다고 마부는 대답했다. 바스크와 니콜레트는 몹시 당황해서 피투성이가 된 그들의 젊은 상전밖에 보지 않았었다. 오직 마리우스의 비극적인 도착을 촛불로 비추었던 문지기만이 문제의 사나이를 눈여겨보았었는데, 그가 그에 관해서 말한 인상은 이러했다. "그 사람은 무시무시했어요."

마리우스는 탐색을 위해 이용하려는 희망에서, 그가 조부 집에 실려 왔었을 때 입고 있던 피 묻은 의복을 보존케 했다. 예복을 조사해 보니, 옷자락이 묘하게 찢겨 있었다. 한 조각이 없어져 있었다.

어느 날 저녁, 마리우스는 코제트와 장 발장 앞에서 그 모든 이상한 사건과 그가 얻은 수많은 정보들, 그의 헛된 노력들을 이야기했다. '포슐르방 씨'의 냉담한 표정은 그를 초조하게 했다. 그는 분노로 거의 떨리다시피 하는 격렬한 목소리로 외쳤다.

"암, 그 사람이 어떠한 사람이든 간에, 그분은 숭고했습니다. 그분이 무슨 일을 했는지 아십니까, 아저씨? 그분은 대천사처럼 나서서 손을 썼습니다. 그분은 전투 속에 뛰어들고, 저를 감추고, 하수도를 열고, 거기서 저를 끌고 가고, 업고 가야 했습니다. 아저씨! 무시무시한 지하 복도에서 15리 이상을 가야 했습니다. 몸을 굽히고, 허리를 구부리고, 어둠 속을, 시궁창 속을, 15리 이상을, 아저씨, 시체를 등에 업고 말입니다. 아저씨! 그런데 무슨 목적에서냐고요? 오직 그 시체를 구한다는 목적만으로죠. 그런데 그 시체, 그것은 저였습니다. 그는 이렇게 생각했습니다. 여기에는 아마 아직 생명의 빛이 남아 있는 것 같다. 나는 이 불쌍한 불똥을 위해 나의 목숨을 걸겠다! 라고. 그런데 그의 생존을, 그분은 그것을 한 번만 위태롭게 한 것이 아니라 여러 번이었죠! 그 증거, 그것은 그분이 하수도를 나오면서 체포되었습니다. 아시겠어요, 아저씨, 이 사람이 그 모든 일을 했다는 것을? 그런데 아무런 보수도 기대하지 않았어요. 저는 무엇이었나요? 한낱 폭도였어요. 저는 무엇이었나요? 한낱 패배자였어요. 오! 만일 코제트의 60만 프랑이 제 것이라면⋯⋯."

"그것은 당신 것이오." 하고 장 발장은 그의 말을 막았다.

"그렇다면", 하고 마리우스는 말을 이었다. "그분을 찾아내기 위해 저는 그 돈을 쓸 거예요."

장 발장은 침묵을 지켰다.

6
뜬눈으로 새운 밤

1. 1833년 2월 16일

1833년 2월 16일에서 17일에 걸친 밤은 축복받은 밤이었다. 이 밤의 어둠 위에는 하늘이 열려 있었다. 그것은 마리우스와 코제트가 결혼한 밤이었다.

그날은 실로 희한한 날이었다.

그것은 할아버지가 꿈꾼 하늘색 축전도 아니었고, 신랑 신부의 머리 위에 천사들과 사랑의 신들이 어우러진 선경도 아니었고, 문 위에 화려한 장식을 할 만한 혼례식도 아니었다. 하지만 그것은 쾌적하고 즐거웠다.

결혼식의 풍습은 1833년에는 오늘날의 그것과는 달랐다. 자기 아내를 납치하여, 교회에서 나오면서 달아나고, 자기의 행복이 부끄러워 몸을 감추고, 파산자의 거동과 아가(雅歌)의 법열을 결합시키는 그 절묘한 세련미를 프랑스는 아직 영국에서 빌려 오지 않았었다. 자기의 천국을 역마를 타고 덜거덕거리게 하고, 자기의 비밀을 찰싹하는 채찍 소리로 중단시키고, 여관의 침대를 화촉동방의 잠자리로 삼고, 합승 마차의 마부와 여관의 하녀의 대담으로 뒤범벅이 된 일생의 가장 거룩한 추억을 자기 뒤에, 하룻밤에 얼마짜리의 시시한 침실에 남겨 놓는 데에 있는 그 모든 순결하고, 우아하고, 점잖은 것을 사람들은 아직 이해하지 못했었다.

우리가 살고 있는 이 19세기의 후반에는, 시장과 그의 띠휘장, 신부와 그의 상제의(上祭衣), 법률과 신으로는 더 이상 충분치 않고, 롱쥐모의 마부*로 보완해야 한다. 붉은 테를 두르고 방울 단추가 달린 푸른 저고리, 완장 배지, 녹색 가죽 반바지, 꼬리를 묶은 노르망디 말들에게 하는 욕설, 가짜 금장식줄, 왁스를 바른 모자, 분칠한 굵은 머리털, 엄청 큰 채찍과 튼튼한 장화. 프랑스는 아직, 영국의 귀족처럼, 신랑 신부의 역마차 포장 위에 닳아 빠진 실내화들과 낡아 빠진 신발들을 우박처럼 쏟아지게 하기까지 멋을 부리지는 않고 있는데, 이런 풍습은 후일 말보루그인지 말브루크 공이 된 처칠이라는 사람이 장가가던 날 숙모의 노여움을 사서 그런 신짝 공격을 받았으나 그것이 복을 갖다 주었다는 고사에서 연유한 것이다. 헌 신발과 실내화는 아직 우리 결혼식에는 전혀 안 들어와 있

---

* 아름다운 목소리를 가진 마차의 어자(御者)가 결혼식 전에 여자를 버리고 오페라 배우가 되어 돌아다닌다는 내용의 가극 중의 인물.

다. 하지만 두고 보자. 좋은 취미는 계속 퍼져 가므로, 장차 그렇게 될 것이다.

1833년에는, 백 년 전에는, 마차를 질풍같이 모는 결혼식은 거행하지 않았다.

이상한 일이지만, 사람들은 그 무렵에 아직도 이렇게 생각하고 있었다. 결혼식은 친밀하고 사회적인 축전이라고, 검소한 향연은 가정의 결혼식을 전혀 해치지 않는, 즐거움이 지나칠지라도, 그것이 점잖기만 하다면, 조금도 행복에 해를 입히지 않는다고, 마지막으로, 거기서 한 가정이 나올 그 두 운명의 융합이 집 안에서 시작되고, 부부 생활이 차후 표적으로서 신방을 갖는 것은 존경할 만하고 좋은 일이라고.

그래서 사람들은 스스럼없이 자기 집에서 혼례를 치렀다.

그러므로 결혼식은 지금은 폐지된 그런 풍습을 따라서 질노르망 씨 댁에서 이루어졌다.

이 결혼하는 일이 아무리 당연하고 아무리 일상적인 것이라 하더라도, 성당에 게시할 혼인 공고며, 계약서의 작성, 시청, 성당 등의 일들로 언제나 다소 복잡하다. 2월 16일 전에 준비가 될 수 없었다.

그런데, 나는 순전히 정확한데 만족감을 느끼기 위해서 이런 사소한 것까지도 적거니와, 마침 16일은 참회의 화요일(사육제의 마지막 날)이었다. 그래서 여러 가지 망설임과 거리낌이 있었는데, 특히 질노르망 이모가 그러했다.

"참회의 화요일! 참 잘됐다." 하고 조부는 외쳤다. "이런 속담이 있다.

'참회의 화요일 결혼에
배은망덕의 자식 없다.'

강행하자. 16일로 하자! 너는 늦추고 싶냐, 너는, 마리우
스?"

"아니요, 물론!" 하고 연인은 대답했다.

"결혼하자." 하고 할아버지는 말했다.

그러므로 공중의 즐거움에도 불구하고, 16일에 결혼식이
거행되었다. 그날은 비가 오고 있었지만, 세상의 나머지 사람
들이 우산을 받고 있을 때조차도, 언제나 하늘에는 행복에 봉
사하는 창공의 한 작은 구석이 있어, 그것을 연인들은 본다.

그 전날, 장 발장은 질노르망 씨 앞에서 마리우스에게 그
58만 4000프랑을 건넸다.

결혼은 부부 공유재산제하에 이루어졌으므로, 계약서는 간
단했다.

투생은 앞으로 장 발장에게 필요 없었다. 코제트가 그녀를
이어받고 그녀를 시녀로 승진시켰었다.

장 발장으로 말하자면, 질노르망의 집에 일부러 그를 위해 가
구를 갖춘 아름다운 방 하나가 있었고, 코제트가 그에게 어찌나
간곡하게, "아버지, 제발 부탁이에요." 하고 말했든지, 그는 그
녀에게 그 방에 와서 살겠노라고 거의 약속하다시피 했다.

결혼하기로 정해진 날 며칠 전에, 장 발장에게 한 사건이
생겼었다. 그는 자기의 오른손 엄지손가락을 조금 으스러뜨
린 것이다. 그것은 전혀 중상이 아니었다. 그래서 그는 누가

그것을 걱정하거나, 그에게 붕대를 감아 주거나, 심지어 그의 상처를 보는 것조차도 허용하지 않았다. 심지어 코제트조차도. 그렇지만 그 때문에 그는 손을 리넨 헝겊으로 포근하게 싸고 팔을 비스듬히 어깨에 메지 않을 수 없었고, 아무것에도 서명을 할 수가 없었다. 질노르망 씨가 코제트의 후견 대리인으로서 그를 대신했었다.

나는 독자를 시청에도 성당에도 데려가지 않을 것이다. 사람들은 두 애인을 거기까지 따라가지 않고, 신랑의 꽃다발이 그의 단춧구멍에 꽂히자마자 그 드라마에서 등을 돌리는 것이 습관이다. 나는 한 사건을 적어 두는 것으로 만족하겠는데, 이 사건은 결혼식 참석자들의 눈에는 띄지 않았지만, 피유 뒤 칼베르 거리에서 생 폴 성당까지의 도정(道程)에서 일어났다.

이 무렵에 생 루이 거리의 북쪽 끝부분을 다시 포장하고 있었다. 이 부분은 파르크 루아얄 거리에서부터 막혀 있었다. 혼례의 마차들은 생 폴 성당으로 똑바로 갈 수 없었다. 부득이 길을 바꾸어야만 했는데, 가장 간단한 것은 가로수 길로 돌아가는 것이었다. 하객들 중 한 사람이 사육제의 마지막 화요일이므로 거기에는 수레들이 혼잡을 이룰 것이라고 지적했다. "그건 왜?" 하고 질노르망 씨가 물었다. "가장행렬 때문이죠." 할아버지는 말했다. "거 참 잘됐습니다. 그리로 갑시다. 이 젊은이들은 결혼을 합니다. 그들은 이제 바야흐로 인생의 진지한 단계로 들어가려고 합니다. 가장행렬을 좀 보는 것은 그들에게 준비를 시킬 겁니다."

일행은 가로수 길로 접어들었다. 첫 번째의 혼례 마차에는 코제트와 질노르망 이모, 질노르망 씨와 장 발장이 타고 있었다. 마리우스는 관습에 따라, 아직도 약혼녀와 떨어져서, 두 번째 마차에 실려 가고 있었다. 혼례의 행렬은 피유 뒤 칼베르 거리에서 나오자, 마들렌에서 바스티유까지 장사진을 이루고 있는 끝없는 마차들 행렬 속에 끼어들었다.

가면을 쓴 사람들이 가로수 길에 넘쳐흐르고 있었다. 때때로 비가 오는 데도 아랑곳없이, 파야스와 팡탈롱, 질 같은 광대들은 끈덕지게 버티고 있었다. 이 1833년 겨울의 유쾌한 분위기 속에서, 파리는 베니스로 가장했었다. 오늘날 이러한 사육제의 마지막 화요일은 더 이상 보이지 않는다. 지금 존재하는 모든 것은 널리 퍼져 있는 사육제이므로, 더 이상 사육제는 없다.

보도들에는 행인들이 넘쳐흐르고 창들에는 구경꾼들이 넘쳐흐르고 있었다. 극장들의 회랑 꼭대기를 장식하는 테라스는 관객들로 가장자리를 두르고 있었다. 가면 쓴 사람들 외에, 사람들은, 통상에서처럼 사육제의 마지막 화요일에 특유한, 온갖 마차들의 행렬을 바라보고 있었다. 삯마차, 구식 대도시 마차, 유람 합승 마차, 이륜 포장마차, 일두 이륜마차 들. 이런 것들이 경찰 규칙에 의해서 서로 일정한 간격을 엄수하면서, 마치 철로에 끼어 있는 것처럼 질서정연하게 행진하고 있었다. 이 수레들 중 하나에 있는 자는 누구나 구경꾼인 동시에 구경거리다. 순경들은 반대 방향으로 움직여 가는 그 끊일 줄 모르는 두 평행된 행렬을 가로수 길의 갓쪽을 지켜 가게 하고, 그 두 흐름을 조금도 방해하지 않도록, 하나는 상류로, 또 하나는 하류로, 하나는 윗녘의 앙탱 차도 쪽으로, 또 하나는 생 탕투안 문밖 쪽으로 연방 흘러가는 그 두 줄의 마차들을 감시하고 있었다. 프랑스 상원 의원들과 대사들의 문장이 붙어 있는 마차들은 차도 한복판을 자유로이 오가고 있었다. 어떤 화려한 흥겨운 행렬들, 특히 '사육제의 장식한 소'도 똑같은 특전을 누리고 있었다. 이러한 파리의 흥겨운 판 속에, 영국이 채찍을 휘두르는 소리를 내고 있었고, 세이머 경*의 역마차가 야비한 별명에 희롱당하면서 떠들썩한 소리를 내며 지나가고 있었다.

두 행렬을 따라서 시민병들이 양을 지키는 개들처럼 뛰어다니고 있는데, 그 두 행렬 속에서, 종조모들과 조모들로 가득한 수수한 소형 가족 마차들이 그 승강구에 가장한 어린이들의 발랄한 모습을 자랑스럽게 드러내 보이고 있었다. 일곱 살짜리 사내 어릿광대들, 여섯 살짜리 여자 어릿광대들. 이 매혹적인 꼬마들은 공공연하게 일반 대중의 유흥에 끼어들어 있음을 느끼고, 그들의 광대 놀음의 위엄에 우쭐하고 관공리들의 근엄함을 나타내고 있었다.

때때로 마차들의 행렬 속 어딘가에 장애가 생기고, 두 옆쪽 행렬들 중 어느 한 행렬은 엉킴이 풀릴 때까지 멈추곤 했다. 수레 하나만 탈이 나도 줄 전체를 마비시키기에 충분했다. 그런 뒤에 다시 행진이 계속되었다.

혼례 마차들은 바스티유 쪽으로 가고 가로수 길의 오른쪽을 따라서 가는 행렬 속에 있었다. 퐁 토슈 거리의 언덕에서 잠시

---

* 당시 파리에서 살고 있던 영국의 귀족으로, 뜨내기 각하라는 별명으로 불린 유명한 기인(奇人).

행렬이 멈춰 섰다. 거의 동시에, 인도에 가까운 다른 쪽에서, 마들렌 쪽으로 가던 또 하나의 행렬도 마찬가지로 멈춰 섰다. 그 행렬의 그 지점에 가면 쓴 사람들의 마차 한 대가 있었다.

이런 마차들, 또는, 더 적절히 말해서, 이런 가면 쓴 사람의 마차들은 파리 사람들에게 잘 알려져 있다. 만약 이러한 것들이 사육제의 마지막 화요일이나 사순절의 세 번째 주 목요일에 거기에 없으면, 사람들은 거기에 악의가 있는 것으로 알고, 이렇게 말하리라. "그 점에 대해서는 뭔가 있어. 십중팔구 곧 내각이 바뀔 거야." 행인들 위에서 흔들리는 수많은 카산드라와 아를르캥, 콜롱빈*, 터키 사람에서 야만인에 이르기까지 있을 수 있는 온갖 기괴한 것들, 건물의 차양을 떠받치는 괴력의 사나이들, 바커스신의 무녀들이 아리스토파네스에게 눈을 숙이게 하는 것과 같이 라블레에게 귀를 막게 할 상스러운 여자들, 삼실 뭉치의 가발들, 장밋빛 속옷들, 멋쟁이 모자들, 얼굴을 찡그리는 사람의 안경들, 한 마리 나비에게 희롱당하는 '바보'의 삼각모들, 보행자들에게 던져지는 고함 소리, 허리 위의 주먹, 자신 있는 자세, 벌거벗은 어깨, 탈을 쓴 얼굴, 거침없는 파렴치, 꽃 모자 쓴 마부가 끌고 다니는 혼돈한 뻔뻔스러움. 이러한 것이 이 관습이라는 것이다.

그리스는 테스피스의 네바퀴 짐수레가 필요했는데, 프랑스

---

* 카산드라(Cassandra)는 트로이의 왕 프리아모스의 딸, 트로이의 함락을 예언했으나 아무도 믿지 않았다(그리스신화). 아를르캥(Arlequin)은 울긋불긋한 옷차림을 한 익살광대. 콜롱빈(Colombine)은 무언극 광대의 애인.

는 바데의 삯마차가 필요하다.*

무엇이든 다 흉내 내어질 수 있다. 흉내 그 자체조차도. 사투르누스제(農耕神祭)는, 이 고대 미의 찌푸린 얼굴은 줄곧 커져서, 사육제의 마지막 화요일에 이른다. 그리고 옛날에 포도나무 가지의 관을 쓰고, 햇빛을 가득 받고, 성스러운 반나체 속에 대리석 유방을 보이던 바커스 제(酒神祭)는 오늘날에는 북방의 젖은 누더기 아래에 꼴이 이지러져서, 마침내 사육제의 가면이라고 불리게 되었다.

가면을 쓴 사람들의 마차의 전통은 왕조의 아득한 옛적으로 거슬러 올라간다. 루이 11세의 회계 기록에 따르면, 가면 쓴 사람들의 마차 세 대의 경비 조로 투르누아 화폐 20수를 궁정 집사에게 지급한다. 현대에는 그 수많은 소란스러운 사람들은 보통 구식 합승 마차의 지붕 위에 빽빽이 들어서서 실려 가거나, 포장을 드리운 공영(公營) 사륜 포장마차에서 떠들어 댄다. 육인승 마차에 스무 명이나 타고 있다. 좌석에, 접어 넣는 의자에, 포장들의 측면에, 앞채 위에 사람들이 있다. 그들은 마차의 초롱들에까지 걸터타고 있다. 그들은 서 있고, 누워 있고, 앉아 있고, 무릎을 쪼그리고 있고, 다리를 늘어뜨리고 있다. 여자들은 남자들 무릎을 차지하고 있다. 멀리서 보면 다수의 머리들 위에 그 광란하는 머리들이 피라미드 모양으로 쌓아 올려져 있는 것 같다. 마차의 승객들은 혼잡의 복판에서 환희의 산들

* 전자는 비극의 창시자인 그리스 시인, 후자는 통속시의 창시자인 프랑스 시인.

을 이루고 있다. 콜레와 파나르, 피롱*의 말이 곁말과 함께 거기서 흘러나온다. 사람들은 그 높은 곳에서 군중 위로 상스러운 설교를 내뱉는다. 사람들을 터무니없이 많이 실은 그 삯마차는 의기양양해 보인다. 앞에는 법석이 있고, 뒤에는 소란이 있다. 사람들은 고래고래 소리를 지르고, 모음으로 노래를 하고, 아우성치고, 깔깔대고, 행복에 포복절도한다. 즐거움이 거기에서 소리를 지르고, 야유가 거기에서 불타오르고, 흥취가 거기에서 주홍빛처럼 퍼져 간다. 두 마리의 야윈 말이 찬란하게 피어난 익살을 끌고 간다. 그것은 '웃음'의 승리의 수레다.

순수하기에는 너무나도 파렴치한 웃음. 그런데 사실 이 웃음은 수상쩍다. 이 웃음은 하나의 임무를 띠고 있다. 그것은 파리 사람들에게 사육제를 표시하는 책임이 있는 것이다.

뭔지 알 수 없는 어둠이 느껴지는 이 상스러운 마차들은 철학자를 생각에 잠기게 한다. 그 안에는 정부가 있다. 사람들은 거기에 공인(公人)들과 공창(公娼)들 사이에 은밀한 관계가 있다는 것을 확실히 이해한다.

수치스러운 것들을 쌓아 올려 총체적인 즐거움을 주는 것, 치욕에 비열함을 포개어 민중을 유혹하는 것, 매춘에 여인상주(女人像柱) 노릇을 하는 정탐 행위가 군중을 모욕함으로써 그들을 즐겁게 하는 것, 번쩍거리는 누더기요, 절반 오물이자 빛이요, 떠들어 대고 노래하는 이 살아 있는 거대한 무더기가 삯마차의 네 바퀴 위에 실려 지나가는 것을 군중이 보기를 좋

---

* 모두 해학과 풍자에 능한 시인.

아하는 것, 모든 치욕으로 이루어진 그 영광에 사람들이 박수
갈채하는 것, 만약에 경찰이 스무 개의 머리를 가진 이 일종
의 환락의 뱀들을 이 군중 가운데 돌아다니게 하지 않는다면
군중에게는 축제가 없는 것, 확실히 이런 것은 서글픈 일이다.
하지만 이를 어떻게 하겠는가? 리본과 꽃으로 꾸며진 이 오욕
의 수레들은 공중의 웃음에 의해 모욕을 받고 용서를 받는다.
모두의 웃음은 전반적인 타락의 공범이다. 어떤 불건전한 축
제들은 민중을 풍화하여 천민(賤民)으로 만든다. 그리고 천민
들에게는 폭군들에게처럼 광대들이 필요하다. 임금에게는 로
클로르가 있고, 백성에게는 파야스가 있다.* 파리는 숭고한 대
도시가 아닐 때마다 광란의 대도시가 된다. 사육제는 거기서
정치의 일부분이 된다. 솔직히 말해서 파리는 기꺼이 비열한
희극을 받아들인다. 파리에 지배자들이 있는 때에는, 파리는
그들에게 한 가지밖에 요구하지 않는다. 나에게 진흙을 발라
다오, 라고. 로마도 똑같은 기질이었다. 로마는 네로를 사랑했
다. 네로는 거대한 가장자였다.

아까 말했듯이, 혼례의 행렬이 가로수 길의 우측에 멈춰 서
있는 동안, 공교롭게도, 탈을 쓴 남녀들이 포도송이들처럼 다
닥다닥 뭉쳐 타고 있는 커다란 사륜마차 한 대가 가로수 길의
좌측에 정지했다. 가로수 길의 한쪽 가에서 다른 쪽 가로, 가
면 쓴 사람들이 타고 있는 마차가 그 맞은편에 신부가 타고 있

---

* 전자는 루이 14세 아래서 해학으로 알려진 장군, 후자는 비속한 희극에 잘
나오는 일종의 광대역.

는 마차를 보았다.

"저런! 혼례가 있네." 하고 탈을 쓴 사람 하나가 말했다.

"가짜 혼례야." 하고 또 하나의 탈을 쓴 사람이 말을 이었다. "진짜 혼례는 우리야."

그러고, 혼례 마차에 말을 걸 수 있기에는 너무 먼 데다가, 순경들에게 제지당할까 봐 두려워서, 두 가면의 사나이는 딴데로 눈을 돌려 버렸다.

가장 마차의 사람들은 모두 잠시 후에 할 일이 아주 많았다. 군중이 그들에게 야유를 던지기 시작했다. 그것은 가장한 자들에 대한 군중의 애무다. 아까 말을 했던 두 가면의 사나이도 그들의 친구들과 더불어 모두에게 대응해야만 했는데, 대중의 엄청난 욕설들에 응수하기에는 그들의 모든 야비한 말의 탄환들로도 충분하지 못했다. 가면 쓴 사람들과 군중 사이에는 무시무시한 은유적인 말들의 교환이 이루어졌다.

그러는 동안, 같은 마차의 다른 두 가면들, 늙은 사람 모양을 하고 엄청 큰 코에 거창한 검은 코밑수염을 단 한 스페인 남자와, 늑대의 가면을 쓰고, 빼빼 마르고 입이 더러운 썩 젊은 계집애 하나가 그들 역시 혼례 마차를 알아보았다. 그리고 그들의 친구들과 행인들이 서로 욕설을 하는 동안 나지막한 목소리로 대화를 하고 있었다.

그들의 밀담은 소음에 덮여 새어 나가지 않았다. 때때로 뿌린 비에 활짝 열린 마차는 젖어 있었다. 2월의 바람은 따뜻하지 않다. 스페인 사람에게 대답하면서도, 앞가슴을 드러내어 놓고 있는 입이 더러운 계집애는 덜덜 떨고, 깔깔거리고, 기침을 하고 있었다.

그 대화는 이러했다.*

"이봐."

"뭐예요, 아빠?"

"저 늙은이가 보이니?"

"어느 늙은이?"

"저기, 혼례의 첫 번째 도롱태(마차)에 타고 있는 늙은이 말이다, 우리 쪽에."

"검정 띠로 팔을 걸어 매고 있는 사람?"

"그래."

"그래서?"

"확실히 내가 아는 사람이다."

"그래요?"

"요 모가지를 잘라 가도 좋아, 요 목숨을 끊어 가도 좋아. 만약 내가 저 팡탱(파리 사람)을 모른다면 말이다."

"하기야 오늘 파리는 팡탱인걸요."**

"신부를 볼 수 있냐, 구부리면?"

"아니요."

"신랑은?"

"저 도롱태에 신랑은 없어요."

"설마."

---

* 이 대화에는 군데군데 곁말이 섞여 있다는 걸 알아주기 바란다.
** 팡탱은 꼭두각시라는 뜻인데, 도둑떼의 곁말에서는 파리를 또한 팡탱이라고 한다.

"없어요. 또 하나의 늙은이가 신랑이라면 몰라도."

"잘 구부리고 신부를 보도록 해 보라고."

"할 수 없어요."

"어쨌든 간에, 앞발에 뭔가 있는 저 늙은이, 틀림없어, 나는 저자를 안다."

"저자를 알면 아빠에게 무슨 소용이 있어요?"

"몰라. 하지만 때로는."

"늙은이들은 나는 아무려나 상관없어요, 나는요."

"나는 저자를 안다!"

"맘대로 아십시오."

"대관절 어떻게 저자가 혼례에 와 있을까?"

"우리도 혼례에 있는걸요, 우리도."

"어디서 오는 걸까, 저 혼행은?"

"내가 알아요?"

"이봐."

"뭐예요?"

"네가 한 가지 해 줘야겠다."

"뭘요?"

"우리 도롱태에서 내려 저 혼례 차를 따라가는 거야."

"뭐하게요?"

"저게 어디로 가는지, 그리고 저게 뭔지 알아보기 위해 말이야. 냉큼 내려서 달려가거라, 내 딸아. 너는 젊으니까."

"나는 마차에서 떠날 수 없어요."

"그건 왜?"

"나는 고용돼 있거든요."

"에이 제기랄!"

"내가 상스러운 여자 노릇을 하기로 수도청에서 하루 품삯을 받고 있지 않아요?"

"참 그렇군."

"만약 마차에서 떠났다가 누구든 형사에게 들키면 나는 체포될걸요. 아버지도 잘 알면서."

"그래, 알아."

"오늘 나는 관가에 팔린 몸이야."

"어쨌든, 저 늙은이가 마음에 걸린다."

"늙은이들이 마음에 걸린다고요! 그렇지만 아빠는 처녀도 아닌데."

"그자가 첫번째 마차에 있단 말이야."

"그래서요?"

"신부의 도롱태에 말이다."

"그러니까?"

"그러므로 그자가 아버지야."

"그게 내게 뭐가 어쨌단 말이에요?"

"그자가 아버지라 그 말이다."

"그 아버지만 있는 게 아닌걸요."

"이봐."

"뭐예요?"

"나는 탈을 쓰고서밖에는 못 나간다. 여기서 나는 숨어 있으니까, 내가 여기 있다는 걸 아무도 모른다. 그러나 내일은 탈들이 없어진다. 성회례(聖灰禮)의 수요일(사순절의 첫날)이거든. 섣불리 굴다간 잡힌단 말이다. 나는 다시 내 구멍으로 들어가야 해. 하지만 너는 자유롭다. 너는 말이야."

"별로 자유롭지도 못한걸요."

"언제나 나보다는 자유롭지."

"그래서 어쩌란 말예요?"

"저 혼례 차가 어디로 갔는지 네가 알아보도록 해야 한단 말이다."

"어디로 가는지?"

"그래."

"난 알아요."

"그래 어디로 가는 거야?"

"카드랑 블뢰지 뭐."

"우선 그쪽은 아니다."

"그럼! 라페지."

"다른 델지도 몰라."

"저건 제멋대로 가는 거지 뭐. 결혼식은 아무 데서나 제멋대로 하는 거죠."

"꼭 그런 것만은 아니다. 저 늙은이가 있는 저 혼례가 뭔지, 그리고 저 결혼하는 사람들이 어디에 사는지 네가 내게 알려 주도록 해야 한다 그 말이다."

"싫어요! 그런 말이 어딨어요! 일주일이 지난 뒤에, 사육제의 마지막 화요일에 파리 장안을 지나간 혼인 행차를 찾아낸다는 게 쉬운 일이겠소! 헛간의 꼴 속에서 바늘 찾기지! 그게 가능해요?"

"상관없다. 그렇게 하도록 해야 할 것이다. 알겠느냐, 아젤마?"

두 행렬은 가로수 길의 양쪽에서 서로 반대 방향으로 다시 움직이기 시작하여, 가장 마차는 신부의 '도롱태'를 못 보게 되었다.

2. 장 발장은 여전히 팔에 붕대를 감아 목에 걸고 있다

자기의 꿈을 실현하는 것. 누구에게 그것이 주어지는가? 이를 위해 하늘에서 선거가 있음에 틀림없다. 우리는 모두 저도 모르는 사이에 후보자다. 천사들이 투표한다. 코제트와 마리우스는 선출되었다.

시청과 성당에서 코제트는 찬연하고 매혹적이었다. 그녀에게 옷을 입힌 것은 니콜레트의 도움을 받은 투생이었다.

코제트는 흰 호박단 치마에 뱅슈*산 레이스의 드레스를 입고, 영국산 레이스 너울을 쓰고, 고급 진주 목걸이에 오렌지 꽃 모자를 쓰고 있었는데, 그것은 모두 흰색이고 그 흰색 속에서 그녀는 빛나고 있었다. 고상한 순결이 광명 속에서 팽창하고 변모하는 우아한 순진무구였다. 여신이 되고 있는 동정녀 같았다.

마리우스의 아름다운 머리는 윤이 나고 향기로웠고, 숱이

---

* 뱅슈(Binche), 벨기에의 소도시(Hainaut 주(州)).

많은 곱슬머리 아래에는 군데군데 바리케이드에서 받은 상처 자국인 파리한 줄들이 희미하게 보였다.

할아버지는 득의양양하고, 고개를 쳐들고, 바라스* 시대의 모든 고상함을 그의 옷차림과 태도에 어느 때보다도 더 잘 혼합시키고서 코제트를 인도하고 있었다. 팔을 걸어 매고 있었기 때문에 신부에게 팔을 줄 수 없는 장 발장을 그가 대신하고 있었던 것이다.

장 발장은 검은 옷을 입고 따라가면서 미소를 짓고 있었다.

"포슐르방 씨," 하고 조부는 그에게 말했다. "오늘은 참 좋은 날입니다. 저는 슬픔과 괴로움에 종지부를 찍습니다. 앞으로는 더 이상 아무 데도 슬픔이 있어서는 안 되겠습니다. 정말! 나는 즐거움을 선포합니다! 악은 존재의 권리가 없습니다. 불행한 사람들이 있다는 것, 정말로 그것은 푸른 하늘에 대해 부끄러운 일입니다. 악은 원래가 선량한 인간에게서는 오지 않습니다. 모든 인간의 불행은 수도로서 그리고 중앙 정부로서 지옥을, 다른 말로 말하자면 악마의 튈르리 궁전을 갖고 있습니다. 아니, 나 봐라, 내가 지금 민중 선동적인 말을 하고 있네! 나로 말하자면, 더 이상 정치적인 의견은 없어요. 모든 사람들이 유복할 것, 다시 말해서 즐거울 것, 이것으로 나는 만족합니다."

모든 의식이 끝나고, 시장 앞에서 그리고 신부 앞에서 할 수

---

* 바라스(Paul Barras, 1755~1829). 자작, 국민의회 의원. 루이 16세를 사형에 처한 혁명파, 열월파(1794년 熱月 9일 로베스피에르를 타도한 파)의 수령 중한 사람이자 집정 내각의 일원.

있는 것은 모두 예라고 말한 뒤에, 시청과 성전(聖殿)의 장부에 서명한 뒤에, 그들의 반지를 교환한 뒤에, 향로의 연기 속에 새하얀 물결무늬 비단의 베일을 쓰고 나란히 무릎을 꿇은 뒤에, 신랑 신부가 서로 손을 마주 잡고, 모든 사람들의 찬미와 선망을 받으면서, 마리우스는 검정 옷을 입고 코제트는 흰옷을 입고서, 대령의 견장을 달고 미늘창으로 포석을 두드리는 성당의 예장(禮裝) 순경의 뒤를 따라, 감탄하는 참례사들이 양쪽에 늘어서 있는 사이를 지나, 두 문짝이 활짝 열린 성당의 정문 아래에 이르러, 다시 마차에 오르려 하고 모든 것이 끝났을 때, 코제트는 아직도 그것을 믿을 수가 없었다. 그녀는 마리우스를 보고, 군중을 보고, 하늘을 우러러보곤 했다. 그녀는 꿈에서 깨어나는 것을 두려워하는 것 같았다. 그녀의 놀란 듯 불안한 듯한 모양은 그녀에게 뭔지 알 수 없는 매혹적인 것을 더해 주고 있었다. 집에 돌아가기 위해 그들은 함께 같은 마차에 올라타, 마리우스는 코제트 옆에 앉았다. 질노르망 씨와 장 발장은 그들과 마주 앉아 있었다. 질노르망 이모는 한 자리 물러서, 둘째 마차에 타고 있었다. 할아버지는 말했다. "얘들아, 너희들은 이제 3만 프랑의 연금을 가진 남작과 남작 부인이다." 그리고 코제트는 마리우스에게 바싹 몸을 기울이고서 그 천사 같은 속삭임으로 그의 귀를 간지럽혔다. "정말 그렇네. 내 성은 마리우스고, 나는 '너'의 부인이네."

이 두 사람은 빛나고 있었다. 그들은 다시는 돌이킬 수 없고 다시는 찾아볼 수 없는 순간에, 모든 젊음과 모든 기쁨의 눈부신 교차점에 있었다. 그들은 장 플루베르의 시를 실현하고 있었다. 그들 두 사람이서 그들은 마흔 살이 못 되었다. 이것은 승화(昇華)된 결혼이었고, 이 두 아이는 두 송이 백합이었다. 그들은 서로 보고 있는 것이 아니라, 서로 주시하고 있었다. 코제트는 마리우스를 영광 속에 보고 있었다. 마리우스는 코제트를 제단 위에 보고 있었다. 그리고 그 제단 위와 그 영광 속에서, 이 두 현란한 개화(開花)는 서로 어우러지고 있는데, 사실, 어찌된 것인지는 알 수 없으나, 코제트에게는 안개 뒤에, 마리우스에게는 타오르는 불빛 속에, 이상적인 것이, 실질적인 것이, 입맞춤과 꿈의 만남이, 화촉동방의 베개가 있었다.

그들이 겪었던 모든 고통은 그들에게 도취로 돌아오고 있었다. 슬픔, 불면, 눈물, 번뇌, 공포, 절망 들은 애무와 광명이 되어, 다가오는 시간을 한층 더 매혹적인 것으로 만들어 주는 것 같았다. 그리고 비애들은 모두 기쁨의 화장을 하는 하녀들인 것 같았다. 고통을 겪은 것, 그것은 얼마나 좋은가! 그들의 불행은 그들의 행복에 후광이 되고 있었다. 그들의 사랑의 오랜 고민은 승천하고 있었다.

이 두 사람의 마음속에 있는 것은, 마리우스에게는 관능적 쾌락이고 코제트에게는 수치심이라는 차이는 있을망정, 똑같은 기쁨이었다. 그들은 아주 나지막이 서로 말했다. "플뤼메 거리의 우리 작은 정원에 다시 가 보자." 코제트의 드레스 주름들이 마리우스 위에 있었다.

이러한 날은 꿈과 확실성의 형언할 수 없는 혼합이다. 사람은 소유하고 상상한다. 아직도 짐작할 만한 시간 여유는 있다. 그날 한낮에 있으면서 한밤중을 생각하는 것은 말로 표현할 수 없는 감동이다. 이 두 사람의 즐거움은 군중 위에까지 넘쳐 흐르고 행인들에게 희열을 주고 있었다.

사람들은 생 탕투안 거리의 생 폴 성당 앞에서 걸음을 멈추고 코제트의 머리 위에 간들거리는 오렌지 꽃을 마차의 유리창 너머로 보고 있었다.

그런 뒤 그들은 피유 뒤 칼베르 거리의 자택으로 돌아갔다. 마리우스는 코제트와 나란히, 죽어 가는 그를 끌어올렸던 그 계단을 의기양양하고 환히 빛나는 얼굴을 하고 올라갔다. 가난한 사람들이 문 앞에 모여들어 가진 돈을 나누면서 그들을 축복하고 있었다. 사방에 꽃들이 있었다. 집은 성당 못지않게 향기로웠다. 향 다음에 장미꽃들이 뿌려진 것이다. 그들은 목소리들이 어떤 무한한 것 속에서 노래하는 것을 듣는 것 같았다. 그들은 가슴속에 신을 가지고 있었다. 운명은 그들에게 별이 총총 뜬 천장처럼 보이고 있었다. 그들은 그들의 머리 위에 떠오르는 햇빛을 보고 있었다. 갑자기 큰 시계가 울렸다. 마리우스는 코제트의 매혹적인 드러난 팔과 블라우스의 레이스를 통해 어렴풋이 보이는 장밋빛 물건들을 바라보았고, 코제트는 마리우스의 시선을 보고, 얼굴이 귀밑까지 빨개지기 시작했다.

질노르망 집안의 수많은 옛 친구들이 초대되었었다. 사람들은 코제트의 환심을 사려고 비위를 맞추고 있었다. 너도 나도 앞을 다투어 그녀를 남작 부인이라고 부르고 있었다.

지금은 대위가 돼 있는 테오뒬 질노르망 장교는 내종인 퐁메르시의 결혼식에 참가하려고, 임지인 샤르트르에서 왔었다. 코제트는 그를 알아보지 못했다.

한편, 여자들로부터 미남자라는 인정을 받는 데 익숙해져 있던 그는 다른 여자 못지않게 코제트도 기억하지 못했다.

"내가 이 창기병의 그 이야기를 믿지 않은 건 잘했구나!" 하고 질노르망 영감은 방백(傍白)하고 있었다.

코제트는 장 발장과 더불어 일찍이 이보다도 더 다정스러울 수가 없었다. 그녀는 질노르망 영감하고 뜻이 맞았다. 그가 금언과 격언으로 기쁨을 나타내고 있는 동안, 그녀는 사랑과 착함을 향기처럼 풍기고 있었다. 행복은 모두가 행복하기를 바란다.

그녀는 장 발장에게 말하기 위해, 그녀가 소녀였던 시절의 목소리의 억양을 찾아내고 있었다. 그녀는 그를 미소로 구슬리고 있었다.

잔칫상이 식당에 차려졌었다.

대낮 같은 조명은 커다란 즐거움에는 필요불가결한 양념이다. 안개와 어둠은 행복한 사람들에게는 용납되지 않는다. 그들은 캄캄하게 있는 데 동의하지 않는다. 밤은 좋지만, 어둠은 안 된다. 태양이 없으면 하나를 만들어야 한다.

식당은 즐거운 것들의 도가니였다. 중앙에는, 반짝이는 하얀 식탁 위에, 얄팍한 판에서 드리운 베니스제 촛대 하나가 있고, 거기 양초들 한복판에는 푸른색, 붉은색, 보라빛, 초록빛 등 온갖 빛깔의 새들이 앉아 있었다. 촛대 주위에는 꽃 장식들, 벽에는 세 가지 또는 다섯 가지로 갈린 반사경들. 거울, 크리스털, 유리 그릇, 접시, 자기, 도기, 토기, 금은세공품, 은 그릇 등, 모든 것이 번쩍거리고 흥겨워하고 있었다. 나뭇가지 모양의 큰 촛대들 사이의 빈 자리들에는 꽃다발들이 가득 차 있고, 그래서 불빛이 하나도 없는 곳에는 한 송이 꽃이 있었다.

옆방에서는 바이올린 셋과 플루트 하나가 하이든의 「4부 합주곡」을 은은하게 연주하고 있었다.

장 발장은 문짝이 그쪽으로 접히면 거의 가려지도록 객실 문 뒤의 의자에 앉아 있었다. 다들 식탁에 앉기 조금 전에, 코제트는 갑자기 생각이 난 듯이, 그에게 가서, 두 손으로 신부의 옷을 펼치면서 크게 절을 하고, 다정하고 깜찍스러운 눈으로 바라보며 그에게 물었다.

"아버지, 기쁘세요?"

"암 기쁘고말고." 하고 장 발장은 말했다.

"그럼 웃으세요."

장 발장은 웃기 시작했다.

잠시 후 바스크가 만찬이 준비되었다고 알렸다.

회식자들은 코제트에게 팔을 주고 있는 질노르망 씨의 뒤를 따라 식당에 들어가, 정해진 순서대로 식탁 주위에 둘러앉았다.

두 개의 커다란 안락의자가 거기에, 신부의 좌우에 모습을 보이고 있었는데, 첫 번째는 질노르망 씨를 위한 것이고, 두 번째는 장 발장을 위한 것이었다. 질노르망 씨는 앉았다. 또 하나의 안락의자는 비어 있었다.

사람들은 포슐르방 씨를 눈으로 찾았다.

그는 이미 거기에 없었다.

질노르망 씨가 바스크에게 물었다.

"포슐르방 씨가 어디에 계시는지 아느냐?"

"예, 그렇습니다, 어르신." 하고 바스크는 대답했다. "포슐르방 씨는 손의 상처가 좀 아파서 남작님과 남작 부인님하고 같이 식사할 수가 없다고 어르신께 여쭈어 달라고 쇤네에게 말씀하셨습니다. 다들 용서해 주시기를 부탁한다고. 내일 아침에 오겠다고요. 그분은 방금 나가셨습니다."

그 빈 안락의자 때문에 잠시 결혼 식사의 흥이 식었다. 그러나 포슐르방 씨는 없어도 질노르망 씨가 거기에 있었고, 할아버지는 두 사람 몫으로 빛나고 있었다. 포슐르방 씨가 아프다면, 일찌감치 자리에 드는 것은 잘한 일이지만, 그것은 대단치 않은 '아야'에 불과할 것이라고 그는 단언했다. 그러한 언명으로 충분했다. 게다가 이렇게 흥취가 도도한 판국에 어두운 구석 하나쯤이 뭐겠느냐? 코제트와 마리우스는 사람이 행복을 느끼는 것밖에는 다른 능력이 없는 그런 이기적이고 기쁜 순간들의 하나에 있었다. 게다가 또 질노르망 씨는 한 가지 생각이 있었다. "정말, 이 안락의자가 비어 있구나. 여기로 오너라, 마리우스. 네 이모가 너에게 권리가 있지만, 이모는 네게 그것을 허락할 것이다. 이 안락의자는 네 거다. 어쨌든, 그게 좋다. 행운의 남자가 행운의 여자 옆에란 말이다." 만장에 박수갈채가 터졌다. 마리우스는 코제트 곁에, 장 발장의 자리에 앉았다. 그리고 일들이 다 잘되었으므로, 코제트는 처음에 장 발장이 없는 것이 슬펐으나, 마침내 그걸 기뻐하게 되었다. 마리우스가 그를 대신해 주고 있는 이상, 코제트는 하느님을 섭섭하게 여기지는 않았을 것이다. 그녀는 흰 새틴 신을 신은 그녀의 부드러운 작은 발을 마리우스의 발 위에 올려놓았다.

안락의자가 점령되어 있으므로, 포슐르방 씨는 잊혔고, 아무것도 모자라는 것은 없었다. 그리고, 오 분 후에는, 식탁 전체가 한쪽 끝에서 또 한쪽 끝까지 모든 것을 잊고 흥이 나서 웃고 있었다.

식후의 다과 시간에, 질노르망 씨는 일어서서, 아흔둘의 고령으로 말미암아 손이 떨리기 때문에 넘쳐흐르지 않게 하려고 반쯤 따른 샴페인 술잔을 손에 들고, 신랑 신부의 건강을 축복했다.

"너희들은 두 개의 설교를 면할 수 없을 것이다." 하고 그는 외쳤다. "너희들은 아침에는 사제님의 설교를 들었는데, 저녁에는 할아버지의 설교를 들어야겠다. 내 말을 잘 들어라. 내가 너희들에게 조언을 하나 주겠다. 서로 열렬히 사랑하라. 나는 군말을 늘어놓지 않고, 핵심을 찌르겠다. 행복하라는 것이다. 천지 만물 중에서 사랑하는 남녀들밖에는 다른 현명한 것이 없다. 철학자들은 말한다. '그대들의 즐거움을 절제하라.' 나는 말한다, 방임하라, 그대들의 즐거움을. 미칠 듯이 정열을 불태워라. 마냥 열중하라. 철학자들은 허튼소리를 한다. 나는 그들의 철학을 그들의 목구멍 속으로 되돌아가게 하고 싶다. 향기들이 너무 많고, 핀 장미꽃 봉오리들이 너무 많고, 노래하는 꾀꼬리들이 너무 많고, 푸른 나뭇잎들이 너무 많고, 인생에 서광이 너무 많을 수가 있는가? 너무나도 서로 사랑할 수가 있는가? 너무나도 서로 좋아할 수가 있는가? 조심하라, 에스텔이여, 너는 너무나도 예쁘구나! 조심하라, 네모랭이여, 너는 너무나도 아름답다!* 참으로 어리석은 소리다! 너무나도 서로 매혹하고, 너무나도 서로 아양 떨고, 너무나도 서로 즐겁게 할 수가 있는가? 너무나도 생기발랄할 수가 있는가? 너무나도 행복할 수가 있는가? 그대들의 즐거움을 절제하라. 그따위 말이 어딨어! 철학자들을 타도하라! 지혜, 그것은 큰 기쁨이다. 기뻐하라, 기뻐하자. 우리가 선량하니까 우리는 행복한가, 아니면 우리가 행복하니까 우리는 선량한가? 상시 금강석은 아를레 드 상시의 소유였으니까 상시라고 불리는가, 아니면 상시(106) 캐럿의 무게가 나가니까 그렇게 불리는가? 나는 그런 건 아무것도 모른다. 인생은 그러한 문제들로 가득 차 있다. 중요한 것, 그것은 상시 금강석을 소유하는 것이고, 행복을 소유하는 것이다. 억지 쓰지 말고, 행복하자. 태양에 맹종하자. 태양이란 무엇인가? 그것은 사랑이다. 사랑이란 말은 여자라는 말이다. 아! 아! 거기에 전능(全能)이 있고, 그것이 여자다. 이 마리우스 선동 정치가에게 물어보시오, 그가 이 코제트라는 조그만 폭군의 노예가 아닌가 어떤가. 그것도 자진해서, 이 무력한 자는! 여성이란! 로베스피에르 같은 자도 배겨 나지 못하고, 여자가 군림한다. 나는 이 왕권을 위해서밖에는 더 이상 왕당파가 아니다. 아담이란 무엇인가? 그것은 이브의 왕국이야. 이브에게 89년(1789년의 혁명)은 없다. 백합꽃이 위에 있는 임금의 홀이 있었고, 지구가 위에 있는 황제의 홀이 있었고, 쇠로 만들어진 샤를마뉴의 홀이 있었고, 금으로 만들어

---

* 플로리앙의 목가 속에 나오는 젊은 여자와 남자.

진 루이 대왕의 홀은 있었지만, 혁명은 그것들을, 한 푼어치도 못 되는 지푸라기처럼, 엄지손가락과 집게손가락 사이에 집어 비틀어 버렸다. 그것은 끝나고, 부서지고, 땅바닥에 떨어지고, 더 이상 홀은 없다. 하지만 꿀풀 냄새가 나는 이 수놓은 작은 손수건에 대해서 혁명을 해 보구려! 당신들이 그렇게 하는 걸 나는 보고 싶군. 어디 해 보구려. 왜 그것이 견고한가? 그게 한 조각의 헝겊이기 때문이야. 아! 당신들이 19세기 사람이라고? 그래서 그게 어쨌단 말인가? 우리는 18세기 사람이었지, 우리는! 하지만 우리도 당신들과 마찬가지로 바보였지. 당신들은 지금 괴질이 콜레라라고 불리고, 부레 춤이 카투사 춤*이라고 불리게 됐다고 해서 세상에 대단한 변화를 주었다고 생각하지는 마시오. 결국, 언제나 꼭 여자들을 사랑하지 않으면 안 될 거야. 어디 한 번 거기에서 벗어나 보라지. 그 여자들이 우리 천사들이거든. 그렇다, 사랑, 여자, 입맞춤, 이러한 범위에서 어디 한 번 벗어나 보라지. 나로 말하자면, 거기로 꼭 돌아가고 싶어. 비너스 성(金星)이, 심해의 위대한 교태 부리는 여인이, 대양의 셀리멘이 제 아래 있는 모든 것을 가라앉히고, 바다의 파도를 한낱 계집처럼 보면서, 무한한 하늘에 떠오르는 것을 당신들 중에 누가 보았는가? 대양, 그것은 거친 알세스트다.** 그런데 그가 아무리 투덜대고 있어도, 비너스(사랑의

---

* 부레 춤은 오베르뉴, 베리 지방의 춤, 카투사 춤은 19세기 초엽에 유행한 스페인의 춤.
** 몰리에르의 희곡 「인간 혐오자」에서 사교계의 위선을 미워하는 알세스트는 교태를 부리고 남을 헐뜯기 좋아하는 젊은 과부 셀리멘을 사랑한다.

여신)가 나타나면, 그는 미소를 지어야 한다. 이 야수는 굴복한다. 우리는 모두 그렇다. 분노도, 폭풍도, 천둥도, 천장까지 튀어 오른 거품도, 한 여인이 무대에 등장하면, 별 하나가 떠오르면, 엎드려라! 마리우스는 육 개월 전에는 전쟁을 하고 있었는데, 오늘 결혼을 한다. 그건 잘한 일이다. 그렇다, 마리우스, 그렇다, 코제트, 너희들은 옳다. 서로를 위해 씩씩하게 둘이 서로 의지하며 살아라. 서로 귀여워하거라. 그렇게 하지 못하는 우리들이 화가 나서 죽게 하거라. 서로 숭배하여라. 너희들 두 사람의 부리로 지상에 있는 모든 행복의 잔 가지를 물어다가 인생을 위한 보금자리를 마련하여라. 정말, 사랑하고 사랑을 받는 것은 젊었을 적의 아름다운 기적이다! 그것을 너희들이 발명했다고는 생각하지 마라. 나 역시 꿈을 꾸었고, 공상도 했고, 한숨도 지었다. 나 역시 달빛 같은 마음이 있었다. 사랑은 육천 살의 어린애다. 사랑은 기다란 흰 수염을 가질 권리가 있다. 므두셀라*도 큐피드에 비하면 어린애에 불과하다. 60세기 이래 남녀는 서로 사랑하면서 곤경에서 빠져나왔다. 심술궂은 악마는 인간을 미워하기 시작했다. 더 심술궂은 인간은 여자를 사랑하기 시작했다. 그렇게 해서, 인간은 악마가 인간에게 나쁜 짓을 한 것보다 더 많은 좋은 일을 인간에게 하였다. 이러한 미묘함은 지상의 낙원 때부터 발견되었다. 애들아, 이 발명은 오래된 것이지만, 아주 새로운 것이다. 그것을 이용하라. 필레몽과 보시스가 되기 전까지는 다프니스와 클

---

* 므두셀라(Methuselah). 노아의 조부로서 969년 살았다는 인물(성서).

로에가 되거라.* 너희들이 서로 함께 있을 때에는, 아무것도 부족한 것이 없고, 코제트는 마리우스에게 태양이 되고, 마리우스는 코제트에게 우주가 되도록 하여라. 코제트야, 좋은 날씨는 네 남편의 미소이기를 나는 바란다. 마리우스야, 비는 네 아내의 눈물이기를 나는 바란다. 그래서 나는 너희들의 가정에 결코 비가 오지 않기를 바란다. 너희들은 복권에서 좋은 번호를, 연애결혼이라는 번호를 뽑았다. 너희들은 1등 상금을 가졌으니, 그것을 잘 간직하고, 그것을 열쇠로 잠가 두고, 그것을 함부로 쓰지 말고, 서로 열렬히 사랑하고, 그 밖의 것은 개의치 마라. 지금 내가 말하는 것을 명심하여라. 그것은 양식(良識)이다. 양식은 거짓말을 할 수 없다. 너희들 서로가 상대방에게 하나의 종교가 되거라. 저마다 하느님을 예배하는 제 방식이 있다. 그런데 말이다! 하느님을 예배하는 가장 좋은 방법, 그것은 제 아내를 사랑하는 것이다. 나는 너를 사랑한다! 이것이 내 교리다. 사랑하는 자는 누구나 정통파다. 앙리 4세의 욕설에는 호식(好食)과 주정 사이에 신성이라는 말이 들어 있다. 술 취한 성스러운 배지!** 나는 그러한 욕설의 종교를 믿는 사람은 아니다. 여자가 거기에 잊혀 있다. 이것은 앙리 4세의 욕설로서는 놀라운 일이다. 얘들아, 여성 만세다! 사람들은 내가 늙었다고 하지만, 이상하게도 나는 내가 젊어지고 있는 것 같다. 나는 숲 속에서 퉁소 소리를 듣고 싶다. 아름답고 기

---

* 전자는 근대 오페라에 나오는 두 여인. 후자는 그리스의 이야기에 나오는 두 연인.
** 제기랄, 빌어먹을 등등의 뜻을 가진 말.

뻐하는 데 성공하는 저 아이들, 그건 나를 취하게 한다. 만약에 누군가 원한다면 나는 근사하게 결혼할 것이다. 하느님이 우리를 이것과 다른 것을 위해 만들어 냈다고 생각하는 건 불가능하다. 열렬히 사랑하고, 달콤하게 속삭이고, 멋있게 치장하고, 비둘기가 되고, 수탉이 되어, 아침에서 저녁까지 제 사랑을 쪼아 먹고, 제 귀여운 아내 속에 제 모습을 비쳐 보고, 의기양양하고, 거드럭거리고, 잔뜩 뻐기는 것, 그것이 인생의 목적이다. 미안하지만, 우리 늙은이들이 소싯적에 생각하고 있었던 것, 그것은 바로 그런 것이었다. 아! 정말! 그 시기에는 매혹적인 여자들이 얼마나 많았던가, 그리고 발랄한 소녀들이, 그리고 묘령의 아가씨들이! 나는 그 속을 휩쓸고 다녔다. 그러므로 서로 사랑하라. 만약에 사람들이 서로 사랑하지 않는다면, 봄이 있은들 그게 무슨 소용이 있을 건지 나는 정말 모르겠다. 그래서 나는 하느님께 청하여, 하느님이 우리들에게 보여 주시는 모든 아름다운 것들을 거둬들이고, 그것들을 우리들한테서 되찾아 가고, 그리고 꽃들과 새들을, 어여쁜 처녀들을 다시 상자 속에 집어넣어 버리라고 빌고 싶다. 내 아이들아, 이 호호야의 축복을 받아 다오.”

이날 저녁의 향연은 흥겨웠고, 즐거웠고, 친절했다. 할아버지의 도도한 흥은 이 연회 전체의 기조(基調)가 되었고, 저마다 거의 백 세가 다 된 이 노인의 다정함 속에서 먹고 즐겼다. 사람들은 춤도 조금 추었고, 많이 웃었다. 이건 화기애애한 혼인 잔치였다. 여기에는 ‘왕년’의 노옹이라도 초대함 직했다. 그러나 왕년의 노옹은 질노르망 영감의 몸 속에 있었다.

법석이 있었고, 이어 잠잠해졌다.

신랑 신부는 사라졌다.

자정이 조금 지나자 질노르망의 집은 절간처럼 고요했다.

여기서 나는 붓을 멈춘다. 결혼식 밤의 문간에서는 천사가 서서 입에 손가락을 대고 미소를 짓고 있다.

사랑의 축하가 이루어지는 성전(聖殿) 앞에서는 영혼이 명상에 들어간다.

그러한 집들 위에는 빛이 있음에 틀림없다. 그 집들 안에 들어 있는 즐거움은 빛이 되어 벽돌 사이로 스며나와 어둠에 희미하게 줄을 그음에 틀림없다. 이 성스럽고 숙명적인 축전에 하느님이 천국의 광휘를 보내지 않는다는 건 불가능하다. 사랑은 남녀의 융합이 이루어지는 숭고한 도가니고, 일체와 삼체, 궁극체(窮極體), 이 인간의 삼위일체가 거기에서 나온다. 하나가 된 두 영혼, 이러한 탄생은 어둠에는 하나의 감동임에 틀림없다. 사랑하는 남자는 사제다. 넋을 빼앗긴 동정녀는 몹시 불안하다. 이러한 희열의 어떤 것은 신에게 간다. 진정으로 결혼이 있는 곳에는, 다시 말해서 사랑이 있는 곳에는, 이상이 거기에 관계한다. 신혼의 잠자리는 어둠 속에 서광의 한구석을 만든다. 만약에 천상계의 무시무시하고 매혹적인 광경을 육안으로 볼 수 있었다면, 밤의 형체들이, 날개 달린 알 수 없는 것들이, 보이지 않는 세계의 푸른 통행자들이, 몸을 구부리고, 빛나는 집의 주위에서 수많은 검은 머리들을 기울이고서, 만족하고 축복하면서, 신부인 동정녀를 서로 가리키고, 조용히 놀라고, 그들의 신성한 얼굴 위에 인간의 천복의 반영을 받고 있는 것을 사람들은 십중팔구 볼 것이다. 만약에 이 최고의 시간에, 관능적인 환락에 현혹된 부부가 단 둘밖에 없다고 생각하면서도 귀를 기울이면, 그들은 그들의 방 안에서 희미한 날개 소리가 나는 것을 들으리라. 완전한 행복은 천사들의 연대성을 불러온다. 이 컴컴한 작은 규방은 온 하늘을 천장으로 삼고 있다. 사랑으로 신성해진 두 입술이 창조하기 위해 접근할 때, 그 형언할 수 없는 입맞춤 위에 별들의 무한한 신비 속에서의 떨림 하나 없다는 것은 있을 수 없다.

이러한 천복은 참다운 것이다. 이러한 기쁨 외에 기쁨은 없다. 사랑, 그것이야말로 유일한 법열이다. 그 밖의 모든 것은 울고 있다.

사랑하는 것 또는 사랑한 것, 그것으로 충분하다. 그런 다음엔 아무것도 원하지 마라. 인생의 어두운 주름살 속에서 찾아낼 진주는 그밖에 없다. 사랑하는 것은 하나의 완성이다.

3. 떼놓을 수 없는 것

장 발장은 어찌 되었는가?

코제트의 귀여운 명령을 듣고 웃은 직후, 아무도 그에게 주의하지 않는 틈을 타서, 장 발장은 일어나, 아무에게도 들키지 않게 문간방으로 들어갔었다. 그것은 여덟 달 전에, 그가 진창과 피, 먼지로 새카맣게 돼 가지고 들어와서, 조부에게 손자를 가져다주었던 바로 그 방이었다. 그 낡은 내장판은 잎과 꽃 들

로 장식되어 있었다. 그때 마리우스를 내려놓았었던 긴 의자
에는 악사들이 앉아 있었다. 검은 예복에 반바지, 흰 양말, 흰
장갑 차림의 바스크는 곧 차려 내려는 요리 접시 하나하나의
둘레에 장미꽃 화관들을 놓고 있었다. 장 발장은 어깨에 걸어
맨 팔을 그녀에게 보이면서, 자리를 뜨는 까닭을 설명해 드리
도록 당부하고 나왔었다.

식당의 유리창은 한길 쪽으로 틔어 있었다. 장 발장은 몇 분
동안 그 불빛 환한 창 아래의 어둠 속에서 가만히 서 있었다.
그는 귀를 기울였다. 향연의 떠들썩한 소리가 그에게까지 들
려왔다. 할아버지의 늠름한 높은 말소리, 바이올린 소리, 접시
와 유리컵 부딪치는 소리, 웃음을 터뜨리는 소리가 들렸고, 그
흥겨운 소음 속에 그는 코제트의 즐겁고 상냥한 목소리를 분
명히 알아보았다.

그는 피유 뒤 칼베르 거리를 떠나 옴므 아르메 거리로 돌
아갔다.

거기서 돌아가기 위해, 그는 생 루이 거리와 퀼튀르 생 카트
린 거리, 블랑 망토 성당의 길로 갔다. 그것은 조금 돌아가는 길
이었지만, 석 달 전부터, 비에유 뒤 탕플 거리의 혼잡과 진흙을
피하기 위해, 코제트와 더불어 옴므 아르메 거리에서 피유 뒤
칼베르 거리에 오는 데에 날마다 걷기 버릇해 온 길이었다.

코제트가 지나다녔던 이 길은 그에게 다른 모든 길을 배제
케 했다.

장 발장은 자기 집에 돌아왔다. 그는 촛불을 켜 들고 계단을
올라갔다. 방은 텅 비어 있었다. 투생도 이제 거기에 없었다.

장 발장의 발소리는 방들 안에서 여느 때보다도 더 많은 소리를 냈다. 옷장들은 모두 열려 있었다. 그는 코제트의 방에 들어갔다. 침대에는 시트가 없었다. 능비단 베개는 베갯잇도 레이스 장식도 없이, 매트 아래에 개어 둔 이불 위에 놓여 있었는데, 그 아마포가 보이는 매트에서는 이제 아무도 잘 수 없었다. 코제트가 소중히 여기던 자질구레한 여자용 물건들은 죄 가져가 버리고 없었고, 남아 있는 것이라고는 다만 커다란 가구들과 네 면의 벽뿐이었다. 투생의 침대도 마찬가지로 치워져 버리고 없었다. 단 하나의 침대만이 차려져 있어 누군가를 기다리고 있는 것 같았다. 그것은 장 발장의 침대였다.

장 발장은 벽들을 바라보고, 옷장들의 문을 몇 개 닫고, 이 방에서 저 방으로 갔다 왔다 했다.

그런 뒤에 그는 자기 방으로 돌아가서, 촛불을 탁자 위에 놓았다.

그는 팔의 붕대를 풀고, 아프지 않았던 것처럼 오른손을 쓰고 있었다.

그는 그의 침대에 다가갔고, 그의 시선은, 우연이었을까? 고의였을까? 코제트가 시기했던 그 '떼놓을 수 없는 것' 위에, 한때도 그에게서 떠나 본 적이 없었던 그 작은 가방 위에 떨어졌다. 6월 4일 옴므 아르메 거리에 왔을 때, 그는 그것을 머리맡의 둥근 탁자에 놓았었다. 그는 후다닥 그 원탁으로 가서, 호주머니에서 열쇠를 꺼내 가방을 열었다.

그는 거기에서 십 년 전에 코제트가 몽페르메유를 떠났을 때 입었던 옷을 천천히 꺼냈다. 맨 먼저 작은 검은 드레스, 다음에 검은 목도리, 다음에 코제트의 발이 아주 작기 때문에 아직도 신을 수 있을 만한 투박한 좋은 어린이 구두, 다음에 매우 톡톡한 능직 어린이 조끼, 다음에 메리야스 스커트, 다음에 호주머니 달린 앞치마, 다음에 털 스타킹. 이 스타킹에는 하나의 작은 다리 모양이 아직도 귀엽게 남아 있었는데, 그 길이는 장 발장의 손바닥만 할까 말까 하였다. 그것은 모두 검정색이었다. 이 옷들을 그녀를 위해 몽페르메유에 가져온 것은 장 발장이었다. 그는 그것들을 가방에서 치워 냄에 따라, 그것들을 침대 위에 놓았다. 그는 생각하고 있었다. 옛날을 회상하고 있었다. 그것은 겨울, 매우 추운 12월이었는데, 그녀는 떨고 있었다. 누더기를 걸치고 반쯤 벌거벗은 채, 그녀의 새빨간 가련한 조그만 발은 나막신을 신고. 장 발장 그는 그녀에게서 그 누더기를 벗기고 이 상복을 입혀 주었었다. 그녀의 어머니는 자기 딸이 자기의 복을 입고 있는 것을 보았더라면, 특히 그렇게 따뜻한 옷을 입고 있는 것을 보았더라면, 무덤 속에서 기뻐했을 것이 틀림없었다. 그는 몽페르메유의 그 숲을 생각하고 있었다. 그들은 그것을 함께 건넜었다, 코제트와 그는. 그는 그때의 날씨를, 잎이 없던 나무들을, 새 한 마리 없던 숲을, 해가 없던 하늘을 생각하고 있었다. 어쨌든, 그것은 매혹적이었다. 그는 그 작은 옷가지들을 침대 위에 늘어놓았다. 목도리는 스커트 옆에, 스타킹은 구두 옆에, 어린이 조끼는 드레스 옆에. 그러고는 하나씩 하나씩 바라보았다. 그녀는 이런 것보다 더 키가 크지 않았고, 커다란 인형을 양팔에 안고 있었고, 그 루이 금화를 이 앞치마의 호주머니에 넣었었고, 웃고 있었고, 그들은 둘이서 손을 잡고 걷고 있었고, 그녀는 세상에 그밖에 없었다.

그러자 그의 존경스러운 흰 머리는 침대 위에 떨어지고, 그 불요불굴한 늙은 가슴은 찢어지고, 그의 얼굴은 코제트의 옷 속에 말하자면 잠겨 버렸는데, 만약에 누군가 이때 계단을 지나갔었다면, 무시무시한 흐느낌 소리를 들었으리라.

4. 불멸의 고민

우리가 이미 그 여러 국면을 본 그 무시무시한 낡은 싸움이 다시 시작되었다.

야고보는 천사와 단 하룻밤밖에 싸우지 않았다. 오호라! 몇 번이나 우리는 장 발장이 암흑 속에서 자기의 양심과 맞붙어서 필사적으로 맞서 싸우는 것을 보았던가!

엄청난 싸움! 어떤 때에는 발이 미끄러진다. 또 어떤 때에는 땅이 꺼진다. 선에 열중한 이 양심이 그를 죄어 대고 그를 짓눌렀던 적이 몇 번이던고! 준엄한 진리가 그의 가슴을 무릎으로 억눌렀던 적이 몇 번이던고! 그가 빛에 타도되어 그에게 용서해 달라고 외쳤던 적이 몇 번이던고! 그의 속에 그리고 그의 위에 주교가 켜 놓은 그 가차 없는 빛이 그가 이성을 잃고 있기를 바라던 때에 그를 억지로 사로잡았던 적이 몇 번이던고! 바위에 의지하고, 궤변에 등을 기대고, 먼지 속에서 뒹굴고, 어떤 때에는 양심을 자기 아래에 쓰러뜨리고, 또 어떤 때에는 양심에 의해 넘어뜨려지고 하면서, 싸움에서 재기했던 적이 몇 번이던고! 모호한 이론을 내세운 뒤에, 이기심의 허울 좋은 간교한 논법을 논한 뒤에, 분노한 양심이 "간사한 자여! 불쌍한 자여!" 하고 그의 귀에 호통치는 소리를 들었던 적이 몇 번이던고! 그의 반항적인 생각이 명백한 의무 아래에서 경련적으로 투덜거렸던 적이 몇 번이던고! 신에 대한 항거. 침울한 땀. 그 혼자만이 피가 나는 것을 느끼던 수많은 비밀의 상처! 그의 서글픈 인생에 난 수많은 생채기! 피투성이가 되고, 만신창이가 되고, 기진맥진하고, 빛을 받고, 가슴에 절망을 안고, 마음에 평온을 얻고서 다시 일어났던 적이 몇 번이던고! 그리고, 패배했지만, 그는 자기 자신이 승리자라고 느끼고 있었다. 그리고 그를 갈기갈기 찢고, 괴롭히고, 지쳐 빠지게 한 뒤에, 그의 양심은 무시무시하고, 빛나고, 침착한 모습으로, 그의 위에 서서, 그에게 말하고 있었다. "이제 평안히 가라!"

그러나 그렇게도 암담한 싸움에서 나왔을 때, 오호라, 얼마나 침통한 평안이었던가!

그렇지만 이날 밤, 장 발장은 자기가 마지막 싸움을 하고 있는 것같이 느꼈다.

하나의 문제가 생기고 있었다, 절실한 문제가.

예정된 운명들은 아주 꼿꼿하지 않고, 운명이 예정된 사람 앞에 곧은 대로로 펼쳐지고 있지 않다. 그것들에는 막다른 골목들이 있고, 막바지들이 있고, 캄캄한 모퉁이들이 있고, 여러 갈래 길이 난 불안한 갈림길들이 있다. 장 발장은 이때 그러한 갈림길들 중에서도 가장 위험한 것에 서 있었다.

그는 선과 악의 마지막 교차점에 도달했었다. 그 어두운 교차점이 그의 눈 아래에 있었다. 이번에도 또, 이런 일이 다른 고통스러운 급변들 때에 그에게 이미 일어났었던 것처럼, 두 개의 길이 그의 앞에 열려 있었다. 하나는 마음을 끄는 것이고, 또 하나는 무서운 것이었다. 어느 길로 갈 것인가?

무섭게 하는 길은 신비로운 손가락이 가리키면서 그리로 가기를 권하고 있었는데, 이 손가락은 우리가 어둠을 응시할 때마다 우리들이 누구나 다 보는 것이다.

장 발장은 또 한 번 무시무시한 항구와 미소 짓는 함정 중에서 하나를 선택해야 했다.

그렇다면 이것이 사실인가? 영혼은 고칠 수 있고, 운명은 그렇지 않다는 것이. 무서운 일이다! 고칠 수 없는 운명!

그에게 생기고 있는 문제, 그것은 이러한 것이었다.

장 발장은 코제트와 마리우스의 행복과 함께 장차 어떻게 행동할 것인가? 이 행복, 그것을 바랐던 것은 그였고, 그것을 만들었던 것도 그였다. 이 행복은 그 자신의 마음속 깊이 들어박혀 있었는데, 이 시간에 그것을 꺼내어 들여다보면서, 그는 마치 무기 제조인이 자기 가슴에서 김이 나는 단검을 꺼내면서 그 위에 자기의 제작명(銘)을 알아보고 느낄 그런 종류의 만족감을 그는 느낄 수 있었다.

코제트는 마리우스를 갖고 있고, 마리우스는 코제트를 소유하고 있었다. 그들은 모든 것을 갖고 있었다, 재산마저도. 그리고 이것은 그의 업적이었다.

그러나 이 행복을, 그것이 존재하고 있는 지금, 그것이 거기에 있는 지금, 그는 그것을 어떻게 하려 하고 있었던가, 장 발장, 그는? 그는 이 행복에 꼭 필요할 것인가? 그는 이 행복을 그의 것처럼 취급할 것인가? 아마 코제트는 남의 사람이 되어 있었겠지. 하지만 장 발장 그는 코제트로부터 잡아 둘 수 있는 것은 모두 잡아 둘 것인가? 그는 그때까지 그러했었던 것처럼, 잠깐 만나 보는, 그러나 존경받는 일종의 아버지로서 그냥 있을 것인가? 그는 코제트의 집에 태연히 들어갈 것인가? 그는 그 미래에 그의 과거를 아무 말 않고 가지고 갈 것인가? 그는 그럴 권리가 있는 것처럼 거기에 나타나고, 정체를 숨긴 채, 그 빛나는 가정에 와서 앉을 것인가? 그 순결한 사람들의 손을, 그의 두 비극적인 손에, 그들에게 미소를 지으면서 잡을 것인가? 질노르망 댁 객실의 평화로운 벽난로 아궁이에 법률의 수치스러운 그림자를 뒤에 끌고 다니는 그의 발을 올려놓을 것인가? 코제트와 마리우스와 함께 행운을 공유할 것인가? 그의 이마 위의 어둠과 그들 이마 위의 근심을 짙게 할 것인가? 그는 제3자의 자격으로 그들 두 사람의 큰 행복에 그의 큰 불행을 보탤 것인가? 그는 계속 침묵을 지킬 것인가? 일언이폐지하여 그는 이 두 행복한 인간들 곁에서 숙명의 음침한 벙어리로 있을 것인가?

어떤 문제들이 우리들에게 숨김없이 무시무시한 모습으로 나타날 때 감히 눈을 들기 위해서는 숙명과 그의 만남들에 익숙해져 있어야 한다. 선 또는 악이 그 준엄한 의문점 뒤에 있다. 너는 어떻게 하겠느냐? 하고 스핑크스는 묻는다.

이 시련의 습관, 그것을 장 발장은 가지고 있었다. 그는 스핑크스를 응시했다.

그는 이 잔인한 문제를 그의 모든 면에서 검토했다.

코제트, 이 매혹적인 존재는 이 조난자의 뗏목이었다. 어떻게 할 것인가? 그것에 매달릴까? 아니면 놓아 버릴까?

그것에 매달리면, 그는 재난에서 나오고, 햇볕에 다시 올라오고, 옷과 머리털에서 짠 물을 흘려 내고, 구출되고, 그는 산다.

그가 놓아 버리면?

그때는, 심해.

그는 그렇게 고통스럽게 자기의 생각과 논의하고 있었다. 아니, 더 적절하게 말하면, 그는 싸우고 있었다. 그는 자기 자신의 마음속에서, 어떤 때는 자기의 의지에 대하여, 또 어떤 때는 자기의 확신에 대하여, 격렬하게 달려들고 있었다.

울 수 있었던 것은 장 발장에게 다행한 일이었다. 그것은 아마 그에게 실상을 밝혀 주었으리라. 그렇지만 시초는 격렬했다. 폭풍우가, 옛날 그를 아라스 쪽으로 몰아갔었던 것보다도 더 격렬한 폭풍우가, 그의 속에서 맹위를 떨쳤다. 과거가 현재의 맞은편에 그에게 돌아왔다. 그는 그것을 비교하고, 그리고 흐느끼고 있었다. 한번 눈물의 물꼬가 터지자, 이 절망자는 몸을 비틀어 꼬았다.

그는 자기가 멈춰져 있는 것 같았다.

오호라, 우리들의 이기심과 의무 사이의 이 처절한 결투에서, 우리가 혼전하고, 격전하고, 굴복함을 격분하고, 한 치도 양보하지 않고, 달아날 수 있기를 바라고, 빠져날 구멍을 찾으면서, 우리들의 양도할 수 없는 이상 앞에서 그렇게 한 걸음 한 걸음 물러날 때, 뒤에 부딪히는 벽은 얼마나 갑작스럽고 지독한 저항인가!

성스러운 그림자가 가로막는 것을 느낀다!

눈에 보이지 않는 준엄한 것, 그것은 얼마나 끈덕지게 따라 붙어 다니는가!

그러므로 양심하고는 결코 끝이 없었다. 양심을 운명이라 여기고 받아들여라. 브루투스여. 양심을 운명이라 여기고 받아들여라. 카토여. 양심은 신이므로 밑바닥이 없다. 사람들은 이 우물 속에 그들의 평생의 일을 던져 넣고, 거기에 그들의 운명을 던져 넣고, 거기에 그들의 재산을 던져 넣고, 거기에 그들의 성공을 던져 넣고, 거기에 그들의 자유를 또는 조국을 던져 넣고, 거기에 그들의 안락을 던져 넣고, 거기에 그들의 휴식을 던져 넣고, 거기에 그들의 기쁨을 던져 넣는다. 그래도 더! 더! 더! 단지를 비워라! 항아리를 쏟아라! 마침내 거기에 그들의 마음도 던져 넣어야 한다.

낡은 지옥들의 안개 속 어딘가에는 그것 같은 통이 하나 있다.

사람은 마침내 거절하는 것을 용서받을 수 있지 않는가? 그 무궁무진한 것이 하나의 권리를 가질 수 있는가? 끝없는 쇠사슬들은 인간의 힘이 감당할 수 없는 것이 아닌가? 그렇다면 시시포스*와 장 발장이 "이젠 그만!" 하고 말하는 것을 누가 탓하랴?

---

* 시시포스(Sisyphus). 그리스신화에 나오는 코린트 왕. 지옥에서 바위를 산 꼭대기까지 영원히 굴려 올리는 형에 처해지는데, 올리자마자 바위는 다시 떨어진다.

물질의 복종은 마모에 의해 제한된다. 영혼의 복종에는 제한이 없는가? 영원한 운동이 불가능하다면, 영원한 헌신은 요구할 수 있는가?

첫 걸음은 아무것도 아니다. 어려운 것은 마지막 걸음이다. 코제트의 결혼과 그것이 가져오는 것에 비하면, 샹마티외 사건이 무엇이었겠는가? 이것이, 형무소에 다시 들어가는 것이, 이것에, 허무 속에 들어가는 것에 비하면 무엇이겠는가?

오, 내려갈 첫 계단아, 너는 얼마나 어두우냐! 오, 둘째 계단아! 너는 얼마나 캄캄하냐!

이번에는 어떻게 외면하지 않을 수 있을까?

순교는 승화(昇華), 부식성 승화다. 그것은 축성하는 고문이다. 처음 시간에는 그것을 감수할 수 있다. 작열하는 쇠의 왕좌에 앉고, 작열하는 쇠의 관을 머리에 쓰고, 작열하는 쇠의 금옥관자(金玉貫子)*를 받아들이고, 작열하는 쇠의 홀을 손에 들지만, 아직도 불꽃의 망토를 입어야 하는데, 비참한 육체가 반항하고 그 고통을 포기하는 때가 있지 않겠는가?

마침내 장 발장은 기진맥진하여 평온한 상태에 들어갔다.

그는 생각하고, 숙고하고, 빛과 그늘의 신비로운 평형 상태의 양자택일을 고려했다.

이 눈부시게 아름다운 두 젊은이들에게 자기의 감옥을 받아들이게 하는 것, 아니면 자기의 구할 길 없는 추락을 자기 자신이 완성하는 것. 한쪽에는 코제트의 희생, 또 한쪽에는 자

---

* 위에 독수리나 십자가가 얹혀 있는 왕위의 상징.

기 자신의 희생.

그는 어떤 해결책에서 멈춰 섰는가? 어떤 결심을 했는가! 숙명의 항구불변의 심문에 대하여 그가 마음속에서 한 최후의 대답은 무엇이었는가? 그는 어느 문을 열려고 결심했는가? 그의 생활의 어느 쪽을 그는 닫고 폐쇄하려고 각오했는가? 그를 에워싸고 있는 깊이를 알 수 없는 그 모든 절벽들 중에서 그의 선택은 무엇이었는가? 어느 극단적인 행동을 그는 받아들였는가? 그 구렁텅이들 중 어느 것에 그는 고개를 까딱거렸는가?

그의 어지러울 지경의 몽상은 밤새도록 지속되었다.

그는 날이 새도록 똑같은 자세로 거기에 있었다. 그 침대 위에서 몸을 구부리고, 엄청난 운명 아래 엎드리고, 아아 슬프도다! 아마 녹초가 되고, 주먹을 불끈 쥐고, 십자가에 못 박힌 뒤에 땅바닥에 엎어지게 던져진 사람 모양으로 팔을 열십자로 뻗치고서. 그는 열두 시간을 그렇게 하고 있었다. 겨울의 긴긴 밤 열두 시간을, 머리도 들지 않고, 말 한마디 하지 않고, 마치 얼어붙은 듯이. 그의 상념이 어떤 때는 칠두사처럼, 또 어떤 때는 독수리처럼, 땅바닥에 기어 다니고 하늘에 날아오르는 동안, 그는 송장처럼 까딱 않고 있었다. 그가 그렇게 꼼짝도 않고 있는 것을 보면 꼭 죽은 사람 같았다. 별안간 그는 경련적으로 몸을 떨고, 그의 입을 코제트의 옷들에 딱 붙이고, 그것들에 키스하고 있었다. 그럴 때면 그가 살아 있는 것을 알 수 있었다.

누가? 사람이? 장 발장은 혼자 있었는데, 그리고 거기에 아무도 없었는데?

어둠 속에 있는 '그 사람'이.

7
고배의 마지막 한 모금

1. 지옥의 제7계(界)와 천국의 제8권(圈)

결혼식 이튿날은 쓸쓸하다. 사람들은 행복한 사람들의 평정을 존중한다. 그리고 또 그들의 늦잠도 조금 존중한다. 방문과 축하의 법석은 나중에야 시작된다. 2월 17일 아침, 바스크가 수건과 깃털 비를 손에 들고 '문간방을 치우고' 있다가, 가볍게 문을 두드리는 소리를 들었을 때는 정오가 조금 지나서였다. 아무도 전혀 초인종을 울리지 않았었는데, 이건 이런 날에는 사려 깊은 것이다. 바스크가 문을 열고 보니 포슐르방 씨였다. 바스크는 그를 객실로 인도했는데, 객실은 아직도 뒤죽박죽이 된 채로 어수선하여, 마치 환락의 싸움터 같았다.

"아이고, 어르신." 하고 바스크는 말했다. "저희들은 늦게 일어났습죠."

"주인께서는 일어나셨소?" 하고 장 발장은 물었다.

"어르신 팔은 어떻습니까?" 하고 바스크는 대답했다.

"좀 낫소. 주인께서는 일어나셨소?"

"어느 분 말씀입니까? 옛 주인인가요, 새 주인인가요?"

"퐁메르시님이오."

"남작님 말씀인가요?" 바스크는 몸을 똑바로 세우면서 말했다.

남작이란 특히 그의 하인들에게는 대견한 것이다. 그에게서 그들에게 무엇인가가 돌아온다. 그들은 철학자가 칭호에서 튀어 묻은 것이라고 부름 직한 것을 가지고 있는데, 이것이 그들을 즐겁게 한다. 마리우스는, 말이 났으니 말인데, 전투적인 공화주의자로, 몸소 그것을 증명했었는데, 지금은 본의 아니게 남작이었다. 이 칭호로 집 안에 하나의 작은 혁명이 일어났다. 현재는 질노르망 씨는 그것에 애착을 갖고 있고, 마리우스는 그것에 별로 관심이 없었다. 그러나 퐁메르시 대령이 "나의 아들은 나의 칭호를 사용하라."고 써 놓았었는지라, 마리우스는 복종하고 있었다. 그리고 또 그녀의 속에서 여자가 눈뜨기 시작한 코제트는 남작 부인인 것을 몹시 기뻐하고 있었다.

"남작님 말씀인가요?" 하고 바스크는 되풀이했다. "가 보겠습니다. 포슐르방 어르신이 오셨다고 여쭙겠습니다."

"아니오. 나라고는 말하지 마시오. 누가 좀 조용히 말씀드리고자 한다고만 아뢰고 이름은 말하지 마시오."

"아!" 하고 바스크는 말했다.

"그를 좀 놀래 주고 싶으니까."

"아!" 하고 바스크는 말을 이었는데, 첫 번째의 "아!"를 설명하듯이 두 번째의 "아!"를 말했다.

그러고 그는 나갔다.

장 발장은 홀로 남아 있었다.

객실은, 앞서도 말한 바와 같이, 아주 어수선했다. 귀를 기울이면 아직도 혼인 잔치의 희미한 소음을 거기서 들을 수 있을 것 같았다. 방바닥에는 화환과 화관 들에서 떨어진 온갖 꽃들이 있었다. 밑동까지 타 버린 초는 촛대 들의 크리스털에 고드름처럼 흘러 붙어 있었다. 가구는 하나도 제자리에 있지 않았다. 구석들에는 서너 개씩의 안락의자들이 서로 둥그렇게 당겨져 있어서 아직도 이야기를 계속하고 있는 것 같았다. 방 안 전체가 즐거운 분위기였다. 끝나 버린 잔치판에도 아직 어떤 아취가 있다. 그것은 경사였다. 난잡한 이 의자들 위에서, 시드는 이 꽃들 사이에서, 꺼진 이 불빛들 아래서, 사람들은 기쁨을 생각했다. 햇빛이 촛불에 이어 객실에 즐겁게 들어오고 있었다.

몇 분이 지났다. 장 발장은 바스크가 두고 간 곳에 꼼짝 않고 있었다. 그는 매우 창백했다. 그의 눈은 쑥 들어가 있었는데 불면으로 말미암아 눈구멍 아래에 하도 깊이 들어가 그 속에 거의 사라지다시피 되어 있었다. 그의 검은 예복은 밤을 새운 옷의 구겨진 주름들이 있었다. 팔꿈치는 시트의 캘리코 천을 문질러서 생긴 부드러운 털로 하얗게 되어 있었다. 장 발장은 그의 발 아래 햇빛이 그려 낸 방바닥 위의 창 그림자를 바라보고 있었다.

문에서 소리가 났고, 그는 눈을 들었다.

마리우스가 들어왔다. 고개를 쳐들고, 입에 웃음을 띠고, 얼굴에 뭔지 알 수 없는 빛을 띠고, 밝은 이마에, 득의양양한 눈을 하고서. 그 역시 자지 않았었다.

"아버님이군요!" 장 발장을 보고 그는 외쳤다. "그 바보 같은 바스크란 놈이 신묘한 얼굴을 하더라니! 한데 너무 일찍 오셨네요. 아직 12시 30분밖에 안 되는데. 코제트는 자고 있어요."

마리우스가 포슐르방에게 말한 그 '아버님'이라는 말은 최고의 행복을 의미하고 있었다. 독자도 아다시피, 그들 사이에는 항상 절벽과 쌀쌀함, 거북살스러움이, 부숴 버리거나 녹여 버려야 할 얼음이 있었다. 그런데 이제 그 절벽도 낮아지고, 얼음도 풀어지고, 포슐르방 씨가 코제트에게처럼 그에게도 아버지가 되는 그런 정도로까지 마리우스는 도취경에 빠져 있었던 것이다.

그는 계속했다. 말들이 그에게서 넘쳐흐르고 있었는데, 이건 기쁨의 그 성스러운 절정에 특유한 것이다.

"뵙게 되어 참 기뻐요! 어제 저희들이 얼마나 아버님을 그리워했는지 아버님이 아신다면! 안녕하셔요, 아버님. 손은 어때요? 좀 나으시죠?"

그러고 그가 자기 자신에게 그렇게 좋은 대답을 하는 것을 만족해하면서 그는 계속했다.

"저희들은 둘이서 아버님 말씀을 무척 했어요. 코제트가 얼마나 아버님을 사랑한다고요! 여기에 아버님 방이 있다는 걸 잊지 않으셨지요. 저희들은 옴므 아르메 거리는 이제 원치 않아요. 이제 전혀 원치 않아요. 어떻게 그 같은 거리에 가서 사실 수 있었어요? 기분 나쁘고, 음산하고, 혐오스럽고, 한쪽 끝에 성문이 있고, 몸이 오싹해지고, 들어갈 수도 없는 그런 거리에서 말이에요. 여기 와서 사세요. 오늘부터요. 안 그러면 코제트한테 야단맞으실 거예요. 코제트는 우리를 모두 제멋대로 다루려고 하고 있거든요. 그걸 미리 알려드리겠어요. 아버님 방은 보셨지요. 우리 방 바로 옆이고, 정원 쪽을 향하고 있어요. 자물쇠에 있던 것도 다 손질해 두었고, 침대도 정돈해 놓았고, 준비가 다 돼 있으니까, 오시기만 하면 돼요. 코제트는 아버님 침대 옆에 우트레히트산 비로드를 씌운 커다란 낡은 안락의자를 갖다 놓고, 그 의자에게 '아버님을 환영하라.'고 말했어요. 봄이 오면 언제나, 아버님의 창문 맞은편 아카시아 숲 속에 꾀꼬리가 한 마리 옵니다. 아버님은 두 달 후에 그 녀석을 갖게 되실 겁니다. 아버님은 왼쪽에 꾀꼬리의 보금자리를, 오른쪽에 저희들의 보금자리를 가지실 겁니다. 밤에는 꾀꼬리가 노래하고, 낮에는 코제트가 말할 거예요. 아버님 방은 정남향이에요. 코제트가 거기에 아버님의 책들이며, 쿠크 대위의 여행기, 그리고 또 다른 것, 밴카버의 여행기, 아버님의 모든 소지품들을 정리해 드릴 거예요. 제가 알기엔, 아버님이 소중히 여기시는 조그만 가방 하나가 있다는데, 그걸 놓아 둘 구석 하나를 정히 마련해 놓았습니다. 아버님은 우리 할아버지의 존경을 획득하셨어요. 할아버지의 마음에 드셨어요. 우리는 같이 살 겁니다. 휘스트를 아시는지요? 아버님이 휘스트를 아신다면 할아버지는 무척 기뻐하실 거예요. 제가 법원

에 나가는 날에는, 아버님이 코제트를 데리고 산책에 나가세
요. 옛날 뤽상부르 공원에서처럼, 코제트에게 팔을 주시고 말
이에요. 저희들은 매우 행복하게 살겠다고 단단히 결심하고
있어요. 그리고 아버님은 저희들의 행복에 들어가 계실 거예
요. 아시겠어요, 아버님? 아 참, 오늘 저희들과 같이 저녁 식사
를 하시지요 네?"

"이보시오." 하고 장 발장은 말했다. "내가 당신에게 한 가
지 말할 게 있소. 나는 전과자요."

지각할 수 있는 날카로운 소리의 한계는 귀에 대해서와 꼭
마찬가지로 정신에 대해서도 지각의 범위를 벗어날 수 있다.
포슐르방 씨의 입에서 나온 "나는 전과자요."라는 말은 마리우
스의 귀에 들어가기는 했지만, 청취 가능성의 한계를 넘어갔
다. 마리우스는 알아듣지 못했다. 무엇인가 방금 자기에게 말
한 것 같았으나, 그는 무엇인지 알 수 없었다. 그는 멍하니 있
었다.

그는 그때 자기에게 말하는 사람이 무시무시한 것을 깨달
았다. 완전히 황홀경에 빠져 있던 그는 이때까지 그 무시무시
한 창백함을 알아차리지 못했었다.

장 발장은 오른팔을 받쳐 주고 있던 검은 천을 풀고, 손을
감고 있던 붕대를 풀고, 엄지손가락을 드러내어 그것을 마리
우스에게 보였다.

"내 손은 아무렇지도 않소." 하고 그는 말했다.

마리우스는 그 엄지손가락을 바라보았다.

"나는 여기에 언제나 아무 탈도 없었소." 하고 장 발장은 말

을 이었다.

정말 아무런 상처 자국도 없었다.

장 발장은 계속했다.

"나는 당신 결혼식에 없었던 것이 좋았소. 나는 내가 할 수 있는 한 내가 없도록 하였소. 나는 조금도 위증을 하지 않기 위해, 결혼 계약서에 무효한 것이 들어가지 않게 하기 위해, 서명하지 않아도 무방하게 되기 위해, 이 상처를 거짓 꾸몄소."

마리우스는 더듬거렸다.

"그게 무슨 말씀입니까?"

"무슨 말인고 하니," 하고 장 발장은 대답했다. "내가 옥살이를 했다는 거요."

"그럴 수가!" 하고 마리우스는 깜짝 놀라 부르짖었다.

"퐁메르시 씨," 하고 장 발장은 말했다. "나는 십구 년간 형무소에 있었소. 절도죄로. 그런 뒤에 나는 무기징역을 선고 받았소. 절도죄로. 재범죄로. 현재는 거주 지정령의 위반자요."

마리우스는 현실 앞에서 아무리 뒷걸음치고, 사실을 거부하고, 명백한 것에 저항을 해도 소용이 없고, 거기에 굴복하지 않을 수 없었다. 그는 이해하기 시작했고, 그게 이런 경우에는 언제나 그렇게 되듯이, 그는 그 이상도 이해했다. 그는 마음속을 스쳐 가는 끔찍한 빛에 전율을 느꼈다. 몸이 오싹해지는 하나의 생각이 그의 머리를 지나갔다. 그는 미래 속에, 자기 자신을 위해, 하나의 보기 흉한 운명을 어렴풋이 예감했다.

"다 말씀하세요, 다 말씀하세요!" 하고 그는 외쳤다. "당신은 코제트의 아버지요!"

그러면서 그는 말할 수 없는 공포감에 사로잡혀 두어 걸음 물러섰다.

장 발장은 천장까지 키가 커지는 것 같은 그런 위엄찬 태도로 머리를 우뚝 쳐들었다.

"당신은 여기서 내 말을 믿어 주는 것이 필요합니다. 그리고 우리 같은 사람들의 맹세는 법정에서는 받아들여지지 않지만……."

여기서 그는 잠깐 입을 다물었다가 이어서 일종의 극도의 음울한 위엄을 갖추어, 천천히 명확하게 발음하고 한마디 한마디 힘을 주면서 덧붙였다.

"……당신은 내 말을 믿어 주시오. 코제트의 아버지라고, 내가! 하느님 앞에 맹세코, 그렇지 않소. 퐁메르시 남작님, 나는 파브롤의 시골 사람이오. 나뭇가지 자르는 일로 밥벌이를 하고 있었소. 내 이름은 포슐르방이 아니고, 내 이름은 장 발장이오. 나는 코제트에게는 아무것도 아니오. 안심하시오."

마리우스가 더듬더듬 말했다.

"누가 제게 증명합니까?"

"나요. 내가 그렇게 말하니까."

마리우스는 그 사람을 바라보았다. 그는 침통하고 침착했다. 어떠한 거짓말도 그렇게 냉정한 데서는 나올 수 없었다. 쌀쌀한 것은 진지하다. 그 무덤 같은 싸늘함 속에는 진실이 느껴지고 있었다.

"저는 당신 말씀을 믿습니다." 하고 마리우스는 말했다.

장 발장은 그것을 인정하기 위한 것처럼 고개를 숙이고 계속했다.

"코제트에게 내가 무엇이오? 한 지나가는 사람이오. 십 년 전에 나는 그녀가 존재한다는 걸 모르고 있었소. 내가 그녀를 사랑한다는 것, 그것은 사실이오. 사람이 어린 소녀를 봤을 때, 그 사람 자신은 이미 늙었으니까, 그는 그 아이를 사랑하는 것이오. 사람이 늙었을 때에는 모든 어린아이들에 대해서 자신이 할아버지같이 느껴져요. 나도 뭔지 인정 같은 걸 가지고 있다고 당신은 생각할 수 있을 것 같소. 코제트는 고아였소. 아버지도 어머니도 없었소. 그녀는 내가 필요했소. 그런 까닭에 나는 그녀를 사랑하기 시작한 것이오. 어린아이들은 아주 연약하므로, 아무라도, 심지어 나 같은 사람이라도, 그들의 보호자가 될 수 있는 것이오. 나는 코제트에 대해서 그런 의무를 행한 것이오. 이렇게도 하찮은 것을 정말 선행이라고 부를 수 있다고 나는 생각하지 않소. 하지만 만일 그것이 선행이라면, 그래요, 내가 그것을 행했다고 해 두시오. 이러한 경감 정상을 수리하시오. 오늘날 코제트는 내 생활에서 떠났소. 우리 두 사람의 길은 갈라지고 있소. 앞으로 나는 코제트를 위해 더 이상 아무것도 할 수 없소. 그녀는 퐁메르시 부인이오. 그녀의 보호자는 바뀌었소. 그리고 코제트는 그렇게 바뀐 데에 이득을 보고 있소. 모든 일이 다 잘되었소. 60만 프랑에 관해서 당신은 내게 아무 말 않고 있지만, 내가 당신 생각을 미리 알아서 말하는데, 그것은 위탁 받은 것이오. 그 위탁금이 어떻게 해서 내 손에 들어와 있었는가? 그게 무슨 상관? 나는 그 위탁금을 돌려주는 것이오. 내게 더 요구할 것은 아무것도 없소. 나는 내 진짜 이름을 말함으로써 원상 회복을 완료했소. 이것도 또 내게 관한 일이오. 나는 당신이 내가 어떤 인간인가를 꼭 알아주었으면 싶은 거요."

그리고 장 발장은 마리우스의 얼굴을 정면으로 바라보았다.

마리우스가 느끼는 모든 것은 혼란스럽고 종잡을 수 없었다. 어떤 운명의 돌풍은 우리 영혼 속에 그러한 물결을 일으킨다.

우리는 누구나 다 우리들 속에서 모든 것이 흩어져 버리는 그러한 혼란의 순간들을 겪었다. 우리는 머리에 떠오르는 대로 아무 것이나, 반드시 꼭 말해야 할 것도 아닌 것을 말한다. 갑자기 새로운 사실들이 밝혀졌을 때 사람은 그것에 견디지 못하고 독한 술처럼 그것에 취해 버린다. 마리우스는 자기에게 나타나는 새로운 상황에 어리둥절해서, 그러한 고백을 했다고 그를 거의 원망이라도 하려는 사람처럼 그 사람에게 말할 정도였다.

"그렇지만," 하고 그는 외쳤다. "왜 저에게 그런 말씀을 다 하시는 겁니까? 무엇 때문에 꼭 그래야만 합니까? 혼자서만 비밀을 간직하고 계셔도 좋지 않습니까? 고발을 당한 것도, 추적을 당한 것도, 쫓기는 것도 아니지 않습니까? 자진해서 그런 폭로를 하시는 데에는 무슨 까닭이 있는 거죠. 다 말씀해 버리십시오. 다른 일이 있는 거지요. 무슨 의도로 그런 고백을 하시는 겁니까? 무슨 동기에서 말이에요?"

"무슨 동기에서냐고?" 하고 장 발장은 대답했는데, 마리우스에게 말한다기보다는 자기 자신에게 말하는 것같이 아주 작고 아주 희미한 목소리였다. "옳아, 무슨 동기에서 이 죄수가 '나는 죄수요.' 하고 말하느냐 그런 말이지요? 암 그렇소! 이상한 동기에서요. 그것은 정직한 마음에서요. 존재하는 불행한 것, 그것은 바로 내 마음속에 있는 나를 비끄러매는 한 가닥의 줄이오. 그러한 줄들이 질긴 것은 특히 사람이 늙었을 때요. 모든 삶이 주위에서 무너집니다. 그래도 그 줄들은 살아남아요. 내가 만약 이 줄을 뽑고, 그것을 끊고, 그 매듭을 풀거나 베어 버리고, 썩 멀리 갈 수 있었다면, 나는 구제되었고, 나는 떠나기만 하면 되었소. 블루아 거리에는 역마차들이 있소. 당신네들은 행복하고, 나는 가 버리지요. 나는 그것을 잘라 보려고 했소, 이 줄을, 나는 잡아당겼소. 그것은 꿋꿋하게 버텼소. 그것은 끊어지지 않았소. 나는 그것으로 가슴이 찢어졌소. 그때 나는 말했소. '나는 여기밖에 다른 데서는 살 수 없다.'라고. 나는 이대로 있어야 해요. 당신 말이 옳아요. 내가 바보요. 왜 그냥 이대로 있으면 안 되는가? 당신은 이 집에서 내게 방을 하나 주셨고, 퐁메르시 부인은 나를 무척 사랑하여, '아버님을 환영하라.'고 안락의자에게 말했고, 할아버님께서는 내가 와 있다면 더 바라실 게 없고, 나는 그분 마음에 들고, 우리는 모두 같이 살 것이고, 식사도 함께하고, 나는 코제트에게 팔을 주고…… 아니, 퐁메르시 부인에게라는 말인데, 실례했소, 버릇이 돼서 그만. 우리는 한 지붕 아래서, 한 식탁에서, 같은 불을 갖고, 겨울에는 같은 벽난로 가에 둘러앉고, 여름에는 같은 산책을 할 것이오, 이게 기쁨이오, 이런 것이. 이게 행복이오, 이런 것이. 이게 전부요. 우리는 한 가족으로 살 것이오. 한 가족으로!"

이 말을 했을 때 장 발장은 사나워졌다. 그는 팔짱을 끼고, 마치 거기에 구렁이라도 하나 파려는 듯이 발아래의 방바닥을 뚫어지게 보았으며, 그의 목소리가 졸지에 격해졌다.

"한 가족으로! 아니오, 나는 아무런 가족도 아니오, 나는. 나는 당신네 가족이 아니오. 나는 사람들의 가족이 아니오. 사람들이 가족끼리 있는 집들에서 나는 가욋사람이오. 가족들이 있지만, 그건 나를 위한 것이 아니오. 나는 불행한 사람이오. 나는 집 밖에 있소. 내게 아버지와 어머니가 있었던가? 그건 거의 믿을 수 없소. 내가 이 아이를 결혼시킨 날, 일은 다 끝났소. 나는 그녀가 행복한 것을 보았고, 그녀가 사랑하는 남자와 함께 있고, 거기에 착한 노인 한 분이 계시고, 두 천사들의 부부가 있고, 그 집에 모든 기쁨이 있는 것을 보았고, 그리고 다 잘된 것을 보았고, 그리고 나는 생각했소. '너는 들어가지 마라.'라고. 나는 사실, 거짓말을 하고, 당신네들 모두를 속이고, 포슐르방 씨로 있을 수 있었소. 그것이 그녀를 위해서인 한, 나는 거짓말을 할 수 있었소. 하지만 지금은 그것이 나를 위해서일 것이니, 나는 그렇게 해서는 안 되오. 사실, 나는 입을 다물고만 있으면 충분했고, 모든 것은 계속되고 있었소. 내가 무엇 때문에 말하지 않으면 안 되느냐?고 당신은 내게 묻는데, 하나의 괴상한 것, 나의 양심 때문이오. 그렇지만 내가 입을 닫는 것, 그건 퍽 쉬웠소. 나는 내게 그렇게 하도록 설득하려고 밤을 새웠소. 당신은 나더러 사실대로 다 말하라고 하는데, 내가 당신에게 말하는 것은 퍽 심상치 않은 일이어서 당신이 그렇게 말하는 건 당연합니다. 그래요 정말. 나는 내게 이유들을 대주느라 밤을 새웠고, 나는 썩 좋은 이유들도 내게 대주었고, 내가 할 수 있는 것도 했지요. 그러나 내가 아무리 해도 할 수 없는 것이 두 가지 있어요. 내 마음을 여기에 잡아매 놓고, 못 박아 놓고, 고정시켜 놓고 있는 줄을 끊는 것과, 내가 홀로 있을 적에 나에게 나지막이 말하는 누군가를 잠자코 있게 하는 것이오. 그래서 나는 오늘 아침에 당신에게 모든 것을 고백하려고 왔소. 모든 것을, 아니, 거의 모든 것을. 내게밖에 관계되지 않는 것은 말할 필요가 없소. 나는 그런 건 나를 위해 간직해 둡니다. 요점은, 당신은 그것을 아십니다. 그러므로 나는 내 비밀을 잡아다가 그걸 당신에게 가져왔소. 그리고 당신 눈앞에서 내 비밀을 속속들이 드러내 보였소. 그것은 쉽게 할 수 있는 결심이 아니었소. 밤새도록 나는 몸부림쳤소. 아! 당신은 내가 이렇게 생각하지 않았다고 믿고 있소. 즉, 이건 전혀 샹마티외 사건이 아니다. 내 이름을 숨겨도 나는 아무에게도 해를 끼치지 않는다. 포슐르방이라는 이름은 어떤 일을 해 준 사례로 포슐르방 자신이 내게 준 것이다. 나는 그것을 얼마든지 간직할 수 있다. 그리고 당신이 내게 제공하신 그 방에서 나는 행복하리라. 나는 아무것도 방해하지 않으리라. 나는 조용한 한쪽 구석에 있으리라. 당신이 코제트를 데리고 있는 동안에, 나는 그녀와 같은 집에 있다는 생각을 하리라, 라고. 그랬더라면 각자가 자기 응분의 행복을 가졌을 것이오. 계속 포슐르방 씨로 있으면, 모두를 만족시킬 것이오. 그렇소, 내 영혼을 제외하고는. 내게서는 어디서나 기쁨이 있겠지만, 내 영혼의 밑바닥은 여전히 캄캄할 것이오. 행복한 것만으로는 충분치 않고, 만족해야만 합니다. 그러니 나는 포슐르방 씨로 있었을 것이고, 그러니 내 진짜 얼굴을, 나는 그것을 감추었을 것이고, 그러니 나는 당신의 환한 얼굴 앞에서 수수께끼를 갖고 있었을 것이고, 그러니 나는 당신의 밝은 빛 속에서 어둠을 갖고 있었을 것이고, 그러니, 예고 없이 아주 순진하게, 당신 가정에 형무소를 끌어들이고, 내가 어떤 자인가를 당신이 알면 당신에게 쫓겨나리라고 생각하면서 당신 식탁에 앉아 있고, 만약 하인들이 알게 되는 날에는 '아이고 망측해라!'라고 말할 그들한테서 나는 시중을 받고 있었을 것이오. 당신은 응당 당신이 원치 않는 내 팔꿈치와 접촉했을 것이고, 나는 당신에게서 당신의 악수를 편취했을 것이오! 당신 집에서는 존경할 만한 백발과 낙인 찍힌 백발이 존경을 나누었을 것이고, 당신네들이 지극히 친밀하게 지내는 시간에, 모두가 서로 흉금을 터놓고 있다고 생각할 때에, 조부님과 당신 두 분, 나 이렇게 넷이 다 있을 때에, 거기에 모르는 사람 하나가 있었을 것이오! 나는 오로지 내 무서운 우물 뚜껑을 건드리지 않으려는 배려만을 하면서 당신네들 생활 속에서 당신네들과 나란히 있었을 것이오. 그러니 나는, 죽은 사람인 나는 살아 있는 당신네들에게 짐이 되었을 것이오. 그녀를, 나는 그녀를 영원히 나에게 억지로 매어 있게 했을 것이오. 당신과 코제트, 나, 우리는 푸른 모자(죄수모)를 쓰고 있는 세 개의 머리가 되어 있었을 것이오! 당신은 몸이 떨리지 않소? 나는 사람들 중에서 가장 짓눌린 사람일 뿐인데, 가장 흉측한 사람이 되어 있었을 것이오. 그리고 이 범죄를, 나는 그것을 날마다 범했을 것이오! 그리고 이 거짓말을, 나는 그것을 날마다 했을 것이오! 그리고 이 밤의 상판대기를, 나는 그것을 날마다 내 얼굴 위에 갖고 있었을 것이오! 그리고 내 쇠퇴를, 나는 날마다 그 쇠퇴의 당신네들 몫을 당신네들에게 주었을 것이오! 날마다 말이오! 내가 사랑하는 당신들에게, 내 아이들인 당신들에게, 내 순진무구한 사람들인 당신들에게 말이오! 입을 다무는 것이 아무것도 아니라고요? 침묵을 지키는 것은 간단하다고요? 아니오, 그것은 간단하지 않소. 침묵이 거짓말하는 것이 되는 수가 있소. 그리고 나의 거짓말을, 그리고 나의 기만을, 그리고 나의 비굴함을, 그리고 나의 비겁함을, 그리고 나의 배신을, 그리고 나의 범죄를, 나는 그것을 한 방울 한 방울 마시고, 그것을 다시 뱉고, 그런 뒤에 다시 마셨을 것이고, 한밤중에 끝냈다가 한낮에 다시 시작했을 것이며, 나의 낮 인사는 거짓말했을 것이고, 저녁 인사도 거짓말했을 것이고, 그리고 나는 그 위에서 자고, 그리고 그것을 내 빵과 함께 먹고, 그리고 코제트를 정면으로 바라보고, 그리고 천사의 미소에 대해 지옥에 떨어진 사람의 미소로 대답하고, 그리고 나는 가증스러운 협잡꾼이 되었을 것이오! 왜 그렇게 한단 말인가? 행복하기 위해서. 행복하기 위해서, 내가! 내가 행복할 권리가 있는가? 나는 인생 밖에 있는 사람입니다.”

장 발장은 말을 멈추었다. 마리우스는 듣고 있었다. 이러한 생각들과 번민들의 연쇄는 중단될 수 없다. 장 발장은 다시 목소리를 낮추었으나, 그것은 더 이상 은은한 목소리가 아니였고, 그것은 음산한 목소리였다.

"왜 내가 말하느냐고 당신은 물었지요? 내가 고발을 당한 것도, 쫓기는 것도, 추적을 당한 것도 아닌데, 그런 말이었죠. 그렇지 않소! 나는 고발을 당하고 있소! 그렇지 않소! 나는 추적을 당하고 있소! 그렇지 않소! 나는 몰리고 있소! 누구에게? 나에게. 나에게, 나 자신에게 통행을 막는 것은 나이고, 나는 나를 끌고, 나를 밀고, 나를 제지하고, 나를 처분하는데, 사람이 자기 자신을 붙잡는 때는, 꽉 붙잡히는 것이오."

그러고 자기 자신의 예복을 힘껏 움켜잡고 그것을 마리우스 쪽으로 당기면서,

"이 주먹을 보시오." 하고 그는 계속했다. "이 주먹은 멱살을 잡고 영 놓지 않으려고 하는 것 같지 않소? 그런데! 또 하나의 주먹이 있소. 즉 양심이오! 사람이 행복하기를 바란다면, 결코 의무를 이해해서는 안 되오. 왜냐하면 그것을 이해하자마자 그것은 냉혹하기 때문이오. 의무는 그걸 이해하는 걸 벌하는 것 같다. 하지만 그렇지 않소. 의무는 그렇게 하는 데 대해서 우리에게 상을 줍니다. 왜냐하면 의무는 우리를 지옥에 넣지만, 거기서 우리는 자기 옆에 신을 느끼기 때문이오. 창자가 찢어지도록 고통을 겪자마자 자기 자신과 편안합니다."

그러고 비통한 어조로 소리를 높여 덧붙였다.

"퐁메르시 씨, 이건 상식으로는 이해할 수 없겠지만, 나는 정직한 사람이오. 이건 내가 당신 눈에는 떨어지면서 내 눈에는 올라가기 때문이오. 이런 일은 이미 내게 한 번 있었지만, 그건 덜 괴로웠소. 그건 아무것도 아니었소. 그렇소, 정직한 사람이오. 만일 당신이 내 잘못으로 인해 나를 계속 존경한다

면 나는 정직한 사람이 아닐 것이오. 당신이 나를 경멸하는 지금, 나는 정직한 사람이오. 부당하게 얻은 존경밖에는 결코 갖지 못하므로, 그러한 존경은 나를 욕되게 하고 나를 마음속으로 괴롭히는데, 내가 자중하기 위해서는 사람들이 나를 경멸하지 않으면 안 되는 그런 숙명을 나는 지니고 있소. 그러므로 나는 꿋꿋이 일어섭니다. 나는 자기의 양심에 복종하는 죄수요. 이런 일은 유례가 없다는 걸 나는 잘 알고 있소. 그러나 내가 이걸 어떻게 합니까? 이게 사실인걸. 나는 나 자신을 향해 맹세를 했소. 나는 그것을 지키고 있소. 우리가 속박당하는 경우도 있고, 우연히 의무 속에 끌려 들어가는 일도 있어요. 아시겠소, 퐁메르시 씨, 내 생애에는 여러 가지 일들이 있었소."

장 발장은 또 잠깐 쉬었다가, 자기 이야기의 뒷맛이 쓸쓸하기라도 한 듯이 애써 침을 삼키고, 말을 이었다.

"사람이 이렇게 추악한 것을 몸에 지니고 있을 때, 그는 그것을 남들에게 그들이 모르는 사이에 나누어 갖게 할 권리가 없고, 그의 가증스러운 것을 남들에게 옮겨 줄 권리가 없고, 남들을 그의 구렁 속에 빠져들게 할 권리가 없고, 남들에게까지 그의 붉은 겉옷(죄수복)을 질질 끌고 다니게 할 권리가 없고, 그의 불행으로 엉큼하게 남의 행복을 방해할 권리가 없는 것이오. 건강한 사람들에게 다가가 어둠 속에서 그의 보이지 않는 궤양을 가지고 그들과 접촉하는 것, 그것은 흉측한 일이오. 포슐르방은 나에게 그의 이름을 빌려 주었지만, 나는 그걸 사용할 권리가 없소. 그는 내게 그것을 줄 수 있었지만, 나는 그것을 가질 수 없었소. 이름은 자아(自我)입니다. 아시겠죠, 도

런님. 나는 시골 놈이지만, 나는 생각도 좀 했고, 책도 좀 읽었고, 세상 일도 이해하고 있소. 보시다시피 나는 웬만큼 내 의사도 표현하고 있소. 나는 나 자신에게 교육을 했소. 암 그렇죠, 남의 이름을 훔쳐다가 그 아래에 숨는 것, 그것은 파렴치한 일이오. 알파벳 글자들은 지갑처럼 또는 시계처럼 사취할 수 있소. 실제로 위조 세명자가 되고, 살아 있는 위조 열쇠가 되고, 자물쇠를 비틀어 열고 정직한 사람들의 집에 들어가고, 더 이상 결코 똑바로 보지 않고, 늘 곁눈질만 하고, 자아 속에서 비열한 것, 천만에! 천만에! 천만에! 천만에! 그보다는 차라리 고통을 받고, 피가 나고, 눈물을 흘리고, 손톱으로 살가죽을 꼬집어 뜯고, 번뇌 속에 몸을 비틀어 꼬며 밤을 지새우고, 심신이 괴로워하는 것이 더 낫소. 그런 까닭에 나는 이 모든 것을 당신에게 와서 이야기하는 것이오. 당신 말씀마따나 자진해서 말이오."

그는 고통스러운 숨을 쉬고는 최후의 말을 던졌다.

"옛날에는 살기 위해, 나는 빵 한 조각을 훔쳤소. 오늘은 살기 위해, 나는 이름 하나를 훔치고 싶지 않소."

"살기 위해!" 하고 마리우스는 말을 가로막았다. "살기 위해 그 이름이 필요하시지는 않겠지요?"

"아! 나는 내가 하는 말의 뜻을 알아요." 하고 장 발장은 대답하면서 여러 번 연이어 천천히 머리를 끄덕거렸다.

잠시 침묵이 흘렀다. 둘 다 입을 다물고, 제각기 상념의 구렁 속에 빠져 있었다. 마리우스는 탁자 옆에 앉아서 구부린 손가락 하나 위에 입아귀를 받치고 있었다. 장 발장은 왔다 갔다

하고 있었다. 그는 거울 앞에서 걸음을 멈추고 가만히 서 있었다. 그런 뒤 마치 마음속의 논리에 대답이라도 하듯이, 거울 속의 자기 모습은 보지도 않고 거울만 바라보면서 말했다.

"이젠 마음이 좀 가벼워졌다!"

그는 다시 걷기 시작하여 객실의 저쪽 끝으로 갔다. 그는 돌아서는 순간 마리우스가 자기가 걷는 것을 바라보고 있는 것을 알아차렸다. 그러자 그는 형언할 수 없는 어조로 마리우스에게 말했다.

"나는 발을 좀 절름거립니다. 이젠 그 까닭을 아셨을 거요."

그러고는 마리우스 쪽으로 완전히 몸을 돌렸다.

"그런데 이제, 도련님, 이런 걸 상상해 보시오. 내가 아무 말도 안 했고, 내가 포슐르방 씨로 있었고, 내가 당신 집에서 내 자리를 가졌고, 내가 당신네들 식구고, 내가 내 방에 있고, 내가 아침에 실내화를 신고 아침밥을 먹으러 오고, 저녁에 우리들 셋이서 함께 극장 구경을 가고, 내가 퐁메르시 부인과 함께 튈르리 정원과 루아얄 광장에 가고, 우리들이 함께 있고, 당신이 나를 당신과 동등한 사람이라고 생각한다고 말입니다. 어느 날 내가 거기에 있고, 당신이 거기에 있고, 우리가 이야기하고 있고, 웃고 있는데, 별안간 당신이 하나의 목소리가 "장 발장이다!" 하고 그 이름을 외치는 것을 듣고 그 무시무시한 손이, 경찰이 그늘 속에서 나와 갑자기 내 가면을 회까닥 벗겨 버린다고 말이오!"

그는 또 입을 다물었다. 마리우스는 부르르 떨며 일어섰다. 장 발장은 말을 이었다.

"그런다면 당신은 뭐라고 말하겠소?"

마리우스의 침묵이 대답이었다.

장 발장은 계속했다.

"내가 침묵을 지키지 않는 것이 옳다는 걸 당신은 잘 아십니다. 자, 행복하시오. 천국에 계시오. 한 천사의 천사가 되시오. 태양 속에 계시고, 그것에 만족하시고, 한 가엾은 죄인이 흉금을 터놓고 의무를 다하기 위해 취하는 방식은 걱정하지 마시오. 지금 당신 앞에 있는 것은 한 불쌍한 인간이오, 도련님."

마리우스는 천천히 객실을 건너, 장 발장 옆에 왔을 때, 그에게 손을 내밀었다.

그러나 마리우스는 전혀 내놓지 않는 그 손을 가서 잡아야 했고, 장 발장은 하는 대로 내버려 두었는데, 마리우스는 대리석의 손을 쥐는 것 같았다.

"우리 할아버지는 친구들이 있습니다." 하고 마리우스는 말했다. "제가 사면을 얻어 드리겠습니다"

"그건 소용없소." 하고 장 발장은 대답했다. "사람들은 내가 죽은 걸로 알고 있는데, 그것으로 충분합니다. 죽은 사람들은 감시를 받지 않으니까. 그들은 조용히 썩고 있는 걸로 간주되고 있소. 죽음, 그것은 사면과 똑같은 것이오."

그리고 마리우스가 잡고 있는 손을 빼내면서, 일종의 준엄한 위엄을 갖추고 그는 덧붙였다.

"게다가, 내 의무를 다하는 것, 이것이 내가 도움을 청하는 친구요. 나는 하나의 사면밖에, 내 양심의 사면밖에 필요하지 않소."

이때, 객실의 저쪽 끝에서, 문이 조용히 방긋이 열리고 그 틈으로 코제트의 머리가 나타났다. 그녀의 평온한 얼굴밖에 보이지 않았는데, 그녀의 머리는 놀랄 만큼 헝클어져 있고, 눈시울은 아직도 잠으로 부풀어 있었다. 그녀는 둥지에서 머리를 내놓는 새 같은 몸짓으로 먼저 남편을 바라보고, 다음에 장 발장을 바라보고, 웃으면서 그들에게 소리쳤는데, 한 송이 장미꽃 속에 미소를 보는 것 같았다.

"틀림없이 정치 얘기를 하시는 거죠! 나는 따돌려 놓고 그게 뭐예요!"

장 발장은 몸을 떨었다.

"코제트……!" 하고 마리우스는 더듬거렸다. 그러고 말을 멈춰 버렸다. 그들은 두 죄인 같았다.

코제트는 반짝이며, 두 사람을 계속 차례차례 바라보고 있었다. 그녀의 눈 속에서 언뜻 낙원 같은 것이 비쳤다.

"두 분을 현장에서 덮쳤어요." 하고 코제트는 말했다. "저는 방금 포슐르방 아버지가 양심이니 의무를 다하느니 그런 말 하시는 걸 문밖에서 들었어요. 그게 정치죠, 뭐. 난 싫어요. 바로 이튿날부터 정치 얘기를 하면 안 돼요. 그건 옳지 않아요."

"그렇지 않아, 코제트." 하고 마리우스는 대답했다. "우리는 사무 얘기를 하고 있어. 너의 60만 프랑을 어디다 투자하는게 제일 좋을지 그런 이야기를 하고 있는 거야……."

"그게 다가 아니지." 하고 코제트는 가로막았다. "내가 갈게. 내가 거기에 끼어도 좋아?"

그러면서 그녀는 단호하게 문을 지나 객실에 들어왔다. 그녀는 목에서 발까지 내려오는, 소매가 크고 마구 구겨진 헐렁한 흰 실내복을 걸치고 있었다. 옛 고딕 회화들의 황금빛 하늘에는 천사가 입는 이러한 매혹적인 색드레스가 그려져 있었다.

그녀는 커다란 체경 속에 자기의 자태를 머리에서 발끝까지 비쳐 보고, 그런 뒤 말할 수 없는 기쁨에 넘쳐 외쳤다.

"옛날에 한 왕과 한 왕후가 있었다. 아이, 기뻐라!"

그렇게 말하고는 마리우스와 장 발장에게 절을 했다.

"자," 하고 그녀는 말했다. "나는 이제 두 분 옆 안락의자에 앉아 있을게요. 반 시간 후면 아침 식사예요. 뭐든지 마음대로 말씀하세요. 남자분들은 말을 하지 않으면 안 된다는 걸 나는 잘 알고 있어요. 나는 얌전하게 있을게요."

마리우스는 그녀의 팔을 잡고 정답게 말했다.

"우리는 사무 얘기를 하고 있어."

"그런데 말이에요." 하고 코제트는 대답했다. "아까 창을 열었더니, 정원에 광대들*이 수없이 와 있더군요. 새들 말이에요, 가면 쓴 사람들이 아니라. 오늘은 성회례의 수요일(사순절의 첫날)이지만, 새들에게는 그렇지 않나 보죠."

"우리는 사무를 말하고 있단 말이야. 그러니, 코제트, 잠깐만 우리끼리 있게 해 줘. 우리는 숫자를 말하고 있어. 이런 건너는 싫증이 날 거야."

"넌 오늘 아침에 참 예쁜 넥타이를 맸구나, 마리우스. 아주 멋이 있습니다, 각하. 아니올시다. 저는 싫증이 아니 날 것이

---

* 참새들을 가리킨다.

옵니다."

"넌 틀림없이 싫증날 거야."

"아니오. 당신이니까요. 나는 당신 말을 알아듣지는 못하겠지만, 그래도 당신 말을 듣고 있을게요. 사랑하는 사람의 목소리를 듣는 때에는, 그 목소리가 말하는 말을 이해할 필요가 없어요. 거기에 함께 있는 것, 내가 바라는 건 그것뿐이에요. 난 당신하고 같이 있겠어요, 네!"

"나의 사랑하는 코제트! 그건 안 돼."

"안 된다고요!"

"그래."

"좋아요." 하고 코제트는 말을 이었다. "당신에게 뉴스를 말해 드리려고 했어요. 당신에게 말해 드리려고 한 것은, 할아버지는 아직도 주무시고 계시고, 이모님은 미사에 가 계시고, 포슐르방, 우리 아버지의 방 벽난로에서는 연기가 나고 있고, 니콜레트는 굴뚝 소제부를 불렀고, 투생과 니콜레트는 벌써 싸웠고, 니콜레트는 투생의 말 더듬는 것을 비웃고 있다는 거예요. 그런데요, 당신은 아무것도 모르실 거예요. 아! 안 된다고요? 나도, 이번에는 내가, 두고 봐요, 아저씨, 나도, '안 된다.'고 말할 거예요. 누가 속아 넘어갈까요? 제발 부탁이야, 마리우스, 날 여기 두 분과 함께 있게 해 줘."

"맹세코 우리 단 둘이서만 있어야 하는 거야."

"그럼, 나는 남인가요?"

장 발장은 한마디도 않고 있었다. 코제트는 그쪽으로 몸을 돌렸다.

"우선, 아버지, 아버지는 제게 와서 키스해 주셨으면 좋겠어요. 아버지는 제 편을 들어주시지도 않고 거기서 아무 말도 않고 뭐하시는 거예요? 누가 이런 아버지를 내게 주었대요? 잘 보시다시피 저는 부부 생활에서 매우 불행해요. 남편이 저를 때려요. 자, 어서 저에게 키스해 주세요."

장 발장은 다가갔다.

코제트는 마리우스 쪽을 돌아보았다.

"당신 미워요."

그러고는 장 발장에게 이마를 내밀었다.

장 발장은 한 걸음 그 여자 쪽으로 다가섰다.

코제트는 뒤로 물러났다.

"아버지, 창백하시네요. 팔이 아픈가요?"

"팔은 나았다." 하고 장 발장은 말했다.

"잠을 잘 못 주무셨나요?"

"아니."

"슬프세요?"

"아니."

"그럼 키스해 주세요. 아버지가 건강하시고, 잠도 잘 주무시고, 기쁘시다면, 전 야단치지 않을게요."

그러고는 다시 그에게 이마를 내밀었다.

장 발장은 천국의 빛이 있는 그 이마에 입을 맞추었다.

"미소를 지으세요."

장 발장은 시키는 대로 했다. 그것은 유령의 미소였다.

"이젠 남편에 대해서 저를 두둔해 주세요."

"코제트……!" 하고 마리우스는 말했다.

"역정을 내세요, 아버지. 제가 있어야 한다고 저이에게 말씀해 주세요. 제 앞에서도 얼마든지 이야기할 수 있잖아요! 당신은 나를 아주 바보라고 생각하시는군요. 당신이 말하는 건 참 이상해요. 사무라느니, 돈을 은행에 투자한다느니, 그것 참 대단한 일이군요. 남자들은 아무것도 아닌 것을 비밀인 척한단 말이야. 난 여기 있고 싶어. 나 오늘 아침 썩 예쁘지. 나 좀 봐 봐, 마리우스."

그러고 사랑스러운 어깨를 으쓱하고 뭔지 모를 상냥하고 뿌루퉁한 얼굴로 그녀는 마리우스를 바라보았다. 이 두 사람들 사이에는 번갯불 같은 것이 있었다. 거기에 누가 있건 말건 별로 상관없었다.

"사랑해." 하고 마리우스는 말했다.

"열렬히 사랑해!" 하고 코제트는 말했다.

그러고 그들은 견딜 수 없이 서로 꼭 껴안았다.

"이제 난 있을 거야." 하고 코제트는 의기양양하게 입을 좀 비쭉거리고 실내복의 주름을 매만지면서 말을 이었다.

"그건 안 돼." 하고 마리우스는 애원조로 대답했다. "뭐 좀 끝내야 할 게 있어!"

"또 안 된다는 거야?"

마리우스는 근엄한 목소리로 말했다.

"정말 그건 안 돼, 코제트."

"아! 당신은 당신의 남자 목소리를 하시는군요, 아저씨. 좋아요, 가겠어요. 아버지, 아버지도 저를 거들어 주시지 않았어요. 내 남편 아저씨, 내 아빠 어르신, 당신들은 폭군들이에요. 할아버지한테 가서 이르겠어요. 내가 곧 돌아와서 행패를 부릴 거라고 생각한다면 잘못이에요. 나도 자존심이 있는걸요. 나는 이제 당신들을 기다리겠어요. 두고 보세요, 내가 없으면 당신들은 싫증이 날 테니까. 가겠어요. 잘됐어요."

그러고 그녀는 나갔다.

잠깐 후에 문이 다시 열리고, 그녀의 발랄한 진홍빛 얼굴이 두 짝의 문 사이로 또 한 번 나타나고, 그녀는 그들에게 외쳤다.

"나는 몹시 화가 났어요."

문은 다시 닫히고 다시 어둠이 되었다.

그것은 마치 그런 줄도 모르고 갑자기 밤을 지나온 길을 잘못 든 햇살 같았다.

마리우스는 문이 꼭 닫혀 있는 것을 확인했다.

"가엾은 코제트!" 하고 그는 중얼거렸다. "그녀가 곧 알게 된다면……."

이 말에 장 발장은 사지를 떨었다. 그는 당황한 눈으로 마리우스를 응시했다.

"코제트! 오 그래, 정말이오. 당신은 곧 이걸 코제트에게 말하시겠지. 옳은 일이오. 이런, 나는 그걸 생각하지 않았소. 사람은 한 가지 것에 대해서는 힘이 있어도, 다른 것에 대해서는 그렇지 않소. 도련님, 제발 간청합니다. 애원합니다. 도련님, 내게 약속해 주시오, 세상에도 신성한 약속을. 이걸 그녀에게 말하지 마시오. 당신만이 이걸 아시는 것으로 충분하지 않겠소, 당신만이? 나는 강요당하지 않고서도 이걸 자진해서 말할 수 있었소. 나는 그걸 전 세계 사람들에게, 온 세상 사람들에게 말했을 것인데, 그건 내게 상관없었소. 하지만 그녀는, 그게 뭔지 그녀는 모르오. 그녀는 그 말에 깜짝 놀랄 것이오! 죄수라니, 그게 뭐야! 그녀에게 설명을 하지 않을 수 없을 것이오. 그건 징역살이를 한 사람이라고. 그녀는 어느 날 사슬에 얽힌 죄인들의 무리가 지나가는 걸 보았소. 원 세상에!"

그는 안락의자에 쓰러져 두 손으로 얼굴을 가렸다. 소리는 들리지 않았으나, 어깨가 떨리는 것으로 보아, 그가 울고 있는 것을 알 수 있었다. 소리 없는 눈물, 무시무시한 눈물.

흐느낄 적에는 숨이 막히는 수가 있다. 그는 일종의 경련에 사로잡혀, 숨을 쉬기 위해서인 것처럼 의자의 등에 몸을 젖히고, 팔을 늘어뜨리고, 그의 눈물에 젖은 얼굴을 마리우스에게 보이게 두었고, 마리우스는 그가 중얼거리는 소리를 들었는데, 그 소리가 하도 낮아서 그의 목소리가 밑 없는 깊이에 있는 것 같았다. "아이고! 죽고 싶구나!"

"안심하세요!" 하고 마리우스가 말했다. "이 비밀은 저 혼자서만 간직하겠습니다."

그리고, 그는 아마 응당 감동해 있어야 했을 만큼 감동해 있지는 않았겠지만, 한 시간 전부터 뜻밖의 끔찍한 일에 익숙해지지 않을 수 없었고, 한 죄수가 그의 눈 아래에서 점점 포슐르방 씨에게 겹쳐지는 것을 보고, 시나브로 그 비통한 현실에 사로잡히고, 이런 상황의 자연스러운 경향으로 인해 이 사람과 자기 사이에 갓 생긴 간격을 인정하게 되어, 마리우스는 덧붙였다.

"그렇게도 충실하고 그렇게도 정직하게 건네주신 위탁금에 관해서 제가 한마디 말씀드리지 않을 수 없습니다. 그것은 참으로 청렴한 행위올시다. 마땅히 어떤 보상이 어르신께 주어져야 합니다. 어르신 자신이 금액을 정하십시오. 그 금액은 어르신께 지불될 겁니다. 매우 높이 정하셔도 좋으니 염려 마십시오."

"고맙소." 하고 장 발장은 부드럽게 대답했다.

그는 잠시 생각에 잠겨, 집게손가락 끝으로 엄지 손톱을 기계적으로 비비고 있다가, 이윽고 입을 열었다.

"모든 것은 거의 다 끝났소. 내게 마지막 한 가지가 남았소……."

"뭡니까?"

장 발장은 마지막으로 망설이는 것 같더니, 말문이 막혀, 거의 숨소리도 내지 않고, 말하기보다는 더 더듬거렸다.

"당신은 이제 아셨으니, 도련님, 당신은, 주인인 당신은 내가 더 이상 코제트를 만나서는 안 된다고 생각하시는지요?"

"나는 그게 더 나을 거라고 생각합니다." 하고 마리우스는 쌀쌀하게 대답했다.

"나는 그녀를 더 이상 만나지 않겠습니다." 하고 장 발장은 중얼거렸다.

그리고 문 쪽을 향해 걸어갔다.

그는 문 손잡이에 손을 놓았고, 자물쇠 빗장이 벗겨졌고, 문이 방긋이 열렸고, 장 발장은 통과할 수 있기에 충분할 만큼 문을 열고, 잠시 가만히 서 있다가, 다시 문을 닫고 마리우스 쪽으로 돌아섰다.

그는 이제 창백하지 않고, 납빛이었다. 눈에는 더 이상 눈물은 없었으나, 일종의 비통한 불꽃이 있었다. 그의 목소리는 이상하게 다시 조용해져 있었다.

"이보시오, 도련님." 하고 그는 말했다. "괜찮으시다면, 나는 그녀를 만나러 오겠습니다. 당신에게 확실히 말하는데 나는 그러기를 대단히 바랍니다. 만약에 내가 코제트를 꼭 만나보고 싶지 않았다면, 나는 당신에게 그런 고백을 하지 않고 떠났을 것이오. 하지만 코제트가 있는 곳에 있으면서 계속 그녀를 보고 싶어서, 나는 정직하게 모두 말씀드려야만 했던 것이오. 내 논리를 이해하시겠죠, 안 그래요? 이거야말로 이해가 되는 일입니다. 아시겠소, 내가 그녀를 내 곁에 데리고 있은 지가 구 년이 지났소. 우리는 처음에 가로수 길의 그 누옥에서 살았고, 다음에 수도원에서, 또 그다음에는 뤽상부르에서 살았소. 당신이 그녀를 처음으로 본 것은 거기에서였소. 당신은 그녀의 푸른 교직 우단 모자를 기억하시죠. 우리는 그다음에 앵발리드 구역에서, 쇠 격자문과 정원이 있는 집에 있었소. 플뤼메 거리 말이오. 나는 작은 뒤안 마당에서 살면서 거기서 그녀의 피아노 소리를 듣고 있었었소. 그것이 내 생활이었소. 우리는 한 번도 서로 떨어져 본 적이 없었소. 이러한 것이 구 년 몇 달 동안 지속되었소. 나는 그녀의 아버지 같았고, 그녀는 내 아이였소. 당신이 나를 이해하시는지 모르겠소만, 퐁메르시 씨, 지금 떠나고, 더 이상 그녀를 보지 않고, 더 이상 그녀에게 말을 하지 않고, 더 이상 아무것도 없다는 것, 그것은 어려울 것이오. 만약 당신이 나쁘게 생각하시지 않는다면, 나는 때때로 코제트를 보러 올 겁니다. 자주 오지는 않을 겁니다. 오래 있지도 않을 겁니다. 아래층 작은 방에서 나를 맞이하도록 일러 두시면 될 겁니다. 아래층에서요. 나는 하인들을 위한 뒷문으로 들어와도 좋지만, 그러면 아마 이상해 보일 겁니다. 내가 모든 사람들의 문으로 들어오는 것이 더 나을 것 같습니다. 도련님. 정말이오. 나는 코제트를 꼭 조금 더 만나 보고 싶습니다. 당신 좋으실 대로 드문드문 말이오. 내 처지가 되어 보시오. 나는 이제 그것밖에 없어요. 그리고 또 주의해야 합니다. 만약에 내가 더 이상 전혀 오지 않는다면, 나쁜 결과가 있을 거요. 사람들이 그걸 이상하게 생각할 거요. 예컨대, 내가 할 수 있는 것, 그것은 저녁에, 어두워지기 시작할 때 오는 것입니다."

"매일 저녁 오십시오." 하고 마리우스는 말했다. "코제트가 당신을 기다릴 겁니다."

"당신은 친절하십니다, 도련님." 하고 장 발장은 말했다.

마리우스는 장 발장에게 인사하고, 행복은 절망을 문까지 바래다주고, 이 두 사람은 헤어졌다.

2. 드러난 사실 속에 들어 있을 수 있는 알려지지 않은 것들

마리우스는 심히 충격을 받았다.

그가 본 코제트 옆에 있던 남자에 대해 그는 늘 일종의 혐오를 느꼈었는데 이제야 그 까닭이 그에게 이해되었다. 그 인물

속에는 뭔지 알 수 없는 수수께끼 같은 것이 있었는데 그것을 그의 직감이 그에게 알려 주고 있었다. 그 수수께끼, 그것은 세상에도 끔찍한 수치스러운 것, 형무소였다. 그 포슐르방 씨는 죄수 장 발장이었던 것이다.

한창 행복할 때 별안간 그러한 비밀을 발견하는 것, 그것은 멧비둘기의 둥지 안에서 전갈을 발견하는 것과 비슷하다.

마리우스와 코제트의 행복은 앞으로 그러한 이웃 사람을 갖도록 운명 지어져 있었는가? 그것은 하나의 기정사실이었던가? 완결된 결혼의 일부로서 그 사람을 받아들이는 것이 이 완벽한 결혼의 일부분을 이루고 있었던가? 더 이상 어찌할 도리가 없었던가?

마리우스는 그 죄수하고도 또한 결혼했었던가?

아무리 빛과 기쁨의 관을 쓰고 있더라도, 아무리 인생의 경사스러운 주홍빛 시간을, 행복한 사랑을 맛보더라도, 그러한 충격은 심지어 황홀경에 있는 천사장까지도, 심지어 영광 속에 있는 영웅까지도 떨지 않을 수 없게 하리라.

이런 종류의 급격한 변화에서는 항상 일어나듯이, 마리우스는 자기 자신을 탓해야 할 것은 없었는지 자문하고 있었다. 그는 통찰이 부족했었던가? 그는 조심성이 부족했었던가? 그는 본의 아니게 얼이 빠졌었던가? 조금은, 아마 그랬을 것이다. 코제트와 마침내 결혼하게 되었었던 그 연애 사건에, 주변 사람들을 잘 알아보기 위한 충분한 신중함도 없이 들어갔었던가? 그는 이렇게 확인하고 있었다. 실생활이 우리들의 결점을 조금씩 고쳐 주는 것은, 그렇게, 우리들 자신이 우리들 자

신에 대해서 행하는 일련의 연속적인 확인들에 의해서다. 그
는 자기 기질의 공상적이고 환상적인 면을 확인하고 있었는
데, 이것은 많은 체질의 사람들에게 특유한 마음속의 구름 같
은 것으로서, 정열과 고통의 절정 속에서 영혼의 기온 변화에
따라 부풀고, 인간을 송두리째 사로잡아, 그를 안개에 젖은 하
나의 의식으로 만들어 버린다. 나는 마리우스의 개성의 그러
한 독특한 요소를 여러 번 지적했다. 플뤼메 거리에서, 그 황
홀한 예닐곱 주간 동안, 사랑에 도취해 있던 중, 그는 고르보
누옥의 그 수수께끼 같은 활극에 관해서 코제트에게 말도 하
지 않았던 것을 떠올리고 있었다. 이 사건 때 피해자는 항쟁
중 그렇게도 이상하게 단호한 결심을 하고 침묵을 지키다가
그런 뒤 줄행랑을 놓아 버렸었던 것이다. 그가 그 일을 코제트
에게 전혀 말하지 않았던 것은 어찌된 일이었을까? 그렇지만
그건 아주 최근이었고 아주 끔찍했는데! 그가 그녀에게 테나
르디에의 이름조차도 대지 않았었던 것은, 특히 그가 에포닌
을 만났었던 날조차도 그랬었던 것은 어찌된 일이었을까? 그
는 지금 당시의 자기의 침묵을 설명하기가 거의 힘들었다. 그
는 그렇지만 그것을 깨닫고 있었다. 그는 이런 것들이 생각나
고 있었다. 그의 경악, 코제트에 대한 그의 도취, 모든 것을 흡
수하는 사랑, 이상 속에서 상호간에 의한 그 열광, 그리고 또
아마, 그 격렬하고 매혹적인 마음의 상태에 섞여 있는 미미한
정도의 이성과 함께, 그의 기억 속에 그 가공할 사건을 감추고
폐기하려는 막연하고 희미한 본능. 그는 이 가공할 사건과의
접촉을 두려워하고 있었고, 거기서 아무런 역할도 하고 싶지

않아서 그것을 피하고 있었으며, 거기서 그는 고발자가 되지 않고서는 진술자도 목격자도 될 수 없었다. 뿐만 아니라 그 몇 주일간은 번갯불이었다. 그들은 서로 사랑하는 것밖에는 사소한 시간도 없었다. 마지막으로, 모든 것을 숙고하고, 검토하고, 조사하고, 그 결과야 어쨌든 간에, 그가 고르보 누옥의 매복 사건을 코제트에게 이야기했을 때, 그녀에게 테나르디에의 이름을 댔을 때, 심지어 장 발장이 죄수라는 것을 그가 발견했을 때, 마리우스의 마음이 변했고, 그런 것으로 코제트의 마음이 변했을까? 그가 물러났을까? 그녀를 덜 사랑했을까? 그녀와 결혼하지 않았을까? 천만에. 이미 이루어졌었던 것과 뭐가 달라졌을까? 천만에. 그러므로 후회할 것은 아무것도 없었다. 자책할 것은 아무것도 없었다. 모든 것이 잘되었다. 연인들이라고 불리는 이 취한(醉漢)들에게는 하나의 신이 있다. 눈먼 마리우스가 갔었던 길은 눈이 밝은 그가 선택했었을 길이었다. 사랑은 그의 눈을 가렸었다. 그를 어디로 데려가기 위해서? 천국으로!

그러나 이 천국은 금후 지옥과 나란히 있게 되어 있었다.

그 사람에 대한, 장 발장이 된 그 포슐르방에 대한 마리우스의 옛 혐오감에는 지금은 공포감이 섞여 있었다.

이 공포감에는, 이것도 말해 두거니와, 약간의 연민의 정이, 그리고 어떤 놀람마저도 있었다.

이 도둑은, 이 재범의 도둑은, 위탁금을 반환했었다. 그런데 그게 어떤 위탁금인데? 60만 프랑. 그는 이 위탁금의 비밀을 혼자 알고 있었다. 그는 모두 간직할 수 있었는데, 그는 모두

돌려주었었다.

그뿐 아니라, 그는 자진해서 자기의 처지를 밝혔었다. 아무것도 그를 그렇게 강요하지 않았다. 그가 누구인가를 남이 아는 것은 그에 의해서였다. 그 고백에는 굴욕의 감수보다 더한 것이 있었고, 위험의 감수가 있었다. 유죄 선고를 받은 사람에게 가면은 가면이 아니라, 그것은 보호물이다. 그는 그 보호물을 포기했었다. 가명, 그것은 안전 보장이다. 그는 그 가명을 내던졌었다. 그는, 징역수인 그는 정직한 가정에 영원히 숨어 있을 수 있었다. 그는 그러한 유혹에 저항했었다. 그런데 무슨 동기에서? 양심의 가책에서. 그는 그것을 사실이라고 믿지 않고는 못 배길 어조로 그 자신이 설명했었다. 요컨대, 이 장 발장이 어떤 사람이든 간에, 이건 확실히 하나의 각성하는 양심이다. 거기에는 뭔지 알 수 없는 신비로운 명예 회복이 시작되어 있었고, 필시, 이미 오래전부터 그는 양심 가책에 의해 지배되고 있는 사람임에 틀림없었다. 이러한 올바름과 착함의 발동은 평범한 성격의 사람들에게는 좀처럼 있을 수 없는 일이다. 양심의 각성, 그것은 영혼의 위대함이다.

장 발장은 성실했다. 그 성실성은 명백하고, 확실하고, 부인할 수 없고, 그것으로 인해 그가 받는 고통에 의해서도 명백하므로, 더 알아볼 필요가 없고 그 사람이 말하는 모든 것에 권위를 주고 있었다. 여기서, 마리우스에게는 입장의 이상한 조정이 일어났다. 무엇이 포슐르방 씨에게서 나오고 있었는가? 의혹이. 무엇이 장 발장에게서 풍기고 있었는가? 신뢰감이.

생각에 잠긴 마리우스는 신비로운 장 발장의 대차대조표를 작성해 놓고, 자산을 확인하고, 부채를 확인하고, 결산을 내보려고 애썼다. 그러나 그 모든 것은 폭풍우 속에 있는 것 같았다. 마리우스는 그 사람에 관해 분명한 관념을 얻으려고 애쓰고, 장 발장을, 말하자면, 그의 사상의 근본에서 추구했으나, 그는 불길한 안개 속에 사라졌다 다시 나타났다 하였다.

정직하게 돌려준 위탁금, 고백의 성실함, 그것은 좋았다. 그것은 구름 속에 트인 하늘처럼 되어 있다가, 이어, 그 구름은 다시 검어지는 것이었다.

마리우스의 기억이 아무리 혼란했다 할지라도, 그에게로 어떤 그림자가 되돌아오곤 했다.

정말로 종드레트 누옥의 그 사건은 무엇이었을까? 왜, 경찰이 왔을 때, 그 사람은 하소연하지 않고 뺑소니를 쳤을까? 그 점에서는 마리우스는 대답을 찾아내고 있었다. 그 사람은 거주 지정령 위반 전과자였기 때문이다.

또 하나의 의문. 왜 그 사람은 바리케이드에 왔었을까? 왜냐하면 지금 마리우스는 불에 쬐면 글씨가 나타나는 은현(隱顯) 잉크처럼 그 기억이 그 감동 속에 다시 나타난 것을 다시 똑똑히 보기 때문이었다. 그 사람은 바리케이드에 있었다. 그는 거기서 싸우지 않고 있었다. 거기에 뭘 하러 왔었을까? 이러한 의문 앞에 한 망령이 우뚝 서서 대답을 하고 있었다. 자베르였다. 장 발장이 포박당한 자베르를 바리케이드 밖으로 끌고 가던 처참한 광경이 이때 마리우스에게 완전히 생각나고, 몽데투르의 작은 거리 모퉁이 뒤의 무시무시한 권총 쏘는 소리가 아직도 그에게 들리고 있었다. 그 탐정과 그 징역수 사이에는 아마 증오심이 있었으리라. 서로 거북해하고 있었다. 장 발장은 바리케이드에 복수하러 갔었다. 그는 거기에 늦게 도착했었다. 그는 십중팔구 자베르가 거기서 포로가 돼 있다는 것을 알고 있었을 것이다. 코르시카의 벤데타*는 어떤 최하층사회에 들어와 거기서 법률로서의 힘을 가지고 있다. 그것은 아주 순박한 것이므로 절반쯤 선 쪽으로 되돌아온 사람들마저 그것을 예사롭게 여기고 있다. 그리고 그 사람들은 그렇게 익숙해져 있는지라, 죄인은 뉘우치는 도중에 도둑질은 삼갈 수 있어도 복수는 그럴 수가 없었다. 장 발장은 자베르를 죽였다. 적어도 그것은 명백한 것 같았다.

마지막으로 최후의 의문. 그러나 이 의문에는 대답이 없었다. 이 의문, 마리우스는 그것을 하나의 집게처럼 느끼고 있었다. 어떻게 해서 장 발장과 코제트는 그렇게도 오랫동안 생활을 같이해 왔을까? 이 아이를 그 남자와 접촉게 했던 하늘의 그 음침한 장난은 무엇이었는가? 하늘에는 두 겹으로 만들어진 쇠사슬도 있어서 천사와 악마를 짝지어 놓기를 하느님은 좋아하는가? 범죄와 결백이 그래 불행의 신비로운 감옥에서 한 방의 친구가 될 수 있는가? 인간의 운명이라고 불리는 그 유죄 선고를 받은 사람들의 행렬에서, 두 이마가, 하나는 순진하고, 또 하나는 무시무시하고, 하나는 새벽의 신성한 흰빛에 온통 젖어 있고, 또 하나는 끝없는 번갯불 빛에 영원히 파래져 있는 두 이마가 나란히 지나갈 수 있었는가? 이 설명

---

* 코르시카에서 벌족간에 행하는 참혹한 복수.

할 수 없는 배합을 누가 결정할 수 있었는가? 어떻게 해서, 무슨 기적의 결과로서, 이 천국의 소녀와 그 지옥에 떨어진 늙은 이 사이에 공동 생활이 이루어질 수 있었는가? 그 누가 이 새끼 양을 그 이리에게 매어 놓을 수 있었으며, 더 이해할 수 없는 것은, 그 이리가 이 새끼 양에게 애착하게 할 수 있었는가! 왜냐하면 그 이리는 이 새끼 양을 사랑하고 있었으니까. 왜냐하면 그 사나운 자는 이 연약한 자를 열렬히 사랑하고 있었으니까. 왜냐하면 구 년 동안, 이 천사는 그 괴물에게 의지하고 있었으니까. 코제트의 유년과 청춘, 그녀의 세상에의 출현, 생명과 빛을 향한 그녀의 성장, 이러한 것은 그의 기이한 헌신에 의해 보호되었었다. 여기서 의문들은 말하자면 무수한 수수께끼들로 갈라지고, 심연은 심연의 밑바닥에 열리고, 마리우스는 더 이상 현기증 없이는 장 발장을 굽어볼 수 없었다. 이 심연 같은 사나이는 대관절 어떤 사람이었는가?

창세기의 옛 상징들은 영원한 것이다. 지금 있는 그대로의 인간 사회에는, 장차 더 큰 빛으로 변화되는 날까지는, 영원히 두 인간이 있는데, 하나는 상부의 인간이고, 또 하나는 지하의 인간이다. 선을 좇는 자, 그것은 아벨이다. 악을 좇는 자, 그것은 카인이다. 이 다정한 카인은 무엇이었는가? 한 처녀를 경건한 마음으로 열렬히 사랑하고, 그녀를 지켜 주고, 길러 주고, 보살펴 주고, 훌륭한 여자로 만들고, 자신은 더러운 몸이면서도 그녀는 순결성으로 감싸 주는 이 불한당은 무엇이었는가? 그것에 한 점의 얼룩도 남겨 놓지 않을 정도로 이 순수함을 숭배했었던 그 시궁창은 무엇이었는가? 코제트를 교육한 그 장 발장은 무엇이었는가? 한 떠오르는 별을 일체의 어둠과 일체의 구름으로부터 지켜 주려고만 오직 마음을 쓴 그 암흑의 인물은 무엇이었는가?

거기에 장 발장의 비밀이 있었고, 거기에 또한 하느님의 비밀이 있었다.

이 이중의 비밀 앞에서 마리우스는 뒷걸음질 치고 있었다. 하나의 비밀은 말하자면 또 하나의 비밀에 관해서 그를 안심시켜 주었다. 하느님이 이 사건에서 장 발장만큼 보이고 있었다. 하느님은 자기의 연장들을 가지고 있다. 그는 그가 원하는 도구를 쓴다. 그는 인간 앞에서 책임을 지지 않는다. 하느님이 어떻게 행동하는지 우리는 알고 있는가? 장 발장은 코제트에 힘을 기울였었다. 그는 이 영혼을 조금 만들었었다. 그것은 이론의 여지가 없었다. 그런데, 그 후엔? 일꾼은 끔찍했다. 하지만 작품은 희한했다. 하느님은 자기 좋을 대로 기적들을 만들어 낸다. 그는 이 매혹적인 코제트를 건조했었고, 거기에 장 발장을 사용했었다. 그는 자신을 위해 이 이상한 협력자를 선택하는 것이 좋았었다. 우리는 그에게 무슨 설명을 요구할 수 있는가? 두엄이 봄을 도와서 장미꽃을 만드는 것이 이번이 처음인가?

마리우스는 자신에게 그러한 대답을 하고, 그것이 좋은 대답이라고 자신에게 선언하고 있었다. 내가 아까 지적한 모든 점에 관해서, 그는 차마 장 발장을 공격할 수 없었고, 자기가 차마 그렇게 하지 않은 것을 자인하지도 않았었다. 그는 코제트를 열렬히 사랑하고 있었고, 코제트를 소유하고 있었으며, 코제트는 굉장히 순수했다. 그것으로 그는 충분했다. 그는 무엇을 더 밝힐 필요가 있었겠는가? 코제트는 빛이었다. 빛이 빛을 받을 필요가 있겠는가? 그는 모든 것을 가지고 있었다. 그는 무엇을 바랄 수 있었겠는가? 모든 것, 그것이면 충분하지 않은가? 장 발장의 개인사는 그에게 상관없었다. 그 사람의 불행한 그림자를 굽어다보면서, 그는 그 불쌍한 사람의 그 엄숙한 선언에 매달리고 있었다. "나는 코제트에게는 아무것도 아닙니다. 십 년 전에, 나는 그녀가 존재한다는 것도 모르고 있었소."

장 발장은 지나가는 사람이었다. 그 자신이 그렇게 말했었다. 그래, 그는 지나가고 있었다. 그가 어떤 사람이든 간에, 그의 구실은 끝났었다. 이제는 코제트 옆에서 보호자 노릇을 하기 위해 마리우스가 있었다. 코제트는 푸른 하늘에 와서 그녀의 짝을, 그녀의 애인을, 그녀의 남편을, 그녀의 천국의 남자를 찾아냈었다. 날개가 돋치고 변모한 코제트는 날아오르면서, 그녀의 뒤에 땅바닥에, 텅 빈 보기 흉한 그녀의 번데기 장 발장을 남겨 두고 있었다.

마리우스가 두루 생각해 본 어떤 범위 내에서, 그는 언제나 장 발장에 대한 어떤 두려움으로 되돌아오곤 했다. 아마 성스러운 두려움이었는지도 모른다. 왜냐하면 내가 아까 지적했거니와, 그는 이 사람 속에 '신적인 것'을 느끼고 있었으니까. 그러나 무엇을 해도, 어떤 정상참작을 찾아도, 언제나 꼭 이런 것으로 다시 떨어지곤 했다. "그는 죄수였다." 다시 말해서 사회 계급에서, 마지막 단계의 아래에 있으므로, 자리조차도 없는 인간이라고. 인간 중 최하위의 다음이 죄수다. 죄수는 더 이상, 말하자면, 살아 있는 사람들의 동포가 아니다. 법률은 한 인간에게서 뺏을 수 있는 모든 인간성을 죄수에게서 박탈했다. 마리우스는 민주주의자이긴 했으나, 형법상의 문제들에 관해서는 아직도 준엄한 제도에 가담하고 있었고, 법률의 응징을 받는 자들에 대해서는 모두 법률과 같은 생각을 갖고 있었다. 이 점은 말해 두거니와, 그는 아직 모든 진보를 완수하지는 못했었다. 그는 인간에 의해서 씌어진 것과 신에 의해서 씌어진 것을, 즉 법률과 권리를 분간하게는 아직 되어 있지 않고 있었다. 그는 돌이킬 수 없는 것과 회복할 수 없는 것을 마음대로 처분하는 권리를 인간이 갖는 것을 조금도 검토하고 숙고하지 않았었다. 그는 '사회적 제재'라는 말에 격분하고 있지 않았다. 그는 성문법의 어떤 침범에 영원한 형벌이 뒤따르는 것은 당연하다고 생각하고 있었고, 문명의 방식으로서 사회적 처벌을 인정하고 있었다. 그는 아직 그런 상태에 있었다. 그의 천성이 선량하고 사실상 잠재적인 진보가 다 이루어져 있었으므로, 나중에는 반드시 더 진보할 수 있을지는 몰라도.

이러한 생각 속에서, 장 발장은 그에게 보기 흉하고 역겨워 보이고 있었다. 그건 버림받은 사람이었다. 그건 죄수였다. 이 말은 그에게는 심판의 나팔 소리 같았다. 그리고 오랫동안 장 발장을 고찰한 뒤에, 그의 마지막 몸짓은 고개를 돌리는 것이었다. '물러가라.'*

---

* Vade retro. 복음서에 나오는 예수의 말 Vadeo retro, Satana 즉 "물러가라, 사탄." 이 말은 어떤 사람을 쫓아낼 때 사용된다.

이 점은 인정하고 강조까지도 해야겠거니와, 마리우스는 장 발장이 "당신은 나에게 모든 것을 다 털어놓고 말하라는 거죠."라고 그에게 말했을 정도로 장 발장에게 질문을 하면서도, 두세 가지의 결정적인 질문은 하지 않았었다. 그 질문들이 그의 머리에 떠오르지 않은 것은 아니었지만, 그는 그것이 두려웠었다. 종드레트의 누옥은? 바리케이드는? 자베르는? 이런 것들에서 새 사실을 알리는 정보들이 어디에서 멈추었을지 누가 알겠는가? 장 발장은 주춤거릴 사람 같지 않았는데, 마리우스는 그를 밀어붙인 뒤에, 그를 제지하기를 바라지 않았을지 누가 알겠는가? 어떤 최후의 상황에서, 한 가지를 물은 뒤 대답을 듣지 않기 위해 귀를 막는 일이 우리 모두에게 있지 않았던가? 그렇게 겁을 먹는 것은 특히 사랑하고 있을 때다. 불행한 사정을 지나치게 캐묻는 것은 현명한 일이 아닌데, 특히 우리들 자신의 생활과 떨어질 수 없는 면이 거기에 숙명적으로 관계되어 있을 때 그렇다. 장 발장의 절망적인 설명에서는 어떤 끔찍한 빛이 나올 수도 있었는데, 그 흉측스러운 빛이 코제트에게까지 튀어 오르지 않았을지 누가 알겠는가? 이 천사의 이마에도 일종의 지옥의 빛이 남아 있지 않았을지 누가 알겠는가? 번갯불에서 튀어나오는 것, 그것도 역시 벼락이다. 인간의 숙명에는 그러한 연대성(連帶性)이 있기 때문에, 순수함 그 자체도 다른 것을 물들이는 반사의 불길한 법칙에 의해 범죄의 자국이 찍힌다. 가장 순수한 인물들도 무시무시한 이웃 사람들의 반사를 영원히 간직할 수 있다. 옳고 그르고 간에 마리우스는 두려웠다. 그는 이미 너무나도 많은 사실들을 알고 있었다. 그는 더 알려고 하기보다는 차라리 마음을 돌리려고 애쓰고 있었다. 그는 어쩔 줄을 모르고, 장 발장에 대해서는 눈을 감으면서 코제트를 자기 품 안에 안고 갔다.

그 사람은 어둠이었다. 살아 있는 무서운 어둠이었다. 어떻게 감히 그 밑바닥을 뒤질 수 있겠는가? 어둠에 묻는 것은 무서운 일이다. 그것이 뭐라고 대답할지 누가 알겠는가? 새벽도 그 때문에 영원히 더럽혀질 수 있다.

이러한 정신 상태에서, 마리우스는 이 사람이 장차 코제트와 어떤 접촉을 가지리라고 생각하면 몹시 가슴이 아파 어쩔 줄을 몰랐다. 그 무서운 질문들, 그 질문들 앞에서 그는 물러섰었는데, 거기에서 가차 없는 결정적인 결심이 나올 수도 있었을 그 무서운 질문들, 그가 그런 질문들을 하지 않은 것을 그는 지금 거의 자책하고 있었다. 그는 자기가 너무 착하고, 너무 온순하고, 제대로 말하자면 너무 약하다고 생각하고 있었다. 그렇게 약한 마음에서 그는 경망한 양보를 하게 되었었다. 그는 감동에 넘어가 버렸었다. 그는 잘못했었다. 그는 딱 부러지게 장 발장을 내쫓아 버려야 했을 것이다. 장 발장은 화형감이니, 그는 그 점을 고려하여, 자기의 집에서 이 사람을 치워 버려야 했을 것이다. 그는 자신을 원망하고, 자기의 귀를 막고 눈을 가려 끌고갔던 그 창졸간의 감동의 회오리바람을 원망하고 있었다. 그는 자기 자신이 불만스러웠다.

이제 어떻게 할까? 장 발장의 방문은 그에게 심히 불쾌감을 일으키고 있었다. 이 사람이 그의 집에서 무슨 소용이 있겠는가? 어떻게 할까? 여기서 그는 마음을 딴 데로 돌리고 있었다. 그는 더 파 들어가고 싶지 않았다. 더 깊이 생각하고 싶지 않았다. 자기 자신의 마음을 탐색하고 싶지 않았다. 그는 약속했었고, 얼떨결에 약속해 버렸었다. 장 발장은 그의 약속을 받고 있었다. 죄수에게까지도, 특히 죄수에게는 약속을 지켜야 한다. 그렇지만 그의 첫째 의무는 코제트에 대한 것이었다. 요컨대 혐오감이 모든 것을 지배하고 있었고 그를 반발케 하고 있었다.

마리우스는 이 모든 생각들 전체를 머릿속에서 어수선하게 굴리고, 이 생각에서 저 생각으로 옮겨 가고, 모든 생각들에 감동하고 있었다. 그로부터 심각한 혼란이 빚어졌다. 그가 그 혼란을 코제트에게 감추는 것은 쉽지 않았으나, 사랑은 하나의 재주여서, 마리우스는 그렇게 할 수 있었다.

그런데 그는, 비둘기가 하얀 것처럼 천진난만하고 아무것도 눈치채지 못하고 있는 코제트에게, 겉으로는 아무 목적도 없는 듯이, 이것저것 물어보았다. 그는 그녀에게 그녀의 유년과 소녀 시절에 관해서 이야기했는데, 한 사나이가 그럴 수 있는 그 모든 착하고, 자애롭고, 존경스러운 것, 이 죄수가 코제트에 대해서 그런 것이었다는 것을 그는 더욱더 확신했다. 마리우스가 어렴풋이 보고 생각했었던 것은 모두 사실이었다. 그 음산한 쐐기풀은 이 백합꽃을 사랑하고 지켰었다.

8
황혼의 쇠퇴

1. 아랫방

이튿날, 해가 질 무렵, 장 발장은 질노르망 댁의 정문을 두
드렸다. 그를 맞아들인 것은 바스크였다. 바스크는 때마침 마
당에 나와 있었는데, 마치 분부라도 받은 것 같았다. 아무개
양반이 오실 테니, 그때까지 기다리고 있으라고 하인에게 일
러 두는 일이 때때로 있다.

바스크는 장 발장이 자기에게 오는 것을 기다리지 않고 그
에게 말을 건넸다.

"나으리께서 아래에 계시고 싶으신지 여쭤 보라고 남작님
께서 쇤네에게 분부하셨습니다."

"아래에 있겠소." 하고 장 발장은 대답했다.

바스크는, 지극히 공손하게, 아랫방 문을 열고 말했다. "마

님께 아뢰겠습니다."

장 발장이 들어간 방은 궁륭형 천장에 습기 찬 아래층인데, 경우에 따라서는 저장실로도 쓰이고, 거리 쪽으로 향해 있고, 붉은 벽돌이 깔려 있으며, 쇠살이 붙은 창문 하나로 빛을 받아 침침했다.

이 방은 먼지떨이와 솔, 비 등이 성가시게 구는 그런 방들의 하나가 아니었다. 먼지는 거기에 조용히 있었다. 거미들은 거기서 아무런 박해도 받지 않고 있었다. 널따랗게 펼쳐져 있고, 아주 새카맣고, 죽은 파리들로 장식된 아름다운 거미줄 하나가 창유리 위에 수레바퀴처럼 걸려 있었다. 천장이 나지막한 이 작은 방 한구석에는 빈 병들이 산더미처럼 쌓여 있었다. 황토색 페인트로 칠해진 벽은 군데군데 커다랗게 벗어져 있었다. 안쪽에는 좁은 선반이 붙어 있는 검게 칠한 나무 벽난로가 있었다. 거기에는 불이 타고 있었다. 이것은 "아래에 있겠소."라고 한 장 발장의 대답을 기대했었다는 것을 나타내고 있었다.

두 개의 안락의자가 벽난로의 양쪽 모퉁이에 놓여 있었다. 안락의자들 사이에는, 양털보다도 더 많은 올이 불거져 있는 낡은 침대 깔개가 양탄자 대신 펴져 있었다.

이 방의 조명은 벽난로의 불과 창의 어스름으로 이루어져 있었다.

장 발장은 피곤했다. 여러 날 전부터 그는 먹지도 자지도 않았다. 그는 안락의자 하나에 주저앉았다.

바스크가 돌아와서, 촛불을 벽난로 위에 놓고 물러갔다. 장

발장은 고개를 숙이고, 턱을 가슴에 대고 앉아서, 바스크도 촛
불도 보지 않았다.

그는 갑자기 뛰어오르듯 벌떡 일어났다. 코제트가 그의 뒤
에 있었다.

그는 그녀가 들어오는 것을 보지 않았지만, 그녀가 들어오
는 것을 느꼈다.

그는 돌아섰다. 그는 그녀를 주시했다. 그녀는 더할 나위 없
이 아름다웠다. 그러나 그가 그 그윽한 눈초리로 바라보고 있
던 것, 그것은 미모가 아니었다. 그것은 영혼이었다.

"어머나." 하고 코제트는 외쳤다. "이런 생각을 하시다니!
아버지, 저는 아버지가 이상한 분이라는 건 알고 있지만, 이런
생각을 하시리라고는 결코 기대하지 않았어요. 제가 아버지
를 여기서 접대하기를 아버지가 원하신다고 마리우스가 그러
더군요."

"그래, 내가 그랬어."

"그렇게 대답하시리라고 예상했어요. 조심하세요. 미리 알
려 드리겠는데 저는 아버지에게 한바탕 따질 거예요. 처음부
터 시작합시다. 아버지, 제게 키스해 주세요."

그러면서 뺨을 내밀었다.

장 발장은 가만히 있었다.

"까딱도 안 하시네요. 알겠어요. 죄인의 자세군요. 하지만
어쨌든, 용서해 드릴게요. 예수 그리스도가 말했어요. '저쪽
뺨을 내밀어라.'라고. 자, 여기 있어요."

그러면서 그녀는 다른 쪽 뺨을 내밀었다.

장 발장은 꼼짝도 않고 있었다. 그의 발이 방바닥에 못 박혀 있는 것 같았다.

"이건 심각해지네요." 하고 코제트는 말했다. "제가 아버지에게 뭘 어쨌다고 그러세요? 저도 그럼 토라질 거예요. 아버지는 저와 화해를 하셔야 해요. 오늘 저녁엔 저희들하고 저녁 식사를 하세요."

"저녁 식사는 했어."

"거짓말. 질노르망 할아버지더러 아버지를 야단쳐 드리라고 해야겠어요. 할아버지들은 아버지들을 꾸지람하기 마련이거든요. 자, 저하고 객실로 올라갑시다, 어서."

"못 해."

코제트는 여기서 조금 후퇴했다. 그녀는 명령하기를 그만두고 질문으로 옮겨갔다.

"아니, 왜 그러세요? 저를 만나시는데 우리 집에서 가장 누추한 방을 고르시다니. 여기는 아주 고약하지 않아요?"

"너도 알다……"

장 발장은 고쳐 말했다.

"아시다시피, 부인, 나는 괴상한 사람이어서, 엉뚱한 생각을 하지요."

코제트는 그 조그만 손으로 손뼉을 쳤다.

"부인! ……아시다시피! ……또 새로운 것이네요! 그게 무슨 뜻이에요?"

장 발장은 종종 딱할 때에 짓는 그 비통한 미소를 그녀에게 보냈다.

"당신은 부인이기를 바랐어요. 당신은 부인이오."

"아버지에겐 그렇지 않아요, 아버지."

"나를 이제 아버지라고 부르지 마시오."

"뭐라고요?"

"나를 장 씨라고 불러요. 장이라고, 그러고 싶다면."

"아버지는 이제 아버지가 아닌가요? 저는 이제 코제트가 아니고? 장 씨라고요? 그게 무슨 뜻이에요? 하여간 이건 혁명이네요, 이건! 대체 무슨 일이 있었나요? 제 얼굴을 좀 똑바로 바라보세요. 아버지는 저희들하고 같이 사시려고도 하지 않고! 또 제 방도 원치 않으시고! 제가 아버지에게 뭘 했나요? 제가 아버지에게 뭘 했나요? 그래, 무슨 일이 있었나요?"

"아무 일도."

"아니, 그렇다면?"

"모든 것이 평소와 같아요."

"왜 이름을 바꾸셔요?"

"당신도 바꾸셨는걸, 당신도."

그는 또 그 똑같은 미소를 지으며 덧붙였다.

"당신이 퐁메르시 부인이니까, 나는 장 씨일 수 있는 거요."

"통 무슨 영문인지 모르겠네요. 이건 모두 바보 같은 소리예요. 아버지를 장 씨라고 불러도 좋을지 제 남편에게 물어보겠어요. 그이가 그에 동의하지 않기를 저는 바라요. 아버지는 저를 몹시 가슴 아프게 하시는군요. 엉뚱한 생각을 하시더라도 이 어린 코제트를 슬프게 하지는 마세요. 그건 나빠요. 아버지는 심술궂게 구실 권리가 없어요. 아버지는 좋은 분인데."

그는 대답하지 않았다.

그녀는 얼른 그의 두 손을 잡아 뿌리칠 겨를도 없이, 그것을 자기 얼굴 쪽으로 들어 올려, 자기 턱 아래 목에 갖다 대고 꼭 눌렀는데, 그것은 도타운 애정을 나타내는 몸짓이었다.

"오! 친절하시라고요!" 하고 그녀는 그에게 말했다.

그러고 계속했다.

"제게 친절하시라고 하는 건 이런 거예요. 여기 와서 살고, 예전처럼 조금씩 산책도 다시 하고, 플뤼메 거리처럼 여기도 새들이 있으니, 저희들과 같이 살고, 옴므 아르메 거리의 그 굴 같은 집일랑 버리고, 수수께끼 같은 말도 말고, 모든 사람들처럼 함께 계시면서, 저희들과 함께 저녁 식사도 하고, 아침 식사도 하고, 제 아버지가 돼 주시라는 거예요."

그는 그의 손을 뺐다.

"당신은 이제 아버지가 필요 없어요. 남편이 계시니까."

코제트는 버럭 성을 냈다.

"저는 이제 아버지가 필요 없다고요! 그런 말도 안 되는 말을 하시면, 정말 뭐라고 말해야 할지 모르겠네요!"

"만약에 투생이 여기 있다면," 하고 장 발장은 자기 말을 뒷받침해 주는 것들을 찾고 있고 모든 가지들에 매달리는 어떤 사람처럼 말을 이었다. "나는 언제나 나대로의 생활 방식이 있었다는 것이 사실이라는 걸 그녀는 제일 먼저 인정해 줄 텐데. 아무것도 새로운 것은 없어요. 나는 언제나 컴컴한 구석을 좋아했지."

"하지만 여기는 추워요. 여기선 잘 보이지도 않아요. 이건 가증스러워요, 장 씨이고 싶다는 건요. 아버지가 저를 당신이라고 말하는 건 전 싫어요."

"아까 오다가," 하고 장 발장은 대답했다. "생 루이 거리에서 가구 하나를 보았어요. 한 가구점에서. 내가 만약 예쁜 여자라면 난 그 가구를 가질 거요. 썩 훌륭한 신식 화장대였어. 당신은 그걸 장미 나무라고 부를 것 같아. 자개가 박혀 있어. 거울도 꽤 크고. 서랍도 있고. 참 예뻐요."

"아이! 능청스러워!" 하고 코제트는 대꾸했다.

그러고 더 없이 귀여운 얼굴을 하고서, 이를 악물었다가 입술을 벌려, 장 발장에게 입김을 혹 뿜었다. 그건 암코양이 흉내를 내는 미의 여신이었다.

"저는 몹시 화가 나요." 하고 그녀는 말을 이었다. "어제부터 모두들 저를 격분케 하고 있어요. 분통이 터져 죽겠어요. 저는 영문을 모르겠어요. 아버지는 마리우스에 대해 저를 두둔해 주시지 않고, 마리우스는 아버지에 대해 저를 거들어 주지 않고. 저는 완전히 외톨이예요. 저는 방 하나를 얌전하게 정돈해 놓았어요. 만약에 제가 거기에 하느님을 들여놓을 수 있었다면, 저는 거기에 그를 들여 놓았을 거예요. 저는 제 방 때문에 골치를 앓고 있어요. 세 드는 사람이 없어서 저는 파산할 지경이에요. 제가 니콜레트에게 맛있는 조촐한 저녁 식사를 시켜 놓아도 잡수어 주는 사람이 있어야죠. 그리고 우리 아버지 포슐르방께서는 당신을 장 씨라고 불러 주기를 바라고, 벽들은 진부하고, 크리스털 글라스라고는 빈 병들이 있고, 휘장이라고는 거미줄이 있는 꾀죄죄하고 곰팡내 나는 무서운 낡은 지하실에서 저를 만나기를 바라셔요! 아버지가 이상한 분이라는 건 저도 인정해요. 그건 아버지 버릇이죠. 하지만 결혼하는 사람들에게는 일시적인 중단을 해 줘야죠. 아버지는 곧 이상한 짓을 다시 시작해서는 안 됐을 거예요. 아버지는 그 가증스러운 옴므 아르메 거리에서 정말 만족하실 거라는 거죠. 저는 거기가 딱 질색이었어요, 저는요! 저에 대해서 무슨 일이 있으세요? 아버지는 저를 되게 가슴 아프게 하셔요. 제기!"

그러곤 갑자기 정색을 하고, 장 발장을 응시하며 덧붙였다.

"아버지는 그럼 제가 행복한 걸 원망하시는 건가요?"

순진함은 저도 모르는 사이에 때때로 썩 깊이 뚫고 들어간다. 그 질문은 코제트에게는 단순한 것이었으나, 장 발장에게는 심각한 것이었다. 코제트는 좀 할퀴고 싶었는데, 그녀는 찢고 있었던 것이다.

장 발장은 창백해졌다. 그는 잠시 대답하지 않고 있다가, 형언할 수 없는 어조로 자기 자신에게 말하듯 중얼거렸다.

"그녀의 행복, 그것은 내 인생의 목적이었다. 이제 하느님은 나에게 내 퇴출을 허락하셔도 좋다. 코제트, 너는 행복하다. 내 시대는 끝났다."

"어머나! 아버지는 저에게 '너'라고 말하셨군요?" 하고 코제트는 외쳤다.

그러면서 그녀는 그의 목에 뛰어 올랐다.

장 발장은 넋을 잃고, 멍하니 그녀를 자기 가슴에 얼싸안았다. 그는 거의 그녀를 되찾는 것 같았다.

"고마워요, 아버지." 하고 코제트는 그에게 말했다.

감정에 끌려간 것에 장 발장은 가슴이 아파지려고 했다. 그는 살며시 코제트의 팔에서 몸을 빼고, 모자를 집었다.

"왜 그러세요?" 하고 코제트는 말했다.

장 발장은 대답했다.

"실례합니다, 부인. 다들 당신을 기다리고 있소."

그러고 문 앞에서 덧붙였다.

"내가 당신에게 너라고 말했소. 이제 다시는 그런 일이 없을 것이라고 당신 남편에게 말씀하시오. 용서하시오."

장 발장은 나갔다. 그 수수께끼 같은 작별 인사에 아연실색한 코제트를 남겨 두고.

2. 또 몇 걸음의 후퇴

다음 날, 같은 시간에 장 발장이 왔다.

코제트는 그에게 질문하지 않고, 더 이상 놀라지도 않고, 춥다고 떠들지도 않고, 객실 이야기도 하지 않았으며, 아버지라고도 장 씨라고도 말하기를 피했다. 그녀는 당신이라고 말하는 대로 내버려 두었다. 그녀는 부인이라고 부르는 대로 내버려 두었다. 다만 그녀는 기쁨이 좀 덜했다. 만약에 슬픔이 그녀에게 가능했다면, 그녀는 슬펐을 것이다.

사랑받는 남자는 하고 싶은 말을 하고, 아무것도 설명하지 않고서도, 사랑받는 여자를 만족시키는데, 코제트도 마리우스하고 십중팔구 그러한 대화 하나를 가졌으리라. 사랑하는 사람들의 호기심은 자기들의 사랑 너머로 썩 멀리 가지 않는다.

아랫방은 좀 치워졌다. 바스크는 병들을 없애고, 니콜레트는 거미줄을 없앴다.

그다음에도 날마다 같은 시간에 장 발장이 왔다. 마리우스의 말을 글자 그대로 해석할 수밖에 없어서 그는 날마다 왔다. 마리우스는 장 발장이 오는 시간에 자신이 집에 없도록 적당히 조처했다. 이 집 사람들은 포슐르방 씨의 종전과는 다른 방식에 익숙해졌다. 투생이 거기에 도움이 되었다. "어르신은 언제나 저랬어요." 하고 그녀는 거듭 말했다. 할아버지는 이렇게 언명했다. "그분은 기인이다." 그리고 모든 것이 끝났다. 게다가 나이 아흔에 더 이상 가능한 교제는 없다. 모든 것이 관련 없는 병렬(並列) 상태다. 새로운 얼굴은 거북하다. 더 이상 자리가 없고, 모든 습관들이 잡혀져 있다. 포슐르방 씨인지 트랑슐르방 씨인지, 질노르망 영감은 '그런 양반'이 안 온다면 더 이상 바랄 게 없었다. 그는 덧붙였다. "그런 기인들보다도 더 저속한 건 아무것도 없어. 그런 사람들은 별의별 괴상한 짓을 다 하거든. 무슨 이유가 있는 것도 전혀 아니야. 카나플 후작은 더 나빴지. 그는 웅장한 저택을 샀는데도 헛간에서 살았거든. 그 사람들이 가지고 있는 것은 이상야릇한 외관이야."

아무도 불행한 밑바닥을 어렴풋이 예감하지 않았다. 하기야 누가 그런 것을 짐작할 수 있었겠는가? 인도에는 이런 늪들이 있다. 물이 이상야릇하고, 설명할 수 없고, 바람이 없는데도 물결이 일고, 잔잔해야 할 데가 흔들리는 것 같다. 사람들은 수면이 아무 까닭도 없이 그렇게 부글거리는 것을 바라본다. 바닥에서 기어 다니는 물뱀은 보지 못한다.

많은 사람들이 그렇게 숨은 괴물을, 마음속에 품고 있는 고뇌를, 그들을 바짝바짝 마르게 하는 근심 걱정을, 그들의 어둠 속에서 사는 절망을 가지고 있다. 이러이러한 사람도 다른 사람들과 비슷하고, 가고 오고 한다. 그가 그의 속에 무수한 이빨을 갖고 있는 무시무시한 고민이 기생하여, 그 불쌍한 사람 속에 살고 있고, 그 때문에 그가 죽어 가고 있는 것을 사람들은 모른다. 그 사람이 하나의 심연이라는 것을 사람들은 모른다. 그 심연의 물은 괴어 있으나 깊다. 때때로 전혀 영문 모를 동요가 그 수면에 인다. 알 수 없는 주름이 잡혔다가 꺼졌다가 다시 나타나고, 거품 하나가 일었다가 터진다. 그것은 하찮은 것이다. 그것은 무시무시하다. 그것은 미지의 짐승의 호흡이다.

어떤 기이한 습관들, 다른 사람들이 떠날 때 온다든가, 다른 사람들이 자신을 과시하는 동안에 다소곳이 있다든가, 회색 망토라고 부를 수 있는 것을 모든 경우에 입고 있다든가, 호젓한 산책길을 찾는다든가, 쓸쓸한 거리를 더 좋아한다든가, 조금도 대화에 끼어들지 않는다든가, 군중과 축제를 피한다든가, 유복한 것 같으면서도 가난하게 산다든가, 아무리 부자라도 제 열쇠를 제 호주머니에 갖고 있고 제 양초를 문지기에게 맡겨 놓는다든가, 샛문으로 들어간다든가, 비밀 계단으로 올라간다든가, 이 모든 대수롭지 않은 특이한 버릇들은, 표면의 잔물결, 기포(氣泡), 일시적인 주름살 등은 흔히 무시무시한 밑바닥에서 온다.

여러 주일이 그렇게 흘러갔다. 새로운 생활이 조금씩 코제트를 사로잡았다. 결혼이 만들어 내는 교제, 방문, 집의 관리, 오락, 그러한 큰 일들. 코제트의 오락은 값비싼 것이 아니었다. 그것은 단 한 가지뿐, 마리우스와 함께 있는 것이었다. 그와 함께 외출하고, 그와 함께 있는 것, 그것이야말로 그녀 생활의 큰 관심사였다. 서로 팔을 끼고, 대낮에, 거리의 한복판을, 보라는 듯이, 모든 사람들 앞에, 단 둘이서만 나다니는 것은 그들에게 항상 새로운 즐거움이었다. 코제트에겐 다만 한가지 난처한 일이 있었다. 두 노처녀의 융합이 불가능해 투생은 니콜레트와 뜻을 같이할 수 없어서 나가 버렸다. 할아버지는 정정했고, 마리우스는 여기저기서 변호를 맡아 보았고, 질노르망 이모는 새 가정 옆에서 조용히 살면서 만족하고 있었다. 장 발장은 날마다 왔다.

너나들이로 말하기가 사라지고, 당신이니, 부인이니, 장 씨라고 말함으로써 그는 코제트에 대해서 딴사람이 되고 있었다. 그녀를 자기에게서 멀리하려고 했었던 그 자신의 배려는 성공하고 있었다. 그녀는 더욱더 쾌활해지고 더욱 덜 다정해졌다. 그렇지만 그녀는 여전히 그를 퍽 사랑하고 있었고, 장발장은 그것을 느끼고 있었다. 어느 날 그녀는 별안간 그에게 말했다. "당신은 전에는 제 아버지였는데 이젠 아버지가 아니고, 전에는 제 아저씨였는데 이젠 아저씨가 아니고, 전에는 포슐르방 씨였는데 이젠 장이에요. 대관절 당신은 어떤 분이신가요? 저는 그런 건 다 싫어요. 만약에 제가 당신이 그렇게도 좋은 분이라는 걸 모른다면, 저는 당신을 무서워할 거예요."

그는 여전히 옴므 아르메 거리에 살면서, 코제트가 사는 거리를 떠날 결심을 하지 못하고 있었다.

초기에 그는 코제트 곁에 몇 분밖에 안 있다가 가곤 했다.

그는 조금씩 그의 방문 시간을 늘리는 습관을 붙였다. 그는 해가 길어지는 것을 이용하는 것 같았다. 그는 더 일찍 왔다가 더 늦게 떠났다.

어느 날 코제트의 입에서 불쑥 '아버지'라는 말이 나왔다. 장 발장의 침울한 늙은 얼굴에 기쁜 빛이 반짝였다. 그는 그녀를 꾸짖었다. "장이라고 하시오." "아! 참 그렇군요, 장 씨." 하고 그녀는 깔깔 웃으며 대답했다. "좋아요." 하고 그는 말했다. 그러고 얼굴을 돌려 그가 눈물을 닦는 것을 그녀가 보지 않도록 했다.

3. 플뤼메 거리의 정원을 회상하다

그것이 마지막이었다. 그 마지막의 반짝임 이후 빛은 완전히 꺼져 버렸다. 더 이상 친밀함도 없었고, 입맞춤의 행복도 없었고, 그렇게도 지극히 다정한 그 아버지! 라는 말도 없었다. 그는 그의 요구로 그리고 그 자신의 묵인에 의해 그의 모든 행복에서 잇따라 쫓겨나 있었다. 그리고 하룻동안에 코제트를 송두리째 잃어버린 뒤에, 그는 이어서 그녀를 조금씩 조금씩 다시 잃어버려야 했었다는 그런 불행을 가지고 있었다.

눈은 마침내 지하실의 햇빛에 익숙해지게 되었다. 결국, 날마다 코제트가 나타나는 것을 보는 것, 그는 그것으로 족했다. 그의 모든 생활은 이 시간에 집중되고 있었다. 그녀 옆에 앉아서, 말없이 그녀를 바라보고, 또는 그녀에게 옛날 시절이며, 그녀의 어린 시절, 수도원, 그때의 그녀의 어린 동무들 이야기를 했다.

어느 날 오후, 그것은 4월 초의 하루, 이미 따스해졌으나 아직은 서늘하고, 태양이 찬란하게 빛날 때, 마리우스와 코제트의 창들을 둘러싸고 있는 정원들은 춘색이 완연하고, 아가위나무는 바야흐로 싹이 트려 하고 있고, 패물 같은 꽃무들은 낡은 담장들 위에 펼쳐지고 있고, 장밋빛 금어초들은 돌 틈새기들에서 하품하고 있고, 풀 속에서 실국화들과 미나리아재비들은 아리따운 꽃이 피기 시작하고 있고, 이해의 흰 나비들은 날기 시작하고, 바람은, 이 영원한 혼례의 악사는 옛 시인들이 회춘이라고 부르던 그 여명의 대교향악의 첫 악보를 나무들 속에서 노래해 보고 있었는데, 마리우스가 코제트에게 말했다. "플뤼메 거리의 우리 정원에 다시 한 번 가 보자고 우리가 말했지. 가자. 은혜를 저버려서는 안 돼." 그러면서 그들은 두 제비들처럼 봄을 향해 날아올랐다. 그 플뤼메 거리의 정원은 그들에게 새벽 같은 인상을 주고 있었다. 그들은 뭔가 그들의 사랑의 봄 같은 것을 이미 그들 생애의 과거 속에 갖고 있었다. 플뤼메 거리의 집은 아직도 임대차 기한 내 있었는지라 코제트의 것이었다. 그들은 그 정원과 그 집에 갔다. 그들은 거기서 과거의 자신들로 되돌아가 무아경에 빠졌다.

그날 저녁, 여느 때와 같은 시간에, 장 발장은 피유 뒤 칼베르 거리에 갔다. "마님께서는 서방님과 함께 나가셔서 아직 안 돌아오셨습니다." 하고 바스크가 그에게 말했다. 그는 잠자코 앉아서 한 시간 기다렸다. 코제트는 돌아오지 않았다. 그는 고개를 수그리고 나갔다.

코제트는 '그들의 정원'에서의 산책에 도취하고 '그녀의 과거 속에서 하루 종일 산' 것을 몹시 기뻐하여, 이튿날 다른 이야기는 하지 않았다. 그녀는 장 발장을 보지 않았던 것은 깨닫지 못했다.

"거기는 어떻게 갔소?" 하고 장 발장은 그녀에게 물었다.

"걸어서요."

"그리고 어떻게 돌아왔소?"

"삯마차로요."

얼마 전부터 장 발장은 이 젊은 부부가 옹색한 생활을 하고 있는 것을 알아차리고 있었다. 그는 그것이 괴로웠다. 마리우스의 절약은 엄격한 것이어서, 장 발장에게 한 그의 말은 절대적인 뜻을 갖고 있었다. 그는 용단을 내어 물어보았다.

"왜 당신들은 당신네 마차를 한 대 두지 않는 거요? 예쁜 이인승 사륜 마차 한 대면 한 달에 500프랑밖에 들지 않을 거요. 당신들은 부자인데."

"저는 모르겠어요." 하고 코제트는 대답했다.

"투생도 마찬가지요." 하고 장 발장은 말을 이었다. "그녀는 떠났소. 당신들은 그녀 대신 아무도 두지 않았소. 무슨 까닭이오?"

"니콜레트면 충분해요."

"하지만 당신은 시녀가 하나 필요하실 텐데."

"마리우스가 있지 않아요?"

"당신들은 당신네 집도 한 채 갖고, 당신네 하인들도 거느리고, 마차도 한 대 갖고, 극장에 특별석도 가져야 할 것이오. 당신들에겐 너무 아름다운 건 아무것도 없소. 왜 당신들은 부자답게 지내지 않는 거요? 재산은 행복에 보탬이 되는데."

코제트는 대답하지 않았다.

장 발장의 방문 시간들은 조금도 줄여지지 않았다. 도리어 반대였다. 미끄러지는 것이 마음인 때 사람은 비탈에서 멈춰서지 않는다.

장 발장은 방문 시간을 오래 끌고 싶고 시간을 잊게 하고 싶을 적엔, 마리우스의 칭찬을 하는 것이었다. 그는 그가 미남이고, 고상하고, 씩씩하고, 재치있고, 능변이고, 친절하다고 하는 것이었다. 코제트는 한 술 더 뜬다. 장 발장은 다시 시작한다. 이야기는 그칠 줄 모른다. 마리우스, 이 말은 무궁무진하다. 그네 글자 속에는 여러 권의 책이 들어 있다. 그렇게 해서 장 발장은 오래 있을 수 있었다. 코제트를 보고, 그녀 옆에서 만사를 잊는 것, 그것은 그에게 무척이나 즐거운 일이었다! 그것은 그의 상처의 치료였다. 바스크가 두 번이나 거듭 와서 "저녁 식사가 준비되었다고 남작 마님께 아뢰라고 질노르망 어르신께서 쇤네를 보내십니다."라고 말하는 일이 여러 번 있었다.

그런 날들이면, 장 발장은 깊이 생각에 잠겨 자기 집에 돌아가곤 했다.

마리우스의 머리에 떠올랐던 그 번데기라는 비유에 진실이 있었던가? 장 발장은 과연 끝끝내 번데기가 되어 그의 나방을 찾아올 것인가?

어느 날 그는 여느 때보다도 한결 더 오래 있었다. 이튿날 그는 벽난로에 전혀 불이 없는 걸 알아차렸다. "이런! 불이 없네." 하고 그는 생각했다. 그리고 자기 자신에게 이렇게 설명했다. "아주 당연한 일이야. 지금은 4월이니까. 추위는 다 갔어."

"어머나! 여긴 춥네요." 하고 코제트는 들어오면서 부르짖었다.

"그렇지 않아." 하고 장 발장은 말했다.

"그럼 당신이 바스크에게 불을 때지 말라고 하셨나요?"

"그렇소. 곧 5월이거든."

"하지만 6월까지는 불을 피우는걸요. 이런 지하실에는 일 년 내내 불이 있어야 해요."

"나는 불이 필요없겠다고 생각했지요."

"그거야말로 정말 당신 생각들 중 하나예요!" 하고 코제트는 말을 이었다.

그 다음 날은 불이 있었다. 그러나 두 개의 안락의자가 방 저쪽 끝 문 옆에 정돈되어 있었다. "이건 무슨 뜻일까?" 하고 장 발장은 생각했다.

그는 가서 그 안락의자들을 가져다가, 그것들을 다시 벽난로 옆에 여느 때와 같은 자리에 놓았다.

그렇지만 그렇게 불이 다시 피워져 있었으므로 그는 용기를 얻었다. 그는 평소보다도 한결 더 오래 한담을 끌어 가게 했다.

그가 가려고 일어섰을 때 코제트는 그에게 말했다.

"남편이 어제 제게 이상한 말을 했어요."

"그래, 무슨 말을?"

"이러더군요. 코제트, 우리는 3만 프랑의 연금을 가지고 있다. 2만 7000은 네가 갖고 있는 것이고, 3000은 할아버지가 내게 주시는 거야. 그럼 3만 프랑이 되네, 하고 제가 대답했어요. 그는 말을 이었어요. 너는 이 3만 프랑으로 살아갈 용기가 있겠니? 라고. 저는, 그럼, 너하고 함께만 있다면 한 푼 없어도 좋아, 하고 대답했지요. 그리고 또, 그런 말은 왜 하지? 하고 물었더니, 알기 위해서, 라고 대답했어요."

장 발장은 한마디도 할 말을 찾지 못했다. 코제트는 틀림없이 그에게서 무슨 설명이 있기를 기다렸을 것이나, 그는 침울하게 입을 다물고 그녀의 말을 듣고 있었다. 그는 옴므 아르메 거리로 돌아갔는데, 하도 깊이 생각에 잠겨 있었는지라, 문을 잘못 알고, 자기 집으로 들어가지 않고 이웃집으로 들어갔다. 거의 3층까지 올라간 뒤에야 그는 틀린 것을 깨닫고 다시 내려갔다.

그의 정신은 억측들로 가득 차 있었다. 마리우스가 그 60만 프랑의 출처를 의심하고, 무슨 깨끗하지 못한 데서 나온 것이 아닌가 걱정하고 있는 것이 명백했는데, 누가 알겠는가? 그가 그 돈이 장 발장 그 사람에게서 온 것을 아마 발견까지 했을지 모르며, 그러한 수상한 재산 앞에서 주저하고, 그것을 자기 것으로 받아 갖기를 싫어하고, 수상쩍은 재물로 부자가 되기보다는 그와 코제트가 여전히 가난하게 있기를 더 좋아하고 있는 것이 확실했다.

그뿐 아니라, 어렴풋이, 장 발장은 자기가 배척당하고 있는 것같이 느끼기 시작했다.

다음 날 그는 아랫방으로 들어가면서 일종의 전율을 느꼈다. 안락의자들이 사라지고 없었다. 보통 의자조차 하나도 없었다.

"이런, 안락의자들이 없네!" 하고 코제트는 들어오면서 부르짖었다. "대체 안락의자들이 어디 있을까?"

"이제 없어요." 하고 장 발장은 대답했다.

"이건 너무 한데요!"

장 발장은 더듬거렸다.

"내가 바스크에게 치워 버리라고 말했소."

"그 이유는요?"

"오늘은 잠깐밖에 있지 않을 테니까."

"잠깐 있는다고 해서 서 있어야 할 이유는 없어요."

"객실에 안락의자가 필요한 것 같아요."

"왜요?"

"아마 오늘 저녁에 손님이 있나 보죠."

"아무도 없어요."

장 발장은 한마디도 더 말할 수 없었다.

코제트는 어깨를 들먹였다.

"안락의자들을 치우게 하시다니! 요 전날엔 불을 끄게 하시고! 참으로 이상한 분이셔!"

"잘 있소." 하고 장 발장은 중얼거렸다.

그는, "잘 있소, 코제트."라고 말하지 않았다. 그러나 "잘 있소, 부인."이라고 말할 기운도 없었다.

그는 맥이 빠졌다.

이번에 그는 깨달았다.

이튿날 그는 오지 않았다. 코제트는 저녁때야 비로소 그것을 알아차렸다.

"이런," 하고 그녀는 말했다. "장 씨가 오늘 안 오셨네."

그녀는 가벼운 서글픔 같은 것을 느꼈으나, 그것을 거의 알아차리지 못했고, 이내 마리우스의 키스로 기분이 전환되었다.

그 다음 날도 그는 오지 않았다.

코제트는 거기에 주의하지 않고, 여느 때와 다름없이 그날 저녁을 지내고, 그날 밤을 자고, 잠이 깨어서야 겨우 그 일을 생각했다. 그녀는 그렇게도 행복했다! 그녀는 부랴부랴 니콜레트를 장 씨 댁에 보내어 그가 앓고 있는지, 그리고 왜 전날 오지 않았는지 알아 오게 했다. 니콜레트는 장 씨의 대답을 가져왔다. 그는 전혀 앓고 있지 않았다. 그는 바빴다. 곧 올 것이다. 되도록 일찍. 그런데, 그는 짤막한 여행을 가려고 하고 있다. 부인은 자기가 때때로 여행하는 습관이 있음을 기억하고 있을 것이다. 걱정하지 말기를 바란다. 자기를 조금도 생각하지 말기를 바란다.

니콜레트는 장 씨의 집에 들어가면서, 자기 안주인의 말을 그대로 되풀이했었다. "왜 장 씨가 어제 오시지 않았는가."를 알아 오라고 마님이 보냈다고. "내가 안 간 지 이틀이 되오."

하고 장 발장은 조용히 말했다.

그러나 그러한 지적에 니콜레트는 개의치 않고, 그런 것은 아무것도 코제트에게 보고하지 않았다.

4. 끌어당김과 소멸

1833년의 늦봄 몇 달과 초여름의 몇 달 동안, 마레의 듬성 듬성한 행인들과 가게의 상인들, 문 앞에서 빈둥거리는 사람들은, 검은 옷을 깔끔하게 입은 한 늙은이가, 날마다, 해가 질 무렵 같은 시간에, 옴므 아르메 거리에서 생트 크루아 들 라 브르토느리 거리 쪽으로 나와서, 블랑 망토 성당 앞을 지나, 퀼튀르 생 카트린 거리로 접어들고, 에샤르프 거리에 이르러서는 왼편으로 돌아 생 루이 거리로 들어가곤 하는 것이 눈에 띄었다.

거기서 그는 느린 발걸음으로, 머리를 앞으로 내밀고 걸어가고 있었는데, 아무것도 보지 않고, 아무것도 듣지 않고, 눈은 언제나 변함없이 똑같은 한 점에 고정되어 있었다. 이 점이 그에게는 반짝이는 것같이 보였으나, 그것은 피유 뒤 칼베르 거리의 모퉁이 외에 다른 것이 아니었다. 그가 그 거리의 모퉁이에 다가가면 다가갈수록 그의 눈은 더욱더 빛나고 있었다. 일종의 기쁨이 내면의 서광처럼 그의 눈동자를 비추고 있고, 그는 매혹되고 감동된 듯하고, 그의 입술은 마치 그에게 보이지 않는 누군가에 말하는 것 같이 희미하게 움직이고 있고, 그는 희미하게 미소를 짓고 있었으며, 한껏 천천히 앞으로 나아가고 있었다. 마치 목적지에 도달하기를 바라면서도 거기에 바짝 가까워지는 순간을 두려워하고 있는 것 같았다. 그를 끌어당기는 것 같은 그 거리와 그 사이에 더 이상 몇 집밖에 없었을 때, 그의 발걸음은 매우 늦어져서 때로는 더 이상 걷고 있지 않는 것같이 생각할 수 있을 정도였다. 그의 간들거리는 머리와 그의 고정된 눈동자는 극(極)을 찾는 지남침을 생각하게 하고 있었다. 그가 도착하는 시간을 아무리 오래 걸리게 할지라도, 꼭 도착해야만 했다. 그는 피유 뒤 칼베르에 도달한다. 그러자 그는 걸음을 멈추고, 몸을 떨고, 마지막 집 모퉁이 너머로 침울하고 겁나는 듯한 모습으로 머리를 내밀고, 그 거리를 바라보곤 했는데, 그 비통한 눈초리에는 뭔지 불가능한 것의 현혹과 닫힌 낙원의 반사 같은 것이 있었다. 그리고 한 방울의 눈물이 조금씩 눈꺼풀 구석에 괴었다가, 떨어질 만큼 커져서, 그의 뺨 위에 흘러내리고, 이따금 그의 입에서 멎곤 했다. 늙은이는 그 눈물의 쓴맛을 느끼고 있었다. 그는 한참 동안 마치 돌멩이인 것처럼 그렇게 하고 있었다. 그런 뒤 그는 같은 길을 같은 걸음걸이로 되돌아갔는데, 그가 멀어져 감에 따라 그의 눈은 빛이 꺼졌다.

조금씩, 이 늙은이는 피유 뒤 칼베르 거리의 모퉁이까지 가기를 그만두었다. 그는 생 루이 거리의 중간쯤에서 걸음을 멈추었다. 어떤 때는 좀 더 멀리서, 또 어떤 때는 좀 더 가까이서. 어느 날 그는 퀼튀르 생 카트린 거리의 모퉁이에 서서 피유 뒤 칼베르 거리를 멀리서 바라보았다. 그런 뒤에, 마치 뭔가를 거절하듯이, 잠자코 좌우로 고개를 흔들고는 길을 되돌아갔다.

오래지 않아 그는 생 루이 거리까지조차도 오지 않았다. 그는 파베 거리에까지 와서, 머리를 흔들고, 되돌아가곤 했다. 다음에는 더 이상 트루아 파비용 거리를 넘어가지 않았다. 그 다음에는 더 이상 블랑 망토 거리를 넘어서지 않았다. 그것은 마치 더 이상 태엽을 감아 주지 않는 시계의 추가 진폭(振幅)을 줄이다가 마침내 멎어 버리는 것 같았다.

날마다 그는 같은 시간에 집에서 나와, 같은 길을 걸어가 보았으나, 다 마치지를 않았는데, 아마 그는 그것을 의식하지 않았겠으나, 걷는 길을 줄곧 줄이고 있었다. 그의 얼굴은 온통 이런 단 하나의 생각만을 나타내고 있었다. "무슨 소용이냐?" 눈은 빛이 꺼져 있었다. 더 이상 반짝임이 없었다. 눈물 역시 말라 있었다. 그것은 더 이상 눈꺼풀 구석에 괴어 있지 않았다. 그 생각에 잠긴 눈은 보송보송했다. 늙은이의 머리는 언제나 앞으로 내밀어져 있었다. 턱이 이따금 움직이고 있었다. 그의 야윈 목의 주름살은 보기에도 가슴 아팠다. 때때로, 날씨가 궂은 때면, 팔 아래에 우산을 들고 있었으나, 그것을 전혀 펴지 않았다. 그 일대의 할머니들은 "저건 얼간이야."라고 말했다. 어린아이들은 시시덕거리면서 그의 뒤를 따라다니고 있었다.

9
마지막 어둠, 마지막 새벽

1. 불행한 자들에게 연민의 정을, 그러나 행복한 자들에게는 관용을

행복한 것은 무시무시한 것이다! 사람들은 얼마나 그것으로 만족하는가! 사람들은 얼마나 그것이면 충분하다고 생각하는가! 사람들은 얼마나, 인생의 잘못된 목적을, 행복을 소유하면서, 참다운 목적을, 의무를 잊어버리는가!

그렇지만 말해 두자. 마리우스를 비난하는 건 잘못일 것이다.

마리우스는, 앞서 설명했듯이, 결혼 전에 포슐르방 씨에게 질문하지 않았었고, 그 후에는 장 발장에게 질문하는 것이 두려웠었다. 그는 얼떨결에 끌려갔었던 약속을 뉘우쳤었다. 절망에게 그런 양보를 한 것은 잘못이었다고 그는 많이 생각했었다. 그는 조금씩 장 발장을 자기 집에서 멀리하고 될 수 있는 대로 그를 코제트의 머리에서 지우는 것으로 만족했었다. 그는 코제트와 장 발장 사이에 말하자면 항상 들어갔었는데, 그렇게 해서 그녀는 그를 보지 않을 것이고 전혀 생각하지도 않을 것이라고 확신했다. 그것은 지우기보다도 더한 것, 그것은 사라짐이었다.

마리우스는 그가 필요하고도 정당하다고 판단하는 것을 하고 있었다. 그는 박정하지도 않지만 약한 마음에 끌리지도 않고 장 발장을 멀리하기 위해, 독자가 이미 본 중대한 이유들과 또 독자가 나중에 보게 될 다른 이유들도 있다고 그는 생각하고 있었다. 그가 변호했었던 한 소송에서 그는 우연하게도 라피트 은행의 옛 직원 하나를 만나게 되어, 일부러 찾은 것은 아니었으나, 이상한 정보들을 얻었었는데, 그 비밀을 지켜 주겠다고 했었던 약속을 존중하기 위해서, 그리고 장 발장의 위태로운 처지를 위한 조심성에서, 그는 사실 그 정보들을 깊이 파고들 수는 없었다. 그는, 바로 그때에, 수행해야 할 하나의 중대한 의무가 있다고 생각하고 있었는데, 그것은 그가 가능한 한 비밀리에 찾고 있는 어떤 사람에게 그 60만 프랑을 반환하는 것이었다. 그동안 그는 그 돈에 손대기를 삼가고 있었다.

코제트로 말하자면 그러한 비밀은 아무것도 모르고 있었다. 하지만 그녀를 탓하는 것 역시 곤란할 것이다.

절대적인 힘을 가진 자기(磁氣)가 마리우스에게서 그녀에게로 흐르고 있었기 때문에, 그녀는 본능적으로 그리고 거의 기계적으로 마리우스가 바라는 대로 하고 있었다. '장 씨'에 대해서도 그녀는 마리우스의 의지를 느끼고 그의 뜻을 좇고 있었다. 그녀의 남편이 그녀에게 말한 것은 아무것도 없었다. 그녀는 남편의 무언의 생각에서 막연한 그러나 분명한 압력을 받고 맹목적으로 복종하고 있었다. 그녀의 복종은 여기서는 마리우스가 잊어버리고 있는 것을 떠올리지 않는 것이었다. 그녀는 그러기 위해 아무런 노력도 할 것이 없었다. 그녀는 그녀 자신 왜 그러는지 몰랐고, 그렇다고 해서 그녀를 책망할 것은 없었으나, 그녀의 마음은 아주 남편의 마음이 돼 버렸기 때문에, 마리우스의 생각 속에서 어둠으로 덮여 있는 것은 그녀의 생각 속에서도 어두워지고 있었다.

그렇지만 극단에 치우치지는 말자. 장 발장에 관해서는, 그 망각과 그 소멸은 다만 피상적일 뿐이었다. 그녀는 잘 잊어버린다기보다는 오히려 경솔했다. 사실은, 그녀는 그렇게도 오랫동안 아버지라고 불렀었던 그 사람을 무척 사랑하고 있었다. 그러나 그녀는 남편을 한결 더 사랑하고 있었다. 그 때문에 그녀의 마음은 다소 평형을 잃어 한쪽으로 기울어져 있던 것이다.

때때로 코제트는 장 발장 이야기를 하고 놀라는 수가 있었다. 그럴 때면 마리우스는 그녀를 진정시켰다. "집에 안 계시는 모양이야. 여행 떠난다고 그분이 말씀하셨지 않아?" "맞아." 하고 코제트는 생각했다. '그분은 이렇게 자취를 감추는 버릇이 있었다. 하지만 이렇게도 오랫동안 그런 일은 없었는데.' 두세 번 그녀는 니콜레트를 옴므 아르메 거리에 보내어 장 씨가 여행에서 돌아왔는지 알아보게 했다. 장 발장은 아니라고 대답하게 했다.

코제트는 더 묻지 않았다. 이 세상에서 필요한 것은 오직 하나, 마리우스뿐이었으니까.

또 말해 두거니와, 한편 마리우스와 코제트 쪽에서도 집에 없었다. 그들은 베르농에 갔었다. 마리우스가 코제트를 아버지의 산소에 데리고 갔었다.

마리우스는 코제트를 장 발장에게서 조금씩 벗어나게 했었다. 코제트는 하는 대로 두었었다.

그런데, 어떤 경우에는, 아이들의 배은망덕이라고 너무 지나치게 가혹하게 부르는 것도 반드시 사실은 사람들이 생각하는 만큼 그렇게 비난할 만한 것은 아니다. 그것은 자연의 배은망덕이다. 내가 다른 데서 말했지만, 자연은 '제 앞만 바라본다.' 자연은 살아 있는 사람들을 '오는 자'와 '떠나는 자'로 나눈다. 떠나는 사람들은 어둠 쪽을 향해 있고, 오는 사람들은 빛 쪽을 향해 있다. 거기에서 괴리가 빚어지는데, 이것은 늙은이들 쪽에서는 숙명적이고, 젊은이들 쪽에서는 본의 아닌 것이다. 이러한 괴리는 처음에는 극히 완만하지만, 나뭇가지들이 다 갈라지듯이 서서히 커진다. 잔가지들은 줄기에서 떨어지지 않고 거기서 멀어져 간다. 그것은 가지들의 잘못이 아니다. 젊음은 기쁨과 축제, 강렬한 빛, 사랑이 있는 곳으로 간다. 늙음은 종말로 간다. 양자는 서로 못 보게 되지는 않지만, 더 이상 포옹은 없다. 젊은이들은 인생의 싸늘함을 느끼고, 늙은이들은 무덤의 싸늘함을 느낀다. 이 가엾은 아이들을 나무라지 말자.

2. 기름 밭은 등불의 마지막 깜박임

장 발장은 어느 날 자기 집 계단에서 내려 거리로 세 걸음 걸어 나오다가 폿돌 위에 앉았는데, 그것은 6월 5일에서 6일에 걸친 밤에 그가 걸터앉아 생각에 잠겨 있는 것을 가브로슈가 발견했었던 것과 같은 폿돌이었다. 그는 거기서 몇 분간 있다가 다시 올라갔다. 그것은 시계추의 마지막 흔들림이었다. 이튿날 그는 집에서 나오지 않았다. 그 이튿날에는 침대에서 나오지 않았다.

그의 문지기 여자는 양배추나 감자 몇 개에 돼지 기름살을 조금 넣은 소밥을 그에게 차려 주었는데, 갈색 토기 접시 속을 보고 소리쳤다.

"어제는 안 잡수셨네요, 가엾은 양반!"

"아니, 먹었소." 하고 장 발장은 대답했다.

"접시가 가득 차 있는걸요."

"물병을 보시오. 비었지요."

"그건 물을 마셨다는 증거지요. 그건 뭘 자셨다는 증거는 아니지요."

"하지만," 하고 장 발장은 말했다. "내가 물밖에 먹고 싶지 않았다면?"

"그건 갈증이라고 하는 거예요. 그리고 동시에 아무것도 안 먹는 때에는 신열이라고 하는 거고요."

"내일은 먹을 거요."

"그렇지 않으면 언젠가는 잡술 거란 말씀이죠. 왜 오늘은 안 잡수셔요? 내일은 먹을 거요, 라니 그런 말씀이 어딨어요! 제 요리 접시에 통 손도 안 대고 그냥 두시다니! 이 조림은 얼마나 맛이 좋았다고요!"

장 발장은 노파의 손을 잡았다.

"그걸 먹겠다고 약속할게요." 하고 그는 친절한 목소리로 말했다.

"참 못마땅하네요." 하고 문지기 여자는 대답했다.

장 발장은 이 노파밖에 다른 인간은 거의 보지 않고 있었다. 파리에는 아무도 지나가지 않는 거리가 있고, 아무도 찾아오지 않는 집들이 있다. 그는 그러한 거리의 그러한 집에서 살고 있었다.

아직 나들이를 하던 때에, 그는 어느 철물점에서 조그마한 구리쇠의 십자가상 하나를 몇 수를 주고 사다가, 자기 침대의 맞은편 못에 걸어 놓았었다. 이러한 십자가는 언제나 보기에 좋다.

한 주일이 흘러갔으나 장 발장은 방에서 한 걸음도 걷지 않았다. 그는 늘 누워 있었다. 문지기 여자는 자기 남편에게 말했다. "윗방 노인은 이제 숫제 일어나지도 않고 먹지도 않는데, 오래 못 갈 거예요. 그 사람은 근심이 있어요. 아무리 생각해도 딸이 시집을 잘못 간 것 같아요."

문지기는 남편으로서의 위엄을 갖춘 어조로 대꾸했다.

"그가 돈이 있으면, 의사를 만나 보겠지. 돈이 없으면, 의사를 만나 보지 못하겠지. 의사를 만나 보지 못하면, 그는 죽겠지."

"그가 의사를 만나 본다면?"

"그는 죽겠지." 하고 문지기는 말했다.

문지기의 아내는 자기의 포도라고 부르고 있는 것에 나 있는 풀을 낡은 칼로 긁어 내기 시작했는데, 풀을 뽑으면서도 그녀는 중얼거리고 있었다.

"참 안됐다. 그렇게도 깔끔한 노인인데! 병아리처럼 순결 무구한데."

그녀는 거리 끝에 그 지역의 의사 하나가 지나가는 것을 보았다. 그녀는 자기 책임하에 그에게 올라가 주기를 간청했다.

"3층이에요" 하고 그녀는 그에게 말했다. "들어가시기만 하면 돼요. 노인이 침대에서 더 이상 옴쭉도 못 하고 있으니까. 열쇠는 늘 문에 걸려 있어요."

의사는 장 발장을 만나 보고 그에게 말했다.

의사가 내려오자 문지기의 아내는 그에게 말을 걸었다.

"어때요, 선생님?"

"댁의 환자는 위중합니다."

"어디가 나쁜가요?"

"전부이자 아무것도 아닙니다. 이 사람은 아마도 매우 소중한 사람을 잃은 것 같아요. 사람은 그런 걸로도 죽습니다."

"그분은 선생님에게 뭐라던가요?"

"자기는 건강하다고 합디다."

"또 와 주시겠어요, 선생님?"

"예," 하고 의사는 대답했다. "하지만 나보다도 다른 사람이 돌아와야 할 겁니다."

3. 포슐르방의 달구지를 들어 올리던 사람에게 하나의 깃털 펜도 무겁다

어느 날 저녁 장 발장은 팔꿈치를 짚고 몸을 일으키기 힘들었다. 그는 자기 손을 잡았는데 맥을 찾아낼 수 없었다. 그의 호흡은 짧고 이따금 멎곤 했다. 그는 어느 때보다도 더 자기가 쇠약했다는 것을 깨달았다. 그러자 아마 무슨 마지막 걱정의 압박이라도 받았는지, 그는 애써 일어나 앉아서 옷을 입었다. 그는 그의 헌 노동복을 입었다. 더 이상 외출을 하지 않았으므로, 그는 다시 노동복으로 돌아왔었는데, 그는 그것을 더 좋아하고 있었다. 옷을 입으면서 그는 여러 번 손을 멈추어야 했다. 윗도리 소매에 팔을 끼기만 하는데도 그의 이마에서 땀이 흘렀다.

혼자 있게 된 뒤부터 그는 문간방으로 침대를 옮겨 놓았었는데, 그 적적한 아파트에서 되도록 덜 거주하기 위해서였다.

그는 가방을 열고 코제트의 옛날 옷을 꺼냈다.

그는 그것을 침대 위에 펼쳐 놓았다.

주교의 촛대들은 벽난로 위 제자리에 있었다. 그는 서랍에서 두 자루의 초를 꺼내어 촛대에 꽂았다. 그런 뒤에, 여름이라 아직 날이 훤히 밝았으나, 그 양초에 불을 켰다. 죽은 사람들이 있는 방들에 이렇게 대낮에 촛대에 불이 켜져 있는 것을 사람들은 이따금 본다.

하나의 가구에서 다른 가구로 왔다 갔다 하는 걸음걸이에 기진맥진하여, 그는 앉지 않을 수 없었다. 그것은 힘을 쓴 뒤에 회복되는 그런 보통의 피로가 전혀 아니었다. 그것은 할 수 있는 움직임의 나머지였다. 그것은 다시 시작하지 않을 고통스러운 노력 속에 방울방울 떨어지는 고갈된 생명이었다.

그가 주저앉은 의자들 중 하나는 거울 앞에 놓여 있었는데, 이 거울은 그에게는 그렇게도 중대한 결과를 가져온 것이었고, 마리우스에게는 그렇게도 천만 다행한 것으로서, 거기서 그는 코제트의 거꾸로 된 편지를 압지 위에서 읽었었다. 그는 이 거울 속에서 자기 모습을 보았는데, 자신을 알아볼 수 없었다. 그는 여든 살이나 먹어 보였다. 마리우스의 결혼 전에, 그는 겨우 쉰 살도 될까 말까 했다. 이해에 서른 살을 먹은 셈이었다. 그의 이마 위에 있는 것, 그것은 더 이상 나이의 주름살이 아니라, 죽음의 신비로운 표시였다. 거기에는 무자비한 손톱에 파인 자국이 나 있는 것 같았다. 그의 볼은 늘어져 있었다. 그의 얼굴 피부는 벌써 그 위에 흙이 있다고 생각하게 할 그런 빛깔이었다. 그의 입 양쪽 구석은 옛날 사람들이 무덤들 위에 조각해 놓는 그 가면에서처럼 아래로 처져 있었다. 그는 비난하는 듯한 얼굴로 허공을 바라보고 있었다. 흡사 누군가를 원망해야 하는 그 비극적인 위인들 중 한 사람 같았다.

그는 더 이상 고통도 흐르지 않는, 쇠약의 마지막 단계라는 그런 상태에 있었다. 그 고통은, 말하자면, 엉기어 있었다. 영혼 위에 절망의 응고 덩어리 같은 것이 있었다.

밤이 되었다. 그는 몹시 힘들여 탁자 하나와 낡은 안락의자를 벽난로 옆으로 끌어당기고, 그 탁자 위에 펜과 잉크, 종이를 놓았다.

그렇게 하고 나서 그는 까무러쳤다. 다시 정신을 차렸을 때 그는 목이 말랐다. 물병을 들어 올릴 수가 없어서, 그는 그것을 바듯이 입 쪽으로 기울여, 한 모금 마셨다.

그런 뒤에 침대 쪽으로 몸을 돌리고, 서 있을 수 없었기 때문에, 여전히 앉은 채, 그는 그 작은 검은 드레스와 그 모든 소중한 물건들을 바라보았다.

이러한 정관(靜觀)들은 몇 시간이 계속되어도 몇 분인 것같이 보인다. 갑자기 그는 몸이 떨리고, 한기가 드는 것 같았다. 그는 주교의 촛대들에 켜져 있는 촛불로 밝혀진 탁자 위에 팔꿈치를 짚고 펜을 들었다.

깃털 펜도 잉크도 오래전부터 쓰지 않았기 때문에, 깃털 펜 끝이 구부러지고 잉크가 말라 붙어 있었으므로, 그는 일어서서 물 몇 방울을 잉크에 넣어야 했는데, 두세 번을 멈추고 앉지 않고서는 그렇게 할 수 없었고, 깃털 펜의 등으로 쓰지 않을 수 없었다. 그는 때때로 이마를 훔치곤 했다.

그의 손은 떨리고 있었다. 그는 천천히 다음과 같이 몇 줄 썼다.

코제트야, 나는 너를 축복한다. 네게 설명하겠다. 너의 남편이 나에게 내가 떠나야 한다는 것을 깨닫게 한 것은 옳았다. 그동안에 그가 생각한 것 속에는 약간의 오류가 있으나, 그는 옳았다. 그는 썩 훌륭한 사람이다. 내가 죽었을 때에도 그를 항상 잘 사랑하여라. 퐁메르시 씨, 나의 사랑하는 아이를 항상 사랑하시오. 코제트, 누가 이 종이를 발견할 텐데, 이것은 내가 너에게 말하고 싶은 것인데, 내가 그 숫자들을 기억하는 힘이 있다면, 너는 그것들을 보겠거니와, 잘 들어라. 그 돈은 진정 너의 것이다. 모든 것은 아래와 같다. 흰 구슬은 노르웨이에서 오고, 검은 구슬은 영국에서 오고, 검은 유리 세공품은 독일에서 온다. 구슬은 더 가볍고, 더 귀하고, 더 비싸다. 독일에서처럼 프랑스에서도 모조품들을 만들 수 있다. 두 치 4방의 작은 모루 하나와 밀랍을 무르게 하는 주정 램프 하나가 필요하다. 밀랍은 옛날에는 수지(樹脂)와 그을음으로 만들어졌는데 1파운드에 4프랑이었다. 나는 그것을 라크와 테르벤틴으로 만드는 법을 생각해 냈다. 그 값은 이제 30수밖에 안 들지만, 그것이 훨씬 더 좋다. 귀고리는 자줏빛 유리로 만들어지는데, 그 밀랍으로 이 유리를 조그마한 검은 쇠고리에 붙인다. 유리는 쇠 패물에는 자줏빛이어야 하고 금 패물에는 검어야 한다. 스페인이 그것을 많이 산다. 스페인은 구슬의 나라인데……

여기서 그는 중단했고, 펜이 손가락에서 떨어졌고, 때때로 가슴 밑바닥에서 솟구쳐 오르는 절망적인 흐느낌이 그에게 밀려왔으며, 이 가련한 사나이는 두 손으로 머리를 움켜싸고 생각에 잠겼다.

"오! 다 끝났다." 하고 그는 그 자신의 마음속에서 외쳤다. (그것은 오직 하느님에게만 들리는 비통한 부르짖음이었다.) "나는 더 이상 이 애를 못 보리라. 이건 내 위를 지나간 하나의 미소다. 나는 이 애를 다시 보지도 않고 어둠 속으로 들어가려고 한다! 오! 일 분이라도, 일 초라도, 이 애의 목소리를 듣고, 이 애의 드레스를 만지고, 이 애를 보고, 그런 뒤에 죽는다면! 죽는 건 아무것도 아니다. 무서운 것, 그것은 이 애를 보지 않고 죽는 것이다. 이 애는 내게 미소를 지으리라. 내게 한마디 말을 하리라. 그런다고 누구에게 해를 끼칠까? 아니다, 다 끝났다. 영원히. 나는 이렇게 완전히 혼자다. 아! 아! 나는 이 애를 다시는 못 보리라."

이때 누가 문을 두드렸다.

4. 사물을 희게만 하는 잉크병

같은 날, 더 정확히 말하자면, 같은 날 저녁, 마리우스가 식탁에서 나와, 조사할 소송 기록이 있어서, 자기 사무실에서 막 물러났을 때, 바스크가 그에게 편지 한 통을 전하면서 말했다. "이 편지를 쓴 사람이 문간방에서 기다리고 있습니다."

코제트는 할아버지의 팔을 잡고 정원을 한 바퀴 돌고 있었다.

편지도 사람처럼 꼴불견이 있다. 투박한 종이, 조잡한 봉투, 어떤 편지들은 보기만 해도 불쾌하다. 바스크가 가져온 편지는 그러한 종류의 것이었다.

마리우스는 그것을 받아 들었다. 그것은 담배 냄새가 났다. 냄새처럼 기억을 잘 환기시키는 것은 아무것도 없다. 마리우스는 그 담배를 알아보았다. 그는 겉봉의 글씨를 보았다. '퐁메르시 남작님 귀하, 저택에.' 담배를 알아봄으로써 그는 필적도 알아볼 수 있었다. 놀람에는 번갯불이 있다고 말할 수 있으리라. 마리우스는 그러한 번갯불에 비추어진 것 같았다.

이 신비로운 비망록인 후각은 그의 속에 하나의 세계를 고스란히 되살아나게 해 주었다. 그것이야말로 틀림없이 그 종이였고, 그 접은 모양새였고, 그 잉크의 푸르뎅뎅한 빛깔이었고, 그것이야말로 틀림없이 그 아는 필적이었으며, 특히 그것이야말로 그 담배였다. 종드레트의 누옥이 그의 앞에 나타나고 있었다.

이렇게, 아, 신기로운 우연의 장난이여! 그가 그토록 찾았던 두 종적 중 하나가, 최근에도 그토록 노력했었고 영영 잃어버린 걸로 생각하고 있던 종적 하나가 저절로 와서 그에게 제공된 것이다.

그는 후다닥 편지 겉봉을 뜯고 읽었다.

남작님,

만약에 '최고의 존재자'(신)께서 소인에게 그런 재능을 주셨다면, 소인은 학사원(가학원) 회원 테나르 남작이 될 수 있었을 것이나, 소인은 그 사람이 아니옵니다. 소인은 단지 그분과 동일한 성을 가지고 있을 뿐이온 바, 만약에 이 기억으로 인해 소인이 귀하의 호의를 입게 된다면 기쁘겠나이다. 소인을 영광스럽게 하여 주실 은혜에 대하여는 보답이 있으오리다. 소인은 한 개인에 관한 비밀을 쥐고 있나이다. 이 개인은 귀하에게 간계가 있는 사람이오이다. 소인은 귀하에게 휴익한 사람이 되는 영광을 갖기를 바라는 자이므로 그 비밀을 귀하의 처분에 맡기겠나이다. 남작 무인께옵서는 고귀한 가문의 태생이온지라, 귀하의 영예로운 가정에서 권리가 없는 그 개인을 거기서 쫓아내는 간단한 방법을 소인은 귀하에게 제공하오리다. 덕의 성전(聖殿)은 불러나지 않는 범죄와 더부러 더 오래 동거할 수는 없을 것이옵니다.

소생은 문간방에서 남작님의 분부를 기다리고 있겠나이다. 경구(敬具).

편지*는 '테나르'라고 서명돼 있었다.

이 서명은 가짜가 아니었다. 그것은 다만 조금 줄여져 있었을 뿐이었다.

그런데 그 애매한 문장과 맞춤법은 사실을 밝혀 주고도 남음이 있었다. 원산지 증명서는 완전무결했다. 아무런 의심의 여지도 없었다.

마리우스의 감동은 매우 컸다. 경악감 후에 그는 행복감을 느꼈다. 이제 그가 찾고 있는 또 한 사람을, 마리우스 자기를 구해 주었던 사람을 찾아낼 것, 그렇게 되면 그는 더 이상 아무것도 바랄 것이 없을 것 같았다.

그는 사무용 책상의 서랍을 열고, 거기서 몇 장의 지폐를 집어 호주머니에 넣고, 다시 서랍을 닫고, 초인종을 울렸다. 바스크가 방긋이 문을 열었다.

"들어오시라고 해!" 하고 마리우스는 말했다.

바스크가 알렸다.

---

* 이 편지에는 종종 잘못 쓴 글자가 있는데, 그것은 무식한 사람의 편지임을 나타내는 것이다.

"테나르 씨입니다."

한 사나이가 들어왔다.

마리우스에게는 새로운 놀라움. 들어온 사람이 그에게는 완전히 생면부지의 사나이였다.

이 사람은 늙었는데, 코가 투박하고, 턱을 넥타이 속으로 들이박고, 눈에는 녹색 호박단으로 테두리한 녹색 안경을 쓰고, 영국 상류사회의 마부들이 쓰고 있는 가발처럼 머리털을 이마 위로 납작하게 눌러 붙여 눈썹까지 내려와 있었다. 그의 머리털은 반백이었다. 머리에서 발끝까지 검은 옷을 입고 있었는데, 매우 헐어 빠진 검은 옷이지만 깔끔했다. 한 묶음의 패물이 바지의 작은 호주머니에서 나와 있어서, 거기에 회중시계가 있는 것으로 추측되었다. 손에는 낡은 모자를 쥐고 있었다. 그는 허리를 구부리고 걷고 있었는데, 그 구부러진 등을 한결 더 깊이 굽혀 인사했다.

댓바람에 강한 인상을 주는 것은, 그자의 연미복이 단정하게 단추가 채워져 있는데도 너무 홀렁홀렁하여 그를 위해 맞추어진 것이 아닌 성싶었다.

여기서 잠깐 탈선할 필요가 있다.

파리에는, 이 무렵에, 보트레이 거리의 병기창 근처에, 한 수상쩍은 낡은 집에, 재간있는 유대인 하나가 살고 있었는데, 그는 무뢰한을 신사로 변장시켜 주는 것을 직업으로 삼고 있었다. 너무 오랜 시간이 걸리진 않았는데, 그렇지 않으면 무뢰한에게는 불편했을지 모른다. 하루나 이틀 동안, 하루에 30수씩에, 모든 사람들을 될 수 있는 대로 신사를 꼭 닮게 하는 복장으로 눈앞에서 변장이 이루어졌다. 이 복장의 임대업자는 '교환인'이라고 불리고 있었다. 파리의 사기꾼들이 그에게 그런 이름을 붙였었는데, 그의 다른 이름은 알려져 있지 않았다. 그는 꽤 완비된 의복실을 가지고 있었다. 사람들을 변장시키는 누더기들은 거의 다 있을 수 있었다. 그는 특수복과 각 계층의 옷들을 가지고 있었다. 그의 상점의 못 하나하나에는 한 사회 신분의 구겨진 헌 옷이 걸려 있었다. 여기에는 법관복이 있고, 저기에는 사제복이, 저기에는 은행가의 옷이, 한쪽 구석에는 퇴역 군인의 옷이, 다른 데에는 문인의 옷이, 더 저쪽에는 정치가의 옷이 있었다. 이 인간은 파리에서 연출되는 거대한 사기극의 의상 책임자였다. 그의 더러운 집은 절도가 나가고 사기꾼이 돌아오는 무대 뒤였다. 누더기를 걸친 악한이 이 옷집에 와서 30수를 내고, 그날 연출하려는 역할에 따라 알맞은 옷을 골라 입고, 다시 계단을 내려갈 적에 이 악한은 대단한 인물이 되어 있었다. 이튿날 그 허름한 옷들은 충실하게 되돌려졌다. 도둑들을 전적으로 믿는 교환인은 결코 도둑맞는 일이 없었다. 이 옷들에는 한 가지 불편한 점이 있었는데, 그것들은 '잘 맞지 않았다.' 그것들을 입는 사람들을 위해 만들어진 것이 아니었으므로, 그것들이 이 사람에게는 몸에 딱 붙고, 저 사람에게는 훌렁훌렁해 아무에게도 꼭 맞지 않았다. 작거나 크거나 보통 사람의 평균을 넘는 사기꾼은 누구나 '교환인'의 옷이 편안하지 않았다. 너무 뚱뚱하거나 너무 말라도 안되었다. '교환인'은 보통 사람들밖에 예상하지 않았었다. 그는 아무나 뚱뚱하지도 않고, 마르지도 않고, 크지도 않고, 작지도 않은 부랑배의 몸에 맞추어서 표준을 정했었다. 이 때문에 몸에 맞춰 입기가 때때로 어려우므로 '교환인'의 단골손님들은 그들이 할 수 있는 대로 그 어려움에서 벗어나고 있었다. 예외적인 몸집을 가진 자에게는 딱한 일이었다! 이를테면 정치가의 연미복은 위아래가 검고, 따라서 적당했으나, 피트에게는 너무 품이 크고 카스텔시칼라에게는 너무 꼭 끼었을 것이다. '정치가'의 옷은 '교환인'의 목록에 다음과 같이 지정되어 있었다. 그것을 베껴 놓는다. '검은 나사 연미복, 툭툭한 검은 모직 바지, 명주 조끼, 장화와 내의.' 난외(欄外)에 '전(前) 대사'라고 적혀 있고, 주(註)가 붙어 있는데 이것 역시 여기에 옮겨써 놓는다. '별도의 상자에, 적당히 곱슬곱슬한 가발과 녹색 안경, 시곗줄에 매다는 패물들, 솜에 싸여 있는 한 치 길이의 조그만 새털 축(軸) 두 개.' 이 모든 것으로 대사를 지낸 정치가가 꾸며지는 것이었다. 이 모든 의복은, 이렇게 말할 수 있을지 모르겠으나, 말하자면 기진맥진해 있었다. 솔기들이 하얘지고 있었고, 희미한 단춧구멍 하나가 팔꿈치 하나에서 좌우로 갈라지고 있었다. 그뿐 아니라, 연미복의 가슴에 단추 하나가 없었다. 하지만 그것은 한 세세한 것에 불과하다. 정치가의 손은 언제나 연미복 속에 그리고 심장 위에 있어야 하므로, 없는 단추를 감추는 구실을 하고 있었다.

만약에 마리우스가 파리의 그러한 비밀 시설을 잘 알고 있었더라면, 그는 방금 바스크가 들어오게 한 방문자의 등에서 '교환인'의 옷방에서 빌린 정치가의 예복을 이내 알아보았으리라.

기다리던 사람과 다른 사나이가 들어오는 것을 보고, 마리우스의 실망은 새로 온 자에 대한 불쾌감으로 변했다. 그 사람이 머리를 깊숙이 숙여 절을 하고 있는 동안, 그는 그를 머리에서 발끝까지 훑어보고는 무뚝뚝한 말투로 그에게 물었다.

　"무슨 일이오?"

　그 사람은 악어의 아양스러운 웃음이라고나 할까, 이를 드러내고 애교있게 웃으며 대답했다.

　"제가 남작님을 이미 사교계에서 뵙는 영광을 갖지 않았다는 건 있을 수 없는 일인 것 같습니다. 몇 년 전에, 바그라시옹 공작 부인 댁에서와 상원 의원 당브레 자작 각하의 살롱에서 저는 남작님을 개인적으로 만났다고 생각합니다."

　생면부지의 어떤 사람을 알아보는 체하는 것은 파렴치한 짓을 하는 데 언제나 좋은 술책이다.

　마리우스는 이 사람의 말을 유심히 듣고 있었다. 그는 그 말투와 몸짓을 살피고 있었지만, 그의 실망은 커져 가고 있었다. 그것은 콧소리여서, 그가 기대하고 있던 날카롭고 여운이 없는 음성하고는 영판 달랐다. 그는 완전히 어리둥절하고 있었다.

　"나는," 하고 그는 말했다. "바그라시옹 부인도 당브레 씨도 모르오. 그 어느 댁에도 발을 들여놓은 적이 없소."

　대답은 퉁명스러웠다. 이 인물은 그래도 상냥하게 중언부언했다.

　"그렇다면 남작님을 뵌 것은 샤토브리앙 댁에서일 겁니다! 저는 샤토브리앙을 많이 알고 있습니다. 매우 친절한 분이지요. 이분은 저에게 때때로 이렇게 말하지요. '어이 친구, 테나르, 나랑 한잔 안 할 거야?'라고."

마리우스의 이마가 더욱더 준엄해졌다.

"나는 샤토브리앙 씨 댁에 간 적이 한 번도 없었소. 이야기를 끝냅시다. 뭘 원하는 거요?"

사나이는 더 딱딱한 목소리 앞에, 더 낮은 자세로 절을 했다.

"남작님, 제 말씀을 좀 들어주십시오. 아메리카에, 파나마쪽에 있는 한 지방에, 조야라는 마을이 있습니다. 이 마을은 단 한 채의 가옥으로 구성되어 있지요. 햇볕에 구운 벽돌로 된 사 층의 커다란 정사각형 집인데, 사각형의 각 면의 길이가 500척이고, 각층은 아래층 위에서 12척씩 들어가 있어서 그 건물 앞에 그 건물을 삥 둘러 하나의 테라스를 남겨 놓도록 되어 있고, 중앙에 안마당이 있는데, 거기에 식량과 무기가 쟁여져 있고, 창이 없고, 총안들이 있고, 문이 없고, 사다리들이 있고, 땅바닥에서 2층 테라스로, 2층에서 3층으로, 3층에서 4층으로 올라가기 위해 사다리들이 있고, 안마당으로 내려가기 위해 사다리들이 있고, 방들에 문이 없고, 들어올리는 뚜껑 문들이 있고, 방들에 계단이 없고, 사다리들이 있어요. 저녁에는 뚜껑 문들을 닫고, 사다리들을 치우고, 나팔총과 기병단총을 총안들에 비치해 놓습니다. 들어가는 방법은 전혀 없습니다. 낮에는 한 채의 가옥이고, 밤에는 한 개의 성채고, 주민은 팔백 명, 이렇습니다, 이 마을은. 왜 그토록 경계를 하는가? 하면, 이 지방이 위험하기 때문입니다. 식인종이 시글시글하거든요. 그러면 뭣 때문에 사람들이 거기에 가는가? 하면, 이 고장이 희한한 곳이기 때문입니다. 여기에서 황금이 발견되거든요."

"그게 어떻다는 말이오?" 하고 실망에서 초조로 변한 마리우스는 그의 말을 가로막았다.

"이런 말씀입니다, 남작님. 저는 피로한 왕년의 외교관입니다. 저는 옛 문명에 지쳤어요. 저는 야만스러운 짓을 해 볼까 합니다."

"그래서?"

"남작님, 이기심은 세상의 법칙입니다. 품팔이하는 가난한 시골 여자는 역마차가 지나가면 돌아보지만, 제 밭에서 일하는 부잣집 여자는 돌아보지도 않지요. 가난한 사람의 개는 부자한테 짖어 대고, 부자의 개는 가난한 사람한테 짖어 대지요. 저마다 저를 위하는 겁니다. 이익, 이것이 사람들의 목적입니다. 황금은 곧 자석입니다."

"그래서? 결론을 말하시오."

"저는 조야에 가서 살고 싶습니다. 저희는 세 식구입니다. 저는 아내와 처녀가 있습니다. 썩 예쁜 딸이지요. 여행은 길고 비쌉니다. 그래서 돈이 좀 필요합니다."

"그게 나와 무슨 상관이오?" 하고 마리우스는 물었다.

이 미지의 사나이는 넥타이 밖으로 목을 내밀었다. 독수리 특유의 몸짓이다. 그리고 그는 얼굴에 더욱더 미소를 지으면서 대꾸했다.

"남작님께서는 제 편지를 안 읽으셨나요?"

그건 거의 사실이었다. 그 서한의 사연에 대해 마리우스는 개의치 않았다. 그는 편지를 읽었었다기보다는 더 필적을 보았었다. 그는 그것이 거의 생각나지 않았다. 조금 전부터 그에게 새로운 경계심이 생겨났었다. 그는 "아내와 처녀"라는 이 세세한 것에 주목했었다. 그래서 그는 날카로운 눈빛으로 그 미지의 사나이를 물끄러미 바라보고 있었다. 예심판사라도 더 잘 바라보지는 않았으리라. 그는 그를 거의 노려보다시피 하고 있었다. 그는 그에게 이렇게 대답하는 것으로 만족했다.

"분명히 말하시오."

미지의 사나이는 그의 바지의 두 작은 호주머니에 두 손을 지르고, 척추는 펴지 않고 머리를 쳐들었으나, 이번에는 그쪽에서 녹색 안경 너머로 마리우스의 동정을 살폈다.

"좋습니다, 남작님. 분명히 말하리다. 저는 남작님께 팔 비밀이 하나 있습니다"

"비밀이라고!"

"비밀입니다."

"내게 관해서?"

"조금은요."

"그 비밀이 뭐요?"

마리우스는 그의 말에 귀를 기울이면서도, 더욱더 유심히 그 사람을 살펴 보고 있었다.

"무료로 시작합니다." 하고 미지의 사나이는 말했다. "제가 재미있는 사람이라는 걸 아시게 될 겁니다."

"이야기하시오."

"남작님은 댁 내에 도둑놈과 살인자를 하나 두고 계십니다."

마리우스는 몸을 떨었다.

"내 집에? 천만에." 하고 그는 말했다.

미지의 사나이는 태연스럽게, 팔꿈치로 모자를 문지르면서 계속했다.

"살인자이자 도둑놈입니다. 알아 두십시오, 남작님. 제가 여기서 얘기하는 것은 케케묵은 낡아 빠진 옛날의 사실들이 아니라는 걸, 법률 앞에서 시효로 소멸되고, 하느님 앞에서 회개로 소멸되는 그런 사실들이 아니라는 걸 말입니다. 저는 최근의 사실, 현재의 사실, 이 시간에 사법 당국이 아직 모르고 있는 사실들을 이야기하는 겁니다. 계속하겠습니다. 그 사람이 가짜 이름 아래, 남작님의 신임을 얻고, 거의 귀댁 가정에 슬그머니 들어왔습니다. 그의 진짜 이름을 알려 드리지요. 이건 공짜로 알려 드리는 겁니다."

"듣고 있소."

"그의 이름은 장 발장입니다."

"그건 나도 알고 있소."

"그가 어떤 자인지, 이것 역시 공짜로 알려드리지요."

"말하시오."

"그는 전과자입니다"

"그건 나도 알고 있소."

"제가 말씀드린 뒤부터 아시는 거지요."

"아니요. 전부터 알고 있었소."

마리우스의 쌀쌀한 말투며, "그건 나도 알고 있소."라는 두 번의 대꾸, 대화를 분질러 버리는 듯한 간결한 말씨는 이 미지의 사나이 속에 은근히 분노를 자아냈다. 그는 격노한 눈으로 마리우스를 은밀히 노려보았으나, 그 눈씨는 이내 꺼져 버렸다. 그것이 아무리 빨랐다 하더라도, 그러한 눈씨는 그것을 한 번 보았을 때 알아보는 그러한 눈씨였다. 마리우스는 그것을 전혀 놓치지 않았다. 어떤 번쩍거리는 빛은 어떤 영혼들에서밖에 오지 않는다. 사상의 채광창인 눈은 그것으로 불타오른다. 안경은 아무것도 감추지 않는다. 지옥에 유리판을 놓아 보라.

미지의 사나이는 빙그레 웃으며 말을 이었다.

"저는 감히 남작님의 말씀에 반대하지는 않습니다. 어쨌든 제가 잘 알고 있다는 걸 아시게 될 겁니다. 지금 제가 알려드리는 것은 저 혼자밖엔 아무도 모르는 일입니다. 그것은 남작 부인님의 재산에 관한 것입니다. 이건 굉장한 비밀입니다. 이건 팔 만한 것입니다. 그걸 먼저 남작님께 제공하는 겁니다. 헐값으로. 2만 프랑에."

"내가 다른 비밀들을 알고 있듯이 나는 그 비밀을 알고 있소." 하고 마리우스는 말했다.

그자는 값을 조금 내릴 필요를 느꼈다.

"남작님, 1만 프랑만 주시오. 그러면 말하지요."

"되풀이하지만 당신은 내게 아무것도 알려 줄 것이 없소. 당신이 내게 말하고자 하는 것을 나는 알고 있소."

사나이의 눈에는 새로운 빛이 번득였다. 그는 부르짖었다.

"그렇지만 오늘 저녁 식사를 해야겠습니다. 이건 비상한 비밀이라 그런 말씀입니다. 남작님, 말하겠습니다, 말합니다. 20프랑만 주십시오."

마리우스는 그를 물끄러미 바라보았다.

"나는 당신의 비상한 비밀을 알고 있소. 내가 장 발장의 이름을 알고 있던 것과 마찬가지로 나는 당신 이름을 알고 있소."

"제 이름을요?"

"그렇소."

"그건 어렵지 않지요. 남작님, 그걸 편지에 써서 올렸고 말씀도 드렸으니까요. 테나르라고."

"디에."

"뭐라고요?"

"테나르디에."

"그게 누굽니까?"

위험해지면 호저(豪猪)는 털을 곤두세우고, 풍뎅이는 죽은 시늉을 하고, 나폴레옹의 고참 친위대는 방진을 치는데, 이 사람은 웃기 시작했다.

그런 뒤에 그는 그의 연미복 소매에 있는 약간의 먼지를 손가락으로 튕겨 털었다.

마리우스는 계속했다.

"당신은 또한 노동자 종드레트, 배우 파방투, 시인 장 폴로, 스페인 사람 돈 알바레스, 그리고 발리자르의 아내이지."

"무슨 아내라고요?"

"그리고 또 몽페르메유에서 싸구려 식당을 했지."

"싸구려 식당을요! 결코 그런 일 없소."

"그리고 당신은 테나르디에라 그 말이오."

"그렇지 않습니다."

"그리고 당신은 악당이오. 옛소."

그러면서 마리우스는 호주머니에서 지폐 한 장을 꺼내어 그의 얼굴에 던졌다.

"감사합니다! 죄송합니다! 500프랑이군요! 남작님!"

그러면서 사나이는 어리둥절하여, 절을 하고, 지폐를 집어 살펴보았다.

"500프랑이군요!" 하고 그는 어쩔 줄을 몰라하며 말을 이었다. 그러고 나직한 목소리로 더듬거렸다. "굉장한 돈이다!"

그런 뒤에 느닷없이, "예, 좋습니다." 하고 그는 외쳤다. "이제 좀 편히 합시다."

그러면서 원숭이처럼 잽싸게, 머리카락을 뒤로 젖히고, 안경을 벗고, 코에서 두 개의 새털 축을 빼내어 감춰 버렸는데, 이 새털 축에 관해서는 아까 언급했을 뿐 아니라, 이 책의 다른 페이지에서도 독자는 이미 보았다. 이렇게 그는 마치 모자를 벗듯이 그의 탈을 벗어 버렸다.

눈에 불이 켜졌다. 울퉁불퉁하고, 골이 파이고, 군데군데 혹이 있고, 위에 보기 흉하게 주름살이 진 이마가 드러났고, 코가 부리처럼 다시 뾰죽해졌다. 맹금 맹수 같은 인간의 사납고 영특한 옆모습이 다시 나타났다.

"남작님 말씀이 절대로 틀림없습니다." 하고 그는 콧소리가 완전히 없어진 또렷한 목소리로 말했다. "저는 테나르디에입니다."

그러면서 그는 구부정한 등을 꼿꼿이 폈다.

테나르디에는, 왜냐하면 이건 틀림없이 그였으니까, 테나르디에는 유달리 놀라고 있었다. 만약 그가 그럴 수 있는 사람이었다면 그는 당황했을 것이다. 그는 놀람을 가져다주려고 왔었는데, 그것을 받는 것은 그였다. 이 굴욕의 값으로 그는 500프랑을 받았고, 결국 그는 그것을 받아들이고 있었다. 하지만 그래도 역시 그는 간담이 서늘했다.

그는 이 퐁메르시 남작과 초면이었는데, 그의 변장에도 불구하고, 이 퐁메르시 남작은 그를 알아보았고, 그를 철저하게 알아보았다. 그리고 단지 이 남작은 테나르디에를 잘 알고 있었을 뿐 아니라, 장 발장도 잘 알고 있는 것 같았다. 그렇게도 쌀쌀하고, 그렇게도 너그럽고, 거의 젖 냄새 나는 이 청년은 대관절 어떤 사람이었을까? 사람들의 이름을 알고 있고, 그들의 이름을 죄 알고 있고, 그들에게 자기 지갑을 열어 주고, 법관처럼 사기꾼들을 혼내 주고, 속아 넘어간 사람처럼 그들에게 돈을 주는 이 청년은?

테나르디에는, 독자는 기억하겠지만, 전에 마리우스의 이웃에 살았으나 그를 본 적은 한 번도 없었는데, 이런 건 파리에서는 흔히 있는 일이다. 그는 예전에 자기 딸들한테서 마리우스라는 매우 가난한 청년이 같은 집에 살고 있다는 말을 어렴풋이 들었었다. 그는 그에게, 얼굴도 모르면서, 편지를 써 보냈었다는 건 독자도 알고 있다. 그 마리우스와 이 퐁메르시 남작을 결부시키는 것은 그의 머릿속에서는 전혀 불가능했다.

퐁메르시라는 이름으로 말하자면, 독자도 기억하다시피, 워털루의 싸움터에서, 그는 그 마지막 세 음절밖에 안 들었었는데,* 그 세 음절에 대해서는 그저 감사하다는 뜻인 줄로만 알고 항상 무시하고 있었는데 그건 당연했다.

그런데, 그의 딸 아젤마를 시켜서 2월 16일 혼행의 뒤를 밟게 했었고, 그가 개인적으로 조사했었던 결과, 그는 많은 것을 알 수 있었고, 암흑의 밑바닥에서 여러 비밀의 실마리를 잡는 데 성공했었다. 그는 어느 날 대하수도 속에서 만났었던 사람이 어떤 사람이었는가를 많은 수단을 써서 알아냈었다고 할까, 또는 적어도 귀납에 의해 짐작했었다. 그 사람에 관해서 그는 쉽사리 그의 이름을 알게 되었었다. 그는 퐁메르시 남작 부인이 코제트라는 것도 알고 있었다. 그러나 이쪽에는 그는 신중하게 굴 작정이었다. 코제트는 어떤 사람이었는가? 그건 그 자신도 정확히는 알지 못하고 있었다. 어떤 사생아라는 것은 어렴풋이 예감하고 있었고, 팡틴의 이야기는 그에게 늘 수상쩍어 보였었다. 하지만 그걸 이야기해서 무슨 소용이겠는가? 입막이 돈을 타자고? 그는 그보다도 더 잘 팔 것을 갖고 있었다, 또는 갖고 있다고 생각하고 있었다. 그리고, 증거도 없이, "당신 부인은 사생아요." 하고 퐁메르시 남작에게 폭로한다면, 그것은 필시 폭로자의 허리에 남편의 구둣발을 얻어맞는 데밖에 성공하지 못했으리라.

테나르디에의 생각에서는, 마리우스와의 대화는 아직 시작되지도 않았었다. 그는 일단 후퇴하고, 그의 전술을 고치고, 진지에서 나오고, 전선을 바꾸지 않으면 안 되었었다. 하지만

---

* 마지막 세 음절 '메르시'라는 말은 프랑스어로 고맙다는 말.

중요한 것은 아직 아무것도 위태로워져 있지 않았고, 그는 호주머니에 500프랑을 가지고 있었다. 그뿐 아니라, 그는 뭔지 말해야 할 결정적인 것이 있었는지라, 그렇게도 잘 알고 있고 그렇게도 잘 무장되어 있는 이 퐁메르시 남작에 대해서까지도 그는 자기가 강하다고 느끼고 있었다. 테나르디에 같은 성질의 사람들에겐 어떤 대화도 전투다. 바야흐로 개시되려는 전투에서 그의 입장은 어떠했는가? 그는 자기가 누구에게 말하는지는 몰랐으나, 자기가 무슨 말을 하는지는 알고 있었다. 그는 재빨리 자기의 힘을 그렇게 마음속으로 검토했다. 그리고 "저는 테나르디에입니다."라고 말한 뒤, 그는 기다렸다.

마리우스는 생각에 잠겨 있었다. 그는 그러니 마침내 테나르디에를 붙잡고 있었다. 그가 그토록 찾아내고 싶었었던 그 사람, 그가 거기에 있었다. 그러니 그는 이제 곧 퐁메르시 대령의 분부를 수행할 수 있었을 것이다. 이 영웅이 이런 불한당에게 뭔가 신세를 졌고, 무덤 속에서 아버지가 자기 마리우스에게 발행한 어음이 이날까지 지불 거절된 것이 그는 창피했다. 그는 또한, 테나르디에에 대해서 그의 정신이 빠져 있는 복잡한 처지에서, 대령이 이러한 무뢰한한테서 구원을 받은 불행에 대해 복수할 필요가 있을 것 같았다. 그야 어쨌든, 그는 기뻤다. 그러니 마침내 그는 이제 이 비열한 채권자에서 대령의 망령을 구출할 것이고, 곧 부채의 감금에서 아버지의 기억을 끌어낼 것같이 보였다.

이러한 의무와는 별도로, 그에게는 또 하나의 의무가 있었는데, 할 수만 있다면, 코제트의 재산의 출처를 밝히는 것이었다. 마침 그 기회가 온 것 같았다. 테나르디에는 아마 뭔가를 알고 있었을 것이다. 이 사람의 밑바닥을 보는 건 유익할지도 모른다. 그는 거기서부터 시작했다.

테나르디에는 그 '굉장한 돈'을 그의 바지 작은 호주머니에 감추고 거의 상냥하고 다정스러운 얼굴로 마리우스를 바라보고 있었다.

마리우스가 침묵을 깼다.

"테나르디에, 나는 당신 이름을 말했소. 이제 당신의 비밀을, 당신이 내게 알려 주려고 온 그 비밀을 내가 당신에게 말해 줄까요? 나 역시 정보를 갖고 있소. 내가 당신보다도 더 자세하게 알고 있다는 걸 당신은 곧 알게 될 거요. 장 발장은 당신 말마따나 살인자이고 도둑이오. 그는 마들렌 씨라는 부유한 공장주의 돈을 훔치고 파산시켰으니 도둑이오. 그는 경찰 자베르를 살해했으니 살인자요."

"무슨 말씀인지 모르겠네요, 남작님." 하고 테나르디에는 말했다.

"그럼 내 말을 알아듣게 해 주지. 들어 보오. 1822년경에 파드 칼레의 한 군에, 옛날의 무슨 소송 사건에 말려들었던 한 사나이가 있었는데, 그는 마들렌 씨라는 이름으로, 다시 일어서서 누명을 씻었소. 이 사람은, 이 말의 뜻 그대로, 올바른 사람이 되었소. 어떤 공업에서, 검은 유리 세공품들의 제조로, 그는 하나의 도시 전체를 유복하게 만들었소. 그는 그의 개인 재산도 역시 이룩했지만, 그건 부차적이었던 것으로, 말하자면, 뜻하지 않고 그렇게 되었던 것이오. 그는 가난한 사람들을 먹여

살리는 아버지였소. 그는 병원들을 세우고, 학교들을 열고, 환자들을 위문하고, 처녀들에게 결혼 지참금을 주고, 과부들을 지원하고, 고아들을 양육하였소. 그는 그 고장의 보호자 같았소. 그는 훈장을 거절하였고, 시장에 임명되었소. 한 전과자가 이 사람이 전에 받은 형벌의 비밀을 알고 있었소. 그는 그를 고발하여 그를 체포케 하고, 그 체포의 틈을 타 파리에 와서, 허위 서명으로 라피트 은행에서, 이 사실은 출납계원 자신한테서 내가 들은 것이오, 마들렌 씨의 것인 50만 이상의 금액을 받아 갔소. 마들렌 씨의 돈을 훔쳐 간 그 전과자, 그게 곧 장 발장이오. 또 하나의 사실에 관해서도, 당신은 내게 알려 줄 것이 역시 아무것도 없소. 장 발장은 경찰 자베르를 죽였소. 피스톨 한 방을 쏘아 그를 죽였소. 이렇게 말하는 나는 현장에 있었소."

테나르디에는 패배했다가 다시 승리를 획득하고 잃었던 유리한 입장을 순식간에 되찾은 사람의 오만한 시선을 마리우스에게 던졌다. 그러나 이내 미소가 다시 떠올랐다. 열등자는 우등자에 대해서 아부적인 승리를 가져야 하는 것이어서, 테나르디에는 마리우스에게 이렇게 말하는 것으로 만족했다.

"남작님, 우리는 길을 잘못 들고 있습니다."

그러면서 그는 시곗줄의 패물을 의미심장하게 잡아 흔들면서 그 말에 힘을 주었다.

"뭐라고요!" 하고 마리우스는 대꾸했다. "안 그렇단 말이오? 그건 사실이오."

"그건 허무맹랑한 말씀이오. 남작님이 저를 믿고 말씀하시니 저도 그걸 말씀드리지 않을 수 없습니다. 무엇보다도 먼저 진실과 정의입니다. 저는 사람들이 애매한 누명을 쓰는 걸 보고 싶지 않습니다. 남작님, 장 발장은 전혀 마들렌 씨의 돈을 훔치지 않았고, 또 장 발장은 전혀 자베르를 죽이지도 않았습니다."

"그럴 리가 있나! 어떻게 그럴 수가?"

"두 가지 이유에서입니다."

"그게 뭐요? 말하시오."

"첫째 이유는 이렇습니다. 마들렌 씨는 장 발장 그 자신인고로, 그는 마들렌 씨의 돈을 훔친 게 아니란 말씀입니다."

"무슨 얘길 하고 있는 거요?"

"그리고 둘째 이유는 이렇습니다. 자베르를 죽인 자, 그건 자베르인 고로, 그는 자베르를 살해하지 않았다는 말씀입니다."

"그게 무슨 뜻이오?"

"자베르는 자살했다 그 말씀입니다."

"증거를 대시오! 증거를!" 하고 마리우스는 정신없이 외쳤다.

테나르디에는 옛 시를 읊조리듯이 자기의 말을 한마디 한마디 또박또박 발음하면서 말을 이었다.

"경찰 자베르는 — 퐁 토 샹즈 — 다리의 — 나룻배 — 밑에 — 빠져 — 죽어 — 있는 — 것이 — 발견 — 되었 — 습니다."

"글쎄 증거를 대란 말이오!"

테나르디에는 자기의 옆 호주머니에서 커다란 회색 종이봉투 하나를 꺼냈는데 그 속에는 갖가지의 크기로 접혀진 종잇장들이 들어 있는 것 같았다.

"제 서류입니다." 하고 그는 침착하게 말했다.

그리고 덧붙였다.

"남작님, 저는 남작님을 위해서 이 장 발장을 철저하게 알아보고 싶었습니다. 저는 장 발장과 마들렌, 그건 같은 사람이라고 말씀드렸고, 자베르르는 자베르밖에 다른 살인자가 없었다고 말씀드렸는데, 제가 말하는 때는 제가 증거들을 가지고 있기 때문입니다. 손으로 쓴 증거들이 아닙니다. 쓴 것은 의심스럽습니다. 쓴 것은 관대합니다. 그러나 이건 인쇄된 증거물입니다."

그렇게 말하면서도 테나르디에는 누르뎅뎅하고, 퇴색하고, 담배 냄새가 푹푹 나는 두 호(號)의 신문지를 봉투에서 꺼냈다. 그 두 신문 중 하나는 접힌 데가 죄 끊어져 네모진 조각들로 떨어졌는데, 또 하나보다 훨씬 더 옛날 것처럼 보였다.

"두 사실의 두 증거입니다." 하고 테나르디에는 말했다. 그러고 두 신문을 펴서 마리우스에게 내밀었다.

이 두 신문은 독자도 알고 있다. 그중 하나는 더 옛날 것인데, 1823년 7월 25일의 《백기》지의 한 호로서, 이 기사는 이 책의 제2부 제2편 제1장에서 독자가 볼 수 있었는데, 마들렌 씨와 장 발장이 같은 사람임을 확증하고 있었다. 또 하나는 1832년 6월 15일자 《정부 기관지》로서, 자베르의 자살을 확인하고 있었고, 아울러 자베르가 경찰청장에게 한 구두(口頭)의 보고를 덧붙이고 있었는데, 이 보고에 의하면, 자베르는 샹브르리 거리의 바리케이드에서 포로가 되었는데, 한 폭도가 그의 피스톨 아래 자기를 붙잡아 놓고 있었는데도, 자기의 골통을 쏘지 않고 공중에 쏘았던 그 관대함의 덕분에 목숨을 건졌었다는 것이었다.

마리우스는 읽었다. 거기에는 명백한 사실, 확실한 날짜, 반박할 수 없는 증거가 있었는데, 이 두 신문은 테나르디에의 말을 뒷받침하기 위해 우정 인쇄된 것이 아니었다. 《정부 기관지》에 실린 기사는 경찰청에 의해서 행정적으로 통지되어 있었다. 마리우스는 의심할 수 없었다. 은행 출납계원의 정보는 거짓이었고, 그 자신이 잘못 알고 있었던 것이다. 장 발장은 별안간 위대해져서 구름에서 나오고 있었다. 마리우스는 환성을 지르지 않을 수 없었다.

"아니 그렇다면, 그 불쌍한 사람은 훌륭한 분이군! 그 재산은 모두 정말로 그분의 것이었군! 이 마들렌은 한 지방 전체의 수호신이군! 이 장 발장은 자베르의 구제자이군! 이건 영웅이다! 이건 성인이다!"

"그는 성인도 아니고 영웅도 아닙니다." 하고 테나르디에는 말했다. "그는 살인자고 도둑놈입니다."

그러면서 그는 스스로 어떤 권위를 느끼기 시작한 사람 같은 말투로 덧붙였다. "진정합시다."

도둑놈, 살인자. 마리우스가 이미 사라졌다고 믿고 있던 그 말들이 되돌아와서 우박처럼 그의 위에 떨어졌다.

"아직도!" 하고 그는 말했다.

"여전히 그렇습니다" 하고 테나르디에는 말했다. "장발장은 마들렌의 돈을 훔치지는 않았지만, 도둑놈입니다. 자베르를 죽이지는 않았지만, 살인자입니다."

"당신은," 하고 마리우스는 말을 이었다. "사십 년 전의 그 하찮은 도둑질을 말하고 싶은 거요? 그건 바로 당신의 신문에 도 나와 있다시피, 평생 회개와 자기 희생, 덕행으로 속죄가 되었는데."

"제 말은 살인과 도둑질이라는 겁니다, 남작님. 그리고 되 풀이하지만, 저는 현재의 사실들을 말하고 있는 겁니다. 제가 지금 알려 드려야 하는 것은 전혀 알려져 있지 않습니다. 이 건 미발표물입니다. 그리고 아마 남작님은 장 발장이 남작 부 인님께 교묘하게 바친 재산의 출처도 거기서 발견하실 겁니 다. 저는 교묘하게, 라고 말하는데, 왜 그러느냐 하면, 이런 종 류의 증여에 의해서, 고귀한 집안에 슬그머니 들어가, 그 집의 안락을 함께하고, 그리고, 동시에 제 범죄를 감추고, 훔친 것 을 향락하고, 이름을 숨기고, 하나의 가정을 만드는 것, 그것 은 매우 졸렬한 건 아닐 겁니다."

"여기서 내가 당신 말을 중단시킬 수도 있겠지만," 하고 마 리우스는 말했다. "하지만 계속하시오."

"남작님, 다 말씀드리겠습니다. 보수는 남작님의 너그러우 신 마음에 맡기고요. 이 비밀은 커다란 금덩어리 값이 나가는 것입니다. 백작님은 제게 말씀하시겠죠. 왜 장 발장에게 말하 지 않았느냐? 고. 그건 아주 간단한 이유에서입니다. 저는 그 가 다 내놓았다는 걸, 남작님을 위해 내놓았다는 걸 알고 있 고, 그걸 약삭빠른 술책이라고 저는 생각하지만, 그는 이제 한 푼도 없으니, 제게 빈손만 벌려 보일 텐데, 저는 조야에 여행 을 가기 위해 돈이 좀 필요하기 때문에, 아무것도 없는 그 사람보다도 모두 가지고 계시는 남작님을 택한 겁니다. 좀 피곤한데, 의자에 앉는 걸 허락해 주십시오."

마리우스는 앉으며 그에게도 앉으라고 몸짓했다.

테나르디에는 누빈 의자에 자리잡고, 두 신문을 집어 봉투에 다시 넣고,《백기》지를 손톱으로 콕콕 찍으면서 중얼거렸다. "이걸 얻느라고 난 고생깨나 했지." 그리고 나서 양 다리를 꼬고 의자의 등에 몸을 기댔는데, 이건 자기들이 말하는 것에 자신만만한 사람들에게 특유한 자세다. 그런 뒤에 근엄하게, 그리고 한마디 한마디에 힘을 주면서 본론으로 들어갔다.

"남작님, 한 일 년 전, 1832년 6월 6일, 그 폭동이 있었던 날, 파리의 대하수도 속에, 앵발리드 다리와 예나 다리의 중간, 하수도가 센 강에 와서 만나는 곳 쪽에 한 사나이가 있었습니다."

마리우스는 갑자기 자기의 의자를 테나르디에의 의자 옆으로 당겼다. 테나르디에는 그 동작을 알아채고서, 이야기 상대자를 사로잡고 자기의 말 아래서 상대방의 가슴이 두근거리는 것을 느끼는 능변가처럼 천천히 말을 계속했다.

"그 사람은 정치하고는 상관없는 이유로 숨지 않을 수 없었기 때문에, 하수도를 집으로 삼았고 그 열쇠를 갖고 있었습니다. 그건, 거듭 말씀드립니다만, 6월 6일이었고, 저녁 8시쯤 됐을 겁니다. 그 사람은 하수도 속에서 무슨 소리가 나는 것을 들었습니다. 매우 놀라 가지고, 그는 몸을 웅크리고 동정을 살폈습니다. 그건 발소린데, 누가 어둠 속을 걸어서 그 사람 쪽으로 오고 있었습니다. 이상한 일이었는데, 그 사람 말고 또

한 사람이 하수도 속에 있었던 것입니다. 하수도에서 나가는 쇠 격자문은 멀지 않았습니다. 거기서 오는 조금의 희번한 빛으로 그는 새로 오는 사람을 알아보았고, 그 사람이 등에 뭔가를 메고 있는 것을 볼 수 있었습니다. 그는 몸을 구부리고 걷고 있었습니다. 몸을 구부리고 걷고 있는 사람은 한 전과자였고, 그가 어깨에 메고 끌고 있는 것은 시체였습니다. 보기 드문 살인의 현행범이지요. 도둑질로 말하자면, 뻔한 일이죠. 사람이 어떤 사람을 거저 죽이지는 않으니까요. 이 전과자는 그 시체를 강에 던지려 한 것입니다. 한 가지 유의하셔야 할 사실은, 출입구의 쇠 격자문에 도달하기 전에, 하수도 속을 멀리서 오는 이 죄수가 무시무시한 웅덩이 하나를 틀림없이 만났고, 거기에 그는 그 시체를 놓아둘 수도 있었을 것 같습니다. 하지만 그랬다간 바로 이튿날 하수도 청소부들이 웅덩이에서 일하다가 살해당한 사람을 발견했을 테니, 그건 살인자에게 이득이 되지 않는 거죠. 그는 그 짐을 짊어진 채 웅덩이를 건너오기를 더 좋아했는데, 그의 수고는 이만저만이 아니었을 것이고, 그보다도 더 완전히 목숨을 걸 수는 없습니다. 그가 거기서 살아나온 것이 저는 이해가 안 됩니다."

마리우스의 의자가 또 다가갔다. 테나르디에는 그 틈을 타서 길게 숨을 쉬었다. 그는 계속했다.

"남작님, 하수도는 연병장이 아닙니다. 거기에는 아무것도 없고, 설 자리조차 없습니다. 거기에 두 사람이 있을 때에는 서로 만나지 않을 수 없습니다. 그때 그런 일이 일어났습니다. 그 거주자와 통행자는 서로 꺼림칙하면서도 인사를 교환하지 않을 수 없었습니다. 통행자가 거주자에게 말했습니다. "내가 등에 메고 있는 게 뭔지 알겠지. 내가 나가야겠는데, 넌 열쇠가 있지. 그걸 내게 줘." 그 죄수는 무시무시한 힘을 가진 사람이었습니다. 거절할 도리가 없었죠. 그렇지만 열쇠를 갖고 있는 사람은 오로지 시간을 벌기 위해서만 장황하게 이야기했습니다. 그는 그 죽은 사람을 살펴보았으나, 그가 젊고, 옷차림이 좋고, 부자인 것 같고, 얼굴이 피로 아주 엉망이었다는 것밖에 아무것도 볼 수 없었습니다. 이야기를 하면서도, 그는, 살인자가 알아차리지 않도록, 살해된 사람의 연미복 한 조각을 뒤에서 용케 오려 냈습니다. 아시겠지만, 그건 증거품이죠. 사건의 형적을 되찾고 범죄자에게 범죄의 증거를 보이는 수단입니다. 그는 그 증거품을 자기 호주머니에 넣었습니다. 그런 뒤에 그는 쇠 격자문을 열고, 그 사람을 등에 짊어진 그 거추장스러운 것과 함께 나가게 하고, 다시 쇠 격자문을 닫고는 도망쳐 버렸는데, 사건에 그 이상 연루되고 싶지 않았고, 특히 살인자가 피살자를 강에 던질 때 거기에 있고 싶지 않았기 때문이었습니다. 남작님도 이제 아시겠습니다. 시체를 메고 있던 사람, 그것은 장 발장이고, 열쇠를 갖고 있던 사람은 지금 남작님에게 말을 하고 있고, 그리고 연미복의 옷조각은……."

테나르디에는 온통 검은 얼룩이 진 찢어진 한 조각의 검은 모직 천을 호주머니에서 꺼내어, 그의 두 엄지손가락과 두 집게손가락 사이로 집어서 그의 눈높이에 올리면서 이야기를 끝마쳤다.

마리우스는 일어서 있었는데, 얼굴은 창백하고, 숨도 제대로 못 쉬고, 눈은 그 검은 모직 천 조각을 응시하고 있었다. 그리고 말 한마디 하지 않고, 그 넝마에서 눈을 떼지 않고, 벽 쪽으로 뒷걸음질하여, 자기 뒤로 뻗친 오른손으로, 벽난로 옆 벽장의 자물쇠에 걸려 있는 열쇠 하나를 벽 위에서 더듬어 찾고 있었다. 그는 그 열쇠를 찾아내, 벽장을 열고, 그 속을 보지도 않고, 테나르디에가 펴 들고 있는 넝마에서 놀란 눈을 떼지 않고, 그 속에 팔을 들여 넣었다.

그러는 동안 테나르디에는 계속하고 있었다.

"남작님, 저는 그 살해된 젊은이가 장 발장의 올가미에 끌려든 한 부유한 외국인인데 엄청난 돈을 지니고 있었다는 아주 강력한 이유가 있습니다."

"그 젊은이는 나요. 여기에 그 연미복이 있어!" 하고 마리우스는 부르짖었다. 그리고 피투성이의 검은 헌 연미복을 마룻바닥에 던졌다.

그런 뒤, 테나르디에의 손에서 그 옷 조각을 빼앗고, 연미복 위에 웅크리고, 찢어 낸 옷 조각을 찢어진 옷자락에 갖다 댔다. 찢어진 자국은 정확히 들어맞고, 그 옷 조각으로 연미복은 완전한 것이 되었다.

테나르디에는 아연실색했다. "톡톡히 당했구나." 하고 그는 생각했다.

마리우스는 부들부들 떨고, 절망하고, 기쁨에 빛나, 벌떡 일어났다.

그는 자기의 호주머니를 뒤지고, 격노하여, 테나르디에 쪽으로 걸어가서, 500프랑과 1000프랑짜리 지폐들을 한 줌 가득 쥔 주먹을 그에게 보이고 그의 얼굴에 거의 갖다 대다시피 하였다.

"당신은 파렴치한이오! 당신은 거짓말쟁이고, 중상자고, 악당이오! 당신은 그분을 고발하러 왔는데, 그분의 무죄를 증명했어. 당신은 그분을 망신시키고자 했는데, 그분을 찬미하는 데밖에 성공하지 못했어. 그리고 도둑놈은 당신이오! 그리고 살인자는 당신이오! 나는 당신을 봤어, 테나르디에 종드레트를, 오피탈 가로수 길의 그 누옥에서. 나는 당신을 감옥에 보내기 위해, 그리고 만약 내가 원한다면, 그보다도 더 멀리 보내기 위해 당신에 관해 충분히 알고 있어. 옛소, 1000프랑이오, 이 깡패 같으니!"

그러면서 그는 1000프랑짜리 지폐 한 장을 테나르디에에게 던졌다.

"아! 종드레트 테나르디에, 비루한 악한이여! 이것이 당신에게 교훈이 되기를! 비밀의 고물 장수, 비밀의 상인, 암흑 속을 뒤지고 다니는 불쌍한 사람! 이 500프랑도 받아 가지고 여기서 나가요! 워털루 덕분이야."

"워털루!" 하고 테나르디에는 500프랑짜리를 1000프랑짜리와 함께 호주머니에 집어넣으면서 중얼거렸다.

"그래, 살인자여! 당신은 거기서 한 대령의 목숨을 구했어⋯⋯."

"장군이었는데." 하고 테나르디에는 머리를 들면서 말했다.

"대령이었다!" 하고 마리우스는 흥분하여 말을 이었다. "장군이었다면 난 한 푼도 안 줄 거야. 그리고 당신은 여기에 파렴치한 짓을 하려고 왔어! 당신에게 말하는데 당신은 온갖 죄를 다 범했어. 가요! 꺼져요! 다만 행복하시오. 나는 그것만을 바라오. 아! 못된 사람 같으니! 여기에 또 3000프랑 있어. 받아. 당장 내일 떠나요, 미국으로, 딸과 함께. 당신 아내는 죽었으니까. 가증스러운 거짓말쟁이! 당신이 떠나는 걸 지켜볼 거야, 무뢰한이여. 그리고 그때 당신에게 2만 프랑을 지불할 거요. 다른 데 가서 교수형을 받으라고!"

"남작님," 하고 테나르디에는 머리가 땅에 닿도록 절을 하면서 대답했다. "이 은혜 영원히 잊지 않겠습니다."

그리고 테나르디에는 나갔다. 통 영문을 모르고, 어리둥절하고, 황금 자루들 아래 그렇게 기분 좋게 짓눌리고 머리 위에 은행권 지폐들로 터지는 그 벼락으로 무척 기뻐하면서.

그는 정말 벼락을 맞았지만, 역시 기뻤는데, 그 벼락에 대해 피뢰침이 있었다면 그는 매우 화가 났으리라.

이 사람하고는 즉시 결말을 짓자. 지금 내가 이야기하는 사건들이 있은 지 이틀 후, 그는 마리우스의 배려에 의해, 이름을 바꾸고, 딸 아젤마를 데리고, 뉴욕에서 받을 2만 프랑의 어음을 가지고 아메리카로 떠났다. 이 실패한 시민 테나르디에의 도덕적인 미약함은 돌이킬 수 없었다. 그는 아메리카에서도 유럽에서와 같았다. 악인이 손을 대면 때로는 선행을 썩게 하고 거기서 나쁜 것이 나오게 하기에 충분하다. 마리우스의 돈으로 테나르디에는 노예 상인이 되었다.

테나르디에가 나가자마자 마리우스는 정원으로 달려갔는데, 거기서 코제트는 아직도 산책하고 있었다.

"코제트! 코제트!"하고 그는 외쳤다. "이리 와! 어서 와! 가자고! 바스크, 삯마차를 불러! 코제트, 어서 와. 아! 세상에! 내 목숨을 구해 주신 건 그분이었어! 일순간도 지체하지 말자. 숄을 걸쳐."

코제트는 그가 실성한 줄 알았지만, 복종했다.

그는 숨도 쉬지 못하고, 심장에 손을 얹고 두근거림을 참으려 하고 있었다. 그는 성큼성큼 왔다 갔다 하고, 코제트를 얼싸안고, "아! 코제트! 나는 불행한 사람이야!"하고 말했다.

마리우스는 어쩔 줄을 모르고 있었다. 그는 이 장 발장 속에 뭔지 알 수 없는 높고 어두운 모습을 어렴풋이 보기 시작하고 있었다. 놀라운 덕이 그에게 나타나고 있었다. 그의 광대무변함 속에서 겸손하고, 온화한 최고의 덕이. 이 죄수는 예수로 변모하고 있었다. 마리우스는 이 비범한 사람에 현기증을 느꼈다. 그는 보이는 것이 무엇인지 정확히 알지 못하고 있었지만, 그것은 위대했다.

삽시간에 삯마차 한 대가 문 앞에 와 있었다.

마리우스는 거기에 코제트를 태우고 자기도 뛰어올랐다.

"마부,"하고 그는 말했다. "옴므 아르메 거리 7번지요."

삯마차는 출발했다.

"아이고! 좋아라!"하고 코제트는 말했다. "옴므 아르메 거리에 간다고. 나는 차마 네게 그 말을 못 하고 있었는데. 장 씨를 만나러 가는 거지."

"당신 아버지한테, 코제트! 그 어느 때보다도 더 당신 아버지야. 코제트, 나는 짐작이 간다. 내가 가브로슈를 시켜서 네게 보냈었던 편지를 너는 결코 받지 않았다고 너는 내게 말했지. 그 편지는 그분의 손에 들어갔던 거야. 코제트, 그분은 나를 살려내려고 바리케이드에 가셨어. 천사가 되는 것이 그분의 욕구이므로, 지나가는 길에, 그분은 다른 사람들도 살려냈고, 그분은 자베르도 살려냈어. 그분은 나를 그 구렁텅이에서 끌어내 네게 주신 거야. 그분은 나를 등에 메고 그 무시무시한 하수도를 통과하셨어. 아! 나는 정말 지독히 배은망덕한 놈이야. 코제트, 그분은 네 수호신 노릇을 하신 뒤에 내 수호신이 되셨어. 상상해 봐, 거기에는 무시무시한 웅덩이가 있었다는 걸. 백 번이고 빠져 죽을 만한 곳이, 진창 속에 빠져 죽을 만한 곳이, 코제트! 거기를 그분은 나를 메고 건너신 거야. 나는 기절해 있었어. 나는 아무것도 보지 않고, 아무것도 듣지 않고, 나 자신이 어떤 지경에 빠져 있는지 아무것도 알 수 없었어. 우리 가서 그분을 데려다가, 그분이 원하시든 말든, 우리 집에 모시고, 다시는 우리와 헤어지시지 않게 하자. 지금 집에 계셨으면 참 좋겠는데! 만나 뵈었으면 참 좋겠는데! 나는 그분을 떠받들고 여생을 보낼 거야. 암, 마땅히, 그래야지. 알겠니, 코제트? 가브로슈가 내 편지를 건넨 건 그분에게였어. 모든 것이 이해돼. 너도 알겠지."

코제트는 한마디도 알아듣지 못하고 있었다.

"네 말이 옳아." 하고 그녀는 그에게 말했다.

그러는 동안 삯마차는 굴러가고 있었다.

5. 밤이 가면 낮이 온다

문 두드리는 소리를 듣고 장 발장은 돌아보았다.

"들어오시오." 하고 그는 희미하게 말했다.

문이 열렸다. 코제트와 마리우스가 나타났다.

코제트는 방 안으로 뛰어들었다.

마리우스는 문 기둥에 기댄 채 입구에 혼자 서 있었다.

"코제트!" 하고 장 발장은 말하고, 의자 위에서 몸을 일으켰다, 떨리는 두 팔을 벌리고, 얼빠진 듯하고, 창백하고, 험상 궂고, 눈에 무한한 기쁨을 나타내고서.

코제트는 감동으로 숨이 막혀, 장 발장의 가슴에 쓰러졌다.

"아버지!" 하고 그녀는 말했다. 장 발장은 깜짝 놀라 더듬 거렸다.

"코제트가! 그 여자가! 당신이, 부인이! 너로구나! 아이고 세상에!"

그리고 코제트의 품에 꼭 안겨 그는 소리쳤다.

"너냐! 네가 왔어! 그럼 너는 나를 용서하는구나!"

마리우스는 눈물이 흐르는 것을 막으려고 눈시울을 내리 고, 한 걸음 나오면서 흐느낌을 멈추려고 부들부들 떨리는 입 술 사이로 중얼거렸다.

"아버님!"

"그럼 당신 역시 나를 용서하시는군요!" 장 발장은 말했다.

마리우스는 한마디도 할 말을 찾아내지 못했고, 장 발장은 덧붙였다. "고맙소."

코제트는 숄을 벗고 모자를 침대에 던졌다.

"이게 거북하네." 하고 그녀는 말했다.

그리고 노인의 무릎 위에 앉아서, 그녀는 사랑스러운 동작으로 그의 흰 머리를 걷어 올리고, 그의 이마에 입을 맞추었다.

장 발장은 얼이 빠져서, 하는 대로 두고 있었다.

코제트는 매우 막연하게밖에 깨닫지 않고 있었지만, 마치 마리우스의 빚을 갚으려고 하듯이, 애무를 퍼붓고 있었다.

장 발장은 우물우물 말했다.

"얼마나 사람은 멍청한가! 나는 이 애를 다시는 보지 못할 거라고 생각하고 있었소. 상상해 보시오, 퐁메르시 씨, 당신이 들어왔을 때, 나는 이렇게 생각하고 있었소. 다 끝났다. 거기에 그 애의 작은 드레스가 있다. 나는 불쌍한 놈이다. 나는 더 이상 코제트를 보지 못하리라. 나는 당신들이 계단을 올라오던 바로 그 순간에도 그렇게 말하고 있었소. 참으로 나는 바보였소! 이렇게 사람은 바보인 거요! 그런데 사람은 하느님을 염두에 두지 않고 생각해요. 하느님은 말씀하십니다. 너는 사람들이 너를 버리려 한다고 생각하지, 바보야! 아니다, 아니다, 이건 그렇게 되진 않을 거다. 자, 여기에 천사를 필요로 하는 가련한 노인이 있다. 그러면 천사가 온다. 그러면 그는 그의 코제트를 다시 본다. 그러면 그는 그의 사랑스러운 코제트를 다시 본다. 아! 나는 참으로 불행하였소."

그는 잠시 말을 못하다가 계속했다.

"나는 정말 때때로 딱 한 번이라도 코제트를 만나 볼 필요가 있었소. 사람의 마음은 깨물어야 할 뼈를 하나 갖고 싶어

해요. 그렇지만 나는 내가 필요없는 사람이라고 느끼고 있었소. 나는 나 자신에게 타이르고 있었소. 저 사람들은 네가 필요 없다. 너는 네 구석에 있거라. 언제까지나 같이 살 권리는 없다. 아! 고맙게도, 내가 이 애를 다시 보는군요! 너는 아느냐, 코제트, 네 남편은 매우 훌륭한 분이라는걸? 아! 너는 수놓은 예쁜 깃을 달고 있는데, 좋구나. 나는 그 디자인을 좋아한다. 네 남편이 그걸 골라 주셨겠지? 그리고 또 너에겐 캐시미어직 숄이 필요할 거다. 퐁메르시 씨, 내가 이 애에게 해라 하게 해 주시오. 이게 오래 가진 않을 테니."

그런데 코제트가 말을 이었다.

"저희들을 이렇게 내버려 두시다니 참 심술궂으셔요. 대체 어디에 가셨었나요? 왜 그렇게 오래 계셨어요? 전에는 아버지의 여행이 사나흘 이상은 안 걸렸는데. 제가 니콜레트를 보냈는데, 늘 안 계시다는 대답이었어요. 언제 돌아오셨어요? 왜 저희들에게 알려 주시지 않았어요? 아버지가 매우 변하셨다는 걸 아셔요? 아! 나쁜 아버지! 그가 아팠는데, 우리는 그걸 몰랐으니 원! 마리우스, 아버지 손이 얼마나 찬지 좀 만져 봐!"

"이렇게 오셨군요! 퐁메르시 씨, 당신은 나를 용서하시는군요!" 하고 장 발장은 되풀이했다.

장 발장이 지금 막 또 한 번 말한 그 말에, 마리우스의 가슴에 북받쳐 있던 것이 출구를 얻어 한꺼번에 터졌다.

"코제트, 들었니? 이분은 이렇게까지 되셨어! 이분은 내게 용서를 구하셔. 그런데 이분이 내게 뭘 해 주셨는지 알겠니, 코제트? 이분은 내 목숨을 구하셨어. 이분은 그보다 더 많은 걸하셨어. 이분은 너를 내게 주셨어. 그리고, 내 목숨을 구하신 후, 그리고 너를 내게 주신 후, 코제트, 이분은 자기 자신을 어떻게 하셨나? 자기 자신을 희생하셨어. 이분은 바로 그런 사람이야. 그런데 배은망덕한 놈인 나에게, 잊기 잘하는 놈인 나에게, 무정한 놈인 나에게 '고맙다!'고 하셨어. 코제트, 내가 평생을 이분의 발 아래서 지내도 태부족일 거야. 그 바리케이드, 그 하수도, 그 혹서, 그 시궁창, 이분은 그 모든 것을 지나오셨어, 나를 위해서, 너를 위해서, 코제트! 이분은 그 모든 죽음을 내게서 물리치고 자신을 위해서는 감수하면서 나를 운반하셨어. 그 모든 용기, 그 모든 미덕, 그 모든 용맹, 그 모든 성덕(聖德), 이런 것들을 이분은 가지고 계셔! 코제트, 이 양반은 천사야!"

"쉬! 쉿!" 하고 장 발장은 아주 작은 소리로 말했다. "왜 그런 말을 다 하시오?"

"하지만 어르신께선!" 하고 마리우스는 숭배심이 담긴 분노의 말투로 외쳤다. "왜 그걸 말씀하시지 않았습니까? 그건 어르신의 잘못이기도 합니다. 어르신께서 사람들의 목숨을 구하시고, 그걸 그들에게 감추시다니! 어르신은 그보다 더 많은 걸 하셨는데, 정체를 드러낸다는 구실 아래, 자기 자신을 비방하셨습니다. 그건 무서운 일입니다."

"나는 진실을 말했소." 하고 장 발장은 대답했다.

"아닙니다." 하고 마리우스는 말을 이었다. "진실은 모든 진실이어야 하는데, 어르신은 모든 진실을 말씀하시지 않았습니다. 어르신은 마들렌 씨였는데, 왜 그걸 말씀하시지 않았습니까? 어르신은 자베르의 목숨을 구하셨는데, 왜 그걸 말씀하시지 않았습니까? 저는 어르신 덕분에 목숨을 건졌는데, 왜 그걸 말씀하시지 않았습니까?"

"왜냐하면 내가 당신처럼 생각하고 있었기 때문이오. 나는 당신이 옳다고 생각하고 있었소. 나는 떠나야만 했소. 만일 당신이 그 하수도 일을 알았다면, 나를 당신 곁에 있게 하셨을 것이오. 그래서 나는 침묵을 지켜야 했소. 만약에 내가 그 말을 했으면, 모두 거북하게 됐을 거요."

"거북하게 되다니 뭐가요! 거북하게 되다니 누가요!"하고 마리우스는 말했다. "어르신은 여기에 그냥 계실 작정인가요? 저희는 어르신을 모시고 갑니다. 세상에! 이럴 수가! 제가 이 모든 것을 안 것이 우연이라고 생각하니! 저희는 어르신을 모시고 갑니다. 어르신은 저희들 자신의 일부입니다. 어르신은 저 사람의 아버지고 저의 아버지입니다. 이 끔찍한 집에서 하루라도 더 지내시면 안 돼요. 내일도 여기에 계시리라고는 생각지 마세요."

"내일," 하고 장 발장은 말했다. "나는 여기에 있지 않겠지만, 당신 집에도 있지 않을 거요."

"그게 무슨 말씀인가요?"하고 마리우스는 대꾸했다. "아 그래요. 저희는 이제 여행을 허락하지 않겠습니다. 이젠 저희들과 헤어지지 마세요. 어르신은 저희들 것이에요. 저희는 어르신을 놓아 드리지 않습니다."

"이번엔 정말이에요." 하고 코제트는 덧붙였다. "아래에 마차를 대놓았어요. 제가 아버지를 납치합니다. 필요하다면, 저는 완력을 쓸 거예요."

그리고 웃으면서, 그녀는 노인을 두 팔로 안아 올리는 시늉을 했다.

"저희 집에는 항상 아버지 방이 있었어요." 하고 그녀는 계속했다. "지금 얼마나 정원이 예쁜지 아버지가 아신다면! 진달래가 거기에 썩 잘 어울려요. 샛길에는 강모래가 깔려 있고, 보랏빛 작은 조가비들이 있어요. 제 딸기들도 잡수실 거예요. 제가 물을 주거든요. 그리고 이젠 부인도 없고, 장 씨도 없고, 우리는 공화제를 하고 있고, 모두가 서로 '너'라고 말해요. 안 그래요, 마리우스? 프로그램이 바뀌었어요. 만일 아버지가 아셨더라면, 아버지, 전 슬픈 일이 있었어요. 벽 구멍에 울새 한 마리가 집을 짓고 있었는데, 가증스러운 고양이 한 마리가 그놈을 잡아먹었어요. 제 집 창에서 머리를 내놓고 저를 바라보던, 내 가련한 예쁜 작은 울새였는데! 전 울었어요. 전 고양이를 죽여 버렸을 거예요. 하지만 지금은 아무도 더 이상 울지 않아요. 모두들 웃고, 모두들 행복해요. 아버지는 저희랑 같이 가셔요. 할아버님께서 얼마나 기뻐하실까! 정원에 작은 밭 한 뙈기를 드릴 테니, 아버지는 그걸 가꾸실 것이고, 저희는 볼 거예요, 아버지 딸기들이 제 딸기들만큼 아름다운지 어떤지를. 그리고 또 저는 아버지가 원하시는 건 무엇이고 다 할 거예요. 그리고 또 아버지도 제 말을 잘 들어주셔야 해요."

장 발장은 그녀의 말에 귀를 기울이고 있었으나 잘 듣지는 않고 있었다. 그는 그녀의 말의 뜻보다도 오히려 그녀 목소리의 음악을 듣고 있었다. 영혼의 어두운 진주인 커다란 눈물 한 방울이 천천히 그의 눈 속에 맺히고 있었다. 그는 중얼거렸다.

"하느님이 인자하신 증거, 그건 이 애가 거기에 있다는 거야."

"아버지!" 하고 코제트는 말했다.

장 발장은 계속했다.

"함께 사는 것이 매력적일 건 정말 사실이다. 그들에겐 그들의 나무들에 가득한 새들이 있다. 나는 코제트와 함께 산책할 것이다. 같이 살면서, 서로 인사를 하고, 정원에서 서로 부르고 하는 것, 그건 즐겁다. 우리는 아침부터 서로 만나 본다. 우리는 제각기 작은 밭을 가꿀 것이다. 이 애는 제 딸기를 내게 먹이고, 나는 이 애에게 내 장미꽃을 꺾게 할 것이다. 그것은 매혹적일 것이다. 다만……."

그는 말을 멈추었다가 조용히 말했다.

"유감스럽구나."

눈물은 떨어지지 않고 거두어졌고, 장 발장은 눈물 대신 미소를 지었다.

코제트는 노인의 두 손을 자신의 두 손으로 잡았다.

"어머나!" 하고 그녀는 말했다. "손이 더 차요. 병이 나셨나요? 아프신가요?"

"내가? 아니야." 하고 장 발장은 대답했다. "난 매우 건강하다. 다만……."

"다만 뭐예요?"

"나는 곧 죽는다."

코제트와 마리우스는 소스라쳤다.

"죽으신다고!" 하고 마리우스는 소리쳤다.

"그렇다. 하지만 그건 아무것도 아니다."라고 장 발장은 말했다.

그는 숨을 쉬고, 미소 짓고, 말을 이었다.

"코제트, 너는 내게 얘기하고 있었지. 계속해라. 또 얘기해라. 네 귀여운 울새가 죽었다고. 얘기해라. 네 목소리를 들려다오!"

마리우스는 아연실색하여 노인을 바라보고 있었다.

코제트는 비통한 소리를 질렀다.

"아버지! 우리 아버지! 아버지는 사실 거예요. 아버지는 살게 되실 거예요. 저는 아버지가 사시기를 원해요."

장 발장은 열렬한 사랑의 눈으로 그녀를 향해 머리를 들었다.

"암 그렇지. 내가 죽는 걸 막아 다오. 나는 아마 네 말대로 할지도 몰라. 너희들이 왔을 때 나는 죽고 있었다. 너희들이 와서 나를 멈춰서게 했다. 나는 되살아나는 것 같다."

"어르신은 힘도 생명도 넘치고 있어요." 하고 마리우스는 외쳤다. "어르신은 사람이 이렇게 죽는다고 생각하십니까? 어르신께는 슬픔이 있었지만, 더 이상 그런 건 없을 거예요. 어르신께 용서를 비는 건 저예요. 그리고 또 무릎을 꿇습니다! 어르신은 사실 것이고, 저희들이랑 사실 것이고, 오래오래 사실 겁니다. 저희들이 어르신을 모셔 갑니다. 앞으로는 어르신의 행복이라는 한 가지 생각밖에 없을 저희들 둘이 여기에 있습니다!"

"잘 보셨지요." 하고 코제트는 마냥 눈물을 흘리면서 말했다.

"아버지는 돌아가시지 않을 거라고 마리우스도 말하고 있는 걸요."

장 발장은 계속 미소를 짓고 있었다.

"당신이 나를 다시 데려가신들, 퐁메르시 씨, 그것으로 내가 지금의 나와 다른 것이 될 수 있을까요? 아니오, 하느님은 당신과 나처럼 생각하셨고, 그의 의견을 바꾸지 않으시니, 나는 떠나는 것이 유익해요. 죽음은 좋은 조처요. 하느님은 우리에게 뭐가 필요한가를 우리보다 더 잘 아십니다. 당신들이 행복한 것, 퐁메르시 씨가 코제트를 갖는 것, 젊음이 아침과 꼭 맞는 것, 당신들, 내 아이들 주위에 라일락과 꾀꼬리 들이 있는 것, 당신들의 생활이 햇빛이 비치는 아름다운 잔디밭인 것, 하늘의 모든 환희가 당신들의 영혼을 가득 채우는 것, 그리고 지금 아무것에도 쓸모가 없는 나, 내가 죽는 것, 이 모든 것은 확실히 좋은 일이오. 아시겠소, 분별 있게 생각합시다. 이제 가능한 것은 더 이상 아무것도 없소. 이제 다 끝난 것을 나는 완전히 느끼고 있소. 한 시간 전에 나는 기절했소. 그리고 또, 간밤에, 나는 거기에 있는 그 물병의 물을 다 마셨소. 네 남편은 얼마나 훌륭하시냐, 코제트! 너는 나하고보다 훨씬 더 행복하다."

문소리가 났다. 들어오는 것은 의사였다.

"안녕하시오. 그리고 안녕히 계시오, 선생." 하고 장 발장은 말했다. "이게 내 아이들이오."

마리우스는 의사에게 다가갔다. 그는 그에게 단 한마디 "선생님?"이라고만 말했지만, 그 말을 하는 투에는 하나의 완전한 질문이 있었다.

의사는 뜻있는 눈짓으로 흘끗 봄으로써 그 물음에 대답했다.

"현실이 마음에 안 든다고 해서," 하고 장 발장은 말했다. "그게 하느님에 대해서 부당해야 할 이유는 안 되지요."

침묵이 흘렀다. 모두의 가슴이 짓눌려 있었다.

장 발장은 코제트 쪽을 돌아보았다. 그는 영원히 잃지 않으려는 듯이 그녀를 응시하기 시작했다. 그가 이미 내려갔었던 깊은 어둠 속에서도, 그는 코제트를 바라봄으로써 아직 황홀감을 느낄 수 있었다. 그 다정한 얼굴의 반영이 그의 창백한 얼굴을 비추고 있었다. 무덤에는 그의 현혹이 있을 수 있다.

의사가 그의 맥을 짚었다.

"아! 이분에게 필요하던 것은 당신들이었습니다." 하고 그는 코제트와 마리우스를 바라보면서 중얼거렸다.

그리고 마리우스의 귀에 몸을 구부리고 아주 낮은 목소리로 덧붙였다.

"너무 늦었소."

장 발장은 코제트를 바라보기를 거의 그치지 않고, 마리우스와 의사를 침착하게 주시했다. 그의 입에서 또렷하지 못한 이런 말이 나오는 것이 들렸다.

"죽는 건 아무것도 아니야. 살 수 없는 것이 무서운 일이지."

갑자기 그는 일어섰다. 그렇게 힘이 돌아오는 것은 간혹 단말마의 한 증세다. 그는 확고한 걸음걸이로 벽까지 걸어가고, 그를 부축하려고 하는 마리우스와 의사를 비키게 하고, 벽에 걸려 있는 작은 동십자가상을 떼어내어, 아주 건강한 사람 같은 완전히 자유로운 동작으로 돌아와 앉고, 십자가상을 테이블 위에 놓으면서 큰 소리로 말했다.

"이건 위대한 순교자이시다."

그런 뒤 그의 가슴은 쑥 꺼지고, 마치 무덤의 도취에 사로잡힌 것처럼 그의 머리는 흔들거리고, 무릎 위에 놓인 두 손은 바지의 천을 손톱으로 후벼 파기 시작했다.

코제트는 그의 어깨를 떠받치고, 흐느끼고, 그에게 말하려고 애썼으나 그렇게 되지 못했다. 눈물과 함께 나오는 그 침통한 침에 섞인 말들 가운데 다음과 같은 말을 알아들을 수 있었다. "아버지! 저희들과 헤어지지 마세요. 저희가 아버지를 되찾았는데 이내 잃어버리다니 그럴 수가 있어요?"

임종의 고통은 굽이친다고 말할 수 있을 것이다. 그것은 가고, 오고, 무덤 쪽으로 나아가고, 생명 쪽으로 되돌아온다. 죽는 행위에는 암중모색이 있다.

장 발장은 그 반 인사불성 후에 회복하여, 어둠을 털어 버리려는 듯이 이마를 흔들고, 거의 완전히 의식을 되찾았다. 그는 코제트의 소매 한 자락을 잡고, 거기에 입을 맞추었다.

"되돌아오셔요, 선생님, 되돌아오셔요!" 하고 마리우스가 외쳤다.

"당신들은 두 분 다 착해요." 하고 장 발장은 말했다. "무엇이 나를 고통스럽게 했는지 당신들에게 말하겠소. 나를 고통스럽게 한 것은, 퐁메르시 씨, 당신이 그 돈에 손을 대지 않으려고 한 거요. 그 돈은 정녕 당신 아내의 것이오. 그걸 당신들에게 설명하겠는데, 내 아이들아, 내가 당신들을 만난 것을 기뻐하는 것도 바로 이 때문이오. 검은 구슬은 영국에서 오고, 흰 구슬은 노르웨이에서 와요. 그런 건 모두 여기 이 종이에 있으니, 당신들은 그것을 읽어요. 나는 팔찌에 그냥 붙여 놓은 고리매듭 대신에 납땜질을 해서 끼운 고리매듭을 다는 것을 발명했소. 이게 더 예쁘고, 더 좋고, 덜 비싸요. 이것으로 얼마나 많은 돈을 벌 수 있는지 당신들은 이해할 거요. 그러므로 코제트의 재산은 정녕코 그 애의 것이오. 내가 이렇게 자질구레한 것들을 말하는 것은 당신 마음을 편안하게 하기 위해서요."

문지기 여자가 올라와서 반쯤 열린 문틈으로 안을 들여다보고 있었다. 의사가 그녀를 돌아가게 했으나, 그 열성적인 노파가 사라지기 전에 죽어 가는 사람에게 이렇게 외치는 것을 그는 막을 수 없었다.

"신부님을 부를까요?"

"내겐 신부님이 한 분 계시오." 하고 장 발장은 대답했다.

그러면서 그는 손가락으로 머리 위의 한 점을 가리키는 것 같았는데 그는 거기에 누군가를 보고 있는 것 같았다.

사실 주교가 십중팔구 이 임종에 와 있었을 것이다.

코제트는 그의 허리 밑에 가만히 베개를 밀어 넣었다.

장 발장은 말을 이었다.

"퐁메르시 씨, 두려워하지 마라요, 제발 덕분에. 그 60만 프랑은 정녕코 코제트의 것이오. 그러니 만약에 당신이 그것을 쓰지 않으면 내 생애는 헛된 것이 될 거요! 우리는 그 유리 세공품을 썩 잘 만드는 데 성공하였소. 우리는 베를린의 패물이라고 불리는 것과 경쟁하였소. 예컨대, 독일의 검은 유리는 필적할 수 없어요. 아주 잘 깎인 천이백 알이 들어 있는 1그로스가 3프랑밖에 안 치어요."

우리에게 소중한 인간이 죽으려고 할 때, 사람들은 그에게 매달리고 그를 붙잡으려는 눈으로 그를 바라본다. 둘이 다 무서워서 말이 없고, 죽음에 대하여 뭐라고 말할 바를 모르고, 절망하여 몸을 떨면서 그의 앞에 서 있었고, 코제트는 마리우스에게 손을 주고 있었다.

시시각각 장 발장은 기울어져 갔다. 그는 쇠약해져 갔다. 그는 어두운 지평선에 다가가고 있었다. 그의 호흡은 단속적이 되었었다. 약간의 헐떡임이 그것을 중단시켰다. 그는 아래로 팔을 옮기는 데도 힘이 들었고, 그의 발은 전혀 움직이지 않았으며, 팔다리의 무력 상태와 육체의 쇠약이 커져 감과 동시에 영혼의 모든 위엄이 올라와 그의 이마 위에 펼쳐지고 있었다. 미지의 세상의 빛이 이미 그의 눈 속에 보이고 있었다.

그의 얼굴은 창백해지고 동시에 미소 짓고 있었다. 생명은 더 이상 거기에 없었고, 다른 것이 있었다. 그의 숨은 떨어져 가고, 눈은 커져 가고 있었다. 그것은 날개가 느껴지는 시신이었다.

그는 코제트에게 다가오라는 몸짓을 하고, 그런 뒤 마리우스에게도 했다. 그것은 분명히 최후 시간의 최후 순간이었다. 그는 그들에게 하도 약해서 멀리서 오는 것 같은 목소리로, 그리고 벌써 지금부터 두 사람과 그의 사이에 벽이 있는 것 같은 그런 목소리로 말하기 시작했다.

"가까이 오너라. 둘 다 가까이 오너라. 난 너희들을 무척 사랑한다. 오! 이렇게 죽는 건 기분 좋다! 너 역시 나를 사랑한다, 내 코제트. 나는 네가 늘 네 늙은이에게 애정을 가지고 있는 것을 잘 알고 있었다. 이 쿠션을 내 허리 밑에 넣어 준 것은 얼마나 고운 마음씨냐! 너는 내 죽음을 조금은 슬퍼해 주겠지? 너무 슬퍼하지는 말고. 나는 네가 정말로 슬퍼하는 걸 원치 않는다. 너희들은 많이 즐겨야 할 것이다, 내 아이들아. 내가 핀이 없는 귀걸이들로 그 밖의 다른 모든 것보다 얼마나 더 많이 돈을 벌고 있었는지 너희들에게 말하는 걸 잊었구나. 1그로스, 즉 열두 다스에 10프랑 들던 것이 60프랑에 팔렸다. 참으로 좋은 장사였지. 그러니까 그 60만 프랑에 놀라서는 안 돼요, 퐁메르시 씨. 그건 정직한 돈이오. 당신들은 안심하고 부자가 될 수 있어요. 마차도 한 대 있어야 하고, 때때로 극장들에 칸막이 좌석도 있어야 하고, 내 코제트야, 너는 아름다운 야회복이 있어야 하고, 그리고 또 너희 친구들에게 훌륭한 저녁 식사도 대접해야 하고, 매우 행복해야 할 것이오. 내가 아까 코제트에게 편지를 써 놓았소. 그 애가 내 편지를 찾아낼 거요. 그리고 나는 벽난로 위에 있는 두 자루의 촛대를 코제트에게 유증합니다. 그것들은 은이지만, 나에겐 금이고, 다이아몬드요. 그것들은 거기에 꽂아 놓는 초를 거룩한 큰 초로 변화시켜요. 그것들을 내게 주신 분이 저 위에서 내게 만족하시는지 어떤지 나는 몰라요. 나는 내가 할 수 있는 것을 했소. 내 아이들아, 너희들은 내가 가난한 사람이라는 걸 잊지 말고, 나를 어디고 땅 구석에 매장하고, 그곳을 표시하기 위해 그 위에 돌 하나를 올려놓아 다오. 그것이 바로 내 뜻이오. 돌에 이름을 새기지 마오. 혹시 코제트가 때때로 조금 오고 싶어 한다면, 나는 기쁠 것이다. 당신도 역시 그렇소, 퐁메르시 씨. 내가 당신에게 고백해야겠는데, 나는 언제나 당신을 사랑하지는 않았소. 그걸 용서해 주시오. 지금은 저 애와 당신은 나에겐 단 하나일 뿐이오. 난 당신에게 매우 감사하고 있소. 나는 당신이 코제트를 행복하게 해 주고 있는 걸 느끼고 있어요. 당신이 아는지 모르지만, 퐁메르시 씨, 저 애의 아름다운 장밋빛 뺨은 나의 기쁨이었고, 저 애가 조금이라도 창백한 것을 보았을 때, 나는 슬펐어요. 옷장 속에 500프랑짜리 지폐가 한 장 있소. 난 그것에 손을 대지 않았어요. 그것은 가난한 사람들을 위한 것이오. 코제트야, 네 작은 드레스가 보이느냐, 저기, 침대에? 그걸 알아보겠느냐? 그렇지만 그때로부터 십 년밖에 안 되었다. 세월이 참 빠르구나! 우리는 퍽 행복했다. 이제 다 끝났다. 내 아이들아, 울지 마. 내가 매우 멀리 가는 건 아니니까. 나는 당신들을 거기서 볼 거요. 당신들은 밤이 될 때, 바라보기만 하면 돼요. 당신들은 내가 미소하고 있는 걸 볼 테니까. 코제트야, 너는 몽페르메유를 기억하느냐. 너는 숲 속에 있었고, 퍽 무서워하고 있었다. 내가 물통 손잡이를 들어 주었을 때를 기억하느냐? 내가 너의 가련한 작은 손을 만진 건 그것이 처음이었다. 그 손이 어찌나 찼는지! 아, 그때 당신 손은 새빨갰는데, 아가씨, 지금은 새하얗소. 그리고 그 큰 인형! 그걸 기억하느냐? 너는 그걸 카트린이라고 불렀지. 그걸 수도원에 가져가지 않은 걸 너는 아쉬워했다. 얼마나 여러 번 너는 나를 웃겼던가, 내 다정한 천사야! 비가 왔을 때, 너는 시냇물에 짚 부스러기를 띄우고, 그것이 떠내려가는 걸 보고 있었다. 어느 날 나는 너에게 버들가지로 만든 라켓 하나를 주었지. 그리고 또 노랗고, 푸르고, 초록빛의 깃털 공도 하나 주었고. 너는 그걸 잊었지, 너는. 너는 참 장난꾸러기 꼬마였다! 너는 장난을 쳤다. 너는 네 귀에 버찌를 넣었다. 그게 다 지나간 일들이야. 인형을 갖고 지나간 숲들, 산책을 한 나무들, 숨었던 수도원들, 놀이들, 어린 시절의 즐거운 웃음들, 그것은 다 덧없는 일이다. 나는 그것이 다 나의 것이라고 생각했었지. 나는 그렇게 어리석었다. 그 테나르디에 부부는 고약한 사람들이었다. 그들을 용서해 줘야 한다. 코제트야, 이제 네게 네 어머니 이름을 말해 줄 때가 왔다. 네 어머니 이름은 팡틴이다. 팡틴이라는 그 이름을 기억해 두어라. 네가 그 이름을 입 밖에 낼 때마다 무릎을 꿇어라. 그분은 무척 고생하셨다. 너를 무척 사랑하셨다. 네가 행복 속에서 겪고 있는 모든 것을 그분은 불행 속에서 겪으셨다. 그것이 하느님의 배려지. 하느님은 저 위에 계시면서, 우리 모두를 보시고, 당신의 큰 별들 속에서 당신이 하시는 일을 알고 계셔. 그럼 나는 떠나겠다, 내 아이들아. 항상 서로 많이 사랑해라. 이 세상에 그 밖에 다른 것은 별로 없느니라. 여기서 죽은 이 가엾은 노인도 가끔 생각해 다오. 오, 나의 코제트야! 내가 요즘에 너를 보지 않았는데, 그건 내 탓이 아니다. 그 때문에 내 가슴이 찢어질 것만 같았다. 나는 너의 거리 모퉁이까지 가곤 했는데, 내가 지나가는 걸 본 사람들은 틀림없이 나를 이상하게 여겼을 거다. 나는 미친 사람 같았다. 한 번은 모자도 안 쓰고 나갔지. 내 아이들아, 나는 이제 눈이 매우 똑똑히 보이지 않는다. 나는 아직도 말할 것들이 있지만, 아무러면 어때. 나를 좀 생각해 다오. 너희들은 축복받은 사람들이다. 내가 어찌된 건지 모르겠네. 빛이 보인다. 더 가까이 오너라. 나는 행복하게 죽는다. 너희들의 사랑하는 머리를 이리 다오. 그 위에 내가 손을 올려놓도록."

코제트와 마리우스는 무릎을 꿇었다. 얼이 빠지고, 눈물에 숨이 막히고, 장 발장의 손을 저마다 하나씩 잡고.

그 존엄한 손은 더 이상 움직이지 않았다. 그는 뒤로 자빠져 있었고, 두 촛대의 불빛이 그를 비추고 있었으며, 그의 흰 얼굴은 하늘을 보고 있었고, 그의 손을 코제트와 마리우스가 입을 맞추는 대로 내맡기고 있었다. 그는 죽어 있었다.

밤은 별이 없고 칠흑같이 어두웠다. 틀림없이, 어둠 속에서, 어떤 거대한 천사가 날개를 펴고, 넋을 기다리며 서 있었을 것이다.

6. 풀은 감추고 비는 지워 주고

페르 라셰즈 묘지에, 공동묘지 부근에, 그 분묘 도시의 우아한 구역에서 먼 곳에, 저승의 문 앞에서 죽음의 보기 흉한 패션을 늘어놓고 있는 그 모든 기발한 무덤들에서 멀리 떨어진 곳에, 쓸쓸한 한쪽 구석에, 한 낡은 벽 가에, 갯보리와 이끼들 사이에, 메꽃들이 기어 올라가고 있는 한 그루의 커다란 주목 아래, 돌이 하나 있다. 이 돌은 다른 돌들보다도 더 세월의 병독에서, 곰팡이, 지의(地衣), 그리고 새똥들에서 면제되어 있지는 않다. 그것은 물 때문에 초록색이 되었고, 공기 때문에 검은빛이 되었다. 이 돌에는 인접해 있는 오솔길이 없고, 풀이 높아서 곧 발이 젖기 때문에 사람들은 그쪽으로 가기를 좋아하지 않는다. 햇빛이 조금 있는 때에는, 도마뱀들이 거기에 온다. 주위 일대에는 야생 귀리가 바람에 떨고 있다. 봄에는 휘파람새들이 나무에서 지저귄다.

이 돌은 완전히 벌거숭이다. 사람들은 그것을 자르면서 무덤에 필요하다는 것만 생각했고, 이 돌을 사람 하나를 덮기에 충분할 만큼 길고 좁게 만들기 위해서밖에 신경을 쓰지 않았다.

거기에는 아무런 이름도 적혀 있지 않다.

다만, 이미 여러 해 전 일이지만, 누군가가 거기에 연필로 아래와 같은 사행시를 적어 놓았는데, 이 시는 비와 먼지 때문에 시나브로 읽을 수 없게 되었으니, 십중팔구 오늘날에는 지워져 버렸을 것이다.

그는 자고 있네. 그의 운명은 참 기구했건만,

그는 살고 있었네. 그에게 더 이상 그의 천사가 없을 때 그는 죽었네.

이것은 단지 올 것이 저절로 온 것.

마치 해가 지면 밤이 되듯이.

(끝)

작품 해설

이것은 빅토르 위고(Victor Hugo, 1802~1885)의 장편소설 『레 미제라블』(Les Misérables, 1862)의 완역이다.

『레 미제라블』은 5부로 구성되는데, 제1부가 브뤼셀에서 1862년 3월 30일에 출판되었고, 그보다 나흘 후인 4월 3일에 파리에서 출판되었다. 제2부와 제3부는 같은 해 5월 15일에 브뤼셀과 파리에서 동시에 출판되었고, 제4부와 제5부는 역시 같은 해 6월 30일에 브뤼셀과 파리에서 동시에 출판되었다. 빅토르 위고는 이 작품을 1845년에 쓰기 시작했으니 이 방대한 장편소설이 탈고 출판되기까지는 장장 십칠 년이 걸린 셈이다.

『레 미제라블』은 출판되자 폭발적인 반향을 일으켰고, 19, 20세기에 걸쳐 베스트셀러가 되고 스테디셀러가 되었다. 프랑스에서 성경 다음으로 많이 읽힌다는 말이 있는 이 고전적인 작품은 다른 한편으로 뮤지컬과 영화, 그리고 어린아이들을 위한 번안 등 다이제스트 판으로도 세상에 널리 알려져 이 명작을 모르는 사람이 거의 없을 정도다. 게다가 또 우리나라에서는 머지않아 한국어 뮤지컬이 초연되고 뮤지컬 영화도 연내 개봉되리라고 한다.

독자의 작품 이해를 좀 돕기 위해, 빅토르 위고의 생애,『레 미제라블』의 줄거리, 작가의 사상과 예술에 관해 아래에 몇 마디 적어 보겠다.

빅토르 위고의 생애

빅토르 위고는 1802년 브장송에서 태어났다. 나폴레옹 황제 휘하의 장군이었던 그의 아버지가 이탈리아와 스페인의 위수지에 데리고 다녔기 때문에, 그는 햇빛 밝은 그 나라들에 관하여 갖가지 아름다운 추억을 간직하게 되었다. 열 살 되던 해에 파리로 되돌아와, 레 푀양틴 거리의 깊숙한 정원 언저리에 있는 한 조용한 저택에서 살았다.『레 미제라블』4부 3「플뤼메 거리의 집」에서 묘사되어 있는, 장 발장과 코제트가 거주하고 있는 집의 정원은 그의 유년 시절을 회상한 것이다. 그는 젊어서부터 독서에 몰두하고, 시를 쓰고, 평론도 쓰면서, "샤토브리앙이 될 것 그렇지 않으면 아무것도 되지 않을 것."이라는 자기의 꿈을 실현할 준비를 하였다. 그는 정통 왕조파를 고무하는 전통적인 형식의 시를 써서 데뷔했으며, 차츰차츰 낭만주의로 옮아 갔다. 『크롬웰』의 「서문」(1827)은 그를 낭만주의라는 새로운 유파의 수령으로 받들어지게 하였다. 그의 왕성한 생산력은 당시 모든 장르에서 발휘되었는데, 1827년에서 1843년까지 십육 년간, 『파리의 노트르담』을 포함하는 수많은 장편소설들과 평론, 『라인 강』을 포함하는 여러 기행문들, 『동방시집』, 『가을의 나뭇잎』, 『황혼의 노래』, 『내심의 목소리』, 『빛과 그림자』 등 다섯 권의 시집, 『에르나니』, 『루이 블라스』, 『레 뷔르그라브』 등 여덟 권의 희곡을 출판했다. 1843년에 상연된 이 마지막 희곡의 실패는 낭만주의의 전성 시대가 지나갔음을 그에게 알렸다. 같은 해 그는 사랑하는 딸 레오폴딘을 잃었다. 신혼여행 중에 센 강 하류 루앙 근처의 빌키에서 남편과 더불어 익사한 것이다. 그는 펜을 던지고, 이 해를 전기로 하여 정계에 투신하였다. 그는 왕정복고 시대에는 정통 왕조파 즉 부르봉 왕조파, 오를레앙 공 루이 필립의 치세에는 오를레앙 파의 왕정에 찬성했다. 1848년 2월 혁명 후에는 민주주의자가 되고 입법의회 의원에 선출되었다. 이렇게 그의 정견이 변화해 갔으나, 그것은 실상 정당한 변화였다. 그후 그는 공화제를 확고하게 지지하고, 루이 나폴레옹 대통령의 정치와 과감하게 싸우고, 1851년 12월의 쿠데타(그 결과 루이 나폴레옹은 황제로 취임했다.) 후에는 국외로 망명하여, 브뤼셀에서 저지 섬(영국해협에 있는 영국령의 작은 섬)으로, 이어 건지 섬(역시 영국해협에 있는 영국령의 작은 섬)으로 전전했다. 『레 미제라블』의 원고가 완성되고 출판된 것은 이러한 망명 중에서였다. 당시 그의 창작력은 놀라운 것이어서, 그는 방대한 주요 세 권, 『징벌 시집』(1853), 『관조 시집』(1856), 『여러 세기의 전설』(1859)을 쓰고, 여러 편의 평론을 썼다. 그는 1870년 9월의 쿠데타(그 결과 나폴레옹 3세의 제정이 붕괴되고 공화제가 이루어졌다.) 후 파리에 돌아왔다. 보불 전쟁 후 그는 국회의원에 선출되었다. 이후에도 십오 년을 더 살면서, 새로운 시집『공포의 해』, 『할아버지 노릇하는 법』, 『여러 세기의 전설』 제2권 및 제3권, 그리고 또 장편소설『93년』을 썼다. 그는 온 국민의 숭배를 받고 있었다. 사람들은 지칠 줄 모르는 이 작가를 찬미하고, 이 공화제의 늙은 투사를 사랑했다. 그는 볼테르와 마찬가지로 세인의 숭배를 한몸에 받으면서 긴 생애를 마쳤다(1885년 5월 22일). 6월 1일 국장으로 치러졌는데, 그의 유해는 밤새도록 횃불들로 둘러싸여 개선문 아래 안치되었다가, 이튿날 파리의 온 시민이 팡테옹까지 그의 관을 뒤따랐다.

『레 미제라블』의 줄거리

빅토르 위고의 이 거창한 장편소설은 하나의 혼돈 세계를 형성하고 있다. 그야말로 모든 것이 이 전체 속에 담겨 있다. 수많은 탈선과 삽화가 있고, 온갖 역사적, 사회적, 철학적, 종교적 고찰이 있다. 워털루의 싸움, 왕정복고의 소란, 1832년 6월의 폭동, 수도원 생활, 파리의 부랑배, 파리의 하수도 등. 거기에 역사소설이 있는가 하면, 여기에는 풍속 묘사의 사실(寫實)소설이 있고, 혁명가 마리우스의 풍모 속에 작자 자신의 자화

상을 그린 서정 소설이 있다. 게다가 또 민중의 영광을 바라는 인도주의의 시가 흐르고 있고, 사상가의 온갖 관념들이 펼쳐져 있고, 시인의 모든 감동이 퍼덕이고 있다. 그러나 이 소설은 전체적으로 보아 자발적인 회오(悔悟)와 자기 희생, 속죄에 의하여 거듭나는 영혼, 향상하는 인간, 완성되는 성자의 이야기로서, 이 개인적 영혼의 모습, 진보, 후퇴, 고민, 갈등 등의 모든 드라마에 당시의 사회와 시대가 배경으로 곁들여져 있다.

이렇게 복잡하고 방대한 장편소설의 줄거리를 간략하게 말하기란 쉽지 않지만, 독자의 편의를 위해 그 요점을 적어 본다.

무식하고 가난한 시골 일꾼인 장 발장은 자기가 부양해야 할 누이의 어린아이들이 굶어 죽는 것을 막기 위해 한 덩어리의 빵을 훔쳤기 때문에 십구 년 동안이나 감옥살이를 하지 않을 수 없었다. 마침내 석방된 그는 다시 살아가 보려 했으나, 누런 통행권을 가진 이 전과자를 받아들여 주는 사람은 아무도 없다. 절망한 그는 올바르지 못한 사회를 증오하게 되고, 또 다시 훔치고 죽이고까지 하려고 생각한다. 그러던 판에 미리엘 주교가 그를 받아들여, 온화와 자비의 힘만으로 그를 다시 선으로 되돌아오게 만든다. 그런데 프티제르베라는 어린 아이의 손에서 굴러떨어진 은전 한 닢을 발로 밟은 채, 귀찮게 구는 그 소년을 쫓아 버렸기 때문에, 이 전과자는 그 후 즉시 종신 징역형을 받을 만한 누범자가 된다. 그는 마들렌 씨라는 가명 아래 명예 회복에 힘쓰고, 공장을 세우고, 모든 불행한 사람들을, 특히 남성의 이기심의 희생이 된 불쌍한 여자 팡틴을 동정하고, 그 밖에도 많은 덕을 베풀어, 한 소도시의 은인이 되고, 마침내는 그 도시의 시장이 된다. 그런데 오직 한 사람, 광신적인 경찰관인 자베르 형사만이 의심을 품고 끈덕지게 그를 감시한다. 그러던 중 뜻밖에도 마들렌 씨는 팔 년 전부터 수배 중이던 전과자 장 발장이, 본인의 부인에도 불구하고, 최근에 체포되었다는 소문을 듣는다. 그의 마음속에서 무서운 갈등이 벌어지는데, 결국에 가서 그는, 애매한 죄를 뒤집어쓴 그 무고한 사나이를 구하기 위해 자수를 하고, 또 다시 영어(囹圄)의 몸이 된다. 그러나 이내 탈주하여, 불쌍한 여인 팡틴에 대한 생전의 약속을 지켜, 그녀의 어린 딸 코제트를 무뢰한의 손에서 빼내어 파리로 온다. 바로 뒤이어 형사 자베르가 나타난다. 장 발장은 가까스로 자베르의 눈을 피하여 프티픽퓌스 수도원에 은신하고 거기서 몇 해를 지낸다. 이어서, 포슐르방이라는 이름 아래, 코제트와 더불어 플뤼메 거리에 와서 행복스러운 은둔 생활을 보낸다. 그는 부성애의 즐거움을 알게 되고, 자기의 불행이 영원히 끝났다고 생각한다.

이러구러 어린 코제트는 자랐고, 양갓집 아들로서 민중 속에 들어온 청년 마리우스가 그녀에게 반한다. 그는 장 발장 몰래 그녀를 만난다. 장 발장은 코제트를 언제까지고 자기 곁에 있게 할 수는 없다는 것을 깨닫게 된다. 한편 그의 안전은 일시적인 것이어서, 자베르가 여전히 그를 찾고 있고, 불한당이 그를 위협한다. 1832년 6월 폭동이 터지고, 파리가 바리케이드로 뒤덮여 있던 어느 날, 장 발장은 가로챈 한 장의 쪽지로 두 젊은이들이 사랑하고 있다는 걸 알게 된다. 장 발장은 마리우스가 공화주의 학생들의 비밀결사인 'ABC의 벗들'과 함께 싸우고 있는 바리케이드로 가서, 그가 부상하여 실신한 것을 보고 그를 어깨에 메고, 하수도 속을 지나서, 그의 외조부 댁으로 데려다 준다. 마리우스는 쾌유하고, 코제트와 결혼한다. 장 발장은 코제트에게 지참금을 듬뿍 준다. 장 발장은 자베르의 목숨도 구해 주었었는데, 자베르는 당황한 끝에 자살한다. 그러므로 이제 장 발장은 경찰을 두려워할 것이 아무것도 없다. 그러나 그는 양심의 가책에서 마리우스에게 자기의 과거를 고백한다. 마리우스는 그가 자기 생명의 은인이라는 것을 알지도 못하고, 그가 무서워져서, 오직 코제트에 의해서만 살고 있는 그를 코제트에게서 멀리 하려 한다. 장 발장은 그에게 그들과 떨어져서 살겠다는 결심을 말한다. 여기에서 그의 마지막 희생이 완성된다. 그리고 이제 코제트가 그의 곁에 있지 않으므로 그는 시나브로 죽어 간다. 장 발장은 임종 시 두 젊은이들의 올바른 이해를 받으면서, 그의 은인 미리엘 주교의 정신에 따라 충실하게 죽는다.

이 소설의 줄거리를 한마디로 표현한다면, 한 저주받은 불쌍한 인간이 어떻게 성인이 되고, 어떻게 예수가 되고, 어떻게 하느님이 되는가 하는 과정을 그린 것이라고도 말할 수 있을 것이다. 실제로 빅토르 위고는 이 소설에서 "이 죄수는 예수로 변모하고 있었다.(Le forçat se transfigurait en Christ)(5권 9편 4)"라고 말하고 있고, "하느님이 이 사건에서 장 발장 속에 보였다."라고 말하고 있다.

빅토르 위고의 사상, 예술

『레 미제라블』은 빅토르 위고가 삼십오 년 동안 마음속에 품어 오던 것의 소산이다. 그동안 작자의 생활의 변전과 그의 사상의 진전, 그리고 1830년 7월 혁명과 1848년 2월 혁명 사이의 전반적인 사상계의 움직임이 거기에 결부되어 이 작품의 복잡성을 빚어내게 되었다.

빅토르 위고에게 『레 미제라블』의 출발점이 되어 준 것은 신문의 한 잡보 기사였다. 1801년, 보스의 한 가난한 농부 피에르 모랭이라는 자가 빵집에서 빵 한 덩어리를 훔쳤는데, 가택 침입과 폭행에 의한 가중 절도죄로서, 그는 오 년의 징역형을 받았다. 형을 마치고 나서 일거리를 찾았으나, 모든 집들의 문이 그의 누런 통행권 앞에 닫혀 버리는 것이었다. 다만 디뉴의 주교 미올리 신부만이 친절하게 그를 받아들여, 그의 형제인 장군에게 그를 맡겼다. 이 전과자는 자기의 과거를 뉘우치고, 자기 주인에게 감지덕지하여 그에게 헌신하게 되었다. 이러한 사실을 듣고 빅토르 위고는 1828년 무렵부터 소설로 써 볼 생각을 했던 모양이다. 그런데 이때 그는 이미 오래전부터 다른 영상(단두대)과 다른 문제들에 집착하고 있었다. 거기서 태어난 것이 『한 사형수의 마지막 날』(1829)이라는 작품이다. 이 소설은 사형 제도의 폐지를 변호하고 형법과 정치 제도를 비판하고 있다.『레 미제라블』의 거의 모든 사회철학은 이미 이 속에 싹터 있음을 볼 수 있다. 중죄 재판소의 기괴 잔혹한 광경, 곁말, 죄수의 쇠사슬, 누런 통행권, 빵 도둑질, 탈옥, 탈옥수의 비참한 운명 등등. 어리석고 맹목적인 형벌 제도는 무고한 사람들을 죽일 뿐이다. 왜냐하면 무지하고 버림받은 사람들은 결국 무고한 사람들이 아니겠는가? 민중은 헐벗고 굶주리고 있다. 빈궁이 그들을, 남성도 여성도, 죄와 악으로 밀어 넣고 있다. 사회의 암흑을 형성하고 있는 그들에게 빛을 주어야 한다. 그들에게 교육을 주고, 일터를 주고, 자애를 베풀어야 한다. 그것만이 참다운 구제의 길이다.

빈자에 대한 빅토르 위고의 자비심은 그의 시에서도 도처에 보인다.『가을의 나뭇잎』에서는「가난한 사람들을 위하여」에서,『관조 시집』에서는「멜랑코리아」에서 그의 웅변적인 목소리를 들을 수 있고, 특히『빛과 그림자』의「만남」(1837)에서 벌써 가브로슈의 모습 같은 것의 소묘가 보인다.『빛과 그림자』의 서문에서 시인은, "무릇 참다운 시인은 자기 자신의 기질이나 영원한 진리에서 오는 사상과는 별도로 그 당대의 사상을 포괄하고 있지 않으면 안 된다."라고 말하고 있는데, 당시의 시인들의 야심은 인류에 봉사하고, 밝히고, 지도함에 있었다. 시인의 사명에 관한 빅토르 위고의 관념은 그의 여러 작품들 속에 군데군데 흩어져 있는 것을 볼 수 있거니와,『빛과 그림자』의 서문과 그 권두시「시인의 사명」에서 그것을 포괄적으로 규정하고 있다. 그의 인도주의를 이해하기 위해 그 사명을 요약해 보면, 첫째, 도덕적 사명은 사랑과 연민의 정, 즉 예

종하는 자들에 대한 사랑과 고통받는 자들에 대한 연민의 정
으로, 인색과 야욕, 사치, 이기심을 규탄함에 있으며, 둘째, 사
회적 사명은 사랑과 연민의 설교 그 자체가 목적이 아니므로,
시인은 빈궁을 감소시키고, 사회의 진보와 보다 나은 사회의
도래를 위하여 노력해야 할 것이며, 셋째로, 종교적 사명은 유
물론과 무신론에 대해 투쟁해야 하는데, 인간이 행복을 확보
하기 위해서는 물질적인 안락보다도 종교적인 감정이 더 필
요하고, 완전무결한 문명의 궁극적인 표현은 신을 더 잘 보고
더 잘 예배하고 더 잘 받듦에 있는 것이고, 마지막으로, 시인
은 예언자가 되어, 잠자는 민중을 각성시키고 보편적 사상을
던져 주어야 한다는 것이다.

> C'est lui qui sur toutes les têtes ……
> Doit, qu'on l'insulte ou qu'on le loue,
> Comme une torche qu'il secoue,
> Faire flamboyer l'avenir.
> 사람이야 욕을 하든 칭찬을 하든,
> 모든 사람들의 머리 위에,
> 시인은 그가 흔드는 횃불처럼,
> 미래를 번쩍거리게 하여야 한다.

빅토르 위고는 영원한 진리의 먼 피안에 있는 것이 아니라,
대중보다 한 걸음만 앞서서 횃불을 들고 나아갈 앞길을 밝혀
주는 지도자였다. 빅토르 위고의 시와 문예는 그러한 지도성

에 일관되어 있다. 거기에 그의 예술이 있다.

공화제의 투사이자 낭만주의 운동의 주장인 빅토르 위고는 부르주아적 미덕을 지니고 있었다. 육친에 대한 애정, 약자와 하층계급과 피압박자에 대한 애정은 그에게서 유난히 두드러진 성격이다. 그의 강렬한 사회적 연민의 정은 그의 작품에서는 정치적 신념보다도 앞선 본능 같은 것으로서, 오히려 그것이 그의 정치적 신념을 마련해 주었다. 그는 자애와 친절을 깊이 믿고 그 사도가 되었다. 진정한 종교는 미움 받는 자를 사랑하고 타락한 자를 구하는 것이라고 생각하는 것이 그의 종교철학이었다. 뿐만 아니라, 그의 종교철학에 의하면, 이 세상에는 절대적인 악이란 존재하지 않는다. 따라서 지옥은 있을 수 없다. 모든 인간들 속에는 신이 있고, 악 속에도 선의 요소가 들어 있다. 신에게서 떨어져 창조된 인간들은 정화되어 신을 향해 올라간다. 인간은 정신의 자유를 동력으로 하고 고뇌를 수단으로 하여 정화되어 간다. 그러므로 장 발장의 정신적 노력은 신에 복귀 합치되려는 의지고, 그의 고뇌는 자신과 인류를 위한 속죄다.

『레 미제라블』은 대중소설의 탈을 쓴 현대인의 서사시다. 그것은 한 영혼의 시인 동시에 한 세기의 전설이다. 시인의 사상 관념은 거침없이 용솟음친다. 선악미추가, 주야흑백이 공존하고, 웅장함과 비속함이, 신기함과 진부함이, 구상과 추상이 한데 뒤섞여 있다. 형용사는 수식이 아니라 오히려 어렴풋한 표상이다. 시적 산문이 아니라 오히려 시인의 산문이다. 인물의 성격과 심리가 중요한 것이 아니라 사회 환경이 더 압도

적이다. 거대한 환경 묘사의 놀라운 솜씨로 말하자면 아무도
그를 따를 사람이 없을 것이다.

옮긴이의 말

이 방대한 역사소설 『레 미제라블』은 1845년에서 1862년까지 근 십칠 년의 장구한 시일에 걸쳐 쓰인 것이다. 최근에 입수된 자료*에 따르면, 이 소설은 출판되자마자 사회의 모든 계층들에서 공전의 감동을 불러일으켜, 이것을 사려는 사람들로 브뤼셀과 파리의 판매점들이 문전성시를 이루었고, 불티같이 팔려 나갔다고 한다. 제1부는 출판 후 채 일 주일도 될까 말까 한 4월 10일에 제1쇄가 매진되었다. 그 후에도 이 작품은 오랫동안 꾸준히 베스트셀러가 되었지만, 그간의 출판 부수는 파악되지 않는다. 다만 1862년에서 1884년까지 23년 간, 『레 미제라블』의 총 출판 부수는 500만 부에 달했다는 기

---

* 稻垣直樹, 〈레 미제라블을 다시 읽다〉(일어 제목을 한글로 옮긴 것), 1998, 白水社(일본 도쿄).

록이 보이는데, 그중 약 290만 부는 어린이들을 위한 번안 등 다이제스트 판이라고 한다.

다른 한편으로, 『레 미제라블』은 그 뮤지컬이 크게 히트를 침으로써 일반 대중에게까지도 널리 알려지게 되었다. 1985년 런던에서 최초로 공연된 이래(파리에서의 최초 공연은 1980년), 가장 장기간의 공연이었던 「캣츠」의 기록을 깨고 세계 역사상 가장 오래 공연된 뮤지컬인 「레 미제라블」은 마흔한 개의 나라에서 스물한 개 언어로 총 4만 3000회 공연되었으며, 5500만 명이 넘는 관객이 관람했다고 하니 참으로 놀랍지 않은가! 또 「레 미제라블」은 1957년 장 가방 주연, 1995년 장 폴 벨몽드 주연 등 이제까지 근 스무 번이나 영화화되었다. 게다가 앞서 말한 바와 같이, 뮤지컬 영화도 곧 개봉될 것이다.

『레 미제라블 』이 출판 이후 오늘날까지 백오십 년간 이렇게도 놀랄 만큼 왕성한 생명력을 갖고 있는 것을 볼 때, 빅토르 위고가 이 소설의 권두에 "지상에 무지와 빈곤이 존재하는 한, 이 책 같은 종류의 책들도 무익하지는 않으리라."라고 한 말은 아주 정당하게 뒷받침되고 있다고 할 것이다.

『레 미제라블』은 언제 어떻게 우리나라에 알려지고 유포되기 시작했는가?

『레 미제라블』은 일찍이 일제강점기에 우리의 선인들에 의해 이 땅에 도입되었는데, 그때의 모습을 되돌아보는 것은 참으로 흥미롭다.

『레 미제라블』은 빅토르 위고의 또 하나의 역시 대표적인 소설인 『파리의 노트르담』과 함께, 해방 전부터 꽤 많은 출판사에서 꽤 다양한 표제로(『장발장』, 『쟌발쟌』, 『쟌발쟌의 설음』.
『아 무정』, 『貧寒(빈한)』, 『哀史(애사)』, 『哀史 ― 레미제라블』 등),
초역(또는 축역)으로, 때로는 번안으로, 그리고 중역으로 출판
되었다.

『레 미제라블』은 맨 먼저 1910년 육당 최남선에 의해 그 편
린이 드러났다. 그는 이 소설의 극소 부분을 번역하여 『ABC
계(契)』라는 제목으로 그의 잡지《소년》(3-7, 1910, 60 p.)에 발
표하였다. 그는 머리말에서 이렇게 썼다.

여긔 譯하난것은 某日人이 그 中에서 〈ABC契〉에 關한 章만
剪裁摘譯한것을 重譯한 것이니…….

이 일본인의 번역은 『ABC조합(組合)』, (佛國ユ-ゴ原著, 原抱
一嵓主人譯, 內外出版協會, 1902, 136 p.)이다. 일본인 역자는 그
의 번역이 영어 번역 『더 프렌드 오브 더 ABC(The Friends of
the ABC)』를 자기 재량대로 초역한 것이라고 밝혔다.(원제목
은 'Les Amis de l'A B C'(3부 중 ABC의 벗들)이다.) 이 일역을 충
실히 옮겨 놓은 한국의 역자는 이 소설을 "문예적 작품"으로
보다도 "교훈서"로 보았다. 그는 머리말에 이렇게 썼다.

빅토르유고(Victor Hugo)는 19世紀中最大文學家의一이오〈미
써레이쌀〉(Les Misérables)은유고著作中最大傑作이라, 나는不幸
히原文을닑을幸福은가지지못하얏스나일찍부터그譯本을닑어
多大한感興을엇은者로니, 그聖神의意를體行하난밀니르의崇

高한德行과社會의罪를偏被한쨘발쨘의奇異한行蹟은다白紙ㅅ
張갓흔우리머리에굿세고굿센印象을준것이라, 나는그冊을文
藝的作品으로보난것보다무슨한가지敎訓書로닑기를只今도前
과갓히하노라.(『한국과 西洋』* p. 118).

또 최남선은「너참불상타」라는 제목 아래《청춘》지(1-1,
1914)에 35쪽에 걸쳐『레 미제라블』의 줄거리를 실었다. 그 첫
머리에 그는 이렇게 썼다.

  빅토르유고(1802~1885)는一代의大敎師요,「미써레이쌀」은
그一生의大講演이라小說로그情趣가卓拔함은毋論이어니와醒
世의警鐸으로그敎訓이偉大함을뉘否認하리오…….(『한국과 西
洋』p. 129).

이 소설의 초역은「애사(哀史)」라는 제목으로 1918년부터
일간신문에 105회에 걸쳐 연재되었다(민우보 역,《매일신보》,
1918. 7. 28~1919. 2. 8). 이 번역은 일본인 구로이와의 초역(黑
岩淚香譯,〈噫無情〉, 扶桑堂, 1906)을 의역한 것으로 보인다. (〈한
국과 西洋〉p. 129).

1922년에 홍난파 역「애사(哀史, Les Misérables)」(박문서관,
1922, 129 p.)가 국한문 혼용으로 나왔는데, 판을 거듭하였다.
또 아녀자를 위해「쨘발쨘의 설음」(박문서관, 1923, 157p.)이라

---

* 『한국과 西洋』, 정기수 지음, 을유문화사, 1988.

는 표제 아래, 순 한글 번안이 나왔다. 이것 역시 일본인 구로이와의 「오무정(噫無情)」을 대본으로 한 것이다. 이 일역이 영역을 초역한 것임은 물론이다.

홍희당의 번역이 「빈한(貧寒)」이라는 제목으로 잡지 《청년》(3-7, 1923)에 실렸다. 오천원은 1925년에 『세계문학 걸작집』(한성도서 주식회사)을 냈는데, 그는 거기에 「몸 둘 곳 없는 사람」이라는 제목으로 60쪽 정도의 초역을 실었다.(《한국과 西洋》 p. 169)

이상으로 미루어 보아, 당시의 한국인들이 이 소설에 적지 않은 흥미를 느꼈음을 알 수 있다.

『레 미제라블』이 초역이나 축역, 또는 번안이 아니고, 일역이나 영역에서의 중역도 아니고, 원전에서 직접 번역한 완전한 번역본이 우리나라에 나타난 것은 해방 후에야 가능했다. 즉 1962년에 처음으로 불문학 전공자인 정기수의 완전한 번역이 어떤 『세계문학전집』의 백 권 중 세 권으로 출간된 것이다.*

이번에 출간되는 정기수의 번역본은 반세기 전의 위 번역본을 바탕으로 삼되 그 교정이기보다는 오히려 처음에서 끝까지 원문과 대조하여 새로 번역하다시피 한 것이다.

이 번역의 대본으로는 NELSON EDITEURS, Paris, 1956년판을 사용하고, Classiques Larousse 문고본과 기타 자료를 아

---

* 이 번역은 1962년에 베스트셀러가 되었다. 『1963년도 한국출판연감』 pp. 41~42 참조.

울러 참조했음을 밝혀 둔다.

마지막으로 꼭 한마디. 이 불후의 명작을 그 엄청난 분량에
도 불구하고 쾌히 출판해 주신 민음사 박맹호 회장님의 큰 뜻
에 진심으로 감사드리고, 원고를 충실히 정리하고 면밀히 검
토해 주신 편집부 여러분의 큰 노고에도 깊이 사의를 표한다.

2012년 11월

정기수

작가 연보

1802년 2월 26일 브장송에서 출생.

1803~1818년(1~16세) 나폴레옹 휘하의 장군인 아버지를 따라 이탈리아, 스페인 등지로 돌아다녔고, 마드리드의 귀족 신학교를 잠시 다녔으며, 파리에 돌아와서는 옛 수녀원이었던 레 푀양틴의 저택에서 살고, 코르디에 기숙학교에 이어서 루이 르 그랑 중학교에서 수학. 독서와 시작에 몰두.

1819년(17세) 《르 콩세르바퇴르 리테레르》 창간. 툴루즈의 아카데미에서 거행되는 '죄 플로로'(문학백일장)에 입상.

1821년(19세) 어머니 사망.

1822년(20세) 아델 푸셰와 결혼. 첫 시집 『오드와 여러 가

지의 시』를 출판, 호평을 얻고, 루이 18세로
부터 연금 받음.

1823년(21세)　　『아이슬랜드의 한』(소설) 간행.《라 뮈즈 프
랑세즈》(잡지) 창간.

1824년(22세)　　장녀 레오폴딘 탄생.『오드 후편』출판.

1825년(23세)　　레지옹 도뇌르의 슈발리에급 훈장 수훈.

1826년(24세)　　『뷔그 자르갈』(소설) 간행.『오드와 발라드』
간행. 장남 샤를 출생.

1827년(25세)　　그를 중심으로 한 젊은 시인들의 모임 '세나
클' 발족. 희곡『크롬웰』과 그 '서문' (낭만주
의의 선언서) 발표.

1828년(26세)　　아버지 위고 장군 사망. 차남 프랑수아 빅토
르 출생.

1829년(27세)　　『동방시집』,『어느 사형수의 마지막 날』(소
설) 간행. 희곡『마리옹 들로름』의 상연이 정
부에 의해 금지됨.

1830년(28세)　　『에르나니』의 첫 상연. 이것은 고전파와 낭
만파의 싸움을 야기했으며, 후자의 승리로
돌아갔다. 차녀 아델 출생.

1831년(29세)　　『가을의 나뭇잎』(시),『파리의 노트르담』(소
설) 간행,『마리옹 들로름』(희곡) 상연.

1832년(30세)　　『왕은 즐긴다』(희곡) 상연.

1833년(31세)　　『뤼크레스 보르지아』(희곡) 상연. 여배우 쥘
리에트 드루에의 애인이 되다.『마리 튀도

르』(희곡) 상연.

1834년(32세)	『문학과 철학 잡론집』 간행. 『클로드 괴』(소설) 간행.
1835년(33세)	『황혼의 노래』(시), 『앙젤로』(희곡) 상연.
1837년(35세)	『내면의 목소리』(시) 간행.
1838년(36세)	『뤼이 블라스』(희곡) 상연. 『견문록』 집필.
1840년(38세)	『빛과 그림자』(시) 간행.
1841년(39세)	아카데미 프랑세즈 회원에 선출됨.
1842년(40세)	『라인 강』(기행문) 간행.
1843년(41세)	희곡 『레 뷔르그라브』 실패. 장녀 레오폴딘이 남편과 함께 센 강에서 익사. 모든 집필을 중단.
1845년(43세)	정계에 진출하여 국왕 루이 필리프에 의하여 상원 의원에 임명됨. 『레 미제르』 집필 시작. (이것이 나중에 『레 미제라블』이 된다.)
1849년(47세)	민주주의자가 되어 입헌의회 의원에 이어서 입법의회 의원에 당선.
1851년(49세)	쿠데타 후에 브뤼셀에 망명.
1852년(50세)	브뤼셀에서 『소인 나폴레옹』 간행. 이어서 영국해협 저지 섬으로 이주.
1853년(51세)	『징벌 시집』(브뤼셀에서 간행).
1855년(53세)	영국해협 건지 섬(오트빌 하우스)으로 이사.
1856년(54세)	『관조 시집』 간행.
1859년(57세)	『여러 세기의 전설』(서사시) 간행.

1862년(60세)	『레 미제라블』 간행.
1863년(61세)	『그의 생애의 목격자가 말하는 빅토르 위고』 간행.
1864년(62세)	『윌리엄 셰익스피어』 간행.
1865년(63세)	『거리와 숲의 노래』(시) 간행.
1866년(64세)	『바다의 일꾼들』(소설) 간행.
1868년(66세)	위고 부인, 브뤼셀에서 사망.
1869년(67세)	『웃는 사나이』(소설) 간행.
1870년(68세)	제정의 전복과 더불어 파리로 귀환.
1871년(69세)	파리에서 국회의원에 당선되었으나, 얼마 안 되어 사직.
1872년(70세)	『무서운 해』(시) 간행.
1874년(72세)	『93년』(소설) 간행.
1876년(74세)	파리에서 상원 의원에 선출됨.
1877년(75세)	『여러 세기의 전설』(제2집 및 제3집),『할아버지 노릇하는 법』(시),『어떤 범죄의 이야기』 제1부 간행.
1878년(76세)	『어떤 범죄의 이야기』 제2부,『교황』(시) 간행.
1880년(78세)	『종교들과 종교』(시),『나귀』(시) 간행.
1881년(79세)	『정신의 사 방위』(시) 간행.
1883년(81세)	『여러 세기의 전설』(증보판 간행). 쥘리에트 드루에 사망.
1885년(83세)	5월 22일 폐 충혈로 사망. 6월 1일 국장으로 팡테옹에 매장.

유저 ―『악마의 최후』,『자유 극장』(1886).
『견문록』(1887~1900).『모든 리라』(1888
~1899).『알프스와 피레네』(1890).『신』
(1891).『프랑스와 벨기에』(1892).『서간
(1896).『불길한 해들』,『아미 로브사르』,
『쌍둥이』(1898).『약혼녀에의 편지』,『나의
생애의 추신』(1901).『마지막 다발』(1902).

세계문학전집 305

레 미제라블 5

1판 1쇄 펴냄 2012년 11월 5일
1판 33쇄 펴냄 2023년 3월 15일

지은이 빅토르 위고
옮긴이 정기수
발행인 박근섭, 박상준
펴낸곳 (주)민음사

출판등록 1966. 5. 19. (제 16-490호)
서울특별시 강남구 도산대로1길 62(신사동) 강남출판문화센터 5층 (우편번호 06027)
대표전화 02-515-2000 팩시밀리 02-515-2007
www.minumsa.com

© 정기수, 2012. Printed in Seoul, Korea

ISBN 978-89-374-6305-1 04800
ISBN 978-89-374-6000-5 (세트)

세계문학전집 목록

세계문학전집은 계속 간행됩니다.